Aus dem Cthulhu-Mythos sind bei Bastei Lübbe Taschenbücher erschienen:

Jim Turner (Hrsg.)

SPUR DER SCHATTEN

Neue Geschichten aus dem Cthulhu-Mythos
von H.P. Lovecraft

BASTEI LÜBBE TASCHENBUCH
Band 15 081

1. Auflage: Januar 2004

Vollständige Taschenbuchausgabe

Bastei Lübbe Taschenbücher ist ein Imprint
der Verlagsgruppe Lübbe

Deutsche Erstveröffentlichung
Titel der Originalausgabe: Cthulhu 2000
© der Anthologie 1995 by Arkham House Publishers, Inc.
Copyright der einzelnen Geschichten am Ende des Bandes
Übersetzernachweise am Ende der einzelnen Geschichten
© der deutschsprachigen Ausgabe 2004 by
Verlagsgruppe Lübbe GmbH & Co. KG, Bergisch Gladbach
Lektorat: Dietmar Schmidt, Ruggero Leo und Stefan Bauer
Illustrationen: Johann Peterka
Umschlaggestaltung: Tanja Østlyngen
Satz: hanseatenSatz-bremen, Bremen
Druck und Verarbeitung: Ebner & Spiegel, Ulm
Printed in Germany
ISBN 3-404-15081-3

Sie finden uns im Internet unter
www.luebbe.de
und
www.bastei.de

Der Preis dieses Bandes versteht sich einschließlich
der gesetzlichen Mehrwertsteuer.

Inhalt

τέλος δεδωχώς, Χθύλου, σοὶ χάριν φέρω.
        – Θεόδωρος Φιλήτας*

---

* (Vom Scholiasten Theodorus Philetas nach der Übersetzung des *Al Azif* aus dem Arabischen angebrachte Randbemerkung.)

СТИЦНИ
2000

Cthulhu 2000

VON JIM TURNER

1.

In den zwanzig Jahren, die ich nun als Herausgeber bei Arkham House arbeite, habe ich – oft – eine bestimmte Sorte Brief erhalten, und zwar aus allen Teilen der Welt. Gewöhnlich, aber nicht immer, stammt das Schreiben von einem jungen Mann, doch der Inhalt ist stets gleich: *Ich bin gerade auf H. P. Lovecraft gestoßen, und meine Güte! Was für ein Autor!* Hier ein recht aktuelles Beispiel von einem Studenten aus Griechenland, und behalten Sie bitte in Erinnerung, dass nun die Übersetzung eines nicht korrigierten Textes aus der Hand eines Verfassers folgt, für den Englisch eine Fremdsprache ist:

> *In den frühen Achtzigerjahren veröffentlichte ein hellenisches Verlagshaus ein Buch, das aus Geschichten verschiedener Autoren bestand. Eine davon sollte zu einem immerwährenden Einfluss und einer dauerhaften Inspiration für meine Wenigkeit werden. Seine Initialen waren H. P. L. Seitdem unterhalten mich Literatur, imaginäre Landschaften und übernatürlicher und kosmischer Horror in meinen einsamen Stunden ...*

Warum, diese Frage drängt sich auf, besitzt ein einsiedlerischer Verfasser von dunkler Phantastik, dessen Verdienst zeitlebens nicht einmal einen anständigen Lebensunterhalt abwarf, nun die Macht, Leser auf aller Welt zu inspirieren und sogar ihr Leben zu beeinflussen?

Im Laufe des vergangenen halben Jahrhunderts ist Lovecraft als klassischer Vertreter der dunklen phantastischen Erzählung hervorgetreten, und man darf es zum allgemeinen Prinzip erheben, dass bei solchen Erzählungen nur eine Variante akzeptabel ist: die große. Entweder überwältigt eine phantastische Erzählung den Leser mit einer Wirkung, die Lovecraft als »fremdartige Realität des Unwirklichen« bezeichnete (in welchem Fall ihre Schwächen unerheblich sind), oder eben nicht (und dann sind die Stärken der Erzählung wertlos). Lovecrafts Schwächen an dieser Stelle aufs Neue darzulegen wäre unnötig, denn seine technischen Unzulänglichkeiten fallen auch dem unempfänglichsten Leser ins Auge; ebenso gut könnte man sich beschweren, die Venus von Milo habe ja keine Arme. Was aber sind Lovecrafts Vorzüge, die jenen Zaubergriff erklären, mit dem er Leser auf der ganzen Welt packt?

Gleich zu Anfang seines Essays »Anmerkungen zum Schreiben unheimlicher Geschichten« legt Lovecraft die kreativen Kriterien seiner Kunst dar: »*Der Grund, warum ich Erzählungen schreibe, ist der, dass ich mir selbst die Befriedigung verschaffen möchte, klarer, eingehender und bleibender mir die vagen, flüchtigen, und bruchstückhaften Eindrücke des Staunens, der Schönheit und der erwartungsvollen Abenteuerlichkeit vor Augen zu führen, die mir durch gewisse Anblicke, [...] Einfälle, Ereignisse oder Bilder vermittelt werden, auf die ich in Kunst und Literatur stoße.*« Augenblick mal, sagen Sie jetzt, was soll das denn heißen, Staunen, Schönheit und erwartungsvolle Abenteuerlichkeit; ist Lovecraft denn nicht einer der herausragendsten amerikanischen *Horror-Autoren?* Nun ja, das ist er schon, und er fährt in seinem einleitenden Absatz fort, seine Geschichten betonten »*häufig das Element des Grauens, [weil] es schwer fällt, die Zerschlagung von Naturgesetzen oder kosmische Fremdartigkeit oder ›das Außenseitige‹ überzeugend zu schildern, ohne das Gefühl der Furcht hervorzuheben.*

Während seines letzten Lebensjahrzehnts – ein Zeitabschnitt, der mehr oder minder mit der Erschaffung der Erzählungen des Cthulhu-Mythos zusammenfiel –, hat sich Lovecraft kein einziges Mal selbst als Horror-Autor bezeichnet. Als kosmischer Phantast strebe er vielmehr danach, sich *»aus Fäden des Altweibersommers Fluchtleitern aus der quälenden Tyrannei von Raum, Zeit und Naturgesetz zu weben.«* Lovecraft führt weiter aus: *»In Bezug auf das zentrale Wunder sollten die Charaktere* [in der dunklen Phantastik] *dieselbe überwältigende Gemütsbewegung zeigen, die ähnliche Charaktere für ein ähnliches Wunder im wirklichen Leben zeigen würden.«* Mit anderen Worten, das Horror-Element stellt einen unvermeidlichen Begleitumstand seiner ästhetischen Theorie dar, nicht aber das Ziel an sich. Erst Jahrzehnte nach Lovecrafts Tod wurde er von einer kriegsneurotischen Nachkriegsgeneration wiederentdeckt, welche einen umwälzenden globalen Massenmord hinter sich hatte, auf den die allgegenwärtigen Schreckgespenster des Kalten Krieges und der atomaren Vernichtung folgten – und erst da wurde er zum »Horror-Autor« erklärt, von einer Generation nämlich, die vergessen hatte, was kosmisches Staunen bedeutet. Und so wurde der weltabgewandte Träumer aus Providence zum Instrumentator der großen Unsicherheiten unseres Jahrhunderts erklärt, und seine cthulhuesken Gottheiten wurden zur Mythen schaffenden Vorahnung alles Schrecklichen, vom gesellschaftlichen Zusammenbruch bis zur nuklearen Verwüstung.

Der Grund, weshalb der reife Lovecraft niemals konventionelle Horrorliteratur verfasst hat, besteht darin, dass Horror sowohl innerhalb als auch außerhalb des Individuums ein aktiv übel wollendes Universum voraussetzt, während Lovecraft von klein auf ein wissenschaftlicher Materialist war, der dem Konzept des Bösen keine absolute Bedeutung zumaß. *»Auch nur eine Ansammlung von Molekeln«,* so beschrieb er einen Mitmenschen, mit dem er einen unerfreulichen Zusammenstoß gehabt hatte, während er sich in seiner Beziehung zum Kosmos insgesamt als »Indifferentisten« bezeichnete: »*Das Zusammenspiel der Kräfte, die über Klima, Verhalten, biologisches Wachstum und Verfall und so weiter herrschen, ist ein zu ausschließlich universelles, kosmisches und ewiges Phänomen, um irgendeine Beziehung zu den unmittelbaren Wunsch-Phänomenen einer unbedeutenden organischen Spezies auf unserem vergänglichen und unwichtigen Planeten zu haben.*«

Die jüdisch-christliche theologische Tradition hingegen postulierte ein groß angelegtes kosmisches Drama von Sünde und Erlösung, in dem der Mensch in seiner unsicheren Position zwischen Himmel und Hölle ganz im Mittelpunkt der Schöpfung stand. Doch zu Beginn des fünfzehnten Jahrhunderts nahm die Kopernikanische Wende der Erde ihren Platz im Zentrum des Universums, und heute ist unser dritt-sonnennächster planetarischer Lebensraum nur eine belanglose wasserhaltige Welt unter einer Schwindel erregenden Flut anderer Planeten, gelegen in einem winzigen Außenbezirk eines Milchstraßensystems, das selbst nur eine unter Milliarden von Galaxien des sichtbaren Universums ist; der göttliche Ursprung unserer Spezies im Garten Eden musste einem kriechenden, auf Kohlenstoff basierenden Geschöpf weichen, das sich aus einem urzeitlichen Teich hervorkämpfte. Der amerikanische Physiker Steven Weinberg beschloss 1977 sein Buch *Die ersten drei Minuten* mit dem entmutigenden Satz: »*Je begreifbarer das Universum erscheint, desto sinnloser wirkt es auch.*« Bereits fast vierzig Jahre zuvor schilderte Lovecraft in einem Schreiben von 1935 weitblickend einem Briefpartner den »*blinden, gleichgültigen Kosmos und die blinden, deterministisch motivierten Automaten, die auf der Oberfläche eines der unwichtigsten seiner vorübergehenden Staubkörner eine Art flüchtige insektenhafte Rolle spielen.*«

Glaubte der wissenschaftlich denkende Lovecraft also nicht an die konventionellen Vorstellungen von Gut und Böse, so muss nach wie vor geklärt werden, warum er noch immer auf eine weltweite Leserschaft solch außerordentliche Faszination ausübt. 1930 rühmt er in einem Brief an James F. Morton *»die Beschaffenheit der mystischen abenteuerlichen Erwartung – die Unbestimmtheit, die mir gestattet, die vorübergehende Illusion zu pflegen, dass sich mir so gut wie jeder wundersame oder schöne Anblick eröffnen könnte oder dass fast jedes Gesetz der Zeit oder des Raumes oder der Materie oder Energie auf fabelhafte Weise besiegt oder umgekehrt oder abgeändert oder überwunden wird. Das ist der zentrale Leitgedanke meines Charakters und meiner Persönlichkeit ...«* Lovecrafts lebenslangem, halsstarrigem Atheismus zum Trotze ähneln seine leidenschaftlich ausgedrückten Gefühle, seine »mystische abenteuerliche Erwartung« doch sehr einem Zustand, den manch einer religiöse – oder doch zumindest ungeniert ekstatische – Erfahrung nennen würde; mystische und transzendentale Empfindungen sind vorhanden, obwohl sie von der leidenschaftslosen Betrachtung einer wundersamen natürlichen Ordnung hervorgerufen werden.

Zeitgleich mit dem zitierten Lovecraft-Brief schrieb Albert Einstein über den Kosmos: *»Das schönste und tiefste Gefühl, das wir erleben können, ist die Empfindung des Mystischen. Sie ist Quelle aller wahren Wissenschaft. Wem dieses Gefühl fremd ist, wer nicht mehr staunen und nicht mehr in Ehrfurcht versinken kann, der ist so gut wie tot. Zu wissen, dass das, was für uns undurchdringlich ist, wirklich existiert und sich als höchste Weisheit und strahlende Schönheit manifestiert, von unseren stumpfen Sinnen nur in primitivster Form erfasst – dieses Wissen, dieses Gefühl ist der Kern wahrer Religiosität.«* Und hier, zum Vergleich, Lovecrafts Definition der ›wahren Funktion der Fantasie‹: »... [Sie dient dazu,] *der Vorstellungskraft den Boden für unbeschränkte Ausdehnung zu geben und ästhetisch die aufrichtige und brennende Neugierde und das Gefühl der Ehrfurcht zu befriedigen, die eine empfängliche*

Minderheit der Menschheit gegenüber den lockenden und herausfordernden Abgründen des unergründeten Weltraums empfindet ...«

Die »verzückte Ekstase des Unbekannten«, sollen wir es so nennen? Leicht in Worte fassen lässt sich Lovecrafts unerbittliche ästhetische Auflehnung gegen das Weltliche und Körperliche nicht, doch sie findet sich als unverkennbarer philosophischer Unterbau in seinem gesamten reifen Erzählwerk, angefangen bei den frühen dunsanianischen Geschichten bis hin zu den späten Mythos-Meisterwerken. Und diese außerordentlich zwanghafte Spannung zwischen einem begrenzten Geist, der mit der unendlichen Wirklichkeit ringt, wird sicherstellen, dass Lovecraft auch bei zukünftigen Generationen einen Ruf haben wird. 1994 argumentiert der Astronom Alan Dressler in seinem Essay *»The Creatures of Hyperspace«*, dass in einigen hundert Jahren die Naturwissenschaft bei dem Versuch, ein fundamental gültiges Modell des Universums zu erstellen, sehr wahrscheinlich an ihre Grenzen stoßen wird. Von diesem Moment an sind alle ungelösten kosmischen Rätsel – wie die Fragen, was vor dem Urknall geschah, was jenseits des sichtbaren Universums liegt und so weiter – für den Menschen weiterhin unbeantwortbar, wahrscheinlich für immer. Und dann wird man sich an den unvergleichlichen Lovecraft erinnern: *»Wir leben auf einem friedlichen Eiland des Unwissens inmitten schwarzer Meere der Unendlichkeit, und es ist uns nicht bestimmt, diese weit zu bereisen.«*

Ja, H. P. L., das hast du ja schon immer gesagt, was?

2.

Bleibt noch etwas zu den achtzehn Erzählungen zu sagen, die in diesem Band zu einer Art Festschrift für Howard Phillips Lovecraft zusammengetragen sind.

Der verstorbene Leo Margulies, der während seines langen Lebens einiges an populärer Literatur veröffentlicht hat, bemerkte einmal, man komme entweder als Geschichtenerzähler auf die Welt oder nicht. Das Gleiche kann man wohl über Autoren der kosmischen Phantastik sagen: auf den Stufen, die zum Saal des Dagon hinaufführen, findet man allerorten die Gebeine der Möchtegern-Nachahmer, die versucht haben, einen Lovecraft-Pastiche zu schreiben, aber mangels des Silberschlüssels auf ganzer Linie darin versagten, die beschwörende Majestät ihres Vorbilds zu erreichen. 1930 kommentierte Lovecraft in einem Brief an Clark Ashton Smith die relative Seltenheit solcher kosmischer Empfindsamkeit unter seinen Bekannten: *»Ich habe einige Mühe auf mich genommen, um mehrere Personen auf ihre Fähigkeit hin abzuklopfen, tiefschürfend zu empfinden in Bezug auf den Kosmos und die verstörende und faszinierende Eigenart des Außerirdischen und ewig Unbekannten; und mein Ergebnis enthüllt einen überraschend kleinen Anteil.«*

Und doch, das kosmische Element zeigt sich in Lovecrafts eigenen Erzählungen zwanghaft gegenwärtig: In »Die Anderen Götter« erklimmt Barzai der Weise den Gipfel des Hatheg-Kla, um den Göttern der Erde ins Antlitz zu blicken, und trifft statt ihrer auf *»die Anderen Götter ... der Äußeren Höllen ...!«* In »Die Musik des Erich Zann« öffnet sich in einem baufälligen Haus auf der Rue d'Auseil eine Dachkammer in *»die Lichtlosigkeit eines unermesslichen Alls ... das von einer völlig unirdischen Musik erfüllt war.«* Und in »Der Schatten aus der Zeit« findet ein College-Professor auf der letzten Seite den Beweis, dass sein *»eigener Körper einen schrecklichen, fremden Geist aus unermesslichen Urzeiten beherbergt«* hatte.

Drei Geschichten aus drei unterschiedlichen Phasen von Lovecrafts schöpferischer Arbeit: Dunsanianisch, Poeske Schauergeschichte und Mythoserzählung – doch alle schließen sie die charakteristische kosmische Epiphanie des Autors ein, seine halluzinatorische Ekstase über das Unbekannte. Um die Wahrheit zu sagen, eine frühe dunsanianische Fabel wie »Die Anderen Götter« von 1921 und eine reife Mythos-Erzählung wie »Der Schatten aus der Zeit« aus dem Jahre 1934 haben mehr gemein als »Der Schatten aus der Zeit« mit irgendeinem zeitgenössischen Mythos-Abklatsch eines anderen Autors als Lovecraft. Wie eine Leuchtbake durchstrahlt eine unnachahmliche kosmische Vision Lovecrafts Werk; der moderne Mythos-Pastiche hingegen ist einfach nur eine banale moderne Horror-Story, die von dem unvermeidlichen *Necronomicon-Zitat* eingeleitet wird und in die wahllos monströse Gottheiten, triefende Tentakel und allerlei Abscheulichkeiten aus alter Zeit eingestreut werden; abgerundet wird das erbärmliche Gemansche mit einem Chor von hebephrenisch »Iä! Iä!« singenden Fröschen. Um es mit Leo Margulies zu sagen: Schriftsteller des Kosmischen werden geboren, nicht geschaffen.

Wenn aber nur H. P. Lovecraft eine Azathoth-zertifizierte Lovecraft'sche Erzählung schreiben kann, so folgt daraus, dass die in diesem Band gesammelten Geschichten keine guten Lovecraft'schen Erzählungen sein können; es sind vielmehr gute Erzählungen, die in der einen oder anderen Weise von Lovecraft inspiriert worden sind. Jede Leserin und jeder Leser fühle sich eingeladen, die Lovecraft'schen Einflüsse auf den kommenden Seiten zu entdecken; manchmal werden sie geradezu ins Auge springen, manchmal muss man schon sehr genau hinsehen. In dieser Einführung möchte ich mich daher ausdrücklich auf das letzte Werk beschränken, Roger Zelaznys mit dem Hugo Award ausgezeichnete Novelle »24 Ansichten des Fujiyama, von Hokusai«.

Zelazny präsentiert uns eine japanische Todesodyssee, in der eine sterbende Frau ihren toten Ehemann zu vernichten sucht, der sich wiederum aus seinem sterblichen Leib entrückt hat und zu einer zunehmend anomalen Erscheinung im »Datennetz« wird, einer Art kosmischem Cyberspace. An der neunten »Station« in der Pilgerfahrt dieser Frau schiebt Zelazny eine scheinbare erzählerische Abschweifung ein: seine Protagonistin beschreibt einen alten Tempel am Meer, der zu einer Religion gehöre, die *»weit älter«* sei als der einheimische Schintoismus und deren Mönche *»eine gewisse Verdickung und Ausweitung der Haut zwischen ihren Fingern und Zehen«* aufwiesen ... Die Mönche, so erfahren wir, sind Anhänger der verrufenen Alten, die ihre abscheulichen Riten in Erwartung einer beglückenden Rückkehr des im Meer versunkenen R'lyeh überliefern.

Zelazny neckt uns mit diesem spielerischen Bezug zum Cthulhu-Mythos, doch die Anspielung verschwindet für etliche Seiten. Erst gegen Ende, als die Protagonistin bemerkt, dass ihr zwei eigenartige Mönche gefolgt sind, sieht sie *»die starke Schwiele entlang der Handkante«* des Mönches, und die Mönche gehören einem mysteriösen ungekennzeichneten Tempel an. Folglich ist die Frau während der ausgedehnten Erzählung die ganze Zeit von dämonischen Abgesandten des unheiligen R'lyeh-Kultes verfolgt worden.

Nun hat Roger Zelazny in solchen Klassikern wie *Herr des Lichts* und *Fluch der Unsterblichkeit* seine meisterliche Beherrschung der Weltmythologie hinlänglich unter Beweis gestellt; warum entschied er, in »24 Ansichten« (zugegeben zweitrangige) Elemente von Lovecrafts imaginärer Kosmogonie einzuflechten? Ich vermute, dass der Autor das Bedürfnis hatte, eine Pseudomythologie von hinreichender Größe zu gebrauchen, um sein Konzept unterzubringen, in dem die Novelle gipfelt: *»Es wird bedeuten, dass jeder auf der Erde in viel größerer Gefahr schwebt, als ich angenommen habe«*, warnt uns seine Protagonistin; *»denn ich habe es nicht nur mit Dingen zu tun, sondern mit etwas, das eher den altehrwürdigen Mächten und Fürsten ähnelt.«* Angesichts der zersetzenden Bedrohung, der transzendentalen Boshaftigkeit seines Gegenspielers konnte Zelazny als mythologischen Unterbau von angemessener Gewaltigkeit und Majestät nur das kosmische Reich von H. P. Lovecraft heraufbeschwören.

Und während man sich in der Zukunft an Lovecraft wegen der puren Eindringlichkeit seiner kosmischen Vision erinnern mag, deutet Roger Zelaznys Novelle eine zweite Möglichkeit an, Unsterblichkeit zu erlangen. Kadath und Cthulhu, Arkham und Ulthar, das *Necronomicon* und Nyarlathotep – die unvergleichliche Traumwelt, die der Einsiedler von Providence sich erdacht hat, ist während der Jahrzehnte seit seinem Tod zu einem Bestandteil unserer populären Kultur geworden. Und während sich das Tor zum einundzwanzigsten Jahrhundert öffnet, reiht sich ein menschenfressender Frosch namens Cthulhu neben Shelleys Frankenstein, Stokers Dracula und Tolkiens Hobbits bei den dauerhaften Kultgestalten der Weltliteratur ein.

Jim Turner

20

Die Pine Barrens

VON F. PAUL WILSON

1. Auf der Suche nach einem Teufel

Ich habe heute meinen Anrufbeantworter erschossen. Habe die alte Kaliber 12 rausgeholt, die mein Vater mir hinterlassen hat, und ihn in Stücke geballert. Eine alberne, sinnlose Geste, ich weiß, aber sie veranschaulicht meinen gegenwärtigen Zustand, wie ich meine.

Und ich hatte ein gutes Gefühl dabei. Wenn der Anrufbeantworter nicht gewesen wäre, würde mein Leben jetzt völlig anders aussehen. Ich hätte Jonathan Creightons Anruf nicht bekommen. Ich wäre unwissender, aber viel, viel glücklicher. Und es gäbe wenigstens noch den Anschein von Ordnung und Sinn in meinem Leben.

Er hinterließ eine ganz harmlose Nachricht:

»Das Büro von Kathleen McKelston und Partner! Hört sich nach Großkapital an! Wie geht's denn so, Mac? Hier ist Jon Creighton. Ich bin diese Woche in der Gegend und würde mich gern mit dir treffen. Mittag- oder Abendessen – was dir lieber ist. Ruf mich kurz an.« Und er hinterließ eine Nummer mit einer 212er Vorwahl.

So einfach, so geradeheraus, ohne einen Hinweis, wohin es führen würde.

Tag für Tag arbeitet man sich durchs Leben, lernt dabei die Spielregeln, schafft sich einen Platz, wo man hingehört, ein Plätzchen für sich. Mal hat man Glück, mal hat man Pech, manchmal hilft man dem Glück etwas nach, und mit der Zeit fängt man an zu glauben, dass man für ein paar Dinge die Lösung gefunden hat – nicht für alle natürlich, aber für genügend –, dass man meint, etwas begriffen zu haben, dass man sein Leben im Griff hat und vielleicht in der Lage sein könnte, etwas Anständiges daraus zu machen. Man fängt an zu glauben, man habe die Kontrolle. Dann kommt einer wie Jonathan Creighton daher und zerschlägt alles. Nicht nur alle Pläne, Hoffnungen und Träume, sondern einfach alles, bis hin zum Sinn dafür, was wirklich ist und was nicht.

Ich hatte seit dem College nichts von ihm oder über ihn gehört und nur gelegentlich mal an ihn gedacht, bis zu jenem Tag Anfang August, als er in meinem Büro anrief. Gespannt auf ihn, erwiderte ich den Anruf und verabredete einen Termin zum Mittagessen.

Das war mein erster Fehler. Wenn ich nur die leiseste Ahnung gehabt hätte, wohin dieses simple Mittagessen mit einem alten College-Lover führte, ich hätte das Telefon hingeknallt und wäre nach Europa oder in den Orient oder irgendwohin geflohen, wo Jonathan Creighton nicht war.

Wir hatten uns damals in den Sechzigern bei einem Erstsemestertreffen an der Rutgers University kennen gelernt. Vielleicht nahmen wir beide unterschwellige Zeichen auf – wir nannten das damals Schwingungen –, die uns verrieten, dass wir eine ländliche Erziehung teilten. Wir waren nicht so angezogen, benahmen uns nicht so und fühlten uns auch nicht so, aber wir waren zwei Provinzler aus Jersey. Ich kam aus der Gegend um Pemberton, Jon aus einem anderen ländlichen Gebiet in North Jersey aus der Nähe eines Ortes mit Namen Gilead. Ungeachtet dieser Verbindung waren wir in vielen anderen Dingen vollkommen gegensätzlich. Es verblüfft mich noch immer, dass wir glänzend miteinander ausgekommen sind. Ich war karriereorientiert, während Jon ... na ja, er war ein Spinner. Den Spitznamen Crazy Creighton hatte er verdient, und er wurde ihm tagtäglich gerecht. Er blieb nie so lange bei einer Sache, dass das jemandem erlaubt hätte, ihn festzunageln. Immer voran zur nächsten brandneuen Thematik, bevor die Masse darauf aufmerksam wurde, immer hinein ins Exotische und Esoterische. Auf der Suche nach der großen Wahrheit sei er, hätte er gesagt.

Und wie es so oft mit Leuten geht, die in vielen Dingen gegensätzlich sind, fanden wir einander unwiderstehlich und verliebten uns wahnsinnig.

Im zweiten Jahr an der Uni fanden wir eine Wohnung außerhalb des Campus und zogen zusammen. Es war mein erstes Verhältnis und keineswegs ein friedliches. Ich las die sonderbaren Bücher, die er auftrieb, und folgte ihm in seinen merkwürdigen Phasen, aber ich sprach ein Machtwort, als es um die Pickman-Drucke ging. An diesen Bildern war etwas zutiefst Verstörendes, das über ihren grausigen Gegenstand hinausging. Jon stritt deswegen nicht mit mir. Er lächelte nur traurig in seiner herablassenden Art, als wäre er enttäuscht, dass ich das Wesentliche nicht begriffen hatte, rollte sie ein und packte sie weg.

Was uns zusammenhielt – wir waren mindestens ein Jahr lang zusammen –, war unser Eifer, grenzenlose persönliche Eigenständigkeit zu erlangen. Wochenlang sprachen wir jeden Abend darüber, wie wir vollkommene Kontrolle über unser Leben erlangen könnten, und planten ungehemmt, wie wir es anpacken sollten. Heute hört sich das albern an, aber das waren die Sechziger, und wir haben damals wirklich über solche Dinge diskutiert.

Unsere Beziehung überdauerte das zweite Unijahr, dann trennten wir uns. Es hätte noch länger gehen können, wenn Creighton sich nicht mit den Drogenabhängigen eingelassen hätte. Das war, was mich betraf, der Pfad zum Verlust jeglicher Autonomie, doch Creighton sagte, man kann nicht frei sein, ehe man weiß, was wirklich ist. Und wenn Drogen vielleicht die Wahrheit enthüllen, müsse man sie ausprobieren. Was meiner Ansicht nach Hippie-Scheiße war. Danach sind wir uns kaum noch über den Weg gelaufen. Schließlich wohnte er in seinem letzten Studienjahr allein außerhalb des Campus. Irgendwie schaffte er den Abschluss in Anthropologie, und das war das Letzte, was ich von ihm hörte.

Aber das heißt nicht, dass er nicht seine Spuren hinterlassen hätte.

Mich muss man wahrscheinlich eine Feministin nennen. Ich bin nicht bei der National Organization for Women, und ich marschiere nicht durch die Straßen, aber ich lasse auch niemanden auf mir herumtrampeln, nur weil ich eine Frau bin. Ich glaube an mich, und vermutlich habe ich einiges davon Jonathan Creighton zu verdanken. Er hat mich immer als gleichberechtigt behandelt. Er machte kein Getue darum – es lag einfach unausgesprochen in seinem Benehmen, dass ich intelligent und kompetent war, Respekt verdiente und fähig war, auf eigenen Füßen zu stehen. Das wirkte auf meine Entwicklung. Und ich werde ihn immer dafür ehren.

Das Mittagessen. Ich suchte mir das *Rosario's* auf der Point Pleasant Beach-Seite des Manasquan Inlet aus, nicht so sehr wegen des Essens als wegen der Aussicht. Creighton kam zu spät, und das überraschte mich nicht sonderlich. Ich nahm es ihm nicht übel. Ich nippte an einer Chablis-Schorle und beobachtete, wie die Ausflugsboote von ihren Halbtagestouren einliefen, bei denen sie Grundangelei betrieben. Dann unterbrach mich eine Stimme mit vertrauten Anklängen bei meinen Gedanken.

»Na, Mac, du hast dich nicht sehr verändert, wie ich sehe.«

Ich drehte mich um, und was ich sah, entsetzte mich. Creighton war kaum wiederzuerkennen. Er war immer dünn gewesen, an der Grenze zum Abgezehrten. Konnte, der da vor mir stand, der plumpe Bärtige mit der Puttenfigur ...?

»Jon? Bist du das?«

»Von Kopf bis Fuß«, sagte er und breitete die Arme aus.

Wir drückten uns kurz, dann setzten wir uns in eine Nische ans Fenster. Als er sich auf der anderen Seite hinter den

Tisch quetschte, rief er der Kellnerin zu und deutete auf mein Glas.

»Zwei Lites für mich und für sie auch noch eins.«

Beim ersten Anblick dachte ich noch, dass er mit dem Übergewicht zum ersten Mal in seinem Leben gesund aussah. Sein Haar war noch voll und dunkelbraun, die Wangen rund und rosig, doch die Augen wirkten eingesunken und glänzten zu sehr. Er gab sich aufgeräumt, aber ich spürte einen grimmigen Unterton. Ich überlegte, ob er noch auf Drogen war.

»Fast ein Vierteljahrhundert her, seit wir zusammen waren«, sagte er. »Schwer zu glauben, dass das so lange zurückliegt. Es scheint, dass die Jahre es gut mit dir gemeint haben.«

Soweit es mein Aussehen betrifft, stimmt das wahrscheinlich. Ich färbe meine Haare nicht, darum steckt ein wenig Grau zwischen dem Rot. Aber ich hatte schon immer ein junges Gesicht. Ich trage kein Make-up – bei meiner Haarfarbe und den Sommersprossen brauche ich keins.

»Mit dir auch.«

Was eigentlich nicht stimmte. Sein offener Hemdkragen war durchgescheuert und sah aus, als hätte er das Hemd seit der letzten Wäsche schon zum dritten Mal an. Die Tweedjacke war an den Ellbogen abgenutzt und gut zwei Nummern zu klein für ihn.

Bei den Drinks, den Vorspeisen und fast während des ganzen Hauptgerichts holten wir jeweils den Lebenslauf des anderen nach. Ich erzählte ihm von meiner kleinen Wirtschaftsprüfungsfirma, meiner Heirat, meiner vor kurzem erfolgten Scheidung.

»Keine Kinder?«

Ich schüttelte den Kopf. Die Ehe war mies gelaufen, die Scheidung ein Albtraum. Ich wollte von dem Thema weg.

»Aber genug von mir«, sagte ich. »Was hast du inzwischen angestellt?«

»Würdest du mir glauben, wenn ich sage klinische Psychologie?«

»Nein«, antwortete ich, zu erschüttert, um zu lügen.

Der Jonathan Creighton, den ich gekannt hatte, war so exzentrisch gewesen, so aus dem Tritt geraten, so sehr mit sich selbst beschäftigt, dass ich ihn mir als Psychotherapeuten nicht vorstellen konnte. Jonathan Creighton, der anderen Leuten half, ihr Leben zu bewältigen – das war beinahe zum Lachen.

Jedoch war er es, der lachte – gutmütig außerdem.

»Oh ja. Es ist wirklich schwer zu glauben, aber ich habe nach dem College weiterstudiert, das Diplom gemacht und dann den Doktor. Hatte sogar eine Praxis aufgemacht.«

Er verstummte.

»Du redest in der Vergangenheitsform«, sagte ich.

»Richtig. Es hat nicht geklappt. Die Praxis kam nie richtig in Gang. Aber das Problem lag eigentlich bei mir. Ich habe eine Form von Realitätstherapie benutzt, aber sie wirkte nie, wie sie sollte. Und schließlich begriff ich, warum: Ich weiß nicht – ich erkenne nicht –, was die Wirklichkeit ist. Niemand erkennt das.«

Das hatte für mich einen allzu vertrauten Klang. Ich versuchte, die Dinge heiter zu nehmen, bevor es zu bedrückend wurde.

»Hat nicht mal jemand gesagt, die Wirklichkeit ist das, worüber du stolperst, wenn du mit geschlossenen Augen umherläufst?«

Creightons Lächeln hatte eine Spur von seiner alten Herablassung, die manche Leute so wütend gemacht hatte.

»Ja, ich nehme an, so etwas sagt hin und wieder jemand. Jedenfalls beschloss ich wegzugehen und zu sehen, ob ich herausfinden könnte, was Wirklichkeit tatsächlich ist. Bin viel rumgereist. Bin schließlich an der Miskatonic University gelandet. Schon mal davon gehört?«

»Die ist in Massachusetts, oder?«

»So ist es. In einer kleinen Stadt namens Arkham. Ich habe

mich dem Institut für Anthropologie angeschlossen – das war schließlich mein Hauptfach. Aber jetzt habe ich die Alma Mater verlassen, um ein Buch zu schreiben.«

»Ein Buch?«

Das klang inzwischen nach einem reichlich wirren Leben. Aber das hätte mich nicht überraschen sollen.

»Eine tolle Sache!«, sagte er, und seine Augen funkelten. »Ich habe Stipendien von Rutgers, Princeton, von der American Folklore Society, der New Jersey Historical Society und einem halben Dutzend anderer, nur um ein Buch zu schreiben!«

»Wovon handelt es?«

»Von den Ursprüngen bestimmter Volksmärchen. Ich werde einige auswählen und bis an ihre Ursprünge zurückverfolgen. Und da kommst du ins Spiel.«

»Ach?«

»Ich werde ein entscheidendes Kapitel dem Jersey-Teufel widmen.«

»Es sind ganze Bücher geschrieben worden über den Jersey-Teufel. Warum nimmst du nicht –«

»Ich will echte Quellen dafür haben, Mac. Durchgehend primäre. Nichts aus zweiter Hand. Das Buch soll maßgeblich werden.«

»Was kann ich für dich tun?«

»Du bist eine Piney, stimmt's?«

Es durchzuckte mich ein gewisser Unmut. Obwohl sich die Leute heutzutage schon selbst mit einem gewissen Stolz als Piney bezeichneten und ich sogar schon Stoßstangenaufkleber gesehen hatte, die für »Piney Power« warben, kamen doch manche von uns nicht umhin hochzufahren, wenn es ein Außenstehender in den Mund nahm. Als ich ein Kind war, wurde es immer als abfälliges Wort gebraucht. Ähnlich wie Clamdigger für die Leute hier an der Küste. Kampfparolen. Offiziell bezog es sich auf die alteingesessenen Einheimischen der großen Pine Barrens, die sich südlich der Route 70 bis zum unteren Ende des Staates erstrecken. Ich habe den Ausdruck immer gehasst. Für mich war das genauso, als nannte man jemanden einen Redneck.

Was, um ehrlich zu sein, von der Wahrheit nicht so weit entfernt war. Die echten Pineys sind arme Landbewohner, die zumeist Gemüsegärtnereien betreiben und niedrige Arbeiten auf den Beerenfeldern und Preiselbeersümpfen verrichten – eine Menge haben tatsächlich einen roten Nacken. Viele sind ungebildet oder bestenfalls wenig gebildet. Wer sich einen Wagen leisten kann, fährt den typischen Pick-up mit dem Gewehrhalter an der rückwärtigen Scheibe. Sie reden sogar mit einem südlich klingenden Akzent. Sie sind hinterwäldlerische Bauerntölpel mitten im Herzen des industriellen Nordostens, wie die Landbevölkerung der Südstaaten, die man Rednecks nennt. Ein Anachronismus.

Und uns nennt man eben Pineys.

»Wer hat dir das erzählt?«, fragte ich so ruhig ich konnte.

»Du. Damals, auf dem College.«

»Tatsächlich?«

Es erschütterte mich zu sehen, wie weit ich mich von meinen Wurzeln entfernt hatte. Als verängstigtes, naives Erstsemester, das sich selbst ablehnte, hatte ich mich wahrscheinlich wirklich als Piney bezeichnet. Inzwischen führte ich das Wort überhaupt nicht mehr an, weder in Bezug auf mich selbst noch auf sonst jemanden. Ich war eine Frau mit College-Bildung; ich wurde in meinem Beruf geachtet und sprach den farblosen Einschlag der Nordostküste. Niemand, der bei klarem Verstand war, würde mich für eine Piney halten.

»Also, das war nur ein Witz«, sagte ich. »Meine Familie stammt ursprünglich aus den Pine Barrens, aber eine Piney bin ich beim besten Willen nicht. Darum bezweifle ich, dass ich dir helfen kann.«

»Oh, aber ja! Der Name der McKelstons ist in den Barrens

30

ganz groß. Jeder kennt ihn. Du hast eine Menge Verwandte da.«

»Wirklich? Woher weißt du das?«

Plötzlich sah er verlegen aus.

»Weil ich inzwischen einige Male dort gewesen bin. Niemand will bei mir gesprächig werden. Ich bin ein Außenseiter. Sie trauen mir nicht. Anstatt meine Fragen zu beantworten, nehmen sie mich auf den Arm. Sie sagen, sie wissen nicht, wovon ich rede, aber sie kennen jemanden, der etwas wissen könnte, dann schicken sie mich immer im Kreis. Letzten Monat habe ich mich da draußen zwei volle Tage lang verirrt. Und glaub mir, ich kriegte es mit der Angst. Ich dachte, ich würde nie wieder zurückfinden.«

»Da wärst du nicht der Erste. Eine Menge Leute, sogar viele erfahrene Jäger, sind in die Barrens gegangen und wurden nie wieder gesehen. Du hättest dich besser fern gehalten.«

Urplötzlich griff er über den Tisch und drückte meine Hand.

»Du musst mir helfen, Kathy. Meine ganze Zukunft hängt davon ab.«

Ich war bestürzt. Er hatte mich immer Mac genannt. Sogar im Bett in den alten College-Zeiten hatte er nie Kathy zu mir gesagt. Sachte zog ich meine Hand weg und sagte: »Ach, komm, Jon ...«

Er lehnte sich zurück und starrte aus dem Fenster auf die kreisenden Möwen.

»Wenn ich die Sache richtig anstelle, etwas wirklich Maßgebendes schaffe, könnte mich das wieder zurück an die Miskatonic bringen, damit ich meine Doktorarbeit beenden kann.«

Ich war augenblicklich misstrauisch.

»Ich dachte, du hättest gesagt, du hast die Miskatonic verlassen, Jon. Wieso kannst du nicht ohne das wieder zurück?«

»So genannte Unregelmäßigkeiten«, sagte er, ohne mich anzusehen. »Den alten Scheißern in der Altertumsabteilung gefiel nicht, wohin meine Untersuchungen führten.«

»Diese Sache mit der Realität.«

»Ja.«

»Das haben sie dir gesagt?«

Jetzt blickte er mich an.

»Nicht gerade ausdrücklich, aber ich habe begriffen.« Er beugte sich nach vorn. Seine Augen glänzten mehr denn je. »Sie haben da Bücher und Handschriften in riesigen Tresoren eingeschlossen, einzigartige Bände aus Zeiten, die die meisten Wissenschaftler als prähistorisch ansehen. Ich konnte mir einen Ausweis beschaffen, eine Fälschung, mit dem ich in die Tresorräume hineinkam. Es ist unglaublich, was sie da alles haben, Mac. *Unglaublich!* Ich muss wieder dorthin. Wirst du mir helfen?«

Seine Heftigkeit war erschreckend. Und verlockend.

»Was müsste ich tun?«

»Mich einfach in die Pine Barrens begleiten. Nur für ein paar kurze Fahrten. Wenn ich dich als Empfehlung habe, dann werden sie mit mir über den Jersey-Teufel reden, das weiß ich. Danach schaffe ich es allein. Alles, was ich brauche, sind ein paar ehrliche Auskünfte von den Leuten, und ich habe meine primären Quellen zusammen. Dann bin ich vielleicht in der Lage, eine Volkslegende bis an ihre Wurzeln zurückzuverfolgen! Ich werde deinen Namen in die Danksagung setzen, ich zahle dir Geld, ich tue alles, Mac, nur lass mich nicht hängen!«

Er wirkte geradezu außer sich, als er mit Reden fertig war.

»Sachte, Jon. Ganz sachte. Lass mich nachdenken.«

Die Saison der Steuererklärungen war vorbei, und ich hatte einen lockeren Arbeitsplan für den Sommer. Und selbst wenn ich einem engen Arbeitsplan entgegensähe, na und? Offen gesagt war meine Arbeit nicht mehr annähernd so befriedigend wie früher. Die Herausforderung, die Vorurteile und Zweifel gegen einen weiblichen Wirtschaftsprüfer zu überwinden, das Aufregende beim Aufbau eines Klientenstammes, das alles war vorüber. Inzwischen war das meiste Routine geworden.

Außerdem hatte ich keinen Ehemann mehr. Keine Kinder dem Erwachsensein entgegenzuführen. Ich musste zugeben, dass mein Leben im Augenblick ziemlich leer war. Und ich ebenfalls. Warum sich also nicht ein bisschen Zeit nehmen, um seine Wurzeln zu besichtigen und Crazy Creighton zu helfen, sein Leben ins Gleis zu bringen, falls so etwas möglich war? Bei diesem Geschäft würde ich vielleicht ein wenig Perspektive für mein eigenes Leben gewinnen.

»Also gut, Jon«, sagte ich. »Ich werde es tun.«

Creightons Augen leuchteten von wahrer Freude, ein Unterschied zu der fiebrigen Intensität, die sie gehabt hatten, als er sich hinsetzte. Er warf mir beide Hände entgegen.

»Ich könnte dich küssen, Mac! Ich kann dir nicht sagen, wie viel das für mich bedeutet! Du hast keine Ahnung, wie wichtig das ist!«

Darin hatte er Recht. Nicht die geringste Ahnung.

2. Die Pine Barrens

Zwei Tage später waren wir so weit, unseren ersten Vorstoß in die Wälder zu unternehmen.

Creighton trug eine Safarijacke, als er mich in einem leicht zerbeulten Jeep Wrangler mit Vierradantrieb abholte.

»Wir fahren nicht nach Afrika«, erklärte ich ihm.

»Ich weiß, aber mir gefallen die Taschen. Da passt alles Mögliche rein.«

Ich warf einen Blick in das Hintere des Wagens. Er war überraschend gut ausgerüstet. Ich bemerkte einen Kühltank, eine Lebensmittelkiste, Rucksäcke und etwas, das nach Schlafsäcken aussah. Ich hoffte, er würde nicht irgendwelche romantischen Ideen hegen. Ich hatte mich gerade von einem Mann getrennt und war nicht auf der Suche nach einem anderen, besonders nicht nach Jonathan Creighton.

»Ich habe versprochen, dir beim Umschauen zu helfen. Von Camping war nicht die Rede.«

Er lachte. »Ganz meine Meinung. Das Holiday Inn ist meine Vorstellung vom primitiven Leben. Ich war zwar nie bei den Pfadfindern, aber ich halte viel davon, vorbereitet zu sein. Ich habe mich schließlich schon einmal verirrt.«

»Und wir kommen zurecht, ohne dass das noch einmal passiert. Hast du einen Kompass?«

Er nickte. »Und Karten. Sogar einen Sextanten.«

»Du weißt wirklich, wie man ihn benutzt?«

»Ich habe es gelernt.«

Ich entsinne mich dunkel, dass ich wegen seines Sextanten beunruhigt gewesen bin, aber nicht recht wusste, warum. Ehe ich noch etwas sagen konnte, drückte er mir die Schlüssel in die Hand.

»Du bist der Piney, du fährst.«

»Doch Mr. Macho, wie ich sehe.«

Er lachte. Ich fuhr.

Von Ocean County im Norden aus ist es leicht, zu den Pine Barrens zu gelangen. Man nimmt die Route 70 und fährt nach Westen. Etwa auf halbem Weg zwischen dem Atlantik und Philadelphia, sagen wir, bei einem Ort mit Namen Ongs Hat, biegen Sie links ab. Und nehmen winkend Abschied vom Zwanzigsten Jahrhundert und der Zivilisation, wie Sie sie kennen.

Wie soll ich die Pine Barrens jemandem beschreiben, der dort noch nie gewesen ist? Zuerst einmal sind sie groß. Um richtig einzuschätzen, wie groß, muss man mit einem kleinen Flugzeug darüberfliegen. Sie erstrecken sich über sieben Landkreise und nehmen ein Viertel des Staates ein, aber da New Jersey nicht groß ist, weiß man noch gar nichts. Wie klingen zweitausend Quadratmeilen? Oder eine Million Morgen? Fast die Größe des Yosemite-Nationalparks. Verschafft Ihnen das eine Vorstellung von der Ausdehnung?

Wie soll ich beschreiben, was für eine Wildnis das ist? Einen Anhaltspunkt geben Ihnen die Karten. Schauen Sie sich eine Autokarte von New Jersey an. Falls Sie gerade keine zur Hand haben, stellen Sie sich eine längliche Platte mit Spaghetti vor; jetzt stellen Sie sich vor, wie sie aussieht, wenn jemand in der Mitte der unteren Hälfte die meisten verschlungen hat und nur noch ein paar einzelne Nudeln die nackte Platte kreuzen. Genauso ist es mit einer Karte der Bevölkerungsdichte – ein großes klaffendes Loch in der südlichen Hälfte, wo die Pine Barrens liegen. New Jersey ist der am dichtesten besiedelte Staat der USA: auf eine Quadratmeile kommen im Durchschnitt tausend Einwohner. Aber die in North Jersey gelegenen Vorstädte von New York City strotzen mit vierzigtausend pro Quadratmeile. Wenn Sie die Massen an der Küste, in den Großstädten und in den Städten entlang des westlichen Interstatekorridors berücksichtigen, dann bleiben nicht allzu viele Leute übrig, wenn Sie an die Pine Barrens denken. In der Mitte der südlichen Barrens habe ich von einem Gebiet von über einhunderttausend Morgen gehört – das entspricht etwa 160 Quadratmeilen –, wo einundzwanzig Menschen leben. *Einundzwanzig.* Ein menschliches Wesen auf acht Quadratmeilen in einem Gebiet, das an der Strecke Boston-New York-Philadelphia-Baltimore-Washington D. C. liegt.

Schon wenn Sie von einer der Straßen, die durch die Barrens gehen, abbiegen, spüren Sie die Isolation sofort. Die vierzig Fuß hohen Kiefern umzingeln Sie von hinten und schneiden Sie still, aber umso wirkungsvoller vom Rest der Welt ab. Ich möchte wetten, dass in den Barrens Leute gelebt haben, die das hohe Alter erreichten, ohne je eine gepflasterte Straße zu sehen. Umgekehrt existiert keine einzige vollständige topografische Karte von den Barrens, weil es große Gebiete gibt, die noch kein menschliches Auge gesehen hat.

Begreifen Sie allmählich?

»Wo fangen wir an?«, fragte Creighton, während wir an den Rentnerstädten der Route 70 vorbeikrochen. In meiner Kindheit war das noch eine leere Strecke gewesen. Jetzt wohnten hier die Faltengesichter.

»In der Hauptstadt.«

»Trenton? Ich will nicht nach Trenton.«

»Nicht die Landeshauptstadt. Die Hauptstadt der Barrens. Hieß früher Shamong Station, heute Chatsworth.«

Er holte seine Karte heraus und warf einen Blick in den Index.

»Ach richtig. Hier hab ich sie. Liegt direkt in der Mitte. Wie groß ist sie?«

»Eine wahrhaftige Piney-Megalopole, mein Freund. Dreihundert Seelen.«

Creighton lächelte, und für ein oder zwei Augenblicke wirkte er beinahe ... harmlos.

»Meinst du, wir schaffen es vor der Rush Hour?«

3. Jasper Mulliner

Ich blieb auf den Hauptstraßen, von der 70 über die 72 zur 563, und wir waren im Handumdrehen da.

»Hier wirst du etwas sehen, was du nirgendwo anders in den Barrens sehen wirst«, sagte ich, während ich die Hauptstraße von Chatsworth hinunterfuhr.

»Elektrizität?«

Er blickte von dem Haufen Karten in seinem Schoß nicht auf. Er hatte unsere Fahrt auf dem Papier verfolgt, Meile für Meile.

»Nein. Rasen. Vor Jahren haben eine Anzahl Familien beschlossen, dass sie Gras in ihrem Vorgarten haben wollten. Es gibt hier draußen keinen nennenswerten Mutterboden, sondern hauptsächlich Sand. Also fuhren sie Lkw-Ladungen mit Erde heran und säten sich den Rasen aus. Jetzt müssen sie ihn mähen.«

Ich fuhr an der Gemischtwarenhandlung mit ihren drei Zapfsäulen auf dem Bürgersteig vorbei.

»Esso«, sagte Creighton, der auf das Schild über den Säulen starrte. »Das sagt doch alles, oder?«

»Das tut es.«

Wir fuhren weiter, bis wir an einen sandigen Parkplatz kamen, der von einem einzelnen Wohnwagen besetzt war. Kein Rasen hier.

»Wer ist das?«, fragte Creighton und faltete die Karten zusammen, während ich aus dem Wrangler sprang.

»Ein alter Freund der Familie.«

Hier wohnte Jasper Mulliner. Er war irgendein Onkel, mütterlicherseits, glaube ich. Aber entfernte Blutsverwandtschaft ist in den Barrens nichts Besonderes. Schrecklich viele Leute sind auf die eine oder andere Weise miteinander verwandt. Manche behaupteten, er sei ein Nachkomme des berüchtigten Banditen der Gegend, Joseph Mulliner. Jasper hat das nie bestätigt, aber auch nie abgestritten.

Ich klopfte an die Tür, gespannt, wer zum Vorschein kommen würde. Es war nicht einmal sicher, ob Jasper noch lebte. Aber als sich die Tür öffnete und der grauhaarige alte Kopf durch den Spalt stieß, erkannte ich ihn sofort.

»Sie verkaufen nicht irgendein Zeug, oder?«, sagte er.

»Nein, Mr. Mulliner«, sagte ich. »Ich bin Kathleen McKelston. Ich weiß nicht, ob Sie sich an mich erinnern, aber ...«

Seine Augen begannen zu leuchten, und ein zahnloses Grinsen zog über das ganze Gesicht.

»Dannys Mädchen? Die das College-Stipendium gekriegt hat? Sicher erinnere ich mich! Komm rein!«

Jasper trug Khaki-Shorts, ein ärmelloses, orangefarbenes T-Shirt und Duckboots ohne Socken. Das weiße Haar war ordentlich gekämmt, und er war frisch rasiert. In jüngeren Jahren war er ein Salzwiesenfarmer gewesen, seine Hände waren noch schwielig davon. Später hatte er sich verändert und einen Preiselbeersumpf bestellt. Seine Haut hatte ein wettergegerbtes Braun und sah zäher aus als Sattelleder. Das Innere des Wohnwagens erinnerte mich mehr an einen niedrigen Güterwagen als an ein Zuhause, aber es war sauber. Das Fernsehgerät verriet mir, dass er Elektrizität hatte, aber ich sah kein Telefon oder etwas, das auf fließendes Wasser hindeutete.

Ich stellte ihn Creighton vor, und wir setzten uns auf einen dreibeinigen Hocker und zwei Stühle mit Sprossenlehne, worauf ich ihm fast eine halbe Stunde lang von meinem Leben erzählte, seit ich aus den Barrens weggezogen war, Fragen über meine Mutter beantwortete und erzählte, wie es ihr ging, seit mein Vater gestorben war. Dann ging er zu einem Monolog über, was für ein großartiger Mann mein Vater gewesen sei. Ich ließ ihn reden und tat, als würde ich zuhören, wandte mich aber in Gedanken anderen Dingen zu. Nicht weil ich gegenteiliger Ansicht gewesen wäre, sondern weil es kaum ein Jahr zurücklag, dass Papa tot umgefallen war, und es mir immer noch wehtat.

Papa war kein typischer Piney gewesen. Er hatte die Barrens so geliebt wie jeder andere, der dort aufgewachsen war, aber er hatte gewusst, dass es woanders ein bedeutenderes, wenn auch nicht unbedingt besseres Leben gab. Jene bedeutendere Welt interessierte ihn nicht im Mindesten, aber nur weil er sich mit seinem Dasein zufrieden gab, hieß noch nicht, dass ich mich auch zufrieden geben musste. Seinem einzigen Kind wollte er die Wahl lassen. Er wusste, dass ich eine anständige Ausbildung brauchte, wenn diese Wahl sinnvoll sein sollte. Und um mir die Ausbildung zu ermöglichen, tat er, was wenige Pineys gern tun: er nahm eine feste Stelle an.

Das soll nicht heißen, dass Pineys sich vor harter Arbeit fürchten. Beileibe nicht. Bei jeder Arbeit, die sie tun, schuften sie sich den Buckel krumm. Es ist nur so, dass sie sich nicht gern darauf festlegen lassen, Monat für Monat jeden Tag dieselbe Arbeit zu tun. Die meisten sind damit aufgewachsen, mit dem Kreislauf der Barrens zu schwimmen. Der Frühling ist zum Sammeln von Torfmoos da, das an die Floristen und Baumschulen verkauft wird. Im Juni und Juli arbeiten sie in den Blaubeerfeldern. Im Herbst ziehen sie zur Preiselbeerernte in die Sümpfe. Und in der Kälte des Winters schneiden sie Klafterholz oder Stechpalmen und Mistelzweige oder gehen »in die Kiefernzapfen«, das heißt, sie sammeln sie, um sie zu verkaufen. Nichts von alledem ist leichte Arbeit. Aber es ist nicht immer dieselbe. Und darauf kommt es an.

Die Arbeitshaltung der Pineys ist die gelassenste, die Ihnen je unterkommen wird. Das liegt daran, dass sie in so vertrauter Harmonie mit ihrer Umgebung leben. Sie wissen, dass sie bei dem vielen reinen Wasser, das ringsumher und unter ihren Füßen fließt, niemals dursten müssen. Durch den üppigen, wilden Pflanzenwuchs wird es ihnen niemals an Früchten und Gemüse fehlen. Und wann immer der Fleischvorrat abnimmt, nehmen sie ihr Gewehr und gehen ins Unterholz, je nach Jahreszeit Eichhörnchen, Kaninchen oder Wild schießen.

Kurz bevor ich vierzehn wurde, schluckte mein Vater die bittere Pille und zog mit uns nach Pemberton, wo er Arbeit bei einer Bohrfirma annahm. Das war eine feste Stelle mit Zusatzleistungen, und ich konnte auf die Pemberton Highschool gehen. Er drängte mich, meine Schularbeiten ernst zu nehmen, und das tat ich. Meine guten Noten verbunden mit meinem Geschlecht und der niedrigen sozialen Herkunft brachten mir den vollen Komfort – Zimmer, Verpflegung und Unterricht – an der Rutgers ein. Sobald das geregelt war, war er bereit, wieder in die Barrens zu ziehen. Aber meine Mutter hatte sich an die Annehmlichkeiten und Vorzüge des Stadtlebens gewöhnt. Sie wollte in Pemberton bleiben. Also blieben sie.

Ich komme noch immer nicht umhin, mich zu fragen, ob Papa vielleicht länger gelebt hätte, wäre er zurück in den Wald gezogen. Natürlich habe ich zu meiner Mutter nie etwas davon gesagt.

Als Jasper innehielt, redete ich sofort dazwischen: »Mein Freund Jon schreibt gerade ein Buch, und er widmet ein Kapitel dem Jersey-Teufel.«

»Tatsächlich?«, sagte Jasper. »Und jetzt hast du ihn zu mir gebracht, wie?«

»Also, Papa hat mir immer erzählt, dass es nicht viele Leute in den Pines gibt, die du nicht kennst, und dass kaum etwas vorgefallen ist, was du nicht weißt.«

Der alte Mann strahlte und tat, was viele Pineys tun: er sagte einen Satz dreimal hintereinander.

»Hat er das? Hat er das? Hat er das wirklich? Na, wenn das keine Sache ist! Ich glaube, das schreit nach einem kleinen Schluck.«

Als Jasper sich umdrehte und in seinen Schrank griff, warf Creighton mir einen fragenden Blick zu.

»Apfelschnaps«, erklärte ich.

Er schmunzelte. »Ah. Das berühmte Jersey-Feuer.«

Jasper brachte drei Gläser und einen braunen Quartkrug hervor. Mit geübter Hand goss er jedem zwei Finger breit ein und gab uns die Gläser. Sie waren verschmiert, und vielleicht war etwas darin eingetrocknet, aber ich war nicht ängstlich wegen der Bakterien. Es hat noch keine Bakterie gegeben, die gegen puren Schnaps aus Jasper Mulliners Destille bestehen konnte. Ich erinnere mich noch, wie ich ein bisschen aus dem Krug meines Vaters abgelassen habe und damit in der Nacht in den Busch geschlichen bin, um mich mit ein paar Freundinnen von der Highschool zu treffen, und wir haben herumgesessen und gesungen und uns voll laufen lassen.

An der Art, wie der Dunst meine Nasenschleimhäute versengte, konnte ich unterscheiden, dass dieser Schnaps aus einer kräftigen Charge stammte. Ich unterließ es, Creighton zu sagen, er solle langsam treten. Nachdem ich einen respektvol-

40

len Schluck genommen hatte, kippte er seinen hinunter. Ich sah zu, wie er beim Schlucken zusammenzuckte, sich sein Gesicht rötete und ihm die Augen zu schwimmen anfingen.

»Hua!«, sagte er heiser. »Mit dem Zeug kann man Glas ätzen!« Er merkte, dass Jasper ihn von der Seite ansah, und hielt ihm sein Glas hin. »Aber köstlich! Kann ich noch ein Gläschen haben?«

»Gern«, sagte Jasper und goss ihm zwei weitere Finger breit ein. »Jede Menge. Aber langsam damit. Das hier ist Whisky zum Nippen. Schluck zu viel davon auf einmal runter, und du kriegst die Schnapslähmung. Langsam und gemütlich muss es gehen, wenn du Gus Sooys Besten trinkst.«

»Das ist nicht Ihrer?«

»Nee! Damit habe ich vor langer Zeit aufgehört. Zu viel Ärger und wurde auch alles zu gesittet hier. Außerdem, der Schnaps von Gus ist genauso gut, wie mein eigener war. Vielleicht sogar besser.«

Er stellte den Krug zwischen uns auf den Boden.

»Der Jersey-Teufel«, sagte ich und gab ihm das Stichwort, bevor er wieder ein anderes Thema anschnitt.

»Richtig. Der alte Teufel. Er war mal bekannt als der Leeds-Teufel. Ihr habt bestimmt schon verschiedene Versionen gehört, aber ich erzähle euch die wahre Geschichte. Dieser Teufel ist eine lange Zeit umgegangen, mehr als zwei und ein halbes Jahrhundert. 1730 oder so fing alles an. Das war, als Mrs. Leeds von Estellville merkte, dass sie sich zum dreizehnten Mal in anderen Umständen befand. Aber sie hatte es dermaßen satt und war so wütend darüber, dass sie ausrief: ›Ich hoffe, diesmal ist es der Teufel!‹ Also, einer muss in jener Nacht zugehört haben, denn sie bekam ihren Willen. Als das dreizehnte Kind geboren wurde, war es ein hässliches Ding mit Zähnen, wie sie noch keiner gesehen hatte, und es hatte einen geringelten, spitzen Schwanz und lederige Flügel wie eine Fledermaus. Es biss seine Mutter und flog durchs

Fenster davon. Draußen in der Wildnis wuchs es auf, stahl und fraß zunächst Hühner und kleine Ferkel, dann ging es zu Kühen, Kindern und sogar zu ausgewachsenen Männern über. Alles, was sie je von den Opfern gefunden haben, waren ihre Knochen, und die waren von kräftigen scharfen Zähnen eingekerbt und durchgebissen. Manche sagen, dass er inzwischen tot ist, andere, dass er niemals stirbt. Gelegentlich behauptet mal einer, dass er ihn mit dem Gewehr erlegt hat, aber die meisten Leute meinen, dass man ihn gar nicht umbringen kann. Für jedes fehlende Huhn und für jedes Schwein, jede Kuh, die sich verirrt, gibt man ihm die Schuld, und darum denkt man nach einiger Zeit, es ist nur ein altes Piney-Märchen. Aber er ist da draußen. Er ist da draußen. Ganz sicher ist er da draußen.«

»Haben Sie ihn je gesehen?«, fragte Creighton. Inzwischen nippte er respektvoll an seinem Schnaps.

»Habe seinen Schatten gesehen. Es war oben auf dem Apple Pie Hill, oben auf dem Gipfel, zu der Zeit bevor sie den Feuerturm aufgestellt haben. Bevor du geboren wurdest, Kathleen. Ich war draußen, um ein bisschen zu jagen, hab 'nem alten Hirsch nachgespürt. Du weißt, was der Apple Pie für eine Kletterpartie ist, stimmt's?«

Ich nickte. »Sicher weiß ich das.«

Er hat nicht viel Ähnlichkeit mit einem Berg. Keine steilen Felsen oder Abgründe, nur eine sanfte Steigung, die nicht aufzuhören scheint. Um ganz hinaufzukommen, braucht man nicht viel mehr zu tun, als zu gehen, aber man ist erledigt, wenn man oben ankommt.

»Jedenfalls war ich zu drei Vierteln oben, da wurde es zu dunkel, um die Spur noch weiter zu verfolgen. Also, ich war müde, und es war eine warme Sommernacht, darum hab ich es mir einfach auf den Kiefernnadeln bequem gemacht und beschlossen, die Nacht dort zu verbringen. Ich hatte Trockenfleisch dabei und etwas Maisbrot und meine Flasche.« Er deutete auf den Boden. »Genau so eine. Ihr könnt euch ruhig bedienen, hört ihr?«

»Ich habe noch«, sagte ich.

Creighton griff nach dem Krug. Er konnte schon immer viel vertragen. Ich spürte bereits meine zwei Schlucke. Es wurde drinnen zusehends wärmer.

»Jedenfalls«, fuhr Jasper fort, »saß ich da und kaute und trank, als ich ein paar Kiefernlichter sah.«

Creighton hakte mitten beim Eingießen nach und goss sich etwas Apfelschnaps über die Hand. Er war plötzlich sehr lebhaft, fast angespannt.

»Kiefernlichter?«, sagte er. »Sie haben Kiefernlichter gesehen? Wo war das?«

»Sie haben also schon davon gehört, wie?«

»Sicher. Ich habe meine Hausaufgaben gemacht. Wo haben Sie sie gesehen? Haben sie sich bewegt?«

»Sie schwebten über den Gipfel des Apple Pie Hill, an den Baumwipfeln fuhren sie entlang.«

Creighton stellte sein Glas auf den Boden und fing an, mit seiner Karte herumzufummeln.

»Apple Pie Hill ... ich entsinne mich, ihn schon gesehen zu haben. Hier ist er.« Er stach mit dem Finger auf die Karte, als rammte er einen Stachel in den Berg. »Gut. Sie waren also auf dem Apple Pie Hill, als Sie die Kiefernlichter sahen. Wie viele waren es?«

»Eine ganze Stadt davon, vielleicht hundert, mehr als ich vorher oder seitdem gesehen habe.«

»Wie schnell haben sie sich bewegt?«

»Verschieden schnell. Verschieden groß. Manche schwebten friedlich, manche schwirrten herum, zogen an den langsamen vorbei. Sah aus wie auf der Autobahn am Wochenende.«

Creighton beugte sich nach vorn, seine Augen glänzten wieder mehr denn je.

»Erzählen Sie mir davon.«

An Creightons Heftigkeit störte mich etwas. Ganz plötzlich war aus ihm ein begieriger Zuhörer geworden. Jaspers Nacherzählung der Geschichte über den Jersey-Teufel hatte er höflich angehört, schien dabei aber mehr von dem Schnaps gefesselt zu sein. Er war nicht interessiert gewesen, die Lage des Apple Pie Hills festzustellen, als Jasper erwähnte, dass er den Jersey-Teufel dort gesehen habe, aber bei der ersten Erwähnung der Kiefernlichter hatte er es damit eilig.

Die Kiefernlichter. Ich hatte von ihnen gehört, aber nie eins gesehen. Die Leute neigten dazu, sie in Sommernächten zu sichten, meistens gegen Ende der Jahreszeit. Manche sagen, es seien Kugelblitze oder eine Art Elmsfeuer, manche reden von Faulgasen, und andere behaupten, es seien die Seelen von verstorbenen Pineys, die zu gelegentlichen Besuchen wiederkehren. Warum war Creighton so interessiert?

»Also«, sagte Jasper, »ich hab ein oder zwei entdeckt, wie sie sich über dem Gipfel bewegten, und dachte nicht weiter darüber nach. Ich sehe jeden Sommer welche. Dann sah ich ein paar mehr. Und dann noch welche. Ich wurde ein bisschen aufgeregt und beschloss, bis zum Gipfel zu laufen und zu sehen, was da vor sich ging. Ich war ziemlich außer Atem, als ich oben ankam. Ich blieb stehen und blickte hinauf, und da waren sie, flogen vierzig Fuß über mir an den Baumwipfeln entlang, hellgelb, einige klein wie Pingpongbälle, andere groß wie Wasserbälle, und sie bewegten sich alle in dieselbe Richtung.«

»Welche Richtung?«, wollte Creighton wissen. Wenn er sich noch weiter vorbeugte, würde er vom Hocker fallen. »In welche Richtung zogen sie?«

»Ich komme gleich dazu, mein Sohn«, sagte Jasper. »Halten Sie nur die Pferde im Zaum. Wie ich schon sagte, ich stand da und sah sie über den klaren Nachthimmel fliegen, und ich spürte diese komische Enge in der Brust, wie wenn ich was sehe, was ich nicht soll. Aber ich konnte die Augen

44

nicht losreißen. Und dann wurden sie weniger und verschwanden. Sie waren alle vorbeigezogen. Darum tat ich etwas Verrücktes. Ich stieg auf einen Baum, um zu sehen, wohin sie zogen. Etwas in meinem Innern sagte mir, ich soll das sein lassen, aber dieses Wunder hatte mich so gepackt, fast war es wie heilige Verzückung. Also klettere ich so weit hoch, wie ich konnte, bis der Baum sich unter meinem Gewicht beugte und die Zweige zu dünn wurden, um mich zu halten. Und da seh ich sie ziehen. Sie waren zu einem langen Schweif aufgereiht, senkten sich ab, wenn sich das Land absenkte, und stiegen höher, wenn das Land anstieg, bewegten sich genau über den Wipfeln der Kiefern, als würde sie jemand an einer Schnur ziehen.« Er sah Creighton ins Gesicht. »Und sie zogen nach Südwesten.«

»Sind Sie da sicher?«

Jasper sah beleidigt aus. »Natürlich bin ich da sicher. Der Bear Swamp Hill lag links hinter mir, und jeder weiß, der Bear Swamp liegt im Osten vom Apple Pie. Die Lichter waren auf dem Weg nach Südwesten.«

»Und das war im Sommer?«

»Die Nacht vor dem Labor Day, wenn ich richtig liege.«

»Und Sie waren auf dem Gipfel des Apple Pie Hills?«

»Ganz oben.«

»Großartig!« Er fing an, die Karte zusammenzufalten.

»Ich dachte, Sie wollten was über den Jersey-Teufel erfahren?«

»Das will ich, das will ich.«

»Wie kommt es dann, dass Sie mir die ganzen Fragen über die Lichter stellen und gar keine über meine Begegnung mit dem Teufel?«

Ich schmunzelte im Stillen. Jasper war so scharfsinnig wie eh und je.

Creighton sah einen Moment lang ratlos aus. Und es huschte ein gewisser Ausdruck über sein Gesicht. Es dauerte nur eine Sekunde, aber ich erfasste, was es war: Verstohlenheit. Dann beugte er sich zu Jasper und redete in vertraulichem Ton.

»Sagen Sie es niemandem, aber ich meine, sie hängen zusammen. Die Kiefernlichter und der Jersey-Teufel. Hängen beide zusammen.«

Jasper lehnte sich zurück. »Wissen Sie, da könnten Sie Recht haben. Es war nämlich, wie ich auf dem Baum saß, dass ich unseren Teufel gesehen hab. Oder zumindest seinen Schatten. Ich guckte gerade zu, wie die Lichter am Horizont verschwanden, da hör ich dieses Geräusch aus dem Busch. Es hörte sich irgendwie glitschig an. Ich blickte nach unten, und da bewegte sich diese dunkle Gestalt unter mir. Und wissen Sie was? Sie nahm dieselbe Richtung wie die Lichter. Was halten Sie davon?«

Creightons Stimme triefte vor Aufrichtigkeit.

»Ich meine, das ist verdammt interessant, Jasper.«

Ich fand, dass sie beide ganz schön dick auftrugen, konnte aber nicht sagen, wer die größere Kelle hatte.

»Aber beschäftigen Sie sich nicht zu viel mit den Kiefernlichtern, mein Sohn. Gus Sooy sagt, sie sind gefährlich.«

»Der Bursche, der diesen Schnaps gebrannt hat?«, fragte ich und hielt mein leeres Glas hoch.

»Genau der. Gus sagt, in seiner Gegend gibt es jeden Sommer eine Menge Kiefernlichter. Hat gesagt, ich war ein Dummkopf, dass ich auf den Baum geklettert bin. Meint, er würde nicht für den gesamten Tee von China in ihre Nähe wollen.«

Ich merkte, dass Creighton wieder angespannt war.

»Wo liegt denn die Gegend von diesem Gus Sooy?«, fragte er. »Wohnt er in Chatsworth?«

Jasper brach in Lachen aus.

»Gus in Chatsworth? Der ist gut! Gus Sooy ist ein alter Hesse, lebt weit draußen in der tiefsten Wildnis. Hab ihn nicht mal in der Nähe einer Stadt wie unserer erwischt!«

Stadt? Ich stellte ihn deswegen nicht zur Rede.

»Wo finden wir ihn denn?«, fragte Creighton und machte ein Gesicht wie ein Kind, dem soeben eröffnet wurde, dass ein geheimer Vorrat Süßigkeiten ganz in seiner Nähe versteckt liegt.

»Nicht so einfach«, sagte Jasper. »Gus ist lieber weit weg von allen und hat dabei ganze Arbeit geleistet. Er ist weit weg. Ja, er ist weit weg. Aber wenn Sie zum Apple Pie Hill fahren und die Straße nehmen, die an der Südflanke entlanggeht, und der etwa zwei Meilen weit folgen und nach Süden abbiegen auf die Sandstraße bei Applegates Preiselbeersumpf, dann für zehn, zwölf Meilen draufbleiben, bis Sie zu der Gabelung kommen, wo Sie sich links halten, wenn Sie dann bei dem Niedermoor wieder rechts abbiegen, dann sind es noch gut zehn Meilen die Straße runter, bis Sie an die große Rote Zeder kommen ...«

Creighton kritzelte wie wild mit.

»Ich bin nicht sicher, ob ich weiß, wie eine Rote Zeder aussieht«, sagte ich.

»Du wirst sie erkennen«, sagte Jasper. »Diese Sorte wächst hier eigentlich nicht. Gus hat sie dahin gepflanzt vor etlichen Jahren, damit die Leute den Weg zu ihm finden können. Die richtigen Leute«, fügte er an und beäugte Creighton. »Leute, die ihm was abkaufen wollen, wenn du verstehst, was ich meine.«

Ich nickte. Ich verstand, was er meinte: Gus lebte von seiner Destille.

»Jedenfalls biegt man an der Roten Zeder rechts ab und fährt bis ans Ende der Straße. Dann muss man aussteigen und den Berg etwa 'n Drittel rauf laufen. Da finden Sie dann Gus Sooy.«

Ich versuchte, der Route auf einer Landkarte zu folgen, die ich mir vorstellte. Ich kam nicht an. Wo er uns hinschickte, war auf meiner Karte ein weißer Fleck. Aber ich war erstaunt, wie weit ich überhaupt kam. Als Piney, besonders als Mädchen, muss man einen guten Orientierungssinn entwickeln und einen ganzen Vorrat an Karten im Kopf haben, die man sich automatisch vorstellen kann, andernfalls vergeudet man viel Zeit damit, umherzuirren. Selbst mit einer mentalen Bibliothek voller Karten verirrt man sich gelegentlich. Ich würde mich nach meinen alten Karten noch zurechtfinden können. Das scheint wie mit dem sprichwörtlichen Fahrradfahren zu sein – das verlernt man nie.

Ich hatte das Gefühl, dass Gus Sooy irgendwo weit unten in der Burlington County wohnte, dicht bei der Atlantic County. Aber Bezirksgrenzen bedeuten in den Pinelands wenig.

»Das ist wirklich mitten im Nirgendwo!«, sagte ich.

»Das ist es, Kathy, das ist es. Das ist es sicher. Es liegt am Hang des Razorback Hill.«

Creighton wühlte sich wieder durch seine Karten.

»Razorback ... Razorback ... hier gibt es keinen Razorback Hill.«

»Das ist, weil er gar kein richtiger Berg ist. Aber er ist trotzdem da. Nur weil er nicht auf Ihrer tückischen Karte steht, heißt das nicht, dass es ihn nicht gibt. Auf der Karte steht vieles nicht.«

Creighton erhob sich.

»Vielleicht können wir jetzt da rausfahren und ihm etwas von dem Apfelschnaps abkaufen. Was meint du, Mac?«

»Wir haben Zeit.«

Ich hatte das Gefühl, dass er wirklich etwas von Sooys Schnaps kaufen wollte, aber ich war auch sicher, dass bei der Transaktion ein paar Fragen über die Kiefernlichter aufkommen würden.

»Nehmt besser ein paar Krüge mit, wenn ihr hinfahrt«, sagte Jasper. »Gus hat keine übrig. Ihr könnt welche bei den Buzbys im Laden kaufen.«

»Wird gemacht«, sagte ich.

Ich dankte ihm und versprach, meine Mutter von ihm zu grüßen, dann folgte ich Creighton nach draußen zum Wrangler. Er hatte eine seiner Karten auf der Motorhaube ausgebreitet und zog eine Linie vom Apple Pie Hill durch den unbewohntesten Teil der Barrens nach Südwesten.

»Welchen Sinn hat das?«, fragte ich.

»Das weiß ich noch nicht. Wir werden sehen, ob es einen bekommt.«

Das tat es. Noch ehe es einer von uns begriffen hatte.

4. Der Hesse

Ich kaufte einen braunen Gallonenkrug im Gemischtwarenladen von Chatsworth; Creighton kaufte zwei.

»Ich will, dass dieser Sooy wirklich froh ist, mich zu sehen!«

Ich fuhr die 563 hinunter, dann Richtung Apple Pie Hill. Wir kamen an seine Südseite und folgten von da an Jaspers Wegbeschreibung. Creighton las, während ich steuerte.

»Was zum Teufel ist ein Niedermoor?«, fragte er.

»Das ist ein Bruchwald ohne Zedern.«

»Aha! Jetzt ist mir alles klar!«

»Ein Bruchwald ist eine feuchte Senke mit Zedern; wenn keine Zedern drauf wachsen, ist es ein Niedermoor. Was könnte klarer sein?«

»Ich bin mir nicht sicher, aber ich werde mir schon irgendetwas vorstellen. Übrigens, warum hat er diesen Sooy als Hessen bezeichnet? Mulliner meint doch nicht wirklich, dass er ...?«

»Natürlich nicht. Sooy ist ein alter deutscher Name in den Pine Barrens. Kommt von den Hessen, die von der britischen Armee desertiert und nach der Schlacht von Trenton in die Wälder geflüchtet sind.«

»Bei der Revolution?«

»Sicher. Die Sandstraße, auf der wir fahren, hat es schon vor dreihundert Jahren gegeben. Sie wurde seitdem wahrscheinlich nicht verändert. Wurde vielleicht sogar von den Schmugglern benutzt, die die Fracht in den Marschen entluden und durch die Pines über Land brachten, um die Hafensteuer in New York und Philly zu umgehen. Von denen haben sich eine Menge hier niedergelassen. So auch eine erhebliche Anzahl Kronenloyalisten, die nach der Revolution von ihrem Land vertrieben wurden. Einige kamen wahrscheinlich nur in Teer und Federn hier an. Die Lenape-Indianer siedelten sich ebenfalls hier an, auch die Quäker, die aus ihren Kirchen geworfen wurden, weil sie während der Revolution zu den Waffen gegriffen hatten.«

Creighton lachte. »Klingt wie Australien! Haben sich hier auch Leute niedergelassen, die nicht aus der Gesellschaft ausgestoßen waren?«

»Klar. Sumpferz war ein bedeutender Industriezweig. Hier war das Zentrum der kolonialen Eisenproduktion. Die meisten Kanonenkugeln, die während der Revolution und im Krieg von 1812 auf die Briten abgefeuert wurden, sind hier in den Pine Barrens gegossen worden.«

»Wo sind die jetzt alle hin?«

»Nach Pittsburgh. Dort gab es mehr Eisen, und es war billiger zu produzieren. Die Schmelzöfen hier versuchten, zur Glasherstellung zu wechseln, aber ihnen wurde das Holz knapp, mit dem man sie betrieb. Jeder Ofen verbrauchte an die tausend Morgen Kiefernwald pro Jahr. Mit dem täglichen Verbrauch an Baumbestand, den die Holzkohle- und Bauholzproduktion und sogar die Herstellung von Zedernholzpfannen forderte, konnten die Barrens nicht mithalten. Nach dem Bürgerkrieg brach die gesamte Wirtschaft zusammen. Was die Gegend wahrscheinlich davor bewahrt hat, zur Wüste zu werden.«

Das Gestrüpp zwischen den Radfurchen stand schon höher und schlug gegen die Stoßstange, ein sicheres Zeichen, dass nicht viele Leute hier entlang kamen. Dann sah ich die Rote Zeder. Jasper hatte Recht – sie sah nicht so aus, als gehörte sie hierher. Wir bogen nach rechts ab und fuhren, bis wir am Fuß des Hügels in einer Sackgasse endeten. Drei rostende Autos drückten sich am Rand in die Büsche.

»Das muss die Stelle sein«, sagte ich.

»Das ist keine Stelle, das ist das Nirgendwo.«

Wir schnappten uns unsere Krüge und gingen den Pfad hinauf. Nach ungefähr einem Drittel der Steigung kamen wir auf eine Lichtung mit einer Schrägdachhütte in der hinteren linken Ecke. Sie sah nach zehn Quadratmetern aus und war mit Teerpappe gedeckt, die sich stellenweise abschälte und das Sperrholz bloßlegte. Irgendwo hinter der Hütte hatte ein Hund angefangen zu bellen.

Creighton sagte: »Endlich!«, und wollte hinübertraben.

Ich fasste seinen Arm.

»Zuerst rufen«, sagte ich zu ihm. »Sonst müssen wir vielleicht ein paar Schrotkugeln ausweichen.«

Er glaubte zuerst, ich machte einen Witz, doch dann begriff er, dass ich es ernst meinte.

»Ehrlich?«

»Wir sind angezogen wie Leute aus der Stadt. Wir könnten von der Steuerfahndung sein. Er wird zuerst schießen und später Fragen stellen.«

»Hallo da drinnen!«, rief Creighton. »Jasper Mulliner hat uns geschickt! Dürfen wir näher kommen?«

Auf der Schwelle erschien eine verhutzelte Gestalt, ein Schrotgewehr Kaliber 12 in der Armbeuge.

»Wie hat er Sie hergeschickt?«

»Mit Hilfe der Roten Zeder, Mr. Sooy!«, antwortete ich.

»Dann kommen Sie!«

Wo Jasper ordentlich gewesen, war Gus Sooy schlampig.

Seine weißen Haare sahen aus, als hätte ein verstörter Vogel darin zu nisten versucht; am Oberkörper trug er ein fleckiges, langärmliges Unterhemd, und seine Segeltuchhosen hielt er mit einem derben Seil auf der Hüfte fest. Die untere Gesichtshälfte war hinter einem großen weißen Bart versteckt, der um den Mund herum fleckig war. Ein Weihnachtsmann der Appalachen in der Nebensaison.

Wir folgten ihm in den einzigen Raum seines Hauses. Der Fußboden war mit einem bunten Sammelsurium an Überwürfen und Teppichresten bedeckt. Ein Bett stand in der hinteren linken Ecke, ein Kerosinofen gleich rechts neben uns. Im Raum verteilt gab es eine Anzahl Aladin-Lampen. Die ganze Szene beherrschte jedoch ein schwerer Küchentisch mit einer polierten Platte.

Wir stellten uns vor, und Gus sagte, er sei meinem Vater vor Jahren einmal begegnet.

»Was treibt euch Kinder also so weit raus zu Gus Sooy?«

Ich musste lächeln, nicht nur, weil er unsere mitgebrachten Krüge geflissentlich übersah, sondern weil wir als Kinder bezeichnet wurden. War lange her, dass mich jemand so genannt hatte. Ich würde mich heute von niemandem mehr als Mädchen apostrophieren lassen, aber das »Kind« machte mir irgendwie nichts aus.

»Wir haben heute vom besten Apfelschnaps der Welt probiert«, sagte Creighton mit überzeugender Ehrlichkeit, »und Jasper hat uns erzählt, dass Sie die Quelle sind.« Er knallte seine beiden Krüge auf den Tisch. »Machen Sie die voll!«

Ich stellte meinen Krug neben Creightons.

»Ich muss Sie warnen«, sagte Gus. »Er kostet fünf Dollar der Quart.«

»Fünf Dollar!«, sagte Creighton.

»Ja, », fügte Gus eilig hinzu, »aber wenn Sie so viel auf einmal nehmen wollen ...«

»Verstehen Sie mich nicht falsch, Mr. Sooy. Ich wollte nicht sagen, dass der Preis zu hoch ist. Ich war nur verblüfft, dass Sie so ausgezeichneten Whisky zum Nippen für so wenig Geld verkaufen.«

»Ach wirklich?« Der alte Mann strahlte vor Entzücken. »Er ist schrecklich gut, stimmt's?«

»So ist es, Sir. So ist es. So ist es wirklich.«

Fast wäre ich vor Lachen herausgeplatzt. Ich wusste nicht, wie Creighton dabei ein ernstes Gesicht behalten konnte.

Gus streckte einen Finger in die Luft. »Ihr Kinder bleibt hier. Ich werde ins Lager springen und bin im Nu wieder da.«

Wir brachen beide in ein heilloses Gelächter aus, sobald er draußen war.

»Du trägst furchtbar dick auf«, sagte ich, als ich zu Atem kam.

»Ich weiß, aber er leckt jedes bisschen gierig auf.«

Gus kam nach ein paar Minuten mit zwei eigenen Zwei-Gallonenkrügen zurück.

»Sollten wir den nicht zuerst kosten, bevor Sie ihn umfüllen?«, meinte Creighton.

»Keine schlechte Idee. Nein, Sir, keine schlechte Idee. Überhaupt keine schlechte Idee.«

Creighton holte Pappbecher aus einer der vielen Taschen seiner Safarijacke hervor und stellte sie auf den Tisch. Gus goss ein. Wir alle tranken.

»Der ist noch weicher als der, den Jasper ausgeschenkt hat. Wie machen Sie das, Mr. Sooy?«

»Das ist ein Geheimnis«, sagte er mit einem Zwinkern, während er einen Trichter brachte und mit dem Umfüllen anfing.

Ich kam auf Jons Buch zu sprechen, und Gus stellte eine etwas andere Version über den Jersey-Teufel vor, die besagte, er sei in Leeds zur Welt gekommen, was von Estellville aus am entgegengesetzten Ende der Pine Barrens liegt. Ansonsten waren beide Geschichten fast identisch.

»Jasper sagt, dass er den Teufel einmal gesehen hat«, sagte Creighton, als Gus unseren letzten Krug verkorkte.

»Wenn er das sagt, dann ist es so. Das macht dann sechzig Dollar.«

Creighton gab ihm drei Zwanziger.

»Und jetzt möchte ich Ihnen einen ausgeben, Mr. Sooy.«

»Nennen Sie mich Gus. Und ich habe nichts dagegen.«

Creighton war allzu großzügig damit, wie er die drei Pappbecher füllte, fand ich. Ich wollte keinen mehr, aber ich hatte das Gefühl, den Schein wahren zu müssen. Ich nippte, während die Männer kräftige Schlucke nahmen.

»Jasper hat uns von dem einen Mal erzählt, wo er den Jersey-Teufel gesehen hat. Er erwähnte auch, dass er gleichzeitig Kiefernlichter gesehen hätte.«

Ich spürte mehr, als dass ich sah, wie Gus sich versteifte.

»Tatsächlich?«

»Ja. Er meinte, Sie sehen die Kiefernlichter hier die ganze Zeit über. Ist das wahr?«

»Interessieren Sie sich für Kiefernlichter oder für den Jersey-Teufel, Junge?«

»Für beides. Mich interessieren sämtliche Volksmärchen aus den Pines.«

»Na, lassen Sie sich nicht zu sehr auf die Kiefernlichter ein.«

»Warum nicht?«

»Darum.«

Ich sah zu, wie Creighton seinen Krug neigte und Gus' Becher nachfüllte.

»Einen Toast!«, sagte Creighton und hob den Becher. »Auf die Pine Barrens!«

»Darauf trinke ich!«, sagte Gus und leerte seinen Becher.

Creighton zog nach, worauf sich seine Augen mit Tränen füllten. Ich nippte, während er eine neue Runde ausschenkte.

»Auf den Jersey-Teufel!«, rief Creighton, den Becher hebend.

Und wieder kippten die beiden ihren Schnaps hinunter. Und dann eine neue Runde.

»Auf die Kiefernlichter!«

Darauf wollte Gus nicht trinken. Ich war froh. Ich glaube nicht, dass sonst noch einer von ihnen stehen geblieben wäre.

»Haben Sie unlängst welche gesehen, Gus?«, fragte Creighton.

»Sie lassen nicht locker, wie, Junge?«, antwortete der alte Mann.

»Es ist wie eine Sucht.«

»So ist es. Na gut. Klar. Ich sehe andauernd welche. Erst vorige Nacht.«

»Wirklich? Wo?«

»Das geht Sie nichts an.«

»Warum denn?«

»Weil Sie wahrscheinlich etwas Dummes versuchen werden, wie zum Beispiel eins einzufangen, und dann bin ich daran schuld, was Ihnen und dieser jungen Dame hier passiert. Das nehme ich nicht auf mein Gewissen, nein danke.«

»Es würde mir nicht im Traum einfallen, eines von den Dingern einfangen zu wollen!«

»Also, Sie wären damit nicht der Erste. Peggy Clevenger war die Erste.« Gus hob den Kopf und sah mich an. »Sie haben von Peggy Clevenger gehört, nicht wahr, Miss McKelston?«

Ich nickte. »Sicher. Die Hexe der Pines. Früher pflegten die Leute Salz über die Tür zu streuen, um sie fern zu halten.«

Creighton begann hastig zu schreiben.

»Ohne Scherz? Das ist großartig! Was war mit ihr und den Kiefernlichtern?«

»Peggy stammte von den Hessen ab, genau wie ich. Lebte drüben in Pasadena. Nicht in Kalifornien, sondern im Pines-

Pasadena. Ein paar Meilen östlich vom Mount Misery. Die Stadt ist jetzt verschwunden, als hätte es sie nie gegeben. Aber sie lebte da für sich allein in einem kleinen Häuschen, und die Leute sagten, sie hatte alle möglichen eigenartigen Kräfte, wie dass sie die Gestalt ändern und ein Kaninchen oder eine Schlange werden konnte. Ich weiß darüber nichts, aber ich habe es von einem gehört, der es wissen sollte, dass sie mächtig interessiert war an den Kiefernlichtern. Sie hat diesem Burschen eines Tages erzählt, sie hätte so ein Licht eingefangen, hat einen Zauber darauf gelegt und heruntergebracht.«

Creighton hatte aufgehört zu schreiben. Er starrte Gus an.

»Wie konnte sie ...?«

»Weiß ich nicht«, sagte Gus kopfschüttelnd und trank aus. »Aber in derselben Nacht brannte ihr Häuschen vollkommen nieder. Sie fanden ihre verkohlte Leiche am nächsten Morgen in der Asche. Darum sage ich euch, Kinder, es ist keine gute Idee, sich zu sehr mit den Kiefernlichtern zu befassen.«

»Ich will ja keins fangen«, sagte Creighton. »Ich will nicht mal eins sehen. Ich will nur wissen, wo andere Leute welche gesehen haben. Wie soll das gefährlich sein?«

Gus dachte darüber nach. Und während er dachte, goss Creighton ihm einen weiteren Becher voll.

»Nehme nicht an, dass 's schadet, wenn ich euch zeige, wo's war«, sagte er nach einem langen, langsamen Schluck.

»Also abgemacht. Gehen wir.«

Wir sammelten unsere Krüge ein und gingen hinauf in die Spätnachmittagssonne. Die frische Luft war wie ein Stimulans. Es machte mich munter, verscheuchte aber nicht die Wirkung der vielen Schnäpse, die ich getrunken hatte.

Als wir beim Wrangler ankamen, holte Creighton seinen Sextanten und den Kompass hervor.

»Ehe wir losgehen, habe ich etwas zu erledigen.«

Gus und ich sahen schweigend zu, wie er seine Beobachtungen vornahm und in sein Notizbuch eintrug. Dann breitete er wieder die Karte auf der Motorhaube aus.

»Was tust du?«, fragte ich.

»Ich trage den Razorback Hill in der Karte ein«, sagte er.

Er notierte seine Angaben auf der Karte und zog einen Kreis. Ehe er sie zusammenfaltete, sah ich ihm über die Schulter und bemerkte, dass die Linie, die er vom Apple Pie Hill gezogen hatte, genau durch den Kreis verlief, der der Razorback Hill war.

»Fertig mit Trödeln?«, fragte Gus.

»Klar. Wollen Sie vorne sitzen?«

»Nein danke«, sagte Gus und strebte dem rostigen DeSoto zu. »Ich fahre selbst, und ihr kommt hinterher.«

Ich meinte: »Wäre es nicht einfacher, wenn wir alle zusammen sind?«

»Teufel, nein! Ihr habt beide getrunken!«

Als wir mit Lachen aufgehört hatten, schleppten wir uns in den Wrangler und folgten dem alten Hessen seinen privaten Sandweg hinauf.

5. Die Feuerstelle

»Hier habe ich früher Holzkohle gemacht, als ich jung war«, sagte Gus.

Wir standen auf einer kleinen Lichtung, die von Kiefern umgeben war. Vor uns lag eine flache, sandige Senke voller Unkraut.

»Das war meine Feuerstelle. Damals war sie tiefer. Eine feine Holzkohle habe ich hier gemacht, ehe die großen Gesellschaften anfingen, ihre Säcke mit ›Brick-*ettes*‹ zu verkaufen.« Er spie das Wort förmlich aus. »Kann gar nicht sein, dass auch nur eins von diesen stinkenden kleinen Dingern mal Teil eines Baumes gewesen ist, das sage ich Ihnen.«

»Ist das die Stelle, wo Sie die Lichter gesehen haben, Gus?«, fragte Creighton. »Haben sie sich bewegt?«

Gus sagte: »Sie haben wohl immer nur dasselbe im Kopf, Junge.« Er schaute um sich. »Ja, hier habe ich sie gesehen. Letzte Nacht noch und vor fünfzig Jahren, und dazwischen fast jeden Sommer. Hier gibt's viele Erinnerungen. Ich weiß noch, wie ich die Holzkohle habe brennen lassen und die Zeit nutzte, um Dosenschildkröten aufzuspüren.«

»Und sie als Schneckenjäger zu verkaufen?«, fragte ich.

Ich hatte von der Dosenschildkrötenjagd gehört – auch so ein Miniwirtschaftszweig der Pinelands –, war aber noch keinem begegnet, der sie tatsächlich betrieb.

»Sicher. Die Leute in Philadelphia kaufen mir jede ab, die ich auftreibe. Sie setzen sie gern im Keller aus, um die Schnecken unter Kontrolle zu halten.«

»Die Lichter, Gus«, sagte Creighton. »In welche Richtung zogen sie?«

»Dieselbe Richtung, in die sie immer zogen, wenn ich sie sah. Da lang.«

Er zeigte nach Südosten.

»Sind Sie sicher?«

»Scheißsicher, Junge.« Sein Ton wurde gereizt, und er drehte sich rasch zu mir. »'tschuldigung, Miss.« Dann zu Creighton: »Ich stand dahinten, genau wo mein Auto jetzt steht, als etwa ein halbes Dutzend dicht über meinem Kopf herabfegten – nicht wie der Sturzflug eines Raubvogels, mehr wie ein Gleitflug –, und sie zogen wieder ab über diese Pechkiefer da mit der gespaltenen Spitze.«

»Alle Achtung!«, sagte Creighton und spähte über den Himmel.

Von Westen zog eine dicke Wolkenschicht auf und drang gegen die sinkende Sonne vor. Heraus kamen Sextant und Kompass. Creighton nahm seine Einträge vor, schrieb seine Zahlen hin, dann peilte er auf den Baum, auf den Gus gezeigt hatte. Langsam kroch ein Lächeln über sein Gesicht, während er die letzte Linie auf der Karte zog. Er faltete sie zusammen, ehe ich erkennen konnte, wohin die Linie führte. Ich brauchte es nicht zu sehen. Seine nächste Frage verriet es mir.

»Sagen Sie, Gus«, begann er lässig. »Was liegt auf der anderen Seite des Razorback Hill?«

Gus drehte sich zu ihm um wie ein wütender Bär.

»Nichts! Da ist gar nichts! Also denken Sie nicht mal dran, da rüber zu gehen!«

Creighton reagierte belustigt. »Ich habe nur gefragt. Ein bisschen Fragen schadet doch nichts, oder?«

»Oh doch. Oh doch. Doch, das tut es! Besonders wenn es die falschen Fragen sind. Und Sie haben eine ganze Menge falsche Fragen gestellt, Junge. Fragen, die Sie in einen Riesenschlamassel bringen, wenn Sie nicht zu Verstand kommen und begreifen, dass man bestimmte Sachen besser auf sich beruhen lässt. Hören Sie?«

Er hörte sich an wie jemand in einem alten Frankensteinfilm.

»Ich höre«, antwortete Creighton, »und ich verstehe Ihre Besorgnis. Aber können Sie mir sagen, wie ich am besten auf die andere Seite komme?«

Gus warf mit einem wütenden Knurren die Arme in die Höhe.

»Das war's. Ich habe mit Ihnen beiden nichts mehr zu tun! Ich habe sowieso schon viel zu viel gesagt.« Er drehte sich mit glühenden Augen zu mir um. »Und Sie, Miss McKelston, halten Sie sich von diesem Burschen fern. Er fährt geradewegs in die Hölle!«

Damit drehte er sich um und ging zu seinem Wagen. Er sprang hinein, schlug die Tür zu und preschte mit einer Sandfontäne davon.

»Ich glaube, er kann nicht mich leiden«, sagte Creighton.

»Er schien wirklich Angst zu haben«, versicherte ich ihm.

Creighton zuckte die Achseln und begann, seinen Sextanten einzupacken.

»Vielleicht glaubt er wirklich an den Jersey-Teufel«, sagte er. »Vielleicht denkt er, er lebt auf der anderen Seite des Razorback Hills.«

»Ich weiß nicht so recht. Ich habe den Eindruck, er denkt, der Jersey-Teufel ist nur eine Geschichte, die man sich bei einem Schnaps am Ofen erzählt. Aber diese Kiefernlichter ... davor hat er Angst.«

»Das ist bloß Sumpfgas, da bin ich sicher«, sagte Creighton.

Plötzlich wurde ich wütend. Vielleicht lag das nur an dem vielen Schnaps oder vielleicht an seinem Verhalten, aber ich meine in diesem speziellen Augenblick lag es hauptsächlich an seiner ganzen Art zu schwafeln.

»Schluss damit, Jon!«, sagte ich. »Wenn du wirklich denkst, dass das Sumpfgas ist, warum verfolgst du es dann auf der Karte? Du hast mich dazu gebracht, dich hierher zu fahren, also frei heraus: Was geht hier vor?«

»Ich weiß nicht, was vorgeht, Mac. Wenn ich das wüsste, wäre ich nicht hier. Ist das nicht offensichtlich? Diese Kiefernlichter bedeuten etwas. Ob sie nun mit dem Jersey-Teufel in Verbindung stehen oder nicht, weiß ich nicht. Vielleicht haben sie einen halluzinatorischen Effekt auf die Leute – sodass sie glauben, Dinge zu sehen, wenn die Lichter vorbeigezogen sind. Ich versuche, ein Schema zu ergründen.«

»Und wenn du das Schema ergründet hast, was glaubst du, was du dann findest?«

»Vielleicht die Wahrheit«, sagte er. »Wirklichkeit. Wer weiß? Vielleicht die Bedeutung – oder Bedeutungslosigkeit – des Lebens.«

Er sah mich so eindringlich an, so voller Sehnsucht, dass mein Zorn verflog.

»Jon ...?«

Sein Gesichtsausdruck wandelte sich plötzlich zum Normalen, und er lachte.

»Mach dir keine Sorgen, Mac. Ich bin's nur, Crazy Creighton, der dich mal wieder zu etwas bequatscht hat. Lass uns noch einen von Sooys Bestem zwitschern, dann machen wir uns auf in die Zivilisation. Einverstanden?«

»Ich hatte genug für heute. Was ich getrunken habe, reicht für die ganze *Woche*!«

»Du hast doch nichts dagegen, wenn ich mir einen genehmige, oder?«

»Nur zu.«

Ich verstand nicht, wie er so viel vertragen konnte.

Während Creighton seinen Krug entkorkte, schlenderte ich um die Feuerstelle herum, um einen klareren Kopf zu bekommen. Der Himmel hatte sich jetzt zugezogen, und die Temperatur fiel auf eine angenehmere Höhe.

Bis ich meinen Kreis beendet hatte, war Creighton mit dem Einpacken fertig.

»Soll ich fahren?«, fragte er und warf seinen Pappbecher in den Sand.

Normalerweise hätte ich ihn aufgehoben – es hatte etwas Frevlerisches an sich, einen Campingbecher zwischen den Kiefern liegen zu lassen –, aber ich fürchtete mich vor dem Bücken, fürchtete kopfüber in den Sand zu fallen und mit dem Becher zusammen liegen zu bleiben.

»Es geht schon«, sagte ich. »Du verfährst dich nur.«

Wir waren nicht mehr als hundert Fuß weit gekommen, als mir auffiel, dass ich die Straße nicht kannte. Aber ich fuhr weiter. Ich hatte nicht so genau aufgepasst, während wir Gus gefolgt waren, aber ich war ziemlich sicher, dass es nicht lange dauern würde, bis wir an eine Gabelung oder ein Niedermoor oder einen Sumpf kämen, den ich wiedererkannte, und dann könnten wir ungehindert nach Hause.

Es klappte nicht ganz, wie ich es mir vorgestellt hatte. Ich fuhr vielleicht fünf Meilen oder so, wand mich über diesen Weg und jene Straße, traf an jeder Gabelung – und wir kamen an viele Gabelungen – eine wohlüberlegte Entscheidung und versuchte immer dieselbe Richtung einzuhalten. Ich glaubte, meine Sache wirklich gut zu machen, bis wir durch ein Stück mit jungen Kiefern fuhren, das mir bekannt vorkam. Ich hielt den Wrangler an.

»Jon«, sagte ich. »Ist das nicht –?«

»Verdammt richtig!«, sagte er und zeigte in den Sand neben dem Weg. »Wir sind wieder an Gus' Feuerstelle! Da liegt mein Pappbecher!«

Ich wendete den Jeep und fuhr in die Richtung, aus der ich gekommen war.

»Was tust du?«, fragte Creighton.

»Dafür sorgen, dass ich nicht denselben Fehler zweimal mache!«, versicherte ich ihm.

Mir war nicht klar, wie ich hatte im Kreis fahren können. Für gewöhnlich hatte ich einen ausgezeichneten Orientierungssinn. Ich schob die Schuld auf zu viel Jersey-Feuer und auf die dichte Wolkendecke. Ohne die Sonne als Wegweiser hatte ich nicht auf Kurs bleiben können. Aber das würde sich hier und jetzt ändern. Diesmal würde ich uns hier herausbringen.

Falsch.

Nach einer guten Dreiviertelstunde Fahrt, als ich die Feuerstelle neuerlich erkannte, war ich so verlegen, dass ich tatsächlich beschleunigte und hoffte, Creighton würde es in der Dämmerung nicht bemerken. Aber ich war nicht schnell genug.

»Halt an!«, schrie er. »Halte mal eine Sekunde an, verdammt! Da ist wieder mein Becher! Wir sind wieder genau da, wo wir losgefahren sind!«

»Jon«, sagte ich. »Ich verstehe das nicht. Hier stimmt was nicht.«

»Du bist besoffen, das ist es, was nicht stimmt!«

»Bin ich nicht!«

Das glaubte ich wirklich. Ich hatte die Wirkung der Schnäpse vorher gespürt, das stimmte, aber jetzt war ich klar im Kopf. Ich war sicher, dass ich genau nach Osten gefahren war oder wenigstens einigermaßen nach Osten. Wie ich wieder im Kreis hatte fahren können, war mir schleierhaft.

Creighton sprang von seinem Sitz und lief vorne um den Wagen herum.

»Rutsch rüber, Mac. Ich bin dran.«

Ich wollte zuerst protestieren, besann mich dann aber. Ich hatte es schon zweimal vermasselt. Vielleicht war mein Orientierungssinn der Schnapslähmung, wie sie hieß, zum Opfer gefallen. Ich hievte mich über den Schaltknüppel und fiel in den Beifahrersitz.

»Sei mein Gast.«

Creighton fuhr wie ein Wilder, entschied sich an Gabelungen scheinbar wahllos. »Ja, Mac«, sagte er. »Ich nehme jeden Weg, sofern du ihn nicht gefahren bist! Glaube ich.«

Als es dunkler wurde und er die Scheinwerfer einschaltete, bemerkte ich, dass die Bäume weniger wurden und das Gestrüpp dichter, es stand auf beiden Seiten acht Fuß hoch und höher. Creighton fuhr an einer breiteren Stelle an den Rand.

»Du solltest auf der Straße bleiben«, empfahl ich ihm.

»Ich weiß nicht mehr weiter«, sagte er. »Wir müssen nachdenken.«

»Schön. Aber es ist nicht so, als würde hier einer entlangkommen und überholen wollen.«

Er lachte. »Das ist wohl wahr!« Er stieg aus und besah den Himmel. »Verflucht! Wenn die Wolken nicht wären, könnten wir feststellen, wo wir sind. Oder wenigstens, wo Norden ist.«

Ich sah mich um. Wir waren von Gebüsch umgeben. Das war die hiesige Entsprechung eines englischen Heckenlabyrinths. Weit und breit war kein Baum zu sehen. Ein Baum kann fast einen Kompass ersetzen – die bemooste Seite zeigt nach Norden und die längsten Äste nach Süden. Dagegen sind Büsche mehr als nutzlos, und die hohen tragen nur zur Verwirrung bei.

Und verwirrt waren wir allerdings.

»Ich dachte, Pineys verirren sich nie«, sagte Creighton.

»Jeder verirrt sich hier früher oder später.«

»Gut, was tun Pineys denn, wenn sie sich verirrt haben?«

»Sie treiben sich nicht an den Rand der Erschöpfung oder vergeuden Sprit, indem sie andauernd im Kreis fahren. Sie setzen sich hin und warten auf den Morgen.«

»Zum Teufel damit!«, sagte Creighton.

Er drückte den ersten Gang rein und gab kräftig Gas. Aber das Gefährt kam nicht bis auf die Straße. Es schlingerte ein bisschen vorwärts, dann sackte es zurück. Er versuchte es wieder, und ich hörte die Räder durchdrehen.

»Zucker!«, sagte ich.

Creighton sah mich an und grinste.

»Eine deutliche Ausdrucksweise ist in solcher Lage erlaubt und wird sogar unterstützt.«

»Ich meine den Sand.«

»Keine Sorge, ich habe Vierradantrieb.«

»Richtig. Und alle vier Räder drehen durch. Wir haben einen Fleck mit Zuckersand erwischt.«

Er stieg aus und schob und rüttelte, während ich die Gänge und das Gas bearbeitete, aber ich wusste, es war zwecklos. Wir würden aus diesem superfeinen Sand nicht eher herauskommen, als bis wir ein paar Stücke Holz gefunden und unter die Räder geschoben hatten, um ihnen Reibung zu verschaffen.

Und wir würden solches Holz bis zum Morgen nicht auftreiben können.

Ich sagte Creighton, dass er nur vergeudete, was wir noch an Sprit hatten, und dass wir besser daran täten, für heute Schluss zu machen und die Schlafsäcke herauszuholen. Er schien sich zuerst zu sträuben, machte sich Sorgen über Wildzecken und Borreliose, aber am Ende willigte er ein.

Ihm blieb keine andere Wahl.

6. Die Kiefernlichter

»Dafür bin ich dir was schuldig, Jon«, sagte ich.

»Wie hätte ich ahnen sollen, dass wir uns verirren?«, begann er sich zu rechtfertigen. »Mir gefällt das ebenso wenig wie dir!«

»Nein. Du verstehst mich falsch. Ich meine das positiv. Ich bin froh, dass du mich überredet hast, mitzukommen.«

Ich hatte für uns eine kleine Lichtung unweit des Jeeps gefunden. Sie lag rings um den knorrigen Stamm einer alten, einsamen Kiefer, die sich hoch über das weithin sichtbare Gestrüpp erhob. Wir hatten die letzten Sandwiches gegessen und saßen nun jeder auf seinem Schlafsack und sahen uns über die Coleman-Lampe hinweg an, die zwischen uns im Sand stand. Creighton war zu seinem Apfelschnaps zurückgekehrt. Ich hätte für eine Tasse Kaffee gemordet oder es wenigstens darauf ankommen lassen.

Im Lampenschein betrachtete ich sein Gesicht. Er sah durcheinander aus.

»Das muss noch die Wirkung des Jersey-Feuers sein, das du heute Nachmittag getrunken hast«, sagte er.

»Nein. Ich bin vollkommen nüchtern. Ich sitze hier und merke, dass ich froh bin, wieder hier zu sein. Ich hatte jahrelang das Gefühl, dass mir etwas im Leben fehlt. Hatte nie eine Ahnung, was das sein könnte, bis jetzt. Aber das ist es. Ich bin ...« – meine Kehle schloss sich um das Wort – »... zu Hause.«

Es war nicht der Schnaps, der aus mir sprach, es war mein Herz. Mir war an diesem Tag etwas klar geworden. Mir war klar geworden, dass ich die Pine Barrens liebte. Und ich liebte ihre Bewohner. So reich an Geschichte, so durchdrungen von ihrem Märchengut, überlebten sie irgendwie, unberührt vom städtischen Wahnsinn des zwanzigsten Jahrhunderts. Ich hatte ihnen den Rücken gekehrt. Warum? Aus Stolz? Weil ich mir zu schade war? Vielleicht hatte ich geglaubt, ich hätte mich aus eigener Kraft hochgearbeitet und mich größeren und besseren Dingen zugewandt. Ich sah nun, dass das nicht stimmte. Ich hatte das Mädchen aus den Pinelands entfernt, aber nicht die Pinelands aus dem Mädchen.

Ich versprach mir, wieder herzukommen. Oft. Ich würde meine vielen Verwandten besuchen, an alte Beziehungen anknüpfen. Ich wollte zwar nicht wieder dahin zurückziehen, vielleicht sogar ganz sicher nicht, aber ich würde den Pinelands nie wieder den Rücken kehren.

Creighton prostete mir mit seinem Becher zu.

»Ich beneide jeden, der das entscheidende Stück zu seinem Glück findet. Ich suche noch nach meinem.«

»Du wirst es finden«, sagte ich und kroch in mein Bettzeug. »Du musst nur die Augen offen halten. Manchmal liegt es direkt vor unserer Nase.«

»Schlaf jetzt, Mac. Du klingst schon wie Dorothy aus dem *Zauberer von Oz*.«

Ich lächelte darüber. In diesem Moment glich er sehr dem Jonathan Creighton, in den ich mich verliebt hatte. Als ich die Augen zumachte, sah ich ihn noch das Fernglas herausholen und den wolkenverhangenen Himmel absuchen. Ich wusste, wonach er Ausschau hielt, und war ziemlich sicher, dass er sie nicht zu sehen bekäme.

Es muss eine Weile vergangen sein, bis ich wieder aufwachte, denn als mich Creightons Rufe hochrissen, hatte der Himmel aufgeklart und die Sterne waren aufgegangen.

»Sie kommen! Sieh sie dir an, Mac! Mein Gott, sie kommen!«

Creighton stand ein Stück hinter der Lampe und zeigte nach links. Ich folgte der Linie seines Arms und sah gar nichts.

»Wovon redest du?«

»Steh auf, verdammt! Sie kommen! Es müssen ein Dutzend sein!«

Ich mühte mich auf die Beine und erstarrte.

Das sternhelle Unterholz erstreckte sich sanft ansteigend über etwa eine Meile oder zwei in der Richtung, in die er zeigte, und wurde nur von den hageren Schatten vereinzelter Bäume unterbrochen. Und zu uns herüber, über diese weite Fläche, kam in Höhe der Baumwipfel gleitend ein rechteckiger Haufen schwach glühender Lichter. Lichter. Das waren sie. Keine leuchtenden Kugeln. Keine Ufos oder irgend so ein Blödsinn. Sie waren aus keinem erkennbaren Stoff. Sie waren nur Licht. Kügelchen aus Licht.

Ich spürte, wie sich mir bei dem Anblick die Nackenhaare aufstellten. Vielleicht, weil ich noch nie gesehen hatte, dass sich Licht in dieser Weise verhielt – es erschien nicht richtig oder natürlich, dass es sich zu einer Kugel konzentrierte. Vielleicht war es auch die Art, wie sie sich bewegten. Sie glitten mit solcher Zielstrebigkeit durch die Nacht, schnitten durchs Dunkle, pendelten von Baum zu Baum, indem sie an den höchsten Ästen entlang trieben, und nahmen dann den Weg zum nächsten. Fast als wären die Bäume Wegweiser. Oder es lag an der Stille. Der furchtbaren Stille. In den Pine Barrens ist es ruhig, was die Geräusche der Zivilisation angeht, aber man hört immer die Lebewesen, die Rufe und Schreie und das Rascheln der Tiere, ein ständiges Insektengebrumm. Das alles war jetzt verstummt. Nicht einmal ein Windhauch raschelte in den Büschen. Stille. Das war mehr als ein bloßes Fehlen von Lauten. Ein Atemanhalten.

»Siehst du sie, Mac? Sag mir nicht, dass ich halluziniere! Siehst du sie?«

»Ich sehe sie, Jon.«

Meine Stimme hörte sich komisch an. Ich merkte, dass mein Mund trocken war. Und nicht nur vom Schlaf.

Creighton drehte mit ausgebreiteten Armen einen schnellen Kreis.

»Ich habe keinen Fotoapparat! Ich brauche eine Aufnahme davon!«

»Du hast keinen Apparat dabei?«, sagte ich. »Mein Gott, du hast doch alles Mögliche mitgenommen!«

»Ich weiß, aber ich hätte nie geglaubt –«

Plötzlich rannte er zu dem Baum in der Mitte unserer Lichtung.

»Jon! Du willst doch nicht –«

»Sie kommen hierher! Wenn ich näher an sie heran könnte ...«

Auf einmal hatte ich Angst um ihn. An diesen Lichtern warnte mich etwas, fernzubleiben. Warum fühlte Creighton sich nicht gewarnt? Oder hörte er einfach nicht hin?

Ich folgte ihm in widerstrebendem Galopp.

»Sei kein Idiot, Jon! Du weißt nicht, was das ist!«

»Genau! Es ist an der Zeit, dass jemand das herausfindet!«

Er fing an zu klettern. Es war eine große alte Pechkiefer, die bis in zwölf Fuß Höhe keine nennenswerten Äste hatte, aber die Rinde war rau und knotig, sodass Creightons gummibesohlte Stiefel daran Halt fanden. Zweimal rutschte er ab, aber er war entschlossen. Schließlich schaffte er es bis zum untersten Ast, und von da an sah es einfacher aus.

Ich kann das Gefühl in meinem Bauch nicht beschreiben, das herankroch, als ich Jonathan Creighton seinem Rendezvous mit den näherkommenden Kiefernlichtern entgegenklettern sah. Auf Dreiviertelhöhe begann der Stamm unter seinem Gewicht zu schwanken. Dann brach ein Zweig unter einem Fuß, und fast wäre Jon abgestürzt. Als ich sah, dass er wieder sicheren Halt gefunden hatte, seufzte ich erleichtert auf. Die Äste über ihm waren zu schwach, um ihn zu halten. Er hätte nicht mehr höher hinauf gekonnt. Er würde vor den Lichtern sicher sein.

Und die Lichter waren da, ein gutes Dutzend; zwischen baseball- und basketballgroß, schwebten sie in einem unregelmäßigen zylindrischen Schwarm von etwa zehn Fuß Breite und zwanzig Fuß Länge über unsere Lichtung und nahmen Kurs auf Creightons Baum.

Und je näher sie kamen, desto schlimmer kribbelte es in mir. Sie bestanden vielleicht aus Licht, doch es wirkte nicht einwandfrei, es sah nicht wie goldgelbes, kräftiges Tageslicht aus. Es glühte vielmehr bleich, kränklich und anämisch und zeigte eine vage Grünfärbung. Aber glücklicherweise waren die Lichter außerhalb Creightons Reichweite, als sie die obersten Baumnadeln streiften.

Sie strahlten Creightons nach oben gerichtetes Gesicht an, während er aufwärts strebte, und ich wunderte mich über die Rücksichtslosigkeit, die Besessenheit, mit der er die »Wirklichkeit« finden wollte. War diese Suche ein planloses Umhertappen, oder war er tatsächlich einer Sache auf der Spur? Und waren die Kiefernlichter ein Teil dieser Sache?

Als das erste Licht direkt über ihm vorbeischwebte, keine fünf Fuß oberhalb seines ausgestreckten Arms, hörte ich ihn rufen.

»Sie summen, Mac! In einem hohen Ton! Kannst du es hören? Es klingt fast wie Musik! Und die Luft hier oben prickelt, so als ob sie geladen wäre! Das ist phantastisch!«

Ich hörte keine Musik und spürte kein Prickeln. Alles, was ich hörte, war das dumpfe Pochen in meiner Brust, und ich spürte nur den kalten Schweiß, der mir am ganzen Körper ausbrach.

Creighton redete schon wieder, er schrie jetzt praktisch, aber in einer Sprache, die nicht Englisch war und keiner anderen Sprache glich, die ich je gehört hatte. Er machte Knack- und Keuchlaute, und die paar Laute, die wie Wörter klangen, schienen nicht recht zur menschlichen Sprechweise zu passen.

»Jon, was machst du da oben?«, rief ich.

Er ignorierte mich und behielt das fremdartige Geschwafel bei, aber die Lichter wiederum ignorierten ihn und segelten über ihn hinweg, als gebe es ihn nicht.

Der Schwarm war fast vorüber, doch noch immer konnte ich das schreckliche, dunkle Gefühl nicht abschütteln, dass noch etwas Furchtbares passieren würde.

Und dann geschah es.

Das letzte Licht in dem Schwarm war so groß wie ein Basketball. Es sah so aus, als würde es wie die anderen über Creighton hinwegziehen, aber als es sich dem Baum näherte, wurde es langsamer und begann zu Creightons Sitzplatz herabzusinken.

Ich geriet in Panik.

»Jon, pass auf! Es kommt genau auf dich zu!«

»Das sehe ich selbst!«

Während die anderen Lichter dem nächsten Baumwipfel zuschwebten, blieb dieses eine zurück und umkreiste Creightons Baum in Höhe seiner Hüfte.

»Komm da runter!«, schrie ich.

»Machst du Witze? Das ist mehr, als ich je erhofft habe!«

Das Licht hörte plötzlich auf, sich zu bewegen, und schwebte einen Fuß breit von Creightons Brust entfernt.

»Es ist kalt«, sagte er mit eher gedämpfter Stimme. »Kaltes Licht.«

Er streckte die Hand danach aus, und ich wollte ihm zurufen, es nicht zu tun, aber meine Kehle war zugeschnürt. Mit der Zeigefingerspitze berührte er den äußersten Rand des Glühens.

»*Wirklich* kalt.«

Ich sah seinen Finger in das Licht eindringen, etwa fingernageltief, und dann bewegte sich das Licht wieder. Es schwebte nicht, es sprang auf Creightons Hand zu und hüllte sie ein.

In diesem Moment fing Creighton an zu schreien. Er war dabei kaum zu verstehen, aber ich schnappte die Worte »kalt« und »brennt« auf, und die immer wieder. Ich rannte an den Fuß des Stammes in der Erwartung, er würde das Gleichgewicht verlieren, und hoffte, etwas tun zu können, das seinen Sturz bremste. Die Lichtkugel streckte sich aus und glitt den Arm hinauf, während sie ihn einhüllte.

Dann verschwand sie.

Einen Moment lang dachte ich, es sei vorbei. Aber als Creighton sich an die Brust schlug und in noch größerer Qual schrie, erkannte ich zu meinem Entsetzen, dass das Licht nicht verschwunden war – es war in ihm!

Und dann sah ich, wie auf seinem Rücken das Hemd zu leuchten anfing. Das Licht sickerte aus ihm heraus und formte sich wieder zu einer Kugel. Dann stieg sie auf, um den übrigen in die Nacht zu folgen, und ließ den schluchzenden, würgenden Creighton auf dem Baum zurück.

Ich rief zu ihm hinauf. »Jon! Alles in Ordnung? Brauchst du Hilfe?«

Da er nicht antwortete, umschlang ich den Baumstamm. Aber ehe ich meinen Kletterversuch begann, hielt er mich zurück.

»Bleib da, Mac.« Er klang schwach, zittrig. »Ich komme runter.«

Er brauchte doppelt so lange, um herunterzuklettern, wie um hinaufzukommen. Seine Bewegungen waren langsam, unsicher, und dreimal musste er anhalten, um sich auszuruhen. Endlich erreichte er den untersten Ast, ließ sich an einer Hand daran herab und sprang. Ich fasste ihn sofort, damit er nicht in ein Häuflein zusammensank, und half ihm zurück zu Schlafsack und Lampe.

»Mein Gott, Jon! Dein Arm!«

Im Lampenschein sah es aus, als würde seine Haut rauchen. Die rechte Hand und der Unterarm waren rot, fast wie verbrüht. Es bildeten sich bereits winzige Blasen.

»Es sieht schlimmer aus, als es sich anfühlt.«

»Wir müssen dich zu einem Arzt bringen.«

Er ließ sich auf dem Schlafsack auf die Knie sinken und barg den verletzten Arm an der Brust.

»Es geht mir gut. Es tut jetzt nur ein bisschen weh.«

»Das wird sich entzünden. Komm. Ich werde versuchen, uns zurück in die Zivilisation zu bringen.«

»Vergiss es«, sagte er, und ich hatte den Eindruck, als kehrte ein wenig von der Kraft seiner Stimme zurück. »Selbst wenn wir den Jeep freibekommen, wissen wir noch nicht, wo wir sind. Wir konnten nicht einmal hier herausfinden, als es noch Tag war. Wie kommst du darauf, dass wir es bei Dunkelheit besser schaffen?«

Er hatte Recht. Aber ich meinte, etwas tun zu müssen.

»Wo ist der Erste-Hilfe-Kasten?«

»Ich habe keinen.«

Da explodierte ich.

»Herr im Himmel, Jon! Du bist wahnsinnig, weißt du das? Du hättest vom Baum fallen und tot sein können! Und wenn du nicht mit einem brandigen Arm endest, ist es ein Wunder. Was auf Gottes Erden hat dich dazu gebracht, solch eine Dummheit zu begehen?«

Er grinste. »Ich wusste es! Du liebst mich noch immer!«

Ich fand das nicht komisch.

»Die Sache ist ernst, Jon. Du hast da oben dein Leben aufs Spiel gesetzt! Wofür?«

»Ich muss es wissen, Mac.«

»Wissen? Was musst du wissen? Kannst du nicht aufhören, mir solchen Blödsinn zu erzählen?«

»Kann ich nicht. Weil es die Wahrheit ist. Ich muss wissen, was wirklich ist und was nicht.«

»Erspare mir –«

»Ich meine es ernst. Du bist dir sicher zu wissen, was wirklich ist, und darum bist du zufrieden damit. Du kannst dir nicht vorstellen, wie es ist, das nicht zu wissen. Das Gefühl zu haben, als läge ein Schleier über allem, ein Hindernis, durch das du nicht sehen kannst, was wirklich da ist. Du weißt nicht, wie es ist, sein Leben damit zu verbringen, den Rand dieses Schleiers zu suchen, damit man ihn anheben und einen Blick erhaschen kann – wenigstens einen Blick. Ich weiß, dass er da draußen ist, und kann ihn nicht finden. Du weißt nicht, wie das ist, Mac. Es macht einen wahnsinnig.«

»Nun, darin sind wir einer Meinung.«

Er lachte – es klang angestrengt – und griff mit der gesunden Hand nach seinem Schnapskrug.

»Hast du für heute nicht genug?«

Ich hasste es, wie ein altes Muttchen zu klingen, aber was ich soeben erlebt hatte, hatte mich bis ins Innerste erschüttert. Ich zitterte noch davon.

»Nein, Mac. Das Problem ist, dass ich noch nicht genug habe. Nicht annähernd genug.«

Hilflos und ärgerlich setzte ich mich auf meinen Schlafsack und sah zu, wie er einen großen Schluck aus dem Krug nahm.

»Was ist da oben passiert, Jon?«

»Ich weiß es nicht. Aber ich will auf keinen Fall, dass das noch einmal passiert.«

»Und was hast du geredet? Es hat sich fast angehört, als würdest du ihnen etwas zurufen.«

Er blickte abrupt auf und starrte mich an.

»Hast du gehört, was ich gesagt habe?«

»Nicht genau. Es klang nicht einmal wie eine Sprache.«

»Weil es keine war«, sagte er, und ich war sicher, Erleichterung bei ihm zu spüren. »Ich habe versucht, ihre Aufmerksamkeit auf mich zu ziehen.«

»Ja, das hast du ganz sicher.«

Über die Coleman-Lampe hinweg meinte ich ihn lächeln zu sehen.

»Ja, das habe ich, stimmt's?«

In der Nacht ringsum wurden die Insekten wieder vernehmbar.

7. Der gemiedene Ort

Ich hatte vorgehabt, den Rest der Nacht wach zu bleiben, aber irgendwann muss ich in den Schlaf gedämmert sein. Das Nächste, woran ich mich erinnere, ist, dass mir die Sonne in die Augen schien. Ich sprang auf und war einen Moment lang desorientiert, dann fiel mir ein, wo ich war.

Aber wo war Creighton? Sein Schlafsack lag ausgerollt im Sand, Kompass, Sextant und Karten obenauf, aber er war nirgends zu sehen. Ich rief ein paar Mal seinen Namen. Er antwortete von irgendwo auf der linken Seite. Ich folgte dem Klang seiner Stimme durch die Büsche und gelangte an den Rand eines kleinen Weihers, an dem weiße Zedern standen.

Creighton kniete am Ufer und schöpfte Wasser in die Hand.

»Wie hast du den gefunden?«

»Ganz einfach.« Er deutete auf eine Gruppe Stockenten, die auf dem stillen Wasser schwammen. »Ich bin dem Quaken gefolgt.«

»Aus dir wird noch ein echter Mark Trail. Wie ist das Wasser?«

»Verunreinigt.« Er zeigte auf einen bräunlich blauen Glanz auf der Oberfläche. »Sieh dir die Farbe an. Sieht aus wie Tee.«

»Das ist keine Verunreinigung«, erklärte ich ihm. »Hier sickert Sumpferz ein. Und das ist Zedernwasser. Es wird braun von den Erzablagerungen und den Zedern, aber es ist völlig rein.«

Ich schöpfte mit beiden Händen und trank einen langen Schluck.

»Fast süß«, sagte ich. »Die Seekapitäne kamen immer in diese Gegend und füllten vor langen Fahrten ihre Fässer mit Zedernwasser. Sie behaupteten, es bliebe länger frisch.«

»Dann ist es wahrscheinlich in Ordnung, wenn ich meinen Arm darin bade«, sagte er und drehte ihn vor meinen Augen hin und her.

Ich keuchte erschrocken. Ich konnte nicht anders. Es war mir schon fast gelungen, mir einzureden, der Vorfall der vergangenen Nacht sei ein Albtraum gewesen. Aber die gerötete, verschorfte, blasige Haut an Creightons Arm sagte etwas anderes.

»Wir müssen dich zu einem Arzt bringen«, sagte ich.

»Das ist nicht schlimm, Mac. Tut eigentlich kaum weh. Fühlt sich nur heiß an.«

Er senkte den Arm bis zum Ellbogen in das kühle Wasser.

»Ah, das tut gut!«

Ich sah mich um. Die Sonne schien von einem wolkenlosen Himmel herab. Wir würden keine Schwierigkeiten haben, an diesem Morgen zurückzufinden. Ich schaute über den Weiher. Wasser. Der Sandboden der Pine Barrens war wie ein riesiger Schwamm, der einen hohen Anteil des Regens aufsaugte. Das war die größte, unangezapfte Wasser führende Schicht im ganzen Nordosten. Kein Fluss floss in die Pinelands hinein, alle flossen hinaus. Das Wasser war so rein wie Gletscherwasser. Ich hatte irgendwo gelesen, dass die Wassermenge in den Barrens etwa der eines Sees mit tausend Quadratmeilen und einer durchschnittlichen Tiefe von fünfundsiebzig Fuß entsprach.

Dieses kleine Stück Nässe hier war weniger als fünfzig Yards breit. Ich sah den Enten zu. Sie schnatterten friedlich, gondelten herum und steckten die Köpfe unter Wasser. Dann machte eine einen anderen Laut, mehr ein Zetern. Sie schlug mit den Flügeln und war verschwunden. Es passierte im

Bruchteil eines Augenblicks. Gerade war da noch eine paddelnde Ente, jetzt trieben da nur ein paar Blasen auf dem Wasser.

»Hast du das gesehen?«, fragte Creighton.

»Ja, hab ich.«

»Was ist mit der Ente passiert?« Ich sah, wie seine Augen vor Aufregung zu leuchten anfingen. »Was hat das zu bedeuten?«

»Das bedeutet, da ist eine Schildkröte. Eine große. Hat bestimmt fünfzig Pfund oder mehr.«

Creighton zog den Arm aus dem Wasser.

»Ich glaube, den habe ich genug getränkt.«

Er tauchte ein Handtuch hinein und wickelte es sich um die verbrannte Stelle.

Wir gingen zu unseren Schlafsäcken zurück, packten unsere Ausrüstung zusammen und gingen durch die Büsche zum Wrangler.

Der Jeep war besetzt.

Es saßen Leute drinnen, und Leute saßen auf der Motorhaube und standen auf den Stoßstangen. Ein gutes halbes Dutzend zusammen.

Nur dass ich solche Leute wie sie noch nie gesehen hatte.

Sie waren angezogen wie Pineys, aber schmutzig und abgerissen. Die vier Männer in Jeans oder Segeltuchhosen, Hemden verschiedener Machart und Farbe oder weißen T-Shirts; die beiden Frauen trugen Trägerkleider aus Baumwolle. Aber sie waren alle deformiert. Ihre Köpfe hatten eigenartige Formen und Größen, manche waren zu klein, andere zu groß und nach einer Seite geneigt mit knotigen Vorwölbungen. Bei zweien befanden sich die Augen nicht auf einer Höhe. Jeder schien unterschiedlich lange Arme oder Beine zu haben. Die Zähne, zumindest bei denen, die welche hatten, standen in wahllosen Winkeln ab.

Als sie uns entdeckten, fingen sie an zu plappern und zeigten auf uns. Sie verließen den Wrangler und umringten uns. Die Gruppe wirkte einschüchternd.

»Ist das Ihr Auto?«, fragte mich ein junger Mann mit schiefem Kopf.

»Nein.« Ich zeigte auf Creighton. »Es ist seines.«

»Ist das Ihr Auto?«, fragte er Creighton.

Ich nahm an, er glaubte mir nicht.

»Das ist ein Jeep«, sagte Creighton.

»Jeep! Jeep!« Er lachte und wiederholte es in einem fort. Die anderen griffen es auf und riefen im Chor.

Ich sah Creighton an und zuckte die Achseln. Augenscheinlich waren wir auf eine Enklave von Leuten gestoßen, die dazu beigetragen hatten, dass aus »Piney« eine höhnische Bezeichnung wurde. Das war kurz vor dem Ersten Weltkrieg gewesen, als Elisabeth Kite einen Bericht unter dem Titel *Die Pineys* veröffentlichte, der in der Presse eine Sensation wurde und zu der allgemeinen Auffassung führte, die Pinelands seien ein Hort des Alkoholismus, Analphabetentums, der Degeneration, des Inzests sowie des daraus resultierenden Schwachsinns.

Ungerecht und unwahr. Aber nicht vollkommen falsch. Tief in den Pinelands hat es immer Analphabetentum und Alkoholismus gegeben. Schulbildung ist hier nur rudimentär vorhanden, wenn überhaupt. Und was das Trinken angeht? Das erste »Drive-In« entstand vor der Revolution in den Schnapskneipen der Pineys und gestattete es den Gästen, an ein Fenster zu reiten, sich die Krüge mit Apfelschnaps füllen zu lassen, zu bezahlen und weiterzureiten, ohne einmal vom Pferd gestiegen zu sein. Aber nachdem die Wirtschaft in den Pine Barrens zusammengebrochen war und die meisten Arbeiter sich nach besseren Möglichkeiten umgesehen hatten, brach auch das soziale Gefüge zusammen. Wer blieb, wurde ein bisschen nachlässig, was das Warum, Wie und Wen beim Heiraten betraf. Die Folgen waren unvermeidlich.

All das hatte sich in neuerer Zeit vermutlich geändert, außer in den entlegensten Gebieten. Auf eines dieser Gebiete waren wir zufällig gestoßen. Nur dass die Deformationen hier außergewöhnlich waren. In meiner Jugend hatte ich ein paar Inzuchtkinder gesehen. Sie waren ein bisschen seltsam gewesen, hatten aber nichts Erschreckendes an sich gehabt. Bei diesen hier blieb man wie angewurzelt auf der Straße stehen.

»Lass uns zum Wagen gehen, solange sie sich ablachen«, sagte ich durch die Zähne.

»Nein. Warte. Das ist faszinierend. Außerdem brauchen wir ihre Hilfe.«

Er redete die Gruppe als ganze an und bat sie, uns zu helfen, den Wagen wieder flott zu machen.

Jemand sagte »Zuckersand«, und das wurde ringsum wiederholt. Aber sie stemmten bereitwillig die Schultern gegen den Wrangler, und wir waren innerhalb von Minuten wieder auf festem Boden.

»Wo wohnt ihr?«, fragte Creighton, wer immer ihm zuhörte.

Jemand sagte »Stadt«, und alle zeigten gleichzeitig nach Osten, wo die Sonne stand. Das war auch die Richtung, die die Lichter in der Nacht genommen hatten.

»Wollt ihr es mir zeigen?«

Sie nickten und plapperten und zogen uns an den Ärmeln, begierig, es uns zu zeigen.

»Wirklich, Jon«, sagte ich. »Wir sollten dich zu einem –«

»Mein Arm kann warten. Das wird nicht lange dauern.«

Wir folgten der Gruppe bergauf über einen weitläufigen Trampelpfad, der höchstens von einem Motorrad befahrbar war. Die Bäume verdichteten sich, und bald gingen wir im Schatten. Und dann öffneten sich die Bäume, und wir waren in ihrer »Stadt«.

Ein blauer Rauchschleier hing über einer Gruppe baufälliger Baracken aus Holzresten und Blech. Abfall lag überall, und jeder kam heraus, um die Fremden anzuschauen. Ich hatte noch nie solche Verwahrlosung gesehen.

Der Kerl mit dem schiefen Kopf, der nach dem Jeep gefragt hatte, zog Creighton zu einer der Hütten hin.

»He, Mister, Sie kennen sich mit Maschinen aus. Wie kommt es, dass das nicht funktioniert?«

Er hatte ein altes Fernsehgerät in seiner Einraumhütte. Er drehte die Knöpfe hin und her.

»Geht nicht. Kein Bild.«

»Du brauchst Strom«, erklärte Creighton.

»Hab ich. Hab ich. Hab ich.«

Er führte uns an die Rückseite, um uns das Kabel zu zeigen, das er von einem Baum zum Hüttendach gespannt hatte.

Creighton drehte sich ergriffen zu mir um.

»Das ist schrecklich. Niemand sollte so leben müssen. Können wir irgendwas für sie tun?«

Sein Mitleid überraschte mich. Ich hätte nie geglaubt, dass in seinem egozentrischen Leben für die Belange eines anderen Platz war. Aber andererseits war Jonathan Creighton schon immer reich an Überraschungen gewesen.

»Nicht viel. Sie sehen mir alle ziemlich zufrieden aus. Scheinen ihre eigene kleine Gemeinschaft zu bilden. Wenn du sie in die Aufmerksamkeit der Regierung rückst, werden sie auseinander gerissen und die meisten wahrscheinlich in Heime oder Wohngruppen versetzt. Ich glaube, das Beste, was du für sie tun kannst, ist, ihnen irgendetwas zu geben, was ihnen das Leben hier erleichtert.«

Creighton nickte, während er weiter alles anstarrte.

»Apropos«, sagte er und setzte seinen Rucksack ab, »wir wollen mal feststellen, wo wir sind.«

Die verwachsenen Bewohner sahen mit unverhohlener Ehrfurcht zu, wie er seine Geräte hervorholte. Jemand fragte: »Was ist das Ding?« An die hundert Mal. Mindestens. Ein anderer fragte: »Was ist mit deinem Arm passiert?« Ungefähr gleich häufig. Creighton war mit allen bewundernswert geduldig. Er kniete sich hin und übertrug die Angaben auf die Karte, dann blickte er zu mir auf.

»Klar, wo wir sind?«

»Auf der anderen Seite des Razorback Hill, würde ich sagen.«

»Du hast es erfasst.«

Er stand auf und sammelte die Bewohner um sich.

»Ich suche nach einer besonderen Stelle in dieser Gegend«, sagte er.

Die meisten nickten eifrig. Jemand sagte: »Wir kennen jede Stelle, die es hier gibt, schätze ich.«

»Gut. Ich suche nach einer Stelle, wo nichts wächst. Kennt ihr so eine Stelle?«

Es war, als hingen diese Menschen alle an einem Stecker und Creighton hätte ihn gezogen. Die Lichter gingen aus, die Rollläden rasselt runter, das »Geöffnet«-Schild drehte sich auf »Geschlossen«. Sie wandten sich ab.

»Was habe ich denn gesagt?«, fragte er und richtete seinen bangen, bestürzten Blick auf mich. »Was habe ich gesagt?«

»Du hörst dich an wie Ray Charles«, meinte ich zu ihm. »Offensichtlich wollen sie nichts mit dieser ›Stelle, wo nichts wächst‹ zu tun haben, von der du da redest. Was soll das alles, Jon?«

Er ignorierte meine Frage und legte dem Mann mit dem kleinen Kopf seine gesunde Hand auf die Schulter.

»Willst du mich nicht dorthin bringen, wenn du weißt, wo es ist?«

»Wir wissen, wo es ist«, sagte der Kerl mit schriller Stimme. »Aber wir gehen niemals da hin, darum können wir dich nicht hinbringen. Wie können wir dich da hinbringen, wenn wir da niemals hingehen?«

»Ihr geht *niemals* dorthin? Warum nicht?«

Die anderen waren stehen geblieben und hatten dem Wortwechsel zugehört. Der Angesprochene schaute in die Runde und fragte seine Nachbarn im Stillen, wie dumm einer eigentlich noch sein könne. Dann wandte er sich wieder an Creighton.

»Wir gehen nicht da hin, weil da niemand hingeht.«

»Wie heißt du?«, fragte Creighton.

»Fred.«

»Fred, ich heiße Jon, und ich schenke dir ...« Er klopfte seine Taschen ab, dann zog er seine Uhr vom Handgelenk. »Ich schenke dir diese schöne Uhr, die du nie aufzuziehen brauchst – siehst du, wie die Ziffern sich mit jeder Sekunde ändern? – wenn du mich zu einer Stelle bringst, wo du hingehst, und zeigst, in welche Richtung die Stelle ist, wo nichts wächst. Wie klingt das?«

Fred nahm die Uhr und hielt sie dicht an sein rechtes Auge, dann lächelte er.

»Komm mit! Ich zeige es dir!«

Creighton rannte hinter Fred her und ich hinter Creighton.

Wieder wurden wir über einen weitläufigen Pfad geführt, der sogar noch schmaler und immer weniger zu erkennen war, je weiter wir gingen. Mir fiel auf, dass die Bäume seltener und knorriger wurden und mehr Krüppelwuchs auftrat. Auch das Unterholz nahm ab, die Blätter rollten sich an den Rändern. Wir folgten Fred, bis er so plötzlich stehen blieb, als wäre er gegen eine unsichtbare Wand gelaufen. Ich sah, warum: Der Pfad hörte an dieser Stelle auf. Er zeigte über das wenige Unterholz hinweg.

»Der kahle Fleck da drüben, der da oben drauf zu sehen ist.«

Er drehte sich um und rannte über den Pfad zurück.

Kahler Fleck?

Creighton sah mich an, dann zuckte er die Achseln.

»Hast du deine Machete dabei, Mac?«

»Nein, Bwana.«

»Zu schade. Dann schätze ich, müssen wir uns einfach durchschlagen.«

Er wickelte seinen verbrannten Arm wieder ein und zog los. Es wurde doch keine Schinderei. Das Unterholz lichtete sich rasch, und so hatten wir es leichter als erwartet. Bald gelangten wir an ein kleines Feld, das lückenhaft von Unkraut gesäumt war und auf dem verstreut die Stämme übermäßig knorriger, abgestorbener Bäume standen. In der Mitte aber befand sich eine Stelle mit bloßem Sand.

... eine Stelle, wo nichts wächst ...

Creighton eilte dorthin. Ich blieb stehen, zurückgehalten von einem Gefühl böser Ahnung. Dasselbe Etwas tief in mir, das die Kiefernlichter gefürchtet hatte, fürchtete genauso diesen Ort. Hier stimmte etwas nicht, es war, als ob die Natur eine Unachtsamkeit begangen, einen Fehler gemacht und ihn nie wieder ganz hätte beseitigen können. Als ob ...

Was reimte ich mir da zusammen? Das war eine freie Fläche. Keine unheimlichen Lichter schwirrten über den Himmel. Vögel aber auch nicht, was das betraf. Na und? Die Sonne schien, der Wind wehte – oder wenigstens bis vor einem Augenblick.

Meine Instinkte verleugnend, folgte ich Creighton an den Rand des »kahlen Flecks«. Er starrte ihn an wie in Trance. Der Fleck war ein grobes Oval von etwa dreißig Fuß Breite. Nichts wuchs darauf. Gar nichts.

»Sieh dir diesen unberührten Sand an«, sagte er im Flüsterton. »Es fliegen keine Vögel darüber, keine Insekten, und die Tiere betreten ihn nicht. Nur der Wind berührt und formt ihn. So sah aller Sand am Anfang der Zeit aus.«

Ich hatte immer den Eindruck gehabt, dass Sand am Anfang der Zeit noch kein Sand gewesen war, aber ich stritt deswegen nicht mit ihm. Er war in Fahrt. Das wusste ich noch aus College-Zeiten: Crazy Creighton hält man nicht auf, wenn er in Fahrt ist.

Ich verstand aber, was er meinte. Der Sand war gewellt, wie er in Teilen der Sahara weitab von den Handelswegen aussah. Die Fährten von Tieren führten darauf zu und bogen wieder ab. Creighton hatte Recht: Nichts betrat diesen Boden.

Außer Creighton.

Ohne Ankündigung überschritt er die unsichtbare Grenze und ging bis zur Mitte. Er breitete die Arme aus, blickte zum Himmel auf und wirbelte in schwindelnden Kreisen herum. Seine Augen glühten, sein Gesicht war verzückt. Er sah total high aus.

»Das ist er! Ich habe ihn gefunden. Das ist der Ort!«

»Was für ein Ort, Jon?«

Ich stand am Rand des Flecks, nicht willens ihn zu betreten, und redete in dem entschiedenen Tonfall, mit dem man versucht, einen Junkie von einem schlechten Trip herunterzuholen, oder einen Selbstmörder vom Sims.

»Wo alles zusammenkommt und alles auseinander strebt! Wo die Wahrheit enthüllt wird!«

»Wovon zum Teufel redest du, Jon?«

Ich war müde und beunruhigt, und ich wollte nach Hause. Ich hatte genug, und vermutlich hörte man mir das an. Die Verzückung klang ab. Plötzlich war er nüchtern.

»Nichts, Mac. Nichts. Lass mich nur ein paar Messungen machen, und wir sind hier weg.«

»Das ist das Beste, was ich heute Morgen zu hören bekommen habe.«

Er warf mir einen raschen Blick zu. Ich wusste nicht, ob er Verärgerung oder Enttäuschung ausdrückte. Und es war mir auch egal.

8. Ausweitung der Infektion

Ich brachte uns ohne allzu große Schwierigkeiten auf eine gepflasterte Straße. Wir redeten wenig auf der Heimfahrt. Er setzte mich vor meinem Haus ab und versprach, noch am selben Tag einen Doktor aufzusuchen.

»Was machst du als Nächstes?«, fragte ich, als ich die Beifahrertür schloss, und sah ihn durch das offene Fenster hindurch an.

Ich hoffte, er würde mich nicht bitten, ihn noch einmal in die Pines zu begleiten. Für mich stand fest, dass er hinsichtlich seiner Nachforschung mit mir nicht ehrlich gewesen war. Ich wusste nicht, worauf er aus war, aber es bestand kein Zweifel, dass er es auf den Jersey-Teufel abgesehen hatte. Andererseits dachte ich, es sei besser, nicht genau zu wissen, was er vorhatte, denn er war wie ein ungeduldiger Riese, der zu seinem Rendezvous mit dem Unheil nicht zu spät kommen wollte.

»Ich weiß es noch nicht. Möglich, dass ich wieder hinfahre und diese Leute besuche, die auf der anderen Seite des Razorback Hills wohnen. Vielleicht bringe ich ihnen etwas anzuziehen und ein bisschen zu essen.«

Gegen meinen Willen war ich gerührt.

»Das wäre nett. Bring ihnen nur keine Aufbackbrötchen oder Mikrowellengerichte.«

Er lachte. »Nein.«

»Wo wohnst du zurzeit?«

Er zögerte, sah verunsichert aus.

»Im Laurelton Circle Motor Inn.«

»Das kenne ich.«

Ein winziges Ding. Protzte mit dem Namen eines Kreisverkehrs, den es nicht mehr gab.

»Ich habe Zimmer 5, falls du mich mal erwischen musst, aber ... kannst du mir einen Gefallen tun? Falls mich jemand suchen kommt, sag ihm nicht, wo ich bin. Sag ihm nicht mal, dass du mich gesehen hast.«

»Steckst du in irgendwelchen Schwierigkeiten?«

»Ein Missverständnis, mehr nicht.«

»Du willst das nicht weiter ausführen, oder?«

Seine Miene war düster.

»Je weniger du weißt, Mac, desto besser.«

»Wie bei allem anderen in den letzten beiden Tagen, richtig?«

Er zuckte die Achseln. »Tut mir Leid.«

»Mir auch. Hör zu. Schau bei mir vorbei, bevor du zum Razorback zurückfährst. Ich habe vielleicht ein paar alte Sachen, die ich den Leuten spenden kann.«

Er winkte mit seiner verbrannten Hand, und dann war er fort.

Nach ein paar Tagen schaute Creighton auf der Fahrt zum Razorback Hill vorbei. Sein linker Arm trug einen dicken Mullverband.

»Du hattest Recht«, sagte er. »Es hat sich entzündet.«

Ich gab ihm ein paar alte Pullover und Hemden und einige Jeans, die nicht mehr so passten, wie sie sollten.

Einige Tage später lief ich ihm zufällig in der Haushaltswarenabteilung bei Pathmark über den Weg. Ich hatte einige Konservendosen erstanden und war gerade dabei, Büchsenöffner für die Leute am Razorback Hill zu kaufen. Sein linker Arm war nach wie vor bandagiert, aber ich sah mit Sorge, dass er nun auch die rechte Hand verbunden hatte.

»Die Infektion hat sich ein bisschen ausgebreitet, aber der Arzt meint, das ist okay. Er hat mich auf dieses neue Antibiotikum gesetzt. Damit kriegt man es sicher weg.«

Jetzt sah ich ihn mir in der grellen Supermarktbeleuchtung genauer an und fand, dass er blass und schweißig aussah. Er schien Gewicht verloren zu haben.

»Wer ist dein Arzt?«

»Ein Kerl oben in Neptune. Ein Spezialist.«

»Für Kiefernlichtverbrennungen?«

Er lachte ein bisschen zu laut, eine Spur zu lange.

»Nein! Für Infektionen.«

Ich wunderte mich. Aber Jon war schon ein großer Junge. Ich konnte nicht die Mutter spielen.

Ich wählte noch ein paar Konserven aus, bezahlte nach Creighton und gab ihm die ganze Tüte.

»Bestell Grüße von mir«, sagte ich zu ihm.

Er lächelte matt und eilte davon.

In den letzten Augusttagen fuhr ich den Brick Boulevard hinunter, als ich seinen Wrangler am Drive-In-Fenster vor dem Burger King stehen sah. Ich bog auf den Parkplatz ein und lief zu ihm hinüber.

»Jon!«, sagte ich durch das Fenster und sah ihn zusammenzucken.

»Oh, Mac. Tu das nie wieder!«

Er wirkte erleichtert, aber auch nicht besonders erfreut, mich zu sehen. Sein Gesicht sah schmaler aus, aber das lag vielleicht an dem Bart, den er sich hatte wachsen lassen. Der Bart eines Flüchtigen.

»Tut mir Leid«, sagte ich. »Ich habe überlegt, ob wir vielleicht zusammen etwas Richtiges essen wollen.«

»Oh. Also. Danke, aber ich habe so viel zu erledigen. Vielleicht ein andermal.«

Trotz der Hitze trug er Cordsamthosen und ein langärmliges Flanellhemd. Ich sah, dass er beide Hände noch verbunden hatte. In mir schrillte ein Alarm.

»Ist die Entzündung noch nicht abgeklungen?«

»Es wird langsam, aber es wird.«

Ich spähte nach seinen Füßen und bemerkte, dass die Knöchel dick aussahen. Seine Schuhe waren nicht zugebunden, die Zungen hingen heraus, während die Seiten sich unter den geschwollenen Füßen dehnten.

»Was ist mit deinen Füßen passiert?«

»Ein kleines Ödem. Nebenwirkung des Medikaments. Hör zu, Mac, ich muss mich beeilen.« Er legte den Gang ein. »Ich rufe dich demnächst mal an.«

Es war ein paar Wochen nach dem Labor Day, und ich hatte viel über Creighton nachgedacht. Ich machte mir Sorgen um ihn und stellte fest, dass ich doch noch tiefere Gefühle für ihn hegte, als ich zugeben wollte.

Dann tauchte der Staatspolizist in meinem Büro auf. Er war groß und einschüchternd hinter seiner dunklen Sonnenbrille; sein Haarschnitt war um einen Millimeter von der Glatze entfernt. Er hielt mir ein körniges Foto von Jon Creighton hin.

»Kennen Sie diesen Mann?«, fragte er mit dunkler Stimme.

Mein Mund wurde trocken, und ich fragte mich, ob er mich gleich fragen würde, ob ich darin verwickelt sei, was immer Creighton getan hatte; oder schlimmer: ob es mir etwas ausmachte mitzukommen, um die Leiche zu identifizieren.

»Sicher. Wir sind zusammen aufs College gegangen.«

»Haben Sie ihn in den vergangenen Monaten gesehen?«

Ich zögerte nicht. Ich gab den Stand-up.

»Nein. Nicht mehr seit dem Abschluss.«

»Wir haben Grund anzunehmen, dass er in der Gegend ist. Wenn Sie ihn sehen, verständigen Sie bitte sofort die Staatspolizei oder die örtliche Polizei.«

»Was hat er getan, Officer?«

Er drehte sich um und ging zur Tür, ohne sich zu einer Antwort herabzulassen. Diese Sorte Arroganz hat in mir schon immer etwas ausgelöst.

»Ich habe Ihnen eine Frage gestellt, *Officer*. Ich erwarte so viel Höflichkeit, dass Sie mir antworten.«

Er sah mich an, dann zuckte er die Achseln. Die Dirty-Harry-Fassade weichte ein wenig auf.

»Warum nicht?«, meinte er. »Er wird gesucht wegen schweren Diebstahls.«

Na großartig.

»Was hat er gestohlen?«

»Ein Buch.«

»Ein Buch?«

»Ja. Ist es zu glauben? Wir haben es mit Vergewaltigung und Mord und bewaffnetem Raub zu tun, aber diesem Buch wird Vorrang eingeräumt. Mir ist es egal, wie wertvoll es ist oder wie dringend irgendeine Universität in Massachusetts es wiederhaben will, es ist nur ein Buch. Aber die Massachusettsleute sind wirklich heiß darauf, es zurückzukriegen. Ihr Gouverneur ist zu unserem Gouverneur gegangen und ... na, Sie wissen, wie das läuft. Wir haben seinen Wagen vor einer Weile verlassen bei Lakehurst gefunden, daher wissen wir, dass er hier durchgekommen ist.«

»Sie glauben, er ist zu Fuß unterwegs?«

»Vielleicht. Oder er hat einen anderen Wagen gemietet oder gestohlen. Wir bringen das jetzt in Erfahrung.«

»Wenn er hier aufkreuzt, gebe ich Ihnen Bescheid.«

»Tun Sie das. Ich hatte den Eindruck, dass alles vergeben und vergessen ist, sobald er das Buch heil zurückgibt.«

»Ich werde es ihm sagen, wenn sich die Gelegenheit ergibt.«

Kaum war er weg, rief ich in Creightons Motel an. Seine Stimme klang belegt, als er sich meldete.

»Jon! Die Staatspolizei war gerade hier und hat nach dir gefragt!«

Er murmelte ein paar Worte, die ich nicht verstand. Da stimmte etwas nicht. Ich legte auf und lief zu meinem Wagen.

Das Motel hat nur etwa zwanzig Zimmer. Ich entdeckte den Wrangler in der hintersten Parklücke am Ende des winzigen Parkplatzes. Nummer 5 befand sich in einer Ecke des ersten Stocks. Ein Nicht-stören-Schild hing am Türknauf. Ich klopfte zweimal und bekam keine Antwort. Ich versuchte den Knauf. Er drehte sich.

Drinnen war es dunkel, bis auf das Tageslicht, das er hereinließ. Und dieses Licht ließ ein Katastrophengebiet erkennen. Das Zimmer sah aus wie der Müllcontainer hinter einem ganzen Häuserblock nur aus Fastfood-Restaurants, und so roch es auch. Pizzaschachteln lagen herum, Hamburgerboxen, Sandwichpapier, Kartons einer China-Kette, eine Sammlung von jedem Lieferanten der Gegend. Und es war heiß darin. Entweder hatte die Klimaanlage ausgesetzt, oder sie war gar nicht erst eingeschaltet worden.

»Jon?« Ich knipste das Licht an. »Jon, bist du da?«

Er saß in einem Sessel in der Ecke auf der anderen Seite des Bettes unter einen Haufen Decken gekauert. Papiere und Karten waren neben ihm auf dem Nachttisch gestapelt. Sein Gesicht, wo es über seinem verfilzten Bart zu sehen war, sah blass und abgespannt aus. Er sah aus, als hätte er dreißig Pfund verloren. Ich schlug die Tür hinter mir zu und stand fassungslos da.

»Mein Gott, Jon, was ist los?«

»Nichts. Es geht mir gut.« Seine heisere, belegte Stimme sagte etwas anderes. »Was machst du hier, Mac?«

»Ich bin gekommen, um dir zu sagen, dass die Staatspolizei mit einem Foto von dir durch die Gegend fährt, aber wie ich sehe, ist das das Geringste deiner Probleme! Du bist wirklich krank!« Ich griff nach dem Telefon. »Ich rufe einen Krankenwagen.«

»*Nein!* Mac, bitte *nicht*!«

Der Schrecken und die zermürbende Qual in seiner Stimme hielten mich zurück. Ich sah ihn prüfend an, behielt den Hörer aber in der Hand.

»Warum nicht?«

»Weil ich dich darum bitte!«

»Aber du bist krank, du könntest sterben, du bist übergeschnappt!«

»Nein. Das bin ich bestimmt nicht. Vertraue mir, wenn ich sage, dass mir kein Krankenhaus der Welt helfen kann – denn ich sterbe nicht. Und wenn du mich je geliebt hast, wenn du je Achtung davor gehabt hast, wer ich bin und was ich von meinem Leben will, dann legst du den Hörer auf und marschierst durch diese Tür hinaus.«

Da stand ich in dem heißen, feuchten, verkommenen winzigen Zimmer, den Hörer in der Hand, in der Nase den Gestank des Abfalls, aber auch die Spur eines anderen Geruchs nach säuerlicher Fäulnis, der darunter zu bemerken war, und fühlte mich angesichts der Entscheidung, die ich zu treffen hatte, wie zerrissen.

»Bitte, Mac«, sagte er. »Du bist der einzige Mensch auf der Welt, der es verstehen wird. Überlasse mich nicht fremden Leuten.« Er schluchzte einmal. »Ich kann mich nicht gegen dich wehren. Ich kann dich nur bitten. Bitte. Leg den Hörer auf und geh.«

Es war der Schluchzer, der den Ausschlag gab. Ich knallte den Hörer auf die Gabel.

»Zum Teufel mit dir!«

»Zwei Tage, Mac. In zwei Tagen geht es mir besser. Warte ab, du wirst sehen.«

»Du hast verdammt Recht! Ich werde warten und sehen – ich bleibe hier!«

»Nein! Das kannst du nicht! Du hast kein Recht, dich einzumischen! Das ist mein Leben! Du musst mich tun lassen, was ich tun muss! Geh jetzt, Mac. Bitte.«

Er hatte natürlich Recht. Das war es, worum es uns immer gegangen war, als wir noch zusammenlebten. Ich hatte mich zurückzuziehen. Und das brachte mich um.

»Also gut«, sagte ich an dem Kloß in meinem Hals vorbei. »Du hast gewonnen. Wir sehen uns in zwei Tagen.«

Ohne eine Antwort abzuwarten, öffnete ich die Tür und trat in die helle Septembersonne.

»Danke, Mac«, sagte er. »Ich liebe dich.«

Ich wollte das nicht hören. Ich warf noch einen letzten Blick auf ihn, als ich die Tür zuzog. Er war vom Hals bis zum Fußboden in die Decken eingewickelt, aber im letzten Moment, ehe die Tür ihn dem Blick entzog, meinte ich zu sehen, wie sich etwas Weißes und Spitzes, etwa vom Umfang eines Gartenschlauchs, unter den Decken hervor auf den Teppich schlängelte und sich rasch wieder zurückzog.

Ein Anfall von Übelkeit warf mich gegen die Außenwand, als das Türschloss klickte. Ich lehnte mich dagegen und versuchte, gegen Übelkeit und Schwindel anzuatmen.

Eine Täuschung durch die Lichtverhältnisse. Das sagte ich mir, während der Schwindelanfall nachließ. Ich hatte aus der hellen Sonne ins Dunkle geschaut, und das Licht hatte mir einen Streich gespielt.

Natürlich brauchte ich mich mit dieser Interpretation nicht zufrieden zu geben. Ich konnte einfach die Tür öffnen und nachsehen. Tatsächlich griff ich nach dem Knauf, konnte es aber nicht über mich bringen, ihn zu drehen.

Zwei Tage. Creighton hatte gesagt, in zwei Tagen. Ich würde es eben dann erfahren.

Aber zwei Tage lang hielt ich es nicht aus. Ich war am folgenden Morgen unfähig, mich zu konzentrieren, und es endete damit, dass ich alle meine Termine absagte. Ich verbrachte den ganzen Tag damit, dass ich in meinem Büro oder in meinem

Wohnzimmer auf und ab ging, und wenn ich nicht auf und ab ging, hing ich am Telefon. Ich telefonierte mit der American Folklore Society und mit der New Jersey Historical Society. Nicht nur, dass sie Creighton nie ein Stipendium gegeben hatten, wie er behauptete – sie hatten auch noch nie von ihm gehört.

Bis zum Einbruch der Dunkelheit hatte ich alles Mögliche unternommen. Ich fing an, auf Creightons Zimmer anzurufen. Es nahm niemand ab. Ich versuchte es noch ein paar Mal, und als er bis elf Uhr noch nicht abgenommen hatte, fuhr ich zu dem Motel.

Fast war ich erleichtert zu sehen, dass der Wrangler von dem Parkplatz verschwunden war. Zimmer 5 war noch immer unverschlossen und eine Müllhalde, was bedeutete, dass er es noch gemietet hatte – oder erst vor kurzem ausgecheckt war.

Was hatte er vor?

Ich fing an, das Zimmer zu durchsuchen. Ich fand das Buch unter dem Bett. Es war riesig, schwer, in Plastik eingeschlagen, und eine hingekritzelte Notiz klebte auf der Vorderseite:

Bitte zurückgeben an das Archiv der Miskatonic U.

Ich streifte den Plastikumschlag ab. Das Buch war in Leder gebunden, in Latein abgefasst und handgeschrieben. Ich konnte kaum den Titel entziffern – etwas wie *Liber Damnatus*. Aber hinter dem Buchdeckel lagen Creightons Karten und ein Bündel Notizen in seiner nach links geneigten Schrift. Die Blätter waren durcheinander und hätten vermutlich selbst in der richtigen Reihenfolge keine erkennbare Ordnung ergeben. Doch bestimmte Wörter und Ausdrücke traten immer wieder auf: *Nexuspunkte* und *Äquinoktium* und die *Lumen* und der *Schleier.*

Es dauerte eine Weile, aber schließlich erfasste ich den Sinn der Notizen. Ein Kapitel des Buches, das Creighton gestohlen hatte, betraf augenscheinlich »Nexuspunkte« rings um den Erdball, wo zweimal im Jahr zur Tagundnachtgleiche »der

Schleier«, der die Wirklichkeit verdunkelt, für eine kurze Zeit sich hebt und einer unerschrockenen Seele gestattet, unter den Saum zu spähen und das wahre Wesen der Welt ringsum zu erkennen, die zu erkennen uns nicht »gestattet« ist. Diese Nexuspunkte sind selten und weit verstreut. Von den vier bekannten befinden sich zwei in der Nähe der Pole, einer in Tibet und einer nahe der Ostküste Nordamerikas.

Ich seufzte. Crazy Creighton machte seinem Namen wirklich alle Ehre. Es war traurig. Das sah ihm so gar nicht ähnlich. Er war durch und durch ein Zyniker gewesen, und jetzt riskierte er seine Gesundheit und seine Freiheit, indem er diesem mystischen Müll anhing.

Und was ich noch trauriger fand, war, wie er mich angelogen hatte. Offensichtlich hatte er nie nach Märchen über den Jersey-Teufel gesucht – sondern nach einem dieser Nexuspunkte. Und er glaubte wahrscheinlich fest, hinter dem Razorback Hill einen gefunden zu haben.

Er tat mir Leid. Aber ich las weiter.

Nach den Notizen können diese Nexuspunkte lokalisiert werden, indem man den »Lumen« zu einem Ort folgt, der von Mensch, Tier und Pflanze gleichermaßen gemieden wird.

Plötzlich war mir unbehaglich. »Die Lumen«. Konnte sich das auf die Kiefernlichter beziehen? Und der kahle Fleck, den Fred uns gezeigt hatte – das war zweifellos ein Ort, der von Mensch, Tier und Pflanze gemieden wurde.

Ich fand ein ganzes Blatt mit Notizen über die Leute am Razorback. Der letzte Abschnitt war besonders bestürzend:

Die Leute hinter dem Razorback Hill sind nicht aufgrund von Inzucht verwachsen, obwohl ich sicher bin, dass sie ihren Teil beigetragen hat. Ich glaube, sie sind missgebildet, weil sie seit Generationen in der Nähe des Nexuspunktes leben. Das halbjährliche Lüften des Schleiers muss über Jahre hinweg genetische Schäden verursacht haben.

Ich zog Creightons Karten heraus und faltete sie auf dem

Bett auseinander. Ich folgte den Linien, die er vom Apple Pie Hill, von Gus' Feuerstelle und von unserem Übernachtungsplatz gezogen hatte. Die drei Linien stellten die Wege der Kiefernlichter dar, und alle drei schnitten sich bei dem Kreis, den er gezogen und mit Razorback Hill bezeichnet hatte. Und genau neben der Schnittstelle der drei Wege, fast mitten drauf, hatte er einen weiteren Kreis gezogen, einen ganz kleinen, hatte ihn mit Längen- und Breitengrad versehen und mit Nexus bezeichnet!

Jetzt hatte ich Angst. Selbst mein Skeptizismus war ins Wanken geraten. Alles passte zu genau. Ich schaute auf die Uhr. Elf Uhr zweiunddreißig. Auf der Datumsanzeige stand »21«. 21. September. War das die Tagundnachtgleiche? Ich nahm das Telefon und rief einen alten Clamdigger an, der bei mir Klient war, seit ich das Büro eröffnet hatte. Er konnte es mir auf Anhieb sagen: »Die Tagundnachtgleiche im Herbst. Das ist am zweiundzwanzigsten September. In einer halben Stunde etwa.«

Ich warf den Hörer auf die Gabel und rannte zu meinem Wagen. Ich wusste genau, wo Jon Creighton zu finden war.

9. Der Saum des Schleiers

Ich raste den Parkway entlang bis zur Ausfahrt Bass River und versuchte, den Weg zu Sooys Hütte zu finden. Was bei Tag eine schwierige Fahrt gewesen war, steigerte sich bei Dunkelheit um einige Größenordnungen. Trotzdem fand ich schließlich Gus' Rote Zeder. Mein Plan war es, ihn zu überzeugen, dass er mir den Weg zur anderen Seite des Razorback Hills zeigte, wobei ich hoffte, der Umstand, dass Creighton bereits dort war, würde ihn bereitwilliger machen. Doch als ich auf Sooys Lichtung rannte, stellte ich fest, dass er nicht allein war.

Die Razorbackleute waren dort. Und zwar alle, wie es aussah.

»Was wollen Sie?«

Ehe ich antworten konnte, erkannten mich die Leute, und eine kleine Schar umringte mich.

»Warum sind sie alle hier?«, fragte ich Gus.

»Nur zu Besuch«, sagte er beiläufig, sah mir aber nicht in die Augen.

»Das hat bestimmt nichts damit zu tun, was bei dem kahlen Fleck auf der anderen Seite des Razorback passiert, oder?«

»Zum Teufel mit Ihnen! Sie haben herumgeschnüffelt, wie? Sie und Ihr Freund. Die Leute haben mir erzählt, dass er vorbeigekommen ist und alle möglichen Fragen gestellt hat. Wo ist er jetzt? Versteckt sich im Gebüsch?«

»Er ist da drüben«, sagte ich und zeigte auf die Spitze des Razorback Hills. »Und wenn ich richtig vermute, dann steht er jetzt mitten auf dem kahlen Fleck.«

Gus ließ seinen Krug fallen. Er zerschellte auf den Brettern der Eingangsstufen.

»Wissen Sie, was mit ihm passieren wird?«

»Nein«, sagte ich. »Wissen Sie's?« Ich blickte in die Runde. »Wissen sie es?«

»Ich glaube nicht, dass irgendjemand es weiß, am wenigsten sie. Aber sie haben Angst. Sie kommen zweimal im Jahr zu mir, wenn dieser kahle Fleck anfängt, verrückt zu spielen.«

»Haben Sie schon mal gesehen, was da passiert?«

»Einmal. Will ich nie wieder sehen.«

»Warum haben Sie das nie einem erzählt?«

»Was? Damit jede Menge Eierköpfe herkommen und gaffen und bauen und hier alles ruinieren? Wir nehmen es alle lieber zweimal im Jahr mit der Verrücktheit des kahlen Flecks auf, als das ganze Jahr über mit der Verrücktheit der Eierköpfe.«

Ich hatte nicht die Zeit, um von Creightons Theorie von der

genetischen Schädigung anzufangen. Ich musste Creighton finden.

»Wie komme ich dahin? Was ist der kürzeste Weg?«

»Man kann nicht ...«

Ich zeigte auf die Razorbackleute. »Aber sie sind von dort hierher gekommen!«

»Also gut!«, sagte er unverhohlen feindselig. »Wie Sie wollen. Da gibt's einen Weg hinter meiner Hütte. Folgen Sie dem über die linke Flanke des Berges.«

»Und dann?«

»Dann brauchen Sie keine Anweisung mehr. Sie werden wissen, wo's lang geht.«

Seine Worte hatten einen unheilvollen Klang, aber ich konnte ihn nicht zwingen. Ich wurde angetrieben von einem Gefühl enormer Dringlichkeit. Die Zeit lief davon. Rasend schnell. Ich hatte die Taschenlampe schon in der Hand, darum rannte ich auf die Rückseite seiner Hütte und folgte dem Pfad.

Gus hatte Recht. Als ich die Hügelflanke überquert hatte, sah ich Licht durch die Bäume vor mir aufscheinen, wie Blitze, als ob ein kleiner, aber gewaltiger Gewittersturm dort niedergegangen und sich verankert hätte. Ich beschleunigte meinen Schritt und rannte, wo das Terrain es erlaubte. Der Wind nahm zu, je weiter ich mich der Stelle näherte, und schwoll von einer launischen Brise zu einem richtigen Sturm an, bis ich aus dem Unterholz brach und auf die Lichtung stolperte, die den kahlen Fleck umgab.

Chaos. Das ist das einzige Wort, das zur Beschreibung taugt. Ein Albtraum von Lichtkaskaden und brüllenden Winden. Die Kiefernlichter – oder Lumen – waren da, Hunderte davon, in allen Größen, unbeeinträchtigt von den rasenden Luftwirbeln sausten sie selbst in rasanten Bögen, jedes hell leuchtend, wenn sie über dem kahlen Fleck durch die Luft kreisten. Und der kahle Fleck selbst – er glühte in einem schwachen violetten Licht, das dreißig oder vierzig Fuß in die Höhe strahlte, ehe es in der Dunkelheit verblasste.

Das gestohlene Buch, Creightons Notizen – das waren keine mystischen Verrücktheiten. Hier geschah etwas Verheerendes, etwas, das allen Gesetzen der Natur trotzte – wenn diese Gesetze überhaupt eine wirkliche Bedeutung hatten. Ob das einer der Nexuspunkte war, die Creighton beschrieben hatte, eine flüchtige Spalte in der Wirklichkeit, die uns umgab, das konnte er nun mit Sicherheit beurteilen.

Denn ich konnte jemanden auf dem kahlen Fleck erkennen. Von da, wo ich stand, waren seine Gesichtszüge nicht auszumachen, aber ich wusste, dass es Jonathan Creighton war.

Ich stürmte vorwärts bis an den Rand, hielt aber langsam an, bevor ich tatsächlich in das Glühen hineintrat. Creighton war da, auf den Knien, Hände und Füße im Sand eingegraben. Er starrte um sich, seine Miene eine beunruhigende Mischung aus Furcht und Staunen. Ich rief seinen Namen, aber er hörte mich bei dem Tosen des Sturms nicht. Zweimal blickte er direkt zu mir, aber trotz meines verzweifelten Rufens und Winkens sah er mich nicht.

Ich sah keine andere Möglichkeit. Ich würde auf den kahlen Fleck treten müssen ... den Nexuspunkt. Das fiel mir nicht leicht. Jeder Instinkt, den ich besaß, schrie mich an, in die andere Richtung zu rennen, aber ich konnte Jon hier nicht so zurücklassen. Er sah hilflos aus, gefangen wie ein Insekt auf Fliegenpapier. Ich musste ihm helfen.

Ich holte einmal tief Luft, schloss die Augen und trat hinüber – und begann zu taumeln. Oben und unten schien hier ein wenig anders zu sein. Ich öffnete die Augen und fiel auf die Knie, landete beinahe auf Creighton. Ich blickte mich um und erstarrte. Die Pine Barrens waren verschwunden. Es schien kurz vor der Dämmerung zu sein, aber der Wind heulte noch ringsum und die Kiefernlichter blitzten, kamen und verschwanden über uns, als drängen sie durch unsichtbare Wände. Wir waren irgendwo ... anders: auf einer riesigen dunstigen Ebene, die sich ins Unendliche auszudehnen schien, es gab nur Gruppen von Vegetation und Nebelbänke, von denen eine dicht links von mir war und sich unendlich nach oben erstreckte. In unermesslicher Ferne ragten Berge von der Größe des Mondes auf und verschwanden im Dunst des violetten Himmels. Der Horizont – oder was ich als Horizont ansah – war nicht gekrümmt. Diese Welt schien so viel größer zu sein als unsere – unsere Welt, die nur ein paar Schritte entfernt wartete.

»Mein Gott, Jon, wo sind wir!«

Er zuckte zusammen und wandte den Kopf. Seine Hände und Füße blieben im Sand eingegraben. Bei meinem Anblick riss er entsetzt die Augen auf.

»Nein! Du darfst nicht hier sein!«

Seine Stimme war noch belegter und entstellter als am Vortag. Seltsamerweise sah seine Haut in dem rosavioletten Licht fast gesund aus.

»Du auch nicht!«

Dann hörte ich etwas. Durch das Heulen des Windes drang noch etwas anderes. Ein Donnern wie von einer Lawine. Es kam aus der Nebelbank zu unserer Linken. Dort war etwas Massiges, etwas Immenses, das sich hierher bewegte, und der Nebel schien in die gleiche Richtung zu kommen.

»Wir müssen hier raus, Jon!«

»Nein! Ich bleibe!«

»Auf keinen Fall! Komm jetzt!«

Die Infektion quälte ihn, und er war offensichtlich geistesgestört. Ich gab nichts darauf, was er sagte, ich würde nicht zulassen, dass er an diesem Ort sein Leben riskierte. Ich würde ihn rausschaffen und ein halbes Jahr lang darüber nachdenken lassen. Wenn er das hier dann immer noch wollte, sollte es seine Entscheidung sein. Aber in diesem Augenblick war er nicht entscheidungsfähig.

Ich schlang die Arme um seine Brust und wollte ihn auf die Beine ziehen.

»Mac, bitte! Nicht!«

Seine Hände blieben im Sand. Er musste da irgendetwas festhalten. Ich packte seinen rechten Ellbogen und riss. Er schrie auf, als seine Hand aus dem Sand freikam. Dann schrie auch ich und ließ ihn los und warf mich rückwärts von ihm fort in den Sand.

Denn seine Hand war keine Hand mehr.

Sie war groß und weiß und hatte diese langen, spitz zulaufenden, wurzelartigen Fortsätze, wie die Keimlinge an Kartoffeln, wenn man sie zu lange unter der Spüle liegen lässt, nur dass sie sich bewegten, sich wanden und zuckten wie eine Hand voll Albinoschlangen.

»Geh, Mac!«, sagte er mit dieser entstellten Stimme, und ich konnte an seinem Tonfall und seinem Blick erkennen, dass er nicht wollte, dass ich ihn so sah. »Du gehörst nicht hierher!«

»Aber du?«

»Jetzt ja!«

Ich konnte mich nicht überwinden, seine Hand anzufassen, darum griff ich nach seinem Hemd. Ich zog.

»Wir können die richtigen Ärzte finden! Sie können dich heilen! Du kannst –«

»NEIN!«

Es war ein Schrei, aber noch etwas anderes. Etwas Langes, Weißes und kräftig Muskulöses, den Fortsätzen, die aus seinem Ärmel herauswuchsen, sehr ähnlich, schoss aus seinem Mund hervor gegen meine Brust und stieß mich weg, wobei es mir die Brüste quetschte. Dann schnellte es in den Mund zurück.

Darauf drehte ich durch. Ich taumelte auf die Füße und sprang blindlings in die Richtung, aus der ich gekommen war. Plötzlich befand ich mich wieder in den Pine Barrens, in der

kalten Nacht, wo die Lichter über meinem Kopf umher-
schwirrten. Ich rannte stolpernd in die Büsche, fort von dem
Nexuspunkt, fort von Jonathan Creighton.

Am Rand der Lichtung zwang ich mich anzuhalten und zu-
rückzuschauen. Ich sah Creighton. Seine entsetzlich verwandelte Hand war in die Höhe gereckt. Ich wusste, er konnte
mich nicht sehen, aber es sah beinahe so aus, als winkte er mir
zum Abschied. Dann nahm er die Hand herunter und wühlte
die Ranken wieder in den Sand.

Woran ich mich aus jener Nacht als Letztes erinnere, ist das
Erbrechen.

10. Nachwirkungen

Ich erwachte bei den Razorbackleuten, die mich am nächsten
Morgen gefunden und über mich gewacht hatten, bis ich wieder bei klarem Bewusstsein war. Sie boten mir zu essen an,
aber ich konnte nichts zu mir nehmen. Ich wanderte zurück zu
der Lichtung, zu dem kahlen Fleck.

Er sah genauso aus wie im August, als Creighton und ich
ihn zum ersten Mal sahen. Keine Lichter, kein Wind, kein vio-
lettes Glühen. Nur reiner Sand.

Und kein Jonathan Creighton.

Wenn die Schwellungen und Blutergüsse an meiner Brust
nicht gewesen wären, hätte ich mir vormachen können, dass es
die vorige Nacht nicht gegeben habe. Hätte ich das doch gekonnt. Doch so sehr mein Verstand vor der Wahrheit zurück-
schreckte, so wenig konnte ich sie leugnen. Ich hatte auf die
andere Seite des Schleiers geblickt, und mein Leben würde nie
wieder so sein wie vorher.

Ich sah mich um und wusste, dass alles nur eine Täuschung,
eine sorgfältige Illusion war. Warum? Warum war da dieser
Schleier? Um uns vor Schaden zu schützen? Um uns vor dem

Wahnsinn zu bewahren? Die Wahrheit hatte mir keinen Frieden gebracht. Wer konnte Trost finden in dem Wissen, dass es da draußen riesige, unermessliche Kräfte gab, die sich außerhalb der Reichweite unserer Sinne um uns herum bewegten?

Ich wollte wegrennen – aber wohin?

Ich rannte nach Hause. Seit Monaten bin ich nun schon zu Hause. Ans Haus gefesselt. Gehe nur wegen Lebensmitteln vor die Tür. Meine Klienten haben mich alle aufgegeben. Ich lebe von meinen Ersparnissen, lerne Latein und übersetze Jons gestohlenes Buch. War, was ich gesehen habe, die wahre Wirklichkeit unseres Daseins oder eine andere Dimension oder was? Ich weiß es nicht. Creighton hatte Recht: Zu wissen, dass man es nicht weiß, macht einen verrückt. Es frisst einen auf.

Also warte ich auf das Frühjahr. Auf die Tagundnachtgleiche. Vielleicht werde ich vorher das Haus verlassen und ein paar Kiefernlichter aufspüren – oder Lumen, wie sie in dem Buch heißen. Vielleicht werde ich eines berühren, vielleicht auch nicht. Vielleicht gehe ich zur Tagundnachtgleiche zum Razorback Hill, zu dem kahlen Fleck. Vielleicht suche ich nach Jon. Er könnte dort sein, oder auch nicht. Vielleicht betrete ich den kahlen Fleck, vielleicht aber nicht. Und wenn ich es tue, komme ich vielleicht nicht mehr zurück. Oder vielleicht doch.

Ich weiß nicht, was ich tun werde. Ich weiß überhaupt nichts mehr. Ich bin jetzt an einen Punkt gelangt, wo ich nur noch eines sicher weiß: dass nichts mehr sicher ist.

Zumindest auf dieser Seite des Schleiers.

Originaltitel: *The Barrens*
Erstveröffentlichung: *Lovecraft's Legacy*, 1990.

Aus dem Amerikanischen von Angela Koonen

http://j·peterka epilogue.net

Pickmans Modem

VON LAWRENCE WATT-EVANS

Ich hatte Pickman schon eine ganze Zeit nicht mehr online gesehen; ich glaubte, er habe die Computernetze aufgegeben. Wenn man nicht aufpasst, vergeudet man jeden Tag Stunden damit, Nachrichten zu lesen und einzustellen, und das verdammte Zeug macht süchtig; wird man achtlos, füllt es das ganze Leben aus. Wer es zulässt, den fressen die Netze bei lebendigem Leib.

Mancher geht auf Totalentzug, wenn er begreift, was mit ihm passiert, und weil ich angenommen hatte, auch Henry Pickman sei diesen Weg gegangen, war ich erfreut und überrascht, als die Zeile über meinen Monitor lief und mir anzeigte, dass die nächste Nachricht von seinem Rechner stamme. Obwohl Henry Pickman kein zweiter Einstein war und auch kein Shakespeare, besaßen seine Kommentare in der Regel jedoch einen gewissen Unterhaltungswert, vorausgesetzt, man wusste das Flegelhafte zu schätzen.

Aus den Tiefen wiedergekehrt, grüße ich euch alle, las ich. *Meine aufrichtige Entschuldigung für jederlei Unannehmlichkeit, die meine Zurückgezogenheit womöglich verursacht haben mag.*

Das klang nun *überhaupt* nicht nach dem Henry Pickman, den ich kannte; überrascht las ich mich durch drei Bildschirmseiten, auf denen er ohne einen einzigen Rechtschreibfehler und mit bissigem Esprit die Schicksalsprüfungen und Drangsale beschrieb, die der Ausfall seines alten Modems und die Beschaffung eines Ersatzgeräts auf ihn herabbeschworen hatten. Durch Geldmangel zu verzweifelten Schritten getrieben, war er am Ende durch besonnenes Feilschen zum stolzen Besitzer eines recht mitgenommenen, aber funktionstüchtigen externen 2400-Baud-Modems geworden. Dem Gehäuse zufolge handelte es sich um ein Erzeugnis der Miskatonic Data Systems in Arkham, Massachusetts, und Pickman erkundigte sich in aller Unschuld, ob jemand im Netz schon von diesem Hersteller gehört habe.

Ich stellte einen knappen Glückwunsch ein, in dem ich jede Kenntnis über Miskatonic Data Systems verneinte, und las weiter.

Als ich am nächsten Tag die neuen Nachrichten abrief, fand ich drei Beiträge von Pickman, jeder ein Juwel des Sarkasmus. Ich wunderte mich über die Verbesserung seines Schreibstils – wenn ich ehrlich bin, fragte ich mich sogar, ob dort überhaupt Henry Pickman schrieb oder vielleicht jemand anderes dessen Kennung benutzte.

Am Tag danach, dem dritten Tag, begann der Flame-Krieg.

Dem geneigten Leser, der sich in Computernetzen vielleicht nicht auskennt, will ich kurz erläutern, dass bei Online-Unterhaltungen die üblichen gesellschaftlichen Regeln einer Konversation oft nicht greifen; daher können geringfügige Meinungsverschiedenheiten zu gewaltigen Streitgesprächen auflodern, während deren man sich über die Telefonleitung gegenseitig Tausende von Schmähworten an den Kopf wirft. Das Temperament geht eben manchmal mit einem durch. Die systembedingten Verzögerungen führen dazu, dass eine Rücknahme oder Entschuldigung oft zu spät eintrifft, um den Krieg der Worte vor dem Eskalieren zu bewahren.

Solche kleinen Debatten sind als ›Flame-Kriege‹ bekannt.

Und Pickmans einleitende Nachricht hatte solch einen Krieg ausgelöst. Ein Leser in Kansas City hatte an einer eingebildeten Herabsetzung des Mittelwestens Anstoß genommen und ein Flame an Pickmans Adresse geschickt.

Als ich mich einloggte und sie sah, hatte Pickman, ungefähr fünfzig Nachrichten weiter unten, bereits geantwortet; seine Antwort trug einen sengenden Sarkasmus in sich und war in einem überaus herabsetzenden Tonfall gehalten, die dem eher gelassenen Pickman, wie ich ihn kannte, überhaupt nicht ähnlich sahen. Sein Englisch war besser geworden, doch seine Beherrschung hatte eindeutig gelitten.

Ich beschloss, mich aus dieser Fehde herauszuhalten. Ich beobachtete nur, wie Tag für Tag die Nachrichten hin und her schossen und dabei immer verbitterter und boshafter wurden. Besonders Pickmans Beiträge stachen heraus, sowohl durch ihre Gemeinheit als auch die unglaubliche Vorstellungskraft, die er bei der Beschreibung seiner Opponenten unter Beweis stellte. Ich fragte mich mehr denn je, wie dieser Mensch der kleine Henry Pickman sein konnte – der mit dem nachlässigen Grinsen und der noch nachlässigeren Orthografie.

Binnen vier oder fünf Tagen beschuldigten beide Seiten sich gegenseitig des absichtlich fehlerhaften Zitierens, und ich fragte mich allmählich, ob sich nicht etwas Ungewöhnlicheres als ein geborgter Benutzerzugang dahinter verbergen mochte.

Ich entschied, ein drastisches Vorgehen sei angezeigt; ich nahm mir vor, Henry Pickman unangekündigt aufzusuchen und mit ihm über die Sache zu reden – zu *reden* und nicht zu tippen. Nicht auf einer Netparty, nicht auf einer Convention, sondern bei ihm zu Hause. Entsprechend fand ich mich am Samstagnachmittag vor seiner Haustür wieder und klingelte.

»Ja?«, fragte er, während er die Tür öffnete. »Wer ist denn da?« Dabei blinzelte er mich durch seine dicken Brillengläser an.

»Tag, Henry«, sagte ich. »Ich bin's, George Polushkin – wir kennen uns von der Netparty auf dem Schoonercon.«

Es dämmerte ihm sichtlich. »Ach ja, richtig!«, rief er.

»Kann ich reinkommen?«, fragte ich.

Eine Viertelstunde später saßen wir, nachdem wir diverse

gemurmelte Höflichkeitsfloskeln und mehrere von unbehaglichem Schweigen erfüllte Gesprächspausen hinter uns gebracht hatten, jeder mit einer Dose Bier in der Hand im Wohnzimmer, und er fragte: »Also, warum bist du hier, George? Ich meine, ich, du weißt schon, ich hab nicht mit dir gerechnet.«

»Nun«, sagte ich, »ich habe mich ja gefreut, dass du wieder im Netz bist, Henry ...« Ich zögerte, unsicher, wie ich fortfahren sollte.

»Bist wohl sauer über den Flame-Krieg, was?« Er grinste entschuldigend.

»Ja, eigentlich schon«, gab ich zu.

»Ich auch«, sagte er zu meiner Überraschung. »Ich begreife nicht, was mit diesen Typen los ist. Ich meine, sie schreiben Lügen über mich, sie behaupten, ich hätte was gesagt, was ich nie gesagt hab.«

»Du hast es online gesagt«, entgegnete ich, »und ich habe keine Falschzitate finden können.«

Ihm fiel die Kinnlade herunter, und er starrte mich mit großen Augen an. »Aber George«, sagte er, »guck es dir doch mal an!«

»Ich hab's mir angesehen, Henry«, erwiderte ich. »Ich habe keine Falschzitate gefunden. Sie haben die Zitierfunktion benutzt; um abzuändern, was du geschrieben hast, hätten sie es neu tippen müssen. Warum sollte sich jemand die Mühe machen? Und warum sollten sie ändern, was du geschrieben hast?«

»Das weiß ich ja auch nicht, George, aber geändert haben sie es!« Er las mir meinen Unglauben vom Gesicht ab und sagte: »Komm, ich zeig's dir! Ich hab alles protokolliert!«

Ich folgte ihm in seinen Computerraum – ein überzähliges Gästezimmer im Obergeschoss mit einem alten IBM PC/AT und einer Ansammlung des üblichen Zubehörs auf etlichen Regalen und einem Sperrmüllschreibtisch. Ausdrucke und Benutzerhandbücher standen kniehoch an den Wänden gestapelt.

Auf dem Monitor hockte ein schwarzes Kästchen, auf dem unheilverkündende rote Lämpchen glühten.

Ich stand neben Henry und blickte ihm über die Schulter, während er seinen Computer bootete und dann eine Logdatei in den Texteditor lud. Die bekannten Nachrichten erschienen auf dem Bildschirm.

»Sieh dir das an«, sagte Henry. »Die hab ich gestern gekriegt.«

Ich hatte die Nachricht bereits gelesen; sie bestand aus einer langen, zitierten Passage, die in allen Übelkeit erregenden Einzelheiten schilderte, welche widernatürlichen Akte der Empfänger doch bitte an sich begehen möge, und unter Bezugnahme auf die Vorfahren und offensichtlichen Neigungen des Adressaten erläuterte, weshalb das angemessen sei. Bei den anatomischen Beschreibungen drehte es mir noch immer den Magen um, doch so weit ich sagen konnte, waren sie vermutlich akkurat – zumindest wurde nichts beschrieben, was auf den ersten Blick unmöglich erschien.

Die Mengen der beteiligten Flüssigkeiten erschienen vielleicht ein wenig übertrieben.

Mit dieser zitierten Nachricht hatte der Absender nur erwidert: *Ich kann nicht fassen, dass du das geschrieben hast, Pickman.*

»Und?«, fragte ich.

»Na, das habe ich nie geschrieben!«, rief Pickman. »Natürlich habe ich das nie geschrieben.«

»Aber ich habe es gelesen –«

»Aber nicht von mir, von *mir* nicht!«

Stirnrunzelnd entgegnete ich: »Das Zitat hat ein Absendedatum – ich meine, ein Datum, wann du es angeblich abgeschickt haben sollst. Und es war an Pete Gifford adressiert. Du hast ihm die Nachricht nicht geschickt?«

»Ich hab ihm an dem Tag zwar eine Nachricht geschickt, aber doch so was nicht!«

»Hast du sie protokolliert?«

»Klar.«

Er öffnete ein Fenster mit einer anderen Datei, scrollte hindurch und zeigte mir eine Stelle.

PETE, lautete die Nachricht, *F*CK DICH DOCH AM BESSTEN DREI MAL SELBER.*

Ich las es, dann schaute ich mir wieder die andere Nachricht an, die noch immer im größeren Fenster zu lesen war.

Dreimal. Eins, zwei, drei. In expliziten Einzelheiten.

Ich machte ihn darauf aufmerksam.

»Richtig«, sagte Pickman. »Ich schätze, das hat sie auf die Idee gebracht. Aber ich finde das echt mies, so was Ekliges zu schreiben und es dann mir in die Schuhe zu schieben.«

»Du hast das wirklich nicht geschrieben?« Ich konnte nicht die Augen vom Schirm nehmen.

Die Nachricht in dem neuen Fenster war im typischen Stil des alten Henry Pickman, aber ich erinnerte mich genau, auf meinem Computer die andere, längere Version gelesen zu haben.

»Sehen wir uns noch ein paar andere an«, schlug ich vor.

Und das taten wir.

Wir fanden die allererste Nachricht, an deren Beginn ich mich noch erinnerte: *Aus den Tiefen zurückgekehrt, grüße ich euch alle. Meine aufrichtige Entschuldigung für jederlei Unannehmlichkeit, die meine Zurückgezogenheit womöglich verursacht haben mag.*

Pickmans Logdatei zeigte, was er gepostet hatte: *ZUrück aus der Versänkung – hallo, JUngs! tut mir leid dass och weg war, habter mich vermisst?*

»Jemand«, sagte ich, »schreibt jedes Wort um, das du raussendest, und zwar, seit du das neue Modem hast.«

»Das ist doch albern«, sagte er.

Ich nickte. »Albern«, sagte ich, »aber wahr.«

»Wie soll das denn einer schaffen?«, fragte er verwirrt.

Ich zuckte mit den Schultern. »Jemand tut es.«

»Oder etwas.« Er beäugte neugierig das schwarze Kästchen auf dem Monitor. »Vielleicht ist es das Modem«, sagte er. »Vielleicht funktioniert es nicht richtig.«

Ich blickte das Gerät an, ein Quader aus schwarzem Plastik, glatt bis auf die beiden roten Lämpchen, die unheilvoll auf der Vorderseite leuchteten, und dem kleinen Metallschild, das an der Seite festgenietet war; in das Schild waren die Buchstaben gestanzt: MISKATONIC DATA SYSTEMS, ARKHAM MA, SERIAL #RILYEH.

»Miskatonic Data Systems. Nie gehört«, sagte ich. »Hast du eine Kundendienstnummer?«

Er zuckte mit den Achseln. »Ich hab es gebraucht gekauft«, antwortete er. »Ich hab nicht mal 'ne Bedienungsanleitung.«

Ich betrachtete das Modem einige Sekunden lang, und mich beschlich das unangenehme Gefühl, es erwidere meinen Blick. Das musste an den beiden roten Lämpchen liegen, sagte ich mir. An dem Gerät war jedenfalls etwas wirklich Eigenartiges. Es summte; Modems summen nicht. Theorien über eine Künstliche Intelligenz im Westentaschenformat gingen mir durch den Kopf; unterschwellig wälzte ich Ideen, die ich zu ignorieren suchte, Theorien über weit finsterere Kräfte. Der Firmenname weckte irgendeine Erinnerung, die tief in meinem Gedächtnis vergraben lag.

»Wahrscheinlich ist es das Modem, das den ganzen Ärger macht«, sagte ich. »Vielleicht solltest du es lieber wegwerfen.«

»Aber ein neues kann ich mir nicht leisten!«, jammerte er auf.

Ich sah ihn an, dann den Bildschirm, auf dem beide Nachrichten noch immer in orangefarbenen Buchstaben leuchteten. Ich zuckte die Achseln.

»Das musst du selber wissen«, sagte ich.

»Es ist doch auch gar nicht gefährlich«, sagte er, um sich selbst zu überzeugen. »Es schreibt nur um, was ich schreibe. Verbessert jedes Wort. Macht es eindringlicher, weißt du.«

»Wenn du meinst«, sagte ich voller Zweifel.

»Ich muss nur mehr aufpassen, was ich sage«, fuhr er in schmeichelndem Ton fort.

»Mich brauchst du nicht zu überzeugen«, entgegnete ich. »Die Entscheidung liegt bei dir.«

Beide starrten wir nachdenklich auf den Bildschirm.

»So schreiben können, das wollte ich schon immer«, sagte Pickman. »Aber ich hab's irgendwie nie richtig hingekriegt, verstehst du. Die vielen Regeln und das ganze Zeug, die Rechtschreibung, und bis die Wörter mal richtig gut klingen.«

Ich nickte.

»Weißt du«, sagte er langsam, »ich hab gehört, dass einige Magazine und so jetzt Einsendungen per E-Mail annehmen.«

»Das habe ich auch gehört«, pflichtete ich ihm bei.

»Wie wär's mit noch 'nem Bier?«

Und damit war das Thema abgeschlossen; als ich das nächste Bier ablehnte, war auch der Besuch zu Ende.

Ich habe Pickman niemals wiedergesehen, aber in den folgenden Wochen waren seine Nachrichten überall im Netz zu finden – Nachrichten, die zusehends eigenartiger und unheimlicher wurden. Er sprach davon, Artikel und Kurzgeschichten einzureichen, zuerst bei den großen Verlagshäusern, dann bei anderen, die immer esoterischer und bizarrer wurden. Er stellte lange, wütende Hetzschriften von enormer Gehässigkeit ein, wann immer eins seiner Werke abgelehnt wurde – der übliche Grund für eine Ablehnung war offensichtlich sein allzu blumiger, altertümelnder Stil.

Manchmal sorgte ich mich darum, was er wohl ins Netz entließ, doch andererseits ging mich das überhaupt nichts an.

Und dann, nach dem letzten Apriltag, erschienen keine neuen Nachrichten mehr von ihm, obwohl die alten noch wochenlang kursierten. In den Netzen hörte man nie wieder etwas von Henry Pickman, abgesehen von einer Ausnahme.

Diese Ausnahme war eine E-Mail, eine private Nachricht an mich, die am 30. April um Mitternacht abgeschickt worden war.

Goerge, begann sie – Rechtschreibung war einfach nicht Henrys Stärke –, *ich habv mirn anders Modem gebohrgt, weil iuc h mich nichmehr drauf verlassen kann aber jetz ist es sauewr auf mich. eS beobachtet mich, ich schwöhrs. Ich habs ausgestöppselt, aber es bobachtet mich trozdem. Und ich glaub es ruft wen an, denn ich kann hören das es wält.#$*

Danach kam nur noch Leitungsrauschen; der Rest der Nachricht war unbrauchbar.

Was Leitungsrauschen ist? Nun, wenn die Telefonleitung gestört ist, versucht das Modem die Störimpulse aufzufangen, als wären sie ein echtes Signal. Aber dann bekommt man keine Wörter, sondern ein unsinniges Zeichengewirr. Der Rest von Henrys Botschaft las sich immer wieder wie: *Iä! FThAGN! Iä! CTHulHu!*

Danach habe ich nie wieder von Henry gehört. Ich habe nicht bei ihm angerufen und auch nichts anderes unternommen; ich sagte mir, es sei vermutlich von Anfang an ein Streich gewesen, und wenn nicht – nun, dann wollte ich mich nicht hineinziehen lassen.

Als ich einige Wochen später an seinem Haus vorbeikam – ich war zufällig in der Gegend, müssen Sie wissen –, klingelte ich auch nicht bei ihm. Sein Haus war sowieso verrammelt und sah aus, als hätte es dort heftig gebrannt.

Ich sagte mir, dass die Verdrahtung in diesem billigen Modem vielleicht schlecht gewesen war und einen Kurzschluss verursacht hatte. Ich hoffte, niemandem war etwas passiert.

Ja – ein Kurzschluss. Das war bestimmt die Erklärung. So ein Pech.

Danach zog ich mich immer mehr aus dem Netz zurück.

Telekommunikation flößte mir Unbehagen ein, und manchmal kam es mir vor, als beobachtete mich mein Modem. Deshalb gehe ich gar nicht mehr ins Netz. Niemals.

Schließlich fressen einen die Netze bei lebendigem Leib, wenn man es zulässt.

Originaltitel: *Pickman's Modem*
Erstveröffentlichung: *Isaac Asimov's Science Fiction Magazine*, February 1992.

Aus dem Amerikanischen von Dietmar Schmidt

Schacht Nummer 247

VON BASIL COPPER

*Im Hinabtauchen in den schwarzen Abgrund
liegt für mich Faszination in ihrer reinsten
Form.*

H. P. LOVECRAFT

Driscoll musterte gedankenvoll die Skalen und Anzeigen. Abgesehen vom fernen Wummern der Generatoren war es still im Kontrollraum. Die schwachen Lichter schimmerten beruhigend auf den vertrauten Zifferblättern der Instrumente und auf dem gewölbten Metall des Daches, dessen massive Schrauben und Muttern und Träger sich gegen das ungeheure Gewicht der Erde über ihren Köpfen stemmten. Die grünen Leuchtzeiger der dreieckigen Uhr am Schott standen auf Mitternacht.

Um diese Zeit war Nachtwache stets am ruhigsten. Driscoll rückte auf seinem gepolsterten Drehsessel in eine bequemere Haltung. Er war ein großer Mann, dessen Haar an den Rändern weiß zu werden begann, doch seine Gesichtszüge waren noch immer hart und fest, unaufgeweicht vom Alter, obwohl er die Fünfzig schon überschritten hatte.

Er warf einen Blick zu Wainewright hinüber; dieser hatte sich die Kopfhörer über die Ohren geklemmt und drehte besorgt an einem seiner Kalibrierungsinstrumente. Driscoll verkniff sich ein Grinsen. Wainewright war schon immer ein nervöser Typ gewesen. Obwohl er nicht über neunundzwanzig sein konnte, wirkte er mit seinen hageren, angespannten Zügen, dem gesträubten Schnauzbart und seinem bereits schütter werdenden, zurückweichenden Haar älter als Driscoll.

Driscolls Blick ruhte nur einen Lidschlag lang auf dem Kol-

117

legen, schweifte prüfend über eine Phalanx von Instrumenten mit großen Leichtlese-Anzeigen weiter und verweilte schließlich auf der roten Beschriftung der Alarmtafel, die sich in einer beherrschenden Position direkt vor ihm befand. Der Tochter-Schirm darunter zeigte fünfundvierzig blau flimmernde Einzelbilder, die sämtliche Alarmtafeln noch in den fernsten Ecken des Komplexes wiedergaben, für den Driscoll als Wachtleiter verantwortlich war.

Alles war normal. Doch das war es ja eigentlich immer. Driscoll wandte sich schulterzuckend seiner Konsole zu. Mit einem Lumineszenzstift machte er seine Eintragungen in das Wachprotokoll. Noch zwei Stunden lagen vor ihm. Er musste zugeben, dass er den Nachtdienst lieber mochte als den am Tage. Der Ausdruck *an etwas Freude haben* wurde neuerdings missbilligt, aber das Wort gab Driscolls Befindlichkeit recht genau wieder; er hatte tatsächlich Freude an seiner Schicht. Sie war ruhig, beinahe privat, und daran mangelte es im Leben immer mehr.

Ein scharfer, zischender Ausruf Wainewrights riss ihn aus seinen Gedanken.

»Eine Aktivität in Schacht 639!«, meldete er, wobei er herumschwang und seinen Wachtleiter aus wässrigen blauen Augen ansah.

Driscoll schüttelte den Kopf, ein dünnes Lächeln auf den Lippen.

»Unbedeutend. Vermutlich etwas Wasser im Schacht.«
Wainewright presste die Lippen zusammen.

»Vielleicht ... Trotzdem, man sollte es melden!«
Driscoll versteifte sich in seinem Sessel und schaute den dünnen Mann an, der schließlich als Erster den Blick senkte.

»Sie haben es gemeldet«, erwiderte Driscoll sanft. »Und ich sage, es ist Wasser im Schacht.«

Er schaltete die Eintragungen der Wachprotokolle an und las sie von dem leuchtenden Monitor auf dem Schott ab.

»Es hat im vergangenen Jahr siebzehn derartige Meldungen gegeben. Jedes Mal Wasser.«

Wainewright kauerte sich über seine Instrumente; seine Schultern hoben und senkten sich, als habe er Schwierigkeiten, seine Gefühle im Zaum zu halten. Driscoll maß ihn mit einem scharfen Blick. Vielleicht war es an der Zeit, über *Wainewright* Meldung zu erstatten. Er beschloss, damit noch ein wenig zu warten. Es hatte wenig Sinn, solche Dinge zu übereilen.

»Schacht klar«, murmelte Wainewright jetzt. Er fuhr demonstrativ fort, seine Instrumente zu überprüfen, betätigte Schalter, las Skalen ab und wich geflissentlich Driscolls Blick aus.

Driscoll lehnte sich wieder im Sessel zurück. Er schaute hinauf zu dem gewölbten Metalldach, dessen schützende Schale sich über ihnen erstreckte; die Nieten und Beschlagknöpfe glitzerten und reflektierten das Licht der Instrumentenanzeigen und der abgeschirmten Lampen. Im Geiste ging er Wainewrights Fall durch, sichtete und bewertete die Fakten, wie er sie kannte.

Der Mann zeigte erste Anzeichen einer psychotischen Störung. Driscoll verstand das gut. Sie alle belastete es, nicht zu wissen, was dort draußen war. Allein in der Sektion, über die er die Aufsicht versah, gab es mehr als vierzig Meilen an Stollen und Verbindungstunnels, doch das war keine Entschuldigung. Sie mussten nach empirischen Methoden vorgehen. Er gähnte leise und schaute wieder auf die Uhr.

Wenn Driscoll an seine Ablösung dachte, empfand er weder Vorfreude noch Bedauern; anders als Wainewright war er emotional völlig unbeteiligt – und, ebenfalls im Gegensatz zu ihm, für seine anspruchsvolle Aufgabe gut geeignet. Andernfalls hätte er es nicht zum Wachtleiter gebracht. Auch nach erfolgter Ablösung würde er nicht gleich seine Koje aufsuchen, sondern nach unten in die Kantine gehen, um einen Kaffee zu trinken und etwas zu essen, bevor er sich auf eine kurze Partie Schach zu dem jungen Karlson gesellte.

Er runzelte die Stirn. Er hatte gerade wieder an Deems denken müssen, doch er verdrängte ihn sofort aus seinem Bewusstsein. Deems' Bild flackerte einen Moment lang auf und verschwand dann. Was hatte es für einen Sinn; zwei Jahre waren seitdem vergangen, und trotzdem kehrte die Erinnerung gelegentlich noch immer zurück. Driscoll wusste noch, dass Deems ein enger Freund von Wainewright gewesen war; das erklärte wahrscheinlich dessen Schreckhaftigkeit in letzter Zeit. Dennoch, man musste ihn unbedingt im Auge behalten.

Driscoll schürzte die Lippen und beugte sich vor. In dem verflochtenen Muster auf dem Bildschirm vor ihm betrachtete er den leuchtend grünen Stift. Mit einem Knopfdruck stellte er die Verbindung her, und Horts tiefe, hohle Stimme erfüllte den Kontrollraum.

»Status normal, will ich doch hoffen!«

Es lag ein jovialer Unterton in der Frage. Die Äußerung war scherzhaft gemeint, und Driscoll gestattete sich ein Lächeln von etwa drei Millimetern Breite. Das würde genügen, um Hort zufrieden zu stellen, der kein wirklich humorvoller Mensch war. Zwecklos, sich ein Bein auszureißen für jemanden, dem in seiner charakterlichen Veranlagung jeder Sinn für Unsinn so völlig fehlte.

»Keine besonderen Vorkommnisse«, gab er im gleichen Tonfall zurück.

Hort nickte. Driscoll konnte sein Abbild in vielfacher Wiedergabe am Rande seines Sichtbereichs grün flimmern sehen, aber er schaute es nicht direkt an. Er wusste, dass sich Hort darüber ärgerte; solche kleinen Gesten der Unabhängigkeit bereiteten Driscoll immer wieder Vergnügen.

»Ich muss Sie sprechen, wenn Ihre Wache zu Ende ist«, fuhr Hort fort. Sein schmales Gesicht zeigte nun einen leicht sardonischen Ausdruck.

Driscoll nickte.

»Ich werde da sein«, sagte er lakonisch.

Er winkte flüchtig, und das Bild auf dem Sichtschirm waberte und erstarb. Ein winziger Schauer von grünen Funken blieb auf der Schwärze zurück, bevor auch er verlosch.

Driscoll war sich bewusst, dass Wainewright aufgewühlt Blickkontakt suchte; er ignorierte ihn und konzentrierte sich stattdessen auf eine hereinkommende Meldung, die von der Maschine ausgedruckt wurde. Schon bald sah er, dass es sich nur um die Daten einer Routineüberprüfung handelte, und lehnte sich zurück; sein scharfer Blick schweifte über die geschlossenen Reihen der Instrumente, seinen wachsamen Ohren entging nicht die kleinste Veränderung in dem sanften, gleichförmigen Rattern der Maschinen.

Müßig fragte er sich, was Hort wohl von ihm wollte. Wahrscheinlich nichts wirklich Wichtiges, aber es war am besten, vorbereitet zu sein; er schaltete die Übertragungsleitung auf seine Konsole und prägte sich rasch die neuesten Daten ein, die ständig von einer breiten Vielzahl von Instrumenten eingefüttert wurden. Es gab nur drei Reihen von Werten, die von Bedeutung waren; er kritzelte sie auf seinen Notizblock, den er neben sich bereitlegte.

Während der restlichen Schicht würde nun nichts Nennenswertes mehr geschehen, es sei denn, es käme zu einem unvorhergesehenen Zwischenfall. Er schloss einen Moment lang die Augen, lehnte sich in seinem Sessel zurück und ließ die Fingerspitzen leicht auf dem blankpolierten Metall der Konsole ruhen. Diesen Moment, der nur einige Sekunden währte, kostete er aus, dann öffnete er wieder die Augen, erfrischt und hellwach. Ein schwaches, vibrierendes Summen füllte all die an den Kontrollraum angrenzenden Stollen und Korridore; die Belüftungsschächte standen nun vorübergehend offen: alles war, wie es sein sollte.

Der Rest der Wache verging fast zu schnell. Wainewright wurde bereits von Krantz abgelöst, bemerkte Driscoll. Die Uhr am Schott zeigte zehn Minuten vor der vollen Stunde an.

Andererseits war Krantz schon immer eifriger gewesen als die meisten anderen. Driscoll wusste nur wenig über ihn. Er sah nun ohne Neugier zu dem Mann hinüber: Krantz wirkte schick und selbstsicher; das dunkle Haar fiel ihm in die Stirn, während er sich, über das gegenüberliegende Paneel gebeugt, Wainewrights Übergabebericht anhörte. Dann rückte er die Kopfhörer zurecht und ließ sich in den gepolsterten Sessel gleiten.

Wainewright stand einen Moment lang fast hilflos neben ihm und stieg dann eilig die Stahltreppe hinab. Krantz' Blick ruhte auf Driscoll, und seine Lippen verzogen sich zu einem Lächeln; er sandte dem Wachtleiter ein vergnügtes Daumen-Hoch-Signal. Driscoll fühlte sich ein wenig irritiert.

Krantz hatte etwas an sich, das er nicht ganz verstand. Bei Krantz war von Wainewrights ängstlicher Sorge, es anderen recht zu machen, nichts zu spüren; vielmehr verströmte er eine verwirrende Atmosphäre von unterdrückter Energie und egoistischem Schwung.

Wie auch immer, das ging ihn nichts an; er sah Krantz immer nur ein paar Minuten lang beim Wachwechsel. Drei oder vier Minuten pro Woche, höchstens, denn zuweilen überschnitten sich ihre Dienstzeiten gar nicht. Seine eigene Ablösung stand nun an seiner Seite, und beinahe widerstrebend erhob sich Driscoll und räumte den Sessel. Mit einigen unverbindlichen Phrasen übergab er die Wache und ging die gleiche Treppe hinunter wie Wainewright.

In der Kantine befand sich niemand außer Karlson. Karlson war ein rundlicher Mann, der vorzeitig kahl wurde; er nickte scheu, als Driscoll sich näherte, erhob sich und rückte auf der glatten Kunststoffbank zur Seite. Leise Musik erklang aus Schlitzen in der Decke. Karlson hatte bereits das Brett aufgebaut und seinen Eröffnungszug gemacht; diesmal war er an der Reihe gewesen. Driscoll warf einen kurzen Blick auf die

Aufstellung der Figuren und ging dann hinüber, um die Speisekarte auf dem Bildschirm zu studieren.

Er schob seine Wertmarke in den Einwurf und zog sich den heißen Kaffee und die dünnen Weizenkekse, die er so liebte. Wenn er um diese Zeit von der Wache kam, aß er nicht viel, da er sonst seine Verdauung beeinträchtigt und seinen Schlaf gestört hätte. Er ging zurück zu dem Tisch in der Ecke, an dem er und Karlson immer saßen, und schlürfte langsam den heißen, starken Kaffee; seine Augen wirkten unaufmerksam, wobei er jedoch die ganze Zeit das Brett und Karlsons konzentriertes Gesicht studierte.

Doch ganz offenkundig ließ seine Aufmerksamkeit nach. Er rutschte einen Moment lang unruhig herum und wandte sich dann von dem Brett ab, die Augen vor sich auf den Tisch gerichtet. Karlson, dem bereits ein mitfühlendes Lächeln um die Mundwinkel zuckte, warf ihm einen raschen Blick zu.

»Müde?«

Driscoll schüttelte den Kopf.

»Nicht mehr als sonst auch. Nein, daran liegt es nicht ...«

Er schloss seine festen, fähigen Hände um den Kaffeebechers und starrte in das dampfende schwarze Getränk, als ob dort die Antwort auf die Frage, die er nicht aussprach, zu finden sei.

»Ist während der Wache etwas passiert?«

Karlson blickte ihn nun aufmerksam und fragend an. Driscoll wusste, dass er seine Worte sehr bedachtsam wählen musste. Karlson war ein enger Freund von ihm, doch unter allen Umständen musste das System Vorrang haben. Langsam, in kleinen Schlucken, trank er seinen Kaffee und spielte auf Zeit. Karlson betrachtete ihn geduldig, eine Art von erhabener Zufriedenheit auf seinem nach außen hin friedlichen und gelassenen Gesicht. Dennoch verbarg sich hinter dem unscheinbaren Äußeren ein hell waches und ungewöhnliches Gehirn. Driscoll kannte ihn gut genug, um das zu wissen.

Dann entspannte sich Karlsons Gesicht. Er lächelte langsam.

»Nicht schon wieder Wainewright und seine Geräusche im Schacht?«

Driscolls Überraschung zeigte sich auf seinem Gesicht.

»Du weißt also davon?«

Karlson nickte.

»Das ist kein Geheimnis. Wir behalten ihn im Auge. Er hatte zusammen mit Collins Wache, vor drei Wochen, als du krank warst.«

Driscoll durchforschte seine Erinnerung, ohne dass es ihm gelang, sich an irgendetwas Bedeutsames zu erinnern. Er mied Karlsons Blick und schaute stattdessen zur glänzenden Metallkuppel des Daches hoch, das sich über ihnen erstreckte. Wo immer man in diesen meilenlangen Korridoren hinging, fand sich nichts außer jener glatten, ungebrochenen Monotonie.

»Deine Solidarität ehrt dich«, sagte Karlson trocken. »Aber in diesem Fall ist sie nicht wirklich vonnöten. Wainewright hatte noch nie besonders starke Nerven. Seit der Sache mit Deems ist er nie mehr derselbe gewesen ...«

Er unterbrach sich plötzlich und beugte sich über den Tisch vor. Seine gespannte, aufmerksame Haltung ließ ihn fast aussehen, als lausche er auf etwas. Etwas jenseits des Daches. Was unter den gegebenen Umständen absurd war. Driscoll gestattete sich bei dem Gedanken ein dünnes Lächeln. Er griff Karlsons Satz auf, als habe dieser nicht gezögert.

»... seit Deems nach Draußen gegangen ist«, führte er ihn unverblümt zu Ende.

Karlson blickte einen Moment lang fassungslos drein; seine sanfte, einnehmende Fassade geriet ins Bröckeln. Mit dicken, spatelförmigen Fingern trommelte er auf den Tisch. Er sah beinahe zornig aus, fand Driscoll.

Doch als er antwortete, klang seine Stimme ruhig und gemessen.

»Darüber reden wir gewöhnlich nicht«, sagte er sanft. »Aber da du es nun schon für angebracht hältst, die Sprache darauf zu bringen ... ja!«

Driscoll nahm einen seiner bevorzugten Kekse und gönnte sich einen herzhaften Bissen.

»Ich habe Wainewright genauestens im Auge behalten«, sagte er steifer als beabsichtigt. »Wenn ich den geringsten Zweifel gehegt hätte, dass ...«

Sein Freund unterbrach ihn, indem er ihm eine Hand auf den Arm legte.

»Das sollte keine Kritik sein«, sagte er sanft. »Wie ich schon sagte, sind wir uns über Wainewrights Probleme durchaus im Klaren. Sie werden höheren Ortes beobachtet. Wir werden ihn herausnehmen, lange bevor irgendeine kritische Situation eintreten kann.«

Karlson wandte seinen Blick wieder dem Spiel zwischen ihnen zu.

»Es sieht nicht so aus, als ob wir heute Nacht noch weiterkommen. Mit deiner Erlaubnis ...?«

Driscoll nickte. Karlson betätigte den Hebel. Brett und Figuren sanken mit einem kaum wahrnehmbaren Sirren zurück in die Oberfläche des Tisches. Karlson verschränkte die Hände an der Stelle, an der das Brett gestanden hatte.

»Wainewright hat fünf Vorkommnisse während einer Wache gemeldet«, sagte er unverblümt. »In verschiedenen Schächten.«

Driscoll leckte sich über die Lippen. Er sagte nichts, sondern neigte nur höflich den Kopf, während er darauf wartete, dass Karlson weitersprach.

»So etwas ist noch nie vorgekommen«, fuhr Karlson fort. »Darüber konnte man nicht hinwegsehen. Also hat Collins es direkt an mich gemeldet. Seitdem steht Wainewright unter genauer Beobachtung.«

Er schaute Driscoll vorwurfsvoll an.

»Du selbst hast nichts gemeldet.«

Driscoll errötete. Er biss sich auf die Lippen.

»Will Hort mich deswegen sprechen?«

Karlson breitete in einer entschuldigenden Geste die Hände weit aus.

»Ich weiß es nicht«, sagte er einfach. »Vielleicht. Vielleicht auch nicht. Aber es wäre klug, vorsichtig zu sein.«

Dabei lächelte er. Vollmundig, aufrichtig.

»Danke«, sagte Driscoll. »Es war wirklich nichts von Bedeutung. Wainewright ist zappelig, das stimmt schon. Und heute Nacht hatte er irgendwelche Zweifel in Bezug auf Schacht Nummer 639. Das ist alles.«

Karlson ließ seinen Atem in einem Seufzer der Erleichterung entweichen.

»Das ist gut. Nichtsdestoweniger, ich sollte Hort darüber informieren.«

Er stand plötzlich auf, wie von einer unhörbaren Alarmglocke gerufen. Er blickte nachdenklich auf Driscoll hinunter.

»Mach dir deswegen keine Sorgen«, sagte er. »Aber setz Hort davon in Kenntnis.«

Er ging ruhig und ohne Eile hinaus und ließ Driscoll zurück mit dessen Kaffee und Keksen und dem Insektensummen der verborgenen Maschinen.

Hort war ein hochgewachsener, dünner, asketischer Mann mit einem kahlen Schädel und verschleierten grauen Augen. Er trug eine blaue Uniformjacke, die bis zum Hals hinauf geschlossen war, und das scharlachrote Abzeichen, das seinen Rang als Stollenkapitän kennzeichnete. Er war in den frühen Sechzigern, doch trotz seiner Jahre besaß sein drahtiger Körper eine athletische Spannkraft, die viele Leute enervierend fanden. Driscoll ging es nicht so, doch trotzdem fühlte er sich leicht wachsam, während er die gläserne Wendeltreppe zu Horts Büro hinaufstieg.

Er sah Hort durch die Wand aus Panzerglas, die sein Quartier von den anderen Verwaltungsräumen trennte. Driscoll ließ die Tür zur Seite gleiten und ging hinein. Hort setzte sich an seine halbrunde Konsole, die mit einer Batterie von blinkenden Lichtern bestückt war, und bedeutete Driscoll, auf dem Diwan vor ihm Platz zu nehmen. Driscoll ließ sich vorsichtig niedersinken, als fürchtete er, dass die Kissen sein Gewicht nicht tragen könnten. Horts Augen blickten leicht amüsiert, während er ihn einen Moment lang fixierte, ohne etwas zu sagen. Dann gab er vor, seine Fingernägel zu untersuchen, und kam zur Sache.

»Ich nehme an, Sie haben erraten, warum ich Sie gebeten habe, herzukommen?«

Driscoll nickte knapp.

»Wainewright?«

Unwillkürlich hatte er einen, wie er fand, defensiven Tonfall angeschlagen, ohne dass er es beabsichtigt hätte.

»Genau!«

Hort lehnte sich in seinem Polstersessel zurück und ging erneut die Farce mit dem Untersuchen seiner Fingernägel durch.

»Ich möchte Ihnen nicht verhehlen, Driscoll, dass wir uns Sorgen machen. Ganz besonders nach dieser anderen Geschichte.«

Sein Blick war ernst geworden, und er schaute den Wachtleiter fragend an.

»Deems?«, fragte Driscoll.

Hort nickte.

»Genau! Wir müssen äußerst vorsichtig sein! Sie verstehen die Bedeutung einer solchen Situation fast noch besser als ich. Wir müssen vermeiden, dass irgendetwas durchsickert ...«

Er unterbrach sich, wich Driscolls Blick aus und widmete sich wieder der Betrachtung seiner Fingernägel.

»Es ist schwierig, das behutsam auszudrücken, Driscoll.

Aber wir müssen auch das Entstehen von Unbehagen unter dem Personal vermeiden ...«

Driscoll setzte einen nichts sagenden Gesichtsausdruck auf.

»Ich fürchte, ich kann Ihnen nicht ganz folgen. Wainewright hat gewisse Störungen in mehreren der Hauptschächte gemeldet. Es hat im Laufe des vergangenen Jahres eine Reihe solcher Zwischenfälle gegeben. Ich kann nicht recht erkennen, warum das als unnormal betrachtet werden sollte.«

Ermutigt von Horts Schweigen und der entspannten Art, wie dieser dasaß und seine Fingernägel betrachtete, fuhr er fort.

»Wainewright ist offensichtlich verstört. Aber ich habe ihn sorgfältig im Auge behalten. Und soweit ich weiß, haben die anderen Wachtleiter dasselbe getan, wenn sich die Umstände ergaben.«

Hort nickte ernst, als stimme er jedem Wort zu, das Driscoll gesprochen hatte.

»Ich bin froh, das zu hören«, sagte er milde. »Aber es geht um etwas mehr als das. Es darf nicht wieder vorkommen ...«

Er unterbrach sich, und die Spitzen seiner Finger zitterten auf dem Tisch. Driscoll wurde klar, dass er die ganze Zeit, während er gesprochen hatte, Druck auf die Tischplatte ausgeübt hatte. Hort drehte seinen Kopf mit sichtlicher Anstrengung Driscoll zu.

»Es darf nicht wieder vorkommen«, sagte er mit ruhiger Endgültigkeit. »Das wäre alles; es sei denn, Sie hätten noch etwas hinzuzufügen!«

In Driscolls Augen war die Sache vollkommen klar; er mochte Hort nicht, und dieser wusste das auch, aber er respektierte seine Fähigkeiten. Er hätte nicht seine gegenwärtige Position bekleidet, wenn er nicht immens fähig gewesen wäre. Eine seiner Aufgaben bestand darin, das Probleme im Keim zu ersticken. Driscoll wurde zum ersten Mal klar, welch einen Schock Deems der Administration versetzt haben musste.

Er stand langsam auf, in der Erwartung, dass sein Vorgesetzter ihn verabschieden werde. Aber Hort war mit seinen Gedanken anscheinend schon ganz woanders. Leutselig plauderte er über verschiedene Nebensächlichkeiten, bevor die Unterredung zu einem Ende kam.

Driscoll wandte sich um, als er den Treppenabgang erreicht hatte. Hort stand immer noch an seiner Konsole, wie er ihn verlassen hatte, als sei er in Gedanken versunken. Dann, in dem Bewusstsein, dass Driscoll ihn durch die Panzerglaswand sehen konnte, setzte er sich wieder in seinen Sessel.

Driscoll ging zurück die Treppe hinunter; er erreichte den abschüssigen Metallkorridor, der zu seinem eigenen Quartier führte. Noch lange, nachdem er seine Koje aufgesucht hatte, beschäftigten ihn ungewohnte Gedanken. Er hörte noch das leise Surren der Alarmglocke der nächsten Wache, bevor er Schlaf fand.

Driscoll ließ die Tür zum Zentral-Archiv beiseite gleiten und ging über das glänzende Parkett zur Hauptkonsole. Er hatte heute dienstfrei, und er verbrachte oft seine Zeit hier, um bestimmte Projekte zu recherchieren. Heute ging er zur historischen Abteilung und kritzelte seine Stichworte auf einen Block vor dem Info-Schirm. Es war still in der Bibliothek; nur etwa zwei Dutzend Leute saßen verstreut an den Metalltischen hinter der transparenten Trennwand. Licht leuchtete gleichmäßig auf ihre gesenkten Köpfe, und das schwache Summen der Maschinen erfüllte die Luft.

Ein sanfter Windhauch kam durch die Lüftungsschächte; der Duft des Tages war Jasmin, wie Driscoll bemerkte. Driscoll mochte den Jasmin-Tag mehr als alle anderen. Ein Jammer, dass er nur ungefähr alle zwei Monate einmal an der Reihe war. Die Stimme aus dem Lautsprecher drang ihm leise ins Ohr.

»Ihre Anfrage wurde programmiert. Tisch Nummer vierundsechzig.«

Die Tür glitt automatisch beiseite, als Driscoll hinüberging. In der historischen Abteilung war es wärmer, und er knöpfte die oberen Schichten seiner Kleidung auf. Er ging die Mittelgänge hinunter, dorthin, wo die Zahl 64 auf der Erkennungsmarke glühte, und ließ sich in den Polstersessel sinken. Er hatte um die Aufzeichnungen eines ganzen Jahres gebeten. Zu spezifisch zu sein wäre nicht zweckdienlich gewesen. Er hatte das leise das Gefühl, dass es gefährlich sein mochte. Er wusste nicht genau, warum.

Gleichgültig beobachtete er, wie das Abbild der ersten Seite des Wachprotokolls stark vergrößert auf dem hell leuchtenden Schirm vor ihm erschien. Er drückte den Knopf, ersetzte den Eintrag durch den nächsten, arbeitete sich ruhig durch und gab vor, sich Notizen zu machen. Damit verbrachte er mehr als eine Stunde. Er fühlte seine Handflächen ein wenig feucht werden, als er sich den relevanten Daten annäherte.

Wie zufällig wählte er einen Eintrag, der in der Mitte jener Zeitspanne lag, die ihn interessierte. Augenblicklich wusste er, dass etwas nicht stimmte. Ein vertrautes piependes Geräusch setzte ein, und das scharlachrote Licht fing an zu blinken. Der Schirm wurde leer, und die aufgezeichnete Stimme blökte: »Die von Ihnen nachgefragte Information unterliegt einer Zugriffsbeschränkung. Um den Eintrag einzusehen, benötigen Sie eine verifizierte Genehmigung der vorgesetzten Dienststelle.«

Driscoll seufzte. Er drückte die Korrekturtaste, und auf dem Schirm erschienen die nichts sagenden Eintragungen des Protokolls von dem letzten Datum vor dem gesperrten Zeitabschnitt. Driscoll suchte nicht nach weiteren Daten. Er wusste, dass er das gleiche Resultat erhalten hätte. Sobald er versuchte, in Folge auf drei Einträge in dem gesperrten Bereich zuzugreifen, wäre der Kurator persönlich bei ihm am Tisch aufgetaucht, um über sein Interesse an den Informationen nachzufragen. Das durfte er nicht riskieren.

Er setzte sich wieder an die Konsole und konsultierte die Notizen auf seinem Block. Es gab ansonsten nur noch eines, was er tun konnte. Er müsste mit Wainewright sprechen, selbst wenn sich dadurch Schwierigkeiten ergaben. Driscoll hatte begonnen, sich für das Problem zu interessieren, und sobald er an etwas interessiert war, ließ er nicht mehr locker. Hätte Hort ihn nicht zu sich gerufen; wäre nicht Karlsons heimlichtuerischer Gesichtsausdruck gewesen; hätten Wainewrights Züge nicht verstohlene Anzeichen von unterdrücktem Entsetzen gezeigt ...

In der leimigen, zähen Stille trommelte Driscoll mit seinen geschickten Fingern auf der Tischplatte, während das gedämpfte, fast unhörbare Summen im Hintergrund die Bibliothek in ein beinahe bienenhaftes Säuseln einhüllte.

Er wunderte sich ein wenig über sich selbst. Etwas war geschehen, das auf der glatten und friedlichen Oberfläche seines wohlgeordneten Lebens Wellen verursacht hatte; das gefiel ihm nicht. Stirnrunzelnd saß er noch zehn Minuten lang da und kämpfte still mit dem Problem. Dann stand er auf und verließ abrupt die historische Abteilung. Die breiten Panzerglastüren glitten leise hinter ihm zu und überließen die ernsthaft nach Wissen Strebenden ihrer hermetischen Stille.

Driscoll wartete bis nach dem Mittagessen. Niemand machte ihm Schwierigkeiten. Nichts sprach dagegen, Wainewright zu besuchen. Nun gut, es mochte ungewöhnlich erscheinen. Driscoll wusste, dass alle öffentlichen Plätze und Haupt-Durchgänge von Fernsehkameras überwacht wurden. An und für sich bestand kein Grund zur Heimlichkeit, doch er zog es vor, diskret vorzugehen. Deshalb verließ er sein Apartment, als wolle er sich Bewegung verschaffen, und nahm an einer abgelegenen Kreuzung, wo es unwahrscheinlich war, dass man ihn sah, einen Wagen.

Er musste zweimal umsteigen, aber er fühlte sich in seinem

Vorgehen gerechtfertigt. Wainewright wohnte in Stollen 4.034, und Driscoll war sich der genauen Lage seines Apartments nicht ganz sicher. Um es zu finden, benötigte er mehr als eine Stunde, und während dieser Zeit legte sich Driscoll seine Geschichte zurecht. Wie er an Wainewright herantreten sollte, wusste er nicht genau; offensichtlich hatte ihn etwas an Deems' Tod zutiefst erschüttert. Irgendwo tief in seinem Innern kamen Driscoll diese Dinge ein wenig ungewöhnlich vor, erschienen aber dennoch nicht als etwas, das die stumpfe, gleichförmige Normalität des alltäglichen Lebens über den Haufen warf.

Und doch hatte Deems' Fortgang die Behörden offenbar in größere Aufregung versetzt, als sie zugeben wollten. Von Karlsons zurückhaltendem Gebaren hatte sich Driscoll nicht täuschen lassen, sondern vielmehr halb vermutet, dass er in Horts Auftrag Nachforschungen anstellte; sein eigenes Gespräch mit Hort hatte diesem Verdacht weitere Gestalt gegeben. Driscolls Kopf war immer noch voll von halb ausgereiften Impulsen, als er die Hydrauliktür des Wagens bei Station 68 beiseite gleiten ließ und die gefliese Halle in Richtung von Stollen 4.034 hinaufstieg.

Bald hatte er Wainewrights Apartment ausfindig gemacht und stieg hinauf zur dritten Ebene, wo es gelegen war. Wainewrights hagere, angespannte Züge verrieten seine offene Verblüffung, als er in Reaktion auf Driscolls Läuten die Tür zur Seite gleißen ließ. Seine wässrigen blauen Augen schauten halb trotzig, halb defensiv zu Driscoll hinauf.

»Es tut mir Leid«, sagte Driscoll fast zögernd. »Wenn ich gerade ungelegen komme ...«

»Nein, natürlich nicht«, stammelte Wainewright.

Er trat zurück, machte mit der linken Hand eine einladende Geste.

»Kommen Sie doch herein, bitte, kommen Sie herein! Es ist sonst niemand hier.«

Driscoll trat an seinem Gastgeber vorbei und blieb gedankenverloren im matten Glanz der Deckenbeleuchtung stehen. Er wartete, bis Wainewright die Tür geschlossen hatte.

»Entschuldigen Sie meine offenkundige Verwirrung«, fuhr Wainewright fort. Er ging voran in ein kreisrundes Wohnzimmer, in dem leise Musik aus verborgenen Lautsprechern sickerte. Er ging hinüber zu dem Schalter und unterbrach die Darbietung. Er winkte Driscoll zu einem Diwan und ließ sich ihm gegenüber in einen Stuhl mit Stahllehne sinken, von wo aus er seinen Gast ansah.

»Sehen Sie«, sprach Wainewright weiter, »Ihr Besuch ist höchst ungewöhnlich, deshalb war ich natürlich überrascht. Ich hoffe, es ist alles in Ordnung ...«

Driscoll nickte; er sagte einige beschwichtigende Worte, um dem anderen die Angst zu nehmen.

»Es ist nichts, wirklich; ich habe mir nur gedacht, ich würde gern mal auf ein Stündchen vorbeischauen. Wenn Sie die Zeit erübrigen können ...«

»Natürlich, natürlich!«

Wainewright hatte sein Gleichgewicht wiedergefunden. »Darf ich ihnen etwas zu trinken anbieten? Ich würde einem Tee den Vorzug geben!«

Driscoll lächelte dünn; Wainewright hatte etwas leicht Altjüngferliches an sich. Vermutlich kam es daher, dass er so allein lebte.

»Nur, wenn Sie sich ohnehin selbst welchen machen. Es ist nichts wirklich Wichtiges, worüber ich reden wollte. Es kann ruhig warten!«

Offensichtlich erleichtert, stand Wainewright auf. Während er damit beschäftigt war, den Tee zu machen, saß Driscoll, die schweren Hände im Schoß gefaltet, entspannt da und ließ die Lider über seine Augen herabsinken, als schlafe er halb. Dennoch entging ihm nichts, das in der kleinen Welt vorging, in der er sich befand. Es war nicht leicht, lebenslange Angewohnheiten abzuschütteln.

Wainewright erschien schließlich wieder und murmelte eine Entschuldigung. Driscoll schwieg, bis er den Tee eingeschenkt hatte. Er saß da und beobachtete die Flüssigkeit, die sich in einem dampfenden bernsteinfarbenen Bogen in die blankpolierte Metalltasse hinabsenkte. Er machte höflichen Smalltalk, bis die kleine Zeremonie vorüber war. Sein Gastgeber setzte sich zurück in den Stuhl gegenüber und musterte ihn wachsam. Irgendwo in den Tiefen seiner Augen rangen Vorsicht und Verwirrung miteinander.

»Ihr Besuch hat mich überrascht«, sagte er. »Ich will es nicht verhehlen. Ich habe mich gefragt, ob in der Zentrale etwas nicht in Ordnung ist. Mit meinen Aufzeichnungen stimmt wirklich alles ...«

Er unterbrach sich eine Sekunde lang. Dann, neuerlich ermutigt von dem Ausdruck in Driscolls Gesicht, fuhr er fort.

»Natürlich weiß ich, dass es Beschwerden gegeben hat. Das war wohl unvermeidlich. Aber ich habe in letzter Zeit überhaupt nicht gut geschlafen.«

»Genau darüber wollte ich mit Ihnen sprechen«, sagte Driscoll rasch; er fühlte, wie sich ihm ein Weg öffnete. »Es ist offensichtlich, dass Ihnen etwas auf der Seele liegt. Das muss auf Ihre Freizeit beschränkt bleiben, verstehen Sie. Das hier hat mit der Zentrale nichts zu tun.«

Er wartete ab, um zu sehen, welche Wirkung seine Worte auf Wainewright ausübten. Der dünne Mann saß in regloser Haltung da, die wässrigen blauen Augen blinzelten rasch. Nur das unentwegte Öffnen und Schließen seiner Hände verriet innere Anspannung; es war fast, als seien seine blanken Nervenenden Driscolls prüfendem Blick ausgesetzt. Der Besucher wusste, woran er war. Er wechselte unvermittelt das Thema.

»Ein hervorragender Tee!«, sagte er munter und hielt seine Tasse zum Nachschenken hin. »Wo bekommt man heutzutage noch so eine Qualität?«

Wainewrights besorgtes Gesicht errötete vor Vergnügen.

»Ich stelle die Mischung selbst her«, antwortete er. »Es hat ein wenig von einer verlorenen Kunst.«

Driscoll stimmte ihm zu und machte sich im Geiste eine Notiz hinsichtlich seiner persönlichsten Gedanken über Wainewright. Seine schläfrigen Augen fuhren fort, das Apartment zu studieren.

»Es geht um Ihre Berichte über Bewegungen in den Schächten«, fuhr er sanft fort. »Das Thema interessiert mich. Und nach dem, was passiert ist ...«

Er unterbrach sich abrupt, ließ den Satz unbeholfen im Raum hängen. Einen Moment lang dachte er, er habe sein Blatt überreizt. Wainewright biss sich auf die Lippen. Seine Finger zitterten merklich, so sehr, dass er seine Tasse auf dem Tablett abstellen musste. Er legte beide Hände vor sich zusammen, wie um ihr Zittern zu unterdrücken.

»Schickt Hort Sie zu mir?«, fragte Wainewright mit schwerer Stimme.

Auf seinem willensschwachen Gesicht zeigte sich eine Art mürrischer Trotz. Die blauen Augen blickten verblüfft und geschlagen drein. Driscoll empfand einen plötzlichen Stich von Mitleid. Er schüttelte den Kopf.

»Ich habe die Wahrheit gesagt«, sagte er einfach. »Dies ist ein rein privater Besuch. Ich wollte helfen, wenn ich kann ...«

Wieder brach er den Satz ab, ließ ihn in der Luft hängen. Das Echo seiner Stimme schien in dem Apartment weiter nachzuhallen, lange nachdem ihre natürliche Resonanz hätte hinwegsterben sollen. Eine seltsame leblose Stille machte sich zwischen den beiden Männern breit.

Wainewright saß linkisch in verkrampfter Haltung da, die Hände im Schoß zusammengelegt, leicht nach vorn gelehnt, als horche er auf etwas, das niemand sonst hören konnte. Driscoll hatte es oft bemerkt, wenn sie zusammen auf Nachtwache waren. Man hatte noch immer die Oberflächenzeit beibehalten, obwohl es heutzutage nichts als künstliches Licht gab. Sie hatten sich längst daran angepasst.

Driscoll hatte bemerkt, dass Wainewright während des Nachtdienstes wachsamer zu sein schien als sonst. Kurios, dass dem so sein sollte. Er schenkte seinem Gastgeber ein beruhigendes Lächeln, rückte ein wenig auf dem Diwan herum und nahm wieder die Teetasse. Normalität schien in den Raum zurückzufließen.

»Ich könnte Ihnen vieles erzählen«, sagte Wainewright mit schwerer Stimme. »Sehen Sie, nachdem Deems ...«

Er schluckte und unterbrach sich. Driscoll hatte den Eindruck, als stünde eine Art von stummer Bitte in seinen Augen.

»Eigentlich war es Deems, über den ich mit Ihnen sprechen wollte«, gab ihm Driscoll einen Anstoß. »Und darüber, was sich Ihrer Ansicht nach in den Schächten befindet.«

Ein Schaudern schien durch Wainewrights dünne Gestalt zu laufen. Seine Haltung war mehr denn je die von jemandem, der gespannt darauf lauscht, dass etwas passiert. Die Vorstellung war absurd, aber Driscoll konnte sie nicht aus seiner Einbildung verdrängen.

»In den Schächten?«, wiederholte Wainewright dumpf.

Driscoll nickte ermutigend.

»Da draußen.«

Wainewright regte sich mit sichtlicher Anstrengung auf dem Stuhl. Dann machte er eine krampfhafte Bewegung und hob seine Tasse an den Mund. Er trank, als habe er Durst, in großen Schlucken, die Augen fest geschlossen, wie um den Anblick von irgendetwas aus seiner Vorstellung zu vertreiben. Obwohl Driscoll seine Motive vielleicht missverstand; es mochte auch nur an dem heißen Dampf gelegen haben, der ihm über die Augenlider strich.

»Deems war ein guter Freund von Ihnen, nicht wahr?«, sagte Driscoll sanft.

Die Augenlider hatten sich geöffnet. Die wässrigen blauen Augen sahen ihn gespannt an.

»Der beste. Andere habe ich nicht mehr.«

Seine Stimme war so leise, dass er kaum zu hören war. Driscoll bewegte sich nun auf sichererem Terrain. Er lehnte sich über das Tee-Service hinweg nach vorn.

»Ich habe heute Nachmittag versucht, die Einträge der Wachprotokolle bezüglich Deems zu überprüfen. Sie waren im Zentral-Archiv nicht verfügbar.«

Wainewrights Gesicht war weiß geworden. Er zitterte sichtlich. Er schüttelte den Kopf.

»Das war extrem unklug. Es überrascht mich allerdings, dass Sie so sehr interessiert sind.«

Sein Gesichtsausdruck veränderte sich, während er sprach. Einiges von der Anspannung entwich daraus. Er sah Driscoll geradeheraus an.

»Heißt das, dass Sie verstehen? Dass Sie mir vielleicht sogar glauben?«

Driscoll wusste, dass nun alles in Ordnung war. Er lehnte sich entspannt auf dem Diwan zurück.

»Sagen wir einfach, ich versuche, für alles offen zu bleiben. Und ich werde äußerst diskret sein.«

Driscoll lächelte Wainewright an. Er hatte ein offenes, aufrichtiges Gesicht, und das Vertrauen, das er ausstrahlte, schien sich auf sein Gegenüber zu übertragen. Wainewrights Züge wirkten entspannter, und die gehetzte Verkrampftheit um seine Augen und Schläfen herum ließ einen Moment lang nach. Er schaute Driscoll mit stetem Blick an.

»Sie möchten über Deems Bescheid wissen?«

Driscoll nickte.

»Wenn es mir hilft zu verstehen, was Ihnen so zu schaffen macht, ja.«

Er wusste sofort, dass er das Richtige gesagt hatte; Wainewright schien sichtlich bewegt. Er stand halb auf, als wolle er herüberkommen und sich neben seinen Gast setzen, ließ sich dann aber auf seinen Stuhl zurücksinken.

»Sie werden es vielleicht nicht verstehen«, sagte er.

»Ich verstehe es schon jetzt nicht«, entgegnete Driscoll. »Wenn ich weiß, was Sie so belastet, bin ich bestimmt nicht weniger klug als zuvor.«

Wainewright nickte langsam. Wie er steif dort saß und mit den Augen blinzelte, erschien er für Driscoll als ein Überbleibsel aus einem früheren Zeitalter; einer Zeit, als ein freundliches Wesen oder erlernte Befähigungen noch einen Wert besaßen und reinigende Winde über die Oberfläche der Erde wehten. Doch nichts von diesen Gedanken drang nach außen, während er ruhig dasaß und Wainewright, der rastlos die Finger verschränkte und wieder löste, mit stetem Blick beobachtete.

»Deems war mein Freund«, sagte er. »Mein einziger richtiger Freund. Sein Fortgehen war ein schrecklicher Schock für mich.«

»Das kann ich verstehen«, sagte Driscoll sanft. »Ich möchte Ihnen helfen.«

Wainewright rutschte auf seinem Sitz herum. Seine Augen blickten unbestimmt und halb verängstigt.

»Wenn ich das nur glauben könnte ...«

Driscoll zeigte ein leises Aufblitzen von Ungeduld. Er verschränkte seine großen Hände um sein rechtes Knie und wiegte sich vor und zurück.

»Allein meine Anwesenheit hier«, betonte er, »sollte Ihnen Beweis genug dafür sein. Sie wissen, es ist unerwünscht, dass wir uns anderswo als auf Wache treffen.«

Damit traf er ins Schwarze; Wainewright kniff die Augen zusammen und zuckte leicht zurück, als habe sein Gegenüber nach ihm geschlagen. Er kam zu einem Entschluss. Er begann zu reden, atmete schwer zwischen den Sätzen, als renne er.

»Deems wusste es«, sagte er. »Er hat immer davon erzählt. Auf Wache ebenso wie außerhalb. Er wusste, dass da etwas war.«

»Da Draußen?«, hakte Driscoll nach.

Wainewright nickte. Er schluckte ein- oder zweimal, aber ihm wurde klar, dass er weiterreden musste; er hatte sich bereits festgelegt, und es war zu spät, um kehrtzumachen.

»Es begann im Schacht Nummer 247. Das wussten Sie nicht, oder?«

Driscoll starrte ihn an. Er schüttelte den Kopf. Wainewright lächelte dünn.

»Es ist ein gut gehütetes Geheimnis. Schacht Nummer 247 liegt ganz am Rande unserer Sektion. Es ist ein seltsamer Ort. Niemand möchte etwas darüber sagen. Das Beleuchtungssystem fällt dort ständig aus, sodass die Tunnels oft im Halbdunkel liegen. Es hat seltsame Geräusche und Bewegungen in den Schächten gegeben. An ein oder zwei Stellen ist Wasser eingedrungen, und mehrere Ventile sind rostig.«

Driscoll schaute Wainewright ungläubig an, der sich die Lippen leckte und den Blick mit einer Aufrichtigkeit erwiderte, die völlig außer Zweifel stand.

»Es ist absolut wahr«, sagte er. »Nur wird es in keinem der offiziellen Berichte erwähnt. Spezialteams kümmern sich darum, und es werden keine offiziellen Aufzeichnungen darüber geführt.«

Driscoll starrte sein Gegenüber einen langen Moment schweigend an.

»Ich gehe davon aus, dass Sie wissen, was Sie da sagen?«

Wainewright nickte. Seine wässrigen Augen bleiben auf Driscoll gerichtet.

»Ich schleppe diese Sache schon eine ganze Zeit mit mir herum. Ich weiß genau, was ich sage. Und ich habe meine Worte mit Bedacht gewählt.«

Driscoll richtete seinen freudlosen Blick gerade nach vorn,

im Moment jedoch, ohne Wainewright zu sehen. Sein Verstand war schwer von düsteren Gedanken.

»Erzählen Sie weiter!«

Wainewright machte eine klägliche kleine Bewegung mit den Händen.

»Wussten Sie beispielsweise, dass es Brüche in den Tunneln gegeben hat? Wasser in den Schächten, und, wie ich gesagt habe, Rost auf den Ventilen?«

»Ich finde das schwer zu glauben!«

Seine Stimme klang ein wenig unstet, selbst in seinen eigenen Ohren. Wainewright gestattete sich ein scheues, zögerndes Lächeln. Er regte sich unbehaglich, sein Blick suchte Driscolls Gesicht.

»Sie werden darüber nichts in den Aufzeichnungen finden. Aber er wusste es.«

Driscoll musste wohl an diesem Nachmittag ein wenig schwer von Begriff sein. Er schaute Wainewright leer an. Die sanfte, weiche Zimmerbeleuchtung, die auf ihnen lag, tauchte ihre Gestalten in ein blasses Buttergelb.

»Deems, natürlich«, fuhr Wainewright fort, als sei eine Flut von Emotionen in ihm freigesetzt worden. »Er war entschlossen, die Wahrheit herauszufinden. Er hat mich ins Vertrauen gezogen. Er hatte diese Sache schon längere Zeit auf dem Herzen. Er war überzeugt, dass da etwas in den Schächten ist. Und Schacht Nummer 247 war der offensichtlichste ...«

»Wieso offensichtlich?«, unterbrach ihn Driscoll.

Wainewright fuhr sich mit bläulicher Zunge über die trockenen Lippen.

»Das müssen Sie doch bestimmt wissen. Es ist der größte. Vor Jahren wurde er als Inspektionstunnel benutzt. Als noch Leute nach Draußen gegangen sind, um die Bedingungen zu überprüfen.«

Driscoll war ein wenig irritiert über sich selbst; er verschränkte die Hände wieder um sein Knie und wiegte sich vor und zurück. Natürlich; jetzt erinnerte er sich. Er lächelte seinem Gesprächspartner vertrauensvoll zu.

»Der Schacht mit der Inspektionskapsel? Gibt es die noch?« Wainewright schüttelte den Kopf.

»Die Behörden haben sie entfernen lassen. Aber die Kammer existiert noch. Und es wäre kein großer Aufwand, die Schrauben der Luke zu lösen.«

Driscoll war entgeistert; er saß reglos, sein starkes Gesicht blieb unbeweglich, während er Wainewright anstarrte.

»Warum sollte irgendjemand das tun wollen?«

Wainewright zuckte mit den Schultern.

»Warum hätte Deems dorthin gehen wollen? Um die Wahrheit zu erfahren. Um die Summe des menschlichen Wissens zu vermehren, natürlich. Diese Bewegungen in den Schächten ...«

Unwillkürlich fühlte Driscoll, wie ihn ein leises Frösteln überlief. Er blickte auf die Anzeige auf dem Schott in seiner Nähe und fragte sich, ob die Temperatur des Zimmers sich geändert habe, doch sie war ganz normal. Als er sprach, klang seine Stimme völlig gleichmäßig.

»Was glauben Sie, was ist dort, Wainewright?«

Die wässrigen blauen Augen hatten einen seltsamen, trüben Ausdruck angenommen.

»Da ist etwas ... nun, sagen wir, etwas Lebendiges. Etwas, das sich mit uns in Verbindung setzen möchte. Warum beispielsweise sollte Schacht Nummer 247 leck sein? Diese Situation ist nahezu beispiellos.«

Driscoll lehnte sich vor, seine Augen gespannt auf des anderen Gesicht gerichtet.

»Warum ist Schacht Nummer 247 leck?«

Wainewright leckte sich wieder die Lippen, und seine Augen waren düster und gehetzt, als er zurückstarrte.

»Weil etwas von der Außenseite her die Schrauben losdreht«, sagte er einfach.

»Ich glaube, Sie sollten mir lieber von Deems' Tod erzählen«, sagte Driscoll ruhig.

Eine schweflige Stille hing nun in dem Zimmer. Wainewrights Augen waren wie fahl-blaue Löcher in der Leere seines Gesichts. Er machte eine Geste in Richtung der Teekanne. Driscoll lehnte mit einem kurzen Kopfschütteln ab. Er musste seine Ungeduld zügeln.

»Deems?«

Wainewright fuhr sich wieder mit der Zunge über die Lippen.

»Er wusste von Schacht 247, verstehen Sie? Er hatte herausgefunden, wie man ihn öffnet. Es gab eine zeitweilige Störung in den Schaltkreisen in dieser Sektion. Er hat ihn betreten, ohne dass die Behörden davon erfuhren. Dieser Ort übte eine Faszination auf ihn aus.«

Er verstummte wieder und schaute sein Gegenüber an. Ein flehender Ausdruck stand in seinem Gesicht, als bitte er Driscoll um eine Hilfe, von der er wusste, dass er sie ihm nicht geben konnte.

»Woher wissen Sie das?«

»Deems war mein bester Freund. Im Laufe der Zeit kam es heraus. Er hatte eine Entscheidung getroffen, verstehen Sie?«

Wainewrights Augen waren nun geschlossen, als könne er es nicht länger ertragen, Driscoll anzusehen.

»Sie meinen, nach Draußen zu gehen?«

Driscolls Stimme war unstet. Wainewright öffnete die Augen. Diesmal blickten sie ausnahmsweise scharf und fest. Er nickte.

»Er fand das Leben hier unerträglich. Er konnte sich nicht anpassen. Und er musste wissen, was Draußen lag. Mit großer Vorsicht hat er seine Pläne geschmiedet. Selbst ich war mir nicht völlig im Klaren über das Ausmaß seiner Entschlossenheit.«

Driscoll wahrte weiter sein schweres Schweigen. Er war

sich bewusst, dass es gefährlich war, Wainewright zuzuhören; dass er jetzt zu seinem Mitwisser geworden war. Mit diesem Wissen zu leben würde nicht leicht sein. Er fühlte sich verwirrt, was ihm bislang völlig unbekannt gewesen war. Trotzdem musste er mehr über Deems herausfinden.

Nichts von alledem zeigte sich in seinem Gesicht, welches nur höfliches Interesse ausdrückte, während er darauf wartete, dass sein Gesprächspartner fortfuhr. Wainewright indes schien sich über die Ungeheuerlichkeit seines Verhaltens klar geworden zu sein. Denn so redete man nicht, besonders nicht zu jemandem von Driscolls Rang und Format. Dennoch war Wainewright ermutigt vom Schweigen seines Gegenübers; von dem ruhigen, aufmerksamen Ausdruck auf seinem Gesicht. Er rührte sich auf dem Stuhl und fuhr dann ohne zu zögern fort, als sei er schließlich zu einer Entscheidung gelangt.

»Deems kam mich besuchen, bevor er nach Draußen gegangen ist«, sagte er. »In jener Nacht war er aufgeregter als sonst. Er ist hier vorbeigekommen, genau wie Sie heute vorbeigekommen sind, was ein gleichermaßen außerordentlicher Umstand war.«

»Hat er Ihnen gesagt, was er vorhatte?«

Wainewright schüttelte den Kopf.

»Nur Andeutungen. Aber er war außerordentlich verstört. Stärker, als ich es je zuvor bei ihm bemerkt hatte. Er hatte die Phänomene studiert, verstehen Sie? Und ich war der Überzeugung, dass er wusste, was sich Draußen in den Schächten bewegt.«

Wainewright räusperte sich nervös.

»Er hat davon geredet, dass er frei sein wolle. Er war überzeugt, dass der Kontakt aus einem bestimmten Grund hergestellt wurde. Dass es da ein Wohlwollen gebe ... einen Frieden ...«

Er verstummte für lange Augenblicke. Driscoll spürte, wie das ganze Gewicht des Daches über den Meilen von Stollen

143

und Tunnels auf seinen Schultern lastete und ihn in die Eingeweide der Erde drückte. Das Gefühl war ihm vollkommen
fremd, und es gefiel ihm nicht.

»Was ist in dieser Nacht passiert? Als die Alarmglocken los-
gegangen sind?«

»Ich habe Deems abgelöst«, fuhr Wainewright fort. »Er
wirkte ganz normal. Wir haben kein Wort gewechselt, wir haben einander nur angesehen. Ich habe mich erst im Nachhinein
an diesen Blick erinnert. Dann ging er hinaus – um seine Koje
aufzusuchen, wie ich dachte. Die Alarmglocken gingen ungefähr eine halbe Stunde später los. In dieser Nacht hatte Collins
die Aufsicht. Er hat mir zwar nicht förmlich die Erlaubnis erteilt, meinen Posten zu verlassen, aber er muss etwas in meinem Gesichtsausdruck bemerkt haben, denn er hat mir zuge-
nickt, als ich aufstand.

Ich rannte die Korridore entlang. Ich wusste genau, wohin
ich gehen musste. Es gab keine Beleuchtung in der Sektion, in
der Schacht Nummer 247 liegt. Und ich wusste, dass das Notfall-Team mehr als zwanzig Minuten brauchte, um die Gegend
zu erreichen. Ich hatte keine Angst. Aber ich glaube, ich wusste schon, was ich finden würde.«

Er schluckte; ein dünner Schweißfilm glänzte auf seinem
Gesicht. Als Driscoll keinen Kommentar abgab, sprach er eilig
weiter.

»Ich hatte eine Lampe bei mir. Im Tunnel war eine Menge
Wasser. Der Lukendeckel des Schachtes war offen. Oder besser gesagt, es war entriegelt. Ich habe in die Inspektionskammer hineingeleuchtet. Dort lag ein Zettel auf dem Boden, an
mich adressiert. Und ein zähes graues Material, das zwischen
der Metalltür und dem Rahmen eingequetscht worden war: Es
sah aus wie primitive Embryonenfinger.«

Wainewright hielt inne und schauderte. Er schien um Atem
zu ringen, wandte sich dann ab und schluckte mehrere Mund
voll von dem heißen starken Tee hinunter. Driscoll saß reglos

da, die großen Hände ineinander verschränkt; die Knöchel schimmerten weiß.

»Was stand auf dem Zettel?«

»›Dieser ist der Erste. Es wird noch viele andere geben. Komm nach Draußen. Dort herrscht ein leuchtender Friede, eine Helligkeit, eine Freiheit ...‹

Die Schrift war krakelig, und es schien, als sei sie mittendrin unterbrochen worden.«

Wainewright sah blass aus, sein Blick gehetzt von verbotenem Wissen.

»Da wurde mir klar, dass es nicht Deems gewesen war, der das geschrieben hatte.«

Driscoll schlief schlecht in dieser Nacht. Wainewrights Worte und der Anblick seiner angespannten, verkrampften Gestalt verfolgten ihn. Schließlich stand Driscoll auf, schaltete die Lichter an und setzte sich und starrte auf die großmaßstäbige Karte des Stollensystems, das von seiner Sektion überwacht wurde. Er konnte sich nicht an eine vergleichbare Nacht erinnern, was an sich schon beunruhigend genug war. Er beschloss, niemandem von seinem Gespräch mit Wainewright zu erzählen; es konnte nichts Gutes bewirken, und er wusste, dass Wainewright von sich aus nichts verraten würde.

Den vorgesetzten Stellen musste klar geworden sein, dass Wainewright an dem Schacht gewesen war.

Obwohl Driscoll nicht ausdrücklich danach gefragt hatte, wusste er, dass Wainewright sich des Zettels und des Materials in der Inspektionskammer entledigt haben musste, und trotzdem musste ein Verdacht auf ihn gefallen sein. Ohne Zweifel waren Hort und Karlson deshalb so aufmerksam, und die offiziellen Berichte über den Vorfall wurden aus diesem Grund unter Verschluss gehalten.

Den Kameras würde nicht entgangen sein, in welche Richtung Wainewright gerannt war, selbst wenn in der Gegend um den Schacht Dunkelheit herrschte; und in jedem Fall hätte Collins sofort auf Infrarot umgeschaltet. Nein, es musste einen anderen Grund geben, warum man keinerlei Maßnahmen gegen Wainewright ergriffen hatte. Doch dass Driscoll ihn in seinem Apartment aufgesucht hatte – das war eindeutig ein Risiko gewesen; er würde sehr vorsichtig sein müssen, insbesondere, falls er noch einmal zu ihm ging.

Driscoll war überrascht von der Komplexität und Verworrenheit seiner Gedanken an diesem Abend; er fragte sich, was Collins über Wainewrights Abwesenheit im Kontrollraum gemeldet hatte und welche Eintragungen im Protokoll damit in Zusammenhang standen. Er würde es persönlich überprüfen, obwohl er nicht mehr zweifelte, dass Hort die ganze Sache geschickt unter den Teppich gekehrt hatte.

Er starrte auf die Blaupausen der Tunnel, und prägte sich ein, welche Verbindungsgänge und Abzweigungen ihm die beste Annäherung ermöglichen würden. Sein Herz schlug ein wenig schneller als gewöhnlich, als er das Dokument wieder in seine Hülle zurücksteckte. Er ging zurück ins Bett und schlief diesmal besser.

Doch am folgenden Tag kehrten seine Zweifel zurück. Er hatte an diesem Abend eine frühere Schicht und hatte keine Gelegenheit, Collins zu sehen. In jedem Fall wäre es unklug gewesen, verbale Nachforschungen anzustellen. Und es war sicher, dass er wiederum eine Niete ziehen würde, wenn er es nochmals im Zentral-Archiv versuchte.

Driscoll dachte lange über sein Gespräch mit Wainewright und insbesondere über dessen letzte Worte nach; die Implikationen waren ausgesprochen beunruhigend. Ihm gefiel weder die Botschaft noch die irgendwie ungenaue Beschreibung dessen, was Wainewright in der Inspektionskammer gesehen hatte. Wenn er Wainewrights Worte richtig gedeutet hatte, war das Material verschwunden – »hatte sich aufgelöst«, wie Wainewright es formuliert hatte –, bevor das Notfall-Team eingetroffen war. Und obwohl er es Driscoll gegenüber nicht erwähnt hatte, so hatte er doch zweifellos die Nachricht entfernt.

Sodass die offiziellen Berichte, wie immer sie lauteten, nicht die vollständige Geschichte wiedergaben, die Driscoll von Wainewright gehört hatte. Doch die Behörden hatten zweifellos Recht, wenn sie Wainewright gegenüber argwöhnisch waren; Driscoll selbst würde vorsichtig sein müssen, äußerst vorsichtig.

Der Wachhabende schaute sich in dem überfüllten Restaurant um. Er aß zu Mittag und hatte in dem großen Raum mit seiner gedämpften Beleuchtung den Blickkontakt mit verschiedenen Bekannten bewusst gemieden.

Als er sich jedoch anschickte zu gehen, bemerkte er plötzlich Karlson nahe dem Eingang. Dieser hatte offenkundig seine Mahlzeit beendet und war auf dem Weg nach draußen. Er warf einen rätselhaften Blick in Driscolls Richtung, und Letzterer konnte nicht sicher sein, ob Karlson ihn gesehen und ihn erkannt hatte. Dennoch blieb ein undeutlicher und beunruhigender Eindruck in seinem Bewusstsein zurück. Karlson wurde von jemandem begleitet.

Driscoll erhaschte nur einen kurzen Blick auf seinen Rücken, bevor die Schiebetüren ihm die Sicht abschnitten, aber er hatte außerordentliche Ähnlichkeit mit Hort. Angenommen, dass der Stollenkapitän und Karlson über ihn gesprochen hatten? Oder schlimmer noch, ihm nachspioniert hatten? Driscoll hätte beinahe laut gelacht. Dennoch war die Annahme nicht so weit hergeholt, wie es zunächst den Anschein haben mochte. Driscolls Lächeln erstarb ihm auf den Lippen. Er trug einen gedankenvollen Ausdruck, als er ging, um sich auf seine Schicht vorzubereiten.

Normalerweise genoss Driscoll seine Arbeitszeit; es ging ihm wie allen, die dazu im Stande sind, Macht auszuüben und Verantwortung zu übernehmen, und diese doch als eine leicht zu schulternde Bürde empfinden. Denn trotz all der leuchtenden Instrumente, der summenden Maschinenanlagen, der eingespielten Effizienz unter den Ingenieuren und der sorgfältigen Beachtung aller Einzelheiten durch das Wachpersonal blieb für jemanden in Driscolls Position noch immer eine enorme Verantwortung.

Ein momentanes Nachlassen der Aufmerksamkeit, und schon konnte in den rationalisierten Stollen, den meilenlangen Tunnels und der schlafenden Stadt dahinter ein Chaos ausbrechen. Lange Jahre hindurch hatte Driscoll standgehalten, doch bei dieser Gelegenheit ertappte er sich dabei, dass sein wohlgeordnetes Denken abschweifte; aufgewühlt und besorgt sann er wieder über Wainewright und dessen Enthüllungen nach.

Doch die Ausbildung und die Selbstdisziplin, die ihm zur wohlgeordneten Perfektion seiner Höchstform verholfen hatten, ließen ihn mechanisch weiterarbeiten, und vier Stunden lang, während deren er notierte und bewertete, die Arbeitsabläufe von Meilen voneinander entfernter Leute in den Stollen koordinierte, die Anzeigeinstrumente und Sichtschirme beobachtete und souverän die Schalter und Hebel bediente, die die Elektronik dieses unterirdischen Komplexes steuerten, war ein Teil seines Verstandes immer noch mit nüchterner und tief gehender Selbsterforschung beschäftigt.

Seine Schicht war beinahe zu Ende, als es geschah; tatsächlich hatte Driscoll bereits an seine Ablösung übergeben und unterhielt sich noch über einige Kleinigkeiten, als die Alarmglocken zu schrillen begannen und der Kontrollraum von einem Wirbel hektischer Aktivität erfasst wurde. Er wusste schon, bevor ein rascher Blick es ihm bestätigte, dass die Anomalie von Schacht Nr. 247 ausging, und war geräuschlos aus dem Kontrollzentrum hinausgeschlüpft, bevor seine über die Konsolen und Instrumentenpaneele gebeugten Arbeitskollegen seiner Abwesenheit gewahr wurden.

Er rannte so unauffällig wie möglich die Stollen hinunter, obwohl ihm klar war, dass sein Bild durch die eingebauten

Kameras in jedem Stollen und jedem Korridor zurück zur Kontrollzentrale übertragen wurde. Zum Schein schlug er die Richtung zu seinem Quartier ein, aber er wich in rechten Winkeln davon ab, um sich der Sektion zu nähern, die ihn interessierte. Er wusste, dass er, wenn er sich beeilte, als Erster am Ort des Geschehens sein würde.

Er verstand kaum, warum er mit solchem Tempo rannte. Sicher, die Situation war unnormal, aber da war irgendein innerer Zwang, der darüber hinausging; etwas in ihm selbst, das ihn trotz eines Restes von Vorsicht und Zurückhaltung, der ihm davon abriet, vorwärts drängte. Unglaublicherweise hatte Wainewright recht gehabt: Im Zubringer-Tunnel brannte kein Licht.

Driscoll rannte zu seiner Unterkunft zurück, kehrte mit einer Taschenlampe wieder und machte sich erneut auf denselben Weg. Er hatte keine Ahnung, ob er für die Kameras noch zu sehen war oder nicht, noch kümmerte es ihn, jedenfalls nicht im Moment. Er wusste nur, dass er die überwältigende Neugier in Bezug auf Schacht Nummer 247, die Wainewright in ihm erweckt hatte, befriedigen musste. Er bewegte sich jetzt durch die Dunkelheit; der Strahl der Taschenlampe tanzte als langer leuchtender Kegel über die schimmernden Metallflächen und die massiven Stützpfeiler.

Das Surren des Alarms ging weiter; Driscoll wusste, dass es andauern würde, bis die Schwierigkeiten behoben waren. Das war eine unabänderliche Regel innerhalb des Übertragungssystems. Er konnte sich Horts über den Schirm gebeugte Gestalt vorstellen, wie er Schalter betätigte und seine Befehle gab. Driscoll stapfte voran in dem grimmigen Bewusstsein, dass ihm nur zehn Minuten blieben, in denen er sich von der Richtigkeit von Wainewrights Behauptungen würde überzeugen können. Doch zehn Minuten sollten genügen.

An einer rechtwinkligen Abzweigung in der Stollen blieb er stehen und orientierte sich. Er war erstaunt, ein plätscherndes

Geräusch zu hören, als er hinunter in Richtung der Hauptschächte rannte. Er richtete seine Taschenlampe auf den Boden des Tunnels, sah, wie der Strahl von einer ganzen Menge fließenden Wassers reflektiert wurde, das ihm entgegengekrochen kam. Er rannte nun durch die dünnen Rinnsale, ohne sich um das Aufspritzen des Wassers zu kümmern. Über dem Stollen hing ein scharfer Salzgeruch, wie von Seetang, den Driscoll einmal bei einer Vorführung von altem Tatsachenmaterial gerochen hatte.

Doch für eine genaue Untersuchung hatte er keine Zeit. Er bemerkte, dass die Kameras in der Decke des Tunnels allesamt nicht in Funktion waren. Das schwache Glühen der roten Notlichter ließ seine Hände und den Strahl der Taschenlampe aussehen wie in Blut getaucht. Er hatte jetzt nur noch hundert Meter vor sich. Driscoll wusste, dass er der Erste sein würde. Niemand hätte ihn noch einholen können, und es gab keine Anzeichen dafür, dass irgendwer ihm folgte.

Nicht, dass irgendjemand zu Fuß käme; und die gummibereiften Elektrowagen des Notfall-Sonderkommandos verursachten nur ein leises, flüsterndes Geräusch. Ihre Sirenen jedoch würde er schon aus weiter Entfernung hören. Es war nicht mehr weit. Driscoll leuchtete mit der Taschenlampe hinauf zu den Decken-Installationen; seltsam, dass die Beleuchtung hier, und nur hier, versagte. Am Wasser konnte es nicht liegen. Die Pumpen arbeiteten normal, was das Ganze doppelt seltsam machte.

Das Wasser musste aus einem der Schächte austreten. Schon auf den letzten Metern wusste Driscoll in seinem tiefsten Innern, dass das Wasser fast mit Sicherheit aus Schacht Nummer 247 stammte. Nicht nur Wainewrights Geschichte, sondern all seine Nachforschungen hatten ihn darauf vorbereitet. Nun stieg ihm ein merkwürdiger Geruch in die Nase, der ihm abstoßend und doch zugleich vertraut vorkam.

Driscoll stolperte über etwas Schleimiges und wäre beinahe

gestürzt. Er fluchte und fing sich wieder, aber er hatte sich trotzdem heftig erschreckt. Der Strahl der Taschenlampe zitterte, während er ihn wild über den Boden schwenkte. Wasser floss in dunklen Bächen über die Bodenplatten; kurioserweise gab es viele trockene Stellen, woraus Driscoll augenblicklich entnehmen konnte, dass eine ganze Reihe von Schächten betroffen war.

Er war jetzt fast da. Der Klang seiner Schritte hallte ungeheuerlich von der Decke wieder. Das Wasser, das ihm über die Füße spülte, bemerkte er nicht mehr. Driscoll war sich nur undeutlich bewusst, warum er hierher gekommen war. Doch im Hintergrund seines Bewusstseins spürte er einen starken Zwang; er hatte kommen müssen! Und er wusste, dass es etwas mit Wainewright zu tun hatte.

Wieder stolperte er und wäre fast gestürzt. Er legte seine Hand an die Wand und stützte sich ab. Ohne Überraschung sah er die schwarzen Lettern, als das Licht seiner Taschenlampe darüberglitt: SCHACHT NR. 247

Er nahm nun einen seltsamen Geruch wahr; etwas, das er zuvor nicht gerochen hatte. Er konnte ihn nicht einordnen und hielt zögernd inne, der Schein der Taschenlampe in seiner plötzlich nervösen Hand zitterte über die gewölbte Metalldecke des Tunnels. Da war die Feuchtigkeit, natürlich; das war zu erwarten gewesen, bei dem Wasser auf dem Boden. Aber da war noch etwas anderes, etwas geradezu Abstoßendes. Eine Art Tiergestank, der stechend scharf und faulig in die Nase stieg; reptilienhaft, wenn man es so nennen wollte.

Driscoll hatte vor langer Zeit einmal die zoologischen Gärten besucht, in denen die wenigen verbliebenen Exemplare gehalten wurden. Besonders hatte ihn das Aquarium fasziniert. Irgendwie fühlte er sich nun daran erinnert. An die großen Echsen, einige von ihnen fast hundert Jahre alt, die matschverkrustet in ihren schlammigen Betten schliefen; an ihre glasigen grünen Augen, die stundenlang ohne Unterbrechung reglos starrten. Der Lichtstrahl erzitterte wieder, und Driscoll zwang seine Aufmerksamkeit gewaltsam zurück in die Gegenwart.

Er bewegte sich vorsichtig weiter, klammerte das schwere Miasma bewusst aus, als er den letzten Meter durch das Wasser zum Schacht stapfte. Der Schacht war riesig; er konnte sich nicht mehr genau an den ursprünglichen Zweck erinnern, nur dass es irgendetwas mit Inspektionen zu tun hatte. Zumindest in einer Hinsicht hatte Wainewright Recht gehabt: Da war Rost an der Einfassung und den Schrauben. Er berührte das kalte Metall versuchsweise mit dem Zeigefinger, sah ihn rot im Licht der Taschenlampe, als er ihn zurückzog.

Das Schott der Inspektionskammer war nicht geschlossen. Driscoll sah gleich darauf, warum nicht. Etwas ragte daraus hervor. Etwas Graues, Gummiartiges, von dem der Gestank ausging. Driscoll mochte es nicht anrühren. Stattdessen benutzte er seine Taschenlampe, um Druck auf das Schott auszuüben. Das Ding, das in dem Spalt eingeklemmt war, bewegte sich, als die Öffnung breiter wurde. Es sah aus wie eine Embryonenhand mit winzigen Fingern. Driscoll erschrak; seine Hand rutschte von der Taschenlampe ab. Mit einem harten, metallischen Rumpeln, das in der Finsternis des Tunnels gespenstisch klang, schwang die Luke nach innen, und die Masse fiel mit einem schlabbrigen, weichen Platschen ins Wasser und wurde vermutlich fortgeschwemmt. Driscoll fühlte sich erleichtert.

Die Inspektionskammer war, wie er gehofft hatte, leer. Das Schott, das nach Draußen führte, war fest verschlossen und verriegelt. Driscoll senkte den Kopf und lauschte aufmerksam. Er konnte nichts hören außer dem Geräusch von fließendem Wasser. Es war absurd, wirklich! Er wusste nicht, was er eigentlich zu hören erwartet hatte.

Aber da war noch ein weiterer Geruch, einem moschusartigen Parfüm ähnlich, der ihm den Kopf schwimmen ließ. Driscoll wusste, was Wainewright und vor ihm seinen Freund Deems fasziniert hatte. Der schwere Geruch hatte etwas an sich, das weit zurück an seine Wurzeln rührte. Er sah grüne Felder; einen blauen Himmel; Getreide, das sich im Wind wiegte. Dies waren keine Bilder auf einem Sichtschirm, sondern ein atavistischer Moment von Wirklichkeit.

Driscoll schwankte und streckte eine Hand aus, um sich abzustützen; da sah er den Notizblock, der auf dem Boden der Kammer lag. Schon bevor er ihn aufhob, wusste er, dass er Wainewright gehört hatte. Obenauf stand sein eigener Name, wie er ohne Überraschung sah. Dann folgte lediglich in Blockbuchstaben das Wort FREIHEIT! und darunter, in kleineren Lettern: *Bis wir uns draußen wiedersehen!* Ein gekritzeltes *W* bildete den Abschluss der Nachricht. Driscoll stand auf. Eine überwältigende Traurigkeit umfing ihn; eine Traurigkeit, die erst von dem fernen Sirenengeheul des Notfall-Sonderkommandos vertrieben wurde. Er nahm den Notizblock mit sich; das Wasser spritzte unter seinen Schritten, als er durch den Tunnel zurücklief.

Natürlich wurde Driscoll vom Dienst suspendiert. Jemand musste ihn gesehen haben, bevor er zurück in sein Quartier gelangt war, oder vielleicht hatten auch die Kameras funktioniert, bevor die Lichter wieder angingen. Hort verlangte nicht, ihn zu sprechen; es wurde lediglich das gefürchtete grüne Briefchen mit dem offiziellen Stempel unter seiner Tür durchgeschoben, während er schlief. Nach Ablauf einer Woche würde es eine offizielle Anhörung geben.

Driscoll wartete sie nicht ab. Etwas schien mit ihm geschehen zu sein. Er war sich der Veränderung selbst kaum bewusst. Nichts schien sich geändert zu haben, und doch war alles auf subtile Weise anders. Es gab keine Schachspiele mehr mit Karlson. Sie sprachen nicht darüber, aber Karlson war nie mehr zugegen, wenn Driscoll seine Mahlzeiten zu sich nahm. Seltsamerweise schien ausgerechnet Krantz, der einzige Mensch in der Kontrollzentrale, der Driscoll insgeheim irritierte, ihm in dieser schwierigen Lage Sympathie entgegenzubringen.

Zweimal war Driscoll ihm in den Korridoren begegnet, und ihm schien, dass in den Augen des anderen Mannes eine seltsame, heimliche Anteilnahme lag. Doch auch Krantz wagte nicht, Driscoll anzusprechen; niemand wagte das, während er auf die Anhörung wartete. Desgleichen war ihm das Betreten des Archivs bis auf weiteres untersagt, und Driscoll ahnte, dass er unter Beobachtung stand, sobald er seine Wohnung verließ. Man vertraute ihm nicht länger, das war die brutale Wahrheit. Und eine Person, der man nicht mehr vertraute, war hier eine Unperson.

Er behielt seine Unterkunft; er konnte weiterhin die Restaurants nutzen und sich die Sendungen auf dem Teleschirm anschauen. Faktisch war er darauf beschränkt, zu essen, zu schlafen und seine Zeit zu verbringen so gut er konnte. Es kamen keinerlei Nachrichten für ihn. Er erhielt keine Mitteilungen von oben, außer dem grünen Briefchen; und Hort hatte bestimmt kein Verlangen, ihn zu sehen; ein Verdacht auf Voreingenommenheit hätte den Gang des Verfahrens beeinflussen können.

Driscoll dachte drei Tage und drei Nächte lang darüber nach; dann fasste er seinen Entschluss.

Nach der hier unten gültigen Zeitmessung war es Nacht, und nur wenige Leute würden Dienst tun. Driscoll packte einige Sachen zusammen. Er nahm einen Hammer, einen Schraubenschlüssel und einen schweren Bolzenschneider mit isolierten Handgriffen mit, außerdem Proviant für drei Wochen. An der Kreuzung des ersten Korridors zerschlug er die Linse der dortigen Kamera. Zielstrebig ging er die Passage hinunter, zerschmetterte jede technische Einrichtung, die er finden konnte. Innerhalb einer Minute schrillte der Alarm durch die Korridore. Driscoll kümmerte es nicht. Er bewegte sich jetzt im schnellen Lauf, alle Sinne geschärft.

154

Er zerschlug auch die Leuchtkörper; er war überrascht, wie leicht sie zerbrachen. Niemand hatte das je zuvor getan. Es war lächerlich einfach. Er hoffte, dass die Tunnelsektion um diese Zeit nicht bewacht wurde; es gab jetzt kein Zurück mehr. Er fand seinen Weg unter Schwierigkeiten. Beim letzten Leuchtkörper, den er zertrümmert hatte, musste er etwas kurzgeschlossen haben, denn sämtliche Korridore waren in Dunkelheit getaucht.

Der schmale Lichtkegel seiner Taschenlampe sprang vor ihm her, kam zur Ruhe auf den glatten Metalloberflächen der Tunnelwände, den schweren Schrauben und Nieten über ihm. Hier war es! Niemand war in der Nähe. Irgendwo vor ihm tropfte Wasser, während Driscoll ohne zu zögern durch die Pfützen stapfte. Wieder stieg ihm der seltsame, nostalgische Geruch in die Nase. Er zurrte den Rucksack auf seinem Rücken zurecht und rannte los, um die letzte Viertelmeile in einem taumelnden Spurt zurückzulegen. Sein Herz schlug ein wenig unsteter, als es ihm lieb gewesen wäre. Noch immer war von den Sirenen des Notfall-Sonderkommandos nichts zu hören.

Die Schachtanlage befand sich vor ihm. Driscoll konnte den durchdringenden Geruch in seinen Nasenlöchern fast schmecken. Er war nicht beklemmend; im Gegenteil. Er atmete tief durch. Es brachte Dinge zurück, von denen er vergessen hatte, dass sie je existiert hatten: Sonnenlicht; wogender Weizen; Wolken, die über einen blauen Himmel zogen; das Lächeln einer Frau; ein Kleinkind, das mit wackligen Schritten auf eine alte Frau in einem weißen Kleid zulief.

Er stand vor Schacht Nummer 247, wurde dessen massiver Stärke und immensen Ausmaßes gewahr. Ohne jede Überraschung sah er, dass die Luke der Inspektionskammer halb offen stand. Sie schwang unter seiner Berührung leicht nach innen. Von irgendwoher erklang Tanzmusik; ein Mädchen in einem Badeanzug tauchte in blaues Wasser ein, und Tröpfchen von Gischt regneten herunter; da waren Blumen, und mit ihnen jener herrliche Duft, der seit so vielen Dekaden verloren gewesen war.

Das Mädchen lächelte wieder; ein tiefsinniges, grauäugiges Mädchen mit honigblondem Haar. Driscoll trat in die Inspektionskammer. Es war kalt, und er schreckte instinktiv vor der Feuchtigkeit zurück, die sich auf seinem Gesicht und seiner Kleidung niederließ. Ein Leierkasten spielte, und er konnte Röstkastanien riechen. Ein Kind sauste auf einem Roller vorbei, seine Füße stießen sich mit einem rhythmischen Klacken vom Pflaster ab. Irgendwo in der Nähe ertönte das charakteristische Knallen, mit dem ein Kricketschläger an einem Sommernachmittag den Ball traf. Driscoll nickte zu dem leisen Aufbranden von Applaus.

Er konnte jetzt sehen, worum es ging. Hier unten war alles negativ. Er musste es schließlich wissen. Er dachte an Krantz, Deems und Wainewright; an Hort und Karlson. Er hatte keine echten Freunde. Bislang hatte die einzige Realität für ihn aus den Tunnels bestanden, die sich durch die Tiefen der Erde bohrten, und dem unmenschlich effizienten Summen der Maschinen.

Letztlich konnte das kaum genug sein. Driscoll biss die Zähne zusammen. Schweiß strömte ihm über das Gesicht, als er nach dem Innenschott der Inspektionskammer von Schacht Nummer 247 griff. Ein kleines Mädchen hob den Kopf und schlang die Arme um Driscolls Hals. Er lächelte, während er begann, die Schrauben zu lösen ...

Originaltitel: *Shaft Number 247*
Erstveröffentlichung: *New Tales of the Cthulhu Mythos,* 1980.

Aus dem Amerikanischen von Armin Patzke

Sein Mund wird nach Wermut schmecken

VON POPPY Z. BRITE

Auf die Schätze und Freuden des Grabes«, sagte mein Freund Louis und hob trunken seinen Kelch mit Absinth zu einem Segen.

»Auf die Grablilien«, erwiderte ich, »und auf die stummen bleichen Knochen.« Ich trank einen tiefen Schluck aus meinem eigenen Glas. Der Absinth brannte mir mit seinem typischen Geschmack in der Kehle – ein Teil Pfeffer, ein Teil Süßholz und ein Teil Fäulnis. Es war einer unserer größten Funde gewesen: fünfzig Flaschen des inzwischen verbotenen Schnapses, versiegelt in einem Familiengrab in New Orleans. Der Transport war ein Ärgernis gewesen, aber nachdem wir erst einmal gelernt hatten, den Geschmack des Wermuts zu genießen, war sichergestellt, dass wir für lange, lange Zeit betrunken sein würden. Wir hatten auch den Schädel des Patriarchen aus der Krypta mitgenommen, welcher nun in einer mit Samt ausgeschlagenen Nische in unserem Museum lag.

Louis und ich, müssen Sie wissen, wir waren Träumer des Finstren und von ruheloser Art. In unserem zweiten Jahr auf dem College haben wir uns kennen gelernt und rasch herausgefunden, dass wir eine Gemeinsamkeit hatten: Beide waren wir mit allem unzufrieden. Wir tranken puren Whisky und erklärten, er sei zu schwach. Wir nahmen seltsame Drogen, doch die Visionen, die sie uns brachten, waren sinnentleert und gingen mit langsamem Verfall einher. Die Bücher, die wir lasen, waren öde; die Künstler, die ihre bunten Zeichnungen auf der

Straße verkauften, waren Nullachtfünfzehn. Wir versicherten uns gegenseitig, dass wir wirklich übersättigt seien. Bei all den Eindrücken, die die Welt auf uns machte, hätten unsere Augen genauso gut tote schwarze Höhlen in unserem Kopf sein können.

Eine Zeit lang glaubten wir, unsere Erlösung läge im Zauber der Musik. Wir studierten Aufnahmen seltsamer, namenloser Dissonanzen und besuchten Auftritte obskurer Bands in schlecht beleuchteten, heruntergekommenen Clubs. Doch auch die Musik rettete uns nicht. Dann fanden wir eine Weile Ablenkung durch fleischliche Lust. Wir erkundeten das feuchte, fremde Territorium zwischen den Beinen jedes Mädchens, das uns haben wollte, manchmal getrennt, manchmal wir beide zusammen in einem Bett mit einem oder mehr Mädchen. Wir fesselten sie an Händen und Füßen mit schwarzer Spitze, wir schmierten und penetrierten jede ihrer Öffnungen, und wir beschämten sie mit ihrem eigenen Vergnügen. Ich erinnere mich an eine Schönheit mit malvenfarbenem Haar, Felicia, die durch die raue Zunge eines wilden Hundes zu wilden Orgasmen getrieben worden war, den wir auf der Straße gefunden und gefangen hatten. Wir beobachteten sie von der anderen Seite des Raums aus, von Drogen benebelt und ungerührt.

Nachdem wir die Möglichkeiten der Frauen erschöpft hatten, widmeten wir uns jenen unseres eigenen Geschlechtes; wir sehnten uns nach der androgynen Rundung der Wange eines Jungen und nach der geschmolzenen Flut der Ejakulation in unseren Mündern. Schließlich wandten wir uns einander zu und suchten die Schwellen des Schmerzes und der Ekstase, die zu erreichen uns niemand hatte helfen können. Louis bat mich, meine Nägel lang wachsen zu lassen und sie zu spitzen Nadeln zu feilen. Als ich ihm damit den Rücken zerkratzte, flossen winzige Bluttropfen über sein Fleisch und hinterließen Spuren der Wut. Er liebte es, still dazuliegen, und so zu tun, als unterwerfe er sich mir, während ich das salzige Blut ableckte. Hinterher stieß er mich dann um, attackierte mich mit seinem Mund, und seine Zunge brannte eine Bahn flüssigen Feuers in meine Haut.

Doch auch der Sex rettete uns nicht. Wir schlossen uns in unserem Zimmer ein und sahen tagelang niemanden mehr. Schließlich zogen wir uns in die Abgeschiedenheit von Louis' Familiensitz nahe Baton Rouge zurück. Seine Eltern waren tot; sie hatten einen Selbstmordpakt geschlossen, deutete Louis an, oder zumindest war es ein Selbstmord gewesen, das andere vielleicht ein Mord. Louis, das einzige Kind, hatte den Familiensitz und das Vermögen geerbt. Die große Villa – offenbar einst das Haus eines Plantagenbesitzers – stand am Rande eines großen Sumpfes und ragte in dem sie selbst im Sommer stets umgebenen Zwielicht düster auf. Eichen von urzeitlicher Höhe hatten ein Dach über dem Haus gebildet, und ihre Äste waren wie schwarze Arme voller Moos. Das Moos war überall. Es erinnerte mich an brüchiges graues Haar, das sich in der feuchten Brise aus dem Sumpf bewegte. Ich hatte den Eindruck, dass das Moos – wenn man sich nicht darum kümmerte – irgendwann auch die Fensterrahmen und kannelierten Säulen des Hauses selbst überwuchern würde.

Abgesehen von uns war das Haus menschenleer. Die Luft war übervoll mit dem Duft der Magnolien und dem Gestank nach Sumpfgas. Des Nachts saßen wir auf der Veranda, nippten an Weinflaschen aus dem Familienkeller und blickten durch einen ständig sich verdichtenden Alkoholnebel in die Weiden tief im Sumpf, die uns zu sich zu locken suchten. Besessen redeten wir über neue Nervenkitzel und wie wir sie wohl bekommen könnten. Louis' Verstand strahlte am hellsten, wenn er gelangweilt war, und in jener Nacht, da er zum ersten Mal von Grabräuberei sprach, lachte ich. Ich konnte mir nicht vorstellen, dass er das ernst meinte.

»Was sollen wir denn mit einem Haufen vertrockneter Gebeine anfangen? Sollen wir sie zermahlen und zu einem Voodootrank mischen? Mir hat eher deine Idee gefallen, unsere Toleranz verschiedenen Giften gegenüber zu verbessern.«

Louis wandte mir ruckartig sein spitzes Gesicht zu. Seine Augen waren ausgesprochen lichtempfindlich; deshalb trug er noch in diesem Dämmerlicht eine getönte Brille, wodurch sein Gesichtsausdruck nicht zu erkennen war. Sein Haar war wie immer extrem kurz geschnitten, sodass es in verrückten Büscheln vom Kopf abstand, wenn er nervös mit der Hand hindurchfuhr. »Nein, Howard. Denk doch einmal nach: unsere eigene Sammlung des Todes. Ein Katalog der Schmerzen, der menschlichen Vergänglichkeit – alles für uns. Alles vor einem friedlich, lieblichen Hintergrund. Stell dir einmal vor, wie es wohl sein würde, meditierend durch solch einen Ort zu wandern und über die Essenz der Kurzlebigkeit zu reflektieren. Stell dir einmal vor, wie es wohl ist, sich in einem Knochenhaus zu lieben! Wir müssen nur die Einzelteile sammeln – sie werden dann ein Ganzes schaffen, in das wir uns fallen lassen können!«

(Louis genoss es, in kryptischen Wortspielen zu sprechen, in Anagrammen, Palindromen und auch jedweder Art von Rätsel, die ihm einfiel. Ich frage mich, ob das nicht die Wurzel seiner Entschlossenheit war, in das bodenlose Auge des Todes zu blicken und es zu meistern. Vielleicht betrachtete er die Sterblichkeit des Fleisches als ein gigantisches Puzzle oder Kreuzworträtsel, das er lösen konnte, wenn er nur alle Teile zusammenbekam. Louis hätte gerne ewig gelebt, auch wenn er nicht gewusst hätte, was er mit seiner Zeit anfangen sollte.)

Kurz darauf holte er eine Haschischpfeife hervor, um den Geschmack des Weins zu versüßen, und in jener Nacht sprachen wir nicht mehr über die Grabräuberei, doch der Gedanke verfolgte mich in den trägen Wochen, die da kommen sollten. Der Geruch eines frisch geöffneten Grabes, so glaubte ich, musste so berauschend sein wie das Parfüm des Sumpfes oder der intimste Schweiß eines Mädchens. Würden wir wirklich eine Sammlung von Schätzen des Grabes aufbauen können, die zu betrachten uns bezaubern und unsere fiebrigen Seelen trösten konnte?

Die Liebkosungen von Louis' Zunge wurden lustlos. Manchmal, anstatt sich mit mir in die schwarzen Satindecken unseres Bettes zu schmiegen, schlief er auf einer zerschlissenen Decke in einem der unterirdischen Räume. Diese waren ursprünglich zu unbestimmten, aber stets faszinierenden Zwecken gebaut worden – Abolitionistentreffen hatten dort stattgefunden, wie Louis mir erzählte, ebenso wie ein Wochenende der freien Liebe und eine ernste, aber vollkommen inkompetente Schwarze Messe einschließlich vestalischer Jungfrau und phallischen Kerzen.

In diesen Räumen wollten wir unser Museum einrichten. Schließlich stimmte ich mit Louis überein, dass nur das Plündern von Gräbern uns von dem lähmendsten Ennui heilen konnte, das wir bis dahin erlitten hatten. Ich konnte es nicht ertragen, seinen gequälten Schlaf zu sehen, seine blassen, eingefallenen Wangen und die langsam immer kräftiger werdenden blau-roten Ränder unter seinen flackernden Augen. Außerdem faszinierte mich inzwischen die Vorstellung, ein Grabräuber zu werden. Konnten wir vielleicht in der höchsten Verderbtheit die höchste Erlösung finden?

Unsere erste grausige Beute war der Kopf von Louis' Mutter, verrottet wie ein Kürbis, den man in Wein vergessen hat, und halb zertrümmert von zwei Kugeln aus einem Bürgerkriegs-Revolver. Wir bargen ihn im Licht des Vollmondes aus der Familienkrypta. Die Glühwürmchen leuchteten schwach wie sterbende Leuchtfeuer an einem unerreichbaren Ufer, während wir zurück ins Pfarrhaus krochen. Ich schleppte Pickel und Schaufel hinter mir her; Louis trug die verwesende Trophäe unter dem Arm. Nachdem wir ins Museum hinabgestiegen waren, zündete ich drei Kerzen an, die nach Herbstpflanzen rochen (der Jahreszeit, in der Louis' Eltern gestorben waren), während Louis den Kopf in eine Nische legte, die er dafür vorbereitet hatte. Ich glaubte, eine gewisse Zärtlichkeit in seinem Verhalten entdeckt zu haben. »Möge sie uns den Segen der Familie schenken«, murmelte er und wischte sich geistesabwesend ein paar breiige Fleischfetzen, die an seinen Fingern klebten, am Revers ab.

Wir verbrachten eine glückliche Zeit damit, das Museum zu renovieren. Wir polierten die wertvollen Einlegearbeiten an den metallenen Leuchtkörpern und wischten den Staub weg, der sich auf den samtenen Wandtapeten gesammelt hatte, oder verbrannten alternativ Weihrauch oder Stofffetzen, die wir vorher mit unserem Blut getränkt hatten, um dem Raum den gewünschten Geruch zu verleihen – ein Leichenparfüm, das stark genug war, uns verrückt zu machen. Wir reisten weit für unsere Sammlungen, aber stets kehrten wir mit Kisten voller Dinge wieder heim, die kein Mensch je hätte besitzen dürfen. Wir hörten von einem Mädchen mit violetten Augen, das in irgendeiner weit entfernten Stadt gestorben war; keine sieben Tage später hatten wir diese Augen in einem Kristallglaskrug, eingelegt in Formaldehyd. Wir kratzten Knochenstaub und Salpeter von den Böden alter Särge; wir stahlen gerade erst angefaulte Köpfe und Hände von Kindern, die frisch in ihren Gräbern lagen, Kinder mit kleinen, weichen Fingern und Lippen wie Blütenblätter. Wir besaßen Tand und wertvolle Erbstücke, wurmstichige Gebetbücher und mit Schimmel überzogene Leichentücher. Louis' Gerede vom Liebemachen in einem Leichenhaus hatte ich zuerst nicht ernst genommen, aber andererseits hatte ich auch nicht geahnt, wie viel Lust mir Louis mit einem in Rosenöl getunkten Oberschenkelknochen bereiten konnte.

In der Nacht, von der ich rede – der Nacht, da wir auf das Wohl des Grabes und seiner Schätze tranken –, hatten wir gerade unsere bisher größte Beute gemacht. Für später am Abend hatten wir ein Festgelage in einem Nachtclub in der Stadt geplant. Von unserer letzten Reise waren wir nicht mit dem üblichen Haufen an Säcken und Kisten zurückgekehrt, sondern nur mit einem kleinen Kästchen, das Louis sorgfältig verpackt hatte und in der Brusttasche bei sich trug. Dieses Kästchen enthielt einen Gegenstand, über dessen Existenz wir bis dahin nur spekuliert hatten. Dem Gemurmel eines blinden alten Mannes nach, den wir abgefüllt mit billigem Schnaps in einer Bar im French Quarter gefunden hatten, waren wir Gerüchten über einen bestimmten Fetisch oder ein Amulett nachgegangen; diese Nachforschungen führten uns zu einem Negerfriedhof in den südlichen Bayous. Bei dem Fetisch handelte es sich angeblich um ein Ding von unheimlicher Schönheit, mit dem man jeden in sein Bett locken, Feinden Krankheit oder gar Tod an den Hals hexen konnte, und (das, so denke ich, faszinierte Louis am meisten) es hieß, der Fetisch richte seine Macht um das Zehnfache verstärkt gegen jeden, der ihn benutzte, ohne wahrlich ein Meister zu sein.

Ein schwerer Nebel hing über dem Friedhof, als wir dort eintrafen; er leckte um unsere Knöchel, sammelte sich an den steinernen und hölzernen Grabdenkmälern und löste sich hier und da kurz auf, um eine knorrige Wurzel oder einen Fleck schwarzen Grases zu enthüllen, bevor er sich sofort wieder schloss. Im Licht des abnehmenden Mondes beschritten wir einen mit Ranken überwucherten Pfad. Die Gräber waren mit komplexen Mosaiken aus zerbrochenem Glas, Münzen, Kronkorken und silbern und golden lackierten Muscheln verziert. Einige Grabflächen waren mit leeren Flaschen abgegrenzt, die man mit dem Hals voran in die Erde gesteckt hatte. Ich entdeckte einen einsamen Gipsheiligen, dem über die Jahre hinweg Wind und Regen das Gesicht geraubt hatten. Ich trat halb vergrabene Töpfe zusammen, in denen einst Blumen gestanden hatten; nun jedoch enthielten sie nur noch verdorrte Stängel, verfaultes Wasser oder schlicht gar nichts. Lediglich der Duft der Grünlilien erfüllte die Nacht.

In einer Ecke des Friedhofs schien die Erde schwärzer zu sein als anderswo. Das Grab, das wir suchten, war nur von einem groben Kreuz aus knorrigem Holz markiert. Inzwischen waren wir in der Kunst der Leichenfledderei erfahren, und schon bald hatten wir den Sarg ausgegraben. Dessen Bretter waren durch all die Jahre in der nassen, faulen Erde verzogen. Louis brach den Deckel mit dem Spaten auf, und im schwachen, wässrigen Licht des Mondes blickten wir auf das, was darinnen lag.

Über die Leiche wussten wir so gut wie nichts. Einige hatten geraunt, eine furchtbar missgestaltete alte Hexe liege hier begraben. Andere wiederum behaupteten, sie sei ein junges Mädchen gewesen, mit einem Gesicht so schön und kalt wie Mondlicht auf Wasser und einer Seele grausamer als das Schicksal. Wieder andere hatten uns erzählt, der Körper gehöre gar nicht einer Frau, sondern einem weißen Voodoopriester, der über die Bayous geherrscht hatte. Er hatte ein Gesicht von kalter, unheimlicher Schönheit besessen, sagten sie, und einen Vorrat von Fetischen und Tränken, die er mit freundlichem Segen verteilt hatte ... oder mit einem furchtbaren Fluch. Das war die Geschichte, die Louis und mir am besten gefiel. Die Launenhaftigkeit des Zauberers übte einen großen Reiz auf uns aus, ebenso wie seine angebliche Schönheit.

An dem Ding im Sarg war jedoch nichts mehr von Schönheit zu erkennen – zumindest nicht von der Art Schönheit, die einem gesunden Auge gefallen hätte. Louis und ich liebten die durchscheinende, pergamentartige Haut, die über die langen Knochen gespannt war, welche wie aus Ebenholz geschnitzt wirkten. Die feinen, zerbrechlichen Hände, die auf der eingefallenen Brust gefaltet waren; die sanften schwarzen Augenhöhlen; die farblosen Haarsträhnen, die noch immer an der feinen weißen Rundung des Schädels hingen – für uns waren diese Dinge die Poesie des Todes.

Louis leuchtete mit der Taschenlampe über die vertrockneten Halssehnen. Dort, an einer vom Alter schwarz angelaufenen Silberkette, hing das Objekt unserer Begierde. Das war keine grobe Wachspuppe oder ein Stück vertrocknete Wurzel. Louis und ich blickten einander an; die Schönheit des Gegenstands rührte uns. Dann, als würde er träumen, streckte Louis die Hand aus, um es sich zu nehmen. Dies war unsere rechtmäßige Beute aus dem Grab des Zauberers.

»Wie sieht es aus?«, fragte Louis, als wir uns anzogen.

Über meine Kleidung brauchte ich mir nie Gedanken zu machen. An einem Abend wie diesem, wenn wir beschlossen auszugehen, wählte ich die gleichen Sachen wie für eine nächtliche Grabung auf einem Friedhof: Schwarz, schmuckloses Schwarz, sodass nur mein blasses Gesicht und meine Hände sich vor dem Hintergrund der Nacht abhoben. Bei einer besonders feierlichen Gelegenheit wie dieser schmierte ich mir vielleicht noch ein wenig Kohle um die Augen. Das Fehlen jedweder Farbe machte mich nahezu unsichtbar: Wenn ich mit hochgezogenen Schultern und gesenktem Kopf ging, würde mich so niemand außer Louis sehen.

»Lass dich nicht so hängen, Howard«, sagte Louis verärgert, als ich mich am Spiegel vorbei duckte. »Dreh dich um, und sieh mich an. Sehe ich mit meinem Zauberschmuck nicht gut aus?«

Auch wenn Louis Schwarz anlegte, tat er das, um aufzufallen. An diesem Abend sah er wahrhaft prachtvoll aus in seiner engen purpurfarbenen Paisleyhose und seinem silbernen Jackett, das im Licht in bunten Farben schillerte. Er hatte unsere Beute aus dem Kästchen genommen und sie sich um den Hals gehängt. Als ich näher trat, um sie mir anzusehen, stieg mir Louis' Geruch in die Nase: voll und fleischig, wie Blut, das man zu lange in einer verschlossenen Flasche aufbewahrt hat.

Vor der wohlgeformten Einbuchtung in Louis' Hals strahlte

das Ding an der Kette eine seltsamere Schönheit denn je aus. Habe ich es etwa versäumt, dieses magische Objekt zu beschreiben, diesen Voodoofetisch aus der aufgewühlten Graberde? Ich werde ihn niemals vergessen. Ein polierter Knochensplitter (oder ein Zahn; aber welcher Hauer könnte so lang sein und so schlank und sich trotzdem das Aussehen eines *menschlichen Zahns* bewahrt haben?), an ein Stück Kupfer gebunden. In das Metall gearbeitet funkelte ein einzelner Rubin auf der Patina wie ein Blutstropfen. In den Knochensplitter als exquisite Miniatur geätzt und dunkel vom Einreiben mit irgendeiner schwarz-roten Substanz war eine ausgefeilte *Vévé* zu sehen – eines der Symbole, mit dem die Voodooanhänger ihr schreckliches Götterpantheon anriefen. Wer auch immer in jenem einsamen Bayou-Grab beerdigt sein mochte, er war kein Dilettant im Umgang mit Sumpfmagie gewesen. Jedes Kreuz und jeder Wirbel auf der *Vévé* war perfekt reproduziert. Ich hatte den Eindruck, als hätte sich das Ding noch einen Rest des Grabgeruchs bewahrt – einen düsteren Duft wie der von lange verdorbenen Kartoffeln. Jedes Grab besitzt einen besonderen Geruch wie auch jeder lebende Körper.

»Bist du sicher, dass du es tragen solltest?«, fragte ich.

»Morgen wird es ins Museum kommen«, antwortete Louis, »und davor eine scharlachrote ewige Kerze. Doch heute Nacht gehört seine Macht mir.«

Der Nachtclub befand sich in einem Teil der Stadt, der aussah, als hätte hier eine Feuerzunge der Gerechtigkeit das Innere nach außen gekehrt. Die Straßen wurden nur hier und da von Geschreibsel in Neonbuchstaben erhellt, von Werbung für billige Hotels und Bars, welche die ganze Nacht über geöffnet hatten. Dunkle Augen starrten uns aus den Klüften und Pfaden zwischen den Gebäuden an und verschwanden nur, wenn Louis' Hand zur Innentasche seines Jacketts wanderte. Dort trug er ein kleines Stilett, das er nicht nur zum Vergnügen einzusetzen wusste.

Wir schlüpften durch eine Tür am Ende einer Gasse und stiegen die schmale Treppe in den Club hinunter. Das gespenstische Glühen einer blauen Glühbirne erhellte die Treppe und ließ Louis' Gesicht hinter der getönten Brille eingefallen und tot wirken. Elektronisches Feedback schlug uns entgegen, als wir den Clubraum betraten, und das Kreischen eines Gitarrenduells. Das Innere des Clubs war ein Flickenteppich aus flackerndem Licht und Dunkelheit. Graffiti bedeckte Wände und Decke wie ein lebendig gewordenes Gewirr aus Stacheldraht. Ich sah Bandinsignien und grinsende Totenschädel, mit Glassplittern geschmückte Kruzifixe und schwarze Obszönitäten, die im stroboskopischen Licht waberten.

Louis brachte mir einen Drink von der Bar. Langsam nippte ich daran; ich war noch immer vom Absinth berauscht. Da die Musik zu laut war, um sich zu unterhalten, musterte ich die Clubgäste um uns herum. Es war ein stiller Haufen, der stur auf die Bühne starrte, als stünden alle unter Drogen (und ohne Zweifel waren viele wirklich stoned – ich erinnere mich daran, einmal von halluzinogenen Pilzen benebelt in einen Club gegangen zu sein und fasziniert auf die Saiten einer Gitarre gestarrt zu haben, von denen weiche Eingeweide auf die Bühne zu tropfen schienen). Die meisten waren jünger als Louis und ich und sonderbar schön in ihren Second-Hand-Hemden, mit ihren Leder- und Fischnetzshirts und dem billigen Schmuck, mit ihren blassen Gesichtern und ihrem gefärbten Haar. Vielleicht würden wir einen von ihnen heute Nacht mit nach Hause nehmen. So etwas hatten wir auch früher schon getan. ›Die köstlichen Gassenjungen‹ nannte sie Louis. Ein besonders hübsches Gesicht mit starken Knochen und androgynen Zügen erschien am Rand meines Blickfeldes. Als ich mich danach umdrehte, war es verschwunden.

Ich ging auf die Toilette. Zwei Jungen standen gemeinsam

an einem Pissoir und unterhielten sich angeregt miteinander. Ich blieb am Waschbecken stehen, wusch mir die Hände, beobachtete die Jungen im Spiegel und versuchte, ihr Gespräch zu belauschen. Dank eines Haarrisses im Spiegel sah das Auge des einen Jungen aus, als wäre es gespalten. »Caspar und Alyssa haben sie heute Nacht gefunden«, sagte er. »In einem alten Lagerhaus am Fluss. Ich hab gehört, ihre Haut ist *grau* gewesen, Mann, und irgendwie verwelkt, als hätte irgendwas das meiste Fleisch aus ihr rausgesaugt.«

»Super«, sagte der andere Junge. Seine schwarz umrandeten Lippen bewegten sich kaum.

»Sie war erst fünfzehn, weißt du?«, sagte der große Junge und schloss den Reißverschluss seiner zerfetzten Hose wieder.

»Sie war ohnehin 'ne Fotze.«

Sie drehten sich von dem Pissoir weg und redeten über die Band – die ›Ritual Sacrifice‹ hieß, wie ich heraushörte; ihr Name war überall an die Wände des Clubs gekritzelt. Als die Jungen hinausgingen, schauten sie kurz in den Spiegel, und für einen Augenblick traf sich mein Blick mit dem des größeren. Die Nase wie die eines hochmütigen Indianerhäuptlings, die Augenlider schwarz-silbern geschminkt. *Louis würde er gefallen,* dachte ich – doch die Nacht war jung, und noch viele Drinks warteten darauf, getrunken zu werden.

Als die Band eine Pause einlegte, gingen wir wieder zur Bar. Louis drängte sich neben einen dünnen, dunkelhaarigen Jungen, dessen Oberkörper von einer ausgefransten Schnur um seinen Hals abgesehen nackt war. Als der Junge sich umdrehte, wusste ich, dass dies das faszinierende, androgyne Gesicht war, das ich vorhin aus den Augenwinkeln heraus gesehen hatte. Seine Schönheit war geradezu wild, wurde jedoch von einer kühlen Eleganz überlagert, einer Tünche der Vernunft über einer Schicht des Wahnsinns. Seine ebenholzfarbene Haut spannte sich über rasiermesserscharfen Jochbeinen, und seine Augen waren fiebrige Teiche der Dunkelheit.

»Mir gefällt dein Amulett«, sagte er zu Louis. »Es ist sehr ungewöhnlich.«

»Zu Hause habe ich noch so eins«, erwiderte Louis.

»Wirklich? Ich würde sie gerne mal beide zusammen sehen.« Der Junge hielt kurz inne, um Louis unsere Wodkacocktails bestellen zu lassen; dann sagte er: »Ich dachte, es würde nur eins davon geben.«

Louis versteifte sich, als wäre sein Rückgrat eine Perlenschnur, die man straff gezogen hatte. Hinter seiner getönten Brille, das wusste ich, waren seine Pupillen auf Stecknadelgröße geschrumpft: Das Licht schmerzte ihn mehr, wenn er nervös war. Doch kein Zittern in seiner Stimme verriet ihn, als er sagte: »Was weißt du darüber?«

Der Junge zuckte mit den Achseln. Bei seinen knochigen Schultern wirkte die Bewegung unbekümmert und schier unglaublich graziös. »Das ist Voodoo«, sagte er. »Ich weiß, was Voodoo ist. Du auch?«

Was er damit implizierte, war wie ein Schlag ins Gesicht, doch Louis bleckte nur ein ganz klein wenig die Zähne; es hätte sogar ein Lächeln sein können. »Ich bin mit *allen* Arten von Magie vertraut«, sagte er, »um es vorsichtig auszudrücken.«

Der Junge trat näher an Louis heran, sodass sich ihre Hüften fast berührten, und nahm das Amulett zwischen Daumen und Zeigefinger und hob es hoch. Ich glaubte zu sehen, wie ein langer Fingernagel über Louis' Hals strich, doch ich konnte nicht sicher sein. »Ich könnte dir die Bedeutung dieser *Vévé* erklären«, bot der Junge an, »falls du es denn wirklich wissen willst.«

»Sie symbolisiert Macht«, sagte Louis. »Die ganze Macht meiner Seele.« Seine Stimme klang kühl, doch ich sah, wie seine Zunge hervorschnellte, um die Lippen zu befeuchten. Der Junge gefiel ihm langsam immer weniger, doch gleichzeitig begehrte er ihn auch.

»Nein«, erwiderte der Junge so leise, dass ich ihn kaum verstehen konnte. Er klang beinahe traurig. »Dieses Kreuz in der Mitte ist umgedreht, siehst du, und die geschwungene Linie, die es umgibt, symbolisiert eine Schlange. Solch ein Ding kann deine Seele fangen und einsperren. Anstatt mit dem Ewigen Leben belohnt zu werden ... könnte es ein Fluch sein.«

»Verflucht zu Ewigem Leben?« Louis gestattete sich ein leichtes, kaltes Lächeln. »Was meinst du damit?«

»Die Band fängt wieder an. Komm nach der Show zu mir, und ich werde es dir sagen. Wir können dann einen zusammen trinken ... und du kannst mir erzählen, was du über Voodoo weißt.« Der Junge warf den Kopf zurück und lachte. Erst dann fiel mir auf, dass ihm im Oberkiefer ein Eckzahn fehlte.

An den nächsten Teil des Abends erinnere ich mich nur noch verschwommen; alles ist ein Gemisch aus Neonlicht, Eiswürfeln, blauem wirbelndem Rauch und süßer Trunkenheit. Der Junge trank ein Glas Absinth nach dem anderen mit uns und schien dessen bitteren Geschmack zu genießen. Bis dato hatte keiner unserer Gäste das Getränk gemocht. »Wo habt ihr den denn her?«, fragte er. Louis schwieg eine Weile, bevor er antwortete: »Ich habe ihn mir aus Frankreich schicken lassen.« Wäre da nicht die kleine schwarze Lücke gewesen, das Lächeln des Jungen wäre so perfekt gewesen wie ein scharf umrandeter Halbmond.

»Noch einen Drink?«, fragte Louis und schenkte uns beiden nach.

Als ich wieder klar im Kopf wurde, lag ich in den Armen des Jungen. Ich verstand die Worte nicht, die er flüsterte; es hätte eine Art Gesang sein können, falls es denn möglich war, Beschwörungen zur Melodie der Lust zu singen. Hände umfassten mein Gesicht und führten meine Lippen über die blasse, pergamentartige Haut des Jungen. Die Hände hätten Louis gehören können. Außer diesem Jungen nahm ich nichts mehr wahr, nur die Bewegungen der zerbrechlichen Knochen unter der Haut und den vom Wermut bitteren Geschmack seines Speichels.

Ich erinnere mich nicht daran, wann er sich schlussendlich von mir abwandte und Louis mit seiner Liebe überhäufte. Ich wünschte, ich hätte zuschauen, hätte die überschäumende Lust in Louis' Augen sehen können, die seinen Körper beben ließ. Denn wie sich herausstellte, liebte der Junge Louis weit gründlicher, weit vollkommener als er mich je geliebt hatte.

Als ich wieder aufwachte, löschte das dumpfe Pochen meines Pulsschlags alle anderen Gefühle aus. Nach und nach wurde ich mir jedoch der ineinander verhedderten Seidenlaken und des warmen Sonnenlichts auf meinem Gesicht bewusst; doch erst nachdem ich vollends erwacht war, sah ich das Ding, das ich die ganze Nacht über wie einen Liebhaber in meinen Armen gehalten hatte.

Einen Augenblick lang standen sich zwei Realitäten nervös gegenüber und verschmolzen beinahe miteinander. Ich lag in Louis' Bett; ich erkannte es daran, wie die Laken sich anfühlten, an ihrem Geruch nach Seide und Schweiß. Doch was ich da hielt ... das war sicherlich einer der zerbrechlichen Mumien, die wir aus ihren Gräbern gezerrt und für unser Museum seziert hatten. Ich brauchte jedoch nur einen Moment, um die vertrauten, zerstörten Gesichtszüge zu erkennen – das spitze Kinn, die hohe, elegante Stirn. Irgendetwas hatte Louis ausgetrocknet, hatte ihm jeden Tropfen Flüssigkeit aus dem Körper gesogen, seine Lebenskraft. Sein Haar klebte an meinen Lippen, trocken und farblos. Das Amulett, das er vergangene Nacht auch noch im Bett die ganze Zeit um den Hals getragen hatte, war verschwunden.

Der Junge hatte keine Spur hinterlassen – oder zumindest glaubte ich das, bis ich das fast durchsichtige Ding am Fuß des Bettes bemerkte. Es glich einem Haufen Spinnweben oder einem feuchten, substanzlosen Schleier. Ich hob es auf und

173

schüttelte es aus, konnte jedoch nichts Fassbares erkennen, bis ich es vors Fenster hielt. Das Gebilde besaß annähernd menschliche Form mit leeren Gliedern, die in nahezu unsichtbare Fetzen ausliefen. Als das Ding wehte und wogte, sah ich den Teil eines Gesichts darin – die scharfe Kurve, die von einem Jochbein übrig geblieben war, das Loch, wo einst ein Auge gewesen war –, als wäre das Gesicht auf Gaze gedruckt.

Ich trug Louis' brüchige Hülle ins Museum. Dort legte ich ihn vor die Nische seiner Mutter, steckte ihm ein brennendes Weihrauchstäbchen in die Hände und legte ihm ein schwarzes Seidenkissen unter den trockenen, papierenen Schädel. Er hätte es sich so gewünscht.

Der Junge ist nicht wieder zu mir zurückgekommen, obwohl ich jede Nacht das Fenster offen lasse. Ich war auch wieder in dem Club, wo ich rumstehe, an meinem Wodka nippe und die Menge beobachte. Ich habe viele Schönheiten gesehen, viele fremde, verwüstete Gesichter, doch nicht dasjenige, das ich suche. Ich glaube, ich weiß, wo ich ihn finden werde. Vielleicht begehrt er mich immer noch – ich muss es wissen.

Ich werde erneut zu dem einsamen Friedhof in den Bayous gehen. Noch einmal – diesmal allein – werde ich das unmarkierte Grab finden und meinen Spaten in dessen schwarze Erde stoßen. Wenn ich den Sarg öffne – ich weiß es; ich bin dessen sicher! –, werde ich dort nicht das vermoderte Ding finden, das früher dort gelegen hat, sondern die gelassene Schönheit erneuerter Jugend. Die Jugend hat er von Louis getrunken. Sein Gesicht wird eine Maske der Ruhe und des Friedens sein, und das Amulett – ich weiß es; ich bin dessen sicher! – wird um seinen Hals liegen.

Sterben: Der letzte Schock des Schmerzes oder des Nichts, das ist der Preis, den wir für alles zahlen müssen. Könnte es nicht auch die süßeste aller Erregungen sein, die einzige Erlösung, die wir zu erlangen vermögen ... der einzige Augenblick wahrer Selbsterkenntnis? Die dunklen Tümpel, die seine Augen sind, werden sich öffnen, still und tief genug, um darin zu ertrinken. Er wird mir die Arme entgegenstrecken und mich einladen, mich zu ihm in sein von Würmern zerfressenes Bett zu legen.

Beim ersten Kuss wird sein Mund nach Wermut schmecken. Danach nur noch nach mir – nach meinem Blut, nach meinem Leben, das aus meinem Leib in den seinen hinüberfließt. Ich werde die Gefühle empfinden, die Louis empfunden hat: das Verwelken meines Gewebes, das Austrocknen meiner Körpersäfte ... es ist mir egal. Die Schätze und die Freuden des Grabes? Sie sind seine Hände, seine Lippen, seine Zunge.

Originaltitel: *His Mouth Will Taste of Wormwood*
Erstveröffentlichung: *Borderlands*, 1990.

Aus dem Amerikanischen von Rainer Schumacher

Die Viper

VON FRED CHAPPELL

Mein Onkel Alvin erinnerte den überraschten Fremden an einen großen, glücklichen Hasen. Er ist angenehm rundlich und besitzt silberblondes Haar, das ihn ein ganzes Jahrzehnt jünger aussehen lässt als die sechzig Jahre, die er tatsächlich ist. Seine Haut weist einen rosa Schimmer auf und wirkt wie geschrubbt; sie ist von der blassen Farbe, wie englische Kuraten sie manchmal bekommen. Mein Onkel hat eine Art, die Nase zu rümpfen, die einen unweigerlich an ... nun, ich habe das mit dem Hasen ja schon erwähnt. Er ist freundlich, humorvoll und oft auch ein wenig verschmitzt.

Meine Bewunderung für Onkel Alvin hat großen Einfluss auf mein Leben gehabt. Seine unbeschwerte Art war mir immer als recht vernünftiger Weg erschienen, in der Welt zurechtzukommen. Und sein Beruf ist interessant und gemächlich zugleich, auch wenn nicht zu erwarten steht, dass er dabei reich wird. Letztere Annahme kann ich durch meine eigenen Erfahrungen bestätigen: Ich bin in die Fußstapfen meines Onkels getreten und handele mit antiquarischen Büchern, und ich bin kein reicher Mann – das darf ich Ihnen versichern.

Wir stehen jedoch nicht in Konkurrenz zueinander. Onkel Alvin lebt in Columbia, South Carolina, und leitet seinen Bücherversand von daheim. Ich betreibe auch viel Versandhandel, aber ich führe ihn aus einem Laden in Durham, North Carolina. In meinem Geschäft verkaufe ich gebrauchte Taschenbücher, meist an Studenten der Duke University. Im Hinterzimmer verpacke und verschicke ich Kuriositäten zu historischen oder okkulten Themen, Fantasy und dann und wann auch mal Science Fiction. Onkel Alvin ist auf die Geschichte des Bürgerkriegs spezialisiert, was ihm in South Carolina den Lebensunterhalt garantiert, wenn auch nur einen bescheidenen.

Doch alle in unserem Beruf treffen irgendwann auf jedwede Art von Buch, ob es nun zu jemandes Spezialgebiet gehört oder nicht. Als Onkel Alvin mich eines Samstagmorgens anrief, um mir zu sagen, dass er etwas in die Hände bekommen habe, was er mir gerne zeigen würde, nahm ich an, dass es mehr in mein Spezialgebiet denn in seines gehörte und dass er es mir zum Kauf anbieten wollte.

»Was für eine Art Buch ist es?«, fragte ich.

»Wirklich ein äußerst seltenes ... falls es denn echt ist. Und selbst wenn es sich um eine Fälschung handelt, ist es immer noch wertvoll.«

»Wie lautet der Titel?«

»Oh, das kann ich dir am Telefon nicht sagen«, antwortete er.

»Du kannst mir den Titel nicht nennen? Das muss ja wirklich etwas Außergewöhnliches sein.«

»Vorsicht hat noch niemandem geschadet. Außerdem kannst du es dir ja selbst mal ansehen. Ich bin mit dem Buch in der Tasche am Montagmorgen bei dir, wenn du nichts dagegen hast.«

»Das ist großartig«, erwiderte ich. »Natürlich wirst du über Nacht bleiben. Helen wird sich freuen, dich zu sehen.«

»Nein«, sagte er. »Ich fahre nach Washington durch. Auf dem Weg halte ich kurz bei euch an. Ich will das Buch nämlich nicht länger im Auto haben als unbedingt nötig.«

»Dann lass uns wenigstens zusammen zu Mittag essen«, sagte ich. »Bist du noch immer so versessen auf Lasagne?«

»Ich denke Tag und Nacht an nichts anderes«, antwortete er.

»Dann also abgemacht«, sagte ich, und wir plauderten noch ein wenig miteinander, bevor wir schließlich auflegten.

Am Montagmorgen betrat er mein Geschäft, das ich ›Alternate Histories‹ genannt hatte. Er trug eine zerbeulte Geldkassette unter dem Arm, und ich wusste, dass darin das Buch lag. Wir wechselten die üblichen Höflichkeiten, wie sie Verwandte nun einmal austauschen, auch wenn sie in unserem Falle vermutlich aufrichtiger gemeint waren als in manch anderem. Onkel Alvin war jedoch begierig darauf, so rasch wie möglich zum Geschäft zu kommen. Er stellte die Geldkassette auf einen Stapel gebrauchter Zeitschriften und sagte: »Nun, das ist es also.«

»Gut, gut«, sagte ich. »Ich bin bereit. Mach auf.«

»Lass mich dir zuerst erzählen, was ich glaube, das wir hier haben«, sagte Onkel Alvin. »Denn wenn du es siehst, wirst du zunächst einmal enttäuscht sein. Es sieht nicht gerade berauschend aus.«

»Wie du willst.«

»Zunächst einmal ist es auf Arabisch geschrieben. Es ist ein handschriftlich geführtes kleines Tagebuch; die Tinte ist recht gewöhnlich und stark verblasst, und es ist unvollständig. Da ich kein Arabisch lesen kann, weiß ich nicht, was fehlt; ich weiß nur, dass es schlicht zu kurz ist, um vollständig zu sein. Ich habe diese Kopie von der Witwe eines Professors an der University of South Carolina erworben, eines Ägyptologen, der vor dreißig Jahren auf einer Exkursion verschwunden ist. Seine Frau hat seine Bibliothek die ganze Zeit über gepflegt und auf seine Rückkehr gehofft. Dann, vergangenes Jahr, hat sie alles zum Kauf angeboten. So ist mir diese Kopie des *Al Azif* in die Hände gefallen.«

»Noch nie davon gehört«, bemerkte ich und versuchte, mir meine leichte Enttäuschung nicht anmerken zu lassen.

»Es ist die Arbeit eines mittelalterlichen Dichters, den man für wahnsinnig gehalten hat«, erklärte Onkel Alvin; »aber es herrscht Uneinigkeit darüber, wie verrückt er nun wirklich war. Sein Name war Abdul Alhazred, und er lebte im Jemen. Kurz nach der Zusammenstellung von *Al Azif* ist er auf grausige Art ums Leben gekommen – Genaueres wissen wir nicht darüber, denn die Augenzeugen waren sich über die Art seines Todes nicht einig.«

»Abdul Alhazred. Ist das nicht ...?«

»Ja, das ist er in der Tat«, sagte Onkel Alvin. »Sein Werk ist bekannter unter dem Titel der griechischen Übersetzung: Das *Necronomicon*. Und der am weitesten bekannte Text – falls man denn in Zusammenhang mit diesem Buch überhaupt von ›bekannt‹ sprechen kann – ist die lateinische Übersetzung von Olaus Wormius aus dem 13. Jahrhundert. Man hat immer vermutet, dass der arabische Text vor langer Zeit vernichtet worden ist, da jede Regierung und jede anerkannte Religionsgemeinschaft seit jeher versucht hat, den Text in all seinen Formen zu zerstören – und das ist ihnen auch weitestgehend gelungen.«

»Aber woher weißt du, was das hier ist, wenn du kein Arabisch lesen kannst?«

»Ich habe einen Freund«, erklärte Onkel Alvin stolz. »Dr. Abu-Saba. Ich habe ihn gebeten, es sich für mich anzusehen, um einen ungefähren Überblick über den Inhalt zu bekommen. Als ich ihm das Buch gegeben habe, hat er den Titel übersetzt und war mit einem Mal wie erstarrt. *Damit* sollte man besser nicht weitermachen, hat er gesagt. Du weißt ja selber, welchen Ruf das *Necronomicon* genießt.«

»Allerdings«, bestätigte ich, »und ich will auch gar nicht wissen, was im Einzelnen da drin steht. Tatsächlich ist mir allein schon seine Nähe nicht gerade angenehm.«

»Oh, wir dürften einigermaßen sicher sein, solange wir den Mund halten, damit gewisse unangenehme Sekten nichts davon erfahren.«

»Falls du es mir zum Kauf anbieten willst ...«, begann ich.

»Nein, nein«, unterbrach mich Onkel Alvin rasch. »Ich will versuchen, es in der Kongressbibliothek hinterlegen zu lassen. Deshalb bin ich auf dem Weg nach Washington. Ich würde meinen Lieblingsneffen nie in Gefahr bringen – oder jedenfalls nicht über längere Zeit. Ich möchte dich nur bitten, es eine Woche lang aufzubewahren, während ich die Verhandlungen führe. Bitte, tu mir den Gefallen.«

Ich dachte darüber nach. »Ich werde es gerne für dich aufbewahren«, sagte ich schließlich. »Um die Wahrheit zu sagen, mache ich mir mehr Sorgen um die Sicherheit des Buches als um meine eigene. Um mich selbst kann ich mich schon kümmern, aber das Buch ist ein gefährliches Ding und noch dazu ein äußerst wertvolles.«

»Wie eine Atombombe«, bemerkte Onkel Alvin. »Zu gefährlich, um es zu behalten, und zu gefährlich, um es einfach loszuwerden. Aber die Kongressbibliothek wird wissen, was damit zu tun ist. Es wird ja wohl kaum das erste Mal sein, dass sie mit diesem Problem zu tun haben.«

»Glaubst du, dass sie bereits ein *Necronomicon* besitzen?«

»Da würde ich mein Geld drauf verwetten«, antwortete Onkel Alvin fröhlich, »wenn ich denn wüsste, wie ich an welches drankommen sollte. Aber du erwartest doch nicht, dass sie es im Katalog aufführen, oder?«

»Natürlich würden sie den Besitz leugnen.«

»Aber die Chancen stehen gut, dass sie noch keine arabische Version haben. Nur von einer Kopie ist bekannt, dass sie nach Amerika gelangt ist, und die ist angeblich um die Jahrhundertwende in San Francisco zerstört worden. Bei dieser Ausgabe hier handelt es sich wohl um eine Kopie unserer Version.«

»Nun, was soll ich damit tun?«, fragte ich.

»Leg es an einen sicheren Ort – in dein Bankschließfach zum Beispiel.«

»Ich habe keins«, sagte ich. »Ich habe einen kleinen, alten, niedlichen Safe in meinem Büro hinten, aber wenn irgendjemand danach suchen würde, er würde dort vermutlich zuerst nachsehen.«

»Hast du einen Keller in deinem Laden?«

»Keinen, dem ich ein Buch anvertrauen würde. Warum folgen wir nicht einfach Edgar Allen Poe?«

Kurz runzelte Onkel Alvin die Stirn; dann hellte sich sein Gesicht wieder auf. »Meinst du den ›Entwendeten Brief‹?«

»Genau. Ich habe alle möglichen Bücher in Kartons. Ich habe sie noch nicht aussortiert, um sie in die Regale zu räumen. Selbst wenn jemand wüsste, dass es dort ist, würde es Wochen dauern, bis er sich da durchgewühlt hat.«

»Das könnte funktionieren«, sagte Onkel Alvin, rümpfte die Nase und rieb sich das rosa Ohr mit dem Zeigefinger. »Aber da gibt es ein Problem.«

»Und welches?«

»Aufgrund seiner legendären Natur besteht die Gefahr, dass du es unterschätzt und nicht entsprechend behandelst. Ich würde das nicht. Im Falle von *Al Azif* ist jede Vorsichtsmaßnahme angebracht.«

»In Ordnung«, sagte ich. »Wie lautet die Legende?«

»Unter gewissen Buchliebhabern, ist das *Necronomicon* bisweilen als *Die Viper* bekannt, weil es seine Beute erst vergiftet und dann verschlingt.«

Ich warf Onkel Alvin einen Blick zu, der besagen sollte: *Das ist wohl wieder einer deiner kleinen Scherze, Onkel Alvin.* »Du erwartest doch wohl nicht von mir zu glauben, dass ein Buch Menschen frisst?«

»Natürlich nicht.« Er schüttelte den Kopf. »Es frisst nur seinesgleichen.«

»Ich verstehe nicht.«

»Sorg einfach dafür«, sagte er, »dass du es in eine Kiste mit Büchern steckst, die nicht allzu wichtig sind.«

»Verstanden«, erklärte ich. »Beschädigte Billigausgaben. Um die Aufmerksamkeit von seinem wahren Wert abzulenken.«

Onkel Alvin blickte mich lange und sanft an; dann nickte er gelassen. »So etwas in der Art«, erwiderte er schließlich.

»Okay«, sagte ich. »Ich werde genau das tun. Jetzt lass uns mal einen Blick auf diese ominöse Rarität werfen. Seit ich mich für Bücher interessiere, habe ich vom *Necronomicon* gehört. Ich bin ganz aufgeregt.«

»Ich fürchte, du wirst enttäuscht sein«, sagte Onkel Alvin. »Einige Kopien dieses verbotenen Textes sind recht bemerkenswert, aber diese hier ...« Wieder rümpfte er die Nase und rieb sie mit dem Handballen.

»Jetzt mach es nicht so spannend, Onkel Alvin«, sagte ich.

Er öffnete das Metallkästchen und holte ein kleines, in braunes Papier gewickeltes Päckchen heraus. Langsam schälte er das Papier ab und enthüllte einen recht dünnen Oktavband mit einem abgenutzten Maroquin-Einband, dessen wohl ursprünglich leuchtend rote Farbe zu einem blassen Ziegelrot, fast Pink verblasst war. Als Onkel Alvin mein Gesicht sah, sagte er: »Siehst du? Ich habe dir ja gesagt, dass es eine Enttäuschung für dich sein wird.«

»Nein, nicht im Mindesten«, erwiderte ich, aber mein Tonfall war so offensichtlich gedämpft, dass Onkel Alvin mir das Buch zur Ansicht reichte, ohne dass ich danach gefragt hatte.

Es gab nur wenig zu sehen. Die rosafarbene abgenutzte Bindung fühlte sich glatt an. Auf dem Buchrücken war in Gold das Wort ›Tagebuch‹ eingeprägt, doch auch das Gold war fast vollständig abgewetzt. Ich schlug es an einer wahllosen Stelle auf und blickte auf die für mich unleserliche arabische Schrift, die so stark verblasst war, dass man unmöglich sagen konnte, welche Farbe die Tinte gehabt hatte. Schwarz oder purpurn, vielleicht auch dunkelgrün – aber nun waren alle Farben nur noch ein einheitliches blasses Grau. Ich blätterte bis fast zum Ende, fand aber nichts, was auch nur im Mindesten bemerkenswert gewesen wäre.

»Nun, ich hoffe, das ist wirklich echt«, sagte ich. »Bist du sicher, dass dein Freund Dr. Hoodoo ...?«

»Abu-Saba«, unterbrach mich Onkel Alvin streng. »Dr. Fuad Abu-Saba. Sein Wissen über seine Muttersprache ist einwandfrei, seine Integrität unangreifbar.«

»Okay, wenn du das sagst«, erwiderte ich; »aber was wir hier haben, sieht nicht nach sonderlich viel aus.«

»Ich versuche ja nicht, es zu verkaufen. Sein unauffälliges Äußeres kann uns nur gelegen sein. Je unauffälliger es aussieht, desto sicherer sind wir.«

»Das leuchtet mir ein«, gab ich zu und reichte Onkel Alvin das Buch zurück.

Er blickte mich streng an, als er das Buch wieder entgegennahm. Offensichtlich glaubte er, dass ich mich über ihn lustig machte – was in gewissem Sinne auch stimmte. »Robert«, sagte er in ernstem Tonfall, »du bist mein Lieblingsneffe, ja überhaupt einer der Menschen, die ich am liebsten um mich habe. Ich möchte, dass du meine Instruktionen wortgetreu befolgst. Ich möchte, dass du alle möglichen Vorsichtsmaßnahmen triffst und keinen Augenblick in deiner Wachsamkeit nachlässt. Wir beide wandeln hier auf einem sehr schmalen Grat.«

Ich wurde wieder ernst. »Gut, Onkel Alvin. Du weißt, was das Beste ist.«

Er wickelte das Buch in das braune Papier und legte es wieder in die alte Geldkassette. Er trug es auch mit sich, als wir uns in »Tony's Ristorante Venezia« begaben, um es uns dort bei Lasagne und Chianti gut gehen zu lassen. Nach dem Essen begleitete er mich noch in meinen Laden zurück, holte *Al Azif* aus dem Metallkästchen und übergab es mir zur Aufbewahrung mit nur einem Satz der Mahnung: »Vergiss nicht, was ich dir gesagt habe.«

»Mach dir keine Sorgen«, erwiderte ich. »Ich werde es nicht vergessen.«

Im Laden untersuchte ich das Buch noch einmal, diesmal jedoch gelassener und gründlicher; aber es hatte sich nicht verändert. Es war noch immer ein verstaubtes, ausgeblichenes altes Tagebuch wie tausend andere; der einzige auffällige Unterschied, den das ungeübte Auge erkennen konnte, war die Tatsache, dass es auf Arabisch geschrieben war. Eine mysteriöse Bande finsterer Diebe musste schon eine ganze Menge darüber wissen, allein um zu vermuten, wonach sie suchen sollten.

Ich beschloss, es einem ungeordneten Haufen Bücher in einem Labyrinth aus Kartons anzuvertrauen. Ich brachte es in mein kleines Büro, schob ein paar wertlose Bücher beiseite und legte es auf das untere Brett eines Regals, wo sich alle möglichen Pamphlete, seltsame, alte Zeitschriften und vereinzelte Bände unvollständiger Gesamtausgaben von Maupassant, Balzac und William McFee stapelten. Ich drehte es so, dass die Bindung nach hinten lag und das Wort ›Tagebuch‹ nicht zu sehen war. Dann dachte ich ein, zwei Minuten darüber nach, was ich darauf legen sollte.

Ich dachte an Onkel Alvins Warnung, dass ich keine wichtigen Bücher zu *Al Azif* legen sollte, und ich beschloss, mich an diese Warnung zu halten. Welchen Sinn ergibt es auch, einen Lieblingsonkel zu haben, der sich in seinem Geschäft auskennt wie kaum ein anderer, und dann nicht auf ihn zu hören? Außerdem war der finstere Ruf des Buches an sich schon eine Warnung.

Ich griff zu einer gewöhnlichen und in keiner Weise bemerkenswerten Ausgabe von Miltons Gedichten – Hendon House, New York 1924. Keine Einleitung und ein paar lückenhafte Anmerkungen eines anonymen Herausgebers, Anmerkungen, die ohne Zweifel aus einem soliden, wissenschaftlichen Band übernommen worden waren. Das Buch zeigte starke Wasserschäden. Ich blätterte zum Anfang von *Das Verlorene Paradies* und las die ersten 26 Zeilen; dann

suchte ich nach meinem Lieblingssonett von Milton, Nummer
XVI, »Über Seine Blindheit«.

When I consider how my light is spent,
E're half my days, in this dark world and wide,
And that one Talent which is death to hide,
Lodg'd with me useless, though my Soul more bent
To serve therewith my Maker, and present
My true account, least he returning chide ...

Wenn ich bedenke, wie mein Licht vergeudet wird
Ehe ich die Hälfte meiner Tage in dieser dunklen,
*   weiten Welt verbracht,*
Und diese eine Gabe, die zu verbergen den Tod bedeutet,
Nutzlos in mir wohnt, obwohl meine Seele sich mehr
*   dazu drängt*
Meinem Schöpfer zu dienen und Ihm getreu Rechenschaft
*   abzulegen, auf dass Er*
Nicht zurückkehre, mich zu schelten ...

Nun, Sie wissen ja, wie es weitergeht.

Es ist ein Gedicht, dessen ich niemals müde werde, eines jener Gedichte, die mir in glücklichen wie in unglücklichen Tagen zum Freund geworden sind. Miltons typische, majestäti-
sche Musik findet sich hier ebenso wie ein von Herzen
kommender, persönlicher Aufschrei, was wiederum ganz und
gar nicht typisch für sein Werk ist. Dann folgt der ernste, zu-
friedene Entschluss der letzten Zeilen. Natürlich bedarf Milton nicht meiner Empfehlung und sein Sonett keines Lobs. Ich
wollte hier nur klarmachen, wie wichtig dieser Dichter für
mich ist und wie sehr ich vor allem dieses Sonett über seine
Blindheit liebe.

Aber nicht jede Ausgabe von Miltons Werk ist wichtig. Persönlich besitze ich gleich mehrere Ausgaben, allesamt aus-

führlich kommentiert und wunderschön bebildert. Bei der, die ich jetzt in Händen hielt, handelte es sich um ein schlichtes Produkt für den Massenmarkt, vermutlich für den Verkauf in Bahnhofsbuchhandlungen bestimmt. Ich legte sie auf den arabischen Schatz und dann auf beide Bücher einen Stapel Papiere von meinem Schreibtisch, der immer davon überquillt: Kataloge, Bücherlisten, Verkaufsanzeigen und Rechnungen. Besonders an Letzteren herrscht bei mir nie Mangel.

Dann vergaß ich das Buch.

Nein, das stimmt nicht ganz.

Ich vergaß nicht im Mindesten, dass sich mit nahezu vollkommener Sicherheit das *Al Azif* in meinem Besitz befand, eines der seltensten Dokumente in den bibliografischen Annalen, ein geschichtsträchtiger, legendärer Titel – und einer der tödlichsten. Auf welch beunruhigende, ja wahnwitzige Art frühere Besitzer dieses Buches den Tod gefunden haben, darüber brauchen wir hier nicht zu sprechen. Ihr Ableben war stets grausig. Onkel Alvin hatte die richtige Idee gehabt, als er beschlossen hatte, es jenen zu geben, die in der Lage waren, sich darum zu kümmern. Ich war nur eine Zwischenstation; länger als eine Woche sollte es sich nicht in meinem Besitz befinden. Und da dem so war, beschloss ich, nicht in seine Nähe zu gehen, ja es noch nicht einmal anzusehen, bis mein Onkel am nächsten Samstag wieder zurückkehren würde.

Und es gelang mir, bis Dienstag an diesem Vorsatz festzuhalten, einen Tag, nachdem ich ihn getroffen hatte.

Das Manuskript in seinem Tagebuchformat hatte sich verändert, als ich es mir noch einmal ansah. Mir fiel sofort auf, dass der Maroquin-Einband seine rosa Farbe verloren hatte und wieder leuchtend rot geworden war. Auch das eingeprägte Wort ›Tagebuch‹ strahlte heller denn zuvor, und als ich das Buch aufschlug und durchblätterte, sah ich, dass die Seiten wieder weiß geworden waren. Sie zeigten keinerlei Altersspuren mehr, und die Schrift stach kühn hervor. Tatsächlich konnte man nun erkennen, dass der Text mit verschiedenfarbiger Tinte geschrieben worden war: schwarz, smaragdgrün, königsblau und persischrot.

Das *Necronomicon* ist ein bemerkenswertes Buch, egal in welcher Version. Die ganze Welt kennt seinen Ruf, und mich hätte es vermutlich mehr überrascht, wenn meine Begegnung mit ihm ereignislos verlaufen wäre, anstatt dass sich etwas Ungewöhnliches ereignet hätte. Seine Geschichte ist zu lang, und ein sachkundiger Gelehrter reagiert auf mysteriöse Ereignisse in Gegenwart dieses Buches nicht, indem er sich auf die Brust schlägt und ausruft: »Wie kann das sein?«

Aber eine Veränderung in Aussehen und Zustand des Buches? Damit hatte ich nicht gerechnet, und ich konnte es mir auch nicht erklären. Da ich noch nicht wusste, was ich davon halten sollte, legte ich es wieder an seinen Platz zurück, unter die Papiere und unter Milton, und fuhr mit meiner Arbeit fort.

Leugnen konnte ich die Veränderungen allerdings nicht. Meine Sinne hatten mir keinen Streich gespielt. Jedes Mal, wenn ich es mir am Dienstag und am Mittwoch ansah – und ich musste es mir gut ein Dutzend Mal genommen haben –, war unser *Al Azif* stärker geworden.

Stärker: So dumm das Wort in diesem Zusammenhang auch klingen mag, es ist dennoch akkurat. Die Schrift wurde immer intensiver; die Seiten schimmerten wie frische Schneefelder, und der feste Maroquin-Einband leuchtete blutrot.

Es dauerte eine Zeit, bis ich verstand, dass das Manuskript etwas gefunden hatte, von dem es sich ernähren konnte. Es hatte eine Form der Ernährung gefunden, die es ihm erlaubte, zu wachsen und zu gedeihen. Ich schäme mich, zugeben zu müssen, dass anschließend noch mehr Stunden vergingen, bevor ich die Nahrungsquelle des Buches erkannte: die Ausgabe von Milton, welche ich darauf gelegt hatte.

Rasch schnappte ich mir den Milton und untersuchte ihn auf Veränderungen. Zuerst konnte ich nichts Anormales feststellen. Das Druckbild war vielleicht ein wenig grauer geworden, doch es war ohnehin schon verblasst gewesen. Vielleicht waren auch die Seiten ein wenig brüchiger und stockfleckiger, als ich gedacht hatte – aber es war ja auch ein billiges, über sechzig Jahre altes Buch. Als ich zum Anfang von *Das Verlorene Paradies* blätterte, schien noch alles in Ordnung zu sein. Die Worte waren so wohlklingend wie eh und je:

Des Menschen erste Widersetzlichkeit
Und jenes untersagten Baumes Frucht,
Die dieser Welt durch sterblichen Genuss
Den Tod gebracht und unser ganzes Leid ...

Und ich dachte: Nun, ich hätte mir keine Sorgen machen müssen. Diese Poesie ist gegen den Zahn der Zeit immun.

So blätterte ich in Erwartung einer flüchtigen Freude weiter, um einen Blick auf Sonett XVI zu werfen:

When I consider how my loot is spent
On Happy Daze, a filth of darling wine ...

Wenn ich bedenke, wie meine Beute vergeudet wird
In seligem Schwindel, ein Schmutz von liebem Weine ...

Die vertraute Eröffnung des Sonetts hatte viel von seinem Reiz verloren; ich vermisste etwas von der Würde, an die ich so gewöhnt war. Ich schob meine blasse Reaktion auf meine Müdigkeit und angespannten Nerven. *Die Aufregung ob Onkel Alvins Schatz fordert langsam ihren Tribut von mir*, dachte ich.

Ich schüttelte den Kopf, um wieder klar zu werden, schloss die Augen und rieb sie mit beiden Händen; dann blickte ich erneut auf den aufgeschlagenen Milton-Band, auf Sonett XVI:

When I consider how my lute is bent
On harpy fates in this dork woolly-wold,
And that dung-yellow witches' breath doth glide,
Lobster and toothless ...

Sinnlos – ich war viel zu verwirrt, um den Zeilen überhaupt einen Sinn zu entnehmen. *Das sind nur die Nerven*, dachte ich erneut, und dann dachte ich, wie sehr ich mich auf die Rückkehr meines Onkels am Sonntag freute.

Ich legte das Exemplar des *Al Azif* beiseite und beschloss, das Rätsel aus meinem Geist zu verbannen.

Natürlich konnte ich das nicht. Mir war der Gedanke gekommen, das unsere besondere Kopie von Abdul Alhazreds verbotenem Werk die Natur von Miltons Zeilen veränderte. Womit hatte Onkel Alvin es noch einmal verglichen? Mit einer Viper, oder? Zuerst vergiftet es seine Opfer, hatte er gesagt, dann verschlingt es sie. Vergiftete das *Al Azif* wirklich die Verse des großen Dichters aus dem 17. Jahrhundert? Ich griff wieder nach dem Milton und schlug den Anfang seines unsterblichen religiösen Epos auf:

Des Menschen erster widerlicher Teller Käfer
Und jener abweisenden Fee Fett,
Die frisch dieser Welt und Hollywood ...

Die Worte ergaben keinen Sinn für mich, nicht den geringsten – aber ich konnte mich nicht anders an sie erinnern, als sie nun auf der Seite standen. Ich vermochte nicht zu sagen, ob der Fehler nun bei mir oder bei dem Buch lag.

Plötzlich kam mir die Idee, zum Regal mit den Gedichtbänden zu gehen und eine andere Ausgabe von Miltons Versen zu suchen, um sie mit den seltsam wirkenden Zeilen zu vergleichen. Falls das *Al Azif* wirklich die Worte in dem einen veränderte, musste ein Band, der von dem Tagebuch unberührt war, den reinsten Milton zutage fördern. Ich ging in den Vorderteil des Ladens, holte drei verschiedene Ausgaben von Milton aus dem Regal und entschied mich für mein Lieblingssonett als Prüfstein. Die erste Ausgabe, die ich untersuchte, war Sir Hubert Portingales Oxbridge-Ausgabe von 1957. Dort fand ich diese Zeilen:

When I consider to whom my Spode is lent,
Ear-halves und jays on this dark girlie slide ...

Das kam mir irgendwie nicht richtig vor. Ich sah mir das Gedicht in Professor Y. Y. Mirandas Ausgabe von 1974 an, Big Apple State University Press:

Winnie's Corn Cider, how my lust is burnt!

Die Zeile war definitiv falsch; das spürte ich in den Knochen. Ich wandte meine Aufmerksamkeit einer weniger formellen Ausgabe zu, die der zeitgenössische Dichter Richmond Burford herausgegeben hatte:

When I consider how a lighter splint
Veered off my dice in this dour curled end-word
And that wan Talent ...

Ich schüttelte den Kopf. War das korrekt? War es wenigstens annähernd richtig?

Das Problem war, dass ich mich nicht daran erinnern konnte, wie die Zeilen richtig lauteten. Ich hatte das vage Gefühl, dass keine der drei Versionen die korrekte war. Dass sie nicht alle richtig sein konnten, war offensichtlich. Aber warum konnte ich mich nicht mehr an mein Lieblingsgedicht erinnern, dass mir vertrauter war als meine Sozialversicherungsnummer?

Onkel Alvin hatte gewarnt: »Erst vergiftet es, dann verschlingt es.«

Allmählich interpretierte ich diese Worte anders. Vielleicht vergiftete das *Necronomicon* nicht nur das Buch, mit dem es physischen Kontakt hatte; vielleicht vergiftete es den Inhalt des Werkes an sich, sodass in jedweder Ausgabe – sei es in einem Buch, in einer Zeitschrift, bei einer Vorlesung, in einem Aufsatz, einem Tagebuch und so weiter – nur noch der verseuchte Text erschien.

Das war ein Furcht erregender Gedanke. Onkel Alvin hatte mich nicht davor gewarnt, es zu einer wichtigen *Ausgabe* zu legen; seine Warnung hatte sich auf ein wichtiges *Buch* bezogen. Ich hatte es zu Milton gelegt und damit dessen großartige Gedichte infiziert, wo auch immer sie auftauchen mochten.

Ich beschloss, meine wilde Hypothese nichtsdestotrotz zu überprüfen. Ich ging zum Telefon und rief meinen alten Freund und treuen Kunden in Knoxville, Tennessee, an, den Dichter Ned Clark. Als er sich mit »Hallo« meldete, nahm meine Stimme einen nahezu rüden Tonfall an. »Bitte stell mir keine Fragen, Ned. Es ist dringend. Hast du eine Ausgabe von Miltons Gedichten zur Hand?«

Er hielt kurz inne. Dann: »Robert, bist du das?«

»Ja, bin ich. Aber ich habe es schrecklich eilig. Hast du die Gedichte?«

»In meinem Arbeitszimmer.«

»Könntest du das Buch bitte holen?«

»Warte«, sagte er. »Ich hab da einen Nebenanschluss. Ich hebe dort ab.« Ich wartete so geduldig, wie ich konnte, bis Ned sagte: »Da wären wir. Weshalb die Aufregung?«

»Sonett XVI«, sagte ich. »Würdest du es mir bitte vorlesen?«

»Jetzt? Übers Telefon?«

»Ja. Es sei denn, du kannst sehr laut schreien.«

»Hey, Mann«, sagte er. »Wie wär's, wenn du dich erst mal wieder ein wenig beruhigen würdest?«

»Tut mir Leid, Ned«, erklärte ich; »aber ich glaube, ich habe einen großen Fehler gemacht. Und ich meine einen *wirklich* großen Fehler. Deshalb will ich etwas überprüfen. Könntest du mir das Gedicht vielleicht vorlesen?«

»Sicher. Das ist cool«, erwiderte Ned, und ich hörte ihn durch sein Buch blättern. »Okay, Robert. Bist du bereit? Es geht wie folgt: ›*When icons in a house mild lights suspend, Or half my ties in this stark world have died* ...‹«

Ich unterbrach ihn. »Okay, Ned. Danke. Das ist alles, was ich im Augenblick hören muss.«

»Das ist alles? Du hast mich von so weit weg angerufen, nur um dir zwei Zeilen deines Lieblingsgedichts anzuhören?«

»Ja, das habe ich. Wie haben sie für dich geklungen?«

»So gut, wie Milton nun mal ist.«

»Haben sie richtig geklungen? Sind das die Worte, die du schon dein ganzes Leben kennst?«

»Ich kenne sie nicht mein ganzes Leben lang«, erwiderte er. »*Du bist* der große Milton-Fan. Mir ist er ein wenig zu monumental, weißt du? Zu ›massiv‹, wenn du so willst.«

»Okay, aber du hast das Gedicht schon mal gelesen.«

»Ja, klar. Es ist ein verdammt berühmtes Gedicht. Ich lese all diese Babys; das weißt du.«

»Und diese Zeilen sind, wie du sie schon immer gekannt hast?«

Noch eine Pause. »Nun, vielleicht nicht genau«, gab Ned schließlich zu. »Ich glaube, die Interpunktion in diesem Buch ist ein wenig anders als die, an die ich gewöhnt bin. Aber größtenteils klingt es richtig. Willst du wissen, wann und wo diese Ausgabe publiziert worden ist?«

»Nicht jetzt«, antwortete ich; »aber vielleicht rufe ich dich später noch einmal deswegen an.« Ich dankte meinem Freund und legte auf.

Wie es schien, vermutete ich richtig. Sämtliche Texte waren nun vergiftet. Aber ich wollte mir meiner Sache sicher sein, und so verbrachte ich die nächsten vier Stunden damit, Freunde und Bekannte überall in Amerika anzurufen und die Zeilen zu vergleichen. Natürlich antwortete mir nicht jeder, und einige meiner Freunde an der Westküste bekam ich nur verschlafen ans Telefon, aber ich sammelte genug Beispiele für die ersten Zeilen, um mich zufrieden zu stellen.

Walt Pavlich in Kalifornien: *»One-Eye can so draw my late sow's pen ...«*

Paul Ruffin in Texas: *»Wind I consider now my life has bent ...«*

Robert Shapard auf Hawaii: *»Wound a clean liver and the lights go out ...«*

Vanessa Haley in Virginia: *»Wind a gone slider and collide a bunt ...«*

Valerie Colander in West Virginia: *»Watch a corned beef sandwich bow and bend ...«*

Diese Beispiele reichten mehr als aus, um mir das ganze Ausmaß meines Fehlers bewusst zu machen. Sämtliche existierenden Texte von Milton waren nun so weit entstellt, dass man sie nicht mehr wiedererkennen konnte. Und mir war noch eine weitere Konsequenz meines Fehlers aufgefallen. Selbst in der Erinnerung hatten sich die Texte verändert; nicht einer meiner Freunde konnte sich daran erinnern, wie Sonett XVI gelautet hatte. Ich konnte es auch nicht, und anderthalb Jahrzehnte lang hatte mich das Gedicht ununterbrochen durchs Leben begleitet.

Die Kopie des *Al Azif* wuchs und gedieh. Ich musste sie nicht einmal mehr in den Hand nehmen, um das zu sehen. Der vergoldete Rand strahlte wie ein Goldbarren frisch aus Fort Knox, und der Maroquin-Einband war rubinrot und pulsierte im Licht wie glühende Kohle. Ich war neugierig, wie wohl die Tinte aussehen mochte, und deshalb griff ich doch nach dem Buch – das in meinen Händen zu leben schien wie ein kleines Tier – und schlug es an einer willkürlichen Stelle auf.

Ich hatte Recht. Die verschiedenfarbige Tinte wirkte so lebendig wie frisch aufgetragen, und die Schrift sah aus, als wäre sie förmlich in das dicke, cremefarbene Papier geschnitzt. Aber wie beunruhigend diese Veränderungen auch immer sein mochten, das Ergebnis war ein wahrhaft schönes Manuskript, ein Meisterwerk seiner Art. Und obwohl ich wusste, dass es sich um eine moderne, handschriftliche Kopie handelte, schien es nach und nach einen Teil seiner mittelalterlichen Charakteristika zurückzuerhalten. Die meisten Seiten waren nicht länger nur auf Arabisch, sondern makaristisch. Gegen Ende des Textes waren ein paar englische Worte in den östlichen Text eingestreut.

O nein.

Solange das *Al Azif* auf Arabisch war, war es verhältnismäßig harmlos. Die meisten Leute wären nicht in der Lage, die Zauber, Beschwörungen und das Wissen zu lesen, das man dort finden kann – traditionell bezeichnet man den Inhalt als *unaussprechlich*, und das trifft es haargenau. Ich jedenfalls würde nicht über den Inhalt sprechen, selbst wenn ich es lesen könnte.

Ich blätterte nach vorne. Die ersten Zeilen, die ich auf der ersten Seite fand, lauteten wie folgt:

Weise sagte Ibn Mushacah, dass glücklich das Grab ist, wo kein Zauberer gelegen ist, und glücklich bei Nacht die Stadt, deren Zauberer alle Asche sind. Denn die Seele der vom Teufel Gekauften entflieht nicht ihrer fleischlichen Hülle, sondern nährt und unterweist gerade den Wurm, der nagt. Dann entspringt dem Verfall furchtbares Leben und nährt erneut die berufenen Aasfresser auf Erden. Heimlich werden große Löcher gegraben, wo die offenen Poren der Erde sind, und Dinge haben das Gehen gelernt, die doch kriechen sollten.

Ich schlug das Buch zu. Diese Sätze stanken wahrhaft nach dem *Necronomicon*. Man muss kein Experte für Alhazreds Verse sein, um seinen Stil und seine Themen zu erkennen.

Ich hatte alle Seiten gelesen, die ich je lesen wollte; dennoch schlug ich das Buch erneut auf – diesmal in der Mitte –, um meine Hypothese zu bestätigen. Ich hatte Recht: Das *Al Azif* übersetzte sich selbst Stück für Stück ins Englische. Auf den hinteren Seiten waren nur vereinzelte englische Worte zu sehen; die vorderen waren jedoch von vorne bis hinten auf Englisch, während die mittleren halb in Arabisch, halb in Englisch geschrieben waren. Ich konnte einzelne Sätze lesen, aber nicht ganze Absätze. Deutlich konnte ich lesen: ... *sie leben im innersten Abgrund*; dann folgte eine liebreizende arabische Kalligrafie. Zu den Passagen, die ich verstehen konnte, gehörte auch diese:

Yog-Sothoth kennt das Tor; im Abgrund sind die Welten selbst aus Klängen geformt; die verschwommenen Schrecken der Erde; Iä! Iä! Iä, Schab-Niggurath!

Das war nichts Überraschendes, aber auch nichts, womit ich mich beschäftigen wollte.

Aber ich verstand, was geschehen war. Als ich dieser Kopie von *Al Azif* so sorglos gestattet hatte, sich von Miltons Poesie zu nähren, nutzte sie die Gelegenheit und bediente sich Miltons Sprache, um sich selbst zu übersetzen. Durch einen einzigen, gedankenlosen Akt hatte ich dem *Necronomicon* – nennen Sie es verflucht, unaussprechlich oder unerträglich, belegen Sie es mit jedwedem bedrohlichen Adjektiv, das Sie wollen – sowohl Leben als auch eine Sprache verliehen, und ich erkannte, welch großer Schaden daraus erwachsen konnte.

Ich warf das Buch in meinen armseligen kleinen Safe, knallte die Tür zu und drehte die Zahlenscheibe. Dann hing ich das ›Geschlossen‹-Schild vor die Ladentür, rief meine Frau Helen an, um ihr zu sagen, dass ich nicht nach Hause kommen würde, und stand Wache wie ein Soldat. Ich beschloss, meinen Posten nicht zu verlassen, bis Onkel Alvin zurückkehren würde, um mich und den Rest der Welt vor einem dünnen, kleinen Buch zu retten, das vor Jahrhunderten von einem Dichter geschrieben worden war, der es hätte besser wissen müssen.

Und in diesem Entschluss wurde ich nicht wankend.

Onkel Alvin hatte mich am Sonntagmorgen kaum gesehen, da wusste er schon, was schief gelaufen war. »Es ist entkommen, nicht wahr?«, sagte er und blickte mir ins Gesicht. »Das *Al Azif* hat Englisch gelernt.«

»Komm rein«, forderte ich ihn auf. Ich blickte die leere Straße rauf und runter; dann schloss ich die Tür ab und führte meinen Onkel am Arm ins Büro.

Er schaute auf den Schreibtisch, auf die zerknitterten braunen Papiertüten, die meine Mahlzeiten enthielten, und die Dutzende von leeren Styroporbechern. Er nickte. »Du hast einen Wachposten eingerichtet. Das war eine gute Idee. Wo ist das Buch jetzt?«

»Im Safe«, antwortete ich.

»Was liegt mit ihm da drin?«

»Nichts. Ich habe alles rausgenommen.«

»Du hast kein Bargeld im Safe?«

»Nur das Buch, mit dem du mich heimgesucht hast.«

»Das ist gut«, sagte Onkel Alvin. »Weißt du, was passieren würde, wenn dieses Buch mit Bargeld in Berührung käme?«

»Vermutlich würde es die Wirtschaft des gesamten Landes vergiften«, antwortete ich.

»Das stimmt. Die gesamte US-Währung wäre mit einem Schlag gefälscht.«

»Daran habe ich schon gedacht«, sagte ich. »Ein bisschen Verstand darfst du mir ruhig zutrauen. Tatsächlich wäre das nie geschehen, wenn du mich eindeutiger gewarnt hättest.«

»Du hast Recht, Robert; dessen bin ich sicher. Aber ich hatte Angst, du würdest glauben, ich wolle dich auf den Arm nehmen. Und dann habe ich gedacht, du würdest damit herumexperimentieren, nur um zu sehen, was passiert.«

»Ich bestimmt nicht«, erwiderte ich. »Ich bin ein verantwortungsbewusster Bürger. Das *Necronomicon* ist viel zu mächtig, um Scherze damit zu treiben.«

»Jetzt lass uns mal nachsehen«, sagte Onkel Alvin.

Ich öffnete den Safe und nahm das Buch heraus. Soweit ich auf den ersten Blick beurteilen konnte, hatte es sich nach außen hin nicht verändert. Der rubinfarbene Maroquin-Einband fühlte sich an wie ein Leopardenfell, und der Goldschnitt und die Goldprägung schimmerten wie ein Koboldschatz.

Als ich es Onkel Alvin reichte, hielt er sich nicht mit dem Äußeren auf, sondern blätterte sofort zu den hinteren Seiten. Überrascht hob er die Augenbrauen; dann las er laut: »»Das Ding, das schlurft durch die Nacht, das Übel, das trotzt dem Älteren Zeichen, die Herde, die wacht vor dem geheimen Portal, welches wohlbekannt jed' Grab besitzt, und die gedeiht, gedeiht an dem, das aus des Grabs Bewohnern wächst: All dies Finstre, Düstre ist geringer als Er, der das Tor bewacht ...‹«

»Stopp, Onkel Alvin!«, schrie ich. »Du weißt, dass man dieses Zeug nicht laut vorlesen sollte.« Ich hatte das Gefühl, als wäre es in meinem kleinen Büro plötzlich dunkler geworden und eine kalte Brise wehe durch den Raum.

Onkel Alvin schloss das Buch und blickte es verwirrt an. »Bei meinem Wort«, sagte er; »das ist eine exotische, altertümliche Sprachwahl. Von was hat *Al Azif* sich genährt?«

»Milton«, antwortete ich.

»Ah, Milton«, sagte Onkel Alvin und nickte erneut. »Ich hätte das Vokabular erkennen müssen.«

»Es hat Miltons sämtliche Werke vergiftet«, sagte ich.

»Wirklich? Lass mich mal sehen.«

Ich nahm eine der Milton-Ausgaben vom Schreibtisch und reichte sie ihm.

Onkel Alvin schlug das Buch auf und fragte, ohne den Gesichtsausdruck zu verändern: »Woher weißt du, dass dieses Buch wirklich von Milton ist?«

»Ich habe all meine Ausgaben hierher gebracht und sie auf dem Schreibtisch gestapelt. Seit zwei Tagen fürchte ich mich nun davor, sie anzusehen, aber ich weiß, dass du da gerade eine recht teure Ausgabe von Miltons Gedichten in Händen hältst.«

Onkel Alvin reichte mir das aufgeschlagene Buch. Die Seiten waren leer. »Zu spät.«

»Es hat alle Worte gefressen«, sagte ich. Ich war verzweifelt. Ich versuchte, mich an eine Zeile von Milton zu erinnern, an eine Phrase oder auch nur an ein Wort, doch mir fiel nichts ein.

»Nun, vielleicht nicht *gefressen*«, sagte Onkel Alvin. »Sagen wir, *verbraucht*. *Absorbiert* wäre womöglich der beste Ausdruck dafür.«

»Kein Milton mehr auf der Welt ... Wie soll ich weiterleben, jetzt wo ich weiß, dass ich für das Verschwinden von Miltons Werken verantwortlich bin?«

»Vielleicht musst du dir darüber gar nicht den Kopf zerbrechen«, erwiderte Onkel Alvin; »jedenfalls nicht, wenn wir uns daran machen und sie wieder zurückholen.«

»Wie sollen wir das tun? Das *Al Azif* hat Miltons Gedichte ... verschlungen«, sagte ich.

»Dann müssen wir das verfluchte Ding dazu zwingen, sie wiederherzustellen, sie für uns auszuspucken, so wie damals der Wal Jonas wieder ausgespien hat.«

»Ich verstehe nicht.«

»Wir müssen diese Handschrift dazu bringen, ihre Kräfte zurückzuziehen«, erklärte Onkel Alvin. »Wenn wir es wieder so weit schwächen können, wie es war, als ich es in Columbia gefunden habe, werden Miltons Werke wieder auf den Seiten erscheinen – und in der Erinnerung der Menschen.«

»Woher weißt du das?«

»Du glaubst doch nicht, das wäre das erste Mal passiert, oder? Das ist ein derart häufiges Ereignis, das man dafür Restaurierungsverfahren entwickelt hat, die im Fall der Fälle auf traditionelle, ja fast rituelle Art durchgeführt werden.«

»Willst du damit sagen, dass schon andere Autoren auf diese Art verloren gegangen und wiederhergestellt worden sind?«

»Sicher.«

»Wer?«

»Nun, zum Beispiel sind Werke aller Autoren des Cthulhu-Mythos den bösen Göttern zum Opfer gefallen, die darin beschrieben werden. Alle Geschichten, Gedichte und Romane von Derleth, Long, Price und Smith mussten wiederhergestellt werden. Lovecrafts Werke sind mindestens ein Dutzend Mal ins Reich des *Al Azif* entführt worden. Das ist auch der Grund für die machtvolle, unheimliche und finstere Atmosphäre in seinen Geschichten. Sie haben ein wenig vom Schatten ihres Themas angenommen.«

»So habe ich das noch nie betrachtet, aber es ergibt Sinn. Nun, was ist das für eine Prozedur, und wie geht sie?«

»Eigentlich ist es recht einfach«, antwortete Onkel Alvin. »Du hältst hier Wache, während ich zu meinem Auto gehe.«

Er gab mir das Buch, und ich legte es auf die Schreibtischkante, weit genug weg von allem anderen Geschriebenen. Ich konnte nicht anders, als zu denken, dass dies meine letzte Chance sein würde, in dieser bibliophilen Rarität zu lesen, sollte es Onkel Alvin gelingen, das *Al Azif* zu besiegen und die als Geisel gehaltenen Werke Miltons zu befreien. Außerdem wirkte es schlicht als Gegenstand schon einladend: Der üppig rot glühende Einband vermittelte einem bei der Berührung ein genauso lustvolles Gefühl wie die Haut einer Frau, und auch ohne es aufzuschlagen, wusste ich, wie farbenfroh die Tinte auf den samtigen Seiten leuchtete. Das *Necronomicon* schien flach auf dem Schreibtisch zu atmen – wie eine Katze, die friedlich vor sich hin döst.

Ich konnte nicht widerstehen. Ich nahm das Buch und schlug es in der Mitte auf. Das verführerische Persischrot der Tinte schien ein Parfüm um das Verspaar zu legen, mit dem das Textfragment begann: *Das ist nicht tot, was ewig liegt, bis das die Zeit den Tod besiegt.* Eine große grüne Fliege hatte sich auf dem hell strahlenden Initial am Anfang des nächsten Satzes niedergelassen, rieb sich die Beine und leckte an der Tinte, die so frisch und kräftig wirkte wie gerade vergossenes Blut. Gedankenverloren scheuchte ich die Fliege weg, und sie summte zur Decke hinauf.

Das ist nicht tot ...

Hypnotisch hallten die Zeilen in meinen Ohren wider, in meinem Kopf, und insgeheim begann ich zu glauben, dass ich mir nichts sehnlicher wünschte, als dieses Buch für mich selbst zu besitzen, dass ich mich schon lange danach gesehnt hatte und dass mein lächerlicher, hasengesichtiger Onkel Alvin das einzige Hindernis war, das ...

»Nein, nein, Robert«, sagte Onkel Alvin von der Tür her. »Schließ das Buch, und leg es wieder hin. Wir sind hier, um die Macht des Buches zu brechen, nicht um seinem Zauber zu verfallen.«

Sofort schlug ich das Buch wieder zu und warf es auf den Schreibtisch. »Wow«, sagte ich. »Wow.«

»Es ist ein wahrhaft teuflisches Werk, nicht wahr?«, sagte Onkel Alvin nachdenklich. »Aber wir werden es bald im Griff haben.«

Er stellte die alte Geldkassette auf den Tisch, in der er das

Buch hierher gebracht hatte, und öffnete sie. Dann legte er das *Necronomicon* hinein und holte aus einer braunen Papiertüte, die er unter dem Arm trug, ein kleines schwarzes Buch hervor. Dieses legte er dann auf das *Al Azif*, klappte den Deckel der Geldkassette herunter und verschloss sie mit einem Schlüssel von seinem Schlüsselbund. Mir war aufgefallen, dass das schwarze Buch keinen Titel besaß, weder auf dem Einband noch auf dem Buchrücken.

»Und was machen wir jetzt?«, fragte ich.

»Es liegt in der zwanghaften Natur dieses Buches, jede andere Schrift zu kannibalisieren«, erklärte Onkel Alvin. »Es muss sich von ihnen ernähren, um seine teuflischen Ziele zu verfolgen. Kommt es mit einem anderen Werk in Kontakt, *muss* es versuchen, sich von ihm zu nähren; es kann nicht anders. Um es zu besiegen, muss es mit einem Buch in Kontakt gebracht werden, dessen Natur so hart ist wie Diamant, das gegen die bösen Veränderungen resistent ist, gegen die feindseligen Mächte der Dunkelheit. Man muss das *Necronomicon* dazu zwingen, all seine Kräfte auf dieses Objekt zu konzentrieren, um es so weit zu erschöpfen, dass es all die Werke wieder freigibt, die es vorher verschlungen hat. Es verausgabt sich schlicht, und all das, was verschwunden war, taucht wieder auf.«

»Bist du sicher?«, hakte ich nach. »Das kommt mir ein wenig einfach vor.«

»Es ist überhaupt nicht einfach«, erwiderte Onkel Alvin; »aber es ist sehr effektiv. Wenn du eine von deinen Milton-Ausgaben da aufschlägst, sollten wir die Worte wieder auf die Seiten zurückkehren sehen.«

»Also gut«, sagte ich und schlug eines der Bücher mit den leeren Seiten auf und legte es vor uns.

»Der Prozess findet in vollkommener Stille statt«, erklärte Onkel Alvin weiter; »aber das täuscht nur. In diesem Kästchen tobt ein furchtbarer Kampf.«

»Was ist das für ein unbesiegbares Buch, das du da reingelegt hast?«

»Ich habe es nie gelesen«, antwortete Onkel Alvin, »denn
ich bin seiner nicht würdig. Noch nicht. Es ist ein großes, heiliges Buch, verfasst von einem Heiligen. Doch der Mann, der
es geschrieben hat, betrachtete sich nicht als Heiligen, und er
glaubte auch nicht, ein Buch zu schreiben. Es steckt voller
himmlischer Weisheiten und übernatürlichem Licht, aber um
es lesen zu können, muss man Jahre der spirituellen Disziplin
und der rituellen Reinigung auf sich nehmen. Um solch ein
heiliges Werk zu lesen, muss man selbst erst zum Heiligen
werden.«

»Wie lautet der Titel?«

»Bald, wenn ich ein entsprechendes Stadium der Disziplin
erreicht habe, wird mir gestattet sein, den Titel laut auszusprechen«, erklärte er mir. »Bis dahin darf ich es nicht.«

»Ich bin froh, dass es solch ein Buch auf der Welt gibt«, bemerkte ich.

»Ja«, sagte Onkel Alvin. »Und du solltest einmal nachsehen, ob Milton wieder zu uns zurückkehrt.«

»Ja, hier ist er«, sagte ich glücklich. »Die Worte kehren
wieder zurück. Warte eine Sekunde; ich suche mal nach unserem Kontrollgedicht.« Rasch blätterte ich zu Sonett XVI und
las laut:

»*When I consider how my light is spent*
E're half my days ...«

»Warum hörst du auf?«, fragte Onkel Alvin.

»Da ist schon wieder diese verdammte grüne Fliege.« Ich
strich über die Seite. »Schschsch!«, zischte ich.

Die Fliege ließ sich verscheuchen, flog einen trägen Kreis,
summte kurz durch das Büro und verschwand dann durch das
Fenster neben einem zerbrochenen Bücherregal.

»Du solltest ein Fliegengitter einbauen«, sagte Onkel Alvin. Er rümpfte die Nase und rieb sich das Ohr.

»Ich muss eine Menge in diesem alten Laden machen«, erwiderte ich. »Nun, wo waren wir?«, ich fand die Stelle auf der Seite und begann erneut:

»When I consider how my light is spent
Ere half my days, in this dark world and weird ...«

»Warte mal eine Minute«, unterbrach mich Onkel Alvin. »Was war das letzte Wort?«

Ich sah nach. »*Weird*«, antwortete ich.

Er schüttelte den Kopf. »Das stimmt nicht.«

»Nein, es stimmt nicht«, bestätigte ich. »Zuerst habe ich nicht gesehen, dass es falsch war, weil die Fliege es verdeckt hat – dieselbe alte Fliege, die die Tinte des *Necronomicons* aufgeleckt hat.«

»Ein Überträger«, sagte Onkel Alvin langsam. »Die Fliege trägt das Gift in sich, das sie mit der Tinte aufgenommen hat.«

Wir blickten einander an, und als mir die Erkenntnis kam, rief ich aus: »*Die Fliege!*« Dann, als hätten wir das vorher eingeübt, sprangen Onkel Alvin und ich synchron zum Fenster.

Doch da draußen, im verschlafenen Morgen eines Südstaatensonntags, wimmelte es nur so von grünen Fliegen, die fraßen, das Gefressene wieder ausschieden und sich paarten.

Originaltitel: *The Adder*
Erstveröffentlichung: *Deathrealm*, Summer 1989.

Aus dem Amerikanischen von Rainer Schumacher

Speckbacke

VON MICHAEL SHEA

> *Es waren abscheuliche, albtraumhafte Bilder*
> *gewesen, obgleich sie nur von längst vergan-*
> *genen Dingen erzählten; denn die Schoggo-*
> *then und ihr Werk sollten nicht von menschli-*
> *chen Wesen erblickt noch von irgendwelchen*
> *anderen Wesen dargestellt werden.*
> HOWARD PHILLIPS LOVECRAFT,
> BERGE DES WAHNSINNS

Als Patti zurückkam und ihre Arbeit in der Lobby des Par-
nassus-Hotels wieder aufnahm, wurde es offensichtlich,
dass sie beliebt war; das merkte man an der Art, wie die anderen Mädchen sie aufzogen und es ihr während der ersten Wochen unaufdringlich ein wenig leichter machten, bis es ihr
wieder besser ging. Patti war froh und erleichtert, wieder zurück zu sein.

Vor ihrem Aufenthalt im State Hospital hatte sie vier Nächte
die Woche in einem Massagesalon namens ›The Encounter‹
angeschafft, an dem ihr Zuhälter finanziell beteiligt war. Er
beharrte auf dem Standpunkt, dass die Schichten im Massagesalon für sie wie ein Urlaub seien, da es den Kunden dort ausschließlich mit der Hand besorgt wurde und die körperlichen
Anforderungen an sie geringer waren als auf dem Hotel-Strich
üblich. Patti hätte ihm sicherlich zugestimmt, dass die Arbeit
im Salon leichter sei – wären die Raubüberfälle und Morde
nicht gewesen. Der letzte dieser Morde war der Grund für ihren Zusammenbruch gewesen, und obwohl sie es Pete, ihrem
Zuhälter, gegenüber nie zugegeben hatte, musste er die Wahrheit gespürt haben, sonst hätte er sie nicht zurück ins Parnassus gehen lassen und ihr gesagt, er wäre für die nächsten Wo-

chen, bis sie sich wieder berappelt hätte, mit dem halben Umsatz zufrieden.

Während ihrer ersten Wochen im Massagesalon hatten zwei Kunden, von denen sie wusste – aber keine von ihren – mit an Sicherheit grenzender Wahrscheinlichkeit eine Fahrt ohne Wiederkehr vom Encounter hinauf in die Hollywood Hills gemacht. Diesen Zwischenfällen haftete immer noch ein dünner Schleier des gnädigen Zweifels an. Der dritte Vorfall jedoch betraf sie zu unmittelbar, als dass sie davor die Augen verschließen konnte.

Von dem Moment an, in dem er hereinkam, hatte sich ihr unwillkürlich der Gedanke aufgedrängt, dieser Kunde sei das perfekte Opfer: körperlich weich und klein, hatte er eine dicke Brieftasche, war mehr als nur halbbetrunken und stammte aus einem anderen Bundesstaat. Seinen Namen erfuhr sie, als ihr Macker unter dem Vorwand, seine Kreditkarten überprüfen zu wollen, seine Brieftasche gründlich in Augenschein nahm; dass der Mann ihm diese Freiheit überhaupt einräumte, zeigte, wie benebelt er war. Ihren Hintern schwingend, ging sie voraus, und als er ihr den Flur hinunter zu einem Massageraum hinterher stolperte, hörte sie die hässlichen Überlegungen, die in Petes Kopf abliefen, fast selber.

Der Massageraum war winzig. Darin befanden sich ein in schöner Regelmäßigkeit bekotzter Teppich und ein Tisch. Wie sie so dastand, den Mann durch das Handtuch hindurch mit fester Hand bearbeitete und versuchte, sich auf ihren Rhythmus zu konzentrieren, gewahrte sie eine feiste schwarze Kakerlake, die kühn mitten über den Teppich lief. Nachher war sie willens zu glauben, sie habe halluziniert, so seltsam war das, woran sie sich erinnerte. Das Insekt, das halb so lang war wie ihre Hand, hatte mitten im Zimmer innegehalten und sie *angestarrt*. In diesem Augenblick, in dem Patti in die unmenschlichen kleinen schwarzen Perlenaugen blickte, hatte sie klar erkannt, dass der Mann, dem sie soeben einen ins

Handtuch abgehen ließ, in der gleichen Nacht noch sterben würde. In irgendeiner Schlucht gäbe es unter den Sternen einen grimmigen, einseitig undeutlichen Wortwechsel, danach vielleicht ein langes Unterzeichnen von Travellerschecks, zahlbar an einen fiktiven Namen auf einem bestimmten Satz gefälschter Papiere, und dann würde dem pummeligen Mann die Schädeldecke weggeschossen.

Patti war ein faules Mädchen, und auf ihre faule Art wünschte sie sich eine restlos nette Umgebung, doch sie verstand sich sehr gut an Dinge anzupassen, die überhaupt nicht nett waren, wenn jemand, der stark war, wirklich nachdrücklich darauf bestand. Zum Teil lag es daran, dass Patti von Natur aus unentschlossen war. Sich selbst überlassen, deprimierte sie der einsame Kampf um die Entscheidung, was sie tun sollte. Pete war teuer, aber zumindest verplante er Pattis Zeit gut. Dank seiner Aufsicht war Pattis Leben perfekt auf sie zugeschnitten, ohne Raum für Verwirrung und Zweifel.

Doch der Kopf dieses pummligen Mannes, weit aufgesprengt, ganz bleich im Mondlicht – dieses Bild ließ ihr keine Ruhe; es schwärte in ihrer Vorstellung. Die Leiche wurde drei Tage später gefunden und brachte es auf zwei Absätze in der Zeitung, aber die wenigen Zeilen bestätigten ihr durch die Worte ›Schussverletzungen am Kopf‹, dass ihre Vorahnung sich bewahrheitet hatte.

Zu der Zeit, als Patti diese Absätze las, war sie schon halb krank von Alkohol und Schlaflosigkeit, und in dieser Nacht nahm sie einige Tabletten, die man ihr zum Glück eine Stunde später aus dem Magen pumpte.

Aber nun, während das Xanax, das sie im Krankenhaus bekommen hatte, von ihrem Organismus langsam abgebaut wurde und ein wenig von ihrem Appetit und ihrer Energie wiederkehrte, entschied Patti, dass die beste Therapie für ihre Art von Albtraum, wenn es überhaupt eine gab, darin bestand, wieder von der Lobby des Parnassus aus anschaffen zu gehen. Hier hatte sie mehrere ihrer bittersüßen Lehrjahre abgedient. Das üppige, schäbige rote Mobiliar vermittelte ihr noch immer ein Gefühl von Sinnlichkeit. In den Vierzigerjahren noch Vorstadt, war die Gegend, in der das große, heruntergekommene Parnassus stand, heute das Porno-Kernland von Hollywood, ein von Neonlicht erhellter Bezirk, in dem der Verkehr durch enge, dicht beparkte Straßen rauschte, die noch vor der Weltwirtschaftskrise entworfen worden waren. Patti liebte es, dieses Treiben durch das Panoramafenster der Lobby zu beobachten, die Lichterpracht und die glänzenden Autos; sie liebte es, die Dinge leicht zu nehmen und nur dann und wann aufzustehen und auf den Bürgersteig hinauszuspazieren, wenn ein interessierter Freier, der draußen vorbeifuhr, den Blickkontakt mit ihr suchte. Besser konnte es in diesem Gewerbe kaum zugehen!

Vor der Sache mit dem Massagesalon hatte sie härter gearbeitet, vielleicht die Hälfte der Zeit in der Lobby und die andere Hälfte auf der Straße. noch fühlte sie sich aber elend und dünnhäutig, nach all den Medikamenten und dem Krankenhaus. Sie dachte an die Lauferei auf der Straße, und das erweckte in ihr die Erinnerung an ihre schmerzvollen Amateurjahre, an die Prügel, die sie bezogen hatte, an die Absahner, die sie besprungen und sich dann aus dem Staub gemacht hatten, an die schnellen, klebrigen Vaginalduschen mit einer gut durchgeschüttelten Flasche Coke, während sie zwischen Müllcontainern in einer Gasse hockte. Ja, hier von der Lobby aus, besser konnte man kaum auf den Strich gehen! Die alten Kerle an der Rezeption kassierten bei einem oder zwei Zimmern ein bisschen mit ab, aber im Hotel selbst wurden tatsächlich nur sehr wenige Nummern geschoben. Die Lobby war das ideale Schaufenster. Die eigentliche Bettarbeit ging zu neunzig Prozent im nahe gelegenen Bridgeport oder im Aztec Arms Hotel vor sich.

Das passte Patti. Sie stammte aus einer Kleinstadt in Mittelkalifornien und hatte eine gewisse sonnige Sentimentalität an sich, einen Hang zu Gemeinschaftlichkeit und Kameraderie, der dazu geführt hatte, dass sie von manchen der anderen Mädchen ›Hometown‹ genannt wurde, wobei die meisten sie dafür mochten, während sie über sie lachten. Sie lachte mit, doch dabei bewahrte sie sich auch auf den lärmenden bunten Straßen dickköpfig eine Spur von Nachbarschaftssinn. Sie pflegte ihre Bekanntschaften. Niemals versäumte sie, den Verkäufer im Drugstore mit herzlichen Bemerkungen über den Verkehr oder den Smog zu begrüßen. Dieser, ein kahler Mann mit einem schmalen Schnäuzer, tat nie mehr, als sie mit schüchterner Gier und Verachtung anzugrinsen. Er hatte sich anhand der Lotionen, Deos und Parfüms, die sie so stetig kaufte, seine Meinung über sie gefasst, wodurch er ihre simplen Nettigkeiten mit unfehlbarer Sicherheit missverstand.

Aus der gleichen Gesinnung heraus nahm sie die pickligen Angestellten im Schnellrestaurant mit Bemerkungen wie: »Die kriegen euch aber richtig ans Schaffen, was?«, auf den Arm, oder wenn es um die Steuern ging: »Der arme alte Gouverneur braucht schließlich auch was zu beißen, oder nicht?«. Auf dic Frage, wie sie ihren Kaffee wolle, antwortete sie stets mit gut nachbarlicher Weitschweifigkeit: »Na, woll'n wir mal sehen – ich glaube, heute hätte ich richtig Lust auf Sahne!« Angesichts derartiger Äußerungen seitens einer schlafzimmeräugigen Brünetten Mitte zwanzig, die ein Shirt mit Spaghettiträgern, ultraknappe Hotpants und Riemchensandalen trug, neigten die minderjährigen Bedienungen eher zu missmutiganzüglichen Blicken als zu entgegenkommender Wärme. Dennoch hielt sie unbeirrt an ihren Fantasien fest. Sie grüßte sogar Arnold, den schmierigen, geistig zurückgebliebenen Verkäufer vom Zeitungsstand an der Ecke, mit Namen – und das trotz der allzu lebhaften, gurgelnden Art, wie er darauf einging.

Während ihrer Genesung zog Patti aus dieser Art von Gefühlsseligkeit einen zusätzlichen Trost. Dies bot ihren Kolleginnen allerhand Stoff für Neckereien in ihrer gemeinhin liebevollen Anerkennung der Tatsache, dass sie ziemlich angeschlagen sei und einigen Halt und Zuspruch nötig habe.

Ein besonderer Quell der Heiterkeit war Pattis wiedererwachtes Interesse an Speckbacke, der, wie sie immer erklärte, der freundlichste »Nachbar« in ihrer »kleinen Gemeinschaft« war.

An der Ecke gegenüber dem Parnassus stand ein altes zehnstöckiges Bürogebäude. Wie es in L. A. nicht ungewöhnlich ist, war das einfache kastenförmige Bauwerk mit aufwändigen Zement-Friesen auf der Fassade und über die ganze Länge der imitierten Architraven verziert, die über den imitierten Säulen an den Seiten des Gebäudes verliefen. Derartige Friese zeigten immer Darstellungen exotischer Klischees – sie waren ein Nachhall von Cecil B. DeMilles Hollywood. Das Gebäude dem Parnassus gegenüber wies mesopotamische Motive auf – stufenpyramidenförmige Kreuzblumen, welche die Pseudo-Säulen krönten, und Reliefs mit Seitenansichten verrenkter, lockenbärtiger Gestalten mit gewölbten Waden.

Ein anderer Betrachter als Patti hätte das Gebäude als Mist, aber dabei dennoch wirkungsvoll eingestuft, zumal es dem Betrachter eine unterschwellige Vorahnung von Fremdartigkeit vermittelte. Patti blickte selten höher als bis zum dritten Stock hinauf, wo sich das für gewöhnlich offene Fenster von Speckbackes Büro befand.

Speckbacke schien mit den beiden Geschäften, die er leitete, die einzigen aktiv tätigen Unternehmen in dem ganzen geräumigen Bauwerk zu unterhalten. Die krasse Unterschiedlichkeit dieser beiden »Geschäftsbereiche« bot Anlass zu nicht enden wollender Heiterkeit unter den Mädchen vom Parnassus. Die beiden Unternehmen waren auf der staubigen Belegtafel des Gebäudes ausgewiesen als HYDROTHERAPIE-PRAXIS und TIERHEIM.

Was die Sache so unsagbar komisch machte, war, dass die

214

Klienten der beiden Dienste manchmal zusammen eintrafen. Die Hydrotherapie-Patienten waren ein watschelnder Haufen von Dickhäutern, die in klotzigen orthopädischen Schuhen einherhumpelten; ihre unförmigen, weichen Körpermassen schwabbelten in weiten Overalls oder überdimensionierten Latzhosen. Und als hätte der Anblick dieser Kolosse noch einer zusätzlichen Note bedurft, rückten sie manchmal mit Katzen und Hunden im Schlepptau an. Das Heulen dieser Biester und ihr Kampf gegen ihre Leinen oder Tragekäfige zeigte eindeutig, dass es sich bei ihnen um Streuner handelte und nicht um Haustiere. Die fleischigen, stumpfen Gesichter ihrer ungestalten Fänger, die das Gezappel der Tiere gar nicht zu bemerken schienen, fügten dem Spektakel den letzten Anstrich von Slapstick hinzu.

Speckbacke selbst – sie wussten nicht, wie er wirklich hieß – war oft oben an seinem Fenster zu sehen, ein liebenswürdiges, rötliches kahles Angesicht, das onkelhaft zu den Nutten in der Lobby auf der anderen Straßenseite hinunterstrahlte. Sein kahler Kugelkopf war Gegenstand von viel liederlichem Humor unter den Mädchen und den Zuhältern. Häufig winkten sie ihm sarkastisch zu, wohingegen er immer ein knittriges Lächeln zeigte, das unbekümmert und verständnisvoll wirkte. Wenn Patti ihm manchmal zuwinkte, tat sie dies mit hübscher Ernsthaftigkeit.

Denn obschon man über Speckbacke lachen musste, stellte er doch etwas dar. Er besaß mehrere Lieferwagen mit dem Logo des Tierheims, und anscheinend betätigten sich seine Hydrotherapie-Patienten auch noch freiwillig als Fahrer für diese Tiertransporter. Die Handzettel, die sie verteilten, waren rührend:

Helfen Sie uns zu helfen!
Lassen Sie diesen unglücklichen Kreaturen
unsere Hilfe zukommen.

*Ernährt, sterilisiert und medizinisch versorgt
haben sie vielleicht eine bessere Chance
auf Leben und Gesundheit!*

Speckbackes großherzige Einstellung verhinderte nicht, dass
er in der Lobby des Parnassus als Gesprächsstoff herhielt, wobei man sich unter rauem Gelächter große Orgien mit Speck-
rubbeln und Wasserspritzen ausmalte, bei denen Speckbacke
unter Einsatz von Peitschen und Baby-Öl mitmischte, während sein Kampfschrei »Bringt mich zum Wabbeln!« die Luft
erfüllte. Bei solchen Gelegenheiten drängte es Patti, die Lobby
zu verlassen, weil es ihr wie Verrat vorkam, sich über den her-
zensguten Mann derart lustig zu machen.

Tatsächlich hatte sie in ihrer genesungsbedingten sanftmüti-
gen Heiterkeit, zu der das Valium einen beträchtlichen Teil
beisteuerte, davon zu träumen begonnen, wie sie zu ihm ins
Büro ging, die Jalousien herunterließ und ihn auf seinem
Schreibtisch rannahm. Sie stellte ihn sich einsam und geil vor.
Vielleicht hatte er seine Frau während langer Krankheit aufop-
ferungsvoll gepflegt, bis sie zum Schluss sanft entschlafen
war ... Er würde ihr so dankbar sein!

Aber so freiheraus Patti auch sein konnte, aus irgendeinem
Grunde scheute sie vor ihrem Wunschtraum zurück. Was wäre
leichter gewesen, als die Straße zu überqueren, zu seiner Praxis hinaufzugehen, an seine Tür zu klopfen ... Doch sie tat es
nicht. Eine Woche, sieben nette, lange Tage der Genesung zogen vorüber, ohne dass sie diesem sentimentalen kleinen
Drang nachgegeben hätte.

Eines Nachmittags dann nahm Sheri, ihre beste Freundin unter den Mädchen, sie mit in eine Bar ein paar Blocks die Straße
hinunter. Patti trank, wurde fröhlich und albern. Die beiden
Mädchen tauschen Tratsch, Prahlereien und Herausforderun-
gen aus, und dann entfuhr es Patti ganz spontan: »Na, dann geh
mal rauf und blas der guten alten Speckbacke einen!«

»Jesus, Mädchen, wenn alles an ihm so fett ist wie sein Gesicht, dann wär das, als würde man versuchen, einen Berg in den Mund zu nehmen!«

Aber da lag nun die Herausforderung zwischen ihnen auf dem Tisch, und sie fühlten sich beide zu fröhlich und aufgekratzt, um nachzugeben. »Was meinst du 'n damit, etwa, dass du's nur Superstars besorgst? Dann ist er eben fett, na und? Denk doch mal dran, wie *nett* es für ihn wäre!«

»Ich wette, er würde rot werden, bis sein ganzer Kopf aussieht wie 'ne Aubergine. Und dann, wenn da nur noch ganz oben ein Schlitz wäre, wie Melanie gesagt hat ...« Sheri konnte nicht mehr weiterreden, sie musste sich festhalten, um nicht vor Lachen vom Stuhl zu fallen. Sie hatte schon einiges intus. Patti bestellte sich noch einen Doppelten und bemühte sich, sie einzuholen, und in der Zwischenzeit lag sie Sheri weiter mit ihrem Lieblings-Thema in den Ohren und versuchte, ihre ernsthafte Aufmerksamkeit zu erringen:

»Ich meine, wie lange arbeite ich jetzt schon vom Parnassus aus? So etwa drei Jahre? Nein, vier. Vier Jahre! Ich bin ein Teil der Gemeinschaft dieser Leute – der Drogist, Arnold, Speckbacke –, und trotzdem tun wir nie irgendwas, um das zu zeigen. Wir kommen nie zusammen. Wir sind bloß Gesichter füreinander. Ich meine, wie Speckbacke – ich könnte ihn nicht mal so *nennen*!«

»Dann lass uns doch *beide* raufgehen – an dem ist genug dran für zwei!«

Patti wollte schon antworten, als sie sah, wie hinter der Bar eine große Schabe über eine der Gummimatten krabbelte und unter der Fußleiste verschwand. Sie erinnerte sich an den pummligen Körper unter dem Handtuch, erinnerte sich – so, als hätte sie ihn tatsächlich gesehen – an den von Kugeln zerborstenen Schädel.

Sheri bemerkte ihr Frösteln. Sie bestellte noch zwei Doppelte und begann, schlüpfrige Mutmaßungen über den Ausgang ihres Besuches zu machen. Gemeinsam marschierten sie eine Viertelstunde später lachend hinaus auf die spätnachmittäglichen Straßen. Die in goldenes Licht getauchten Bürgersteige wimmelten vor Leuten, und auf den Fahrbahnen stauten sich mit laufenden Motoren die Autos. Laut und munter schwatzend spazierten die Mädchen zurück zu ihrer Kreuzung und überquerten die Straße zu dem alten Gebäude. Dessen massive Eingangstüren aus Glas und Eichenholz ließen sich nur schwer bewegen, und sie verloren fast das Gleichgewicht bei der Anstrengung, sie aufzuzerren. Doch als die Türen hinter ihnen zuschwangen, sperrten sie rasch, mit einem tiefen Klicken, die Geräuschkulisse der Straße mit verblüffender und abrupter Vollständigkeit aus. Das Glas war schmutzig und legte einen schwefligen Schimmer auf das ohnehin schon surreale kupferfarbene Licht der sinkenden Sonne draußen. Plötzlich hätte hinter diesen Türen der Mars oder der Jupiter sein können, und die Mädchen selbst standen inmitten einer großen, düsteren Stille, die vielleicht dem Ambiente echter mesopotamischer Ruinen entsprechen mochte, in irgendeiner sternenerleuchteten Wüste unter freiem Himmel gelegen. Solche Bilder waren Pattis Denken völlig fremd – verblüffende Einmischungen einer inneren Stimme, die genau genommen nicht ihr gehörte. Sheri gab ein komisches Bibbern zum Besten, ließ davon abgesehen aber keine ähnlich gearteten Empfindungen erkennen.

Am Aufzug fanden sie ein Schild, das AUSSER BETRIEB verkündete und mit vergilbtem Klebeband am Rufknopf befestigt war. Auf der Treppe lag ein Teppichboden, der vom Alter schwärzlich grün geworden war, und in der Mitte der Stufen verlief ein altehrwürdiger Korridor-Läufer aus Gummi. Draußen auf der Straße hatte sich der Alkohol in Pattis Kreislauf gerade richtig angefühlt; in diesem stillen, staubigen Treppenaufgang machte er sie ein wenig benommen. Der Läufer war vom Alter rissig und ließ sie an geschmeidige

Schlangenhaut denken. Sheri stieg vor ihr her, immer noch Witze reißend und keckernd, doch ihre Stimme wirkte klein, schien sich durch die schwere Stille kämpfen zu müssen wie ein Ertrinkender. Es verblüffte Patti, wie restlos ihr Gefühl von Fröhlichkeit verflogen war. Mit einem Schlag war es erloschen, als sich die schweren Eingangstüren hinter ihnen geschlossen hatten, so abrupt, wie ein Licht abgeschaltet wird.

Als sie auf den ersten beiden Etagen die Flure entlangspähten, bot sich ihnen ein ähnlicher Anblick: Korridore mit grünem Teppichboden und Milchglastüren mit prächtigen Messingknäufen. Von den Lampen brannten nur kläglich wenige, und in diesen Korridoren verspürte Patti mit schneidender Klarheit den Eindruck von *gewahrter* Stille – einer Stille, die nicht durch Leere entstand, sondern die eingehalten wurde durch jemanden, der anwesend war, sich aber nicht rührte.

Und während sie die Treppe hinaufstiegen, verdichtete sich in ihr das Gefühl von etwas Fremdartigem; es packte sie am Rückgrat. Sie hatte Angst! Herrgott, *wovor* denn? Es war lächerlich, doch als Sheri sie mit einer komischen Verbeugung in den Flur des dritten Stocks winkte, fühlten sich Pattis Beine kalt und bleiern an und trugen sie beinahe gegen ihren Willen vorwärts.

»Komm schon!«, spöttelte Sheri. Die Fröhlichkeit in ihren Augen hatte etwas allzu Forciertes, etwas Fiebriges an sich.

Patti sträubte sich. »Das war eine blöde Idee von mir. Du gewinnst, ich bin ein feiges Huhn – lass uns wieder abhauen!«

»Ha! Und du nennst dich eine Professionelle! Na schön, dauert nur 'ne Sekunde!« Sie nahm den kleinen Notizblock, den sie bei sich trug, um Telefonnummern und Adressen zu notieren, und eilte in einer Parodie auf den hüftschwingenden Nuttengang den Flur hinunter. Auf der Patti am nächsten gelegenen Tür stand HYDROTHERAPIE-PRAXIS, und ein Pfeil wies in den Gang – sie beobachtete Sheri, die tändelnd an weiteren Türen bis zum anderen Ende des Korridors vorbeiging. Patti wartete. Hörte sie da, wie aus weiter Ferne, hinter diesen geschlossenen Türen eine Art Echo? Unendlich schwach, aber wie etwas, das in einem riesigen, höhlenartigen Raum widerhallte? Und da ... ganz leise ... es klang fast, als spiele jemand auf einer Flöte ...

Sheri stand an der letzten Tür und kritzelte etwas auf ihren Block. Sie riss das oberste Blatt ab und schob es unter der Tür hindurch. Dann kam sie zurückgerannt wie ein Kind, das jemandem einen Streich gespielt hat. Patti ließ sich nur zu gern von ihrer Stimmung anstecken – kichernd eilten sie die Treppen hinunter wie herumalbernde Zwölfjährige. Patti fragte sich, ob auch Sheri vor schierer Erleichterung darüber kicherte, endlich wieder aus diesem Gebäude raus zu sein.

»Was hast du ihm geschrieben, du Doofe?!« Patti war euphorisch, wieder draußen auf der Straße zu sein, inmitten des Lärms und der Farben; sie fühlte sich wie jemand, der gerade dem Tod durch Ertrinken entronnen ist. »Versuchst du etwa, mir meinen Schatz auszuspannen?« Sheri hatte einmal einen Zettel, der auf einer Party weitergereicht wurde, so abgeändert, dass der Freier schließlich bei ihr aufgetaucht war anstatt bei Patti.

Sheri mimte Empörung. »Wofür hältst du mich eigentlich? Komm mit auf ein Bier. Geht auf mich!«

An der frischen Luft fühlte sich Patti mit jedem Atemzug besser. »He, Sher ... hast du da oben auch irgendwie so 'ne Art Musik gehört?« Trotz des Verkehrslärms klang ihr die Flötenmelodie noch deutlich in den Ohren; tatsächlich war es nicht mal so sehr eine Melodie, sondern vielmehr eine unwirkliche, harmonische Abfolge von Tönen gewesen. Was sie mindestens ebenso störte wie die Seltsamkeit der Musik war die Art, auf die sie sie wahrgenommen hatte. Ihr war, als habe sie die Töne nicht gehört, sondern sich eher plötzlich und lebhaft daran *er-*

innert, obwohl sie nicht den Hauch einer Idee hatte, wo sie sie zuvor hätte gehört haben können. Sheris Antwort bestätigte ihren Eindruck:

»Musik? Hey, Baby, da oben gab's nicht das kleinste Geräusch! War das nicht irgendwie unheimlich?« Sheris Stimmung blieb überschäumend und unbesonnen, und Patti ließ sich gern darauf ein. Sie gingen in eine andere Bar, die sie mochten, und tranken noch etwa eine Stunde lang weiter – schön langsam, damit die Dinge ihren Glanz behielten. Sie fühlten sich vergnügt und aufgeregt wie Schulmädchen auf einem gemeinsamen Ausflug. Schließlich und endlich beschlossen sie, zum Parnassus zurückzugehen, jemanden mit einem Auto aufzureißen und eine Spritztour durch die Gegend auf die Beine zu stellen.

Als sie die Straße zum Hotel überquerten, überraschte Sheri Patti, indem sie einen Blick zu dem alten Bürogebäude hinüberwarf und auf eine Weise mit den Schultern zuckte, die zur Hälfte ein Schaudern sein mochte. »Mein Gott, das war da drinnen, als wär man irgendwie unter dem Meer oder so was, meinste nicht auch, Patti?«

Der Widerhall ihrer eigenen Furcht ließ Patti wieder ihre Freundin anschauen. Dann trat Arnold, der Zeitungsverkäufer, aus seinem Stand hinaus und verstellte ihnen den Weg.

Diese uncharakteristische Aggressivität versetzte Patti einen Stich. Arnold war unansehnlich. Alles an ihm war von einer babyhaften Fette und Röte. Sein schütteres rotes Haar erweckte abwechselnd den Eindruck von Säuglingsalter oder greisenhafter Gebrechlichkeit, und seine eine augenlose Höhle mit dem faltigen roten Beutel seines Augenlides ließ sein ganzes Gesicht verzerrt aussehen, als wollte er losheulen. Seine gemütliche rosige Weichheit war zur Gänze von einem schwärzlichen Film aus hartnäckigem Schmutz überzogen. Und auch wenn sein Gebaren die meiste Zeit über das eines Schwachsinnigen war, so fühlte Patti doch etwas Verschlagenes an ihm, et-

221

was Schlaues und Verdorbenes. Das kretinoide Gesicht mit dem feuchten Mund, das nun nahe zu den Mädchen herabstieß, schien auf irgendeine Weise das eines professionell zurechtgemachten Betrügers zu sein und nicht das eines Schwachsinnigen. Als sei der Zeitungsverkäufer von einem sauren Nebel umgeben, drang die Angst in Pattis Nasenlöcher ein und ließ die Haut auf ihren Armen feucht werden. Arnold hob die Hand. Zwischen seinem schmierigen Daumen und dem Finger klemmten ein Briefumschlag und ein Fünfzigdollarschein.

»'n Mann hat gesagt, du sollst das lesen, Patti!« Arnolds kindische Intonation kam Patti jetzt wie etwas Aufgesetztes vor, als sei sie, wie seine Dreckigkeit, Teil einer gewählten Verkleidung.

»Er hat gesagt, das Geld wär für dich, damit du's liest. Wie für 'ne Nummer! Mir hat er zwanzig Dollar gegeben!« Arnold kicherte. Das Gefühl, dass ihr Gegenüber sie kaltblütig täuschte, ließ Pattis Stimme zittern, als sie ihn über den Mann ausfragte, der ihm diesen Auftrag erteilt hatte. Arnold erinnerte sich an nichts; an einen Arm und eine Stimme in einem dunklen Wagen, der gehalten hatte und dann eilig wieder davongefahren war.

»Nun, wie soll sie es denn lesen?«, bohrte Sheri. »Soll sie dabei am Fenster stehen? Soll sie irgendwas Bestimmtes anhaben?«

Doch mehr konnte Arnold ihnen nicht sagen, und Patti war froh, von ihm fortzukommen und dem Abscheu zu entgehen, den er so unerwartet in ihr hervorgerufen hatte.

Sie begaben sich mit dem Brief in die Lobby, doch er erwies sich als dermaßen seltsam, und die flüchtigen Bilder, die sie aus ihm herauslasen, als auf so fesselnde Weise grausig, dass sie am Ende mit dem Brief in die Bar zurückkehrten, sich eine freie Nische suchten und ihn unterstützt von Bier und einer munteren Umgebung in Angriff nahmen.

Der Brief war nicht unterzeichnet, er erstreckte sich über zwei Seiten und war abgefasst in einer klaren, kursiven Handschrift von bizarrer Eleganz. Er lautete folgendermaßen:

Meine lieben Mädchen:
Wie geht ein Schoggothenfürst auf Brautwerbung? Ihr ahnt noch nicht einmal genug, um diese Frage zu stellen! Darum lasst es für euch gefragt und beantwortet sein. Denn es steht geschrieben: »Dann kommet der Fürst der Schoggothen taumelnd über die, nach der ihn lüstet, siehe, gar schwer kommet er über sie, auf fremdem Fuße. Aus dem sonnenlosen Meer, unter den Bergen aus Eis hervor, kommet der mächtige Herr der Schoggothen über sie.« Liebe, liebe Mädchen! Wo liegt das Land, von dem die Schoggothoi kommen? In eurer sanften, sinnlichen Unwissenheit mag es euch durchaus der Kraft ermangeln, zu staunen über die gewalt'gen Tiefen von Raum und Zeit, an die diese Frage rührt. Doch lasset es erneut für euch gefragt und beantwortet sein. So steht die Antwort geschrieben:

Von den Tiefen unter den Gipfeln bleibe fort,
von den Höhlen im Ozean, schwarz wie die Nacht,
die stern'gezeugte Götter zu ihrem Rückzugsort
vor der erkaltenden Welt des Lichts gemacht.

Denn selbst die Sternen-Brut vermag schwächer
*   zu werden,*
während ihre einstigen Sklaven die Kräfte
*   mehren;*
Selbst der Sternenbrut Wille wird dereinst
*   erlahmen,*
und dann werden die Sklaven am Fleisch ihrer
*   Herren sich laben!*

Süße Dirnen! Liebliche, leichtfertige Bordsteinschwalben!
Des Schoggothenfürsten Meisterschaft über die Gestalt ver-
mögt ihr euch nicht vorzustellen! Seine Rasse ist kleiner ge-
wachsen, seit der moderne Mensch ihr zum letzten Mal
gegenüberstand. Ach, wie sind die Schoggothenfürsten jetzt
geschmeidig! Überragendste Polymorphe sind sie – doch
unter alledem sind sie das Grauen selbst. Aber wie bringen
sie ihr brünstiges Werben dar? Was murmeln sie der zu, die
sie heiß begehren? Ihr müsst wissen, dass es dem Schoggo-
then nach ihrem Fett mit der Würze der Panik gelüstet – voll
der psychischen Säfte der Verzweiflung. Daher verhöhnt er
sie mit ihrer beider unausweichlichen Vereinigung; daher
pfeift und flötet er ihr seine kühne, verführerische Poesie zu,
während er mit brennendem Blick in seinen Myriaden Au-
gen schwört, dass sie die Seine werden wird. Drum singt er:

Deiner sterbenden Augen verlöschende Glut
soll ertrinken in einem Meer von Blut.
Deine Brautjungfern werden Schmerz und Abscheu
   sein,
Als Gelöbnis wirst Flüche du stammeln und
   schrei'n.
Mein sengendes Fleisch sei dein Brautkleid,
Dein Hochzeitsmarsch Agonie und Leid
Du sollst mich speisen, sollst sein gleichsam
   mein Brot
und zugleich beim Schlemmen mich erschau'n, und
   dann ereilt dich der Tod ...

Geschwind, oh ihr Jungfern, machet rasch sie
   bereit!
Entblößt ihr die Lenden, und spreizet sie weit
Ölet zart ihr die Brüste so wunderbar
Und bietet meinem kochenden Fleische sie dar!

Und solcherart, meine lieben Mädchen, umwirbt er die Be-
gehrte mit seinem Minnesang, solcherart geleitet er ihren
Geist im Tanze durch dunkle, leere Säle der Erwartung, des
fortwährend lauernden Schreckens, bis der Tanz jenen letz-
ten, verschlossenen Raum erreicht, in dem der Akt sich voll-
ziehen wird.

So oft die Mädchen diese Seiten auch auf den Tisch warfen, sie hoben sie doch nach kurzem Zögern wieder auf. Sowohl Sheri als auch Patti waren sehr sporadische Leserinnen, aber da in dem Brief das Aufflackern einer kohärenten Bildersprache zu erkennen war, kehrten sie zu den rätselhaften Passagen zurück und bemühten sich, deren Bedeutung zu entschlüsseln. Schon die Handschrift schien eine Drohung in sich zu bergen, ihre barocke, stachlige Eleganz wirkte höhnisch und fremdartig. Allein der bloße sonore Klang einiger der obskuren Passagen beschwor lebhafte Bilder herauf, das Gefühl des Eintauchens in Düsternis und des Drucks einer Tiefsee furchtsamer Erwartung, während ungesehene Giganten nahebei im Dunkeln ausharren.

Bei Patti weckte das Schreiben als Ganzes eher Melancholie als Furcht. Der Freier, der es geschrieben hatte, war ein Schmerz-Freak, sicher, aber die Typen, die Briefe schrieben, ließen ihren Dampf auf diese Weise ab und taten selten jemandem ein Leid an. Die Mädchen hatten sich etwas Koks aus Sheris Röhrchen reingezogen, um ihre Köpfe vom Bier freizubekommen, und Pattis Körper gefiel es; sie fühlte sich so stark wie schon seit Tagen nicht mehr. Die Worte des Briefschreibers waren seltsam, ja, eine unglaubliche Düsternis ging von ihnen aus – aber andererseits waren das unterm Strich sehr leicht verdiente fünfzig Mäuse.

Sheri hingegen packte ein wenig die Panik. Sie hatte schon viel früher am Tage zu trinken angefangen, sie hatte eine Menge mehr Koks intus als Patti, und nun lagen ihr langsam die

Nerven blank. Sie lachte zwar noch über alles Mögliche, aber ihr Humor wurde sehr flach. »Ich sag dir was, Mädchen, das sind echt merkwürdige Schwingungen, die ich heut' empfange. Weißt du was? Ich *hab* irgendwie so was wie Musik gehört. Hinter der Tür, oder so ... Und jetzt kriegen wir so 'n Scheiß hier!« Dabei wedelte sie mit den Händen in Richtung der Seiten, aber ohne sie zu berühren, wie eine Frau versuchen mochte, eine Spinne zu verscheuchen. »Weißt du, was wir machen? Wir hauen uns beide zusammen aufs Ohr, ich komm mit rüber zu dir, und wir machen uns 'ne eigene kleine Pyjama-Party!«

»Das wär lustig! Aber nicht treten, wenn du bei mir im Bett schläfst, okay?«

Sheri krähte ein erleichtertes Gelächter – dass sie im Schlaf um sich trat, war ein privater Witz zwischen ihnen beiden. Sheris Angst zu spüren, ihren verzweifelten Wunsch, in dieser Nacht Gesellschaft zu haben, flößte wiederum Patti Angst ein.

Sie marschierten durch die Beinahe-Nacht, ständig angestrahlt von den Scheinwerfern der vorbeifahrenden Autos, und beide waren sie so froh darüber, nicht allein zu sein, dass es ihnen fast peinlich war.

Im auch nachts geöffneten Safeway besorgten sie sich Proviant: Schlehen-Gin, Wodka, beutelweise Eis, Seven-Up, Tüten mit Chips und Pops und Plätzchen und Schoko-Riegel. Mit ihren Erwerbungen begaben sie sich zu Pattis Wohnung.

Patti lebte in einem kleinen Cottage, in einer Wohnanlage, die aus vier Häusern bestand; in den anderen drei Gebäuden wohnten sehr alte Leute. Die Mädchen schubsten das Bett in die Ecke und bauten Kissen zum Anlehnen gegen alle freien Wände. Sie schalteten das Radio und den Fernseher ein, dann holten sie das Telefonbuch raus und machten Scherzanrufe bei Leuten mit komischen Namen, während sie aßen, tranken, rauchten, fernsahen, Radio hörten und miteinander herumalberten.

Ihr Bewusstsein überdauerte ihren Proviant, aber nicht lange. Bald schliefen sie, Rücken an Rücken, umspült und umschmeichelt von dem sanften Dahinplätschern der Geräusche und dem aschgrauen Licht der pulsierenden Bilder.

Sie erwachten an einem neuen Tag, der sonnig, windig und frei von Smog war. Es war heller, lichter Mittag, als sie aufstanden und zum Frühstücken in eine Kaffeestube gingen. Die leichte Brise kämmte die wächsernen Wedel der Palmen und ließ buttergelbes Licht durch sie hindurchfluten, während unter dem makellosen Blau des Himmels die Hollywood Hills mit ihrem Silbergrün von Beifuß und Sumach wie in opulentestes Brokat gehüllt erschienen.

Während sie ihr Frühstück herunterschlangen, fassten sie den Plan, sich einen Wagen zu borgen und einen Ausflug zu machen. Dann kam Sheris Zuhälter herein. Sie winkte ihn fröhlich herüber, aber Patti war sicher, dass sie genauso enttäuscht war wie sie selbst. Rudy setzte sich lange genug zu ihnen, um Sheri zu informieren, was für ein Glück sie habe, dass sie ihm über den Weg gelaufen war, zumal er für heute Nachmittag etwas Wichtiges für sie arrangiert habe. Verächtlich schnappte er sich die Rechnung und zahlte für beide Mädchen. Dann verschwand er mit Sheri im Schlepptau, die sich noch von der Tür her mit einem bedauernden Winken von Patti verabschiedete.

Patti verließ der Appetit. Sie trödelte mit ihrem Kaffee herum und trat schließlich widerwillig hinaus in die vielfarbige Pracht des Tages. Gerade dessen Klarheit nahm eine sinistre Unbarmherzigkeit an. Denn siehe, die ganze Welt und all ihre Kinder bewegten sich unter der grellen Sonne brutaler, endloser Offenbarung. Nichts konnte sich verbergen. Nicht in dieser Welt ... obwohl es natürlich andere Welten gab, wo seit undenklichen Zeiten Wesen verborgen lagen ...

Sie zitterte, als sei etwas über sie hinweggekrabbelt. Diese Gedanken waren Patti durch den Kopf gegangen, aber es waren nicht ihre eigenen gewesen. An einer Bushaltestelle setzte sie sich auf die Bank und verschränkte die Arme, wie um sich im wahrsten Sinne des Wortes in den Griff zu bekommen. Die seltsamen Gedanken erkannte sie instinktiv als Nachhall dessen, was sie in der letzten Nacht gelesen hatte. Also, weg damit! Dieses Scheusal hatte von ihr an Leserei schon mehr als den Gegenwert seines Geldes bekommen, und jetzt würde sie diesen Sudel vergessen. Was ihre Niedergeschlagenheit anbetraf, so rührte diese verrückte Traurigkeit daher, dass aus ihrem Urlaub mit Sheri nichts geworden war, und es war dumm, sich davon unterkriegen zu lassen.

So nahm sie sich zusammen und stand auf. Ein wenig steif und resolut ging sie ziellos einige Blocks weit. Letzten Endes heilten das Sonnenlicht und ihre natürliche körperliche Gesundheit ihren Gemütszustand, und sie verfiel in einen angenehmen Trott, in dem sie sich viele Meilen die Wohnstraßen von Hollywood hinunter treiben ließ und sich an der billigen Niedlichkeit der Häuser und der Üppigkeit ihrer vor langer Zeit angepflanzten Bäume und Gärten erfreute.

Beinahe hätte sie die Stadt ganz verlassen. Ein freudiges, berauschendes Gefühl von Freiheit überkam sie, und plötzlich machte sie sich klar, dass sie nahezu vierhundert Dollar in ihrer Handtasche bei sich trug. Um ein Haar wäre sie einfach mit zwei schnell gepackten Koffern in einen Greyhound-Busbahnhof stolziert und hätte sich ein Ticket entweder nach San Diego oder nach Santa Barbara gekauft, je nachdem, welcher von beiden früher abgefahren wäre. Mit kühner Abruptheit ihr Leben zu vereinfachen, sich zu entfernen von dem Bösen, das sie in letzter Zeit heimzusuchen schien ...

Letzten Endes war es Pattis Faulheit, die sie von dieser Entscheidung abschwenken ließ. Das Packen, die Busfahrt, die Suche nach einem neuen Apartment, die Suche nach einem Job ... so viele Kleinigkeiten und Stunden von Langeweile! Und als sie so über die Mühseligkeit all dessen nachsann, entdeckte sie, dass diese vertrauten alten Wohnstraßen Hollywoods einen neuen Reiz auf sie ausübten.

Und wenn man es recht betrachtete, wie hätte sie fortgehen *können*? Nach – wie viele waren es gewesen? Vier? Fünf Jahre? Nach einer so langen Zeit war Hollywood im Grunde ihre Heimatstadt. Diese schattigen kleinen Straßen mit ihren von Wurzeln buckligen Bürgersteigen – sie waren ihr so wohlbekannt und doch so reizvoll für sie.

Sie war in ein stilles, grünes Viertel eingebogen, von mächtigen alten Pfefferbäumen überschattet, die einen wunderbaren Duft verbreiteten. Sie war einige Dutzend Meter in das Viertel hineingelaufen, bevor sie erkannte, dass es am entgegengesetzten Ende vom Freeway abgeschnitten wurde. Doch dort, am Ende der Straße, zeigte ein gelbes Schild mit schwarzem Pfeil einen schmalen Durchgang an, also ging sie weiter. Mehrere Häuser vor ihr tauchte plötzlich ein sehr großer Mann in einem Overall auf, der einen riesigen Schäferhund an der Leine über den Rasen zerrte.

Patti sah einen neuen braunen Lieferwagen am Bordstein parken und erkannte ihn und den Mann sofort. Das Fahrzeug war eines der beiden, die Speckbackes Tierheim gehörten, und der Mann war einer seiner fest angestellten Tierfänger.

Er hatte das sich heftig wehrende Tier mit einem schlingenbewehrten Fangstock beim Genick gepackt. Als Patti sich näherte, blieb er stehen und schaute ihr mit einiger Intensität entgegen. Das von Schlingpflanzen überwucherte Häuschen, auf dessen Rasen er stand, war dunkel, verschlossen und wirkte verlassen – ebenso wie der gesamte Block –, und Patti kam der Gedanke, dass der Mann den Hund vielleicht zufällig entdeckt hatte und jetzt denken mochte, es sei ihrer. Sie lächelte und schüttelte den Kopf, während sie herankam.

»Er gehört nicht mir! Ich *wohne* nicht mal in dieser Gegend!«

Etwas an der Art, wie ihre Worte durch die Stille der Straße hallten, traf Patti wie ein Schlag. Sie war sicher, dass sie sah, wie der Fänger die Augen zusammenkniff. Er war groß, rundlich und glatt und hatte ein ähnliches Gesicht wie sein Arbeitgeber, allerdings nicht so jovial. Er war auf der linken Seite extrem klumpfüßig und hatte ein geschwollenes Bein, außerdem einen ungeheuren Bauch; alles Dinge, denen der Overall eine gnädige Vagheit verlieh. Die grüne Baseballkappe, die er trug, vervollständigte irgendwie das Aussehen von Unausgewogenheit und Begriffsstutzigkeit, das dem Mann anhaftete.

Aber als sie näher herankam, wobei sie innerlich schon mit dem Gedanken spielte, sich umzudrehen und in die andere Richtung zu rennen, erhielt sie einen schockierenden Eindruck von der Kraft in der grobschlächtigen Gestalt. Der Mann hatte halb umgewandt innegehalten und war halb gebückt – keine Haltung, in der man einen festen Stand hatte. Der Hund, an dessen Pfoten und Schnauze sich ein wenig Beimischung von Bernhardiner zeigte, wog sicherlich weit über hundertfünfzig Pfund, und er kämpfte mit aller Macht, aber seine Anstrengungen sandten nicht einmal ein Zittern durch den massigen Arm seines Fängers; das Tier war so unbeweglich festgebunden wie an einen Baum. Patti wich zum Rand des Bürgersteiges hin aus, wobei sie Vorsicht vor dem Hund vortäuschte, der in seiner Hilflosigkeit drollig wirkte, und schickte sich an, vorbeizugehen. Die Hand des Tierfängers drückte wie abwesend auf die Schlinge hinunter. Der Kopf des Hundes schien anzuschwellen, und seine Anstrengungen wurden wilder und krampfhafter vor Verzweiflung. Und während er ungerührt begann, das Tier zu erdrosseln, warf der Fänger einen Blick die Straße hinauf und hinunter und vertrat Patti den Weg, wobei er den Hund mühelos mit sich zog.

Sie standen einander von Angesicht zu Angesicht gegenüber, sehr nahe. Die hässlichen Gleichungen der Gefahr liefen rasch in Pattis Kopf ab: die Masse, die Kraft, die Zeit – alle würden genügen, um sie in den nächsten Augenblicken zu erledigen. Mit einem Ruck konnte er den Hund töten, ihn fallen lassen, sie packen und in den Lieferwagen stoßen. Tatsächlich befand sich der Hund bereits an der Grenze zum Tode. Der Fänger begann, hässlich zu lächeln, und sein Atem wehte ihr faulig und seltsam kalt gegen das Gesicht. Dann geschah etwas mit seinen Augen. Er verdrehte sie nach oben, wie Männer es tun, wenn es ihnen kommt, doch was von seinen Augäpfeln zum Vorschein kam, war nicht weiß; es war pechschwarz – zwei glänzende Obsidiankugeln, die die wässrigen blauen Augen von unten her verdunkelten. Patti holte Luft, um zu schreien. Ein Taxi bog in die Straße ein.

Der Griff des Fängers an dem halb bewusstlosen Hund lockerte sich. Wütend blinzelnd stand er da und schien seinen massigen Körper nicht aus der bedrohlichen Anspannung lösen zu können, die er angenommen hatte. Wie festgefroren stand er noch immer genau an der Schwelle zum Angriff, und mit seinen angestrengten Atemzügen wehte immer noch die kalte Fäulnis aus ihm heraus. Im nächsten Augenblick sprangen Pattis Reflexe an, und mit einem Sprung von dem Bordstein auf die Straße war sie frei, doch blieb ihr noch Zeit genug für den Gedanken, dass sie den Geruch kannte, den dieser blinzelnde Unhold ausatmete.

Und dann saß sie in dem Taxi. Der Fahrer informierte sie missmutig über ihr Glück, dass sie ihn auf dieser speziellen Abkürzung zu einer Auffahrt auf den Freeway erwischt habe. Sie schaute ihn an, als habe er sie in einer fremden Sprache angesprochen. Ein wenig netter fragte er sie nach ihrem Fahrtziel, und ohne nachzudenken antwortete sie: »Zum Greyhound-Busbahnhof!«

Flucht! Mit einer süßen, simplen Bewegung Hollywood abhaken, dieses Hollywood mit seinen wandelnden Mordgeistern und lauernden Leichenfledderern und den grässlichen, anonymen Briefschreibern, die Vergnügen daran fanden, den

231

Verstand mit Albträumen zu schänden! Aber natürlich musste sie noch packen. Sie leitete den Fahrer zu ihrer Wohnung um.

Dazu war eine Kehrtwende nötig, und sie kreuzten die Straße ihrer Begegnung noch einmal. Der Lieferwagen parkte noch immer am Bordstein, doch weder Fänger noch Hund waren zu sehen. Sonderbarerweise schien der Lieferwagen leicht zu schaukeln, wie von heftigen Bewegungen in seinem Innern. Patti sah ihn nur kurz, aus einem halben Block Entfernung, doch in der schattigen Stille hinterließ die kaum merkliche Erschütterung einen lebhaften Eindruck.

Dann fiel ihr Speckbacke ein. Natürlich! Sie konnte ihm den Fahrer melden. Sein majestätisches Gesicht, sein zuvorkommendes, onkelhaftes Lächeln – seine ganze beruhigende Aura legte sich wohltuend über ihre Angst. Was war schließlich schon groß passiert? Ein unheimlicher Behinderter mit einer Augeninfektion war gefährlich knapp davor gewesen, sie zu vergewaltigen. Speckbacke würde mit ihm reden. Speckbacke würde sie energisch vor jeder weiteren Gefahr in Schutz nehmen. Und in der Zwischenzeit, während sie ihm die Geschichte erzählte ... Patti lächelte, plante ihre niedliche Verschämtheit über das intime Thema; sie würde ihre mädchenhafte Dankbarkeit wärmstens zum Ausdruck bringen! Es würde einen glatten Übergang zu der sanften Verführung aus ihrer Fantasievorstellung schaffen.

Sie dirigierte das Taxi ein weiteres Mal um, aber nicht, ohne dem Fahrer vorher zehn Dollar Trinkgeld zu geben. Sie ließ sich von ihm auf dem Boulevard absetzen. Sie wollte sich ein bisschen Koks reinziehen und ein paar Doughnuts holen, bevor sie zurück ins Parnassus ging und die Straße zu Speckbacke überquerte.

Doch stattdessen verbrachte sie den Rest des Nachmittags auf dem Boulevard. Den liebenswürdigen Speckbacke in Reichweite zu haben, der alles wieder in Ordnung bringen würde, neutralisierte den Schrecken der Beinahe-Vergewaltigung. Patti glaubte fest, dass sich wirksame Gegenmittel für ihre Probleme finden ließen. Speckbacke, das Heilmittel, war zur Hand, also hatte das Ganze keine Eile. Sie schnupfte eine anständige Prise Koks auf der Damentoilette vom Dunkin' Donuts, und als sie wieder hervorkam, gönnte sie sich zwei schokoladenüberzogene Old-Fashioneds, dazu Kaffee mit dick Sahne drauf. Während Speckbackes Anwesenheit eine Erleichterung war, überlegte sie, haftete dem ganzen Unterfangen etwas Schauerliches an, das einem Besuch bei ihm im Wege stand, ob sie es wollte oder nicht. Genauso gut konnte sie die Sache auf morgen Früh verschieben und sich heute einfach entspannen. Natürlich war es grausam, Missbildungen als schauerlich anzusehen – das musste es sein, weswegen sie tags zuvor in Speckbackes Gebäude so außer sich gewesen war, und es war unfair; selbst dieser riesenhafte Widerling – der einhändig den Hund fast erwürgt hatte, während seine auf sie gerichteten Augen in ihren Höhlen nach oben rollten und schwarz wurden – selbst er verdiente Mitgefühl für sein Deformiertsein. Das war das Großartige an Speckbacke, dass er so ein Menschenfreund war, aber leider brachte gerade diese Menschenfreundlichkeit ihn mit all diesen Missgeburten zusammen.

Sie ging in eine Doppelvorstellung, und dann, einen Block weiter, in noch eine. Behaglich zusammengekuschelt in ihrem Eckbalkon-Platz bediente sie sich aus einer Flasche Pfefferminzschnaps und zog sich dann und wann diskret eine Prise Koks rein, während sie im Geiste eintauchte in einen bunten, berauschenden Tumult von Auto-Verfolgungsjagden, explodierenden Raumschiffen, blutigen Schießereien und kreischend zusammenstürzenden Wolkenkratzern. Das war echte Entspannung! Es gab keine bessere Art, einen Nachmittag zu verbringen.

Doch während die Filme weiter und weiter liefen, begann ihre Stimmung sich zu trüben. Sie musste immerfort an den

Mann denken, der sie bedroht hatte. Nicht so sehr sein groteskes Aussehen machte ihr zu schaffen, es war vielmehr so, dass er etwas flüchtig Bekanntes an sich gehabt hatte. Je mehr sie sich mühte, diesen Gedanken abzuschütteln, desto stärker ängstigte seine Hartnäckigkeit sie und desto lebhafter wurde die Empfindung, die sie verfolgte. Der Mann hatte eine kalte Bosheit verströmt, wie ein Hauch der Atmosphäre einer anderen Welt, und doch war es eine Aura, die ihr irgendwie dunkel bekannt vorkam. Welcher ihrer Träume, der ihr nun entschwunden war, hatte ihr eine solche Welt voll Wundern und Schrecken und von kolossalem Alter gezeigt, deren Geruch sie nun an diesem Mann wahrgenommen – und wiedererkannt hatte? Der Gedanke ließ sich leicht als irgendein spinnerter Einfall abtun, doch kehrte er beharrlich zurück wie eine Fliege, die immer wieder auf ihr landete. Als die Filme vorbei waren und sie wieder hinaus auf die Straße trat, gingen ihr der Lärm und das Gleißen der Neonlichter und Scheinwerfer auf die Nerven. Ihr war kalt. Es mochte vom Kokain kommen, das noch immer in ihr zirkulierte, doch ihr schien, als spürten ihre Beine einen hohlen *Hall*, eine große unbehagliche Leere irgendwo unter ihren Fußsohlen. Sie marschierte eine Weile, kaufte sich unterwegs eine neue Flasche Schnaps. Schließlich trat sie in eine Telefonzelle und rief Sheri an.

Ihre Freundin war gerade nach Hause gekommen, erschöpft von einer Gruppennummer und mit ein paar Schrammen von dem anschließenden Gespräch mit Rudy versehen.

»Soll ich nicht zu dir rüberkommen, Sher? Wie wär's?«

»Nein, Patti, Mädchen. Ich bin völlig erledigt. Bist du okay?«

»Klar. Also, dann hau dich aufs Ohr.«

»Ach was, he – komm rüber, wenn du meinst, Patti, nur ich fühl mich echt tot, das is alles!«

»Was soll's? Wenn du müde bist, bist du eben müde, und wir seh'n uns später. Bis dann!« Sie hörte ihrer Stimme selber an, wie ärgerlich und enttäuscht sie war, doch daran ließ sich nichts ändern. Als sie einhängte, merkte sie, wie nahe sie der Angst war, aber trotzdem starrte sie weiter auf das Telefon. Schwarze Nacht umgab ihre gläserne Zelle. All die krakeligen Neonschriftzüge wanden sich und verschwammen in der frischen purpurnen Dunkelheit wie blaue, rosa und goldene Meereswesen, die sich über den überfluteten Straßen rätselhaft verdrehten und schlängelten.

Und beinahe als erwarte sie dort ein nasser Tod, brachte es Patti einen Moment lang nicht über sich, die Telefonzelle zu verlassen und auf diese Straßen hinauszutreten. Deren tödlichkalte Fremdartigkeit lag, wenn nicht unter dem Meer, dann bestimmt in einer fremden, giftigen Atmosphäre, die ihr die Lungen versengen würde. Einen lächerlichen Augenblick lang verweigerte ihr Körper ihr den Gehorsam.

Dann richtete sie ihr Augenmerk auf eine Bar in einem halben Block Entfernung. Sie tauchte hinaus aus der Telefonzelle und suchte sich grimmig ihren Weg zu ihrer Zuflucht.

Etwa drei Stunden später war Patti nicht mehr kalt, und sie machte sich auf den Weg zu Sheris Wohnung. Es war eine Nacht unter der Woche, und in den Wohnstraßen herrschte angenehme Stille. Die von Bäumen umdrängten Straßenlaternen verbreiteten ein Licht mit einem lieblichen whiskeyfarbenen Schimmer. Die Straßennamen auf den kleinen Bannern aus blauem Metall hinterließen einen ulkigen Geschmack auf ihrer Zunge, und sie sprach jeden, der in Sicht kam, laut aus.

Sheri hatte ihr schließlich gesagt, sie könne herüberkommen! Die kleinliche Boshaftigkeit, sie aufzuwecken, kam Patti unter der launigen Absolution des Alkohols lediglich wie ein Jux vor. So schlenderte sie durch das schlafende Hollywood und spürte den Überschwang des nächtlichen Spaziergängers, als Einziger wach zu sein in einer schlafenden Welt.

Sheri wohnte in einem Stuck-Cottage, dass ein bisschen größer, allerdings auch ein wenig schäbiger war als Pattis Haus; jedes Cottage besaß eine kleine Auffahrt und eine Garage auf der Rückseite. Und obwohl im Wohnzimmer Licht brannte, ging Patti die Auffahrt hinauf; mit plötzlicher Schelmenhaftigkeit hatte sie beschlossen, ihre Freundin zu erschrecken. Vorsichtig schlich sie um das Auto an der hinteren Ecke herum und näherte sich verstohlen dem Fenster von Sheris Schlafzimmer, in der Absicht, durch einen Spalt hindurch Geräusche zu machen, falls das Fenster nicht ganz geschlossen sein sollte.

Tatsächlich war das Fenster sogar ganz hinaufgeschoben, wenn auch drinnen ein Rouleau heruntergezogen war. Gerade als Patti sich nahe heranbeugte, hörte sie, wie sich innerhalb des dunklen Zimmers etwas bewegte. Im nächsten Moment kam ein Windstoß auf und drückte die Blende nach innen.

Sheri lag *tatsächlich* auf dem Rücken in ihrem Bett, und jemand lag auf ihr, sodass Patti von ihr nur die Arme und ihr Gesicht sehen konnte, das mit großen Augen zur Decke starrte, während sie wieder und wieder gestoßen wurde. Patti schaute sich diese schaukelnde, rangelnde Vereinigung ein oder zwei Sekunden lang an, nicht mehr, dann zog sie sich zurück, fast stolpernd, aus einem primitiven Reflex heraus, der tiefer verwurzelt war als all die Abgeklärtheiten ihres Berufslebens.

Scham, und eine eigenartige kindische Schadenfreude! Sie eilte hinunter auf die Straße. Ihr brummte der Kopf, ihr war zum Kichern zu Mute, und zugleich fühlte sie sich in einem Maße verängstigt, das sie selbst durch ihren Alkoholnebel hindurch noch erstaunte. Was war mit ihr los? Man hatte sie schon dafür bezahlt, sich viel drastischere Dinge mit anzusehen als eine simple Kopulation. Andererseits war da dieser abstoßende Geruch in dem Schlafzimmer gewesen, und auch eine bohrende Andeutung von Musik, dachte sie, einer leisen, unangenehmen, verdrehten Melodie, die aus keiner bestimmten Richtung zu kommen schien ...

Diese vagen Eindrücke wichen rasch der komischen Seite des Zwischenfalls. Patti ging zur nächstgelegenen Hauptstraße und fand eine Bar. Darin schlug sie mit noch zwei Doppelten eine halbe Stunde tot, dann war ihrer Schätzung nach genügend Zeit vergangen, und sie ging zurück zu Sheris Haus.

Im Wohnzimmer brannte noch immer Licht. Patti läutete an der Tür und hörte drinnen das Geräusch der Klingel, ein hässliches, durchdringendes Rasseln, auf das jedoch niemand reagierte. Auf einmal spürte sie einen leichten Anflug von Argwohn, wie ein langbeiniges Insekt, das ihr behände das Rückgrat hinaufkrabbelte. Wie schon einmal in den letzten Tagen hatte sie das Gefühl, dass die Stille, die sie hörte, eine Anwesenheit verbarg, keine Abwesenheit. Aber warum hätte ihr dabei, wenn auch nur ganz leicht, der Schweiß ausbrechen sollen? Es konnte Sheri sein, die sich tot stellte. In dem Versuch, ihre Angst durch Forschheit abzuschütteln, ergriff Patti den Türknauf. Die Tür öffnete sich, Patti stürmte hinein und rief:

»Bereit oder nicht – eins, zwei, drei!«

Bevor sie noch ganz drinnen war, gaben ihre Beine unter ihr nach, denn das Zimmer war von einem teuflischen Gestank erfüllt. Es war Aasgestank, brutal, feucht und widerlich, der ihr beißend in die Nase stach. Der Brodem fiel sie so spürbar an, dass er über ihren ganzen Körper zu kriechen schien – es war, als winde er sich durch ihre Kopfhaut und beflecke ihr Fleisch wie mit Schwefel und Grabschleim.

Während sie sich immer noch an dem Türknauf festhielt, blickte sie benommen in dem Raum umher, dessen schlampige Normalität ihr angesichts dieses surrealen Fötor fast gespenstisch vorkam. Da lag das ihr so vertraute Durcheinander von Einwickelpapier, Illustrierten und Geschirr, das um die Couch herum am dichtesten war. Auf der Couch selbst lag ein frisch geöffneter Beutel Fritos, während der leise gestellte

Fernseher gegenüber eine Krone aus Aschenbechern und Bier-
dosen trug.

Doch die ein stückweit geöffnete Schlafzimmertür war es,
durch die das beinahe sichtbare Miasma am stärksten herein-
quoll, als habe es dort seinen Ursprung. Und im Schlafzimmer, dort würde Sheri liegen. Tot läge sie in der Dunkelheit.
Denn mochte es auch jenseits von Kenntnis und Erfahrung liegen, der Gestank verkündete grimmig und klar, was er bedeutete: Tod! Patti wandte sich nach hinten, um einen letzten
sauberen Atemzug zu holen, und stolperte auf das Schlafzimmer zu.

Jedes Mädchen lief Gefahr, an üble Kundschaft zu geraten,
eine hässliche und einsame Art zu sterben. Aus dem dunklen,
unbestimmten Wissensschatz ihrer Schwesternschaft wusste
Patti, dass sie aufzubahren und zuzudecken das Einzige war,
was sie jetzt noch für ihre Freundin tun konnte. Sie stieß die
Schlafzimmertür auf, und das Licht fiel in einem gebrochenen
Rhombus auf das Bett.

Bett und Zimmer waren leer – leer bis auf die beinahe greifbare Masse des Gestanks. Das Bett war es, von dem der Brodem am übelsten emporwallte und dunstete. Die Decken und
Laken waren mit einer scheußlichen Flüssigkeit durchtränkt
und in vollgesogene Knitterfalten gedrückt. Die Paarung, die
sie erspäht und über die sie gekichert hatte – was für eine unaussprechliche Art von Verkehr war das gewesen? Und Sheris
Gesicht, das unter den lasziven Stößen der schattenhaften Gestalt aufwärts gestarrt hatte – war da mehr in ihrem Ausdruck
zu sehen gewesen als die gelöste Erschütterung von Sex?
Dann stöhnte Patti:

»Oh lieber Gott!«

Sheri war in dem Zimmer. Sie lag auf dem Boden, größtenteils unter dem Bett, nur ihr Kopf und ihre Schultern schauten
hervor, das Gesicht zur Decke. Ihr nunmehr starrer Ausdruck
war unmissverständlich: ein Gesicht, in dem sich noch im Au-

genblick des Todes die Erfahrung von grenzenlosem Schmerz und unendlicher Angst abgezeichnet hatte. Und tot war sie mit Sicherheit. Lebende Muskeln erreichten nicht diese völlige Starre. Tränen schossen Patti in die Augen. Sie taumelte ins Wohnzimmer, ließ sich auf die Couch fallen und weinte. »Oh lieber Gott«, sagte sie wieder, diesmal leise.

Sie ging in die Kochnische und holte ein Geschirrspültuch, band es sich vor Nase und Mund und kehrte ins Schlafzimmer zurück. Wenigstens würde Sheri nicht halb außer Sicht gestoßen daliegen wie irgendein kaputtes Spielzeug. Ihr oft benutzter Körper würde einen Fetzen jener Würde erhalten, die ihr Lebensstil ihm nie gewährt hatte. Patti bückte sich und hakte die Hände unter diese lieben, nackten Schultern. Sie zog und fiel von dem übermäßigen Kraftaufwand rückwärts zu Boden; denn das, was sie sich im Fallen an ihre Brüste presste, war nicht so schwer, dass es einer solchen Kraft bedurft hätte, es zu bewegen; was Patti in den Armen hielt, war nicht Sheri, sondern nur ein grässliches Fragment ihres Oberkörpers: Sheris Kopf und Schultern und einer ihrer Arme ... fort waren ihre ulkigen, dicken Füße, über die sie immer gelacht hatten, denn sie endete nun in einem verkohlten Stumpf in Höhe des Brustkorbs. Wie ein kleines Mädchen eine unbeschreibliche Puppe umklammern mochte, lag Patti am Boden und umarmte fest das, weswegen sie schrie und schrie und schrie ...

Valium. Compazin. Mellaril. Stellazin. Tabletten und Kapseln in prachtvollem Technicolor. Kunterbunte Pfeiler, die den Tempel der Ruhe aufrecht hielten. Lange Nachmittage mit TV und Tuinal; nächtliche Schweißausbrüche und stille, benommene Morgen. Patti lag mehr als eine Woche lang im County General Hospital.

Sie hatte alles gefunden, was von ihrer Freundin noch übrig gewesen war. Verstümmelung durch Säure war ein neuer Dreh, und Sheri erhielt ein paar Schlagzeilen, aber in einer Welt von

Müllsack-Morden und Massengräbern, die man in stillen Hinterhöfen entdeckte, konnte selbst ein Tod wie der Sheris nur auf ein begrenztes Maß an Medieninteresse hoffen. Pattis Verblüffung veranlasste sie, die mit dem Fall beauftragten Kriminalbeamten mindestens einmal am Tag anzurufen. Mit schroffem Takt hörten sie ihr zu, während sie sich durch alles wühlte, was sie über Sheris Leben und privaten Hintergrund wusste, doch ihnen war schon bald klar, dass Patti mit nichts Wesentlichem aufwarten konnte.

Sosehr Patti sich die medikamentöse Ruhe auch ersehnte, die das Krankenhaus ihr auferlegte, eine ständig lauernde Furcht verdarb ihr die mit Medikamenten gepolsterte Leichtigkeit ihrer Tage. Denn mitunter geschah es, dass sie selbst aus der glasigsten Benommenheit von einem plötzlichen Gefühl geweckt wurde, dass die Anzahl der Menschen, von denen sie umgeben war, abnahm – dass sie sich überall davonstahlen oder verschwanden und dass das Krankenhaus und sogar die Stadt selbst um sie herum sich langsam leerte.

Sie schob es auf das Krankenhaus mit seinem ständigen Kommen und Gehen von Menschen und seinem fortwährenden Hinein- und Hinausgerolltwerden auf stummen Tragbahren. Sie besorgte sich ein großzügiges Rezept für Valium und ließ sich entlassen, da sie nach dem Trost und der Gesellschaft ihrer Freunde hungerte. Ein hilfsbereiter Arzt, der das Gebäude zu gleichen Zeit wie sie verließ, nahm sie im Wagen mit. Aus einer verrückten Verlegenheit über ihr Gewerbe und ihre Welt heraus ließ sich Patti von ihm an einer Kaffeestube einige Blocks vom Parnassus entfernt absetzen. Nachdem er davongefahren war, marschierte sie los. Soeben verschwand der letzte Lichtschein der Abenddämmerung. Es war Samstagabend, aber auch (wie sie mit einiger Überraschung von dem Arzt erfahren hatte) der mittlere Tag eines verlängerten Wochenendes, und auf den Straßen herrschte bemerkenswert wenig Verkehr, und es waren auch kaum Fußgänger unterwegs.

Irgendwie erweckte es den Eindruck einer Kleinstadt an einem Sonntag, und ihr warnendes Gespür für Gefahr erwachte in ihr und kämpfte gegen die schweren Valium-Ketten an, denn ihre angsterfüllten Halluzinationen schienen sich nun zu bewahrheiten. Während sie weiterging, nahm ihre Angst zu. Sie stellte sich das Parnassus mit einer leeren Lobby vor und bildete sich ein, sie sehe, wie der Verkehr überall von der Straße, der sie folgte, abzubiegen begann, sodass sie in wenigen Momenten auf eine Meile in beiden Richtungen verlassen daliegen würde.

Doch dann sah sie die vielen lebendigen Gestalten hinter ihren geliebten Panoramafenstern. Sie begann halb zu laufen, und als sie voll freudiger Erregung an der Ampel wartete, sah sie Speckbacke oben an seinem Fenster. Er erblickte sie im gleichen Augenblick wie sie ihn, und er strahlte und winkte. Patti winkte zurück und lächelte und stieß einen tiefen Seufzer der Erleichterung aus, bei dem ihr fast die Tränen kamen. Dies hier war die wahre Medizin: nicht Pillen, sondern freundliche Gesichter in der heimischen Gemeinschaft. Menschliche Wärme und einfache Nachbarschaftlichkeit! Als die Ampel auf grün sprang, rannte sie los.

Ein Hemmnis wartete noch auf sie, bevor sie die Lobby erreichte, denn Arnold warf ihr aus seiner hölzernen Höhle ein Grienen von feuchter Intensität zu, das sie selbst dann noch erschreckte, als sie erkannte, dass die Grimmasse irgendeine Art von furchtsamer Begrüßung sein sollte. Es lag so viel ... *Berechnung* in diesem Blick. Doch dann hatte sie die Glastüren aufgestoßen und fand sich wieder in einem warmen Überschwang von Rufen und Umarmungen und Späßen und scherzhaften Rippenstößen.

Es war süß, in dieser bunten, lautstarken Zusammenkunft zu schwelgen. Sie hatte den Portier angerufen und über ihre Entlassung informiert, und ein paar Stunden lang kamen verschiedene Freunde, die davon gehört hatten, hereinspaziert, um sie zu begrüßen. Sie sonnte sich in ihrem bemitleideten Ruhm, erhielt kleine Geschenke und erwiderte kleine Küsse von tiefer Dankbarkeit.

Es hätte länger dauern sollen, doch die Nacht war merkwürdig. In der Stadt war nicht viel los, und jeder schien in Oxnard oder Encino oder irgendeiner anderen bizarren Ecke etwas am Laufen zu haben. Einige wenige blieben, um die heimischen Gefilde zu beackern, aber auch sie bekamen zu einer noch frühen Stunde unterschwellig mit, wie leer es um sie herum wurde. Patti warf noch ein paar Valium ein und versuchte, so zu tun, als ruhe sie sich friedlich in ihrem Sessel in der Lobby aus. Um ihr aufkeimendes Unbehagen zu bekämpfen, griff sie zu einem Taschenbuch, das sich unter ihren Geschenken befand – sie hatte nicht einmal bemerkt, von wem sie es bekommen hatte. Auf dem Umschlag war ein grauenvolles Gesicht abgebildet, und es trug den Titel *Berge des Wahnsinns*.

Wenn sie nicht das Bedürfnis nach wirksamer Ablenkung gefühlt hätte, nach einem gewichtigen Ballast für ihr angeschlagenes Gemüt, wäre sie nie darauf verfallen, den ciceronischen Rhythmen des narrativen Stils ihre Bedeutung abzuringen. Aber nachdem sie mit Furcht erregender Beharrlichkeit mehrere Seiten weit in die Erzählung vorgedrungen war, wurde sie von der plötzlich durchsichtigen Prosa gepackt und auf ihrer dahinfließenden Klarheit mitgerissen. Das Valium schien ihre ungeheure Konzentration noch weiter zu schärfen, und wo ihr Wortschatz sie im Stich ließ, las sie über die betreffenden Stellen hinweg und schloss aus dem Zusammenhang jedes Mal treffsicher auf die erforderliche Bedeutung.

Und so suchte sie sich in der sich langsam leerenden Lobby, die hinaussah auf die sich langsam leerende Kreuzung, stundenlang ihren Weg durch die eisigen Territorien des Unmöglichen und hinunter in die kältesten, tiefsten Keller aller Welt und Zeit, wo unfassliche Äonen in bebilderten Scherben darniederlagen und gewaltige, intelligente Geschöpfe sich noch immer regten und fraßen und das Licht verspotteten.

Sonderbarerweise begann sie, nach etwa zwei Dritteln des Textes, Unterstreichungen zu finden. Alle markierten Abschnitte bezogen sich auf *Schoggothen*. Es war ein Wort, von dessen bloßem Klang Patti bereits eine Gänsehaut bekam. Sie suchte auf dem Vorsatzblatt und den Innenseiten des Umschlags nach erläuternden Anmerkungen, fand jedoch nichts.

Als sie lange nach Mitternacht das Buch beiseite legte, nahm sie kaum wahr, dass sie verlassen inmitten einer fast völlig leeren Lobby saß. Etwas zupfte kraftvoll an ihrer Erinnerung, etwas, wovor der Erinnerung graute, es preiszugeben. Ihr wurde klar, dass sie durch die Lektüre des Romans eine undeutliche, schreckliche Last auf sich genommen hatte. Sie fühlte sich wie geschwängert mit einer Injektion von verseuchtem Wissen, dessen grimmige Frucht nun als beinahe körperliche Masse aus kryptischer Bedrohung in ihr heranreifte.

Sie nahm sich für den Rest der Nacht ein Zimmer im zweiten Stock des Parnassus, denn die Energie für selbst die geringste Anstrengung, wie etwa das Herbeirufen eines Taxis, lag unter einem Leichentuch von Vergeblichkeit und unbestimmter Bedrohung begraben. Patti ließ sich rückwärts auf die Matratze sinken, und ihr erschöpfter Verstand brach augenblicklich durch die morschen Dielen ihres Bewusstseins und stürzte geradewegs hinab in den Abgrund der Träume.

Sie träumte von einer Stadt wie Hollywood, doch die Mauern und Straßen dieser Stadt waren halb lebendig und spürten die Vorahnung von etwas, das sich ihnen näherte. Unter einem schwärzlich zugezogenen Himmel warteten all die Mauern und Straßen der Stadt in kaltem Angstschweiß. Sie selbst, begriff Patti, war das Herz und der Geist dieser Stadt. Sie lag in ihrer Mitte, und ihre gewaltige, kalte Angst kam von ihr. Sie lag dort, und irgendwie kannte sie die Wesen, die sich ihrem gigantischen Körper näherten. Sie kannte deren Herkunft aus gewaltigen, blinden Abgründen, dort, wo Mauern standen, die älter waren als das gegenwärtige Angesicht der Erde; sie kannte deren lange, listige Bemühungen, ihre eigenen, sich windenden Grenzen zu erreichen. Riesige Würmer waren sie, oder Quallen, oder einfach nur gewaltige Klumpen kochender Materie. Sie drangen in ihre verlassenen Straßen ein, glitten auf ihren Mittelpunkt zu. Sie lag da wie Aas, das weiterlebt und den Ansturm der Maden spürt. Sie lag in ihrer zentralen Festung, sie selbst war die Mahlzeit, auf die sie zueilten, wobei sie ihre Lust aus grässlichen, zerfressenen Mäulern hinausflöteten.

Sie erwachte am späten Sonntagnachmittag, ausgelaugt und innerlich wie abgestorben. Sie setzte sich im Bett auf und beobachtete eine große grünschillernde Fliege, die geduldig wieder und wieder gegen die Fensterscheibe prallte, durch die goldenes Licht hereinflutete. Unablässig kämpfte sie gegen das Unmögliche an und rammte es mit ihrem zarten juwelenbesetzten Kopf. In rasch aufflammender Wut und Pein sprang Patti aus dem Bett und schnappte sich ihre Bluse. Sie rannte zum Fenster und tötete die Fliege mit ihrer leinenen Keule.

Auf der anderen Straßenseite, nur ein Stockwerk höher als sie, saß Speckbacke am Fenster. Einen Moment lang stand sie nur da und erwiderte seinen Blick, beschämt von ihrem kleinen Akt der Barbarei, aber getröstet von dem Lächeln des Arztes, das von sanftem Verständnis erfüllt war, als erkenne er den Schmerz und Kummer, der sie dazu bewogen hatte. Dann wurde ihr plötzlich bewusst, dass sie nur ihren BH trug.

Sein Lächeln wurde noch eine Spur vergnügter über den kleinen Schreck, der sie durchfuhr, und sie wusste, er verstand auch, dass es ein Versehen war und nicht der auffordernde Wink einer Nutte.

Und so wandelte sie es mit rascher Erregung in Koketterie um und hielt sich anmutig die Bluse vor die Brüste. Dies war der perfekte Augenblick – sie hatte recht daran getan, zu warten, weil ihre sanfte Fantasie sich nun mit vollkommener Spontaneität erfüllen würde. Sie deutete lächelnd auf sich selbst und dann fragend auf Speckbacke. Wie er da strahlte! Sah sie nicht sogar seine Augen und Lippen feucht werden? Er nickte energisch. Mit Daumen und Zeigefinger zeigte sie eine kurze Wartezeit an. Als sie sich vom Fenster abwandte, bemerkte sie unten auf dem Bürgersteig die Ankunft einer Schar von Hydrotherapie-Patienten, darunter mehrere mit angeleinten Streunern im Schlepptau.

Der Anblick ließ sie ein wenig frösteln. Und würde das Eintreffen der Patienten sie nicht an dem intimen Zwiegespräch hindern, das sie im Sinn hatte? Ihre Vorbereitungen verlangsamten sich. Runde zehn Minuten später ging sie hinunter ins Erdgeschoss und durchquerte langsam die Lobby, um vorne an den Eingangstüren stehen zu bleiben. Die Lobby war leer, und die Straßen ebenso. Alles lag in sonniger, sonntäglicher Verlassenheit da. Es war wie in einem Traum, in gewisser Weise schön, aber es verursachte ihr auch ein sachtes Schaudern. Sie trat nach draußen und blickte sich um – und empfand plötzlich die Verrücktheit der abartigen sexuellen Wohltat, die sie im Sinn hatte. Sie überlegte, ob es nicht besser sei, das Ganze zu vergessen und lieber irgendwo feiern zu gehen. Und genau in diesem Moment, als sie so dastand, hielt ein Wagen, in dem lauter Freundinnen von ihr saßen, vor ihr am Bordstein. Laut luden alle sie ein, sich ihnen anzuschließen. Sie würden durch die Gegend fahren, vielleicht außerhalb der Stadt übernachten; sie wussten auch von einigen Partys.

Fast wäre Patti mitgefahren. Aber dann sah sie, dass auch Sheris kleine Schwester Penny mit von der Partie war. Sie erschauderte darüber, dass auf so nahe liegende Weise die Erinnerung wachgerufen wurde, und winkte die Freundinnen mit einem Lachen weiter. Sie bewegte sich den Bürgersteig entlang, abwägend, wie stark ihr Drang, Speckbacke zu besuchen, noch war; ohne zu ihm hochzublicken, denn vielleicht würde sie ja einfach weitergehen zur nächsten Bar ... Und dann stolperte Arnold aus seinem Zeitungsstand hervor und versuchte, sie am Arm zu ergreifen.

Sie war angespannt und schnell und sprang von ihm weg. Er schien sich zu fürchten, die Nähe seines Standes zu verlassen, und kam nicht näher, sondern flehte sie von dort aus an:

»Bitte, Patti! Komm her und hör mir zu!«

Wie ein Donnerschlag traf Patti nun die flüchtige Erinnerung von letzter Nacht. »Schoggoth« klang deshalb so gespenstisch und diese ganze Geschichte so vertraut, weil es genau darum in dem Brief gegangen war! Sie war verblüfft, dass sie dieses grausige Dokument so vollständig aus ihren Gedanken hatte verbannen können. Dieser Brief hatte Sheri solche Angst gemacht, in der Nacht, bevor ihre Freundin gestorben war. Er war von Arnold gekommen – und das Buch auch! *Das* war es, was sein Blick bedeutete! Das rote, schwachsinnige Gesicht glotzte sie dringlich an.

»Bitte, Patti. Ich hab was erfahren. Komm her ...!« Er schnellte vor, um sie am Arm zu packen, und sie sprang mit einem Aufkeuchen zurück, wiederum schneller als er. Arnold, der dadurch aus dem Sichtschutz seines Standes hervorgelockt worden war, erstarrte vor Furcht. Patti blickte hoch und sah mit einem Schaudern Speckbacke, der nicht freundschaftlich, sondern voller Zorn auf Arnold herunterschaute. Der Zeitungshändler stierte mit offenem Mund und murmelte entschuldigend, wie zum Bürgersteig gewandt: »Nein! Ich hab nichts gesagt. Ich hab nur *angedeutet* ...« Voller Freude sprang Patti über die Straße, und in Sekundenschnelle flog sie die mit grünem Teppichboden überzogenen Stufen hinauf, die sie zuvor einmal mit solchem Widerstreben erstiegen hatte.

Die Bedrückung, die sie in diesen stummen Korridoren beim letzten Mal empfunden hatte, war nicht aus ihnen verschwunden – das Furcherregende schien in gewisser Weise hierhin zu gehören –, aber sie lief damit um die Wette. Sie bewegte sich zu schnell in ihrer sonnigen Fantasie, um sich von dieser Schwere einholen zu lassen. Sie rannte den Flur im dritten Stock hinunter, und an der Tür, vor der Sheri kichernd gekniet und sie gekniffen hatte, ergriff sie den Türknauf und klopfte noch an, während sie sich gleichzeitig auch schon hineinwarf, so ungestüm war ihr Verlangen nach wohltuender Normalität. Da saß Speckbacke an einem großen Schreibtisch an dem Fenster, durch das sie ihn immer gesehen hatte. Er war sogar noch dickbeiniger und blähbäuchiger als seine Patienten. Sein Anblick versetzte ihr einen komischen kleinen Schock, der jedoch an ihrem amourösen Vorhaben nichts änderte.

Er trug einen bequemen Arztkittel und weite Hosen. Seine Schuhe waren klobig, schwarz und orthopädisch gestützt. Ein solcher Körper hätte abstoßend wirken können, wäre er weniger von leuchtender Vergeistigung durchdrungen gewesen. Der seine, der von dem freundlichen Leuchtfeuer seines Lächelns gekrönt wurde, erschien dagegen nur großväterlich, leidend ... lieb. Von irgendwoher waren hallend, wie aus einem weiten geschlossenen Raum, Geräusche von aufgewühltem Wasser und Tieren zu hören – seltsam in ihrer Verbindung. Doch nun sprach Speckbacke:

»Meine Liebe«, sagte er, noch ohne sich zu erheben, »Sie machen einen alten, alten Mann sehr, sehr glücklich!« Seine Stimme war ein Wunder, das ihr eine halb lustvolle Gänsehaut das Rückgrat hinuntersandte. Es war eine unglaubliche Stimme, schwankend und biegsam wie Schilf, durchwirkt mit flötengleichen Klängen von silbriger Reinheit und auf sündige Weise melodiös. Diese Stimme mochte sehr wohl Versuchungen kennen, die Patti sich nie auch nur hätte träumen lassen. Sie war sprachlos und hob ihre Arme in zartem Selbstschutz.

Er sprang auf die Füße, und der kraftvolle Elan, mit dem er

247

seine Körpermassen bewegte, sandte einen erneuten Schauder den Blitzableiter ihrer Nerven hinunter. Auf seinen dicken Elefantenbeinen sprang er flink wie eine Katze zu einer Tür hinter seinem Schreibtisch und bedeutete ihr mit einer Verbeugung hindurchzugehen. Der Lärm von Tieren und schäumendem Wasser scholl lebhafter durch jene Tür. Verdutzt trat sie ein.

Der Raum enthielt lediglich eine enorme schüsselförmige Hydrotherapie-Wanne. Die Wände waren aus nacktem Beton, außer einer, die aus einer Reihe von Fenstern mit geschlossenen Läden bestand, durch welche das nasse Getöse hereindrang. Endlich überwand sie ihren Unglauben und wurde sich einer Sache bewusst, die schon die ganze Zeit an ihr genagt hatte: Jenes dutzendfache Hundeknurren und Katzenkreischen waren Laute von Schmerz und Verzweiflung. Keine Geräusche, wie man sie in einer Klinik zu hören erwartete, sondern in einer Folterkammer! Die Tür schloss sich mit einem überraschend lang anhaltenden schweren Dröhnen, gefolgt von einem scharfen Klicken. Speckbacke, der energisch seinen Kittel aufknöpfte, sagte: »Nur zu, geh und spähe hinaus, du süße leichtfertige Dirne! Oh ja, oh ja, oh ja – bald werden wir *alle* uns an köstlichem Fleisch laben – an Männern und Frauen, nicht an solch armseligem Geschmeiß!«

Patti stand der Mund offen ob der schaurigen Musikalität seiner Worte; sie rang darum, deren Sinn zu erfassen. Der Doktor ließ die Hosen herunter. Wie sich zeigte, trug er unter seiner Kleidung einen schweren Gummianzug, der mit einem komplexen System von Gurten und Schnallen versehen war. Benommen öffnete Patti einen der Läden und schaute in den nächsten Raum. Darin sah sie, wie die Geräusche schon nahe gelegt hatten, ein gewaltiges Wasserbecken, jedoch nicht von der Form und dem gechlorten Blau, das sie erwartet hatte. Es war eine Furcht erregende, schleimig-schwarze Grotte, die sich unter ihr auftat, umrandet von schroffen, seetangbehangenen Felsen zyklopischer Größe. In der schwärzlichen, üblen Wasser-Brühe tummelten sich aufgeblähte, elefantöse Kreaturen ...

Als sie diese Kreaturen erblickte, riss sie die Augen mit verzweifelter Hast von ihnen los; lange Augenblicke zu spät für ihren gesunden Verstand. Albträume sollten nicht einfach so *da sein* dürfen, so Schwindel erregend dicht an der Realität. Dass es sich bei diesen Kreaturen um solche siedenden Plasmen handeln sollte, um solche verschlagenen titanischen Maden wie die, von denen sie geträumt hatte, machte nur die Hälfte des Grauens aus. Die andere Hälfte war der menschliche Kopf, mit dem jeder dieser kochenden Gestaltwandler ausgestattet war, ein komischer Auswuchs aus der albtraumhaften Masse – dies und der Regen von panikerfüllten Tieren, die aus Käfigen über dem Becken fielen und in ihrem rasenden Entsetzen den breiigen Abscheulichkeiten sowohl als Spielzeug wie auch als Nahrung dienten.

Mit offenem Mund wandte sie sich zu Speckbacke um. Er stand an der großen leeren Wanne und arbeitete an dem System von Schnallen auf seiner Brust. »Verstehen Sie, meine Liebe? Bitte versuchen sie es! Ihr Grauen wird Ihren Geschmack verfeinern. ›*Deiner sterbenden Augen verlöschende Glut soll ertrinken in einem Meer von Blut*‹ ... Sehen Sie, es fällt uns leichter, den größten Teil unserer Gestalt mit Anzügen wie diesem zu wahren. Wir könnten auch den gesamten Körper nachahmen, doch dafür wären bei weitem größere Anstrengung und Konzentration erforderlich.«

Ein letzter Ruck, und die Reihe von Schnallen sprang knackend auseinander. Eine zähe purpurne Gallertmasse ergoss sich in dicken Fäden aus der Vorderseite seines Anzugs in die Wanne. Patti rannte zur Tür, die auf dieser Seite keinen Türknauf besaß. Während sie mit ihren Fingernägeln darüberkratzte und schrie, erinnerte sie sich an die Fliege am Fenster und hörte, wie Speckbacke hinter ihr fortfuhr:

»Also imitieren wir nur den Kopf, und wir lösen ihn niemals auf, damit wir nicht riskieren, ihn fehlerhaft wieder anzunehmen und dadurch Verdacht auf uns zu lenken. Sie dürfen sich wehren, meine Liebe!«

Sie blickte zurück und sah gewaltige Tentakel, die wie groteske Phalli aus dem Schleim in der Wanne emporschnellten, der sich nun brodelnd bewegte. Sie schrie.

»Oh ja!«, flötete das speckbackige Gesicht, das nun auf dem purpurnen Gebrodel schaukelte. An den Stellen, an denen die Tentakel sie packten, begannen ihre Arme zu rauchen. Patti wurde vom Boden hochgehoben, so leicht, als sei sie nicht mehr als eine zappelnde Küchenschabe. »Oh ja, mein liebes Mädchen – *deine Brautjungfern werden Schmerz und Abscheu sein, als Gelöbnis wirst Flüche du stammeln und schrei'n ...*« Als er sie über den Kessel seines Säurekörpers hob, sah sie, wie er die Augen verdrehte und sie pechschwarz wurden. Er ließ ihre Füße in sich hinab. Ein letztes Mal, bevor der Schock sie erfasste, schleuderte Patti das schwächliche Werkzeug ihrer Stimme gegen die massiven Wände. Sie trat um sich, während ihre Füße in die sengende Gallertmasse sanken, und strampelte, bis ihre Schuhe sich auflösten, bis von ihren Füßen und Fußknöcheln Nebelschleier sich verflüssigenden Fleisches die gierige Substanz des Schoggothenfürsten ausbreiteten. Dann ließ ihr Strampeln nach, und sie sank tiefer in ihn hinein ...

Originaltitel: *Fat Face*
Erstveröffentlichung: *Fat Face,* 1987.

Aus dem Amerikanischen von Armin Patzke

Der Große Fisch

VON KIM NEWMAN

Die Bullen von Bay City trieben feindliche Ausländer zusammen. Während ich die hässliche Küstenstadt durchfuhr, zerrten Uniformierte ein altes Ehepaar aus einem Lebensmittelladen. Die Nachbarn der Tarakis hatten sich im Nieselregen zusammengerottet und heulten asthmatisch nach blutiger Rache. Pearl Harbor hatte viele Menschen auf diese Art getroffen. Als die Tarakis im Bus nach Manzanar saßen, strömten die Nachbarn wie ein Haufen verwahrloster Geier in den Laden. Sofort verschwanden Waren; dann begann die Zerstörung. Die Tarakis hatten über dem Geschäft gewohnt; nun wurden ihre Möbel aus einem Fenster im ersten Stock geworfen. Feines Porzellan zerbarst auf dem Bürgersteig, und weiße Splitter wie Zähne flogen in den Gully. Wahrlich erhebend war es, die Streitkräfte der Demokratie zu beobachten, wie sie sich sammelten, um die Vereinigten Staaten vor bösartigen, orientalischen Lebensmittelhändlern zu beschützen, die auf gar grausige Art versuchten, Auberginen an unglückselige Zivilisten zu verkaufen.

Zwischenzeitlich war ich mit einem Mann verabredet, der drei Bilder auf seinem Kaminsims stehen hatte; sie standen im Dreieck um eine Statue der Jungfrau Maria herum. An der Spitzes des Dreiecks war seine weißhaarige Mama zu sehen, links davon Charles Luciano und rechts Benito Mussolini. Die Tarakis, von Geburt her Amerikaner und eingetragene Parteimitglieder bei den Demokraten, wurden für die Zeit des Krie-

253

ges in ein staubiges Konzentrationslager gebracht, während Gianni Pastore, auf Sizilien geboren und *Capo* des Familiengeschäfts, seinen Krieg in einem mit Marmor verkleideten Herrenhaus verbringen würde, das er sich mit dem Kleingeld verdient hatte, die andere in Einarmige Banditen steckten oder mit denen sie für die Gefälligkeiten hübscher Mädchen aus der alten Heimat bezahlten. Ich hatte sein Haus schon früher gesehen, und bis jetzt hatte ich der Versuchung widerstehen können, einer der zwölf Musenstatuen mit der Bourbonflasche eins über den Schädel zu ziehen.

Mit Geld kann man sich Liebe kaufen, aber ein Konto für guten Geschmack hat noch niemand anlegen können.

Der Palast war in die Hügel gebaut, ein kleines Stück von Tyrone Powers Haus entfernt den Boulevard rauf. Aber nun hockte Pastore mit seinem nerzgesäumten Filzhut in einem Motelkomplex in Bay City – Motelkomplex: So bezeichnet der Immobilienmakler eine heruntergekommene Ansammlung furchtbarer Hütten, die man für das Wohlbefinden von Leuten zusammengeschoben hat, die Sand auf ihren Teppichen lieben.

Ich nehme immer einen tiefen Atemzug frischer Luft, bevor ich einen geschlossenen Raum betrete, in dem sich jemand mit Pastores Beruf aufhält; also parkte ich den Chrysler ein paar Blocks vom Seaview Inn entfernt und ging den Rest des Weges zu Fuß, wobei ich an einer Camel nuckelte, um im Nassen warm zu bleiben. Es heißt, in Südkalifornien regne es nie, aber es hieß auch, die US-Marine könne nicht überrascht werden. Diesen Februar hatten wir drei Monate nach Kriegsbeginn, doch der Rest der Welt kämpfte bereits seit 1936 oder 39, je nachdem, ob man nun Chinese oder Pole war, und es regnete nahezu ununterbrochen, vom leichten Nieseln die trüben Tage über bis hin zu spektakulären Stürmen mit De Mille'schen Lichteffekten in unseren von Furcht erfüllten Nächten. Die treuen Pfadfinder, die den Horizont nach japanischen und Nazi-U-Booten absuchten, füllten inzwischen die Grippestationen, und Hersteller von Regenmänteln und -schirmen, die ihre Produktion noch nicht auf Kriegswirtschaft umgestellt hatten, machten ein Vermögen. Mir war der Regen egal. Wenigstens war das Regenwasser im Gegensatz zu vielen anderen Dingen in Bay City sauber.

Ein kleiner Junge mit einem Holzgewehr sprang aus einem Busch, überschüttete mich mit Klangeffekten und unterbrach sein onomatopoetisches Zwitschern mit einem »Stirb, du schlitzäugiger Japs!«. Ich griff an mein Herz, wankte zurück, und der Junge gab mir mit einer raschen Salve den Rest. Ich starb für den Kaiser und schenkte dem Kind einen Dime, damit es verschwand. Wenn der Krieg lange genug dauerte, bekäme der kleine Johnnie vielleicht die Gelegenheit, loszumarschieren und wirklich jemand zu töten, und vielleicht würde er dann am ganzen Leib zitternd wieder nach Hause kommen, oder in einer Kiste ... oder vielleicht hatte er dann auch Spaß am Töten gefunden. In der Zwischenzeit, besonders nachdem jemand vor Santa Barbara ein U-Boot gesichtet hatte, bereitete sich Kalifornien auf den Krieg vor. Abgesehen davon, Lebensmittelhändler zu internieren, schrieben unsere größten Geister Lieder wie: »To Be Specific, It's Our Pacific/Um genau zu sein, der Pazifik wird immer unser sein«, »So Long Momma, I'm Off to Yokahama/Tschüss Mama, ich bin nach Yokohama«, »We're Gonna Slap the Jap Right Off the Map/ Wir klatschen die Japse von der Karte« und »When Those Little Yellow Bellies Meet the Cohens and the Kellys/Wenn die kleinen Gelbbäuche die Cohens und die Kellys treffen«. Zanuck hatte seine Zucht argentinischer Poloponys an West Point gespendet und dafür die Uniform eines Operettengenerals bekommen, in der er sich der Fernmeldetruppe hatte anschließen können, um die Achsenmächte durch Posieren für Pressefotos zu besiegen.

Ich habe zwei Tage nach Pearl Harbor versucht, in die Armee einzutreten, aber sie haben mich wieder auf die Straße geworfen. Zu viele Knochenbrüche. Offenbar bin ich ein paar Mal zu oft auf den Kopf geschlagen worden und neige dazu, das Bewusstsein zu verlieren. Wo sie es schon erwähnten, musste ich zugeben, dass sie Recht hatten.

Der Seaview Inn war verriegelt und verrammelt, eines der ersten Kriegsopfer. Er besaß eine eigene Mole, und dort lagen ein paar mit Zeltbahnen zugedeckte Motorboote. Im Zwielicht des Spätnachmittags sah ich die Silhouette der *Montecito*, die an einem strategischen Ort außerhalb der Dreimeilenzone vor Anker lag. Das war zumindest ein Vorteil der Sache mit den Japanern: Einerseits hatten sie zwar einen Großteil der amerikanischen Flotte versenkt, aber andererseits hatten sie auch Laird Brunettes schwimmende Spielhölle aus dem Geschäft gedrängt. Niemand hatte Lust, sein letztes Hemd an einem manipulierten Roulettetisch zu verlieren, wenn man gleichzeitig damit rechnen musste, jederzeit torpediert zu werden. Ich hätte ja gedacht, dass das dieser ganzen verrückten Spielerei noch einen Extrakick verpassen würde, aber ich bin ja auch nur ein armer Privatdetektiv, der nicht mehr als 25 Dollar am Tag verdient.

Der Seaview Inn war ein Zwischenstopp auf dem Weg zur *Monty*, doch nun war Essig mit dem Geschäft. Das Hauptgebäude war aus staubiger Eiscreme geformt und sah aus wie eine dreistöckige Musiktruhe mit Friesen aus Kammmuscheln. Ich stieß die Doppeltür auf und betrat die Lobby. Den Boden zierte ein Mosaik, auf dem Neptun – der wie ein wütender Weihnachtsmann in Schwimmanzug aussah – sich an eine Meerjungfrau ranmachte, die offenbar zum gleichen Friseur ging wie Hedy Lamarr. Abgesehen von ein paar strategisch platzierten Muscheln war die Meerjungfrau nackt, eine Arbeit von überragendem künstlerischen Rang.

Die Rezeption war nicht besetzt, und die Klingel zu betätigen änderte nichts daran. Wasser rann an den Außenseiten der grün getönten Fensterscheiben herunter. Irgendwo tropfte etwas unablässig. Ich zündete mir noch eine Camel an und ging auf Erkundungstour. Das Büro war abgeschlossen, und der letzte Eintrag im Empfangsbuch datierte vom 7. Dezember 1941. Mein Regenmantel tropfte und trocknete allmählich wieder; Jackett und Hemd klebten mir an den Schultern. Ich zuckte mit den Achseln, um ein wenig Luft in meine Kleider zu bekommen. Ich bemerkte, wie Neptuns Gesicht zitterte. Eine dünne Wasserschicht hatte sich auf dem Mosaik gesammelt, und verschiedene anemonenartige Blätter, die an dem Meeresgott befestigt waren, waren offenbar in Aufregung geraten. Wenn ich die Meerjungfrau so betrachtete, konnte ich das nachvollziehen. Tatsächlich, so erkannte ich, hatte sie nur die Frisur von Hedy; das Gesicht gehörte eindeutig Janey Wilde.

Ich gehe oft ins Kino, aber die meisten Abspänne, in denen Janey genannt wurde, habe ich versäumt: *Die Würgerin von Schanghai, Tarzan und das Tigermädchen, Dschungel-Jillians Gefährliche Abenteuer.* Ich hatte sie allerdings in der Zeitung gesehen, oft in beunruhigender Nähe zu Pastore oder Brunette. Sie hatte ihre Karriere als Olympia-Schwimmerin begonnen und war dann, nachdem sie in Berlin ein paar Medaillen geholt hatte, Weissmüller und Crabbe nach Hollywood gefolgt. Einen Oscar bekommen würde sie nie, aber ihre Beine waren auf einer Menge Pin-Ups zu sehen, die nicht unbedingt etwas mit einem Film zu tun hatten. Mit der Spritzpistole nachbearbeitet und zurechtgemacht wie eine gut aussehende Leiche war sie die ideale Sexwerbung. In echt sprudelte sie über wie hiesiger Sekt, auch wenn sie inzwischen ein wenig flau wirkte. Das Detektivgeschäft lief im Augenblick nicht so gut, da sich die Leute um eine unmittelbar bevorstehende Invasion mehr sorgten als um vermisste Töchter oder verlegte Liebesbriefe.

Als daher Janey Wilde in meinem Büro im Cahuenga Building angerufen und mich gebeten hatte, eine ihrer schlecht gewählten Männerbekanntschaften zu durchleuchten, blätterte ich durch den Stapel alter Briefumschläge, die ich als Tischkalender verwende, und informierte sie, dass ich gegenwärtig frei sei und mich um den Verbleib eines gewissen großen Fisches kümmern könne.

Aber wo auch immer Laird Brunette abgeblieben sein mochte, hier jedenfalls nicht. Mittlerweile war ich ferner zu dem Schluss gelangt, dass auch Gianni Pastore, der Partner des Spielerkönigs, sich nicht hier befand. Und das bedeutete, dass ich einen Nachmittag vergeudet hatte. Der Regen draußen war noch heftiger geworden und trommelte wütend gegen die Wände. Entweder waren Hagelkörner unter den Regentropfen, oder die japanische Luftwaffe bewarf Bay City mit Kieselsteinen, um die Bevölkerung zu demoralisieren. Keine Ahnung, warum sie sich überhaupt die Mühe machten. Hirohito bräuchte den Bullen von Bay City nur einen dicken Umschlag zuzustecken, und schon würden die Honoratioren die ganze Stadt hübsch verpacken und mit einer tiefen Verneigung dem japanischen Reich als Präsent überreichen.

In der Lobby fanden sich noch weitere Pfützen, und kleine Bäche rannen von einer Seite zur anderen. Das erinnerte mich an eine Folge von *Dschungel-Jillians Gefährliche Abenteuer*, die ich mal gesehen hatte, als ich einem Päderasten in eine Samstagsmatinee gefolgt war. Gegen Ende der Folge war Janey Wilde von der Pantherprinzessin gefangen genommen und in einen Raum gesteckt worden, der sich langsam mit Wasser füllte. Allerdings war dieser Raum ein ganzes Stück kleiner gewesen als die Lobby des Seaview Inn, und das Wasser war deutlich schneller hereingeströmt.

Hinter der Rezeption hingen Fotos von netten Menschen in netten Kleidern, die eine nette Zeit miteinander verbrachten. Pastore war dort zu sehen, ebenso wie Brunette. Sie grinsten wie Tiger und mischten sich unter das Showvolk: Xavier Cugat, Janey Wilde, Charles Coburn. Janice Marsh, die glubschäugige Schönheit, von der es gerüchteweise hieß, sie hätte Dschungel-Jillian in Brunettes Gunst abgelöst, war mehrfach in künstlerischen Posen zu sehen und damit gut repräsentiert.

Am Telefon hatte mir Pastore fest versprochen, er werde hier sein. Eigentlich hatte er sich nicht mit einem Schmalspurschnüffler wie mir abgeben wollen, aber Janey Wildes Name hatte mir die Tür geöffnet. Ich hatte das Gefühl, als wäre Papa Pastore erleichtert darüber gewesen, dass ich ihn über Brunette ausquetschen wollte; er schien unbedingt etwas loswerden zu wollen. Er musste sehr beschäftigt sein, denn im Augenblick waren gleich mehrere Kriege im Gange: der große auf der anderen Seite des Ozeans und ein paar kleine hier daheim. Maxie Rothko, Barbesitzer und Juniorpartner der *Monty*, war am Santa Monica Pier im Seetang aufgefunden worden; das, was noch von seinem Kopf übrig geblieben war, war nicht der Rede wert gewesen. Und Phil Isinglass, Winkeladvokat und Brunettes Frontmann, war in den Flutgräben wieder aufgetaucht, die Lungen voller Schlamm. Zu verschwinden war in Brunettes Organisation die neueste Mode. Das klang nicht gut für Janey Wilde, obwohl Pastore über den Laird gesprochen hatte, als würde Brunette noch leben. Doch jetzt war Papa nicht mehr hier. Ich begann, mich über jemanden zu ärgern, über den man sich besser nicht ärgern sollte.

In den Strandhütten würde ich Pastore wohl kaum finden, aber im Hauptgebäude müsste er ein Apartment haben. Ich beschloss, mich weiter umzusehen. Dschungel-Jillian hätte nichts anderes von mir erwartet. Sie hatte mich für fünf Tage im Voraus bezahlt, was ziemlich gut war, da selbst jemand wie ich essen und trinken oder anderen teuren Vergnügungen der Gutbetuchten und Faulen nachgehen will wie Miete oder Rechnungen bezahlen.

Der Gang, der am Büro vorbeiführte, endete an einer Treppe. Kaum hatte ich meine Größe-Neun-Latschen auf die erste Stufe gesetzt, da schmatzte es. Ich begriff, dass hier mehr als nur das Übliche nicht stimmte. Die Stufen waren der reinste Wasserfall; allerdings sickerte das Wasser mehr, als dass es in Kaskaden hinunterschoss. Und es war nicht nur Wasser; irgendein unangenehmes, schleimiges Zeug war darunter gemischt. Jemand hatte die Wanne überlaufen lassen. Als Erstes fragte ich mich, ob Pastore wohl von einer Kugel beim Baden unterbrochen worden war. Ich sollte mich irren. Langfristig gesehen wäre er besser dran gewesen, wenn ich richtig vermutet hätte.

Ich stieg die überschwemmte Treppe hinauf und fand eine geschlossene, aber nicht abgesperrte Apartmenttür vor. Ich straffte die Schultern und stieß sie auf. Ich traf auf Widerstand, doch dann glitt sie auf, und ein Wasserschwall spülte um meine Knöchel und durchtränkte meine dunkelblauen Socken. Mit dem Wasser kam ein Gestank nach einem drei Wochen tot im Kanalwasser liegenden Fisch, der sich wie eine Decke über mich legte. Ich hielt den Atem an und betrat den Raum. Das Wasser floss nun schneller. Ich hörte einen Wasserhahn rauschen. Aus einem Radio kam Musik, die sich mit lustigem Gurgeln mischte. Ein Schnulzensänger versuchte das Beste aus ›Life Is Just a Bowl of Cherries‹ zu machen, aber er klang, als stünde er bereits bis Unterkante Oberlippe im Wasser. Ich folgte der Musik und fand das Bad.

Pastore lag mit dem Gesicht nach unten in der überlaufenden Wanne; die Musik kam aus dem Radio unter ihm. Er trug einen seidenen Hausmantel, der am Rücken heruntergezogen war; seine Handgelenke waren mit dem Gürtel des Mantels zusammengebunden. Zu guter Letzt war er wohl ertrunken; aber davor hatte irgendjemand Hand an ihn gelegt, entweder in rasender Wut oder mit professioneller Kaltblütigkeit. Ich bin kein Gerichtsmediziner; also konnte ich nicht sagen, wie lange der Mann schon im Wasser lag. Dass das Radio noch immer lief und auch das Badewasser, legte allerdings nahe, dass Gianni erst vor kurzem vor seinen Schöpfer getreten war, obwohl der Gestank älter wirkte als die Sünde.

Ich habe die üble Angewohnheit, in Bay City Leichen zu finden, und die profitorientierteste Polizei des Staates hat die üble Angewohnheit, Verbindungen zwischen mir und einer Vielzahl von Verblichenen herzustellen. Die Lösung dieses Falles war offensichtlich: Am besten wäre wohl ein freundlicher Telefonanruf gewesen, in dessen Verlauf ich den Bullen den Weg zum Apartment des kürzlich von uns gegangenen Mr. Pastore erklärt und gedankenverloren vergessen hätte, meinen Namen zu erwähnen. Wer weiß, vielleicht würde ich ja sogar einmal an einen ehrlichen Cop geraten.

Und genau das hätte ich in diesem Augenblick auch getan, wäre da nicht der Mann mit der Pistole durch die Tür gekommen ...

Ich musste Janey Wilde die Schuld an allem geben. Sie war einfach ohne Termin erschienen; eine Empfehlung hatte sie auf mich gebracht. Seltsamerweise hatte Laird Brunette irgendwann einmal etwas nicht allzu Unfreundliches über mich verlauten lassen. Wir kannten uns tatsächlich, und seit einiger Zeit hatten wir auch nicht mehr ernsthaft versucht, einander umzubringen. Das war eine genauso gute Basis für eine Beziehung wie jede andere auch.

Ihr Sarong betonte Dschungel-Jillians breite Schultern, und dazu trug sie eine Pagenkappe mit Schleier. Die Kinder in den Matineen mochten sie, besonders wenn sie mit ausgestopften Schlangen rang, und auch die pflichtbewusst mitkommenden Väter fanden keinen Grund zur Beschwerde – vor allem nicht, wenn sie wieder einmal irgendwo gefesselt am Boden lag und ihr Sarong ein Stück nach oben rutschte. Ihre Lippen waren voll und rot wie Weintrauben. Wenn sie die Beine übereinander schlug, sah man deutlich ihre Schwimmermuskeln.

»Er ist wirklich sehr süß«, erklärte sie und meinte damit, dass Mr. Brunette nie jemanden in zehn Meilen Umkreis von ihr erschossen hatte, ohne sich anschließend dafür bei ihr zu entschuldigen. »Er ist ganz und gar nicht so, wie sie ihn in den Skandalblättern immer darstellen.«

Der alte Spieler hatte sich in letzter Zeit immer merkwürdiger verhalten, besonders nachdem der Krieg ihm das Geschäft ruiniert hatte. Tatsächlich war die *Montecito* schon fast ein Jahr außer Dienst, angeblich zur Überholung; laut Janey Wilde waren jedoch nie irgendwelche Arbeiter zum Schiff hinausgefahren. Ungefähr zur gleichen Zeit, da Brunette seine manipulierten Spieltische außer Betrieb gestellt hatte, war er einer typisch kalifornischen Krankheit zum Opfer gefallen: einem spinnerten Anfall von Religiosität. Vor ein paar Jahren hatte er sich auf einen verrückten Deal mit einem Typ namens Amthor eingelassen, aber da war er offensichtlich schon von harmlosen Schwindlerkulten zum harten Zeug übergegangen: Spiritualismus, orgiastische Riten, Singen, Weihrauch, das ganze Programm eben.

Dass er sich plötzlich so leidenschaftlich für alles Okkulte interessierte, dafür gab Janey Janice Marsh die Schuld, die sich zufälligerweise einen Namen als Pantherprinzessin in den *Gefährlichen Abenteuern der Dschungel-Jillian* gemacht hatte – eine Rolle, die von ihr verlangte, Janey Wilde mindestens einmal pro Folge zu foltern. Meine Auftraggeberin hatte allerdings vergessen zu erwähnen, dass ihre eigene Karriere zwischen *Dschungel-Jillian* und Die *Würgerin von Schanghai* nicht gerade ein Höhenflug gewesen war, während die einstige Pantherprinzessin von Republic zu MGM gegangen war, wo man sie als exotische Schönheit im Stil einer Garbo oder Dietrich aufbauen wollte. Aber man mochte ja von Janice Marshs Nofretete halten, was man wollte, für mich sah sie immer noch wie Peter Lorre aus. Und laut Janey besaß der neue Stern am Firmament viele seltsame Vorlieben.

Brunette hatte sich offensichtlich einer ganzen Reihe von extremen Organisationen angeschlossen, in denen er sich so sehr engagierte, dass er sein eigenes Geschäft zunehmend vernachlässigte, was wiederum seinen Partner, Gianni Pastore, mehr und mehr verärgerte. Vielleicht war das auch der Grund dafür, warum irgendwelche Personen davon ausgingen, dass es Brunette wohl nichts ausmachen würde, wenn seine Partner einer nach dem andern starben. Ich kam einfach nicht dahinter. Die Sekten, mit denen ich bis jetzt zu tun gehabt hatte, blieben nur im Geschäft, weil sie dummen reichen Leuten Sex, Drogen, Macht oder himmlische Versicherungen verkauften. Der Laird passte definitiv *nicht* in diese Kategorie. Dafür war er einfach ein viel zu großer Fisch.

Der Mann mit der Pistole war Engländer; er trug einen weißen Fliegerschal und sprach mit dem Akzent eines Ronald Colman ... Und er war nicht allein. Ein schweigsamer, riesiger Schläger, den ich als FBI-Agenten erkannte, durchwühlte meine Brieftasche, während der adrette Ausländer seine halbautomatische Waffe gelassen auf meine Brust gerichtet hielt.

»Ein Schnüffler«, knurrte der FBI-Mann und zeigte seinem Kollegen meine Lizenz mit der angeblich so beeindruckenden Dienstmarke.

»Interessant«, sagte der Tommy und ließ die Pistole in der Tasche seines Kamelhaarmantels verschwinden. Den Weg vom Auto zum Haus musste er im Schutz eines Schirms zurückgelegt haben, denn auf dem feinen Stoff war nicht ein Tropfen Regen zu sehen. »Mein Name ist Winthrop. Edwin Winthrop.«

Wir schüttelten uns die Hände. Der, oder besser *die Dritte* im Bunde ging bereits die Papiere des Verblichenen durch. Sie

263

hob den Blick, strahlte mich mit spitzen weißen Zähnen an und machte sich wieder an die Arbeit.

»Das ist Mademoiselle Dieudonné.«

»Geneviève«, sagte sie mit einem Akzent, der darauf schließen ließ, dass nicht nur ihr Name, sondern auch sie selbst französisch waren. Sie trug etwas Weißes mit Silber darin und besaß eine üppige hellblonde Mähne.

»Und der Gentleman vom Federal Bureau of Investigation hört auf den Namen Finlay.«

Der Agent grunzte. Er sah aus, als wäre er ein Werk von Willis H. O'Brien.

»Sie sind an einem Mr. Brunette interessiert«, sagte Winthrop. Das war keine Frage; also ergab es auch keinen Sinn, ihm zu antworten. »Wir ebenfalls.«

»Wenn Sie jetzt noch einen Russen dazurufen, hätten wir alle Alliierten hier«, sagte ich. Winthrop lachte. Er war clever. »Ja, das stimmt wohl. Ich bin im Namen meiner Regierung hier und habe die volle Unterstützung der Ihren.«

Eine der Kleinigkeiten, die mir als Detektiv sofort auffiel, war die Tatsache, dass niemand auch nur vorschlug, die Polizei über Gianni Pastores Zustand zu informieren.

»Haben Sie je von einem Ort namens Innsmouth in Massachusetts gehört?«

Das sagte mir gar nichts, und so antwortete ich auch entsprechend.

»Dann können Sie sich glücklich schätzen. Special Agent Finlays Kollegen sollten damals in den Zwanzigern bestimmte unsichere, hm, sagen wir ›Strukturen‹ vor der Küste bei Innsmouth sprengen. Das war eine ziemlich üble Angelegenheit.«

Geneviève sagte etwas auf Französisch, dass wie ein Fluch klang. Sie hob ein Foto von Brunette in die Höhe, auf dem er Wange an Wange mit Janice Marsh tanzte.

»Kennen Sie die Dame?«, fragte Winthrop.

»Nur aus ihren Filmen. Ein paar Leute schwärmen richtig von ihr, aber für mich sieht sie aus wie Mr. Moto.«

»Das ist wohl wahr. Sagt Ihnen der Esoterische Orden von Dagon irgendwas?«

»Klingt wie die Kirche des Monats, aber sonst ... nein.«

»Kapitän Obed Marsh?«

»Nie gehört.«

»Die aus der Tiefe kommen?«

»Was soll das sein? Eine Bergarbeitergewerkschaft?«

»Was ist mit Cthulhu, Y'ha-nthlei, R'lyeh?«

»Gesundheit.«

Winthrop grinste; seine Schnurrbartspitzen zuckten. »Nein, sie sind wirklich nicht leicht auszusprechen. Diese Namen sind nicht für menschliche Zungen gedacht, wissen Sie?«

»Das ist bloß 'n Schlüssellochgucker«, sagte Finlay. »Hat keine Ahnung von gar nix.«

»Seine Grammatik lässt zu wünschen übrig. Bezahlt J. Edgar etwa keine Rhetorikkurse?«

Finlays große Hände öffneten und schlossen sich wieder, als hielte er einen Hals dazwischen.

»Gene?«, sagte Winthrop.

Die Frau hob den Blick, leckte sich geistesabwesend über die roten Lippen und dachte einen Augenblick lang nach. Sie sagte etwas in einer fremden Sprache, die ich nicht verstand.

»Es ist nicht nötig, ihn zu töten«, fügte sie dann auf Französisch hinzu. *Vielen Dank*, dachte ich.

Winthrop zuckte mit den Schultern und sagte: »Mir soll es recht sein.« Finlay wirkte enttäuscht.

»Sie können gehen, wohin Sie wollen«, sagte der Tommy zu mir. »Wir werden uns um alles kümmern. Ich sehe keinen Sinn für Sie darin, Ihre Nachforschungen weiter fortzusetzen. Schicken Sie eine Rechnung an diese Adresse«, er reichte mir eine Karte, »und Sie werden Ihre Spesen erstattet bekommen. Machen Sie sich keine Sorgen. Wir machen hier weiter, bis die

Sache erledigt ist. Nebenbei ... Es wäre besser, wenn Sie niemandem erzählen würden, was Sie hier gesehen oder was ich gesagt habe. Da draußen ist ein Krieg im Gange, wissen Sie? Ein loses Mundwerk kann ein Schiff versenken.«

Mir kamen gleich mehrere clevere Antworten in den Sinn, aber ich schluckte sie herunter und ging. Jeder, der glaubte, mich nicht umbringen zu müssen, war für mich okay, und ich war bestimmt der Letzte, der so jemanden reizen würde. Während ich zu meinem Wagen ging, fuhren mehrere auffällig unauffällige Fahrzeuge an mir vorbei zum Seaview Inn.

Es wurde allmählich dunkel, und draußen auf See zuckten Blitze nieder. Ein Blitz erhellte die *Montecito*, und ich zählte fünf Sekunden bis zum Donnern. Ich hatte das Gefühl, dass dort draußen jenseits der Dreimeilenzone noch etwas anderes war als nur ein schwimmendes, ehemaliges Casino, und dieses Etwas war wütend.

Ich kletterte in den Chrysler und verließ Bay City. Je weiter ich landeinwärts kam, desto besser fühlte ich mich.

Ich habe *The Black Mask* abonniert. Es ist lange her, seit Hammett und der Kerl dabei waren, der die Ted-Carmady-Storys geschrieben hat; manchmal bekommt man aber noch einen guten Cornell Woolrich oder Erle Stanley Gardner. Zurück in meinem Büro sah ich, dass der Zeitungsjunge da gewesen war und die *Times* sowie das Pulpmagazin von nächstem Monat gebracht hatte. Aber es hatte eine Verwechslung gegeben. Statt der *Mask* lag etwas in meiner Zeitung, dass sich *Weird Tales* nannte. Auf dem Cover wurde ein Mann von zwei grünen Dämonen und einem stereotypen Vampir attackiert. ›*Die Hölle auf Erden‹, eine Novelle über Satan in einem Smoking, von Robert Bloch* stand über dem Titel. Auch versprach man dort: *Eine neue Lovecraft-Serie, ›Herbert West – der Wiedererwecker‹,* und ›*Der Herr der Ratten‹ von Greye la Spina.* All das für nur 15 Cent ... Himmel. Wäre ich eine andere Art von Detektiv gewesen, die Art, die ›Im Namen von ... irgendwas‹ sagt und sich den gewichsten Schnurrbart zwirbelt, wann immer sie eine verstümmelte Leiche findet, ich hätte diese Verwechslung als Omen betrachtet.

In meinem Büro hatte ich schon seit jeher fünf Aktenschränke, drei davon leer. Auch besaß ich zwei Flaschen, wovon jedoch nur eine leer war. In ein paar Stunden würde die Zahl der leeren Flaschen genau um eins zugenommen haben.

Das Radio funktionierte nicht, aber von irgendwoher hörte ich Glenn Miller. Ich stellte fest, dass mein Glas leer war, und kümmerte mich darum. Vom Stuhl hinter meinem Schreibtisch aus betrachtete ich die Muster, die der Regen auf den Fenstern hinterließ. Wenn ich den Hals reckte, konnte ich den Verkehr auf dem Hollywood Boulevard sehen. Die Menschen, zu deren Arbeitsalltag es nicht gehörte, Tote in Badewannen zu finden, gingen nach Hause, um dort ihre Abende nicht mit dem Leeren einer Flasche zu verbringen.

Nach einem Tag hatte ich zwar ein paar Aufregungen erlebt, für Janey Wilde jedoch nicht viel getan. Keinen Schritt war ich der Lösung des Problems näher gekommen, warum und wohin Mr. Brunette verschwunden war; ich war noch genauso weit wie zu dem Augenblick, da sie von einer verführerischen Parfümwolke umhüllt mein Büro verlassen hatte.

Janey Wilde hatte mir etwas Literatur gegeben, die angeblich mit Brunettes kultischem Engagement zu tun hatte. Nun, während das dritte Glas mich von innen wärmte, sah ich sie mir an und wartete auf die große Inspiration. Ich fand interessante Echos passend zu Winthrops seltsamer Einkaufsliste. Allerdings hatte ich kein Glück, was seine Buchstabensuppe von Namen betraf, hauptsächlich weil ›Cthulhu‹ mehr wie ein Husten denn wie ein Wort klingt. Aber der Esoterische Orden von Dagon war eine Gruppe, der Brunette sich angeschlossen hatte, und Innsmouth, Massachusetts, war eine Ostküstenstadt, wo dieser Orden registriert war. Der Esoterische Orden besaß einen Tempel am Strand von Venice, und in seinen Hokuspokusflugblättern versprach er ›uralte und faszinierende Riten, um die Mysterien der Tiefe zu ergründen‹. Zwischen den Aufnahmeanträgen fand sich eine Studiobiografie von Janice Marsh, die hilfreicherweise auch ihren Geburtsort angab: Innsmouth, Massachusetts. Es hieß, sie könne ihre Familie bis zu Kapitän Obed Marsh zurückführen, dem berühmten Forschungsreisenden aus dem 19. Jahrhundert, von dem ich noch nie gehört hatte. Offensichtlich waren Winthrop, Genevieve und das FBI mir meilenweit voraus. Und ich wusste nicht einmal, wer der Engländer und die Französin wirklich waren.

Ich fragte mich, ob ich nicht besser daran täte, ein wenig in *Weird Tales* zu lesen. Das mit dem ›Satan im Smoking‹ gefiel mir. Das war zwar nicht Ted Carmady mit einer Halbautomatischen und einer Lady, aber das würde es auch tun. Es gab noch jede Menge mehr Donner und Blitz, und ich machte die Flasche leer. Ich nehme an, ich hätte genauso gut nach Hause gehen können, aber der Stuhl war auch nicht unbequemer als mein Bett.

Die leere Flasche rollte über den Tisch, und ich zog den Schlips aus und machte es mir gemütlich, um die Sorgen des Tages zu vergessen.

Dank des Krieges schaffte es Pastore nur auf Seite 3 der *Times*. Offensichtlich war der berühmte Spielhöllenbesitzer erschossen worden. Falls das stimmte, war das geschehen, nachdem ich gegangen war. Zu dem Zeitpunkt war er schlicht gefoltert und ertränkt gewesen. Polizeichef John Wax gab in Bezug auf die Ermittlungen sein übliches »wird Weihnachten beendet sein« zum Besten. Das FBI wurde genauso wenig erwähnt wie unsere Alliierten: John Bull in seinem Smoking und Mademoiselle la Guillotine. Im Knast bekommt man Zeitungen mit großen rechteckigen Löchern darin, wo der Zensor Artikel entfernt hat, die er als provokant erachtet. In dieser Hinsicht ist der Unterschied zum normalen Leben nicht sonderlich groß: Unsichtbare Löcher finden sich in allen Zeitungen. Pastores Wohlfahrtsarbeit mit unterprivilegierten Kindern wurde erwähnt, aber irgendjemand hatte vergessen, den Dreck zu erwähnen, den er ihnen verkaufte, sobald sie zu unterprivilegierten Erwachsenen herangewachsen waren. Ein Foto zeigte ihn mit Janey Wilde und Janice Marsh bei der Premiere eines Films mit George Raft. Das japanische Phantom-U-Boot vor Santa Barbara hatte mehr Spalten bekommen. General John L. DeWitt, Oberkommandierender der Westküstenverteidigung, forderte mehr Truppen und prophezeite, dass »Tod und Zerstörung jeden Augenblick über uns hereinbrechen können«. Jeder in Kalifornien blickte aufs Meer hinaus.

Nach meiner üblichen Morgenkonferenz mit Mr. Huggins und Mr. Young meldete ich ein Telefongespräch mit Janey Wildes Residenz in Malibu an. Die meisten Leinwandidole sind entweder im Studio oder im Bett, wenn man sie vor zehn Uhr morgens anruft, doch Janey, der bis zum Drehbeginn von *Von der Bowery nach Bataan* noch mehrere Wochen blieben, war zu Hause und wach; tatsächlich war sie sogar bereits dreißig Bahnen geschwommen. Im Gegensatz zu nahezu allen anderen in ihrem Geschäft glaubte sie, ein Swimmingpool sei zum Schwimmen da und nicht, um sich daneben zu legen.

Sie wusste sofort, wer ich war, und fragte nach Neuigkeiten. Ich gab ihr eine Zusammenfassung.

»Man hat mich höflich gebeten, von weiteren Ermittlungen Abstand zu nehmen«, erklärte ich, »und das meinten die Jungs ernst.«

»Dann geben Sie also auf?«

Ich hätte ja sagen sollen, aber stattdessen antwortete ich: »Miss Wilde, nur Sie können von mir verlangen aufzugeben.

269

Ich dachte nur, Sie sollten wissen, was die Bundesbehörden davon halten.«

Es folgte eine kurze Pause.

»Da ist noch etwas, das ich Ihnen bis jetzt verschwiegen habe«, sagte sie. Das war eine typische Bemerkung meiner Klienten. »Etwas Wichtiges.«

Ich erwiderte nichts darauf und wartete ab.

»Es ist nicht wirklich Laird, um den ich mir Sorgen mache. Es ist nur, dass er Franklin hat.«

»Franklin?«

»Das Baby«, platzte sie heraus. »Unser Baby. Mein Baby.«

»Laird Brunette ist verschwunden und hat ein Baby mitgenommen?«

»Ja.«

»Entführung ist ein Verbrechen. Sie sollten darüber nachdenken, die Cops anzurufen.«

»Eine Menge Dinge sind Verbrechen. Laird hat viele von ihnen begannen und trotzdem keinen Tag im Gefängnis verbracht.«

Das stimmte, weshalb diese Entwicklung auch so merkwürdig war. Kidnapping, egal ob aus persönlichen oder finanziellen Gründen, ist das riskanteste aller Verbrechen. In der Regel machen sich nur die dümmsten aller Verbrecher die Mühe, und Laird Brunette war kein dummer Verbrecher.

»Ich kann mir keine schlechte Publicity leisten – nicht wo ich kurz davor stehe, die Rollen zu bekommen, die ich brauche.«

Mit *Von Bowery nach Bataan* würde sie sich zu den Unsterblichen der Leinwand gesellen.

»Franklin ist angeblich Esthers Junge. In ein paar Jahren werde ich ihn adoptieren. Esther ist meine Haushälterin. Es wird schon funktionieren. Aber ich muss ihn zurückhaben.«

»Laird ist der Vater. Dadurch stehen ihm auch ein paar Rechte zu.«

»Er hat gesagt, er sei nicht an dem Jungen interessiert. Er ... Er ist ›weitergezogen‹ ... zu Janice Marsh, während ich ... bevor Franklin geboren wurde.«

»Sind Sie also nicht davon überzeugt, dass er einen plötzlichen Anfall von Vatergefühlen bekommen hat, hm?«

»Ich mache mir wahnsinnige Sorgen. Es ist nicht Laird; *sie* ist es. Janice Marsh hat irgendeine Gemeinheit mit meinem Baby vor. Ich möchte, dass Sie Franklin zurückholen.«

»Wie schon erwähnt, ist Kidnapping ein Verbrechen.«

»Wenn das Kind in Gefahr schwebt, sicher ...«

»Haben Sie irgendwelche Beweise für diese Gefahr?«

»Nun ... nein.«

»Haben Laird Brunette oder Janice Marsh Ihnen je einen Hinweis darauf gegeben, dass sie dem Baby etwas Böses wollen?«

»Nicht exakt.«

Ich dachte darüber nach.

»Ich werde mit dem Job weitermachen, für den Sie mich angeheuert haben, aber Sie müssen verstehen, dass das alles ist, was ich tun kann. Wenn ich Brunette finde, werde ich ihm von Ihren Sorgen erzählen. Alles andere müssen Sie unter sich ausmachen.«

Sie dankte mir überschwänglich, und als ich auflegte, hatte ich das Gefühl, als sei ich noch ein paar Schritt tiefer in die Teergruben von La Brea gestiegen; ich spürte das schwarze klebrige Zeug schon ein gutes Stück über den Knien.

Ich *hätte* aus dem Regen bleiben und mich auf Schachprobleme konzentrieren sollen, aber ich hatte noch vier Tage Vorschuss von Dschungel-Jillian in der Tasche und eine Adresse des Esoterischen Ordens von Dagon aus einer Fachzeitschrift für verrückte Wissenschaftler. Also fuhr ich hinaus nach Venice und ermahnte mich den ganzen Weg über, dass ich schnellstmöglich meine Scheibenwischer erneuern musste.

Venice, Kalifornien, ist eine faszinierende Idee, die nicht funktioniert hat. Irgendjemand mit Namen Abbott Kinney hatte den Plan gehabt, eine künstliche Stadt zu bauen, die mit ihren Kanälen und ihrer Architektur dem italienischen Venedig gleichen sollte. Die Kanäle waren meist ausgetrocknet, und wie soll sich in einer Stadt, in der man in den Zwanzigern Gloria Swansons Badezimmer als Triumph der Ästhetik betrachtet hatte, die klassische Architektur durchsetzen. Alles, was übrig geblieben war, waren der Strand und Haufen vor sich hin faulender Fische. Venedig in Italien ist die Pesthauptstadt Europas, und so war in Venice, Kalifornien, wenigstens eines richtig kopiert worden.

Der Esoterische Orden befand sich ein Stück die Küste von Muscle Beach hinauf. Er war in einem unauffälligen Jachtklubgebäude untergebracht, zu dem eine eigene kleine Marina gehörte. Von außen betrachtet vermutete ich, dass die Sekte schon bessere Zeiten gesehen hatte. Seetang hatte sich den Strand rauf gewunden, schlang sich um die Mole und leckte am Unterrand der Vorderfront. Alles war grün angelaufen: Holz, Putz, Kupferverzierungen. Und es roch wie in Pastores Badezimmer, nur schlimmer. Diese Art von Orten veranlasste einen dazu, sich zu fragen, warum die Japse überhaupt bei uns einfallen wollten.

Ich betrachtete mich im Spiegel und rollte mit den Augen. Ich versuchte jenen unbekümmerten lass-mich-dir-all-meine-weltlichen-Güter-geben-wenn-du-mich-in-die-Mysterien-des-Orients-einweihst-Ausdruck aufzusetzen, von dem ich glaubte, dass ihn die Anhänger solch bescheuerter Gemeinden zur Schau stellten. Nachdem ich zu lachen aufgehört hatte, rief ich mir Pastores Wunden ins Gedächtnis zurück und versuchte, mich ernsthaft an die Detektivarbeit zu machen. Ich setzte mein Unrasiert-und-fern-der-Heimat-Gesicht auf, jenen Ausdruck, der sagte, ich sei zwei Tage nicht mehr aus meinen Klamotten gekommen und hätte jede Flasche in meiner Nähe geleert. Ich gratulierte mir noch einmal, diesen idealen Deckmantel fünfzehn Jahre lang einstudiert zu haben.

Um in das Gebäude zu gelangen, musste ich zum Jachthafen gehen und es vom Strand aus betreten. Dort fanden sich grüne Säulen, die wie pilzzerfressene Pappe aussahen, zu beiden Seiten einer beeindruckenden Eingangstür mit einem grün-blauen Buntglasbild, das einen Mann mit dem Kopf eines Tintenfisches in schickem Mönchsgewand zeigte; der Mann blickte den Künstler an. Dagon, das wusste ich inzwischen, war halb Fisch, halb Mensch und ein Gott der Philister. Ich nehme an, in dieser Stadt machten sich philistische Götter eigentlich ganz gut. Es ist ein großes Land: Wenn du halb Fisch bist, pünktlich deine Steuern zahlst, Babys futterst und kein Japaner bist, winkt dir eine wunderbare Zukunft.

Ich klopfte auf den Tintenfischkopf, doch nichts geschah. Ich blickte dem Tintenfisch in verschiedene seiner Augen und fühlte mich dabei ein wenig unwohl. Aus irgendeinem Grund sah das Zephalopodengesicht aus der Nähe betrachtet ganz und gar nicht mehr so dümmlich aus.

Ich schob die Tür auf und fand mich im Wartezimmer des Tempels wieder. Es war genau so, wie ich es mir vorgestellt hatte: gedämpftes Licht, alte, aber schlechte Gemälde, ein paar halb pornografische Statuen und ein starker Geruch nach Weihrauch von letzter Nacht, um den Fischgestank zu übertünchen. Das hier besaß genauso viel Atmosphäre wie ein Zweidollarbordell.

»Juhuuu!«, rief ich. »Dagon hier ...!«

Meine Stimme klang nicht mehr ganz so lustig, als sie zu mir widerhallte.

Ich schnüffelte nach Spuren. Ich versuchte ›Im Namen von irgendwas‹ zu sagen und meinen nichtexistenten Schnurrbart zu zwirbeln, doch mir fiel nichts ein. Vielleicht sollte ich mir eine Meerschaumpfeife mit Kokain in den Mund stecken und eine Sherlock-Holmes-Mütze aufsetzen, oder vielleicht sollte ich es auch mit einem Monokel versuchen und mich fortan mehr für Inkunabeln interessieren.

Dort, wo man ein Porträt von George Washington oder Jean Harlows Mutter erwartet hätte, hatte der Orden ein beeindruckend hässliches Bild von »Unserem Gründer« aufgehängt, Kapitän Obed Marsh; er war wie Admiral Butler gekleidet und stand am Ufer eines polynesischen Paradieses. Sein tapferes Schiff war ohne jeglichen Sinn für Perspektive am Horizont dargestellt, und er selbst war umgeben von komisch aussehenden Eingeborenen, die so unglücklich dreinblickten wie Errol Flynn auf einem Treffen der tugendhaften Pfadfinderjugend. Mit den nackten Eingeborenen hatte sich der Maler besonders viel Mühe gegeben. Eine der dunkelhäutigen Schönheiten besaß eine Taille, die die Lombard vor Neid hätte erblassen lassen, und irgendwie erinnerte sie mich an Janice Marsh. Vermutlich war sie die Urururururgroßmutter der Pantherprinzessin. Im Hintergrund, unmittelbar vor dem Schiff, stieg so etwas wie ein Tintenfisch aus dem Meer. Die ungeschickten Finger, die den Pinsel geführt hatten, hatten da schon wieder Mist gebaut. Es sah nämlich so aus, als wäre der Tintenfisch zweimal so groß wie Obeds Clipper. Das beunruhigendste Detail war jedoch eine in eine Robe gewandete und maskierte Gestalt an Deck, die mit beiden Händen ein Baby an den Knöcheln hielt. Offensichtlich hatte die Gestalt das Kind wie ein Gabelbein auseinander gerissen und ließ nun das Blut in die Augen des Tintenfisches tropfen.

»*Entschuldigen* Sie«, gurgelte eine Stimme. »Kann ich Ihnen behilflich sein?«

Ich drehte mich um und bekam eine Nase voll vom buckeligen, uralten Wächters der Sekte. Seine Robe entsprach der des

Tintenfischmannes auf der Tür und des Babykillers auf dem Porträt. Er hielt sein Gesicht in den Schatten verborgen, und seine Stimme klang ungefähr so gut wie Pastores Radio in der Badewanne; sein Atem wiederum stank noch furchtbarer als Pastore nach anderthalb Wochen Verwesung.

»Guten Morgen«, zwitscherte ich wie ein Vögelein. »Mein Name ist, äh ...«

Ich fügte die ersten beiden Dinge zusammen, die mir in den Sinn kamen.

»Mein Name ist Herbert West Lovecraft. Hm, H. W. Lovecraft III. Mich fasziniert einfach alles Esoterische und Antike, wissen Se?«

›Wissen Se?‹ hatte ich bei dem Kerl mit dem Monokel und den alten Büchern aufgeschnappt.

»Sie haben nicht zufällig ein paar Einzelseiten oder Inkunabeln, hmmm?«

»Inkunabeln?« Er schnaufte.

»Bücher. Alte Bücher. Gedruckte Bücher, veröffentlicht vor *Anno Domini* 1500, alter Knabe.« Sehen Sie: Ich besitze auch ein Wörterbuch ...«

»Bücher ...«

Der Mann war ein recht einsilbiger Gesprächspartner. Auch bewegte er sich wie Laughton in *Der Glöckner von Notre Dame*, und die Vorderseite seiner Robe, dort wo der Tintenfischkopf prangte, war nass von etwas, das mir ganz nach Sabber ausschaute.

»Alte Bücher. Arkane Mysterien, wissen Se? Alles Zyklopische und Unheilverkündende ist genau mein Fall.«

»Das *Necronomicon*?« Er sprach den Namen mit großem Respekt aus – und großen Schwierigkeiten.

»Klingt genau richtig.«

Quasimodo schüttelte den Kopf unter seiner Kapuze, sodass er ein wenig herauslugte. Ich erhaschte einen Blick auf grünliche Haut und große, feuchte Augen.

»Ein alter Kamerad hat mir empfohlen, hierher zu kommen«, erklärte ich. »Famoser Bursche. Laird Brunette. Schon mal von ihm gehört?«

Ich hatte auf den falschen Knopf gedrückt. Quasimodo richtete sich auf und wuchs gut zwei Fuß. Diese feuchten Augen blitzen wie Rasierklingen.

»Darüber werden Sie mit des Kapitäns Tochter sprechen müssen.«

Das gefiel mir gar nicht, und ich trat einen Schritt zurück in Richtung Tür. Quasimodo legte mir die Hand auf die Schulter und hielt mich fest. Er trug Fausthandschuhe, und ich spürte viel zu viele Finger unter dem Stoff. Sein Griff packte zu wie der Kiefer einer Gilaechse.

»Das wäre sicher nett«, sagte ich.

Als wäre das genau für diesen Augenblick so vorgesehen, teilte sich ein Vorhang, und ich wurde durch eine Tür geschoben. Als ich mir den Kopf an dem niedrigen Türsturz stieß, wusste ich, warum Quasimodo die meiste Zeit über gebückt durch die Gegend lief. Ich musste mich ebenfalls ein wenig ducken, um durch den Gang zu kommen. Außen mochte das Gebäude ja aus verrottetem, alten Holz bestehen, aber das Herz des Tempels war harter Stein. Die Wände waren feucht und nackt bis auf ein paar Reliefs, die so schlecht ausgeführt waren, dass selbst das Wort ›primitiv‹ noch zu schmeichlerisch gewesen wäre. Eigentlich hätte ich mich inzwischen längst an den Gestank gewöhnt haben müssen, aber von wegen: Ich wäre fast erstickt.

Quasimodo stieß mich durch eine weitere Tür, und ich befand mich in einem Versammlungsraum, größer als die Union Station, komplett mit Bühne, bequemen Lehnstühlen und einer ganzen Menge Statuen dieser Tintenfischgestalt. Die Mitte des Raums zierte ein Mosaik ähnlich wie das im Seaview Inn, nur dass hier die Meerjungfrau weniger Muscheln trug und Neptun wesentlich mehr Tentakel besaß.

Quasimodo verschwand und schlug hinter sich die Tür zu. Ich schlenderte zur Bühne und schaute mir ein riesiges Buch an, das dort auf einem Katheder lag. Der Kerl mit dem Monokel wäre ins Sabbern geraten, denn das hier sah viel älter aus als 1500. Es handelte sich allerdings nicht um eine Bibel, und es roch ungesund. Es war an einer Illustration aufgeschlagen, die irgendetwas mit Tentakeln und Schleim darstellte, und dem gegenüber befand sich eine Seite mit Text in einer verdientermaßen toten Sprache.

»Das *Necronomicon*«, sagte eine rauchige Frauenstimme, »aus der Feder des verrückten Arabers Abdul Alhazred.«

»Verrückt, hm?« Ich drehte mich zu der Sprecherin um. »Hat er Ihnen die Rechte überschrieben?«

Ich erkannte Janice Marsh sofort. Die Pantherprinzessin trug einen Turban, einen grünen Seidenpyjama und darüber einen bodenlangen Hausmantel, der mehr kostete, als ich im Jahr verdiene. An Schmuck trug sie Jadeohrringe, eine Perlenhalskette sowie eine silberne Tintenfischbrosche mit Augen aus Rubinen. In dem hier herrschenden Licht wirkte ihre Haut grün, und ihre runden Augen schimmerten. Sie sah noch immer wie Peter Lorre aus, aber vermutlich wäre auch Peter Lorre eine Sexgöttin, wenn sein Kopf auf einem Körper wie dem von Janice Marsh sitzen würde. Ihre seidenweichen Schenkel rieben aneinander, während sie das Seitenschiff hinunter ging.

»Mr. Lovecraft, nicht wahr?«

»Nennen Sie mich H. W. Das tut jeder.«

»Habe ich schon von Ihnen gehört?«

»Das bezweifele ich.«

Sie war mir nun sehr nahe – ein großes Mädchen, das mir in die Augen sehen konnte. Ich hatte das Gefühl, als würde der augengroße Edelstein an ihrem Turban mir mitten ins Gehirn schauen. Einen Augenblick lang legte sie die Finger auf das Bild von dem Tentakelwesen und gestattete ihnen, wie eine verspielte Spinne darüber hinwegzustreichen; dann legte sie mir die Hand auf den Arm und zog mich sanft von dem Buch fort. Darüber war ich keineswegs unglücklich. Vielleicht bin ich allergisch gegen Inkunabeln, oder vielleicht schlummerten bis jetzt unentdeckte Vorurteile gegen Tentakel in mir, aber in der Nähe des *Necronomicon* zu sein behagte mir nicht im Mindesten. Auf jeden Fall war die Erfahrung nicht damit zu vergleichen, sich in der Nähe von Janice Marsh aufzuhalten.

»Sie sind also des Kapitäns Tochter, ja?«, fragte ich.

»Das ist nur ein Ehrentitel. Obed Marsh war mein Vorfahre. Im Esoterischen Orden gibt es immer eine Tochter des Kapitäns. Gegenwärtig bin ich diejenige.«

»Worum genau geht es bei dieser ganzen Dagonsache?«

Sie lächelte und zeigte mir die Reihe kleiner Perlen in ihrem Mund. »Es ist eine alternative Form der Gottesanbetung. Es ist keinerlei Form von Betrug – ehrlich.«

»Das habe ich nie behauptet.«

Sie zuckte mit den Schultern. »Viele Leute bekommen einen falschen Eindruck.«

Draußen hatte der Wind an Stärke zugenommen und warf den Regen gegen die Mauern des Tempels. Die Geräuscheffekte waren irgendwie seltsam, wie kranke Wale, die draußen in der Bucht aus Leibeskräften schrien.

»Sie haben nach Laird gefragt? Hat Miss Wilde Sie geschickt?«

Nun war es an mir, mit den Schultern zu zucken.

»Janey ist das, was man eine schlechte Verliererin nennt, Mr. Lovecraft. Das kommt von den ganzen Bronzemedaillen, die sie gewonnen hat, und nicht eine goldene.«

»Ich glaube nicht, dass sie ihn wieder zurückhaben will«, sagte ich. »Sie will nur wissen, wo er ist. Er scheint verschwunden zu sein.«

»Er ist oft aus geschäftlichen Gründen außerhalb der Stadt.

Er mag es, den Geheimnisvollen zu spielen. Ich bin sicher, Sie verstehen, was ich meine.«

Mein Blick wanderte immer wieder zu der Tintenfischbrosche. Wenn Janice Marsh atmete, hob und senkte sie sich, und die Rubine schienen mir zuzuzwinkern.

»Die stammt aus Polynesien«, erklärte Janice Marsh und tippte auf die Brosche. »Der Kapitän hat sie nach Innsmouth gebracht.«

»Ah ja, Ihre Heimatstadt.«

»Es ist nur ein Ort am Meer. Wie Los Angeles.«

Ich beschloss, auf Fischfang zu gehen, und warf den Köder aus, den Winthrop mir gegeben hatte. »Waren Sie auch dort, als J. Edgar Hoover in den Zwanzigern seinen Feuerzauber in Innsmouth veranstaltet hat?«

»Ja. Ich war noch ein Kind. Es hatte, glaube ich, irgendetwas mit Rumschmugglern zu tun. Das war während der Prohibition.«

»Fette Jahre für den Laird.«

»Nehme ich an. Heutzutage macht er jedoch nur noch legale Geschäfte.«

»Ja. Wenn er allerdings so schottisch wäre, wie er es gerne vorgibt, können Sie sicher sein, dass man ihn schon längst deportiert hätte.«

Janice Marshs Augen waren meergrün. Rund hin oder her, sie waren faszinierend. »Lassen Sie mich Sie beruhigen, Mr. Lovecraft, oder wie auch immer Sie heißen mögen«, sagte sie. »Der Esoterische Orden von Dagon war nie eine Fassade für Schmuggler. Tatsächlich war er für nichts je eine Fassade. Er ist kein großer Schwindel, um an das Vermögen reicher Witwen zu kommen. Er ist keine Tarnung für Filmproduzenten, die ihre fleischlichen Lüste an drogenabhängigen Teenagern stillen wollen. Er ist genau das, was er zu sein behauptet: eine Kirche.«

»Vater, Sohn und Heiliger Tintenfisch, hm?«

»Ich habe nicht behauptet, dass wir eine christliche Kirche sind.«

Janice Marsh war immer näher an mich herangekrochen und nun nahe genug, um mich zu beißen. Ihre unternehmenslustigen Hände wanderten in meinen Nacken und drehten meinen Kopf wie eine ausrichtbare Lampe. Sie legte ihre Lippen auf die meinen und drückte ihr Gesicht in meins. Ich schmeckte Lippenstift, Salz und Kaviar. Ihre Finger fuhren durch mein Haar und warfen meinen Hut herunter. Sie schloss die Augen. Nachdem ich schon ein, zwei Stunden der gewissenhaften Pflichterfüllung hinter mir hatte, beschloss ich, nichts daran zu ändern, und so stemmte ich meine Hände in ihre Hüfte und schob ihren Körper von meinem. Ich hatte Fischgeschmack im Mund.

»Das war interessant«, sagte ich.

»Ein Experiment«, erwiderte sie. »Ihr Name hat solch einen schönen Klang. Love ... *craft*. Das lässt auf eine gewisse Expertise in eine bestimmte Richtung schließen.«

»Enttäuscht?«

Sie lächelte. Ich fragte mich, ob sie wohl mehrere Zahnreihen besaß – wie die anderen Haie.

»Im Gegenteil.«

»Dann bekomme ich also einen der hinteren Plätze bei Ihrem nächsten Dagonschwof?«

Sie wurde wieder sachlich. »Ich denke, Sie sollten Janey besser Bericht erstatten. Sagen Sie ihr, dass ich Laird bitten werde, sie anzurufen, sobald er wieder in der Stadt ist, damit sie endlich beruhigt ist. Sie sollte Sie ausbezahlen. Jetzt im Krieg ist es die reinste Verschwendung, Sie nach jemandem suchen zu lassen, der gar nicht vermisst wird, wo Sie doch viel besser Lockheed vor der Fünften Kolonne beschützen könnten.«

»Was ist mit Franklin?«

»Franklin der Präsident?«

»Franklin das Baby.«

Ihr runden Augen versuchten, noch größer zu werden. Sie spielte die Unschuldige. Die Pantherprinzessin hatte genauso ausgesehen, als sie dem weißen Jäger erzählt hatte, Dschungel-Jillian hätte das Grabmal schon vor Stunden verlassen.

»Miss Wilde scheint zu glauben, Laird hätte ein Kind von ihr geborgt, dass sie sorglos seiner Obhut überlassen hat. Sie hätte Franklin gerne wieder.«

»Janey hat kein Baby. Sie kann noch nicht einmal Babys bekommen. Das ist auch der Grund für ihre Neurosen. Ihr Therapeut wird mit ihren Fantasien noch zum reichen Mann. Sie kann die Realität nicht vom Film unterscheiden. Einmal hat sie mich sogar beschuldigt, Menschenopfer darzubringen.«

»Hört sich nach einer Gummizelle an.«

»Das war in einem Film, Mr. Lovecraft. Die Messer waren aus Pappe und das Blut Ketchup.«

In diesem Stadium der Ermittlungen rufe ich für gewöhnlich meinen Freund Bernie im Büro des Bezirksstaatsanwalts an, um dort ein paar Angeln auszuwerfen. Diesmal rief er mich an. Als ich mein Büro betrat, hatte ich das Gefühl, als würde mein Telefon schon länger klingeln.

»Mach keine Wellen«, sagte Bernie.

»Bitte?«, schnappte ich als typischer Schnellmerker zurück.

»Lass es einfach. Um diese Jahreszeit ist es zu kalt zum Schwimmen.«

»Auch in der Badewanne.«

»Besonders in der Badewanne.«

»Schickt mir der Herr Bezirksstaatsanwalt die besten Grüße?«

Bernie lachte. Vor ein paar Jahren hatte ich als Ermittler für die Staatsanwaltschaft gearbeitet, aber wir waren gezwungen gewesen, getrennte Wege zu gehen.

»Vergiss ihn. Ich habe ein paar viel beeindruckendere Namen auf meiner Liste.«

»Lass mich raten: Howard Hughes?«

»Nah dran.«

»General Stilwell?«

»Wärmer. Versuch es mal mit Bürgermeister Fletcher Bowron, Gouverneur Culbert Olson und Generalstaatsanwalt Earl Warren. Oh, und Wax natürlich.«

Ich pfiff. »Und die sind alle an mir kleinem Fisch interessiert? Wer hätte das gedacht?«

»Schau mal, ich weiß selbst nicht viel darüber. Sie haben mir nur eine Nachricht gegeben, die ich an dich weiterleiten sollte. Sie halten mich wohl für so was wie deinen Aufpasser.«

»Haben zufällig ein britischer Gentleman, eine Französin und ein FBI-Agent so groß wie der Mount Rushmore etwas damit zu tun?«

»Ich werde das Geld nehmen, das ich bis jetzt gewonnen habe, dann kannst du die Frage dem nächsten Deppen stellen.«

»Gut, Bernie. Sag mir: Wie beliebt bin ich im Augenblick?«

»Tojo ist unbeliebter als du und vielleicht noch Judas Ischariot.«

»Welch angenehmes Gefühl. Hast du irgendeine Idee, wo sich Laird Brunette im Augenblick so rumtreibt?«

Es folgte eine Pause, in der ich Rumoren im Hintergrund hörte. Bernie stellte sicher, dass er sich alleine im Büro befand. Ich stellte mir vor, wie er den Hörer ganz dicht an den Mund hielt, um flüstern zu können.

»Seit drei Monaten hat ihn niemand mehr gesehen. Im Vertrauen gesagt, vermisse ich ihn auch nicht gerade. Aber da sind andere ...« Bernie hustete, eine Tür öffnete sich, und er redete wieder lauter, normal. »... natürlich Liebling. Ich werde rechtzeitig zu Jack Benny wieder zu Hause sein.«

»Bis später, Süßer«, sagte ich. »Dein Abendessen findest du im Abfluss, und ich werde mit einem professionellen Billardspieler nach Tijuana durchgebrannt sein.«

»Ich liebe dich auch«, sagte er und legte auf.

Ich entdeckte eine grüne Schleimschicht auf meinen Schuhsohlen. Ich kratzte sie an der Tischkante ab und schnappte mir dann die *Times* von gestern, um sie wieder vom Holz zu bekommen. Das Zeug sah ziemlich esoterisch für mich aus.

Ich goss mir ein Glas aus der Flasche ein, die ich von gegenüber mitgebracht hatte, und spülte Janice Marshs Geschmack von meinen Zähnen.

Ich dachte an Polynesien im frühen 19. Jahrhundert und an die fischäugigen Eingeborenenmädchen, die sich um Kapitän Marsh drängten. Irgendwie brachten immer wieder Tentakel meine Gedanken durcheinander. Theoretisch wäre der Kapitän das ideale Thema für einen Dorothy-Lamour-Film gewesen, vielleicht mit Janice Marsh in der Rolle ihrer Ururururgroßmutter und Jon Hall oder Ray Milland als der mädchenjagende Obed. Aber ich nahm Bela-Lugosi-Schwingungen im Drehbuch wahr. Ich konnte nicht anders als an gevierteilte Babys denken.

Bis jetzt hatte mich die ganze Rumrennerei Laird und dem Baby keinen Schritt näher gebracht. Im Geiste stellte ich eine Liste von Brunettes bekannten Partnern zusammen. Dann strich ich die Toten wieder. Das ließ mich innehalten. Wenn in Brunettes Geschäft Leute sterben, nimmt niemand wirklich Notiz davon, außer vielleicht um ein volltrunkenes »Ding-Dong, die Hex' ist tot« zu singen, bevor dieser jemand sich dann daran erinnert, dass es im Meer noch viel mehr Hexen gibt. Ich bin genau wie alle anderen: Ich zähle keine toten Spielhöllenbetreiber. Aber wenn ich jetzt so darüber nachdachte ... In letzter Zeit hatte es eine Menge von ihnen erwischt, Gianni Pastore eingeschlossen. Neben Rothko und Isinglass hatte es noch mindestens drei weitere Beerdigungen im Geschäft gegeben. *Das* konnte man den Japsen offensichtlich nicht in die Schuhe schieben. Ich fragte mich, wie viele von denen wohl in der Badewanne gestorben waren. Das Ganze lief immer wieder auf Wasser hinaus. Ich beschloss, dass ich das Zeug hasste, und schwor, niemals einen Bourbon damit zu verschandelieren.

Wieder draußen im Regen ging ich von einer Bar zur anderen. Brunette hatte eine Menge Freunde. Vielleicht wusste einer von denen was.

Am frühen Abend hatte ich schon in einer Menge Bars rumgehangen und eine ganze Reihe von Verlierern unter Druck gesetzt. Herausgekommen war dabei jedoch nur eins: nämlich die offensichtliche Information, dass jeder in der Stadt eine Scheißangst hatte. Die meisten waren betrunken, aber alle hatten Angst.

Alle hatten sie Angst vor zwei, drei Dingen zugleich. Die Japse standen auf jedermanns Liste. Sie wären überrascht zu sehen, wie viele zwielichtige Bürger, die bis gestern kaum ihre Flagge erkannt hätten, sich plötzlich in rot-weiß-blaue Patrioten verwandelt hatten, bereit, den letzten alkoholisierten Blutstropfen fürs Vaterland zu geben. Wo man auch hinging, überall zog jemand über Hirohito, Tojo, Kabuki oder Origami her. Die gegenwärtige Flut plötzlicher Tode in den Kreisen von Brunette und Pastore war ein deutlich weniger populäres Gesprächsthema, zumal die größten Labertaschen plötzlich ein Schweigegelübde abgelegt zu haben schienen, sobald die Sprache darauf kam.

»Das stinkt«, sagten alle, bevor sie rasch das Thema wechselten.

Ich fragte mich allmählich, ob Janey Wilde ihr Geld nicht besser für einen Radiospot angelegt hätte, in dem sie Laird Brunette bat, sie anzurufen. Dann fand ich Curtis, den Croupier, im Maxie's. Für gewöhnlich trug er die volle schwarzweiße Ausstattung, die aussah, als hätte er sie sich von Fred Astaire geborgt. Nun hatte er jedoch seine Knopfnelke, die gestärkte Hemdbrust und den Zylinder gegen olivgrüne Klamotten getauscht mit Winkeln an den Oberarmen und einer Mütze unter dem Achselstück.

»Ah, du hast also auch das Hornsignal gehört, Curtis, hm?«, fragte ich und drängte mich durch die Menge patriotischer Bewunderer, die den Soldaten Drinks ausgaben.

Curtis grinste, noch bevor er mich erkannte; dann stieß er ein hochnäsiges Schnaufen aus. Wir hatten uns früher schon einmal getroffen, auf der *Montecito*. Es ging das Gerücht, dass er während der Prohibition mal an einem ehrlichen Kartenspiel teilgenommen hatte, aber dagegen verwehrte er sich vehement.

»Na, du Billigschnüffler«, sagte er.

Ich bestellte mir einen Drink, bot ihm aber keinen an. Er hatte ohnehin noch vier vor sich stehen.

»Der Job muss sich bezahlt machen«, sagte ich. »Wie viel hat deine Uniform gekostet? Oder hast du sie dir bei der Paramount ausgeliehen?«

Der Croupier war beleidigt. »Die ist echt«, erklärte er. »Ich habe mich anwerben lassen. Ich hoffe, dass man mich nach Übersee schickt.«

»Ja, wir sollten dich mit dem Fallschirm über Tokio absetzen, um dort gezinkte Würfel und verkabelte Roulettetische einzuführen.«

»Du bist ein echter Zyniker, Billigschnüffler.« Er schüttete einen Drink herunter.

»Nein, nur Realist. Wie kommt's, dass du auf der *Monty* aufgehört hast?«

»Schnüffelst du in Lairds Geschäften rum?«

Ich hob die Schultern und ließ sie wieder sinken.

»Mit dem Spielen ist es in letzter Zeit arg bergab gegangen – ebenso wie mit einigen führenden Persönlichkeiten in diesem Geschäft. Ich wette, was die Leute in letzter Zeit für Kränze haben ausgeben müssen, ist ihnen verdammt auf die Finanzen geschlagen.«

Curtis trank zwei weitere Drinks und rief nach mehr. Als ich hereingekommen war, hatten ein paar Flittchen an seinem Arm gehangen. Nun war er allein mit mir. Das gefiel ihm nicht sonderlich; mir wäre es vermutlich nicht anders ergangen.

»Schau mal, Schlappenschammes«, sagte er mit plötzlich gesenkter Stimme, »lass es einfach sein – das ist nur zu deinem Besten. Im Augenblick gibt es Wichtigeres.«

»Wie die Demokratie?«

»Nenn es, wie du willst.«

»Wie weit nach Übersee willst du geschickt werden, Curtis?«

Er blickte zur Tür, als rechne er damit, dass jeden Augenblick fünf Kerle mit Tommyguns aus dem Regen stürmen und sich ihn schnappen würden. Dann packte er den Tresen, um seine Hände vom Zittern abzuhalten.

»So weit weg, wie ich kann, Billigschnüffler. Die Philippinen, Europa, Australien. Mir egal.«

»In den Krieg zu ziehen ist für einen Fluchtweg ziemlich beschissen.«

»Ist es das? Wäre Papa Gianni auf Wake Island nicht sicherer gewesen als in der Badewanne?«

»Dann hast du also von der Badezimmergeschichte gehört, hm?«

Curtis nickte und trank noch einen Schluck. Die Jukebox spielte *Doodly-Acky-Sacky, Want Some Seafood, Mama*, und es war unheimlich – Unsinn, aber unheimlich.

»Sie sterben alle im Wasser. Zumindest habe ich das gehört. Manchmal, auf der *Monty*, ist Laird an Deck gegangen und hat stundenlang aufs Meer hinausgeblickt. Als er mit dieser Marsh angebändelt hat, ist er verrückt geworden.«

»Die Pantherprinzessin?«

»Den hast du gesehen? Ja, Janice Marsh. Hübsches Ding, wenn du den kalten Typ magst. Laird behauptete, es gäbe eine versunkene Stadt in der Bucht. Er hat eine Menge seltsamer Worte verwendet, wie sie in Niggermusik oder so was vorkommen. Jitterbugzeug. Cthul-was-auch-immer, Yog-jetzt-mal-langsam. Er sagte, Dinge würden aus dem Wasser kommen und über das Land ziehen, und er hat nicht von U-Booten gesprochen.«

Curtis fühlte sich in seiner Uniform sichtlich unwohl. Der Regen hatte dunkle Flecken auf ihr hinterlassen. Er hatte getrunken wie W. C. Fields auf einer Sauftour, aber er war noch immer nicht voll. Was auch immer ihn umtrieb, selbst Jack Daniel's wurde damit nicht fertig.

Ich dachte an den Laird der *Monty*. Und ich dachte an das Gemälde von Käpt'n Marshs Clipper mit diesem unproportionierten Tintenfisch, der daneben aus dem Wasser stieg.

»Er ist auf dem Boot, nicht wahr?«

Curtis schwieg.

»Allein«, dachte ich laut. »Er ist allein da draußen.«

Ich schob den Hut in den Nacken und versuchte, den Fusel aus dem Kopf zu bekommen. Es war verrückt. Niemand schaukelte im Wasser auf und ab mit einem Schild um den Hals, auf dem zu lesen stand: »He, Tojo. Jag mir einen Torpedo rein!« Die *Monty* war ein schwimmendes Ziel.

»Nein«, sagte Curtis, packte mich am Arm und schüttelte den Drink aus meinem Glas.

»Er ist nicht da draußen?«

Er schüttelte den Kopf. »Nein, Billigschnüffler. Er ist nicht *allein* da draußen.«

Sämtliche Wassertaxis lagen im Dock, alle fest vertaut und abgedeckt, bis der Sturm vorüber war. Heute Abend würde ich keinen Skipper finden, um mich zur *Monty* rauszubringen. Außerdem wusste jedermann, dass es im Wasser von japanischen U-Booten nur so wimmelte. Aber ich kannte jemanden, dem es egal war, ob seine Boote ordentlich behandelt wurden oder nicht. Ihm war sogar scheißegal, wenn man sie sich ohne seine Erlaubnis lieh.

Der Seaview Inn war noch immer menschenleer, auch wenn Polizeischilder jeden davor warnten, den Tatort zu betreten. Es war dunkel, kalt und nass, und niemand machte mir Schwierigkeiten, als ich ins Bootshaus einbrach, um mir einen Schlüsselbund zu holen.

Ich suchte mir eines der Wassertaxis an der Mole des Seaview Inn aus und betankte es für eine kurze Fahrt. Ich hatte auch meinen Super Match Kaliber.38 aus dem Handschuhfach des Chrysler geholt und die Waffe ins Schulterholster gesteckt. Und bei alldem wurde ich vollkommen durchnässt und fing mir die Grippe ein. Ich hoffte, Dschungel-Jillian würde zu schätzen wissen, welche Mühen ich für sie auf mich nahm.

Das Meer hob sich unter der Barkasse und machte eine Menge Lärm. Ich war dankbar für diesen Lärm, als ich die Festmachkette vom Duckdalben schoss; andererseits sorgte die heftige Brandung rasch dafür, dass mein Magen sich unkontrolliert drehte. Ich bin nicht gerade der geborene Seemann.

Die *Monty* lag dort draußen am Horizont, nach wie vor sichtbar, wann immer ein Blitz den Himmel erhellte. Es war nicht gerade schwer, das kleine Boot auf das große zuzulenken.

Wenn man aufs Wasser rausfährt, kommt man sich klein vor, besonders wenn die Lichter von Bay City nur noch ein Haufen verstreuter Punkte im Dunkeln sind. Ich hatte den

Eindruck, als würden sich irgendwelche riesigen *Dinger* knapp außerhalb meiner Wahrnehmung bewegen. Die Kälte drang durch meine Kleidung. Während die Barkasse durch die Wellen in Richtung *Monty* pflügte, schlugen mir Regen und Gischt wie Nadeln ins Gesicht. Ich sah meine Hände weiß und runzelig am Steuerrad, und ich wünschte, ich hätte mir eine Flasche mitgenommen. Und wo wir schon davon reden ... Ich wünschte, ich wäre mit einem Becher warmem Kakao und Claudette Colbert daheim im Bett. Aber manche Dinge im Leben entwickeln sich eben nicht so, wie man geplant hat.

Drei Meilen draußen spürte ich die veränderte Gesetzeslage in meinem Bauch. Hier war Spielen legal, und ich entleerte meinen Magen über die Bootswand ins Wasser. Ich starrte auf die Überreste meines Käsesandwichs, die langsam von mir weg trieben. Ich glaubte, ein grünliches Spiegelbild des Mondes in der Tiefe zu sehen, doch in dieser Nacht gab es keinen Mond am Himmel.

Ich schaltete den Motor aus und ließ das Wassertaxi von den Wellen gegen die Seite der *Monty* treiben. Das kleine Boot schabte am Rumpf des Casinoschiffs vorbei, und ich bekam eine von Seetang überwucherte Strickleiter zu fassen. Dort band ich das Boot dann fest und atmete tief durch.

Das Schiff lag tief im Wasser, als wären die unteren Kabinen überflutet. Bei weitem zu viel Seetang rankte zum Deck hinauf. Dieses Schiff würde nie mehr für Spieler geöffnet werden, auch nicht nach Kriegsende.

Ich kletterte die Leiter hinauf, kämpfte mit dem Gewicht meiner durchnässten Kleidung und wuchtete mich an Deck. Es tat gut, wieder etwas Festeres unter den Füßen zu haben als ein winziges Boot, doch das Deck neigte sich wie ein Flugzeugflügel. Ich packte die Reling und hoffte, dass meine Organe sich wieder in ihre gewohnte Lage begeben würden.

»Brunette!«, brüllte ich, doch meine Stimme verhallte im Wind.

Hier oben war nichts. Ich musste unter Deck gehen.

Ein Tau mit den Flaggen sämtlicher Nationen hatte sich losgerissen und peitschte im Sturm hin und her. Japan, Italien und Deutschland waren noch immer taktlos repräsentiert, und das zusammen mit einigen europäischen Staaten, die inzwischen eigentlich gar keine mehr waren. Das Deck war von dem mir mittlerweile vertrauten Schleim bedeckt.

Ich suchte mir einen Weg zu den Ballsaaltüren. Sie waren eingedrückt worden, und Regen klatschte auf den polierten Holzfußboden. Ich ging hinein und zog die 38er. In meiner Hand fühlte sie sich besser an als unter meiner Achsel.

In der Nähe schlug ein Blitz ein, und in dessen Licht sah ich einen verlassenen Ballsaal; auf den Orchesterständen war der Name einer längst aufgelösten Combo gemalt.

Das Casino befand sich ein Deck unter mir. Es hätte dunkel sein sollen, doch ich bemerkte ein Glühen unter einer der Türen. Ich ging hindurch und stieg vorsichtig nach unten. Hier war es nicht nass, aber es war kalt. Es roch stark nach Fisch.

»Brunette!«, rief ich erneut.

Ich stellte mir etwas Schweres vor, das in der Nähe vorbeischlurfte, und trat unwillkürlich ein paar Schritt zurück, wobei ich mit Hüfte und Arm gegen einen am Boden festgeschraubten Tisch stieß. Meine Waffe behielt ich jedoch in den Fingern, aber nur mit übermenschlicher Kraft.

Das Schiff war verlassen; das zumindest war offensichtlich.

Dann hörte ich Musik. Das war jedoch weder Cab Calloway noch Benny Goodman. Eine Hawaiigitarre spielte mit, doch hauptsächlich handelte es sich um einen verrückten Chor durchdringender Stimmen. Ich war nicht sicher, ob die

Sänger menschlich waren, und ich fragte mich, ob Brunette wohl irgendeine Nummer mit singenden Seehunden einübte. Die genauen Worte konnte ich nicht verstehen, aber mehrmals waren die gehusteten Silben des Wortes ›Cthulhu‹ zu hören.

Ich wollte raus, zurück in das ekelige Bay City, und das hier vergessen; aber Dschungel-Jillian verließ sich auf mich.

Ich ging den Gang hinunter in Richtung Musik. Eine Hand fiel auf meine Schulter, und mein Herz schlug mir bis zum Hals.

Ein verzerrtes Gesicht starrte mich aus dem Zwielicht an, dicker Bart, vernarbte Wangen ... Laird Brunette machte einen auf Ben Gunn, die Haut straff über den Schädel gespannt und Augen so groß wie Hühnereier.

Sein Hand legte sich auf meinen Mund.

»Nicht stören«, sagte er mit hoher, krächzender Stimme.

Das war nicht der verbindliche Kriminelle, der Mann mit Tartan-Kummerbund und lackledernem Haar. Das war irgendein anderer Brunette, entweder bis oben hin voll mit Rauschgift oder dem Wahnsinn verfallen.

»Die aus der Tiefe kommen«, sagte er.

Er ließ mich los und wich einen Schritt zurück.

»Es ist die Zeit des Auftauchens.«

Mein Fall war gelöst. Ich wusste, wo der Laird sich befand. Das musste ich jetzt nur noch Janey Wilde berichten und ihr das Wechselgeld zurückgeben.

»Es bleibt nur noch sehr wenig Zeit.«

Die Musik war lauter geworden. Ich hörte eine Vielzahl von Körpern durch das Casino schlurfen. Sie konnten nicht sonderlich geschickt oder gelenkig sein, denn sie stießen ständig gegen irgendetwas oder gegeneinander.

»Sie müssen aufgehalten werden. Dynamit, Wasserbomben, Torpedos ...«

»Wer?«, fragte ich. »Die Japse?«

»Die aus der Tiefe kommen. Die Bewohner der Schwester-stadt.«

Jetzt hatte er mich abgehängt.

Mir kam ein scheußlicher Gedanke. Als Detektiv kann ich einfach nicht anders, als Rückschlüsse zu ziehen. Offensichtlich befanden sich eine Menge Leute an Bord der *Monty*, doch mein Wassertaxi war das einzige kleine Boot in der Nähe. Wie waren die anderen hier raus gekommen? Sie waren ja wohl kaum geschwommen, oder?

»Das ist ein Krieg«, geiferte Brunette weiter. »Wir gegen sie. Es war immer schon ein Krieg.«

Ich traf eine Entscheidung. Ich würde Laird Brunette von diesem Schiff bringen und ihn an Dschungel-Jillian übergeben. Sie konnte sich dann ja um die Pantherprinzessin und deren Esoterischen Orden kümmern. In seinem gegenwärtigen Zustand hätte Brunette jedes Baby gegen eine warme Decke eingetauscht.

Ich packte Brunette an seinem dünnen Handgelenk und zog ihn zur Treppe, doch ein Riegel fiel zu, und ich wusste, dass wir festsaßen.

Dann öffnete sich eine Tür, und eine Parfümwolke durchdrang den Fischgestank.

»Mr. Lovecraft, wenn ich mich nicht irre«, sagte eine seidenweiche, schuppige Stimme.

Janice Marsh trug ein Paar Tintenfischohrringe und eine Damenpistole – sonst nichts.

Das war jedoch bei weitem nicht so schön, wie es sich anhört. Die Pantherprinzessin besaß keine Brustwarzen, keinen Nabel und kein Schamhaar. Zwischen den Beinen hatte sie kleine Schuppen, und ihre nasse Haut glänzte wie die eines Hais. Ich konnte mir vorstellen, dass man sich bei dem Versuch, sie zu streicheln, blutige Hände holen würde. Sie trug weder den Turban, den sie bei unserer letzten Begegnung getragen hatte, noch die dunkle Perücke von den Pressefotos. Ihr Kopf war vollkommen kahl und der Schädel unnatürlich geschwollen. Sie hatte sich noch nicht einmal Augenbrauen aufgemalt.

»Offensichtlich können Sie einfach keinen guten Rat annehmen.«

Was Meerjungfrauen betrifft, so war sie eher unheimlich als niedlich. In der linken Armbeuge hielt sie ein Bündel, aus dem ein weißes Babygesicht mit großen Augen starrte. Franklin ähnelte mehr Janice Marsh als seinen Eltern.

»Es ist wirklich eine Schande«, sagte eine winzige Ventriloquistenstimme mit Franklins Mund, »aber Komplikationen gibt es immer.«

Brunette schnatterte vor Angst, kaute auf seinem Bart und drängte sich an mich.

Janice Marsh legte Franklin auf den Boden, und dieser setzte sich auf wie ein Erwachsener, der mit dem Körper eines Babys kämpft.

»Der Kapitän ist zurückgekehrt«, erklärte Janice.

»Jede Generation braucht ihren Kapitän«, sagte das Ding in Franklins Geist. Sabber kam ihm in den Weg, und er wischte sich mit einem Windelzipfel über den Engelsmund.

Janice Marsh gluckste, zog Laird von mir weg und streichelte ihm übers Gesicht.

»Mein armer Liebling«, sagte sie und leckte ihm mit langer Zunge übers Kinn. »Er ist aus der Tiefe gekommen.«

Sie legte Brunette die Hände an die Schläfen und presste den Knauf ihrer Waffe in dessen Wange.

»Er hat von einer Schwesterstadt gesprochen«, sagte ich.

Ruckartig riss Janice Marsh den Kopf des Spielerkönigs herum und ließ ihn auf den Boden fallen. Brunettes Zunge ragte hervor, und seine Augen waren weiß.

»Natürlich«, sagte das Baby. »Der Kapitän hat die beiden

Siedlungen gegründet. Die eine hinter dem Teufelsriff an der Küste von Massachusetts und eine hier unter dem Sand der Bucht.«

Wir hatten beide Waffen. Ich hatte sie Brunette töten lassen, ohne zu versuchen, sie zu erschießen. Das war die tödliche Schwäche aller Detektive: Neugier. Außerdem war Laird im Kopf schon längst tot gewesen, bevor Janice ihm das Genick gebrochen hatte.

»Sie können sich uns noch immer anschließen«, sagte sie, und ihre Hüften bewegten sich wie die einer Schlange im Takt des Gesangs. »Es warten wahrhaft große Freuden in der Tiefe.«

»Schwester«, sagte ich, »du bist nicht mein Typ.«

Wütend blähte sie die Nüstern, und Kiemen öffneten sich an ihrem Hals, zornesrote Striche in ihrer weißen Haut.

Die Waffe hatte sie auf mich gerichtet, entsichert. Ihre langen Nägel waren grün lackiert.

Ich glaubte, sie niederschießen zu können, bevor sie mich erschoss. Aber das tat ich nicht. Nackte Frauen, egal wie seltsam sie auch sein mögen, haben irgendetwas an sich, was einen davon abhält, sie umzubringen. Ihr ganzer Körper bewegte sich nun zur Musik. Ich hatte mich geirrt. Trotz allem war sie wunderschön.

Ich senkte meine Waffe und wartete darauf, dass sie mich ermordete. Das geschah jedoch nie.

Ich weiß eigentlich nicht genau, in welcher Reihenfolge sich alles aufgelöst hat; aber zuerst war da ein Blitz und einen Augenblick später Donner.

Licht erfüllte den Gang und brannte mir in den Augen. Dann ertönte ein Grollen, das rasch immer lauter wurde. Der Gesang ging darin unter.

Ein Kreischen durchschnitt den Donner. Es war der Schrei

eines Babys. Franklin hatte die Augen nach oben gerollt und schrie aus Leibeskräften. Ich fühlte, wie der Kapitän im Geist des Babys ertrank; mehr und mehr verlor er die Gewalt über das Kind, je lauter es schrie.

Der Boden unter mir erbebte, und ich hörte das Knirschen misshandelten Metalls. Ein heißer Windstoß schloss mich ein. Dann tat sich ein Loch auf. Janice Marsh bewegte sich schnell, und ich glaube, sie feuerte ihre Waffe ab, doch ob gezielt auf mich oder einfach nur willkürlich und aus Reflex, das vermag ich nicht zu sagen. Sie rutschte auf mich zu, und ich duckte mich.

Es folgte eine weitere Explosion, kein Donner, und eine dicke Rauchwolke quoll durch einen Riss im Boden. Ich lag flach auf den Planken und klammerte mich an das sich neigende Deck. Eine halbe Tonne Wasser brach über uns herein, und ich wusste, dass das Schiff leckgeschlagen war. Ich vermutete, dass die Japse mich gerade mit einem Torpedo gerettet hatten. Bis zur Hüfte war ich im Salzwasser. Janice Marsh schoss mit einer geschmeidigen Fischbewegung davon.

Dann wimmelte es ringsum von massigen Leibern, und sie drückten mich gegen ein Schott. In der Dunkelheit kratzte etwas Schweres, Kaltes und Übelriechendes an mir vorbei. Ich hörte Bellen und Schreien; manches davon hätte durchaus menschlichen Kehlen entstammen können.

Feuer verloschen zischend, je höher das Wasser stieg. Ich hatte Franklin in den Händen und versuchte, ihn über Wasser zu halten. Ich erinnerte mich wieder an die Abenteuer von Dschungel-Jillian und bemerkte, dass mein schwimmender Kopf bereits die Decke berührte.

Der Kapitän fluchte in der lebhaftesten Sprache des 19. Jahrhunderts, und Franklins kleiner Leib wand sich in meinem Griff. Ein zahnloser Mund versuchte, mich ins Kinn zu beißen, rutschte aber ab. Dann verloren meine Füße den Halt, und kurz zog ich das Kind unter Wasser. Ich sah seine erstaunten

Augen durch einen wabernden Schleier. Als ich es wieder herauszog, war der Kapitän verschwunden, und Franklin schrie allein. Ich atmete tief ein, tauchte unter und hielt auf die nächste Tür zu, die Hand über Mund und Nase des Babys gelegt, damit kein Wasser dort eindringen konnte.

Die *Montecito* ging rasch genug unter, um mich vermuten zu lassen, dass sie inzwischen eine ganze Reihe großer Löcher hatte. Eines davon musste ich finden. Ich stieß mit dem Knie gegen die Tür und warf sie auf. Zusammen mit mehreren hundert Gallonen Wasser wurde ich in einen großen Lagerraum voller Spielhallenzubehör gespült. Rote und weiße Jetons trieben auf dem Wasser wie Konfetti.

Meine Füße fanden wieder Halt, und ich watete zu einer Leiter. Irgendetwas Großes stieg aus dem Wasser empor, wankte auf mich zu und kreischte wie ein Seevogel. Ich bekam es nicht richtig zu sehen, was wohl eine Gnade war. Kräftige Arme schlugen nach mir und klatschten knochenlos gegen mein Gesicht. Mit der freien Hand stieß ich das Ding zurück; meine Finger rutschten ab an kaltem Schleim. Was auch immer das gewesen sein mochte, es war in Panik und quetschte sich durch die Tür.

Es folgte eine weitere Explosion, und alles erbebte. Wasser spritzte nach oben, und ich fiel um. Ich richtete mich wieder auf, und es gelang mir, mich mit einer Hand an der Leiter festzuhalten. Franklin wand sich noch immer kreischend, was ich für ein gutes Zeichen hielt. Irgendwo in der Nähe wurde viel geschrien.

Sprosse für Sprosse zog ich uns nach oben und stieß mit dem Kopf gegen ein Luk. Wäre es verriegelt gewesen, ich hätte mir daran den Schädel eingeschlagen und mein Gehirn im Raum verteilt. Zum Glück flog es jedoch auf, und ein Stoß Wasser von unten schob uns durch die Öffnung wie einen Pingpongball in einem Springbrunnen.

Die *Monty* brannte, und da waren Dinge im Wasser um sie

herum. Ich hörte das Dröhnen von Flugzeugmotoren und sah Mündungsfeuer in der Nähe. MG-Geratter kämpfte gegen den Wind an. Das war ein ausgewachsener Angriff. Ich schaffte es bis zur Reling und entdeckte knapp fünfzig Fuß entfernt ein Boot. Männer in gelben Öljacken hielten Tommyguns nach unten und deckten das Wasser mit Kugeln ein.

Der Beschuss schäumte das Wasser auf. Um sich schlagende Monstren starben in den Wellen. Irgendjemand hob seine Waffe und feuerte auf mich. Ich warf mich zur Seite und auf Franklin, und die Kugeln zersplitterten das Deck.

Mein geliehenes Wassertaxi musste unter den Schiffsrumpf gezogen worden sein.

Und es waren definitiv Lichter im Meer. Und am Himmel. Und über der Stadt in der Ferne sah ich Feuerwerkskörper explodieren. Irgendetwas detonierte hundert Yards von mir entfernt, und eine riesige Wassersäule stieg empor. Eine Wasserbombe.

Das Deck hatte Schlagseite, und das Wasser kroch auf mich und Franklin zu. Ich hielt mich an einem Tau fest und fragte mich, ob es auf dem Casinoschiff wohl noch Rettungsboote gab. Franklin spie und hustete bellend.

Ein weißer Körper rutschte an mir vorbei in Richtung Wasser. Instinktiv griff ich danach. Hände packten mich, und ich blickte in Janice Marshs Gesicht. Sie zwinkerte, doch nicht mit Augenlidern, sondern mit Nickhäuten, und sie küsste mich erneut. Ihre lange Zunge erkundete meinen Mund wie ein Aal; dann zog sie sich zurück. Sie stand auf, ein Bein gebeugt, sodass sie noch immer gerade auf dem schiefen Deck stand. Sie sog Luft in ihre Lungen – falls sie denn Lungen besaß – und stieß sie durch die Kiemen aus wie einen musikalischen Schrei. Sie war schlank und weiß in der Dunkelheit, und Wasser lief an ihrem Körper herunter. Irgendjemand feuerte in ihre Richtung, und sie tauchte in die Wellen, durchschnitt die Oberfläche und verschwand in Richtung der unterseeischen

Lichter. Kugeln wühlten die Stelle auf, wo sie untergetaucht war.

Ich ließ das Tau los und stieß mich vom Deck ab, weg von dem sinkenden Schiff. Ich hielt Franklin über Wasser und strampelte mit Beinen und Ellbogen. Die *Monty* zog eine Menge Dinge mit sich in die Tiefe, und ich kämpfte gegen den Sog an, damit ich keines davon wurde. Meine Schultern schmerzten, und meine Kleider waren mir im Weg, aber ich trat gegen die Strömung an.

Das Schiff ging kreischend unter, ein Chor aus sich durchbiegendem Stahl und sterbenden Kreaturen. Ich musste auf eine Barkasse zuhalten und hoffen, dass man mich nicht erschoss. Ich hatte Glück. Jemand bekam mein Jackett mit einem Bootshaken zu fassen und zog uns wie Fische an Bord. Ich lag auf dem Deck; das Wasser floss aus meinen Kleidern, und ich schlang so viel Luft in meine Lungen, wie hineinpasste.

Ich hörte Franklin schreien. Seine Lungen funktionierten offenbar noch einwandfrei.

Jemand in einem ungeheuer weiten Ölmantel und mit einem Südwester auf dem Kopf kniete sich neben mich und schlug mir ins Gesicht.

»Der Schlüssellochgucker«, sagte er.

»Sie nennen es den Großen Luftangriff auf Los Angeles«, erzählte mir Winthrop, während er mir einen Becher englischen Tees einschenkte. »Irgendwann vergangene Nacht ist Panik ausgebrochen, und jeder in Bay City hat ein paar Stunden lang in die Luft geschossen.«

»Die Japse?«, fragte ich und trank dankbar einen Schluck der heißen Flüssigkeit.

»Theoretisch. Tatsächlich wage ich es zu bezweifeln. Es wird als Fiasko in die Annalen eingehen, einfach nur ein paar übernervöse Kerle mit Gewehren. Während das allerdings im Gange war, haben wir den Feind angegriffen und waren siegreich.«

Er war noch immer wie für einen Botschaftsball gekleidet und sah ganz und gar nicht so aus, als hätte er den größten Teil des Abends an Deck eines Schiffes verbracht. Geneviève Dieudonné trug ein Fischersweatshirt und eine Arbeitshose; das Haar hatte sie mit einem Halstuch hochgebunden. Sie beobachtete eine Reihe von Echolots und schrieb die Messergebnisse auf.

»Sie kämpfen nicht gegen die Japaner, stimmt's?«

Winthrop schürzte die Lippen. »Wir kämpfen einen älteren Krieg, mein Freund. Wir dürfen uns nicht ablenken lassen. Nach dem Gefecht vergangene Nacht werden unsere ›Wesen aus der Tiefe‹, wie man sie nennt, ihre schuppigen Nasen eine Zeit lang nicht mehr aus dem Wasser stecken. Jetzt kann ich mich daran beteiligen, Hitler in den Allerwertesten zu treten.«

»Was ist wirklich geschehen?«

»Es war etwas Gefährliches im Meer, unter Mr. Brunettes Schiff. Wir haben es zerstört und die ... äh ... feindlichen Streitkräfte aufgerieben. Sie wollten das Boot als Unterwasserstation. Das war auch der Grund, warum Mr. Brunettes Partner eliminiert worden sind.«

Geneviève gab einen Bericht auf Französisch ab, so schnell, dass ich ihr nicht folgen konnte.

»Vollkommene Vernichtung«, erklärte Winthrop, »ein furchtbarer Rückschlag für sie. Das wird sie für Jahre in die Schranken weisen. Für immer ... darauf dürfen wir noch nicht einmal hoffen, aber ein paar Jahre werden uns schon helfen.«

Ich legte mich auf der Koje zurück; ich spürte jede meiner Wunden. Inzwischen erstickte ich schon fast am Schleim; nur mit Glück würde ich einer Lungenentzündung noch entgehen.

»Und der kleine Kerl ist eine nette Dividende.«

Finlay hockte düster da und schlug eine weitere Salve Wasserbomben vor. Er hielt den barmherzigerweise schlafenden Franklin in den Armen, wirkte aber trotzdem nicht gerade mütterlich.

»Er scheint von alledem recht unberührt geblieben zu sein.«

»Sein Name ist Franklin«, sagte ich Winthrop. »Auf dem Boot war er ...«

»Nicht er selbst? Ich bin mit diesem Zustand vertraut. Es ist ein schmutziges Geschäft, wissen Sie?«

»Er wird schon wieder in Ordnung kommen«, warf Geneviève ein.

Ich war nicht sicher, ob der Rest der Barkassenmannschaft FBI-Agenten oder Militärangehörige waren, und ich war auch nicht sicher, ob ich das überhaupt wissen wollte. Ich war durchaus in der Lage, eine geheime Operation zu erkennen, wenn ich mitten in einer landete.

»Wer weiß hiervon?«, fragte ich. »Hoover? Roosevelt?«

Winthrop antwortete nicht darauf.

»Irgendjemand muss es doch wissen«, sagte ich.

»Ja«, antwortete der Engländer, »irgendjemand muss es wissen. Aber dies ist ein Krieg, an dessen Existenz die Öffentlichkeit niemals glauben würde. Im FBI sind Finlays Leute als die ›Unnennbaren‹ bekannt. Sie erscheinen nie in der Presse, nie werden sie von der Regierung geehrt, und ihre Siege und Niederlagen finden sich in keinem offiziellen Geschichtsbuch wieder.«

Die Barkasse schaukelte auf den Wellen, und ich schlang die Arme um die Brust und hoffte, dass mir bald etwas wärmer werden würde. Finlay hatte versprochen, später eine Flasche aufzumachen, doch das machte meinen Entschluss, mich an Tee zu halten, zu einer Frage der Ehre. Ich hasste es, Erwartungen zu erfüllen.

»Und Amerika ist ein junges Land«, erklärte Winthrop. »In

Europa wissen wir über viele Dinge schon weitaus länger Bescheid.«

An Land angekommen, würde ich Janey Wilde von Brunette erzählen und ihr Franklin geben müssen. Was das Verschwinden der Pantherprinzessin betraf, so würde irgendeinem Pressemenschen bei MGM schon was einfallen. Alles andere – die Wasserbomben, die Seeschlacht, das sinkende Schiff – würden vom Krieg verschluckt werden.

Nur Geschichten würden übrig bleiben, seltsame Geschichten, *Weird Tales.*

Originaltitel: *The Big Fish*
Erstveröffentlichung: *Interzone*, October 1993.

Aus dem Amerikanischen von Rainer Schumacher

»Ich muss sie unwillkürlich abgerissen und eingesteckt haben ... aber bei Gott, Eliot, *es war eine Blitzlichtaufnahme nach dem Leben!*«

VON JOANNA RUSS

In einer uralten Pension in New York, wo Dreck auf den Stuckdecken lag und das Knarren der Treppen des Nachts wie Pistolenschüsse durch die Dunkelheit hallte, inmitten der hinfälligen Pracht abfallender roter Seidentapeten und unbeschreiblich lasierter Möbel, da lebte Irvin Rubin. Er war Angestellter in einem kleinen Verlag: *Fantasy Press*; er kümmerte sich dort um die Bücher. Er erzählte seine Geschichte einer Frau im Büro, und sie hat sie mir erzählt, an einem Wintermorgen in einer Cafeteria, wo die Flachglasfenster bis auf ein paar klare Flecken beschlagen waren, durch die man jedoch nichts sehen konnte, so verzerrt waren sie, nur Tropfen und Streifen der Szene draußen. Irvin Rubin, der niemals ohne ein aufgeschlagenes Buch vor seinem Teller saß, die blassen Augen darauf fixiert, die Wangen rhythmisch gebläht und mit der Gabel blind auf der Jagd nach dem Essen, nahm all seine Mahlzeiten in Cafeterias ein. Dann las er in seinem Zimmer weiter. Er hatte nichts Besonderes zu tun. Er kannte niemanden. Die Frau, die mit ihm zusammenarbeitete, hatte versucht, ihn in ein Gespräch zu verwickeln, ohne jedoch Erfolg zu haben, denn Irv hatte nichts zu sagen außer schrillen Denunzierungen der neuesten von Fantasy Press veröffentlichen Autoren (»Er nannte sie einen Haufen Lohnschreiber«, sagte sie) oder Beschwerden über seinen Schreibtisch, seine Bürokollegen oder über sein Gehalt; zu anderen Themen hatte er keine Meinung, doch eines Morgens kam er an den Schreibtisch der

Frau, die Hände hinter dem Rücken verschränkt, das Gesicht rot angelaufen, verschwitzt und sichtlich bemüht, ruhig zu bleiben.

»Miss Kramer«, sagte er zu ihr, »wohin würden Sie ein Mädchen ausführen?«

»Guter Gott, Sie haben eine Freundin?«, fragte sie leichthin. Irvin wirkte ein wenig benommen.

»Wohin würden Sie ein Mädchen ausführen?«, wiederholte er in klagendem Ton und rang offensichtlich hinter dem Rücken die Hände; dann fragte er: »Wohin würden Sie eine *echte Lady* ausführen, Miss Kramer?«

»Ich weiß es nicht«, antwortete sie; »ich kenne keine«, und Irvin ließ sich – sichtlich erleichtert – auf den Stuhl neben ihrem Schreibtisch fallen. »Ich auch nicht«, sagte er schlicht. An diesem Punkt (so erzählte sie mir) lächelte er, und June Kramer sah mit einer gewissen Bestürzung, dass sein Gesicht für einen Augenblick eindeutig menschliche Züge annahm. Es wirkte recht jung (er war achtundzwanzig) und richtig süß. Dann runzelte er die Stirn, und der Eindruck verschwand.

»Ich würde sicher *niemanden sonst* fragen«, erklärte er in bedeutungsvollem Tonfall. »In diesem Schuppen würde ich niemanden sonst fragen außer Ihnen.« Er stand auf und trat von einem Fuß auf den anderen. Dann legte er wieder die Stirn in Falten. »Glauben Sie, sie würde gerne etwas lesen?«

»Nun ...«, sagte Miss Kramer, »... ich weiß nicht ...«

»Glauben Sie, sie würde gerne mit zu mir kommen?«, platzte er heraus.

»Nicht sofort«, antwortete June Kramer besorgt. Irvin senkte den Blick.

»Vielleicht sollten Sie mit ihr einen Spaziergang machen«, schlug Miss Kramer vorsichtig vor, »oder ... oder vielleicht würde sie gerne ins Kino gehen. Vielleicht könnten Sie sich« (hier murmelte Irv, der auf seine Füße starrte: »Das ist ohnehin alles Müll.«), »nun, vielleicht könnten Sie sich ...«, aber bevor

Miss Kramer den Satz beenden konnte, zuckte Irv heftig zusammen und stapfte steif davon – oder er huschte eher. Er hatte ihren Vorgesetzten kommen sehen.

»Was hat der Bekloppte?«, fragte der Vorgesetzte flüsternd June Kramer, die ihn über ihre Brille hinweg anblickte, die Lippen ernst zusammengepresst; sie antwortete nicht darauf.

Wie sich herausstellte, hatte Irv sein Mädchen in der Nähe des Central Park kennen gelernt. Sie war dort mit zwei Dackeln spazieren gegangen, doch weder June Kramer noch ich verstanden, was solch ein Mädchen mit Irv anfangen wollte. Vielleicht war sie kein richtiges Mädchen und vielleicht auch keine echte Lady, denn auch wenn er sie als Mischung aus ›echter Lady‹ und ›Glamourgirl‹ bezeichnete ›mit diesem heiseren, rauchigen Flüstern, Miss Kramer, wie Sie-wissen-schon-wer in den Filmen‹, erschien mir Irv Rubins Freundin immer wie eine jener Frauen, die sich in den Werbefilmchen teilnahmslos in Nerz und Zobel hüllten – verloren, leblos, betrogen und ohne Zweifel von einem reichen Sadisten ausgehalten –, zumindest kam sie mir so vor. Irv hatte seine Lady tatsächlich schon vereinzelt gesehen, bevor er sie kennen gelernt hatte, denn Irvs möbliertes Zimmer lag in den zerfallenden Blocks nahe des reichen Central Park West, und er war ihrem reinen Profil durch viele Nebenstraßen und sogar in den Park gefolgt und hatte immer wieder einen Blick auf ihren wehenden schwarzen Mantel und die beiden Hunde erhascht – einmal war er ihr sogar in einen Supermarkt hinterher gegangen, glaube ich.

Irv liebte sein Mädchen. Wie besessen sprach er mit Miss Kramer über sie, und das auf eine Art, die neu für ihn zu sein schien. Fast wirkte er vor Ehrfurcht wie gebannt, fast (so sagte June Kramer) schien er von ihrer Überlegenheit verängstigt zu sein, ihrer Eleganz, ihrer mannequinhaften Blässe und vor allem von dem Schweigen, mit dem sie ihn tolerierte. Sie hörte ihm zu, als hätte er das Recht, mit ihr zu sprechen, sie auf Spaziergänge auszuführen und ihr (mit vergeistigter Ernsthaftigkeit) zu sagen, dass Howard Phillips Lovecraft der größte Schriftsteller der Welt sei.

Irv erzählte June Kramer, dass er sein Mädchen an einem kalten, sonnigen Sonntagmorgen im Central Park West getroffen habe, als jeder Baum im Park vereist war und Eiszapfen von den Gebäuden hingen. Sonntage waren schlechte Tage für Irv; die Buchhandlungen hatten geschlossen. (Er listete Miss Kramer sämtliche Orte auf, an denen er die vergangenen neun, zehn Sonntage gewesen war. Ich habe die meisten davon vergessen, aber er hat dreimal den Zoo besucht und ist einmal die Fifth Avenue mit dem Bus rauf und runter gefahren, auch wenn er sagte, dass das Betrachten der teuren Dinge in den Schaufenstern ›nichts im Vergleich zur Fantasie‹ sei; seine eigene Kleidung war so alt und in derart schlechtem Zustand, dass er damit auffiel – wie auch immer: Es war eine armselige Liste von Unternehmungen.) Er hatte das Mädchen auf einer Parkbank sitzen sehen. Sie hatte ein Buch gelesen, und ihre beiden Dackel hatten im Schnee zu ihren Füßen geschnüffelt. Irv hatte die Straße überquert, und sein Herz hatte ihm bis zum Hals geschlagen, denn er hatte gewusst, dass er mit ihr sprechen musste. Glücklicherweise stammte das Buch, das sie gerade las, aus der Feder seines Lieblingsautors. Mit furchtbar krächzender Stimme entschuldigte er sich und informierte sie, dass die Ausgabe, die sie da las, nicht so komplett sei wie jene von 1939, und »verzeihen Sie, aber die andere hat alles. Ich habe dieses Buch. Es ist viel besser. Macht es Ihnen etwas aus, wenn ich mich neben Sie setze?«.

Nein, es machte ihr nichts aus. Sie hörte ihm zu, ihr schmales, schönes Gesicht blass und beherrscht; dann und wann zog sie an den Leinen der Dackel, die daraufhin – trocken aus ihren Erkundungen gerissen – leise wimmerten. (»Sie hat echte Lederhandschuhe«, erzählte Irv Miss Kramer, »schwarze.«)

Was sie ihm erzählte, weiß ich nicht, denn er konnte sich nicht daran erinnern; aber was auch immer es gewesen sein mag (in ihrem heiseren, rauchigen Flüstern), für ihn klang es wie die Versicherung, dass er der intelligenteste Mann sei, den sie je getroffen hatte, und dass auch sie glaubte, H. P. Lovecrafts Bücher seien von allergrößter Bedeutung (»Er ist ein echter Schriftsteller«, pflegte Irv immer zu sagen), und ja, sie würde *sehr gerne* einen Spaziergang mit ihm unternehmen. All das erzählte er Miss Kramer. Er erzählte ihr von ihrem Spaziergang durch den Park inmitten der Eiszapfen, die mit einem »*Pling!*« zu Boden fielen, und alles zitterte und war strahlend, gleißend hell in der Sonne – das Eis auf den Steinen, der blaue Himmel, die verwelkten Blätter, die hier und da noch an den Bäumen hingen, die Fehlfarben im Schnee, wo Schlamm oder Hunde – oder ihre Hunde – das Weiß befleckten. Die ganze Zeit über ging seine strahlende Gefährtin (sie war ein wenig größer als er) neben ihm her. Ihr schwarzer Mantel lief in einen riesigen Kragen aus, der ihr Gesicht halb verdeckte; alles war schwarz, schwarze Eleganz mit einem Hut als Krönung – aber nicht mit einem blauen Hut, sondern mit einem fast violetten, einem Hut von der Farbe der Dämmerung an einem Wintertag, wenn die Gelb- und Grüntöne und das rauchige Rosa sich im Westen wild vermischen und man sich zu Tode friert. Irv brachte das richtig gut rüber. Der Hut, den sie trug, bestand aus diesem seidigen, schillernden, modischen Stoff, »und stellen Sie sich vor« (sagte er), »stellen Sie sich vor, Miss Kramer, dieser Hut ist von *exakt der gleichen Farbe wie ihre Augen!*«.

Ach, der arme Irvin Rubin!, dachte Miss Kramer, doch diese Lady wurde Irvin Rubins nicht überdrüssig. Sie gingen ins Kino. Sie unternahmen Spaziergänge zusammen. Sie gingen in Buchhandlungen. Einmal sah ich sie selbst von weitem. Und jeden Abend winkte Irvs Mädchen zum Abschied (auch wenn man sich unmöglich vorstellen kann, dass sie etwas derart Kraftraubendes tun würde) und ging in den Park, ins Blaue mit ihren blauen Augen, die wie Sterne strahlten. Sie lebte in der vornehmen East Side. Spät an einem Samstagnachmittag klopfte Irvin Rubin an Miss Kramers Wohnungstür im Stuyvesant Town Project. Elend, die Hände in den Taschen zu Fäusten geballt, stand er da, während Miss Kramer mit den Riegeln kämpfte. Sie hatte ein paar Freundinnen zum Bridge eingeladen, und sie spielten im Wohnzimmer.

»Miss Kramer!«, sagte Irv atemlos. »Sie müssen mir helfen!«

»Nun ... Na, kommen Sie rein«, sagte sie und bemerkte nervös, dass ihre Gäste die Unterhaltung unterbrochen hatten und Irvin überrascht anblickten. »Kommen Sie in die Küche, aber nur für einen Moment.« Er folgte ihr wie eine ungelenke Kreatur aus einem Märchen und hielt nur an, um überrascht zu bemerken: »Himmel, Sie sind ja richtig zurechtgemacht.« (Miss Kramers Haar war frisch frisiert, und sie trug ein Kostüm.) Ansonsten nahm er seine Umgebung gar nicht wahr, noch nicht einmal die Enge der kleinen Küchenecke, als sie beide sich dort hineindrängten.

»Na, was ist denn los, Irvin?«, fragte Miss Kramer ein wenig gereizt, denn sie dachte an ihre Gäste. Sie zählte sogar die sauberen Kaffeetassen durch, die auf dem Kühlschrank standen. Irv schaute sich mit leeren Augen um, den Mund offen, die Hände noch immer in den Taschen und eine Seite seines Kragens aus Versehen hochgeklappt.

»Miss Kramer ...«, er geriet ins Stottern, »Miss Kramer ... bitte ... Sie müssen mir helfen!«

»Sicher. Bei was, Irvin?«, fragte sie.

»Miss Kramer, sie kommt heute Abend zu mir. Sie kommt rauf, um mich zu besuchen.« (Wirklich!, dachte June Kramer. *Was ist daran denn so schlimm?*) Er senkte den Blick. »Was ich damit sagen will, Miss Kramer ... Ich meine ...« (er atmete schwer), »ich will nicht, dass sie denkt ...«, und hier hob er plötzlich den Kopf und rief: »*Bitte, Miss Kramer, kommen Sie auch!*«

»Ich?«, fragte June und dachte an ihre Gäste.

»Ja, bitte!«, rief Irv. »Bitte! Ich will ... Ich meine ...« Mit einem Schluchzen platzte er heraus: »Ich habe ihr gesagt, dass noch andere kommen!« Er kehrte ihr den Rücken zu, blickte stur auf den Kühlschrank und rieb sich mit dem Ärmel kreuz und quer über die Nase.

»Irvin, glauben Sie nicht, dass das ein Fehler war?«, fragte June Kramer. Keine Antwort. »Irvin«, hakte sie in sanftem Ton nach, »ich denke, wenn dieses Mädchen Sie mag, wie Sie sind, dann brauchen Sie keine Unwahrheiten zu erfinden, und wenn sie Sie nicht mag, nun, früher oder später findet sie sowieso heraus, wie Sie wirklich sind. Glauben Sie nicht, es wäre besser gewesen, ihr die Wahrheit zu sagen? Hm?«

»Ich weiß es nicht«, murmelte Irvin. Er drehte sich um. Schweigend blickte er June Kramer an. Die Tränen standen ihm in den Augen, diesen blassblauen hervorquellenden Augen, die kurzsichtig hätten sein sollen; doch leider waren sie nicht kurzsichtig genug, um stille, teilnahmslose, aber bezaubernde Geschöpfe auf Parkbänken im Central Park West zu übersehen.

»Also schön«, seufzte June Kramer; »na gut, Irvin«, und sie verließ ihre Freundinnen, ihre Karten, ihre kleine Party, um Irvins Mädchen glauben zu machen, dass Irvin Freunde habe.

»Das wird respektabel aussehen, Miss Kramer. Ich danke Ihnen«, sagte er und fügte dann hinzu – mit einer Gerissenheit, die so ungewohnt an ihm war, dass sie Entsetzen hervorrief –: »Sie wird von Ihnen beeindruckt sein, Miss Kramer. Sie sehen so nett aus.«

Also zog Miss Kramer ihren Mantel mit dem Hasenfellkragen an (um nett auszusehen), und gemeinsam fuhren sie zu Irvs Pension. Erst nahmen sie den Bus, der den Schneematsch in den Straßen aufwühlte, dann die U-Bahn, deren Bahnsteige von geschmolzenem Schnee verdreckt waren – aber kein Wetter, sei es nun gut oder schlecht, hatte Irvin Rubin je zu einem Kommentar bewegt.

Es war kalt im Flur der Pension, so tödlich kalt, dass man glauben konnte, die Wände schwitzten, eine Art stille, feuchte, versteinerte Kälte, die zwanzig Winter alt zu sein schien. Die unverkleidete Heizung in Irvins Zimmer war kalt. Er zog sein Jackett aus und setzte sich in Hemdsärmeln auf das alte Himmelbett – der Raum enthielt nur das Bett, einen Lehnstuhl, eine Kommode und einen grünen Vorhang vor einem Alkoven, der wohl als Schrank diente. June Kramer zitterte.

»Ist Ihnen nicht kalt, Irvin?«, fragte sie. Er erwiderte nichts darauf. Er starrte auf die gegenüberliegende Wand. Schließlich riss er sich wieder aus seinen Gedanken, schüttelte sich, sagte, »Sie wird bald da sein. Danke, Miss Kramer«, und versank in dumpfe Starre. Draußen hatte es zu schneien begonnen, wie June sah, als sie die Plastikvorhänge zur Seite hob. Sie ließ sie wieder fallen. Dann ging sie an Irvins Bett vorbei – das Bettlaken war zu Pink verblasst –, vorbei an der Kommode, auf der eine Bürste lag, ein Kamm und eine Zahnbürste, und deren Spiegel (von Jugendstil-Schnörkeln eingerahmt) fleckig war und die Farbe verlor, sodass der Raum an sich hinter geisterhaften Schatten verschwand.

»Das könnte ein recht nettes Zimmer sein, wenn Sie sich damit ein wenig Mühe geben würden, Irvin«, sagte sie fröhlich. Irvin schwieg weiter. June Kramer sah, dass er sich von irgendwoher ein Buch geholt hatte und las; also ging sie noch einmal durch den Raum, betrachtete den Stuhl, das Bücherregal unter dem einzigen Fenster und die Hängelampe, unter der Irvin saß. Miss Kramer setzte sich auf den Stuhl. Allmählich spürte sie die Kälte, und sie bemerkte ein Foto, dass Irvin neben den Stuhl an die Wand gehängt hatte, in den am schwersten zugänglichen Teil des Raums. Das Foto war offenbar viele Jahre alt und zeigte einen Jungen, der mit einem Hund unter einem Baum stand. Es war das einzige Bild im Raum.

»Sind Sie das, Irvin?«, fragte Miss Kramer, und Irvin (nach einer kurzen Pause, in der seine Augen aufhörten, über die Buchseiten zu wandern) nickte, ohne den Blick zu heben. Miss Kramer saß einen Augenblick lang einfach nur da, stand dann auf und ging zum Bücherregal (es war voller Bücher von Fantasy Press). Erneut teilte sie die Plastikvorhänge; erneut blickte sie in den Schnee hinaus (inzwischen blieb er auf dem frei geräumten Bürgersteig und den Straßenlaternen liegen), und erneut dachte sie über das Foto nach, das so ausgeblichen war, dass der Baum wie gemalt aussah, und schließlich sagte sie:

»Irvin Rubin, sind Sie *sicher*, dass das Mädchen heute Abend kommt?« Diese Frage hatte eine überraschende Wirkung auf Irvin. Sofort schlug er sein Buch zu, sprang auf, Augen und Mund weit aufgerissen, und seine Gesichtsmuskeln zuckten unkontrolliert.

»Oh bitte ...«, stammelte er, »oh bitte ...«

»Oh, ich bin sicher, dass sie kommt«, versicherte ihm June; »aber kommt sie *heute Abend*? Sind Sie sicher, dass Sie sich nicht in der Zeit vertan haben? Natürlich will ich damit nicht sagen –«, doch Irvin sprang zu seinem Wecker, der neben dem Bett auf dem Boden stand, und schüttelte ihn. Er lauschte auf dessen Ticken. Er versuchte, June Kramer irgendetwas zu erklären, aber er stotterte so sehr, dass er ihr Angst einjagte.

»Das ist schon in Ordnung!«, schrie sie. »Es ist in Ordnung!«, und Irvin Rubin, mit wogender Brust, stand still, entspannte sich wieder, wischte sich mit der Hand über die Augen und schlurfte zum Bett zurück, wo er – oh, wunderbarer Rubin! – wieder zu lesen begann. Miss Kramer überlegte, ob sie ihn bitten sollte, das Buch wegzulegen, doch sie hatte Angst vor ihm, Angst vor der Stille im Raum, die sie davor zu warnen schien, sie zu brechen. Ich glaube, sie hatte sogar Angst, sich zu bewegen. Es war nicht nur die menschliche Verzweiflung, die in diesem Raum zu fühlen war, sondern die irgendwie Furcht erregende Vorstellung, dass eine Seele in diesem Zimmer leben konnte, ohne die Einsamkeit hier zu bemerken, die Vorstellung, dass diese öde Prosa – durch irgendeine Art von Reaktion – sich in eine noch schrecklichere Poesie verwandeln könnte. June Kramer begann, über Irvs Mädchen nachzudenken. Mit schmerzhafter Lebendigkeit stellte sie sich vor, an wie vielen Abenden Irvin in diesen furchtbaren Raum gekommen war, nach Hause, ein Buch herausgenommen und das Zimmer mit Gott weiß was bevölkert hatte; und dann war er ins Bett gegangen, aufgestanden und zur Arbeit marschiert. Er hatte gegessen, war wieder nach Hause zurückgekehrt und hatte erneut ein Buch herausgeholt, bis es an der Zeit war, für acht lange Stunden (Irvin war ein präziser Schläfer) ins Bett zu gehen und Träume zu träumen, die vielleicht seltsam waren, aber – und zumindest das war nicht so beunruhigend – wenigstens jenen glichen, die andere träumten. Doch nun las er. Miss Kramer glaubte fast, eine Art kalten Nebel von der Seite aufsteigen zu sehen. Schließlich (sie war steif vom Sitzen auf dem harten Lehnstuhl) rappelte sie sich auf und sagte mit einer Stimme, die in ihren eigenen Ohren schwach und dünn klang:

»Ich fürchte, ich muss jetzt gehen, Irvin. Ich kann wirklich nicht länger bleiben.« Sie sah, dass er sein Buch zugeschlagen hatte und sie anstarrte. Das Licht von der alten Hängelampe über ihm verlieh ihm ein seltsames Aussehen.

»Gehen Sie nicht, Miss Kramer«, sagte er mit leiser Stimme.

»Ich bin sicher, Ihre Lady hat von nächster Woche gesprochen«, sagte June verzweifelt. »Oder von morgen. Ja, sie wird morgen kommen ...«

»Bitte! Bitte!«, rief Irv. »Bitte!«

»Tut mir Leid, aber ich muss gehen«, sagte June. »Ich muss«, und unsinnigerweise verängstigt, drehte sie sich um, drückte panisch die Türklinke herunter und ließ einen Hauch der kalten, toten, stillen Luft aus dem Flur herein. Augenblicklich wusste sie ganz genau, womit sie das alles die ganze Zeit über verglichen hatte, und als sie die Treppe hinunterstürzte, verfolgt von einem verzweifelten Irvin Rubin, der ihr atemlos etwas über sein Mädchen hinterher schrie und das erste gesellschaftliche Ereignis seines Lebens, sah June vor sich nur das offene Grab, in das sie vor gut vierzig Jahren hatte starren müssen, als sie noch ein kleines Kind gewesen und gezwungen war, der Beerdigung ihrer jüngeren Schwester beizuwohnen. Auf der Straße floh sie vor Irvin; sie drückte ihre Handtasche an die Seite, doch als sie die Ecke erreichte und langsamer wurde, ließ irgendetwas – sie wusste nie genau was – sie stehen bleiben und sich umdrehen.

Irvs Mädchen war gekommen. Sie stand neben ihm auf den Stufen. June Kramer sah deutlich Mantel und Hut, die Irvin beschrieben hatte. Sie konnte sogar die schwarzen Lederhandschuhe erkennen und die schwarzen Strümpfe. Und auch wenn sie Irvin selbst im schwachen Licht der Straßenlaterne kaum erkennen konnte, so sah sie doch jede Einzelheit des blassen, gepuderten Gesichts des Mädchens; es wirkte wie gezeichnet: die dünnen Augenbrauen, das ausdruckslose Profil, alles wie eine Strichzeichnung, und am deutlichsten von allen diese wunderbaren, wunderbaren violetten Augen – »sie hat *so hübsche Augen*«, hatte Irvin immer gesagt. »Sie ist hier, Miss Kramer, sie ist hier!«, rief Irvin fröhlich und strahlte auf seine blasse, echte Lady herunter, als plötzlich eine Windbö die Straße gefrieren ließ. Irvins Hemd flatterte; Miss Kramers Mantel vollführte einen wilden Tanz um ihre Schenkel, doch die schwarze Hülle der seltsamen Lady rührte sich nicht, auch nicht ihr schwarzer Schal. Ihre Kleidung war so ruhig wie ihre Hände, so kalt wie ihre Miene und so leblos wie der Ausdruck auf ihrem Gesicht, der in seinem blassen Strahlen zu June Kramer (mit einem Hauch von Hass) zu sagen schien: *Was fällt dir ein ...?*

Doch an diesem Punkt gab Miss Kramer der Feigheit nach – obwohl sie wusste, dass ihre Fantasie mit ihr durchgegangen war –, und sie rannte, rannte, rannte, keuchend, bis sie schließlich die U-Bahn-Station erreichte, wo sie das Gesicht in ihrem Taschentuch vergrub und in Tränen ausbrach.

Danach ging es Irvin nicht gut. Er kam mit den Tagen durcheinander und erschien zu spät zur Arbeit. Wenn Miss Kramer ihn etwas fragte, antwortete er ihr in schrillem Tonfall und schimpfte über das Büro, die Leute, die Bücher, die Welt, alles. Es war unmöglich, mit ihm zu sprechen. Drei Tage, bevor er endgültig verschwand, trieb er June im Lager in eine Ecke und rief ihr mit einer Mischung aus Stolz und Trotz in der Stimme entgegen: »Miss Kramer, ich werde heiraten! Mein Mädchen wird mich heiraten!«

June Kramer gratulierte ihm.

»Wir ziehen weg. Wir werden bei ihren Leuten wohnen«, erklärte Irv; »aber sagen Sie das niemandem, Miss Kramer. Ich will nicht, dass diese ... diese *Gartenzwerge* hier im Büro davon erfahren! Sie sind nur Feiglinge; sie sind dumm; sie wissen gar nichts. Sie verstehen nichts von Literatur! Sie wissen *gar nichts*!«

»Irvin, bitte ...«, begann Miss Kramer besorgt und verlegen.

»Machen Sie ruhig so weiter!«, brüllte er. »Macht doch alle ruhig so weiter!«, und dann kehrte er ihr den Rücken zu, rieb sich die Augen, murmelte etwas vor sich hin und las einen Buchrücken in den Lagerregalen nach dem anderen – obwohl alles der gleiche Titel war, wie June Kramer mir später erzählte. Sie dachte darüber nach, ihn an der Schulter zu berühren, dann besann sie sich jedoch eines Besseren. Sie dachte daran, ihm erneut zu ›gratulieren‹, aber sie hatte Angst, dass ihn das wütend machen würde; also zog sie sich so leise und unauffällig zurück wie möglich. Unfreiwillig blieb sie an der Tür stehen (sagte sie), und Irvin Rubin drehte sich wieder um und schaute sie an – das war das letzte Mal, dass sie ihn sah. Der Trotz und der Stolz in seinen Augen waren verschwunden, erzählte sie; stattdessen zeigte sich Angst in seinem Gesicht. Es war, als wäre das menschliche Wissen schlussendlich zu ihm durchgedrungen; er war krank und verängstigt, und sein Leben war leer. Es war, als würde sie das Gesicht eines Menschen bei einem Tier sehen. June Kramer sagte, »Ich bin sicher, dass Sie glücklich werden, Irvin; ich gratuliere«, und eilte blind zu ihrem Schreibtisch zurück.

Das ist Irvin Rubins Geschichte, so wie Miss June Kramer sie mir an einem Wintermorgen in der Cafeteria erzählt hat, wo die Fenster weinten und die Sekretärinnen mit ihren Kaffeetassen um uns herum klapperten, doch es ist nicht seine ganze Geschichte. Ich kenne seine ganze Geschichte. Ich habe ihn an einem frühen Winterabend mit einer jungen Lady den Park betreten sehen – das war vermutlich an dem Tag, da er die Arbeit verlassen hat –, und obwohl ich nicht mit Sicherheit weiß, was geschehen ist, so kann ich mir ihren Spaziergang durch den Park sehr gut vorstellen: die junge Frau schweigend, Irvin, der auf einer vereisten Pfütze ausrutscht und sich vielleicht umdreht, um den aprikosenfarbenen Himmel im Westen zu betrachten – auch wenn Naturphänomene nie seine Aufmerksamkeit erregt hatten, wie June Kramer mir erzählte. Ich kann vermuten – obwohl ich es nicht wissen kann –, wie Irvins wahre Liebe ihre automatischen Arme für ihn geöffnet hat, in irgendeinem abgeschiedenen, verschneiten Teil des Parks, vielleicht zwischen einer Steinmauer und einem blattlosen Baum. Ich kann sehen, wie sie vor der dunkler werdenden Luft verblasst; der schwarze Mantel enthält nichts; der schwarze Schal schmückt nichts; ihr irisierender Hut wird zu einem nicht unterscheidbaren Teil des Abendhimmels; ihre Beine verwechselt man mit Baumstämmen, und ihre Augen –

317

diese wilden, liebreizenden violetten Augen! – brennen heller und heller, strahlen wie zwei Sterne aus einem Gesicht im Farbton von Papier. Ich kann sie schmelzen sehen, flacher werden, kann sehen, wie sie sich in einen leuchtenden, gefrorenen Nebel verwandeln, ein Nebel, der aus Augenhöhlen quillt, die nun Augenhöhlen ins Nichts sind. Ich kann sehen, wie sie Gott weiß was mit dem armen Irv Rubin macht, den man am nächsten Morgen gefunden hat (wie mir mein Hausmeister berichtet hat), flach auf dem Rücken im Schnee liegend und erfroren.

Ein paar Tage später habe ich Irvs Liebe jenseits des Central Park West gesehen, an einem strahlend schönen Freitagnachmittag. Nur zehn Fuß von ihr entfernt pflügte der Verkehr Furchen in den Schnee, und die Hunde aus zwanzig Häuserblocks Umkreis wurden Gassi geführt, um ihre gelben und braunen Flecken im Schnee zu hinterlassen. Sie las ein Buch und blätterte mit ihren behandschuhten Fingern mühelos die Seiten um. Ich konnte sogar den Titel des Buches erkennen, auch wenn ich wünschte, es wäre anders gewesen. Es war Ovids *Kunst der Liebe*, was die ganze Angelegenheit zu einem schlechten Scherz verkommen ließ.

Aber natürlich war sie verschwunden, als ich schließlich die Straße überquert hatte.

Originaltitel: »I had vacantly crumpled it into my pocket ... *But by God, Eliot, it was a photograph from life!*«
Erstveröffentlichung: *Magazine of Fantasy and Science Fiction*, August 1964.

Aus dem Amerikanischen von Rainer Schumacher

H. P. L.

VON GAHAN WILSON

> *Ich war weit fort von zu Haus, und das Meer*
> *im Osten schlug mich in seinen Bann.*
> – H. P. LOVECRAFT

Oh ja, das tat es! Und wie!

Tief sog ich den schweren, alle Zeiten überdauernden Dunst der küstennahen Sümpfe ein, las auf der Straßenkarte, die ich fest gepackt hielt, begierig die faszinierend exotischen Namen – Westerly, Narragansett, Apponaug –, und mit jeder Minute, die der Bus stetig voran nach Norden rollte, immer höher die kurvenreiche Küstenstraße hinauf, näherte ich mich Providence!

Kein Zweifel war mehr möglich – mich umgaben unwiderlegbare Beweise wie etwa die Möwen, die sich aus den Himmeln herabstürzten, die salzige Brandung und die verwitterten Piers, Piers im unterschiedlich weit fortgeschrittenen Stadium des innsmouth-typischen Zerfalls: Ich, Edward Haines Vernon, geboren und aufgewachsen im und unendlich gelangweilt vom flachen, flachen Flachland des Mittleren Westens, der ich am Ufer des Michigansees mein Leben in der Gewissheit verbracht hatte, das andere, gegenüberliegende Ufer liege zwar nur eine Tagesreise unter der strahlenden Sonne entfernt, hätte sich jedoch, so ich mir die Mühe machte, mich dorthin zu begeben, als nur ein anderes langweiliges Ufer im langweiligen Mittleren Westen erwiesen, an dem noch mehr langweilige Leute über noch mehr langweilige Dinge redeten – ich aber, der oben erwähnte Edward Haines Vernon, befand mich jetzt tatsächlich an der Küste des weiten Atlantiks, dem Meer im Osten unseres großen Landes, jenseits dessen anderem, gegenüberliegendem Gestade sich, verdammt noch mal, nichts weniger Fabelhaftes als *Europa* befand!

Ich lehnte mich zurück, verlieh meiner Zufriedenheit mit einem tiefen und genussvollen Seufzer Ausdruck und stieß triumphierend die Faust in die Luft, genau vor meinem Gesicht; da erst bemerkte ich, dass ich die zierliche, grauhaarige Dame neben mir erschreckt hatte. Etwa eine Zehntelsekunde ungehalten wegen ihrer Reaktion, verstand ich mit einem Mal, dass sie – selbstverständlich! – eine jener feinen alten *Neuengland-Damen* war und sich empören musste über das ungehobelte, unkultivierte Benehmen eines grobschlächtigen, schlecht erzogenen Mannes aus dem Mittleren Westen, der ich nun einmal war: Gott segne ihr schwaches altes Herz, Gott segne ihre blassblauen, so missbilligend dreinblickenden Augen!

»Verzeihen Sie«, sprach ich sie höflich an, »aber ich bin neu in Ihrem Land und kenne seine Gebräuche noch nicht. Bitte seien Sie so freundlich und verzeihen mir diesen Ausbruch!«

Sie musterte mich einen langen Augenblick über den stählernen Rand ihrer Brille hinweg, dann rümpfte sie die Nase und widmete sich wieder der Lektüre der bei Gesundheitsbewussten weidlich bekannten Zeitschrift *Prevention* – Gott segne sie auch dafür! –, während ich im Gegenzug weiter mit weit aufgerissenen Augen aus dem Busfenster starrte.

Mir war damals – das begreife ich erst heute – noch nicht recht klar geworden, dass ich all dies tatsächlich erlebte! Jahrelang, einen großen Teil meines Lebens über, hatte ich von dieser Reise geträumt, sie immer wieder geplant und durchgespielt, dass für mich völlig außer Zweifel stand, sie eines Tages anzutreten, irgendwann in der Zukunft (wie ich hoffte). Von jeher sollte sie irgendwann später einmal stattfinden, und jetzt plötzlich war es so weit! Unvermittelt ereignete sie sich wirklich! Und ich war mitten drin!

Sorgsam darauf bedacht, meine liebe neuenglische Lady

durch meine linkische Art nicht ein weiteres Mal zu erschrecken, zog ich meine kleine Reisetasche (klein, obwohl ich wahrhaftig nicht vorhatte, nur einen kleinen Abstecher in diesen Landstrich zu unternehmen – sondern, bei Gott, ich wollte hier *leben!*) unter dem Sitz hervor, öffnete den Reißverschluss und nahm behutsam den ordentlich zusammengefalteten Brief heraus, der zuoberst auf dem restlichen Inhalt der Tasche lag. Ehrfürchtig wie ein Priester, der ein besonderes Heiligtum in der Hand hält, öffnete ich diesen Schatz und entzifferte erneut die kleinen Buchstaben dieser winzigen, unregelmäßigen Hand, und einen Augenblick lang, bis ich die Tränen fortgeblinzelt hatte, verschwamm mir die Schrift vor den Augen. Nun konnte ich den güldenen ersten Absatz erneut lesen, zum tausendsten, vielleicht zum zehntausendsten Mal.

Natürlich müssen Sie mich besuchen kommen, Edwardius – auf jeden Fall! Bitte seien Sie Gast in meinem Hause, einem hübschen kleinen Bauwerk, das, so bin ich mir sicher, ein Mensch von Ihrem Wissen und Ihrer Begeisterung für alles Alte gewiss recht wird zu schätzen wissen. Bisher hatten meine beschränkten Verhältnisse mir bedauerlicherweise nicht erlaubt, für ausgewählte Brieffreunde in dem Maße ein Gastgeber zu sein, wie ich es mir gewünscht hätte. Die vielleicht größte Freude, die mein derzeitiger Wohlstand zeitigt, besteht wohl darin, dass ich nun ganz in Art älterer Herren Willkommensgrüße auszusprechen in der Lage bin.

Diese völlig unerwartete Einladung war die Antwort auf eine wehmütig und schüchtern eingeflossene Bemerkung in einem meiner Briefe gewesen; ich hatte ihm dort gestanden, immer davon geträumt zu haben, eines Tages die Straßen begehen zu können, auf die bereits Poe und er selbst den Fuß gesetzt hätten; und ferner hatte ich ihm geschrieben, dass ich gelegentlich Tagträumen nachhinge, in denen ich in einer geziemend schaurigen, nebeligen oder von Blitzen durchzuckten Nacht auf einem Grab des Friedhofs von St. John's säße und gemeinsam mit ihm mir Gedichte und Geschichten über die Würmer und Maden, die unter unseren Füßen im modrigen Boden kröchen und Nahrung fänden, zu ersinnen hoffte.

Nach dem ersten Absatz seines Briefes, der mich völlig überwältigt hatte, erlaubte er sich einen kleinen Scherz, der darauf abzielte, dass der Friedhof anders als in meiner Fantasie ein wirklich angenehmer Ort sei, nicht im Mindesten modrig, um sich dann ganz praktischen Fragen, meinen Besuch betreffend, zuzuwenden, was etwa das Angebot umfasste, für meine Reisekosten aufzukommen, falls diese für mich einen Hinderungsgrund darstellen sollten.

Bitte fühlen Sie sich von diesem Angebot nicht gekränkt, schrieb er. Vertraut mit meiner Lebensgeschichte, wissen Sie, wie allzu gut ich die Unbilden und verschiedensten Peinlichkeiten kenne, mit denen die Armut einen Menschen zu schlagen weiß, der wie Sie die große Masse vor den Kopf stößt, indem er es wagt, die Kunst über den Kommerz zu erheben.

So schnell, wie mir eine angemessene Antwort aufs Papier fließen wollte – es kostete mich eine ganze Woche, in der ich, wie ich fürchte, ein gerüttelt Maß an Entwürfen anfertigte! –, sandte ich ihm einen Brief, mit welchem ich seine Einladung annahm indem ich betonte, in ausreichendem Maß Mittel zurückgelegt zu haben, um die Reise antreten zu können, vorausgesetzt, ich stellte bei meinen Transportmitteln keine allzu hohen Ansprüche. Sein Antwortschreiben enthielt ein paar rührend altmodische Zeilen über meine Sparsamkeit und meinen Fleiß, und nachdem wir uns nur noch eine paar Mal schriftlich ausgetauscht hatten, waren Zeitrahmen und alle anderen Details meines bevorstehenden Besuches festgelegt.

Plötzlich riss ich die Augen auf und mich selbst aus dem Reigen der Erinnerungen – ich beugte mich aus meinem Sitz vor, ja ertappte mich dabei, wie ich mir die Nase an der Fensterscheibe des Busses platt drückte (zweifelsohne zum neuerlichen Entsetzen meiner Sitznachbarin). Denn hinter der Scheibe, genau vor mir, über mir, so unerwartet wie die Vision eines Mystikers, der das lang und sehnsüchtig erwartete Paradies erschaut, ragten die altehrwürdigen Turmspitzen und Kuppeln von College Hill auf – in erwartungsvoller Vorfreude gefangen, war ich in Providence angekommen, ohne es überhaupt zu bemerken.

Nervös starrte ich aus dem Fenster, während wir in den Busbahnhof einfuhren. In seinem Brief hatte er mir versichert, ich würde dort erwartet, ohne aber, wie mir jetzt erst klar wurde, irgendeinen Hinweis darauf gegeben zu haben, wie ich die Person erkennen sollte, die er mit meiner Abholung beauftragte.

Doch dann blieb mir für einen Augenblick das Herz stehen, und ich schnappte vernehmlich nach Luft (was mir ein ebenso vernehmliches, missbilligendes Schniefen meiner Nachbarin einbrachte), stand dort doch, gut gelaunt mitten auf dem Bahnsteig und in Fleisch und Blut, Howard Phillips Lovecraft – H. P. L. höchstpersönlich!

Ich hatte geglaubt, dass er wegen seines hohen Alters große Schwierigkeiten hätte, Besorgungen zu erledigen, und sich, wenn überhaupt, nur unter größten Anstrengungen bewegen könnte; ich hatte mich mit dem Gedanken vertraut gemacht, dass er aller Voraussicht nach ans Haus gebunden oder möglicherweise an einen alten Lehnstuhl gefesselt sei, der ihm während all der Jahre ans Herz gewachsen war, oder ständig in einem pittoresken Himmelbett residiere. Nun war es nur zu offensichtlich, dass ich seine Widerstandsfähigkeit dem Alter gegenüber unterschätzt hatte. Obwohl er doch ein klein wenig von den Jahren gebeugt schien und man ihre ersten Spuren erkennen konnte – etwa in der Langsamkeit seiner Bewegungen, wie dies eben mit weit fortgeschrittenem Alter einhergeht –, stützte er sich nur leicht auf seinen Gehstock und hielt problemlos der Menge stand, die um ihn herum brandete, während er mit einem lebhaften neugierigem Glitzern in den Augen durch die Fensterscheiben des Busses spähte.

In der Tat war sein schmales und hageres Osterinsel-Gesicht mit der markanten Adlernase, den hohen Jochbeinen und dem ausgeprägten Kinn mir seit langem ebenso vertraut wie das Gesicht meines Vaters oder meiner Mutter, hatte ich doch über die Jahre hinweg mit größter Sorgfalt jede Fotografie von Lovecraft studiert, deren ich hatte habhaft werden können, angefangen mit den Schwarz-Weiß-Aufnahmen aus den zwanziger und dreißiger Jahren, die ihren Weg in die bei Arkham House erschienenen Sammlungen gefunden hatten, bis hin zu den unterbelichteten – und daher eigenartig grünlichen – Polaroid-Fotos, die dem Einladungsbrief beigelegen hatten: ... *in der Hoffnung, den Schock zu mildern, der Sie beim Anblick eines alten Herrn in seiner derzeitigen körperlichen Verfassung erwartet.*

Ich winkte ihm durch das Fenster, eifrig wie ein Kind, und während er die Zähne zu einem breiten Grinsen aufblitzen ließ und mich so grüßte, wie ich es mir erhofft hatte, so, als erkenne er mich wieder, zerrte ich ungeschickt meine Reisetasche ein letztes Mal unter dem Sitz hervor, unter dem ich sie verstaut hatte, und stürzte direkt hinter meiner Neuengland-Dame aus dem Bus.

Dann lenkte meine unfreiwillige Reisegefährtin in der ihr eigenen steifen Art ihre Schritte von mir fort und ließ mich ohne ihre Deckung zurück: Ich stand da, in voller Lebensgröße, und verwandelte mich von einem Lidschlag zum anderen von einem der glücklichsten jungen Männer des Erdkreises in den wohl ärmsten aller Teufel auf der ganzen Welt. Denn auch wenn er – ganz Gentleman – sein Bestes tat, sie zu verbergen, hatte ich doch eine fast unverzüglich einsetzende, jegliche Hoffnung auslöschende, liebenswürdige Erheiterung in Lovecrafts Augen entdeckt, als er mich von Kopf bis Fuß mit diesen seinen Augen maß, und wie ich da vor dem Mann stand, der in meinem Leben, in den prägenden Jahren, mein Idol gewesen war, dämmerte mir zum ersten Mal das ganze Ausmaß der unglaublichen Idiotie, der grotesken Lächerlichkeit, der schrecklichen *Vermessenheit* meiner gedrungenen, unbeholfenen, albernen Wenigkeit, in der ich nachzuahmen suchte, wie er sich in seinen späten Jahren gekleidet hatte – schwarzer weiter Umhang und breitkrempiger Hut –, mit solcher Heftigkeit, solch schonungsloser Klarheit, dass sie mich am Boden zu zerstören und genau dort für immer unter sich zu begraben drohte.

Erstarrt blockierte ich den Ausstieg des Busses, unfähig sogar zu atmen. Tief gedemütigt, war ich kaum in der Lage, den verrückten, verzweifelten Impuls niederzukämpfen, mich umzudrehen und ins dunkle Innere des Fahrzeugs zu fliehen, um mich dort zu verstecken, bis der Bus mich in mein verhasstes Flachland zurückbrächte.

In diesem Augenblick erhellte sich Lovecrafts Gesicht zu dieser leuchtenden Liebenswürdigkeit, die man nur selten auf Fotografien von ihm zu entdecken vermag, und er kam auf mich zu, mir die Hand zum Gruß entgegengestreckt.

»Ich bin gerührt, muss ich gestehen, Edwardius«, lauteten seine ersten Worte an mich; er sprach schnell und präzise mit exaltierter, sanfter Stimme. »Es ist sicherlich – und ich lerne erst jetzt, es restlos zu würdigen – die *aufrichtigste* Möglichkeit, ein Kompliment zu machen. Nehmen Sie bitte meinen Dank entgegen!«

Schweigend drückte er mir die Hand, kurz, fest und dennoch freundlich – eine, so kam es mir vor, einem Yankee entsprechende Art, jemandem die Hand zu schütteln. Er wandte sich um und winkte mit seinem Gehstock hinüber zu einem lang gestreckten, schwarzen, alten und sehr eleganten Rolls-Royce in einer der Parklücken in Bahnhofsnähe, der, obwohl der Himmel grau und bedeckt war, glänzte und glitzerte wie ein vornehmes britisches Kerbtier.

»Und jetzt«, fuhr er fort, indem er mir einen leichten, kameradschaftlichen Klaps auf die Schulter gab und rücksichtsvoll den Blick abwandte, damit ich ausreichend Gelegenheit bekäme, mich unbeobachtet wieder zu sammeln, »wollen wir uns gemächlichen Schrittes aus diesem Zentrum des öffentlichen Verkehrs entfernen, wir beide, Sie und ich, und uns eines Fortbewegungsmittels erfreuen, das der Oberschicht weitaus angemessener ist!«

Die Fahrertür des Rolls-Royce schwang auf, als wir uns der Limousine näherten, und ein hochgewachsener, dünner Mann mit Bart entstieg dienstbeflissen dem Wagen. Er trug einen höchst eleganten, taillierten Blazer, und sein perfekt sitzendes Jabot beschwor in mir eher Bilder von Saint-Tropez als von Providence herauf. Ohne ein sichtbares Zeichen aufsteigender Heiterkeit blickte er Lovecraft und mir entgegen, wie wir uns in unseren sich ähnelnden Umhängen und Hüten ihm näherten, lediglich den Kopf hielt er in einer leicht ironisch anmutenden Gebärde seitlich geneigt, aber ich sollte noch erfahren, dass diese Art den Kopf zu halten zu seinen Gewohnheiten zählte.

»Dies, Edwardius, ist mein Begleiter, Mr. Smith, den ich sehr schätze«, stellte Lovecraft mir den hoch aufgeschossenen Mann in Blazer und Jabot vor, als wir schlussendlich vor ihm standen. »Mr. Smith, darf ich Ihnen Mr. Vernon vorstellen, den jungen Autor des Phantastischen, dessen Werk wir in letzter Zeit so ausgiebig diskutiert haben.«

Mr. Smith bedachte mich mit einem schüchternen Lächeln, das tiefe Lachfalten in sein Gesicht zeichnete, und gab mir die Hand; er drückte sie mir nicht zu fest, aber dennoch etwa so, wie ich dies als die härtere Manier aus dem Mittleren Westen gewohnt war.

Doch im selben Augenblick, in dem er höflich, aber bestimmt seine Hand zurückzog und sie vor meinen Blicken in der Tasche seines Blazers verschwinden ließ, ging mir auf, dass ich meine Abneigung nicht hatte verbergen können und zusammengezuckt war, als er mir die Hand gegeben hatte. Seine Hand hatte sich seltsam trocken und merkwürdig hart angefühlt, und obwohl er so kultiviert wirkte und seine ganze Erscheinung in jeder Hinsicht so vornehm, dass er mich sofort an die Dandys auf den eleganten Porträts aus dem Elisabethanischen Zeitalter erinnerte, war mir seine Haut überraschend rau erschienen. Es war offensichtlich, dass der arme Mann an irgendeiner entsetzlichen, widersinnigen Krankheit litt.

»Ich habe Sie dafür bewundert, wie Sie die Figur des Wurmkönigs in *Das Verhüllen* dargestellt haben«, hörte ich Mr. Smith sagen. Er sprach mit einem leichten Einschlag, der in dieser Region nicht heimisch war, und nichts in seinem Tonfall, so schien mir, verriet, dass er sich des kleinen Gestenspiels bewusst war, welches sich gerade zwischen uns zugetragen hatte. »Doch ich muss gestehen«, fuhr er fort, »dass meine besondere Vorliebe bisher einem Ihrer anderen Einfälle galt, nämlich dem ungehaltenen Gott, der seinen Anhängern ein vergiftetes Abbild seiner selbst schenkt.«

Während ich ihm für seine wohlwollenden Bemerkungen dankte, ertappte ich mich, wie ich ihn in stetig steigender, scheuer Verwirrung anstarrte, weil mir mit einem Mal klar geworden war, dass ich sein Gesicht gut kannte und seine weise blickenden Augen aus der Tiefe der sie umgebenden Fältchen bereits viele, viele Male auf mir geruht hatten, ohne dass ich es im Moment mit einer bestimmten Begegnung in Verbindung zu setzen vermochte.

Unterdessen war Lovecraft in den Fond des Wagens gestiegen – auch dieses Mal ohne ein sichtbares Zeichen dafür, dass sein hohes Alter mehr sein könnte als eine belanglose Unannehmlichkeit – und winkte mir, mich neben ihn zu setzen. Mr. Smith machte es sich auf dem Fahrersitz bequem, um für uns den Chauffeur zu spielen, indes H. P. L. uns für eine kleine

Besichtigungsfahrt durch sein geliebtes, altes Providence dirigierte. Er zeigte mir eine ganze Reihe stadthistorisch bedeutsamer Sehenswürdigkeiten und für seine Lebensgeschichte wichtiger Orte, spann kleine Anekdoten um sie herum, jede mit zahlreichen brillanten Exkursen, und ich kam nicht einmal auf den Gedanken, mir das unbeschreibliche Vergnügen zu versagen und mir nicht vorzustellen, wie heftig der Neid tief in den Herzen meiner Zuhörer nagen musste, wenn ich dieses Abenteuer wieder und wieder zum Besten gäbe in all den noch folgenden Jahren. Und genau so ist es gekommen!

Wie auch immer, mit jedem verstohlenen Seitenblick auf meinen Gastgeber wuchs mein Erstaunen darüber, wie bemerkenswert gut er sich gegen das Alter behauptet hatte. Niemand, der ihn sah, hätte bestritten, dass Lovecraft sehr, sehr alt war, doch genauso wenig hätte dieser Jemand geleugnet, dass er für einen älteren Herrn kurz vor der magischen Hundert erstaunlich – ja geradezu unheimlich – beweglich und lebhaft war.

Mithin schien es, als sei in seinem Falle der Zahn der Zeit anderen, unvorstellbaren Gesetzen gefolgt, die sich merklich von den allgemein geltenden unterschieden. Er hatte, dies nur als Beispiel, *keine Altersfalte* im Gesicht. Vielmehr war – im Gegensatz zu den tiefen Faltentälern in den Gesichtern anderer alter Menschen – sein Gesicht von einem Netz feiner Linien überzogen, dünn wie Spinnweben und so oberflächlich wie die Risse auf den Gesichtern alter Porzellanpuppen. Zudem gab es nichts von dem, was man gemeinhin an Absurditäten im Aussehen sehr alter Leute zu erwarten beliebt, etwa übergroß erscheinende Ohren, herabhängende Kehllappen oder schütteres Haar – nichts, aber auch gar nichts davon fand sich bei meinem Gastgeber. Um die Wahrheit zu sagen, sah er, kniff man die Augen zusammen, genauso aus wie auf den Fotos, die in den späten dreißiger Jahren von ihm aufgenommen worden waren.

Er beendete unsere Stadtrundfahrt, indem er mir das Haus zeigte, welches er in seiner letzten Phase der ›Obskurität‹, wie er es nannte, bewohnt hatte.

»Es wurde vor Jahren von seinem ursprünglichen Standort auf die Meeting Street versetzt«, erzählte er, »aber wie Sie sehen, ist es mir gelungen, das Haus mit größter Sorgfalt zurück in die College Street 66 transportieren zu lassen, wo es hingehört. Ich habe außerdem dafür gesorgt, dass es meinen Tanten zur Verfügung stand, nicht nur ein Teil, sondern das ganze Haus, und dies bis zu ihrem Tode.«

»Das muss für Sie sehr befriedigend gewesen sein«, meinte ich.

»Das war es in der Tat, Edwardius!«, schmunzelte er, erst ein wenig verbissen, doch dann entspannte er sich zusehends. »Wie dem auch sei, dies Unternehmen war gar nichts im Vergleich zu der Restaurierung, der Auferstehung – vielleicht wären Sie geneigt, es gar eine Verherrlichung zu nennen –, die ich dem Geburtshaus meines Großvaters in der Angell Street 454 habe angedeihen lassen, wohin uns Mr. Smith die Güte hatte zu fahren. Und da sind wir schon, sehen Sie!«

Wir hielten kurz vor einem hohen, schmiedeeisernen Tor, das langsam aufschwang, nachdem ein im Armaturenbrett des Rolls eingelassener Knopf betätigt worden war, und steuerten eine geschwungene Auffahrt hinauf, um vor dem Eingang eines großzügig angelegten, höchst imposanten Gebäudes auszurollen.

»Ich habe mir erlaubt, die Architektur des Hauses zu verfeinern«, bemerkte Lovecraft, während er aus dem Wagen stieg, leichtfüßig und ohne im Geringsten seinen Stock zu Hilfe zu nehmen. »Obschon das bedeutete, es gänzlich umzugestalten. Das Haus, wie Whipple van Buren Phillips es geplant hatte, war eine einfache schindelgedeckte Angelegenheit, wenn auch von erheblichen Ausmaßen, doch lange nicht das eindrucksvolle georgianische Herrenhaus, welches sich jetzt Ihrem

Blick präsentiert. Ich fürchte jedoch, man könnte mich bezichtigen, mich hier aufzuführen wie einer dieser spleenigen Williamsburger; das Haus allerdings ist beides: Es ist sowohl in ästhetischer wie in emotionaler Hinsicht authentisch, und das Baumaterial, welches meine Bevollmächtigten in Hearst-Manier im ganzen Land erworben haben, entstammt ausnahmslos der georgianischen Epoche.«

»Wie Sie das erzählen, erinnert mich das an die Restaurierung des Herrenhauses in Ihrer Erzählung *Die Ratten im Gemäuer*«, hauchte ich eingeschüchtert von all dem Glanz und mit weit aufgerissenen Augen.

»Aber genau das soll es!«, lächelte Lovecraft mir zu. »Genau das soll es! Himmel und Herrgott, war es denn nicht schon schmerzhaft offensichtlich, dass meine ganzen Bemerkungen über einen amerikanischen Millionär, der sich den vollkommenen Stammsitz schafft, der jämmerliche Traum eines in Armut lebenden Romantikers war? Aha, wie ich Ihrem Gesichtsausdruck entnehme, sind Sie nie auf diese Idee gekommen. Nun gut, dann scheint mir, als wäre diese kleine Erzählung aus meiner Feder bei weitem nicht so blamabel, wie all die Jahre über zu fürchten stand.«

Inzwischen hatte Mr. Smith aufgeschlossen und stand nun in der holzvertäfelten, hohen Eingangstür, deren Schnitzarbeiten im Licht eines herrlichen Fächerfensters oberhalb des Türsturzes schimmerten.

Lovecraft führte mich hinein, legte Umhang und Hut auf einem schönen Wedgwood-Tisch ab und wartete, bis ich es ihm gleichgetan hatte.

»Sehen sie Seite an Seite nicht geradezu aus, als gehörten sie so zusammen?«, fragte er. »Möglicherweise gelingt uns gemeinsam, wo ich allein scheiterte: Umhänge und breitkrempige Hüte wieder in Mode zu bringen!«

Er begab sich zu einer imponierenden Doppeltür, zögerte aber, die Hand schon auf dem glänzenden, polierten Tür-

knauf, um sich mit bekümmerter Miene wieder mir zuzuwenden.

»Seien Sie bitte so freundlich, meine Entschuldigung zu ak-
zeptieren!«, begann er, um fortzufahren: »In meiner selbst gewählten Einsamkeit habe ich mich wohl zu sehr gehen lassen
und muss gedankenlos geworden sein! Gerade eben wollte ich
Sie zu einer Besichtigung des Hauses in extenso nötigen.
Denn ich bin sicher, dass es vieles gibt, was Sie sich anzusehen wünschen, besonders in der Bibliothek – oh ja, warten Sie
nur, bis Sie einen Blick auf die Bibliothek geworfen haben!
Und so ist mir völlig entfallen, dass Sie eben jetzt erst diesem
sichtlich unbequemen Omnibus entstiegen sind und sich gewiss gern etwas frisch machen würden!«

Wieder machte er eine Pause, dieses Mal, um eine wundervoll pittoreske alte Taschenuhr aufschnappen zu lassen und
zurate zu ziehen, die er aus seiner Westentasche gezogen hatte.

»Es ist nicht mehr ganz eine Stunde, bis es vier schlägt«, erklärte er. »Wenn Mr. Smith so freundlich wäre, Sie zu Ihrem
Gastzimmer zu geleiten, dürften Sie ausreichend Zeit haben,
um sich frisch zu machen und ein Nickerchen zu halten, bevor
wir unseren Tee trinken – eine Angewohnheit, der wir seit einigen Jahren frönen. Also, frank und frei, geben Sie dem alten
Herrn die Gelegenheit, sich ebenfalls ein Nickerchen zu gön-
nen!«

Mr. Smith brachte mich auf mein Zimmer und wies mich in
dessen Eigenarten ein, im Badezimmer außerordentlich hilfreich wegen der komplizierten Art, in der die Dusche zu bedienen war. Nachdem Smith gegangen war, verbrachte ich einige
Zeit damit, den stilsicher mit Antiquitäten möblierten Raum
zu bestaunen. Hier rechne ich auch die nicht mehr zu bestim-
mende Zeitspanne ein, die ich mich völlig benommen in einem in glühenden Farben gemalten, lieblichen Landschaftsge-
mälde ungeheuren Ausmaßes verlor, von dem ich annahm, es

sei ein Turner, bis ich mich vorbeugte und das schmale Gold-schildchen am unteren Rand des Bilderrahmens in Augen-schein nahm: Dort stand zu lesen, es handle sich um eine Dar-stellung des sagenumwobenen Reiches Ooth-Nargai aus Lovecrafts Erzählung *Jenseits der Mauer des Schlafes*; der Künstler sei unbekannt.

Ich trat einen Schritt von dem Gemälde zurück und fühlte mich seltsam schwindelig. Im selben Moment erkannte ich, dass Lovecraft Recht hatte: Ich war tatsächlich von der Reise arg mitgenommen (meine so sehr auf die äußeren Formen be-dachte Neuengland-Dame wäre schockiert gewesen, hätte sie erfahren, wie laut sie schnarchte).

Deshalb hängte ich den zum Wechseln mitgenommenen An-zug auf einen Bügel und wusch mir den Schmutz der Reise von Gesicht und Händen. Mir war, als hätte ich mich gerade erst auf dem Bett ausgestreckt, da riss mich überraschend auch schon ein leises Klopfen aus tiefem Schlummer, und Mr. Smiths Stimme hinter der Tür ließ mich wissen, in Kürze wer-de der Tee serviert.

Ich richtete mich auf und blieb auf die Ellbogen gestützt noch kurz auf dem Bett liegen, ein, zwei Sekunden lang, in denen ich mich dem wenig aussichtsreichen Unterfangen widmete, mich der entschwindenden Bruchstücke eines schaurig schönen Albtraums zu erinnern. Er war sehr im Stile Lovecrafts gewesen, dieser Albtraum, der Situation durchaus angemessen, wie mir schien. Ich hatte mich in eine schroffe Landschaft, kalt, windig, bergig, versetzt gesehen und nur bruchstückhaft ein Geschöpf erkannt, das aus den schnee-schweren Himmeln auf mich herabstieß, gewaltig, grau, mit erschreckender Spannweite, mit aufeinander krachenden Kie-fern und immer erwartungsvoller, je näher sein Sturzflug es zu mir herantrug. Aus kleinen rotglühenden Augen stierte es mich durchdringend an, und ich hörte es schrecklich krei-schend krächzen: »Makellos, ach, du bist tatsächlich *makel-*

los!«, kurz bevor es die Krallen nach mir ausstreckte und ich
spürte, wie es die Klauen um mich schloss: Ich war gefangen,
ohne Aussicht auf Entrinnen. »Du bist der Nächste!«, kreischte es. »Du bist der Nächste! Der Nächste!«

Etwas sehr Wichtiges innerhalb dieses Traumes schien fest
entschlossen, sich mir zu entziehen, indes ich ebenso energisch es zu greifen suchte, bis sich mein Magen zusammen-
krampfte, denn ich erinnerte mich, wie ich aus den Halmen
und Farnen, die sein Nest bildeten, zu dem Ungeheuer hoch-
sah.

Ich schüttelte den Kopf, ohne dadurch wirklich klarer zu
werden, wusch mich rasch ein weiteres Mal, band mir meine
Krawatte um und stieg die mit weichem Teppich ausgeschlagenen Treppenstufen hinab. Doch mein Weg hinab wurde ge-
bremst von der Entdeckung, dass die Porträts der Ahnengale-
rie, die neben der Treppe die Wände zierten und die ich auf
meinem Weg nach oben kaum wahrgenommen hatte, in der
Tat Ölgemälde von gewissem ästhetischem Reiz waren und einige der wichtigsten Bösewichter aus Lovecrafts Erzählungen
und Kurzgeschichten darstellten, jedes Bild mit einem kleinen
goldenen Schildchen am Rand des Bilderrahmens versehen,
auf dem fein säuberlich Geburts- und Todesdatum verzeichnet
waren.

An der Wand auf Höhe des Treppenabsatzes hing ein Trip-
tychon, in der Mitte das Porträt mit der schlanken, subtil ins
schaurige gezogenen Gestalt Joseph Curwens, dem wieder ins
Leben gerufenen Nekromanten aus *Der Fall Charles Dexter
Ward*, flankiert von den Porträts der beiden grinsenden, grässlichen Alten, seiner magischen Lehrmeister und Helfershelfer
in erwähntem Romane, Simon Orne, der aus Salem stammte,
und Edward Hutchinson, später unter dem Namen Baron Fe-
renczy aus Transsylvanien bekannt. Unter den anderen herrlich finsteren Bösewichten, die ich in den Gemälden hier in
dem überwältigenden Treppenaufgang porträtiert fand, sta-

chen die bucklige, boshaft stierende Keziah Mason aus *Träume im Hexenhaus* hervor, zu deren Füßen sich widerlich ihr Schrecken verbreitender Vertrauter zusammenrollte, Brown Jenkin, und ein gewaltiges, hoch aufragendes Ölgemälde von Wilbur Whateley, dem Mischlingsmagier aus *Das Grauen von Dunwich*, der nicht zu bemerken schien, dass sein Hemd aufklaffte und dem entsetzten Betrachter den Blick auf die sich windende Monstrosität bot, die seine Brust war.

Der der Eingangsseite zugewandte Teil des Erdgeschosses lag verwaist; ich vernahm jedoch anheimelnd wirkende Geräusche aus dem hinteren Teil des Hauses und gelangte, diesen folgend, bald in eine überraschend behagliche, sonnendurchflutete und, wie mir schien, gut ausgestattete Küche, in der ich Mr. Smith vorfand, wie er sich über eine Theke beugte und, geschäftig vor sich hinsummend, mit großer Ernsthaftigkeit dabei war, kleine dreieckige Sandwiches zum Tee zurechtzuschneiden.

»Ah, Mr. Vernon«, begrüßte er mich lächelnd, als er aufblickte und mich eintreten sah, »haben Sie sich gut erholt?«

Ich erwiderte das Lächeln und tat gerade den Mund auf, um irgendeine eher belanglose und scherzende Bemerkung über meinen Albtraum zum Besten zu geben, etwa in der Art, mich im Nest des Ungeheuers zu befinden, als das Sonnenlicht in einer ganz besonderen Art auf seine Wangen fiel und ich plötzlich wusste, wer er war.

Er hörte auf zu schneiden und beobachtete mich, mit einiger Unruhe, musste sich mein Gesichtsausdruck doch schlagartig verändert, ich höchst merkwürdig dreigeblickt haben und – das glaube ich bestimmt – mit einem Schlag leichenblass geworden sein.

»Stimmt etwas nicht?«, fragte er besorgt. »Darf ich Ihnen ein Glas Wasser reichen, Mr. Vernon?«

»Edwardius«, verbesserte ich ihn, wobei ich bemerken musste, dass ich den Namen nur krächzend hatte hervorstoßen können, also räusperte ich mich und schluckte, bevor ich weitersprach. »Ich würde mich außerordentlich geehrt fühlen, wenn Sie mich Edwardius nennen würden, wie Lovecraft es tut. Schließlich hat er Sie allzeit als seinesgleichen anerkannt.«

»Als seinesgleichen?«, fragte Mr. Smith nach.

»Als seinesgleichen«, erklärte ich mich, »denn Sie sind Clark Ashton Smith, der Dichter, der Schriftsteller, der Künstler, der überaus geschätzte Freund Lovecrafts, H. P. L.s Freund! Bitte, versuchen Sie nicht, das abzustreiten, denn ich bin mir völlig sicher!«

Ich machte eine Pause, und dann – ich war mir höchst bewusst, wie mir das Herz gegen die Brust hämmerte – sagte ich, was sonst noch zu sagen war.

»Selbstverständlich weiß ich, dass das nicht möglich ist. Denn Sie sind tot.«

Einen Lidschlag lang starrte er mich an, dann ging er mit einem Stirnrunzeln wieder an seine Arbeit, schnitt säuberlich Sandwiches. Er schnitt drei weitere kleine Dreiecke zurecht, arrangierte sie sorgsam auf dem silbernen Tablett, auf dem er bereits die anderen Sandwiches angerichtet hatte; dann legte er das Messer auf die Theke.

»Ich denke, eines Tages musste es wohl geschehen, früher oder später«, murmelte er den Sandwiches zu. Schließlich jedoch zuckte er die Achseln, ein klein wenig immerhin, und blickte mir direkt in die Augen.

»Nun gut, Sie haben Recht«, gab er unumwunden zu. »In beiderlei Hinsicht: Ja, ich *bin* Clark Ashton Smith, und ja, ich *bin* tot. Wie Sie also feststellen können, erwies es sich als nicht im Mindesten unmöglich.«

Nun war es an mir, ihn anzustarren. Fast gleichzeitig sah ich mich genötigt, nach der Kante der Theke zu tasten, mich mit beiden Händen an ihr festzuhalten, denn mir drohte, wie ich peinlich berührt bemerken musste, eine Ohnmacht.

»Dort steht ein Hocker, gleich neben Ihnen, zu Ihrer Linken«, hörte ich Smiths sanfte Stimme. »Wenn ich Sie so ansehe, erscheint es mir als eine gute Idee, wenn Sie sich setzten. Langsam und vorsichtig. Es war sehr gedankenlos von mir, Sie derart direkt mit den Tatsachen zu konfrontieren.«

Ich setzte mich, langsam und vorsichtig, wie er es mir empfohlen hatte, und das Rauschen in meinen Ohren ließ nach, und die tanzenden Lichtpünktchen vor meinen Augen verschwanden.

»Draußen am Busbahnhof dachte ich schon, Sie hätten mich erkannt, verstehen Sie«, sagte er und drückte mir ein Glas Wasser in die Hand, das er gefüllt hatte, ohne dass ich es bemerkt hätte. »Dann sah ich Sie unentschlossen zögern, ja gar unsicher werden, und ich hoffte, wir wären erneut damit davongekommen!«

Ich trank einen großen Schluck Wasser, dann einen weiteren, und nachdem ich einmal, zweimal tief Luft geholt hatte, hielt ich es für möglich, wieder Herr meiner Stimme zu sein.

»Ich habe Sie nirgendwo einzuordnen gewusst, bis eben jetzt«, begann ich, und meine Stimme klang mit jedem Wort fester. »Dann sah ich, wie die Sonne durch Ihren Bart schien, und ich wusste es!«

Er warf einen Blick über seine Schulter auf das Fenster hinter ihm und nickte seufzend. Sein Seufzer klang, als habe er ein nicht allzu anspruchsvolles Rätsel gelöst.

»Nun ja, das *dürfte* in der Tat den Gesamteindruck beeinträchtigen!«, meinte er. »Es ist der senkrechte Schnitt am Unterkiefer entlang, verstehen Sie, der entscheidend bei der Sache ist. Ich habe ihn selbst entwickelt und muss zugeben, recht stolz darauf zu sein, wie effektiv diese Schnitttechnik die ursprüngliche dreieckige Form meines Gesichts verändert. Doch wie ich ja jetzt erfahren musste, sieht man den Schnitt, wenn die Sonne ungünstig darauf fällt.«

»Ich möchte behaupten, dass es besonders schwer ist, jemanden wiederzuerkennen, der sich nicht nur äußerlich verändert hat, sondern den man für tot und begraben hält«, merkte ich an und nippte ein weiteres Mal an meinem Wasserglas.

»Selbstverständlich«, stimmte er mir zu. »Das war unsere grundlegende Arbeitshypothese.« Dann setzte er mit einem leichten, resignierten Seufzer hinzu: »Nicht das ich überall derart bekannt gewesen wäre. Schließlich haben wir nicht etwa versucht, jemand wirklich Berühmtes auf diese Weise zu tarnen.«

Der Kessel auf dem Herd begann zu pfeifen. Smith ging hinüber und nahm zwei Blechdosen aus einem Regal, ehe er sich wieder mir zuwandte.

»Welchen Tee bevorzugen Sie, Mr. – äh – Edwardius? Uns ist es endlich gelungen, Howard von seiner Tasse Zucker mit etwas Kaffee zu entwöhnen und ihn auf eine einfache englische Frühstücksmischung zu setzen. Ich bin, war ich doch immer schon etwas exotischer, ein Freund einer ausgefallenen japanischen Mischung, aufgebrüht aus Zweigen, aber das ist zugegebenermaßen nicht jedermanns Geschmack.«

»Ich habe mich niemals weiter vor getraut als bis zu Teebeuteln von Lipton«, gestand ich.

»Ich fürchte, dann kommt von diesen keiner in Frage!«, entschied Smith. »Ich fürchte, damit kann ich nicht dienen. Lassen Sie es uns mit einem Darjeeling für Sie probieren, von bester Qualität, aber dennoch anspruchslos.«

Er verlor sich für einen oder zwei Augenblicke darin, mit sich selbst zufrieden und effizient bei jedem Handgriff, Teekannen, Teetassen und -untertassen zusammenzustellen, als er plötzlich auf seine Hände starrte, mitten in der Bewegung innehielt und von einem Stapel fein säuberlich zusammengelegter Servietten aufsah und mit einem Gesichtsausdruck, der mehr als nur mitleidheischend war, zu mir hinüberblickte.

»Ich hoffe, Sie denken nicht etwa, dass von meinen Händen

eine ansteckende Krankheit ausgehen könnte«, sagte er und hielt dabei seine Hände vor sich, als gehörten sie nicht zu ihm. »Sie sehen nun einmal so aus, *ich* sehe nun einmal so aus, weil in meiner Formgebung etwas grundlegend Unfertiges ist. Es ist keine Krankheit, verstehen Sie, Sie können sich nicht anstecken.«

»Es tut mir Leid, dass ich meine Hand zurückgezogen habe, vorhin am Busbahnhof«, wagte ich zögerlich eine Entschuldigung.

»Nein, nein, entschuldigen Sie sich nicht, Sie hatten jedes Recht dazu! Sie sind entsetzlich«, winkte er ab, »einfach entsetzlich!«

Er trat ans Fenster, hob die Hände und drehte sie hin und her, sodass das Sonnenlicht mal von hier, mal von dort auf sie fiel.

»Ich sehe so am ganzen Körper aus, verstehen Sie?«, sprach er weiter. »Jeder Zentimeter von mir. Und es betrifft nicht nur meine Haut, leider Gottes, es betrifft auch mein ganzes Innenleben. Meine Eingeweide, mein Herz, kein Zweifel, selbst mein Gehirn muss aus diesem abstoßenden, unvollkommenen Zeug entstanden sein.«

Er rieb sich die Hände, als wolle er sie auf diese Weise weich und anschmiegsam machen und ihre großen Poren schließen, dann erst sah er über seine Schulter hinweg mich an.

»Sie müssen ihm vergeben«, beschwor er mich. »Er war so allein, verstehen Sie? Ich weiß, dass jemand, der so jung ist wie Sie, nur sehr schwer nachvollziehen kann, wie es ist, wenn die Welt, in die man hineingeboren wurde, im Verstreichen der Jahre dahinstirbt. Und mit ihr alle, die diese Welt lebendig machten, vergessen Sie das nicht! Menschen und Dinge vergehen, nur damit neue Menschen und Dinge ihren Platz einnehmen, die ihrerseits vergehen, bis selbst die *Erinnerungen* an jedes Ding, an jeden Menschen, mit denen man aufgewachsen ist und die einem lieb und teuer waren, ihren Wert verlieren, nicht mehr sind als ermüdende, welke kleine Späße.«

Er wandte sich wieder dem Teetablett zu; geschäftig suchte er sich damit zu beruhigen, dass er nachsah, ob das Tablett alles für die Teezeit Notwendige enthalte, und fehlende Dinge noch ergänzte, während er weitersprach.

»Sie haben es selbst gesagt, Edwardius«, hörte ich ihn sagen und sah, wie er Sahne in ein Kännchen füllte, seine Hände zitterten kaum. »Er hat mich immer schon zu den wenigen Menschen gezählt, die er als ebenbürtig ansieht. Zudem war ich, und das ist sehr wichtig, jemand, der in seiner ursprünglichen Zeit mit ihm gelebt hatte, ein Zeitgenosse. Zu seinem Verdruss war ich bereits tot. Doch H. P. L. war vor einiger Zeit schon auf einen Weg gestoßen, der aus diesem Dilemma herausführt. Einem Buch, das von niemand Geringerem als dem guten alten Cotton Mather verfasst worden war, hatte er die wichtigsten Hinweise entlehnt – die Idee, die Toten aus ihren ›essentiellen Saltzen‹ wiedererstehen zu lassen. Er übertrug sie auf die Erkenntnisse des französischen Gelehrten Borellus und benutzte das Ergebnis wiederum als grundlegenden *Modus Operandi* für seine niederträchtigen Kreaturen im Sinne Frankensteins aus *Der Fall Charles Dexter Ward*. Meine momentane Wiederauferstehung ist sein zweiter praktischer Versuch, diese Techniken anzuwenden.«

»Das ist entsetzlich!«, schrie ich.

»In der Tat«, gab er mir Recht. »Ich muss Ihnen gestehen, dass ich mir hier und da wünsche, er hätte es nie getan. Denn der Tod war wirklich eine Erleichterung. Doch H. P. L. war, wie ich schon erwähnte, einsam. Und letztendlich werde ich wieder sterben. Ich muss nur geduldig genug sein.«

Von der Küchentür her hörten wir einen leisen Seufzer und dann Lovecrafts Stimme, sehr sanft: »So, so, Klarkash-Ton«, sagte er und benutzte den unheimlichen Spitznamen, den er seinem Freund in ihrem berühmten Briefwechsel während der dreißiger Jahre gegeben hatte. Er stand im Türrahmen, leicht vorgebeugt, stützte sich auf seinen Spazierstock, beide Hände auf dessen Knauf. »Die Welt hat sich weitergedreht, während der alte Herr sein Nickerchen gehalten hat!«

Ich sprang auf die Füße so unbeholfen wie ein verschrecktes Kalb; Smith hingegen wandte lediglich den Kopf, um Lovecraft zuzunicken, der nun in die Küche trat, dabei ernst erst mich, dann Smith anblickte.

»Der junge Mann hier hat unsere hoffnungsfrohen Erwartungen weit übertroffen: Er hat mich erkannt, Howard!«, erklärte Smith dem alten Freund. »Er hat mich erkannt – sich selbst also von allen anderen Besuchern vor ihm abgehoben – und, wie es sich für einen eifrigen Studierenden der Schriften unseres literarischen Zirkels gehört, wusste er auch von meinem nicht weiter öffentlich gemachten Ableben.«

»Also haben Sie sich gedacht, Sie könnten gleich fortfahren und ihm die ganze Wahrheit erzählen ohne die lange Einleitung, die wir eigentlich geplant hatten«, meinte Lovecraft und bewegte sich langsam auf mich zu. »Und Sie, Edwardius? Haben Sie ihm geglaubt? Wenn ich Sie so ansehe, will es mir in der Tat so scheinen!«

»Meine Anwesenheit lässt sich schwerlich abstreiten«, warf Smith ein. »Ebenso wie meine grässliche äußere Erscheinung. Weitaus wichtiger ist hingegen, dass unser junger Freund hier die völlige und überraschende Umkehrung all dessen, was für ihn Realität gewesen ist, mit lobenswertem Gleichmut hinzunehmen scheint. Offenbar waren unsere Mutmaßungen, die sich auf seine vielversprechenden Geschichten stützten, durchaus zutreffend – anders als die dumpfe Masse besitzt Edwardius sie tatsächlich, diese Aufgeschlossenheit.«

Lovecraft strich sich nachdenklich über die Wange seines langen, schmalen Gesichts, derweil er mich schweigend musterte.

»Ausgezeichnet!«, entschied er dann, und nachdem er wieder ein paar Augenblicke hatte verstreichen lassen, setzte er hinzu: »Wir beide hier, Smith und ich, spüren seit einiger Zeit das wachsende Verlangen nach einem sachkundigen Assistenten, Edwardius. Zudem weisen gewisse Anzeichen, welche während meiner Studien und Versuche immer wieder ans Tageslicht kamen, deutlichst darauf hin, dass unser Haushalt an der Schwelle einer wichtigen Veränderung steht und sehr bald frisches Blut nötig haben wird. Wir haben Ihre schriftstellerischen Versuche studiert und sind von diesen beeindruckt, nicht allein ihres offensichtlichen literarischen Wertes wegen, vielmehr weil sie in uns das Gefühl weckten, Sie könnten genau der Richtige sein für die Art von Betätigung, der wir frönen. Kurz gesagt, wir sind beide zu der Überzeugung gelangt, Sie könnten ganz wunderbar in unsere kleine Gemeinschaft passen.«

Ich war verblüfft, ja überwältigt, durch diese völlig unerwartete Wendung der Dinge. Für eine Weile konnte ich die beiden nur mit aufgerissenem Mund – mit wirklich weit aufgerissenem Mund – anglotzen. Dann aber gelang es mir, mich zu fassen, gerade genug, um zu antworten.

»Ich fühle mich geehrt«, brachte ich heraus, »weit mehr, als ich in Worte fassen kann, dadurch, dass Sie etwas Derartiges in Betracht zu ziehen bereit sind!«

»Nun gut denn, dann wollen wir mal sehen, wie sich die Dinge anlassen!«, nickte Lovecraft mir zu, nachdem er mir noch einmal tief in die Augen geschaut hatte. »Ihre Fähigkeit, Klarkash-Tons Auferstehung einfach hinzunehmen, hat Sie eine wichtige Prüfung bestehen lassen. Vielleicht gleich nachdem wir uns haben den Tee schmecken lassen, Edwardius, werden Sie noch einige andere Dinge fähig sein hinzunehmen! Aber lassen Sie sich warnen, bitte *seien* Sie gewarnt: Diese Dinge werden weitaus weniger leicht zu schlucken sein als unser gespenstischer Mr. Smith hier!«

Die Sandwiches schmeckten sogar noch köstlicher, als sie ausgesehen hatten; der Mandelkuchen, den Mr. Smith in einer portugiesischen Bäckerei erstanden hatte, war ein Gedicht, und der Darjeeling demonstrierte in aller Klarheit, dass, was ich mir üblicherweise als Tee aus Teebeuteln von Lipton aufbrühte, selbst wenn dies enorm praktisch war, die Bezeichnung Tee in keinster Weise verdiente.

»Köstlich«, verkündete Lovecraft und lehnte sich genussvoll in genau den ledernen Ohrensessel zurück, von dem ich mir immer erhofft hatte, dass er ihn besäße. »Und jetzt, da wir uns dank der Bemühungen von Klarkash-Ton und seinem Freund, dem Bäcker aus fernen Landen, haben stärken können, halte ich es für den rechten Zeitpunkt, diesen herrlichen, sonnendurchfluteten georgianischen Salon zu verlassen und unserem Edwardius einen kleinen Einblick in die Räumlichkeiten dieses Hauses zu gewähren!«

Wir erhoben uns. Lovecraft steuerte sofort auf eine der hohen weißen Türen zu, mich im Schlepptau. Mr. Smith hingegen nahm sich das Silbertablett und begann, Tassen und Teller einzusammeln.

»Ich glaube, ich bleibe lieber hier und räume ab«, erklärte er. »Ich gehe doch recht in der Annahme, dass Sie unserem jungen Freund nicht die übliche sich durch gewisse Einschränkungen auszeichnende und deshalb irreführende Hausbesichtigung angedeihen lassen werden?«

»Er soll jede Falltür, jeden geheimen Gang zu sehen bekommen«, versprach Lovecraft lächelnd. »Die Dinge haben sich sehr viel schneller entwickelt, als ich geplant hatte – dank der schnellen Auffassungsgabe und der geistigen Wendigkeit, die unser Edwardius sich zu besitzen rühmen darf. Wir müssen unseren Fahrplan ändern. Ich denke, der rechte Zeitpunkt ist wahrlich gekommen, Edwardius so vollständig wie irgend möglich über die aufzuklären, in deren Gesellschaft er sich befindet. Ich werde damit in der Bibliothek beginnen, statt dort den Schlusspunkt zu setzen; denn ich bin überzeugt, dass die Atmosphäre dort und das, was diese Bibliothek beherbergt, meinem Versuch ungeheuer zuträglich sein wird, dem schier Unglaubwürdigen, wie ich es zu verkünden gedenke, Glaubwürdigkeit zu verleihen.«

Smith nickte, sagte aber nichts, und während er weiter Porzellan zusammensuchte – es ging ihm leicht von der Hand, und wie es seiner Art entsprach, wirkte er dabei ebenso konzentriert wie gedankenverloren –, schloss ich mich Lovecraft an, trat durch die Tür hinaus und fand mich selbst in einem großzügigen Gang wieder, in dem, wie so häufig in diesem Haus, Gemälde hingen, die sich Sujets aus den Werken meines Gastgebers widmeten. Die Gemälde in diesem Gang allerdings waren weitaus verstörender als die, die ich bisher hatte bewundern können, denn alle zeigten fantastische Ungeheuer, wie Lovecraft diese in seinen Werken beschrieben hatte.

»Ich bin geradezu stolz, auf die Idee verfallen zu sein, diese überformatigen Ölgemälde in einen Raum gehängt zu haben, der den Blick so sehr auf sie begrenzt«, erklärte Lovecraft und grinste mich über die Schulter hinweg an. Er deutete beiläufig auf eine bemerkenswert grausige Visualisierung eines Ungeheuers, das wegen seines vor Reißzähnen starrenden, lotrechten Mauls und seiner hervortretenden blassroten Augen nur zu den gigantischen, ewig raubgierigen Gugs gehören konnte, die auf den Seiten seiner *Traumsuche nach dem unbekannten Kadath* lauern. »So erscheinen diese Kreaturen besonders überwältigend, finden Sie nicht? Und man wird in eine bedrohliche Nähe zu ihnen gezwungen, aus der sich der verschreckte Betrachter nur in einem weitläufiger bemessenen Raum zu lösen wüsste.«

Ich warf verstohlene Blicke mal nach rechts, mal nach links – und ich schäme mich nicht, es zuzugeben: Ich war durchaus ein klein wenig nervös! – auf die bedrohlich, grausig nahe rü-

345

ckenden Schreckensgestalten, die über uns aufragten, während wir an ihnen vorbeigingen; und genauso freimütig gestehe ich, dass ich wahrhaftig zurückzuckte, schreckensstarr, als mein Jackenärmel unbeabsichtigt eine geradezu teuflisch gut ausgeführte Abbildung sich hin und her windender Ansammlungen schillernder Kugeln streifte, eine Abbildung des Yog-Sothoth, eines der mächtigsten und abscheulichsten Götter aus Lovecrafts mythischem Universum.

Schließlich blieb mein Gastgeber vor einer hohen, schön gearbeiteten vertäfelten Tür aus Ebenholz und Teak stehen. Er holte einen an einer schweren goldenen Kette hängenden beeindruckenden Schlüsselbund hervor und sperrte nicht weniger als drei Schlösser auf, bevor er den riesigen bronzenen Türknauf drehte – dieser hatte die Form eines starren Krakenauges, umrahmt von einer Vielzahl sich windender Tentakel; dann stieß er die große, schwere Tür auf.

»Meine Bibliothek«, sagte er schlicht, aber mit offensichtlichem Stolz, und führte mich hinein.

Selbstverständlich hatte ich schon zuvor wahrgenommen, dass Lovecrafts Haus in jeder Hinsicht das übertraf, welches Whipple van Buren Phillips sich einst hatte erbauen lassen. Ich bin mir allerdings sicher, dass aus dieser wahr gewordenen Vision eines Hauses, in dem Lovecraft am liebsten seine Kindheit verbracht hätte, seinen Großvater nichts mehr eingeschüchtert hätte als die Bibliothek, die ich gerade im Begriff stand zu betreten.

Regale über Regale voller Bücher gab es dort, zwei Stockwerke hoch. Abgesehen von dem Raum, den die drei hohen Fenster auf der dem Eingang gegenüberliegenden Seite des Saales benötigten, wurde jeder Zentimeter über und unter der Galerie, die an den Wänden entlang um den ganzen Raum herumlief, genutzt, um Bücher zu stellen. Auf den beiden langen Tischen lagen auch noch Bücher gestapelt, ebenso auf den Lehnstühlen, ja auf dem Boden und in jeder freien Ecke sah ich Bücherstöße liegen. Es war das Land des Staunens für jeden Sammler, jedes Gelehrten Paradies, und ich brannte darauf, die Buchrücken, die Einbände zu berühren, die Seiten umzublättern, die Worte zu lesen!

»Beeindruckend, nicht wahr?«, fragte mich mein Gastgeber. »Ich bilde mir ein, es sei die beste Sammlung auf der ganzen Welt mit phantastischer und makabrer Literatur und Literatur über diese Themen. Dort drüben etwa, unter der Nische mit der ›bleichen Pallas-Büste‹ steht, so denke ich – zusammen mit anderen, reichlich ausgefalleneren Artefakten –, die fabelhafteste Sammlung von Erstausgaben und Handschriften Edgar Allan Poes, die zu erblicken ich niemals auch nur zu träumen gewagt hatte, geschweige denn, diese in Händen zu halten und erst recht nicht, sie zu besitzen – damals, in den Tagen meiner ›Obskurität‹.«

Er durchschritt langsam den Raum, zeigte mit seinem Spazierstock auf die eine oder andere sagenhafte Rarität und machte voll zufriedenem Besitzerstolz Angaben über deren Inhalt und komplizierte Geschichte, indes ich ihm benommen hinterher stolperte, mit wachsendem Staunen all die legendären Schätze anstarrte, überrascht, Werke von Größen wie Arthur Machen, Ambrose Bierce und Sir Arthur Conan Doyle zu entdecken, von denen ich, der ich doch Spezialist auf diesem literarischen Felde war, nicht einmal gewusst hatte, dass sie existierten.

Schließlich gelangten wir zur gegenüberliegenden Wand des Raumes und standen vor einer stählernen Wendeltreppe, die zur Galerie hinaufführte. Lovecraft legte die Hand sanft auf den Kopf der kleinen, dämonischen Wasserspeierfigur, die in einem Regal hockte. Dabei sah er mich an, das hagere, schmale Gesicht feierlich und ernst.

»Sie müssen mir versprechen, feierlich versprechen«, mahnte er mich mit strenger Stimme, aus welcher der leise Spott zur Gänze verschwunden war, »dass Sie niemals irgendetwas von dem enthüllen, was Sie jetzt gleich zu Gesicht bekommen werden, es sei denn, ich erlaubte es Ihnen ausdrücklich!«

Eine ganze Zeit lang hoffte ich, in seinem Gesicht ein Anzeichen dafür zu entdecken, dass der enorme Ernst, mit dem er diese Worte vorbrachte, nur eine weitere Pose sei, mit der er einen Scherz einzuleiten gedachte. Zu guter Letzt ging mir auf, dass er es wirklich ernst meinte, todernst, und ich nickte zustimmend.

»Ich fürchte, ich benötige hier mehr als ein einfaches Nicken«, sagte er ohne jede Spur von Humor.

»Ich verspreche, für mich zu behalten, was immer Sie mir jetzt zeigen werden«, sagte ich. »Wirklich!«

Wieder blickte er mir ernst ins Gesicht, dann lächelte er und gab der kleinen Chimäre einen genau berechneten Schlag auf die Nase. Das Bücherregal glitt sanft – ohne den geringsten Laut – zur Seite und offenbarte meinem staunenden Blick weitere Reihen und Reihen von Büchern. Es gab, versteckt in der ersten, eine zweite Bibliothek, kleiner als die erste und – das konnte ich sofort erkennen – von weit finsterem Inhalt!

»Auch diese Bücher haben das Makabre und Phantastische zum Inhalt«, klärte Lovecraft mich auf. Er war mittlerweile in den kleinen geheimnisvollen, verborgenen Raum getreten, sein Schritt geradezu heiter. Immer noch war aus Stimme und Haltung nicht völlig die Ernsthaftigkeit gewichen, mit er mich vorhin überrascht hatte; dennoch gab er sich jetzt ungezwungener, der altbekannte spöttelnde Unterton war zurück. »Was den Unterschied ausmacht, ist die Tatsache, dass wir nun den Teil meiner Sammlung mit der fiktionalen Literatur, der Belletristik, hinter uns gelassen haben und uns in der Abteilung aufhalten, in der die Bücher mit faktischem Inhalt, die Sachbücher, stehen. Obwohl jedoch ein großer Teil der hier gesammelten Fakten aufs Heftigste dem Weltbild der zeitgenössischen Wissenschaft widerspricht, ihnen deshalb die Sachlichkeit abgesprochen wird, findet sich hier viel, was der genauen Prüfung des biedersten Forschers standhielte.«

Er wedelte mit der Hand in Richtung einer Abteilung von Büchern aus jüngerer Zeit; sie nahmen beinahe eine ganze Wandseite ein. Ein rascher Blick über die Buchrücken ließ eine ganze Reihe von bekannten Namen offenbar werden, alle eng verbunden mit den Erkenntnissen der modernen Physik.

»Selbst in diesem angeblich zuverlässigen Forschungsfeld habe ich Titel versammelt, die die derzeitige Wissenschaftsgemeinschaft ernsthaft in Unruhe versetzen dürften«, erläuterte er. »Die Formeln beispielsweise, die hier, genau vor Ihrer Nase, in diesem kleinen Notizbuch von Einstein stehen. Ich bin allerdings überzeugt, dass ein Gelehrter Ihrer besonderen Couleur, Edwardius, eher einen Blick auf diese Bände dort drüben wird werfen wollen!«

Ich starrte hinüber zur anderen Seite des Raumes, dort, wohin er gedeutet hatte. Ich war irritiert, denn mir war, als stimme irgendetwas mit dieser Seite des Raumes ganz und gar nicht. Ich konnte nicht wirklich festmachen, woran das lag, abgesehen davon, dass das ganze Areal seltsam dunkel war, als liege ein Schleier davor: Die widerliche und höchst verstörende Vorstellung von einem schrecklich klebrigen Spinnennetz kam mir verschwommen in den Sinn. Zudem setzte sich im Betrachter auf bizarre Art und Weise der Eindruck fest, dass diese Ecke der kleinen Bibliothek, all ihren Proportionen widersprechend, weit entfernt liege. Ich hatte sogar das absonderliche Gefühl, niemals in der Lage zu sein, den Weg in diesen Teil des Raumes zurücklegen zu können, auch wenn ich viele Stunden, ja Wochen dafür einsetzte, und vielmehr auf meiner Reise dorthin, wagte ich es denn, sie anzutreten, unter mysteriösen Umständen ums Leben käme.

Doch nichts davon ergab irgendeinen Sinn, also riss ich mich zusammen und machte einen Schritt auf die Bücherregale zu, auf die Lovecraft verwiesen hatte – da hielt er mich zurück, indem er mir die Hand sanft auf den Arm legte. Er schlüpfte hinter mich; mir den Rücken zugewandt, sodass ich nicht genau beobachten konnte, was er da tat, schien er geschickt und flüssig eine kurze Abfolge von rituellen Gesten zu vollführen. Dann erst trat er zur Seite, verneigte sich leicht und bedeutete mir, ich könne passieren. Ich sah wieder zu der Ecke hinüber, in die ich vorhatte mich zu begeben, und musste über mich selbst lächeln, über alles, was ich mir eingebildet hatte; von der merkwürdigen Dunkelheit nämlich, die in der Ecke geherrscht hatte, war nichts mehr zu entdecken, und sollte es je diese befremdliche räumliche Verzerrung gegeben und ich sie mir nicht nur eingebildet haben, war sie ebenfalls spurlos verschwunden.

Als ich indes mich den Regalen genähert hatte und die Titel auf den Buchrücken zu lesen begann, war mir urplötzlich nicht mehr nach Lächeln zu Mute. Ich streckte langsam klamm gewordene Finger nach einem betagten Folianten aus, den ich aus dem Regal genau vor mir zog, und begann nervös in dem Buch zu blättern. Dessen Seiten übrigens waren nicht aus Papier, sondern von einem unangenehm dicken, irgendwie schwammigen Material, und ich vermeinte, sie wichen geradezu spöttisch flatternd meinen Fingerspitzen aus, als wären sie lebendig. Schon musste ich angewidert das Buch auf seinen Platz im Regal zurückstellen – ich tat es schnell und von einem heftigen Schaudern geschüttelt. Ich wandte mich Lovecraft zu, der beide Hände auf seinen Stock gestützt, sich zu mir beugte. Er grinste mich an wie jemand, der sich einen herrlichen Spaß auf Kosten eines anderen erlaubt hatte.

»Das kann nicht sein!«, schnappte ich nach Luft, schluckte mühsam und glaubte endlich zu verstehen. »Ich sehe schon, Sie machen sich lustig über mich, weil das Ganze eine gut gemachte Fälschung ist und Sie mich nur in Angst und Schrecken versetzen wollten.«

»Nein, nicht im Geringsten«, widersprach er, immer noch

mit einem breiten Grinsen. »Ich lächle, weil es echt ist, weil Ihre Angst wohl begründet ist, weil Sie mich so sehr an mich selbst erinnern und mein Entsetzen, als ich zum ersten Mal und ganz zufällig auf dieses Buch gestoßen bin.«

»Aber – das *De Vermis Mysteriis*!«, flehte ich fast. »Es gibt kein solches Buch! Es ist eine Erfindung von Robert Bloch! Er hat es in den dreißiger Jahren für eine Erzählung in *Weird Tales* erfunden, damals, als Sie und er und all die anderen Autoren dieses herrliche literarische Spiel spielten, eine Welt voller Ungeheuer und ihren Kulten zu erschaffen! Das Buch war nur ein Requisit für die schwarze Magie seiner erfundenen Hexer! Sie haben Bloch doch sogar dabei geholfen, es zu kreieren, indem Sie ihm in einem Brief einen Ratschlag gaben, wie er den Titel latinisieren könne!«

Lovecraft nickte ernsthaft, aber das breite Grinsen blieb auf seinem Gesicht.

»Wahr, alles nur zu wahr!«, bestätigte er. »Und in meinen Briefen nannte ich Robert oft Ludvig, nach Ludvig Prinn, dem absonderlichen Gelehrten, von dem dieses *Grimoire* verfasst wurde. Und Robert und ich und all die anderen von uns glaubten fest daran, dass er sich den alten Knaben prächtig aus dem Nichts zusammenfabuliert hätte!«

Lovecraft lehnte sich zurück und lachte – wispernd warfen die Rücken der vielen Bücher sein Lachen zurück.

»Oh, er hat uns alle reingelegt, Edwardius, es ist wirklich amüsant! Wir alle dachten, wir wüssten eine Menge! Anmaßend waren wir, sonst nichts! Gescheite Kinder, dieser alte Herr hier mit eingeschlossen, die sich auf die Yog-Sothotheritis eingelassen hatten – bis sich herausstellte, dass wir überhaupt nichts wussten!«

Nun hielt er inne, um gleich darauf in gackerndes Gelächter auszubrechen.

»Aber wir hatten Recht!«, zwinkerte er mir zu. »Irgendwie hatten wir doch *Recht*!«

Wieder hielt er inne, holte tief Luft und atmete langsam wieder aus, wohl um sich zu sammeln, bevor er fortfuhr.

»Edwardius, Sie sind wahrhaftig – wie Klarkash-Ton so richtig feststellte – ein beeindruckender Gelehrter innerhalb der kleinen Gruppe von Autoren des Makabren, zu denen sich zählen zu dürfen Smith und meine Wenigkeit die Ehre haben. Sie kennen viele von unseren Geschichten, kennen auch meine eigene besondere Lebensgeschichte. Nun aber werde ich Ihnen wohl beibringen müssen, dass es eine Menge höchst bedeutsamer Wendungen vor allem in meinem späten Leben gegeben hat, von denen Sie keinerlei Kenntnis besitzen, aus dem einfachen Grunde, dass ich mich sehr darum bemüht und eine ganze Reihe ausgefeilter Strategien angewandt habe, um die Geschehnisse geheim zu halten.«

Er verließ die kleine Bibliothek, und wir setzten uns einander gegenüber an den näheren der beiden Tische in der großen Bibliothek. Lovecraft schob, um uns Platz zu machen, eine ganze Menge Krimskrams beiseite, darunter eine zerbeulte Metallschachtel, einige vergilbte Zeitungsausschnitte und eine bereits eingestaubte Tafel aus gebranntem Ton. Dann, die Ellbogen auf den Tisch gestützt, machte er es sich bequem und begann zu erzählen.

»Sie wissen um meine schwere Krankheit im Jahre 1937. Über Jahre hinweg wurde ich von sich verschlimmernden schmerzhaften Verdauungsproblemen heimgesucht, die ich, dumm genug, mit stoischer Ruhe ertrug. Allmählich jedoch wurde mir bewusst, wie ernst mein Gesundheitszustand war. Im Februar desselben Jahres hatte ich kaum noch Zweifel daran, im Sterben zu liegen. Im März bestätigte ein Facharzt meine Diagnose, und schon fand ich mich im *Jane Brown Memorial Hospital* wieder, vollgepumpt mit Morphium und mit nichts anderem mehr befasst als mit der Niederschrift der Symptome meiner Krankheit, in der schwachen Hoffnung, so meinen Ärzten zu helfen.

Irgendwann in den dunklen Stunden jenes 13. März riss mich trotz der Medikation, unter der ich stand, der Schmerz aus dem Schlaf, und ich liege da, starre an die Decke, versuche mich selbst abzuschotten gegen den schmerzhaften Todeskampf in meinen Gedärmen, da löst ein Teil meiner selbst, den ich bis zu diesem Moment mein Leben lang vollständig unterdrückt hatte, seine Fesseln und beginnt mit den anderen Teilen meines Selbst zu sprechen, mit solcher Intensität, mit solch verzweifelter Emphase – ich hatte das Gefühl, jemand flüstere mir ins Ohr, flüstere deutlich hörbar, dass ich beunruhigt vermeinte, die Schwestern könnten es hören und die Stimme zum Schweigen bringen. Doch das wollte ich auf keinen Fall, weil mir die Stimme so bemerkenswerte, hochinteressante Dinge zuflüsterte!«

Für einen Moment blickte er mich schweigend an. Und in den wachsenden Schatten der Bibliothek war mir, als glühe er vor Aufregung, und schien mir noch jünger als zuvor.

»Was, wenn die Furcht einflößenden Wesen, die ich mein Leben lang heraufbeschworen, über die ich mein Leben lang geschrieben hatte, was, wenn all die Entsetzen verbreitenden Ungeheuer aus uralten Zeiten, die aus anderen Welten und anderen Dimensionen zu uns kamen und deren Macht so gewaltig und unbändig war, was, wenn all das *Realität* wäre? Was wäre, wenn all die bis ins kleinste Detail präzisen Visualisierungen aller noch so Grauen erregenden Einzelheiten bis hinunter zum letzten Tentakel, zur letzten Klaue überhaupt nicht von mir erfunden worden wären, sondern eine nach und nach vorgenommene Enthüllung von im Hier und Jetzt existierenden Kreaturen gewesen wären?

Es ist eine verbürgte Tatsache, dass ich schon zuvor mit solchen Andeutungen gespielt habe, aber es waren intellektuelle Spielereien zum Zeitvertreib. Wie dem auch sei, heute glaube ich, dass ich es auch damals im Grunde bereits gewusst habe – obwohl ich, darauf angesprochen, es vehement abgestritten hätte. Ich habe gewusst, dass das, was nur Spiel schien, tief in mir sich bezeugt fand, denn all diese Überlegungen ließen mich unfehlbar schaudern. Und es war immer ein tief zufriedener, wissender makabrer Schauder! Konnte es wirklich sein, dass ich die ganze Zeit über Talente und Möglichkeiten nutzte, deren sich der heimlich flüsternde Teil meiner Selbst immer bewusst gewesen war, während mein armer, puritanischer Verstand, so zufrieden in seiner Beschränktheit, sie indessen voller Eifer – und gewiss auch voller Furcht – ignorierte? Hatte ich, ohne mir dessen bewusst zu sein, die Barrieren durchbrochen, die uns von *Ihnen* trennen, und *eine Bresche in dem Raum und der Zeit zwischen unseren so verschiedenen Welten geschaffen?*«

Er beugte sich vor, bewegte leise klappernd die Tontafel auf dem Tisch und sah mich erneut unverwandt an, als wolle er ergründen, ob ich bereit sei für das, was er mir als Nächstes mitzuteilen hatte.

»Ich führte ein kleines Experiment durch, Edwardius«, fuhr er fort. »Ich fürchte, es war ein ziemlich schreiend auffälliges Experiment für einen ruhigen, zurückgezogen lebenden Schriftsteller, der seine Tanten gern hat. Doch andererseits: Ich lag im Sterben! Eine weitere Chance würde ich nie erhalten.

Ich bemerkte an der Decke über meinem Bett einen dünnen, spinnwebartigen Riss, der dort einmal um das ganze Bett herum lief, und ich starrte auf diesen Riss und starrte und starrte, so konzentriert ich nur konnte, bis er sich etwa in seiner Mitte aufzuwölben begann. Ich entdeckte, dass ich mich noch stärker auf den Riss konzentrieren konnte. Der Riss begann sich zu öffnen, und dann – es war unglaublich! – wurde ich mit einem seltsamen Gefühl von Erleichterung, das ich nicht einmal annähernd zu beschreiben in der Lage bin, Zeuge, wie sich zwei schwarze Tentakel behutsam aus dem entstandenen Spalt schlängelten, diesen dabei erweiterten, nur ein kleines bisschen. Ein Stück von der Decke löste sich und schlug hörbar, etwa auf Höhe meiner Brust, auf der Bettdecke auf.

Jetzt okkupierte der Flüsterer meinen ganzen Verstand, um mit dem Wesen über mir zu kommunizieren, und erteilte ihm mit der Selbstsicherheit eines erfahrenen Magiers Befehle. Ich registrierte, dass überall unter der Decke meines Krankenzimmers etwas im Gange war, sich die Wände hinunter auszubreiten begann. Das schwache Kratzen und Scharren, Schmatzen und Glitschen wie vom Hasten und Huschen tausender verborgener Ratten und davon, wie sich ein riesiger Berg fetter Würmer umeinander windet, hörte ich nun von überall her. Genau in diesem Augenblick begann sich der Riss in der Decke noch mehr zu weiten, und zwischen den dünnen Tentakeln quoll hervor, was zu ihnen gehörte, lang und schlangenartig, auslaufend in einem Wirbel ineinander gewobener, wogender Fäden. Ich starrte es mit aufgerissenen Augen an; da glitt es näher, und ich sah zu, wie die Fäden sich mühelos durch die Bettdecke schlängelten und in mein Fleisch eindrangen.

Ich habe beobachtet, wie der Krebs von mir weichen musste, Edwardius, ich sah, wie er ging, in einem steten, blutigen Strom herausgesogen durch diesen lebenden Schlauch, und erst als der Krebs bis auf die letzte kranke Zelle restlos aus meinem Körper verschwunden war – und ich wusste, dass dem so war, Edwardius, ich wusste es! –, löste sich diese wundersame Kreatur aus meinem Körper, glitt nach oben und verschwand.

Als ich ihr durch den Riss in der Decke nachblickte, entdeckte ich ein glühendes rotes Auge mit geschlitzter Pupille; wem immer es gehörte, schien zögernd in der Dunkelheit auf etwas zu warten. Das Auge zwinkerte mir zu, ich zwinkerte zurück, und erst dann wurden die feinen Tentakel, als würden sie eingeatmet wie Rauch, durch den Riss in die Welt dahinter zurückgezogen und waren nicht mehr zu sehen. Der Riss zog sich zusammen, er schloss sich wie vor meinem kleinen Experiment, aber nicht ganz.«

Er hielt inne, für eine ganze Weile dieses Mal. Schließlich verzog sich sein Gesicht zu einem Grinsen, und er begann leise zu glucksen.

»Es war wie das perfekte, rasend komische Zerrbild eines Freskos von Giotto – der spindeldürre, sterbende Schriftsteller auf seinem ruhigen Zimmer im *Memorial Hospital*, der mit glitzernden Augen hinaufstarrt in seine Vision einer Portion Schab-Niggurath, die sich von der Höhe herablässt! Ich musste einfach lachen, Edwardius! Leise zuerst, dann lauter und lauter, und bald war die ganze Station voller verwirrter Krankenschwestern, die den Putz von Mr. Lovecrafts Bettdecke fegten und hofften, er möge aufhören zu lachen. Aber ich wollte oder konnte nicht. Denn als ich ein Kind war, hatte ich mir sehnlichst gewünscht, mit Dschinnen und Dryaden zu spielen; doch erst jetzt, buchstäblich im letzten Moment, hatte mir der Flüsterer offenbart, wie ich das anstellen konnte!«

Er seufzte erleichtert, ließ sich in seinen Stuhl zurückfallen und breitete seine Arme in einer die Bibliothek umfassenden Geste aus.

»Der Flüsterer hat es mir auch möglich gemacht, dieses Haus zu kaufen und umzubauen«, erklärte er, »denn ich hätte mir das Haus nicht leisten können – ich hätte mir nichts von dem hier leisten können! –, hätte ich nicht große, erstaunliche Erfolge mit meinen kleinen literarischen Versuchen gefeiert, mit meinen Erzählungen selbst, deren Verfilmungen und dem, was diese an Vermarktungsmöglichkeiten angestoßen haben, seien diese von Wert oder auch nur kindisch. Ich glaube behaupten zu dürfen, dass allein diese furchtbar peinliche Zeichentrickserie für Kinder, die jeden Samstagmorgen im Fernsehen unter dem Titel *Cthulhu Kiddies* läuft, unsere laufenden Ausgaben einspielt. Dieser Erfolg setzte mit meiner Genesung in dieser ereignisreichen Nacht ein; es ist nur zu offensichtlich, dass er in jenem Pakt seine Wurzeln hat, den ich bei dieser Gelegenheit schloss.«

Ich starrte ihn an, in meinem Kopf drehte sich alles, und brachte stotternd die Frage heraus, die mir auf der Seele brannte.

»Heißt das etwa, all die Ungeheuer, über die Sie und Smith und Bloch geschrieben haben, sind real?!«

»Eben dies!«, entgegnete er. »Aber sie sind nicht in *unserer* Welt ein Teil der Realität. Sie wurden von unserer Wirklichkeit abgeschnitten; hilflos schweben sie in der Vergessenheit, wie der arme alte Cthulhu meiner Erzählung. Unsere Geschichten und Träume berühren sie in der Vergessenheit und erwecken sie. Erst seit ich eines von ihnen aus seiner Welt in unsere zog, mit nichts anderem als meinem bloßen Willen, der absurderweise machtvoller geworden war, weil mir der Tod unmittelbar bevorstand, aus der Zimmerdecke zerrte, um mein Leben zu retten, erst seitdem sind sie in der Lage, sich zu manifestieren. Kaum war es zum ersten Mal geschehen, haben sie sich geschäftig und unaufhörlich in diesen Raum-Zeit-Knoten gedrängt, zu dem wir unser Heim seitdem gemacht haben, Edwardius, und ich bin geneigt zu sagen, sie sind dabei in der unterhaltsamsten Art und Weise, die man sich vorstellen kann, vorgegangen!«

Er drehte die Tontafel um und schob sie über den Tisch auf mich zu.

»Erkennen Sie, was das ist?«, fragte er.

Ich sah mir die Tafel mit wachsendem Erstaunen an. Die Tafel war annähernd rechteckig, etwa fünf auf sechs Zoll groß und weniger als einen Zoll dick. Auf der Oberseite, eingerahmt von sich kreuzenden Linien im kubistischen und Art-deco-Stil und augenscheinlich aus den zwanziger oder dreißiger Jahren, hatte jemand ein bemerkenswert verstörendes Basrelief von einem geflügelten, tintenfischartigen Ungeheuer modelliert, das boshaft vor einem verzerrt wirkenden Gebäude hockte, wie es ein Picasso hätte erdenken können.

»Das ist die trauminspirierte Plastik des Künstlers Wilcox aus *Cthulhus Ruf*«, brachte ich aufgeregt hervor. »Innerhalb Ihrer Mythosgeschichten der erste greifbare Beweis für die Existenz der alten Götter!«

»Richtig«, nickte Lovecraft mir zu, »und dennoch nicht *ganz* korrekt! Sehen Sie sich die Signatur des Künstlers auf der Rückseite der Tontafel an: Dort steht Wilton, nicht Wilcox, und 1938 als Jahresangabe, nicht 1925 wie in meiner Erzählung. Und obwohl diese vergilbten Zeitungsausschnitte, die Sie hier vor sich auf dem Tisch liegen sehen, denselben Motivketten folgen, die ich für den *Ruf* erfunden habe, handelt es sich in Wirklichkeit um *Variationen* dieser Motivketten; sie alle handeln von real existierenden Personen mit Namen, die von denen – manchmal mehr, manchmal weniger – abweichen, die ich den Figuren in meinen Geschichten gab, und sie stammen alle aus der Zeit nach meinem Abenteuer im *Jane Brown Memorial Hospital*.

Ganz ähnlich verhält es sich mit diesen zerfledderten, alten Notizbüchern. Sie werden feststellen, dass sie nicht von einem netten alten Professor namens George Gammell Angell verfasst wurden, von dem ich 1925 während meines elenden Exils in Brooklyn eine Traumvision hatte, sondern dass jede verzweifelt hingekritzelte Zeile von einem Gentleman aus Fleisch und Blut stammt – der ebenfalls Professor ist, für Physik allerdings und nicht für semitische Sprachen, wie anzumerken durchaus interessant ist, und Horace Parker Whipple heißt. Wie dem auch sei: Beide Gentlemen, der erfundene wie der real existierende, *beide starben* unter mysteriösen Umständen, nachdem sie ein Matrose angerempelt hatte. Die fremdartigen Mächte, die meine fiktive Welt mehr und mehr Gestalt annehmen ließen, taten dies, indem sie stets sehr nah an den finstereren Details meiner Erzählungen blieben.

In diesem Zusammenhang wäre es interessant zu erwähnen, dass wie bei meiner vollends fiktiven Figur Professor Angell auch die Notizbücher Whipples darauf schließen lassen, er sei mit einem Kult in Berührung gekommen, der *tatsächlich* einer Gottheit namens Cthulhu huldige. Innerhalb dieses fortschreitenden Prozesses, in dessen Folge sich die Kreaturen und Beschreibungen aus meinen imaginierten Mythen materialisierten und in unserer Welt manifestierten, schien alles und jedes manchmal, wenn nötig, sogar launigen Änderungen unterworfen: Dennoch änderten sich die Namen der Gottheiten und ihrer Gefolgsleute gegenüber meinen ursprünglichen Eingebungen nicht ein Jota.«

»Aber die Bücher!«, unterbrach ich ihn. »Wenn jede dieser Veränderungen in unserer Realität von Ihnen ausgeht, was ist dann mit den Büchern? Das *De Vermis Mysteriis* und all die anderen – ich konnte einen Blick auf die Titel werfen! –, all diese uralten Bände voller schwarzer Magie, von denen ich angenommen hatte, Sie und die anderen hätten sie für Ihre Geschichten erfunden – von den *Cultes des Goules* bis zu den *Unaussprechlichen Kulten*: Diese Bücher sind alt! Sie stammen aus längst vergangenen Zeiten! Es gab sie, lange bevor Sie, Mr. Lovecraft, geboren wurden!«

Mein Gastgeber lächelte.

»Ja, das sind sie, uralt«, sagte er. »Und all die altehrwürdigen Datierungen, die Smith und ich und die anderen den Büchern der schwarzen Magie zuschrieben, erwiesen sich als zutreffend. Oh, es ist tatsächlich wahr, wir alle sind naive Almosenempfänger, Schreiberlinge von Groschenheften mit Mitleid erregenden Attitüden der Gelehrsamkeit! Nicht einer von uns besaß die intellektuelle Reife, um auch nur zu überlegen, ob das, was wir da schrieben, wahr sein könnte. Doch diese Bücher existierten, ganz richtig, und wurden von Gelehrten hinter Schloss und Riegel verborgen gehalten, genau wie wir es uns vorgestellt hatten. Das taten diese Gelehrten hauptsächlich deshalb, so vermute ich, damit überhebliche Parvenüs aus der alten *Weird-Tales-Gang*, wie wir welche waren, mit ihren Kinderfingern nicht danach grapschen konnten! Ein Schabernack, in der Tat auf unsere Kosten, von unserem armen kleinen Planeten ganz zu schweigen, dass der Bestand einer Bibliothek der schwarzen Magie sich genau so darstellte, wie wir es uns ausgedacht hatten!«

Er erlaubte sich erneut dieses glucksende, hexengleiche Lachen, bei dem man sich unbehaglich fühlte, und lehnte sich in vertraulicher Art zu mir vor.

»Das einzige Problem mit diesen Büchern war, Edwardius«, wisperte er und zwinkerte mir zu, »dass sie erst funktionierten, als wir sie beschrieben und ich auf meinem scheinbaren Sterbebett den Pakt mit den Mächten, die hinter ihnen stehen, geschlossen hatte!«

Er machte eine Pause und lehnte sich zurück, die Hände mit gespreizten Fingern noch immer auf der Tischplatte aus dunklem Holz. Da überfiel ihn erneut die strenge Feierlichkeit, die ich schon zuvor an ihm beobachtet hatte, wie ein Leichentuch – allerdings nur einen Lidschlag lang. Dann, mit einem Augenzwinkern, wurde dieses Leichentuch gelüftet, und er grinste triumphierend von einem Ohr zu anderen.

»Aber jetzt funktioniert es«, flüsterte er. *»Es funktioniert!«*

Ich saß da wie in Stein gehauen, schwamm erfolglos auf der Suche nach Halt im Strudel meiner Gedanken. Gerade in diesem Moment vernahm ich ein leises, diskretes Klopfen an der Bibliothekstür und fuhr in meinem Stuhl zusammen, als hätte jemand an meinem Ohr eine Kanone abgefeuert.

»Das wird Smith sein«, murmelte Lovecraft, dann rief er: »Kommen Sie nur, Klarkash-Ton!«

Die Tür öffnete sich, und Smith schlüpfte fast lautlos hinein. Er musterte mich genau, das eigene schmale, faltige Gesicht interessiert, bevor er sich an Lovecraft wandte.

»Ich lese aus der Fassungslosigkeit, die unserem jungen

Freund ins Gesicht geschrieben steht, dass seine Initiation rasch voranschreitet«, sagte er. Darauf widmete er seine ungeteilte Aufmerksamkeit wieder mir, studierte mich noch immer freundlich und doch nicht ohne Schärfe. »Seien Sie nicht zu hart zu sich selbst, Edwardius, es ist in der Tat schwer zu begreifen! Mir jedenfalls kam es so vor, als H. P. L. mir versuchte, den Stand der Dinge zu erklären, nachdem er über meine essentiellen Saltze die Formel des Borellus gesprochen und mich in dieses Scheinbild meines lebenden Selbst zurückbeschworen hatte. Und Sie können sich glücklich schätzen, weil Sie sich – haben Sie es erst einmal begriffen, was diese Situation an Folgen impliziert – mit dem Wissen trösten können, nicht zu denen zu zählen, die für sie verantwortlich sind. Letztendlich haben Sie im Gegensatz zu Howard und mir keinen Anteil an der Befreiung dieser Ungeheuer gehabt.«

Lovecraft setzte sich in seinem Stuhl auf, schnaubte leise und sah Smith mit leichter Missbilligung an.

»*Ungeheuer*, Klarkash-Ton?«, fragte er. »Sind Sie sicher, dass das nicht eine allzu wertende Bezeichnung ist?«

»Ungeheuer!«, bekräftigte Smith mit klarer, sicherer Stimme und lächelte grimmig auf Lovecraft hinunter. Dann wandte er sich wieder an mich, immer noch lächelnd. »Howard ist rasch mit der Andeutung bei der Hand, ich sei geradezu kosmisch xenophob.«

»Ich bin keineswegs rasch mit Andeutungen *bei* der Hand«, wehrte sich Lovecraft. »Ich habe stattdessen Tatsachen *an* der Hand! Diese Wesen stehen dem Leben auf diesem Planeten nicht feindselig gegenüber. Ich habe dies immer und immer wieder in meinen Erzählungen unterstrichen, und es hat sich einfach als die reine Wahrheit herausgestellt: Sie begegnen dem Leben hier lediglich nur gleichgültig!«

Smith blickte den Freund an und seufzte.

»Wann endlich, Howard, werden Sie sich eben diesen Tatsachen stellen?«, ließ Smith nicht locker. »Diese Kreaturen, die wir losgelassen haben, *sind* Ungeheuer! Sie waren Ungeheuer in der unbekannten Hölle, aus der sie stammen; sie sind Ungeheuer hier auf der Erde, und wohin auch immer sie sich als Nächstes wenden, sie werden überall Ungeheuer bleiben! Zu meinem Glück bin ich an meinen Mitmenschen so wenig interessiert, dass es mir herzlich egal ist, was wir da auf sie losgelassen haben. Missverstehen Sie deshalb bitte meine Haltung nicht als moralische Missbilligung! Es ist nicht die absolut sichere Unterjochung und Vernichtung meiner eigenen erbärmlichen Spezies, die mir Kummer macht, sondern die Verlegenheit, dass mein Anteil daran nicht mehr war als ein Zufallsprodukt aus persönlicher Dummheit und Ignoranz. Mir wäre lieber gewesen, ich hätte die Apokalypse mit voller Absicht über die Menschheit gebracht!«

Lovecraft verzog indigniert das Gesicht, wischte Smiths Bemerkungen mit einer Handbewegung beiseite, die zeigte, wie überdrüssig er einer offenbar schon häufig geführten Diskussion war, und blickte mich über den Tisch hinweg an mit dem Gesichtsausdruck eines Mannes, der einen Geistesblitz hat.

»Da die Dinge so gut vorangehen und Sie eine so bemerkenswerte Aufnahmefähigkeit besitzen, Edwardius«, erklärte er sich, »glaube ich, dass mir ein einfacher, vernünftiger Weg eingefallen ist, um, was an Zweifeln Klarkash-Ton nicht müde wird auszustreuen, bis auf den allerkleinsten Rest zu zerstreuen! Es geht ganz einfach darum, dass Sie mir erlauben, Ihnen einen unserer Besucher persönlich vorzustellen, damit Sie ihn in Augenschein nehmen, sich mit ihm unterhalten und dann ein eigenes Urteil bilden können, ob Sie ihn für ein Ungeheuer halten oder nicht. Ebenso ist es, sollten Sie denn an unseren derzeitigen Unternehmungen teilzunehmen wünschen, von nicht unerheblicher Bedeutung, ob unsere Besucher *Sie*, Edwardius, zu tolerieren bereit sind! Dies herauszufinden ist selbstverständlich mit einem Risiko behaftet. Sind Sie bereit, sich dieser Gefahr zu stellen?«

Mund und Augen aufgerissen, glotzte ich ihn an, und mir schwindelte ob der rasanten Entwicklung.

»Wollen Sie damit also andeuten, dass Sie eines dieser Wesen herbeirufen können?«, keuchte ich.

»Dergleichen tue ich ständig«, erklärte mir Lovecraft leichthin. »Nichts ist einfacher, wenn man einmal den Dreh raushat.«

Smith rührte sich, und ich konnte erkennen, dass sein Gesichtsausdruck noch ironischer war als üblich.

»Ich glaube, es ist nur fair, H. P. L.«, meinte er süffisant, »Edwardius darüber aufzuklären, *warum* Sie so reichlich Gelegenheit hatten, Ihre neuen besten Freunde zu sich zu rufen.«

Lovecraft sah ihn mit leichtem Stirnrunzeln an, dann zuckte er die Achseln und wandte sich mir zu, die Hände in einer einlenkenden Geste ausgebreitet.

»Als eifriger Studiosus unserer literarischen Bemühungen«, begann Lovecraft kühl, »wissen Sie sicherlich, dass Klarkash-Ton ein Liebhaber ironischer Bemerkungen ist. Tatsächlich ist es notwendig, kleine Opfer zu bringen, wenn wir das gute Leben, an das zu führen wir uns gewöhnt haben, beibehalten wollen. Menschenopfer, um genau zu sein. Wohlgemerkt waren wir immer peinlichst darauf bedacht, Individuen anzubieten, deren Verschwinden nicht bemerkt oder im Kreise der Nachdenklichen und Klugen gar dankbar aufgenommen wird. Arrogante oder begriffsstutzige Kritiker beispielsweise oder diejenigen, die verantwortlich zeichnen für die ungeschliffenen Nachahmungen meiner literarischen Arbeit.«

»Und der meinen«, warf Smith ein. »Aber unsere guten Absichten Ihnen gegenüber einmal dahingestellt, müssen Sie einfach verstehen, dass, erlauben Sie Howard die in Aussicht gestellte Begegnung mit einem dieser Ungeheuer, Sie riskieren, selbst durch unglückliche Umstände zum Opfer bestimmt zu werden. Ich bin nämlich keineswegs davon überzeugt, dass diese Kreaturen zwischen schlechten Kritikern und guten Schriftstellern zu unterscheiden wissen.«

Lovecraft erhob sich.

»Was Klarkash-Ton gerade ausgeführt hat, ist die reine Wahrheit, Edwardius«, sagte er. »Diese Begegnung ist nicht ohne Risiko für Sie. Doch im Gegensatz zu Mr. Smith möchte ich annehmen, ja tue es sogar, dass Sie dieses Risiko eingehen und das Abenteuer wagen wollen. Ich bin tief davon überzeugt, *ich* hätte alles, einfach alles gegeben, hätte sich mir die Chance zu solch einer Einladung geboten, als ich noch ein junger Mann war. Also, Edwardius, sind Sie dabei? Sollen wir es wagen?«

Ich zögerte nur einen einzigen weiteren Moment lang, dann erhob auch ich mich und nickte bestimmt.

»Ich könnte mir selbst nie verzeihen, wenn ich diese Chance ungenutzt vorbeiziehen ließe«, gestand ich.

Lovecraft und ich verließen daraufhin die Bibliothek und den immer noch zweifelnden Smith und machten uns auf den Weg durch Hallen und Treppenläufe hinunter, ich selbst immer gewahr, einer der Schurken oder eines der Ungeheuer blicke von einem Gemälde auf uns herab. Lovecraft und ich blieben an der Eingangstür stehen, um unsere Umhänge und Hüte wieder an uns zu nehmen, denn es hatte zu nieseln begonnen; Windböen trieben feinen Sprühregen vor sich her. Wir traten hinaus und überquerten eine Wiese, dann führte Lovecraft mich zu einem kleinen Wäldchen. Nachdem wir eine ganze Weile länger, als ich bei einem derart kleinen Besitz in dieser Ecke von Providence vermutet hätte, zwischen den Bäumen dieses Wäldchens einhergegangen waren, sah ich meinen Gastgeber verwirrt an: Ich hatte bemerkt, dass den relativ jungen Bäumen zu Anfang des Wäldchens plötzlich runzelige, alte Giganten mit dicken Stämmen folgten, die in einer solchen Gegend völlig unmöglich gewachsen sein konnten.

»Sie haben völlig Recht, Edwardius.« Lovecraft lächelte mich an und nickte. »Alles hier ist viel weitläufiger und älter, als es sein dürfte. Wir haben Zeit und Raum ein Schnippchen geschlagen. Auf unserem Ausflug heute werden wir nur ein kleines Stück weit in die westliche Ecke des Waldes vordringen. Es gibt hier, glauben Sie mir, jede Menge für Sie zu entdecken, zu genießen, falls Sie es sich bei uns einrichten sollten. Es gibt zum Beispiel eine uralte Ruinenstadt und einen herrlich düsteren Sumpf und Höhlen und Grotten darunter, die auch ich noch nicht zu erforschen begonnen habe. Wie dem auch sei, wir haben unser Ziel erreicht!«

Wir betraten eine Lichtung, und ich war überwältigt davon, mich zwergenhaft klein inmitten eines nicht allzu großen, aber nichtsdestoweniger beeindruckenden Kreises urzeitlicher Monolithen wiederzufinden, die sich turmhoch in den Himmel reckten.

Lovecraft trat an einen der grauen Steine, der ihn um mehr als das Doppelte überragte, und streichelte zärtlich dessen gewellte Oberfläche, dort, wo der Stein mit Moos überwuchert war.

»Diese alten Steine wurden mit allergrößter Vorsicht von einer hohen, einsamen Bergkuppe hierher transportiert, einem Realweltäquivalent von Dunwich, dem Schauplatz, den ich, wie Sie wissen, meinem fiktiven Magier Whateley und seiner gefährlichen, nicht völlig menschlichen Sippschaft als Bühne gegeben habe«, erläuterte er. »Ich habe die Steine hierher schaffen und sie in exakt wieder der finsteren Kreisform aufstellen lassen, deren sie sich auch zuvor erfreuten, und darf stolz behaupten, dass sie nichts von ihrer überwältigenden Macht eingebüßt haben.«

Er zeigte auf eine gewaltige flache Granittafel in der Mitte des Steinkreises.

»Das ist der Opferstein«, sagte er. »Er wurde eingeweiht, lange bevor die Hexen aus Europa ihn für sich beanspruchten. Die Indianer nutzten diesen Stein seit Urzeiten für ihre Rituale. Bei einer Kontaktaufnahme vor kurzem habe ich bestätigt erhalten, dass ihm während der vorangegangenen Jahrtausende ältere, weitaus unheimlichere Wesenheiten gegeben haben, was er wünschte. Treten Sie nur hin, Edwardius, spüren Sie seine Macht! Er hat nicht nur seine eigene Struktur, sondern auch seine eigene Stimmung. Er war Teil zahlloser Rituale der Macht und hat vielerlei Blut in sich aufgesogen.«

Es nieselte nicht mehr; stattdessen regnete es jetzt stetig; durch den Regen heulte der Wind. Glatte, in den Stein gemeißelte Rinnen fingen das Wasser auf; es gluckerte bedeutungsvoll, während es auf diesen vorgegebenen Bahnen genau auf die Mitte des Steines zufloss, wo es in eine unstillbar durstige, schalengleiche Vertiefung strömte. Ich langte hinunter, und im selben Augenblick, als meine Finger die flechtenumrankte, dunkle Verfärbung rund um die Öffnung der Schale berührten, wurde von einem ohrenbetäubenden Donnerschlag über uns das Erdreich selbst erschüttert.

»Oh, das ist ganz ausgezeichnet!«, rief Lovecraft und starrte in den Himmel, ohne sich an dem Regen zu stören, der ihm in Sturzbächen das Gesicht hinunterlief. »Das ist sehr gut! Schauen Sie sich die Wolken an, Edwardius – wie herrlich fließend sie von allen Himmelsrichtungen im Kreis aufeinander zuschweben, um genau über uns zu einer einzigen riesigen Wolke zu verschmelzen! Sehen sie nicht aus wie Hexen, die zum Hexensabbat huschen?«

Der Wind war sehr viel stärker geworden; er peitschte das hohe Gras auf der Lichtung gegen unsere Beine und die Monolithen, wirbelte und wickelte unsere Umhänge eng um unsere Körper. Blitze zuckten ringsum und erhellten den Himmel; jeder Donnerschlag legte sich über den vorangegangenen, sodass es ununterbrochen gewaltig grollte.

Doch was um mich herum geschah, nahm ich kaum wahr,

denn langsam sickerte in meinen Verstand, dass ich Zeuge eines Phänomens wurde, wie ich es zuvor weder hatte beobachten können noch berichtet bekommen hatte. Starr vor Staunen war ich ganz Auge und Ohr, nicht anders als Lovecraft neben mir, und je länger ich das Schauspiel in all seinen Entwicklungen verfolgte, desto mehr verwandelte sich, völlig überraschend für mich, meine Furcht in Ehrfurcht.

Die Wolken hatten sich über uns zu einem gewaltigen Etwas zusammengezogen, das sich, wie ich nun voller Unbehagen beobachten konnte, schnell verdichtete, während die Blitze, die dieses Etwas grell umzuckten und in seiner Tiefe aufleuchteten, nun unzählige, sich klar abzeichnende Einzelheiten enthüllten. Was ich jetzt, in diesem Licht, erkennen konnte, waren keine gasförmigen Verwirbelungen mehr, sondern bewusste Bewegungen einer kaum fassbaren Vielzahl lebendiger Gliedmaßen – zuerst nur wie grobe Skizzen, doch bald schon fein herausmoduliert, jedes aus wütender, gefräßiger Bewegung geboren.

Die wahnsinnige, veränderliche Art der einzelnen Gliedmaßen ließ sich erst fassen, als ihre Form deutlicher zutage trat und ihre Umrisse sich mehr und mehr gegeneinander abhoben. Einige von ihnen trugen in unterschiedlichem Grade Merkmale von Gliedmaßen auf unserem Planeten heimischer Kreaturen. Andere allerdings waren so unterschiedlich zu allem, was auf Erden kreucht und fleucht, dass sie keine noch so kleine Verwandtschaft zu irgendeiner Spezies oder Funktion aufwiesen, die mir bekannt gewesen wäre.

Unter den identifizierbaren Gliedmaßen und Auswüchsen waren schließlich auch Klauen und Zangen, wie mir schien, in jeder Form, die hungrig in der Luft zusammenschnappten. Eine wabernde Masse spinnenartiger Beine tastete sich mit abstoßender Neugier in alle erdenklichen Richtungen vor, und unzählige Flügel mit enormer Spannweite – einige aus Haut, andere schuppig, wieder andere aus wirren, dunklen Federn –, die perfekt aufeinander abgestimmt auf und ab schlugen, umgaben ringförmig den ganzen Körper dieses *Dings*.

Beherrscht wurde das Gewirr von einem riesigen, starr blickenden Auge, eingefasst von vier ebenfalls riesigen bebenden Lidern aus tausend kleineren Augen; ein jedes sah in eine andere Richtung, bewegte sich auf einem eigenen Stiel, weshalb das überwältigende Wesen über uns allsehend schien.

Ich zuckte zusammen, als mir Lovecraft urplötzlich seine Hand auf die Schulter legte.

»Was halten Sie davon, Edwardius?«, schrie er, um den Donner zu übertönen. »Ist es nicht einfach phantastisch? Ist es nicht *wunderschön*? Das soll ein Ungeheuer sein?«

Mir fiel keine passende Antwort auf seine Frage ein. Ich fühlte mich jenseits jeder Möglichkeit zu antworten. Zudem war das stete Donnergrollen geradezu geschaffen, jedem Laut zu trotzen, den ich hätte hervorbringen können.

Einen Lidschlag später erstarrte ich, kaum dass ich gewahr wurde, wie der Donner sich veränderte, eine modulierte Folge statt ununterbrochenem Grollen. Es dauerte eine Weile, bis ich begriff, was ich dort hörte: Ähnlich wie zuvor die Wolke differenzierte sich der Donner: eine fortschreitende Entwicklung aus dem Formlosen zum Organischen; letzten Endes bildete sich eine Art Stimme.

»Sie verstehen doch, was gerade geschieht, oder nicht, Edwardius?«, wollte Lovecraft von mir wissen.

Mit weit aufgerissenen Augen versuchte ich, mich ihm zuzuwenden. Ich fühlte meine Beine zittern und musste mich an den Opferstein lehnen, um das Gleichgewicht zu bewahren. Lovecraft runzelte die Stirn, als er das sah, und riss mich zurück.

»Nein!«, rief Lovecraft mir zu. »Das ist ein Fehler, den alle Opfer machen! Sie bleiben hier bei mir!«

»Es formt Worte«, stammelte ich, »es spricht!«

Lovecraft legte den Kopf schief, um besser hinhören zu können.

»Nun ja, noch nicht *ganz*«, stellte er richtig. »Aber jeden Augenblick wird es soweit sein!«

Eine Hand auf meiner Schulter, stand er da, ein kleines Stück vor mir, und blickte gen Himmel.

»Das ist Edwardius!«, schrie er himmelwärts, laut und klar. »Er ist ein Freund! Er arbeitet mit uns zusammen! Er ist keiner, der geopfert werden soll!«

Er wiederholte meinen Namen, schrie seine Silben hinaus, eine nach der anderen, betonte jede sorgfältig.

»Ehd-ward-dih-uhs!«, brüllte er und wieder: »Ehd-ward-dih-uhs!«

Ich blickte unverwandt nach oben, hinauf zu diesem Wesen, und erkannte, neuerlich schaudernd vor Furcht, eine Art gigantischer Erschütterung, die sich im Zentrum von dessen Unterseite auszubreiten begann; es streckte sich, es wand und krümmte sich, es entwirrte die Tentakel und vielgliedrigen Beine, ganz zu schweigen von den Pseudopodien, den stacheligen, teleskopischen Schreckensgebilden und noch andersartigen, völlig unbegreiflichen Dingen – nein, es war, als könne man ein Meer aus Knoten dabei beobachten, wie es sich selbst entwirrte!

Und eben da fand die Wesenheit ihre Stimme.

»AIIIT!«, grollte es aus dem Donner. »AIIIT!«

Ich bemerkte, wie Lovecraft sich neben mir versteifte, wenn auch nicht allzu auffällig, und konsterniert hinauf in den Himmel blickte.

»Seltsam«, hörte ich ihn sagen. Er klang verwirrt, zum allererersten Mal klang er verwirrt, ein klein wenig unsicher. »Das hört sich aber gar nicht gut an!«

In diesem Moment, befreit von der Verbindung untereinander, breiteten sich die unzähligen schrecklichen Gliedmaßen aus, weiter und weiter, unvorstellbar weit, bis sie über die Grenzen des kolossalen Körpers hinausreichten. Das ganze Wesen ähnelte der entsetzlichen Parodie eines gleißenden

Sterns mit all seinen Spitzen, wie er auf russischen Ikonen über den Heiligen schwebt.

»AIIIT sch!«, grollte die Stimme, und ich beobachtete, wie Lovecraft nachdenklich und mit zusammengekniffenen Augen himmelwärts starrte. »AIIIT sch!«

»*Ehd-ward-dih-uhs!*«, brüllte er zurück und drehte sich mit einem halbwegs verwirrten Achselzucken zu mir um. »Es hat Ihren Namen falsch verstanden! Sie können sich sicher vorstellen, wie schwierig unsere Sprache ist für jemanden mit diesem Stimmapparat!«

Die in weitem Kranz um die Wesenheit ausgebreiteten Gliedmaßen begannen, sich in einem langsamen, beunruhigenden Tanz nach unten zu winden. Ich schreckte unwillkürlich zurück. Die Gliedmaßen sanken sogar noch tiefer, jeder einzelne Greifer und jede Klaue und jeder Saugarm und jedes Gebilde, das zuzubeißen verstand. Tausende davon kamen näher und näher aus tausend verschiedenen Richtungen, und indes sie ihren sanft gleitenden und unweigerlichen Abstieg fortsetzten, wurde mir, was anfangs nur schreckliche Vermutung gewesen war, zur Gewissheit.

»Es kommt, um mich zu holen, nicht wahr?« Zuerst kamen mir die Worte ruhig von den Lippen, gleich darauf fühlte ich mich nicht mehr so ruhig: »*Es kommt, um mich zu holen, nicht wahr?!*«

»Geraten Sie jetzt nur nicht in Panik! Bloß nicht in Panik geraten!«, raunte mir Lovecraft eindringlich zu. Und dann schrie er wieder hoch in den Himmel hinauf: »Ehd-ward-dih-uhs! Er ist ein Freund – *Ehd-ward-dih-uhs*!«

»AIIIT sch PPPIIIEH!«, grollte die Stimme über unseren Köpfen, und der mächtige Steinkreis schien zu beben bei diesem Laut.

Lovecrafts Gesicht wurde plötzlich blass, dann lief es rot an, seine Augen weiteten sich in völligem Erstaunen.

»Du meine Güte! Ich glaube, nun verstehe ich, was diese

bestimmte Strophe in Geoffreys *Das Volk des Monolithen* tatsächlich bedeutet!«, murmelte er vor sich hin und sprach dann mich an: »Welches Datum haben wir heute, Edwardius?«

»Den fünfzehnten September.«

»Aha«, meinte er, »dacht' ich's mir doch! Machen Sie sich keine Sorgen mehr, mein Junge! Sie sind in Sicherheit!«

Er blickte gen Himmel mit einer gewissen verhaltenen Melancholie, die so gar nicht zu diesem Osterinsel-Gesicht passen wollte. Offensichtlich war er bewegt. »Wirklich außerordentlich ergreifend!«, sagte er.

Dann drehte er sich zu mir um und zeigt hinauf in den Himmel.

»Ist es nicht wunderschön?«, fragte er mich.

»Ja«, bestätigte ich, beruhigt durch die Ruhe, die er ausstrahlte. »Das ist es. Klarkash-Ton irrt sich, was die Wesen angeht.«

»Er kann nichts dafür. In ihm ist viel Bitterkeit. Sie müssen ihm vergeben.«

»AYYYT sch PPPIIIEH EHLLLLLLLLLLLL!«, donnerte die Stimme. Die Steine im Kreis wankten und zitterten in ihrem irdenen Bett.

Lovecraft nahm seine Hand von meiner Schulter und machte einen, zwei Schritte vorwärts, hüpfte beinahe wie ein kleiner Junge: ungeniert und ohne Aufhebens, ganz selbstverständlich. Mit einem Satz stand er im Zentrum des Opfersteines.

»Ich bin hier!«, rief er dem Wesen zu, seine Stimme klang hoch und dünn gegen den immensen Aufruhr oben in den Wolken. »Ich bin hier!«

»AYYYT sch PPPIIIEH EHLLLLLLLLLLLL!«, donnerte das Wesen wieder, und dann: »Vvv-vv-vater! VATER!«

Lovecraft rührte sich nicht, die Augen weit aufgerissen auf den gewaltigen Aufruhr über ihm gerichtet, auf die Tentakel, die Klauen, die etlichen vielgliedrigen Finger, die nach ihm

371

griffen. Einer der Monolithen, vom nicht endenden Donnergrollen entwurzelt, stürzte mit lautem Getöse hinter Lovecraft zu Boden, verfehlte ihn nur um wenige Zoll – er bemerkte es nicht einmal.

»Vv-vater!«, donnerte die Stimme noch einmal, während diese vielen fremdartigen, schrecklichen Gliedmaßen behutsam Lovecraft umklammert hielten, jedes Glied, jeder Arm, jedes Bein, jede Zange oder Klaue, sanft auf die den jeweiligen Gliedmaßen von der eigenen Anatomie diktierten Weise. Gemeinsam hoben sie Lovecraft hinauf in die Lüfte, wobei er sich widerstandslos ihrem Griff, ihrer Umarmung ergab und die Umschlingung gestattete. Unverwandt blickte er hinauf, geradewegs in das große Auge des Wesens, und es hob ihn höher und höher zu sich in den Himmel hinauf. Das Letzte, was ich von H. P. L. sah, war der Ausdruck auf seinem hageren, ernsten Gesicht, dieser seltsam verblüffende Ausdruck friedvoller Liebe, wie ihn nur Säuglinge in der Wiege haben.

Die Haustür wurde weit geöffnet, als ich zurückkehrte; Smith erwartete mich unter dem Türsturz, in jeder Hand ein Weinglas. Er beobachtete, wie ich mich ganz allein dem Haus näherte, ohne erkennbar eine Spur von Überraschung zu zeigen.

»Wie seltsam«, bemerkte er, »wie außerordentlich seltsam! Ich war mir sicher, *völlig* sicher, dass Sie statt Howards zurückkehren würden! Ich weiß allerdings nicht warum. Bei all den anderen zuvor ist mir der Gedanke an eine solche Möglichkeit nie gekommen. Vielleicht waren es diese Zitate aus den *Pnakotischen Manuskripten*, die er zuletzt hat fallen lassen.«

»Es ist der Jahrestag von *Das Grauen von Dunwich*«, erklärte ich. »Der Tag, an dem Wilbur Whateleys Bruder schließlich nach Hause zurückkehrte.«

Er sah mich nachdenklich an.

»Dann hat es sich sehr wohl als eine Opferhandlung erwie-

372

sen«, meinte er. »Und es hat funktioniert. Daran besteht kein Zweifel. Sie haben sich verändert!«

Dies war der Moment, in dem ich begriff, zum ersten Mal begriff, dass ich mich wirklich *verändert* hatte, dass ich mich wirklich anders fühlte, ich andere Gefühle in mir spürte als je zuvor. Ich spürte eine Art Glühen, eine gewisse Macht. Eine sehr große Macht, die mir außerordentlich gefiel.

»Wir bringen nach den Opferungen immer einen Trinkspruch aus!«, erklärte Smith und drückte mir ein Glas in die Hand. »Es ist Tradition.«

Wir stießen mit den Gläsern an, und das Kristallglas gab einen hellen, magisch kleinen Ton von sich. Smith trank sein Glas in einem Zug aus, ohne abzusetzen, ich jedoch nippte nur an meinem Glas. Es war natürlich Amontillado!

»Das Abendessen steht für uns bereit, sobald Sie sich hungrig fühlen«, räusperte Smith sich.

Und so ist es seither, weder Mr. Smith noch ich fühlten uns im Geringsten bemüßigt, irgendwelche Arrangements auszuhandeln. Klarkash-Ton bleibt der Küster; ich bin in die Rolle des Magiers geschlüpft, und zusammen setzen wir die Opferungen fort, ohne auf nennenswerte Schwierigkeiten zu stoßen: die Opfer scheinen uns nicht auszugehen. Allein die Zahl der sich abfällig äußernden Forscher reicht hinlänglich aus. Ich muss zugeben, dass ich bestürzt war, als ich sah, wie blutig diese Opferungen regelmäßig vonstatten gehen: Die Opfer werden zerrissen, zerfetzt, sie schmelzen – mit der ehrfürchtigen Himmelfahrt, die H. P. L. gewährt worden ist, hat das wenig gemein.

An diesem ersten unserer gemeinsamen Abende jedoch verschwand Smith diskret in Richtung Küche, wobei er sich auf dem Weg ein weiteres Glas genehmigte, indes ich mich voller Entschlossenheit zur Bibliothek aufmachte. Schon bald stand ich in dem geheimen Alkoven hinter der Bibliothekswand und wollte gerade nach dem hohen, dunklen Rücken des *Necrono-*

micon greifen, das ich bei meinem Rundgang mit Lovecraft zwar schon bemerkt, es zu erwähnen mich aber nicht getraut hatte. Meine Hand, die ich nach dem Buch ausstreckte, war noch einige Zoll vom Regal, auf dem es stand, entfernt – da streckte sich das Buch wie eine Katze, die gerade wach wird, und glitt mir von selbst in die Finger, machte es sich in meiner Hand bequem wie ein Vogel in seinem Nest.

Das *Necronomicon* ist ledergebunden, eingebunden in eine schwarze Haut mit langem, dickem Haar. Nachdem ich es ein, zwei Augenblicke in Händen gehalten hatte, bemerkte ich, dass einige der längeren Strähnen sich liebkosend um meine Finger schlangen. Sie halten es genau so seit jenem Tag, wann immer ich das *Necronomicon* zur Hand nehme, manchmal umschlingen sie meine Finger sehr eng. Vor allem, wenn ich beginne, die Gesänge anzustimmen.

Originaltitel: *H. P. L.*
Erstveröffentlichung: *Lovecraft's Legacy*, 1990.

Aus dem Amerikanischen von Ulf und Beke Ritgen

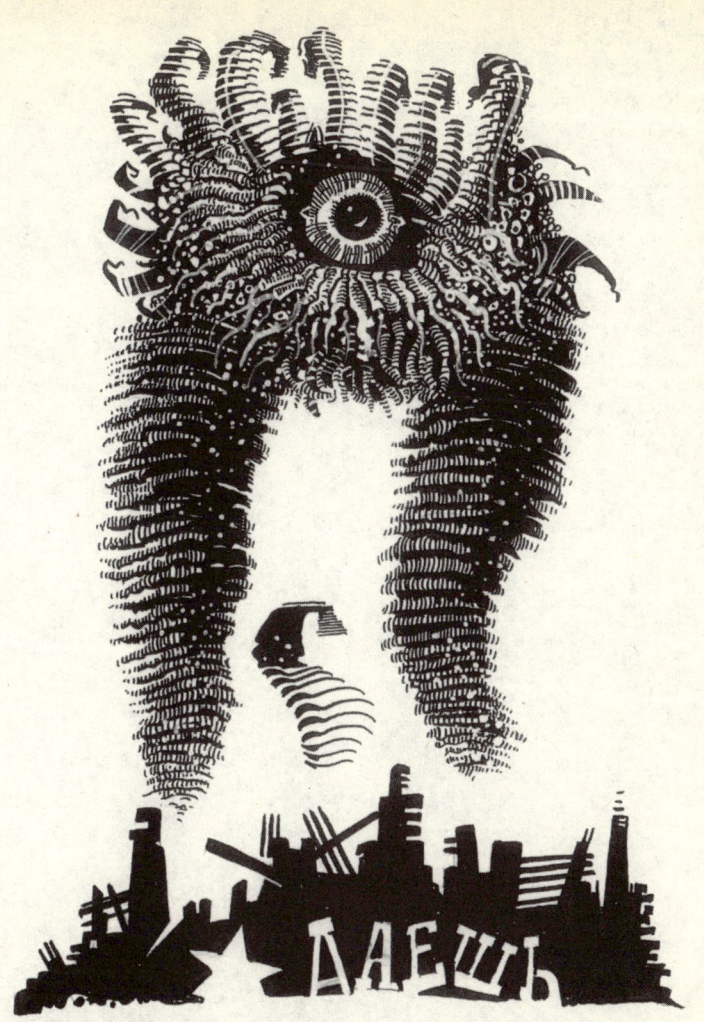

Das Undenkbare

VON BRUCE STERLING

Seit den SALT-Gesprächen zu Anfang der Siebzigerjahre waren die Sowjets immer darauf bedacht gewesen, in ihren eigenen Räumen zu bleiben, soweit der Fortgang der Verhandlungen es erlaubte – aus Furcht, wie die Amerikaner vermuteten, mit Hilfe neuartiger Techniken belauscht zu werden.

Auf dem peinlich gepflegten Schweizer Rasen duckte sich wachsam Dr. Tsyganovs Baba-Jaga-Hütte. Dr. Elwood Doughty nahm seine Spielkarten auf und blickte aus dem Fenster der Hütte. Gleich über dem Fensterbrett ragte eins der sechs riesigen Hühnerbeine der Hütte hervor, ein monströses knorriges Glied vom Umfang eines Hauptwasserrohrs. Während Doughty hinsah, beugte sich das Hühnerknie unruhig, und die Hütte bewegte sich: Sie erhob sich mit einem Seekrankheit weckenden Ruck, dann, mit knarrenden Bohlen und dem Rascheln dichtgepackter Schindeln, senkte sie sich ein Stück hinunter.

Tsyganov legte ab und nahm zwei neue Karten. Während er sie betrachtete, verhüllten fettige Strähnen langen graumelierten Haares seine verschlagenen blauen Augen. Mit professionell schwarzgeränderten Fingernägeln zupfte er sich den dünnen Bart.

Zu seiner Überraschung hatte Doughty einen Zauberstab-Straightflush ausgeteilt bekommen. Zufrieden zupfte er mit einer gewandten Bewegung zwei Zehn-Dollar-Scheine von dem Stapel neben sich und setzte das Geld.

Tsyganov musterte seinen schwindenden Bestand an harter Währung mit einem Ausdruck slawischen Fatalismus. Er grunzte, kratzte sich und warf die Karten offen auf den Tisch. Tod. Der Turm. Eine Zwei, eine Drei und eine Fünf, alles Münzen.

»Schach?«, schlug Tsyganov vor und erhob sich.

»Ein anderes Mal«, entgegnete Doughty. Obwohl er aus Sicherheitsgründen auf keiner offiziellen Rangliste der Welt des Schachs stand, war Doughty ein vollendeter Schach-Stratege mit einer besonderen Begabung für das Endspiel. Während der Marathon-Sitzungen von 1983 hatten Tsyganov und er ihre Waffenzauberer-Kollegen mit einem spontanen Turnier verblüfft, das fast vier Monate andauerte, während deren das Team (vergebens) auf irgendeinen Fortschritt bei den festgefahrenen Nachprüfungsverhandlungen wartete. Den wahrlich begabten Tsyganov hatte Doughty zwar nicht zu schlagen vermocht, doch es war ihm gelungen, die Bahnen kennen zu lernen, in denen sein Gegner dachte, und sie in Muster einzuordnen, die er wiedererkennen konnte.

Vor allem aber hatte Doughty eine vage Abscheu vor Tsyganovs persönlichem Schachspiel entwickelt, das der Russe so schätzte: Es gab ein Thema des Russischen Bürgerkriegs wieder, Weiß gegen Rot. Die kleinen animierten Bauern stießen leise, aber recht schreckliche Schmerzensschreie aus, wenn die Läufer-Kommissare oder Kosaken-Springer über sie herfielen.

»Ein anderes Mal?«, brummte Tsyganov, öffnete einen kleinen Eisschrank und holte eine Flasche Stolichnaya-Wodka hervor. Aus der Kühlbox funkelte ihn ein überarbeiteter Frostdämon in seiner Spulenfalle an und blies trotzig kalten Nebel aus. »Es wird für uns nicht mehr viele Gelegenheiten dazu geben, Elwood.«

»Als ob ich das nicht wüsste.« Doughty bemerkte, dass die Wodkaflasche des Russen ein englisches Etikett trug, also war sie für den Export bestimmt gewesen. Es hatte eine Zeit gegeben, als Doughty sehr gezögert hätte, im Quartier eines Russen ein Getränk anzunehmen. Verrat im Glas. Unterwerfungstrünke. Diese Zeiten weckten in ihm schon nostalgische Gefühle.

»Ich meine, es wird vorbeigehen. Die Geschichte kämpft sich voran. Diese ganze Sache ...« – Tsyganov winkte mit der sehnigen Hand, als wolle er nicht nur Genf, sondern eine ganze Denkungsart einschließen – »wird zu einer historischen Episode, mehr nicht.«

»Darauf bin ich vorbereitet«, sagte Doughty beherzt. In einer kühlen, öligen Fontäne schwappte Wodka die Seiten seines Schnapsglases hoch. »Mir hat dieses Leben nie besonders gefallen, Iwan.«

»Nein?«

»Ich habe alles nur aus Pflichtgefühl getan.«

»Aha.« Tsyganov lächelte. »Nicht wegen der Reisevergünstigungen?«

»Ich gehe heim«, sagte Doughty. »Endgültig heim. Außerhalb von Fort Worth habe ich eine Farm, und dort werde ich Vieh züchten.«

»Sie gehen nach Texas zurück?« Tsyganov wirkte amüsiert und berührt zugleich. »Der Hardliner-Waffentheoretiker wird ein *Bauer*, Elwood? Sie sind wohl ein zweiter Lucius Cincinnatus!«

Doughty schlürfte seinen Wodka und betrachtete die mit Blattgold verzierten Ikonen im Stile des sozialistischen Realismus, die an Tsyganovs rauen Bohlenwänden hingen. Er musste an sein eigenes Büro im Untergeschoss des Pentagon denken. Recht geräumig im Vergleich zu anderen Kellerbüros. Guter Teppich. Nur Meter von den gewichtigsten Zentren militärischer Macht auf der ganzen Welt entfernt. Der Verteidigungsminister. Die Vereinigten Generalstabschefs. Heeresminister, Marineminister, Luftwaffenminister. Das Forschungsamt für

Landesverteidigung und Nekromantie. Die Pentagon Lagoon, der Potomac, das Jefferson-Memorial. Der Anblick der rosa Morgendämmerung über der Kuppel des Capitols nach einer durchgearbeiteten Nacht. Würde er Washington vermissen? Nein. »Washington, D. C., ist nicht der Ort, wo mein Junge aufwachsen soll.«

»Aha.« Tsyganovs hochgezogene Augenbrauen zuckten. »Ich hatte gehört, dass Sie endlich geheiratet haben.« Er hatte selbstverständlich Doughtys Dossier gelesen. »Und Ihr Sohn, ist er stark und gesund, Elwood?«

Doughty antwortete nicht. Es wäre ihm schwer gefallen, sich seinen Stolz nicht in der Stimme anmerken zu lassen. Stattdessen öffnete er seine Brieftasche aus gegerbter Basiliskenhaut und zeigte dem Russen ein Brustbild seiner Frau und seines Sohnes. Tsyganov strich sich das Haar aus den Augen und betrachtete das Foto eingehend. »Aha«, sagte er wieder. »Der Junge sieht Ihnen sehr ähnlich.«

»Gut möglich«, entgegnete Doughty.

»Ihre Frau«, fuhr Tsyganov höflich fort, »hat ein sehr eindrucksvolles Gesicht.«

»Ihr Mädchenname ist Seigel, Jeanne Seigel. Sie hat dem Senatsausschuss für Auslandsbeziehungen angehört.«

»Ich verstehe. Die Verteidigungs-Intelligentia?«

»Sie hat *Korea und die Theorie des Begrenzten Konflikts* herausgegeben. Man betrachtet es als eine der besten Arbeiten auf diesem Gebiet.«

»Sie muss ein großartiges Mütterchen abgeben.« Tsyganov trank sein Wodkaglas zur Neige und biss in einen Kanten Schwarzbrot. »Mein Sohn ist nun schon recht erwachsen. Er schreibt für die *Literaturnaya Gazeta*. Haben Sie seinen Artikel über die irakische Aufrüstung gelesen? Auf dem Gebiet der islamischen Dschinnen hat es in letzter Zeit einige sehr ernste Entwicklungen gegeben.«

»Ich hätte ihn lesen sollen«, sagte Doughty. »Aber ich kehre dem Geschäft den Rücken zu, Iwan. Ich höre auf, solange es noch gut läuft.« Der kalte Wodka biss ihm in die Eingeweide. Er lachte kurz auf. »In den Staaten machen sie uns den Laden bald dicht. Sie kürzen uns die Mittel. Sie nagen uns ab bis auf den blanken Knochen, aber selbst dann machen sie nicht Halt. ›Friedensdividende.‹ Wir versickern alle langsam. Wie Mac-Arthur. Wie Robert Oppenheimer.«

»›Ich bin der Tod, der alles raubt, Zerstörer der Welten‹«, zitierte Tsyganov.

»Genau«, sann Doughty. »Der arme Oppy, dass ausgerechnet er der Tod werden musste.«

Tsyganov betrachtete seine Fingernägel. »Wird es Säuberungen geben, was meinen Sie?«

»Was wollen Sie damit sagen?«

»Wie ich höre, verklagen die Bürger Utahs die Bundesregierung. Wegen der Waffentests vor vierzig Jahren ...«

»Ach so«, sagte Doughty. »Die zweiköpfigen Schafe und all das ... Im Windschatten des alten Testgeländes gibt es noch immer Dunkel-Dürre und Banshees. Oben in den Rockys ... Bei Vollmond sollte man sich da nicht blicken lassen.« Er erschauerte. »Aber ›Säuberungen‹? Nein. Das läuft bei uns anders.«

»Sie hätten mal die Schafe im Umkreis von Tschernobyl sehen sollen.«

»›Bitterer Wermut‹«, zitierte Doughty.

»Keine pflichtgetreue Tat bleibt ungesühnt.« Tsyganov öffnete eine Dose mit dunklem Fisch, der roch wie gewürzter Räucherhering. »Und was ist mit dem Undenkbaren, hm? Wie hoch ist der Preis, den Sie *dafür* gezahlt haben?«

Doughty antwortete mit gleichmütiger und recht ernster Stimme: »Zur Verteidigung der Freiheit nehmen wir jede Bürde auf uns.«

»Das ist vielleicht nicht die beste Ihrer amerikanischen Ideen.« Mit einer dreizinkigen Gabel spießte Tsyganov ein

Stück Fisch aus der Dose auf. »Absichtlich Kontakt mit einer gänzlich fremdartigen Wesenheit aus dem Abgrund zwischen den Universen aufzunehmen ... einem ultradämonischen Halbgott, dessen Geometrie allein schon die geistige Gesundheit attackiert ... dieses Geschöpf namenloser Zeitalter und unvorstellbarer Dimensionen ...« Tsyganov tupfte sich die bärtigen Lippen mit einer Serviette ab. »Das schreckliche Strahlen, das im Zentrum der Unendlichkeit wallt und lästert –«

»Sie sind sentimental«, sagte Doughty. »Wir müssen uns doch den historischen Zusammenhang zu Gedächtnis rufen, in dem entschieden wurde, die Azathoth-Bombe zu entwickeln. Riesige japanische Majins und Godzillas wälzten sich durch Asien. Gewaltige Schwadronen von Nazi-Molochen überzogen Europa mit Blitzkrieg ... und ihre Unterwasser-Leviathane, die sich auf die Schifffahrt stürzten ...«

»Haben Sie je einen *modernen* Leviathan erblickt, Elwood?«

»Ja, ich habe einmal einen gesehen – wie er fraß. In der Flottenbasis von San Diego.« Doughty erinnerte sich mit furchtbarer Klarheit an das gewaltige, flossenbesetzte Monstrum der US-Marine, dessen Fesseltaschen eine schlafende Last von entsetzlichen, fledermausflügligen Dunkel-Dürren in ihrem gewaltigen gerippten Bauch gefangen hielten. Auf Befehl Washingtons würden die untergeordneten Dämonen erwachen, sich aus dem Bauch des Ungetüms freihacken, aufsteigen und mit gnadenloser Genauigkeit und der Geschwindigkeit eines Wirbelsturms zu ihren zugewiesenen Zielen fliegen. In ihren Krallen hielten sie dann dreifach versiegelte Zauber, die einige unerträgliche Mikrosekunden lang das Portal zwischen den Universen öffnen konnten. Und für einen Augenblick würde der Glanz Azathoths hindurchstrahlen. Was immer diese *Farbe* berührte – wo dieser unvorstellbare Strahl mit irdischer Materie auch in Kontakt käme –, in kosmischer Qual würde die Erde dort Blasen werfend verdorren.

Schon der Staub der Explosion trüge einen unirdischen verderblichen Einfluss mit sich.

»Und haben Sie zugesehen, wie man die Bombe testete, Elwood?«

»Nur unterirdisch. Die Atmosphärentests waren lange vor meiner Zeit ...«

»Und was ist mit dem verseuchten Müll, Elwood? Unter den zyklopischen Mauern unserer zahllosen Kraftwerke –«

»Darum kümmern wir uns schon. Wenn es sein muss, schießen wir ihn in die Abgründe des Weltalls.« Nur mit Mühe unterdrückte Doughty seine Gereiztheit. »Worauf wollen Sie eigentlich hinaus?«

»Ich sorge mich, mein Freund. Ich fürchte, wir sind zu weit gegangen. Einst waren wir verantwortungsbewusste Männer, Sie und ich. Gearbeitet haben wir im Dienste verantwortungsbewusster Führer. Fünfzig lange Jahre sind verstrichen, und nicht ein einziges Mal ist das Undenkbare in Wut freigesetzt worden. Dennoch haben wir, um sterbliche Ziele zu erreichen, unser Spiel mit dem Ewigen getrieben. Was sind unsere erbärmlichen fünfzig Jahre gegenüber den Äonen der Großen Alten? Nun, scheint es, befreien wir uns von den törichten Anwendungen dieses entsetzlichen Wissens. Aber werden wir jemals wieder rein sein?«

»Das ist eine Herausforderung für die Generation, die nach uns kommt. Ich habe getan, was ich konnte. Ich bin auch nur ein Mensch, und das nehme ich hin.«

»Ich glaube nicht, dass wir es so einfach abtun können. Dazu ist es uns zu nahe. Wir haben zu lange in seinem Schatten gelebt, und es hat unsere Seelen berührt.«

»Ich habe es hinter mir gelassen«, versetzte Doughty. »Meine Pflicht ist getan, und ich bin der Bürde müde. Ich bin es müde, mich zu bemühen, Fragen zu verstehen, mir Schrecken vorzustellen und Ängste und Versuchungen zu durchleben, die weit über das Begreifen eines geistig gesunden Menschen hinausgehen. Ich habe mir den Ruhestand verdient, Iwan. Ich habe ein Recht auf ein menschenwürdiges Leben.«

»Das Undenkbare hat Sie berührt. Können Sie das wirklich beiseite schieben?«

»Ich bin ein Fachmann«, entgegnete Doughty. »Ich habe stets die notwendigen Vorsichtsmaßnahmen getroffen. Die besten Militärexorzisten haben mich kontrolliert – ich bin sauber.«

»Können Sie das mit Sicherheit sagen?«

»Sie sind die besten, die wir haben; ich verlasse mich auf ihr professionelles Urteil. – Wenn ich den Schatten wieder in meinem Leben entdeckte, schiebe ich ihn beiseite. Ich merze ihn aus. Glauben Sie mir, ich kenne den Geruch des Undenkbaren, ich weiß, wie es sich anfühlt ... in meinem Leben wird es nie wieder Fuß fassen ...« Aus Doughtys rechter Hosentasche drang eine fröhliche Melodie.

Tsyganov blinzelte und fuhr fort: »Aber was, wenn Sie herausfinden müssen, dass es Ihnen dazu einfach zu nahe ist?«

Wieder tönte es aus Doughtys Tasche. Er stand geistesabwesend auf. »Sie kennen mich seit Jahren, Iwan«, sagte er, während er die Hand in die Tasche steckte. »Wir sind vielleicht nur sterbliche Menschen, doch wir waren immer bereit, die notwendigen Schritte zu tun. Wir waren vorbereitet. Ohne Rücksicht auf die Kosten.«

Doughty zückte ein großes Quadrat aus Seide aus der Tasche, auf das ein Pentagramm gedruckt war, und breitete es mit einer schwungvollen Gebärde aus.

Tsyganov war erstaunt. »Was ist das?«

»Ein tragbares Telefon«, sagte Doughty. »Neumodischer Kram ... Ich trag so etwas in letzter Zeit immer bei mir.«

Tsyganov war empört. »Sie haben ein Telefon in meine Privatwohnung mitgebracht?«

»Verdammt«, sagte Doughty aufrichtig zerknirscht. »Verzeihen Sie mir bitte, Iwan. Ich hatte wirklich vergessen, dass ich dieses Ding mit mir herumtrage. Hören Sie, ich nehme den Anruf nicht hier entgegen. Ich verabschiede mich.« Er öffnete die Tür, stieg die Holzleiter hinunter und trat auf den Rasen, der im Licht der Schweizer Sonne lag.

Hinter ihm erhob sich Tsyganovs Hütte auf ihre monströsen Hühnerbeine und stapfte davon – sie schwankte, so erschien es Doughty, vor verletztem Stolz. Im davonziehenden Fenster der Hütte jedoch entdeckte er Tsyganov, der hinter der Gardine hinausspähte, unfähig, seine Neugierde zu bezwingen. Tragbare Telefone. Ein weiterer technischer Durchbruch des erfinderischen Westens.

Doughty breitete das klingelnde Seidentuch auf der Platte eines eisernen Gartentisches aus, strich es glatt und murmelte ein Wort der Macht. Ein Bild erhob sich funkelnd über dem eingewobenen Pentagramm – Kopf und Schultern seiner Frau.

Am Gesicht sah er ihr auf der Stelle an, dass sie schlechte Neuigkeiten hatte. »Jeane?«, fragte er.

»Es ist etwas mit Tommy«, sagte sie.

»Was ist passiert?«

»Ach«, sagte sie mit spröder Deutlichkeit, »passiert ist nichts. Nichts, was du sehen könntest. Aber die Laborbefunde sind da. Die Exorzisten ... sie sagen, er ist damit behaftet.«

Rasch und geräuschlos zerfiel das Fundament, auf dem Doughtys Leben ruhte, zu Staub. »Behaftet«, wiederholte er verdutzt. »Ja ... ich hab dich schon verstanden, Liebes ...«

»Sie sind ins Haus gekommen und haben ihn untersucht. Sie sagen, er ist monströs.«

Nun packte ihn die Wut. »Monströs! Wie können sie das so einfach sagen? Er ist nur ein vier Monate altes Kind! Woher zum Teufel wollen die denn wissen, ob er monströs ist? Was zum Teufel wissen die überhaupt? So ein hergelaufener Haufen von Hexendoktoren aus dem Elfenbeinturm ...«

Seine Frau weinte nun offen. »Weißt du, was sie empfehlen, Elwood? Weißt du, was sie von uns verlangen?«

»Wir können ihn doch nicht einfach ... wegschaffen«, sagte Doughty. »Er ist unser Sohn.« Er verstummte, holte Luft, sah sich um. Glatter Rasen, Sonnenlicht, Bäume. Die Welt. Die Zukunft. Ein Vogel sauste an ihm vorbei.

»Lass uns darüber nachdenken«, sagte er. »Lass uns in Ruhe darüber nachdenken. Wie monströs ist er denn nun genau?«

Originaltitel: *The Unthinkable*
Erstveröffentlichung: *The Magazine of Fantasy and Science Fiction*, August 1991.

Aus dem Amerikanischen von Dietmar Schmidt

Ein Schwarzer mit einem Horn

VON T. E. D. KLEIN

*Der Schwarze [Worte durch Poststempel unle-
serlich] war faszinierend – ich muss einen
Schnappschuss von ihm bekommen.*

H. P. LOVECRAFT
E. HOFFMAN PRICE, 23.07.1934

1.

Die Vergangenheitsform in der Ich-Perspektive hat etwas
zutiefst Beruhigendes an sich. Man denkt sogleich an einen Erzähler, der, nachdenklich eine Pfeife schmauchend, in
seinem sicheren Arbeitszimmer am Schreibtisch sitzt, versunken in friedlicher Erinnerung an ein Erlebnis, das er im Wesentlichen unversehrt überstanden hat und von dem er nun berichten will. Diese Erzählform sagt aus: »Ich bin hier, um die
Geschichte zu erzählen. Ich habe sie überlebt.«

In meinem Fall trifft diese Beschreibung voll und ganz zu –
jedenfalls bis zu einem gewissen Punkt. Ich sitze tatsächlich in
einer Art Arbeitszimmer: vielmehr in einem kleinen Kabäus-
chen, dessen eine Seite immerhin von Bücherregalen gesäumt
ist; sie stehen unter einem Bild von Manhattan, das meine
Schwester vor vielen Jahren aus der Erinnerung gemalt hat.
Als Schreibtisch dient mir ein zusammenklappbarer Bridge-
Tisch, der früher einmal ihr gehörte. Darauf steht die elektrische Schreibmaschine, die für den wackligen Tisch zwar ein
wenig schwer ist, aber beruhigend summt, und am Fenster
hinter mir brummt vertraut die alte Klimaanlage, die ihren einsamen Kampf gegen die tropische Nacht ficht. Ebenso beruhigend wirken zweifellos die leisen Geräusche der Dunkelheit,
die von jenseits des Fensters zu hören sind: der Wind in den

Palmen, das geistlose Zirpen der Grillen, das gedämpfte Schnarren aus dem Fernseher des Nachbarn, ab und zu ein Auto auf dem Weg zum Highway, dessen Fahrer hochschaltet, während er am Haus vorbeirast ...

Das Wort *Haus* ist wohl ein wenig zu hoch gegriffen, denn ich sitze in einem grün verputzten Bungalow – einstöckig, dritter in einer Reihe von neun, mehrere hundert Meter vom Highway entfernt. Mein Bungalow unterscheidet sich von den anderen nur durch die Sonnenuhr im Vorgarten, die vom alten Haus meiner Schwester stammt, und den dünnen, niedrigen und inzwischen von Unkraut überwucherten Lattenzaun, den sie gegen alle Proteste der Nachbarn aufgestellt hat.

Nicht gerade die romantischste Umgebung, doch unter normalen Umständen ein angemessener Hintergrund, um im Präteritum seinen Gedanken nachzugehen. »Mich gibt es noch«, sagt der Verfasser, indem er diese Erzählform verwendet. (In meinem Mund steckt sogar die passende Pfeife, sie ist mit Latakia-Tabak gestopft.) »Es ist vorbei«, sagt er; »ich habe es überlebt.«

Eine beruhigende Annahme vielleicht. Nur dass sie in meinem Fall nicht zutrifft. Ob das Erlebnis wirklich »hinter mir« liegt, kann niemand sagen; und wenn meine Vermutung stimmt, dass das letzte Kapitel erst noch geschrieben werden muss, wird meine Bemerkung, die Geschichte »durchlebt« zu haben, wie eine erbärmliche Einbildung erscheinen.

Und dennoch kann ich nicht sagen, dass mich der Gedanke an meinen Tod sonderlich beunruhigt. Manchmal bin ich meiner Umgebung so überdrüssig: das kleine Zimmer mit seinen billigen Korbmöbeln und den langweiligen, veralteten Büchern, die Nacht, die von draußen hereinzuströmen scheint ... und die Sonnenuhr draußen im Vorhof mit ihrer idiotischen Botschaft. *»Werd gemeinsam mit mir alt ...«*

Genau das habe ich getan, und im Räderwerk der Welt

scheint mein Leben kaum eine Rolle gespielt zu haben. Sicherlich macht es auch keinen nennenswerten Unterschied, wenn ich sterbe.

Ach, Howard, du hättest es verstanden.

2.

Das, mein Junge, nenne ich eine Reiseerfahrung!
— LOVECRAFT, 12.03.1930

Falls diese Geschichte ein Ende findet, noch während ich sie niederschreibe, so wird dieses Ende wohl kein glückliches sein. Der Anfang hingegen ist alles andere als unglücklich; vielleicht finden Sie die Geschichte sogar recht amüsant – sie ist angefüllt mit komischen Patzern, nassen Hosenaufschlägen und einer fallen gelassenen Brechtüte.

»Ich hatte mich eigentlich gewappnet, um es auszuhalten«, sagte soeben die alte Dame rechts von mir. »Ich will Ihnen gern eingestehen, dass ich außerordentliche Angst hatte. Ich habe mich nur an den Sitzlehnen festgehalten und die Zähne zusammengebissen. Und dann, wissen Sie, gleich nachdem der Kapitän uns vor der Turbulenz gewarnt hat, als das Heck auf und ab ruckte, hoch und runter, hoch und runter, tja«, sie entblößte ihre dritten Zähne zu einem blitzenden Lächeln und tätschelte mir das Handgelenk. »Ich sag's frei heraus, da konnte ich nicht anders als einfach *loszukotzen*.«

Wo hatte das alte Mädchen bloß solche Ausdrücke her? Und versuchte sie etwa, mich auch noch aufzugabeln? Mit feuchter Hand umklammerte sie mein Handgelenk. »Ich hoffe doch sehr, dass Sie mir gestatten, die Kosten für die chemische Reinigung zu übernehmen.«

»Gnädige Frau«, sagte ich, »machen Sie sich nichts daraus. Der Anzug war ohnehin schmutzig.«

»So ein netter Mann!« Sie neigte den Kopf zur Seite und blickte mich gespielt schüchtern an, wobei sie nach wie vor mein Handgelenk umklammerte. Obwohl ihre Augäpfel offenbar schon vor langem die Farbe alter Pianotasten angenommen hatten, wirkten ihre Augen nicht unattraktiv. Ihr Atem hingegen widerte mich an. Ich ließ mein Taschenbuch in die Tasche gleiten und klingelte nach der Stewardess.

Das Missgeschick, bei dem ich mir den Anzug beschmutzt hatte, war mir vor einigen Stunden passiert. Als ich in Heathrow ins Flugzeug trat, umgeben von einer Männergruppe, bei der es sich um eine einheimische Rugby-Mannschaft zu handeln schien (sie alle waren gleich gekleidet, marineblaue Blazer mit Elfenbeinknöpfen), war ich von hinten angerempelt worden und gegen eine schwarze Hutschachtel aus Pappe gestolpert, in der ein Chinese sein Mittagessen aufbewahrte; die Schachtel ragte in den Mittelgang, in der Nähe der Sitze der Ersten Klasse. Etwas schwappte aus der Schachtel über meine Knöchel – vielleicht Entensoße oder Suppe – und bildete auf dem Boden eine klebrige gelbe Pfütze. Ich drehte mich um und erblickte einen großen, bulligen Weißen mit einer Tasche der Air Malay und einem Bart so dick und schwarz, dass er wie ein Schurke aus der Stummfilmära wirkte. Sein Benehmen war dieser Rolle jedenfalls angemessen, denn nachdem er mich beiseite gestoßen hatte (mit Schultern so breit wie meine Reisetasche), drängelte er sich durch den überfüllten Gang, wobei sich sein Kopf wie ein Gasballon dicht unter der Decke auf und ab bewegte; schließlich verschwand er unvermittelt außer Sicht, irgendwo im Heck des Flugzeugs. Er zog einen Geruch nach Sirup hinter sich her, der mich sofort an meine Kindheit erinnerte: Partyhüte auf Geburtstagen, Wundertüten und Bauchschmerzen nach dem Essen.

»Das tut mir wirklich Leid.« Der Chinese, der aussah wie ein aufgedunsener Charlie Chan, blickte ängstlich der sich entfernenden Erscheinung nach, dann bückte er sich und schob die Hutschachtel unter den Sitz, wobei er am Kartonband herumfingerte.

»Machen Sie sich nichts daraus«, sagte ich.

An diesem Tag war ich allen freundlich gesonnen. Fliegen war für mich noch immer etwas Neues. Mein Freund Howard natürlich hat (wie ich meinen Zuhörern schon Anfang der Woche in Erinnerung gerufen hatte) immer gesagt, dass er es »äußerst ungern« sähe, »wenn das Flugzeug zu allgemein gewerblichen Zwecken genutzt würde, da dies nur dazu beitrüge, das ohnehin schon viel zu hektische Leben noch hektischer zu machen«. Er hatte Flugzeuge als »*Geräte zur Erheiterung eines Gentlemans*« abgetan – er selbst indes war nur ein einziges Mal geflogen, in den Zwanzigerjahren, ein kurzer Flug für 3 Dollar 50 über Buzzard's Bay. Was hatte er schon von pfeifenden Triebwerken geahnt, von dem großartigen Erlebnis, in dreißigtausend Fuß Höhe zu speisen, und von der Gelegenheit, aus dem Fenster zu sehen und festzustellen, dass die Erde tatsächlich recht rund ist? Das alles hatte er verpasst; er war tot und daher zu bedauern.

Doch sogar im Tode hatte er über mich triumphiert ...

Dieser Gedanke beschäftigte mich, während mir die Stewardess auf die Beine half und sich, in professioneller Besorgnis gackernd, über die Schweinerei auf meinem Schoß ausließ – obgleich sie vermutlich eher daran dachte, dass sie den Sitz säubern musste, sobald ich ihn geräumt hätte. »Warum sind diese Tüten nur so *glatt*?«, klagte meine ältliche Sitznachbarin. »Jetzt ist alles auf dem Anzug dieses netten Herrn gelandet. Das sollte wirklich mal geändert werden.« Das Flugzeug sank ab und stabilisierte seinen Flug. Die alte Frau rollte die gilbenden Augen. »Das könnte jederzeit wieder passieren.«

Die Stewardess dirigierte mich den Mittelgang entlang zur Toilette in der Mitte des Flugzeugs. Links von mir rümpfte eine dürre junge Frau die Nase und lächelte den Mann neben ihr an. Ich blickte grimmig drein, um meine Niederlage zu überspielen, als wollte ich sagen: »Das hat jemand anders verursacht!« Doch ich bezweifle, dass ich damit Erfolg hatte. Dass die Stewardess sich bei mir eingehakt hatte, war überflüssig, aber angenehm; mit jedem Schritt stützte ich mich mehr auf sie. Wie ich schon seit längerem vermutet hatte, bringt es tatsächlich recht wenige Vorteile mit sich, sechsundsiebzig zu sein und auch so alt auszusehen. Einer der Vorteile besteht jedoch darin, dass man zwar nicht mehr mit einer Stewardess flirten muss, obwohl es aussichtslos ist, aber man darf sich auf ihren Arm stützen. Ich wandte mich ihr zu und wollte etwas Lustiges sagen, stockte jedoch; ihr Gesicht war so ausdruckslos wie ein Ziffernblatt.

»Ich warte hier auf Sie«, meinte sie und zog die glatte weiße Tür auf.

»Das ist wohl nicht nötig.« Ich richtete mich auf. »Aber könnten Sie ... – meinen Sie, Sie finden einen anderen Sitz für mich? Ich habe nichts gegen die Dame, wissen Sie, aber von ihrem Essen möchte ich keinen Happen mehr sehen.«

In der Toilette wirkte das Heulen der Triebwerke lauter, als wären die rosafarbenen Wände alles, was mich vom Jetstream und seinen arktischen Winden trennte. Gelegentlich mussten wir durch Windböen geflogen sein, denn das Flugzeug ruckte und rüttelte wie ein Schlitten auf unebenem Eis. Als ich den Toilettendeckel aufklappte, rechnete ich fast schon damit, die Erdoberfläche zu sehen, meilenweit unter uns: den eisgrauen Atlantik, aus dem Eisberge wie Zähne aufragten. England lag schon tausend Meilen hinter uns. Mit einer Hand stützte ich mich am Türgriff ab, während ich mir mit einem parfümierten Papierhandtuch aus der bereitliegenden Folienpackung die Hose abwischte und mir noch einige der Tücher in die Hose steckte. An meinen Hosenaufschlägen klebten noch immer Reste der glibberigen chinesischen Mahlzeit. Anscheinend stammte der süßliche Geruch von ihr; vergebens suchte ich die Reste abzutupfen. Während ich mich im Spiegel musterte – einen kahlen, harmlos wirkenden alten Burschen mit hängenden Schultern und feuchtem Anzug (wie sehr sich dieser alte Zausel doch von dem selbstbewussten jungen Kerl auf dem Foto unterschied, das mit *HPL mit Schüler* untertitelt war!), schob ich den Türriegel zurück und trat wieder aus der Toilette; ich verströmte ein Gemisch aus Gerüchen. Die Stewardess hatte einen freien Sitz für mich gefunden, im hinteren Teil des Passagierraums.

Erst als ich darin Platz nahm, erkannte ich, wer mein Sitznachbar war: zwar saß er von mir weggebeugt, hatte den Kopf gegen das Fenster gelehnt und schlief, doch ich erkannte den Bart wieder.

»Äh, Stewardess ...?«

Ich drehte mich um, sah aber nur noch ihren uniformierten Rücken, während sie den Mittelgang hinabging. Nach einem Moment der Unsicherheit setzte ich mich ganz langsam im Sitz auf, so leise wie möglich. Schließlich war es mein gutes Recht, hier zu sein, sagte ich mir.

Ich verstellte die Lehne des Liegesitzes nach hinten (sehr zum Missfallen des Schwarzen hinter mir), lehnte mich zurück und holte das Taschenbuch wieder aus meiner Tasche. Endlich hatte man eine meiner älteren Geschichten wiederveröffentlicht, und ich hatte schon vier Tippfehler entdeckt. Doch was sollte man schon erwarten? Der Titel der Anthologie, auf deren Vorderseite ein plumper Cartoon-Totenschädel zu sehen war, sagte schon alles: *Gänsehaut: Dreizehn kosmische Schocker in der Tradition Lovecrafts.* Auf der Rückseite wurde ich in einer Liste mit einem Dutzend anderer Schriftsteller genannt, an deren Namen ich mich kaum erinnerte. Man bezeichnete mich als »einen Schüler«.

Darauf also hatte man mich reduziert – der Verfasser des Klappentexts bezeichnete mein Lebenswerk als »dem Meister würdig« und tat somit die Kreationen meines Geistes kurzerhand als schlichte Pastiches ab. Meine so sorgfältig angelegten Erzählungen, einst so überschwänglich gelobt, waren nun – als wäre das Wort Empfehlung genug – schlicht »lovecraftianisch«. Ach, Howard, dein Triumph war in dem Moment perfekt, als dein Name zum Adjektiv wurde.

Ich hatte es natürlich schon seit Jahren vermutet, aber erst die Tagung in der vergangenen Woche hatte mir gezeigt, dass ich mir eines eingestehen musste: Für die heutige Generation zählte nicht mein eigenes Gesamtwerk, sondern vielmehr meine Verbindung zu Lovecraft. Und selbst diese Verbindung wurde herabgesetzt: Nach Jahren der Freundschaft und Unterstützung wurde ich – nur weil ich jünger war als er – schlicht als sein Schüler bezeichnet. Das erschien mir als ein grausamer Witz.

Doch jeder Witz benötigt eine Pointe. Und die Pointe dieses Witzes befand sich noch immer in meiner Tasche, in Kursivschrift auf dem gefalteten Tagungsplan. Ich brauchte ihn mir nicht noch einmal anzusehen: Hier saß ich nun, für alle Zeit charakterisiert als »ein Mitglied des Lovecraft-Kreises, New Yorker Pädagoge und Autor der gefeierten Geschichtensammlung mit dem Titel *Jenseits des Garbes*.«

Das war sie, die krönende Demütigung: unsterblich gemacht durch einen Druckfehler! Dir hätte das gefallen, Howard. Ich kann dich fast kichern hören, von – wo sonst? – jenseits des *Garbes* ...

Unterdessen war neben mir das Rasseln eines eingeengten Halses zu hören; offenbar war mein Nachbar gefangen in einem Traum. Ich legte das Buch ab und musterte ihn. Er wirkte älter als vorhin – vielleicht sechzig oder noch älter. Seine rauen Hände sahen kräftig aus; an einem Finger trug er einen Ring mit einem seltsamen Silberkreuz. Der glänzende schwarze Bart, der die untere Hälfte seines Gesichtes bedeckte, wuchs so dicht, dass er fast schon undurchsichtig zu sein schien; er wirkte unnatürlich dunkel, zumal das Haupthaar des Mannes von grauen Strähnen durchsetzt war.

Ich sah mir die Stelle, wo Bart und Gesichtshaut aneinander grenzten, genauer an. Erkannte ich da etwa ein Stück Gaze unter dem Haar? Mein Herz machte einen kleinen Satz. Ich beugte mich näher, um mir den Bart noch näher anzusehen, und musterte die Gesichtshaut neben der Nase; obwohl sie sonnenverbrannt war, wies sie eine merkwürdige Blässe auf. Mein Blick wanderte hoch, über die wettergegerbten Wangen zur dunklen Haut seiner tief liegenden Augen.

Die Augen öffneten sich.

Einen Moment lang starrten sie in die meinen, bar jeden Ausdrucks, glasig und blutunterlaufen. Im nächsten Moment traten sie aus den Höhlen und ruckten hin und her wie ein Fisch am Haken. Der Mann öffnete den Mund und krächzte mit piepsiger Stimme: »*Nicht hier.*«

Schweigend saßen wir da, keiner von uns regte sich. Ich war zu überrascht, zu verlegen, um ihm zu antworten. Ich blickte an seinem Kopf vorbei durchs Fenster; der Himmel war hell und klar, doch spürte ich, dass das Flugzeug von unsichtbaren Stößen durchgerüttelt wurde und die Spitzen der Tragflächen wie wild auf und ab wippten.

»Tu es mir nicht hier an«, flüsterte der Mann schließlich und ließ sich wieder in den Sitz sinken.

War er ein Irrer? Vielleicht gefährlich? Irgendwo in meiner Zukunft sah ich die wirbelnden Schlagzeilen: JETLINER VON TERRORISTEN ENTFÜHRT ... NEW YORKER LEHRER IM RUHESTAND WURDE OPFER ... offenbar konnte man mir meine Unsicherheit ansehen, denn als der Mann sich die Lippen leckte und an meinem Kopf vorbeiblickte, trat ein Ausdruck der Hoffnung in sein Gesicht und ein Hauch von Gerissenheit. Dann grinste er mich an. »Entschuldigen Sie, kein Grund zur Beunruhigung. Puh! Ich muss wohl einen Albtraum gehabt haben!« Wie ein Athlet nach einem besonders harten Rennen schüttelte er den massigen Kopf; er wurde bereits wieder Herr der Situation. Er sprach leicht gedehnt: ein schwacher Tennessee-Einschlag. »Mann« – er lachte herzlich auf, indes wenig überzeugend –, »den Kickapoo Juice sollte ich demnächst wohl lieber weglassen.«

Ich lächelte, um ihn zu beruhigen, obgleich man ihm nicht ansah, das er Alkohol getrunken hatte. »Diese Bezeichnung habe ich schon seit Jahren nicht mehr gehört.«

»Ach ja?«, erwiderte er recht unbeteiligt. »Tja, ich war lange im Ausland.« Nervös – oder ungeduldig? – trommelte er mit den Fingern auf die Sitzlehne.

»In Malaysia?«

Er setzte sich auf, und die Farbe wich aus seinem Gesicht. »Woher wissen Sie das?«

Ich deutete mit dem Kopf auf die grüne Reisetasche zu seinen Füßen. »Ich habe gesehen, dass Sie die da getragen haben, als Sie an Bord kamen. Sie, äh – schienen es ein wenig eilig zu haben, gelinde gesagt. Ich hätten mich sogar beinahe umgestoßen.«

»Ach.« Seine Stimme klang nun kontrolliert, sein Blick wirkte kühl und selbstsicher. »Ach, das tut mir wirklich Leid, alter Kumpel. Sie müssen wissen, ich war davon überzeugt, dass mich jemand verfolgt.«

Seltsamerweise glaubte ich ihm; er wirkte aufrichtig – jedenfalls so aufrichtig, wie jemand nur wirken kann, der sich hinter einem falschen schwarzen Bart versteckt. »Sie haben sich verkleidet, stimmt's?«, fragte ich.

»Sie meinen den Bart? Oh, den hab ich in Singapur aufgetrieben. Was soll's, ich hab sowieso nicht geglaubt, dass ich damit jemanden lange täuschen könnte, jedenfalls keinen Freund. Einen Feind hingegen, nun ja ... vielleicht.« Er machte keine Anstalten, den Bart abzunehmen.

»Sie sind – lassen Sie mich raten – Sie sind Agent, richtig?« Damit wollte ich sagen, dass ich ihn für einen Diplomaten

hielt; insgeheim jedoch glaubte ich, dass er ein in die Jahre ge-
kommener Spion war.

»Agent?« Er schaute bedeutungsvoll nach links und rechts,
dann senkte er die Stimme. »Tja, das könnte man durchaus sagen. Ich bin *Sein* Agent.« Er deutete auf die Decke des Flugzeugs.

»Sie meinen ...?«

Er nickte. »Ich bin Missionar. Zumindest war ich das bis
gestern.«

3.

*Missionare sind eine höllische Plage, die man besser zu
Hause festhalten sollte.*

LOVECRAFT, 12.09.1925

Haben Sie jemals einen Mann gesehen, der um sein Leben
fürchtet? Ich schon, als ich Anfang zwanzig war, aber seitdem
nicht mehr. Damals hatte ich nach einem in Untätigkeit verbrachten Sommer endlich eine vorübergehende Anstellung im
Büro eines Geschäftsmannes gefunden, der sich als recht
zwielichtig erwies – ich glaube, heutzutage würde man ihn als
Kleinkriminellen bezeichnen: Besagter Geschäftsmann war,
nachdem er irgendwie »den Mob« beleidigt hatte, davon überzeugt, dass er bis zum kommenden Weihnachtsfest tot sein
würde. Gleichwohl irrte er sich; er konnte das Weihnachtsfest
und noch viele andere danach mit seiner Familie feiern, und
erst Jahre später fand man ihn in seiner Badewanne, mit dem
Gesicht nach unten liegend, in fünfzehn Zentimeter tiefem
Wasser. Ich erinnere mich nicht mehr gut an ihn, nur noch daran, wie schwer es gewesen war, ihn in ein Gespräch zu verwickeln; nie schien er zuzuhören.

Mit meinem Sitznachbarn im Flugzeug hingegen war es

nicht sonderlich schwer, ein Gespräch zu führen; weder wirkte er so abwesend wie mein früherer Arbeitgeber, noch gab er so vage Antworten oder blickte so gedankenverloren drein wie er. Im Gegenteil, der Mann war aufmerksam und äußerst interessiert an allem, was ich ihm erzählte. Von seiner anfänglichen Panik abgesehen deutete eigentlich nichts darauf hin, dass er gejagt wurde.

Trotzdem behauptete er, verfolgt zu werden. Die späteren Ereignisse beantworteten natürlich alle diesbezüglichen Fragen, aber zu jenem Zeitpunkt konnte ich nicht bestimmen, ob er die Wahrheit sagte oder ob seine Geschichte so falsch war wie sein Bart.

Ich glaubte ihm, und zwar fast ausschließlich wegen seines Betragens, nicht wegen dem, was er sagte. Nein, er behauptete nicht, sich mit dem Auge von Klesh davongemacht zu haben; er war noch origineller. Er hatte auch nicht die einzige Tochter eines Medizinmannes geschändet. Einiges von dem jedoch, was er mir über die Region berichtete, in der er gearbeitet hatte – einem Staat namens Negri Sembilan, südlich von Kuala Lumpur – wirkte offen gesagt unglaublich: Häuser, die von Bäumen eingenommen wurden, von der Regierung gebaute Straßen, die einfach verschwanden; ein Kollege, der in seiner Nähe gewohnt hatte und nach seiner Rückkehr von seinem zehntägigen Urlaub feststellen musste, dass sein Rasen von fadenziehenden Objekten überwuchert war, die zweimal verbrannt werden mussten, bis sie vernichtet waren. Mein Sitznachbar behauptete, in dieser Gegend gebe es rote Spinnen, die einem Mann auf die Schulter springen könnten – »ein Mädchen im Dorf wurde halb taub, als ihr eines der widerlichen kleinen Biester ins Ohr kroch und so stark anschwoll, dass es ihr den Gehörgang verstopfte« – und Orte, wo die Moskitoschwärme so dicht seien, dass die Rinder an ihnen erstickten. Er beschrieb ein Land, in dem es dampfende Mangrovensümpfe gab und Gummibaumplantagen so groß wie feudale Königreiche, ein Land so feucht, dass die Tapete in den heißen Nächten Blasen warf und die Bibeln Schimmel ansetzten.

Während wir im Flugzeug nebeneinander saßen, eingeschlossen in eine klimatisierte Welt aus pastellfarbenem Kunststoff, schien nichts von alledem möglich zu sein; angesichts des eisblauen Himmels knapp außerhalb meiner Reichweite, der Stewardessen, die in ihren blau-goldenen Uniformen flink an mir vorbeihuschten und der anderen Passagiere, die an ihren Colas nippten oder schliefen oder in den Bordzeitschriften blätterten, glaubte ich weniger als die Hälfte von dem, was mir der Mann erzählte, und schrieb den Rest reiner Übertreibung und der Schwäche der Südstaatler für unglaubwürdige Geschichten zu. Erst eine Woche nach meiner Heimkehr, als ich meine Nichte in Brooklyn besuchte, revidierte ich diese Einschätzung, denn als ich ein Geografiebuch ihres Sohnes überflog, stieß ich auf folgende Passage: *Auf der [malaiischen] Halbinsel gibt es Insekten in Hülle und Fülle; vermutlich ist die Artenvielfalt hier größer als irgendwo sonst auf der Welt. Gutes Hartholz, Kampfer und Ebenholzbäume gibt es im Überfluss. Viele Orchideenarten gedeihen hier, manche von außerordentlicher Größe.* Im Text war die Rede von der *reichen Mannigfaltigkeit an Rassen und Sprachen,* der *extrem hohen Luftfeuchte* und *bunten Fauna,* und schließlich wurde noch erwähnt: *Die Dschungel sind so undurchdringlich, dass sogar die wilden Tiere sich an ausgetretene Pfade halten müssen.*

Doch am seltsamsten war wohl, dass mein Sitznachbar behauptete, die Gegend trotz aller Gefahren und Unannehmlichkeiten geliebt zu haben. »In der Mitte der Halbinsel steht ein Berg.« Er erwähnte einen unaussprechlichen Namen und schüttelte den Kopf. »Der schönste, den Sie je gesehen haben. Und entlang der Küste ist das Land wirklich hübsch, man könnte fast glauben, auf einer Südseeinsel zu sein. Es ist ange-

nehm dort. Klar, das Klima ist zwar feucht, vor allem landein-
wärts, wo die neue Mission errichtet werden sollte – aber die
Temperatur steigt nicht einmal auf siebenunddreißig Grad an.
Das kann man von New York City nicht behaupten.«

Ich nickte. »Bemerkenswert.«

»Und die *Menschen*«, fuhr er fort, »ach, ich glaube, das sind
die freundlichsten Leute der Welt. Wissen Sie, ich hatte schon
viel Schlechtes über Moslems gehört – dort sind fast alle Moslems, Mitglieder der Sunni-Sekte –, aber ich sage Ihnen, sie
waren immer sehr freundlich zu uns ... jedenfalls solange wir
nicht mehr taten, als ihnen unsere Lehre *anzubieten*, und uns
nicht in ihre Angelegenheiten einmischten. Und das haben wir
auch nicht. Es war nicht nötig. Was wir für sie auf die Beine
gestellt haben, war ein Hospital – nun ja, zumindest eine Am-
bulanz, mit zwei Krankenschwestern und einem Arzt, der
zweimal im Monat vorbeischaute –, dazu eine kleine Bibliothek mit Büchern und Filmen. Und zwar nicht nur über Theo-
logie. Über alle Themen. Die Mission stand direkt vor dem
Dorf, und die Einwohner mussten auf ihrem Weg zum Fluss an
uns vorbei; immer wenn sie glaubten, dass keiner der *Lontoks*
hinsah, kamen sie einfach herein und sahen sich um.«

»Keiner der was?«

»So eine Art Priester. Es gab dort viele von ihnen. Doch sie
sind uns nicht in die Quere gekommen und wir ihnen auch
nicht. Ich weiß nicht, besonders viele haben wir wohl nicht be-
kehrt, aber ich kann über die Menschen wirklich nichts
Schlechtes sagen.«

Er machte eine Sprechpause; plötzlich merkte man ihm sein
Alter an. »Alles lief gut«, fuhr er fort. »Und dann bekam ich
den Auftrag, eine zweite Mission zu errichten, weiter landeinwärts.«

Erneut hielt er inne, als erwäge er, ob er weiterreden sollte.
Eine untersetzte, kleine Chinesin stapfte schwerfällig durch
den Mittelgang, wobei sie sich an den Sitzen zu beiden Seiten

abstützte. Als sie an mir vorüberging, streifte ihre Hand an meinem Ohr vorbei. Mein Sitznachbar sah sie mit gewissem Unbehagen an und wartete, bis sie vorüber war. Als er schließlich weitersprach, klang seine Stimme merklich dunkler.

»Ich habe die ganze Welt bereist – viele Orte, an denen sich Amerikaner heutzutage nicht blicken lassen dürfen –, und immer, wo ich auch war, hatte ich das Gefühl, dass Gott mir zusah. Aber als ich mich auf den Weg in diese Berge machte, nun ...« Er schüttelte den Kopf. »Ich war ganz auf mich gestellt, wissen Sie. Man wollte mir die meisten Missionshelfer nachschicken, sobald ich alles vorbereitet hätte. Ich hatte lediglich ein Faktotum aus der ersten Mission dabei, zwei Träger und einen Führer, der mir zugleich als Dolmetscher diente. Ausnahmslos Einheimische.« Er zog die Stirn kraus. »Wenigstens das Faktotum war ein Christ.«

»Sie brauchten einen Dolmetscher?«

Die Frage schien ihn zu irritieren. »Für die neue Mission, ja. Mein Malaiisch war gut genug für das Tiefland, aber im Binnenland spricht man Dutzende verschiedener Dialekte. Ich wäre da oben verloren gewesen. Dort, wo ich hinging, spricht man eine Sprache, die unsere Leute im Dorf *agon di-gatuan* nannten – ›die Alte Sprache‹. Ich habe sie nie sonderlich gut gelernt.« Er starrte auf seine Hände. »Dazu war ich nicht lange genug dort.«

»Ärger mit den Einheimischen, nehme ich an?«

Er antwortete mir nicht sofort. Schließlich nickte er. »Ich glaube wirklich, dass sie die gefährlichsten Leute sind, die je gelebt haben«, sagte er äußerst besonnen. »Manchmal frage ich mich, wie Gott sie nur erschaffen konnte.« Er starrte aus dem Fenster, auf die Wolkenhügel unter uns. »Sie nannten sich selbst die Chauchas, soweit ich es verstanden habe. Vielleicht zeigt sich in diesem Namen noch etwas vom Spracheinfluss der französischen Kolonisten; für mich sahen sie jedenfalls wie leicht dunkelhäutige Asiaten aus. Kleine Leute. Scheinbar harmlos.« Er erschauerte leicht. »Aber ihr äußerer Schein trügt. Sie sind undurchschaubar. Sie leben hoch oben in diesen Bergen, seit Gott weiß wie vielen Jahrhunderten, und was auch immer sie dort tun, sie wollen keinen Fremden darin einweihen. Sie bezeichnen sich als Moslems, genau wie die Einheimischen im Tiefland, doch ich bin sicher, dass sie auch noch einige Buschgötter verehren. Anfangs hielt ich sie für primitiv. Ich meine, einige ihrer Rituale ... Sie würden es nicht glauben. Aber inzwischen glaube ich, dass sie alles andere als primitiv sind. Sie pflegen diese Rituale nur deshalb, weil sie sie genießen!« Er versuchte zu lächeln, was jedoch nur die Falten in seinem Gesicht stärker betonte.

»Oh, anfangs wirkten sie richtig freundlich«, fuhr er fort. »Man konnte auf sie zugehen, ein wenig mit ihnen handeln, ihnen bei der Tierzucht zusehen; darin waren sie gut. Man konnte sich sogar mit ihnen über die Erlösung unterhalten. Und sie haben immer gelächelt, die ganze Zeit. Als ob sie mich wirklich *mochten*.«

Ich hörte die Enttäuschung in seiner Stimme ... und noch einen anderen Unterton.

»Wissen Sie«, vertraute er mir an und beugte sich unvermittelt dichter zu mir, »unten im Tiefland, im Weideland, gibt es ein Tier, eine Art Schnecke, die die Malaien sofort töten, wenn sie sie sehen. Ein kleines gelbes Viech, aber sie fürchten sich sehr davor: Die Einheimischen glauben, dass die Schnecke ihren Rindern die Lebenskraft aussaugt, wenn sie durch deren Schatten kriecht. Sie nannten sie eine ›Caucha-Schnecke‹. Jetzt weiß ich, warum.«

»Und warum?«, fragte ich.

Er blickte sich im Flugzeug um und schien zu seufzen. »Wissen Sie, zu diesem Zeitpunkt wohnten wir noch immer in Zelten. Wir mussten alles selbst bauen. Tja, das Wetter verschlechterte sich, die Moskitos wurden immer zahlreicher, und nachdem das Faktotum verschwunden war, verließen mich die anderen Helfer. Ich glaube, der Führer hat sie überredet, fortzugehen. Natürlich war ich von da an ...«

»Warten Sie mal. Sie sagen, der Mann sei verschwunden?«

»Ja, schon bevor die erste Woche vorüber war. Am späten Nachmittag. Wir hatten gerade eines der Felder abgeschritten, wenige hundert Meter von den Zelten entfernt, und ich kämpfte mich durch das hohe Gras, in dem Glauben, er sei hinter mir. Doch als ich mich umdrehte, war er fort.«

Inzwischen sprach der Missionar sehr schnell. Szenen aus Kinofilmen der Vierzigerjahre kamen mir in den Sinn: verängstigte Eingeborene, die sich mit Vorräten davonstahlen, und ich fragte mich, wie viel davon auf Tatsachen beruhte.

»Daraufhin sind die anderen auch gegangen«, sagte er, »und ich konnte mit den Chauchas nicht mehr kommunizieren, es sei denn in einer Art Pidgin-Sprache, eine Mischung aus Malaiisch und ihrer Muttersprache. Aber ich wusste, was vorging. Die ganze Woche über hatten sie ständig über etwas gelacht. Unverhohlen. Und ich hatte den Eindruck, dass sie irgendwie für den Vorfall verantwortlich waren. Für das Verschwinden des Mannes, meine ich. Verstehen Sie? Er war die Person gewesen, der ich vertraute.« Er machte ein gequältes Gesicht. »Eine Woche später zeigten sie ihn mir. Er lebte noch. Aber er konnte nicht sprechen. Ich glaube, das wollten sie so. Wissen Sie, sie hatten ... hatten irgendetwas in ihm gezüchtet.« Er erschauderte.

Just in diesem Moment ertönte unmittelbar hinter uns ein unmenschlich hohes Jaulen, das die Luft wie eine Sirene durchschnitt und das Heulen der Triebwerke übertönte. Es kam so plötzlich, dass uns das Herz stockte und wir uns versteiften. Ich sah, wie mein Sitznachbar mit offenem Mund dasaß, als wolle er den Schrei nachahmen. So viel zur Vergangenheit; wir waren zwei alte Männer geworden, denen die Farbe aus dem Gesicht gewichen war und die sich aneinander klammerten. Es war wirklich recht komisch. Eine ganze Minute musste verstrichen sein, ehe ich mich dazu durchringen konnte, mich umzudrehen.

Mittlerweile war die Stewardess hinzugekommen und tupfte die Stelle ab, wo der Mann hinter mir beim Eindösen die Zigarette auf den Schoß hatte fallen lassen. Die ringsum sitzenden Passagiere, vor allem die Weißen, warfen dem Mann wütende Blicke zu, und mir war, als rieche ich verbranntes Fleisch. Schließlich halfen ihm die Stewardess und einer seiner Mannschaftskameraden, der verlegen lachte, auf die Beine.

So geringfügig der Unfall auch war, er hatte unser Gespräch jäh unterbrochen und meinen Sitznachbarn entnervt; es schien, als hätte er sich in seinen Bart zurückgezogen. Er sprach nicht mehr von seinen Erlebnissen, sondern stellte mir allenfalls gewöhnliche und recht triviale Fragen über Essenspreise und Unterkunftmöglichkeiten. Er meinte, er sei nach Florida unterwegs und freue sich auf einen Sommer der Ruhe und Erholung (der ihm offenbar von seiner Religionsgemeinschaft finanziert wurde). Ich fragte ihn ein wenig verzweifelt, was denn letztlich mit dem Faktotum geschehen sei, und er antwortete, der Mann sei gestorben. Drinks wurden serviert; der Nordamerikanische Kontinent streckte sich uns von Süden entgegen, anfangs ein Finger aus Eis, dann eine zerklüftete grüne Linie. Ich gab dem Mann die Adresse meiner Schwester – Indian Creek, wo er wohnen würde, lag gleich außerhalb von Miami – und bedauerte es sogleich. Was wusste ich schon über ihn? Er sagte mir, sein Name sei Ambrose Mortimer. »Mortimer bedeutet ›Totes Meer‹«, erklärte er. »Geht auf die Kreuzzüge zurück.«

Als ich das Gespräch hartnäckig wieder auf seinen Missionsauftrag lenkte, winkte er ab. »Ich kann mich nicht mehr als Missionar bezeichnen«, meinte er. »Gestern, als ich das Land verließ, habe ich diesen Beruf aufgegeben.« Er rang sich ein Lächeln ab. »Ehrlich, ich bin jetzt nur ein Zivilist.«

»Wieso glauben Sie, dass die Chauchas Sie verfolgen?«, fragte ich.

Sein Lächeln verschwand. »Ich bin mir gar nicht so sicher, dass sie mich verfolgen«, erwiderte er wenig überzeugend. »Vielleicht mache ich mich ja nur selbst verrückt. Aber ich könnte schwören, dass ich in Neu-Delhi und danach in Heathrow jemanden habe singen hören – er sang ein bestimmtes Lied. Beim ersten Mal hab ich's in einer Herrentoilette gehört, auf der anderen Seite einer Trennwand; beim zweiten Mal hinter mir in der Warteschlange. Und ich habe das Lied wiedererkannt. Es wurde in der Alten Sprache gesungen.« Er zuckte die Achseln. »Ich weiß noch nicht einmal, worum es in dem Lied geht.«

»Warum sollte irgendjemand singen? Ich meine, während er Sie verfolgt?«

»Das ist genau der Punkt. Ich weiß es nicht.« Er schüttelte den Kopf. »Aber ich glaube – ich glaube, das gehört zu einem Ritual.«

»Was für ein Ritual?«

»Das weiß ich nicht.« Er sah recht gequält aus, und ich beschloss, mit meinem »Verhör« zum Ende zu kommen. Die Lüftungsanlage hatte den Gestank nach verkohlter Kleidung und verbranntem Fleisch noch nicht ganz zerstreut.

»Aber Sie hatten das Lied schon einmal gehört. Sie meinten, Sie hätten es wiedererkannt.«

»Ja.« Er wandte sich ab und starrte auf die sich nähernden Wolken. Wir hatten Maine bereits überflogen. Plötzlich wirkte die Erde wie ein sehr kleiner Ort. »Ich habe gehört, wie einige Chaucha-Frauen es sangen«, verriet er schließlich. »Es ist ein Lied, das beim Ackerbau gesungen wird. Es sollte die Pflanzen zum Wachsen anregen.«

Vor uns war die safrangelbe Smogglocke zu sehen, die Manhattan wie eine Kuppel bedeckte. Über uns blinkte stumm das RAUCHEN-EINSTELLEN-Licht auf der Konsole.

407

»Ich hatte gehofft, nicht umsteigen zu müssen «, sagte mein Gefährte soeben. »Der Flug nach Miami geht erst in anderthalb Stunden. Ich schätze, ich werde aussteigen und mir ein wenig die Beine vertreten. Wie lange die Zollabfertigung wohl dauert?« Er schien mehr mit sich selbst zu reden als mit mir. Erneut bedauerte ich, dass ich ihm in meiner impulsiven Art Mauds Adresse gegeben hatte. Ich war schon halb versucht, ihr eine ansteckende Krankheit anzudichten, oder einen eifersüchtigen Ehemann. Doch andererseits war es recht unwahrscheinlich, dass er ihr einen Besuch abstatten würde; er hatte sich nicht einmal die Mühe gemacht, ihren Namen zu notieren. Und falls er sie besuchte – nun, vielleicht entspannte er sich ja, wenn er begriff, dass er in Sicherheit und unter Freunden war. Womöglich würde er sich ja sogar als nette Gesellschaft erweisen; schließlich waren er und meine Schwester praktisch im gleichen Alter.

Als das Flugzeug den Kampf gegen die kalten Luftmassen aufgab und in wärmere Schichten absank, klappten die Passagiere ihre Bücher und Zeitschriften zu, rafften ihre Habseligkeiten zusammen und eilten noch einmal schnell in die Toilette, um sich das Gesicht mit kaltem Wasser zu beträufeln. Ich putzte meine Brille und strich mir das wenige Haar zurück, das mir noch geblieben war. Mein Sitznachbar starrte aus dem Fenster, die grüne Air-Malay-Tasche auf dem Schoß, auf der er die Hände wie zum Gebet gefaltet hatte. Wir entfremdeten uns bereits wieder voneinander.

»Bitte bringen Sie Ihre Sitze wieder in eine aufrechte Position«, wies uns eine körperlose Stimme an. Ich blickte am inzwischen völlig von mir abgewandten Kopf meines Reisegefährten vorbei durchs Fenster und beobachtete, wie der Boden näher kam. Schließlich rumpelten wir mit dröhnenden Triebwerken, die Gegenschub erzeugten, über die Rollbahn. Schon eilten die Stewardessen im Gang auf und ab und zogen Mäntel und Jacken aus den Staufächern über den Köpfen der Passagiere; einige eigenwillige Passagiere ignorierten ihre Anweisungen, rappelten sich auf und schlüpften in ihre Regenmäntel. Draußen sah ich uniformierte Gestalten hin und herlaufen, im grauen Nieselregen, der vermutlich eher lau war. »Tja«, sagte ich lahm, »wir haben es geschafft.« Ich erhob mich.

Mein Sitznachbar wandte sich mir zu und grinste mich matt an. »Auf Wiedersehen«, verabschiedete er sich von mir. »Es hat mich sehr gefreut, Ihre Bekanntschaft zu machen.« Er streckte mir die Hand entgegen.

»Und versuchen Sie sich zu entspannen und in Miami zu amüsieren«, riet ich ihm, während ich eine Lücke in der an mir vorbeiströmenden Passagierschlange suchte. »Das ist wichtig – sich einfach zu entspannen.«

»Ich weiß.« Er nickte feierlich. »Ich weiß. Gott segne Sie.«

Ich sah eine Lücke und trat hinein. Hinter mir fügte mein Sitznachbar hinzu: »Und ich werde auch bestimmt Ihre Schwester besuchen.« Mir sank das Herz, doch als ich mich der Passagiertür näherte, wandte ich mich noch einmal zu ihm um und rief ihm einen letzten Abschiedsgruß zu. Die alte Dame mit den gelblichen Augen ging vor mir in der Schlange, nur zwei Leute trennten uns. Sie lächelte nicht einmal.

Ein Problem mit letzten Abschiedsgrüßen ist, dass sie sich mitunter als redundant erweisen. Etwa vierzig Minuten später, nachdem ich wie ein Essenshappen durch eine Reihe weißer Kunststoffröhren, Korridore und Zollabfertigungsschlangen geleitet worden war, vertrieb ich mir in einem der Geschenkartikelläden die Zeit, bis meine Nichte mich abholen würde; und dort sah ich den Missionar wieder.

Er bemerkte mich nicht. Er stand vor einem Taschenbuchregal – der so genannten Klassiker-Abteilung, bevorzugter Standort des urheberrechtlich nicht mehr Geschützten. Anscheinend in die Suche vertieft, ließ er den Blick über die Regalreihen wandern, jedoch so flüchtig, dass er kaum die Titel lesen konnte. Auch er schlug offenbar die Zeit tot.

Aus irgendeinem Grund – vielleicht aus Verlegenheit oder einem gewissen Widerstreben, unseren gelungenen Abschied zunichte zu machen – sprach ich ihn nicht an. Stattdessen trat ich in den hinteren Gang und suchte hinter einem Regal mit Schauerromanen Zuflucht; ich gab vor, die Bücher zu mustern, während ich in Wirklichkeit ihn beobachtete. Kurz darauf blickte er von den Büchern auf und schlenderte zu den Standkasten mit den in Zellophan eingeschweißten Schallplatten, wobei er sich gedankenlos den Bart unter der rechten Kotelette zurechtrückte. Unvermittelt drehte er sich um und ließ den Blick durch das Geschäft schweifen; ich duckte mich dicht vor die Schauerromane, und genoss einen Anblick, der normalerweise den Facettenaugen eines Insekts vorbehalten ist: Frauen, Dutzende von ihnen, die aus ebenso vielen winzigen Landhäusern flohen – zigmal das gleiche Titelbild.

Schließlich zuckte der Mann mit den breiten Schultern und begann, die Schallplatten im ersten Fach durchzusehen, von denen er jede in ungeduldigem Stakkato weiterschnippte. Rasch hatte er das Fach durchstöbert und trat an den linken Standkasten, den er ebenfalls durchzusehen begann.

Plötzlich stieß er einen gedämpften Schrei aus, und ich sah, wie er zurückwich. Einen Moment lang stand er reglos da und starrte auf etwas in dem Schallplattenfach hinab; dann fuhr er herum und eilte aus dem Geschäft, wobei er sich an einer Familie vorbeidrängte, die soeben eintreten wollte.

»Er muss sein Flugzeug noch erwischen«, sagte ich zu der verwunderten Verkäuferin und schlenderte zu den Schallplatten. Eine von ihnen lag mit dem Cover nach oben auf dem Stapel – ein Jazzalbum, auf dem John Coltrane Saxofon spielte. Verwirrt drehte ich mich um und hielt nach dem ehemaligen Missionar Ausschau, doch er war schon draußen in der Menge verschwunden, die an der Eingangstür vorbeihastete.

Offenbar hatte ihn die Schallplatte irgendwie aus der Fassung gebracht; ich betrachtete sie genauer. Coltranes Umrisse zeichneten sich gegen einen tropischen Sonnenuntergang ab, seine Züge waren nicht zu erkennen, den Kopf hatte er in den Nacken gelegt, und das Saxofon funkelte unter dem karmesinroten Himmel. Die Pose wirkte dramatisch, aber abgedroschen, und ich konnte ihr keine besondere Bedeutung zumessen: Coltrane sah aus wie jeder andere Schwarze mit einem Horn.

4.

New York stellt jede andere Stadt in den Schatten, wenn es um die spontane Herzlichkeit und Generosität seiner Bewohner geht – zumindest die jener Bewohner, denen ich begegnet bin.

– LOVECRAFT, 29.09.1922

Wie schnell du deine Meinung geändert hast! Bei deiner Ankunft fandest du eine goldene dunsanianische Stadt mit Bögen und Kuppeln und fantastischen Spitztürmen vor ... so hast du es uns jedenfalls geschildert. Doch als du zwei Jahre später die Flucht ergriffst, sahst du nur noch »Ausländerhorden«.

Was war es, das dir den Traum so sehr verdorben hat? War es deine unsägliche Ehe? Die fremden Gesichter in der U-Bahn? Oder nur die Tatsache, dass dir dein neuer Sommeranzug gestohlen wurde? Damals, Howard, glaubte ich (und ich glaube es noch immer), dass du dir den Albtraum selbst geschaffen hast; obwohl du bei deiner Rückkehr nach Neuengland wie ein Mann wirktest, der wieder ins Sonnenlicht tritt, hättest du, das versichere ich dir, auch inmitten des Schattens ein sehr angenehmes Leben führen können. Ich blieb – und überlebte.

411

Fast wünschte ich, ich wäre jetzt wieder dort, anstatt hier in diesem hässlichen kleinen Bungalow zu sitzen, mit der Klimaanlage und den vermodernden Korbmöbeln und der Nachtfeuchte, die die Fenster hinabrinnt.

Fast wünschte ich, ich stünde wieder auf den Stufen des Naturgeschichtlichen Museums, wo ich an jenem bedeutsamen Augustnachmittag schwitzend im Schatten von Teddy Roosevelts Pferd die Matronen beobachtete, die mit Hunden oder ihren Kindern durch den Central Park schlenderten; vergebens fächelte ich mir Luft zu mit der Postkarte, die ich eben erst von Maud erhalten hatte. Ich wartete darauf, dass meine Nichte mit dem Wagen vorfuhr und ihren Sohn absetzte, mit dem ich mich zum Museumsbesuch verabredet hatte; er wollte das lebensgroße Blauwalmodell sehen und, nur ein Stockwerk höher, die Dinosaurier.

Ich entsinne mich, dass Ellen und ihr Junge sich mehr als zwanzig Minuten verspäteten. Ich entsinne mich auch, Howard, dass ich an jenem Nachmittag an dich dachte, und zwar mit gewisser Belustigung: So wenig du New York City in den Zwanzigern auch mochtest, du wärst zutiefst entsetzt, wenn du es sehen könntest, wie es heute ist. Selbst von der Treppe des Museums aus bemerkte ich den Unrat, der sich im Rinnstein häufte, und den Park hätte man der Länge nach durchschreiten können, ohne jemandem zu begegnen, der Englisch sprach. Dunkelhäutige Menschen verdrängten die hellhäutigen, und von der anderen Straßenseite hallte Salsamusik herüber.

Ich erinnere mich an all das, weil jener Tag, wie sich herausstellte, ein besonderer war: Damals sah ich zum zweiten Mal den schwarzen Mann und sein unheilvolles Horn.

Wie gewöhnlich verspätete sich meine Nichte, entschuldigte sich wie immer mit dem regen Stadtverkehr und warf die übliche Streitfrage auf: »Wie kannst du nur hier wohnen?«, fragte sie, während sie Terry auf den Bürgersteig schob. »Ich meine, sieh dir doch nur diese Leute an!« Mit dem Kopf deutete sie auf eine Gruppe Teenager, halb nackte Rowdys, die am Eingang des Parks herumlungerten.

»Ist Brooklyn denn so viel besser?«, konterte ich wie immer.

»Natürlich«, entgegnete sie. »Jedenfalls in den Heights. Ich begreife es nicht – wieso sträubst du dich so krankhaft gegen einen Umzug? Du könntest es wenigstens mal auf der East Side probieren. Finanziell könntest du dir das jedenfalls leisten.« Terry, der am Kotflügel des Wagens lehnte, beobachtete uns ausdruckslos. Ich glaube, er stand eher auf meiner Seite, war jedoch so klug, sich das nicht anmerken zu lassen.

»Glaub mir, Ellen«, sagte ich. »Die West Side verändert sich. Sie ist wieder auf dem Weg nach oben.«

Meine Nichte verzog das Gesicht. »Nicht da, wo *du* wohnst.«

»Früher oder später ändert sich auch das«, erwiderte ich. »Außerdem bin ich schlichtweg zu alt, um mich in den Singlebars der East Side blicken zu lassen. Da drüben liest man ausschließlich Bestseller und hasst Leute über sechzig. Für mich ist es besser, da zu bleiben, wo ich aufgewachsen bin – hier weiß ich wenigstens, wo die günstigen Restaurants zu finden sind.« Das war in der Tat ein heikles Problem, denn ich musste mich entscheiden: Entweder für die Weißen, die ich verachtete, oder für die Schwarzen, die ich fürchtete – und aus irgendeinem Grund zog ich es vor, mich zu fürchten.

Um Ellen zu besänftigen, las ich ihr die Postkarte ihrer Mutter vor. Es war eine vorfrankierte Karte ohne Bild auf der Vorderseite. *Ich habe mich noch immer nicht an den Spazierstock gewöhnt,* schrieb Maude mit so tadelloser Schrift, dass sie damit die Schulmedaille gewonnen hätte. *Livia ist den Sommer über wieder nach Vermont gereist, daher fallen die Kartenspiele bis zur ihrer Rückkehr aus & ich lese stattdessen*

413

eifrig Pearl S. Buck. Dein Freund Reverend Mortimer hat mich
besucht & wir haben uns nett unterhalten. Was für amüsante
Geschichten er erzählt! Danke noch mal für das Geschenk-
abonnement des National Geografic; *ich schicke Ellen meine*
älteren Ausgaben. Ich freue mich darauf, euch alle nach der
Hurrikan-Saison wiederzusehen.

Terry brannte darauf, die Dinosaurier zu sehen; er war
eigentlich schon ein wenig zu alt, als dass ich ihn beaufsichti-
gen musste, und flitzte schon die halbe Treppe hinauf, ehe ich
mit Ellen vereinbart hatte, wo sie uns nach dem Museumsbesuch treffen könnte. Nach Schulschluss war das Museum beinahe so überfüllt wie am Wochenende, und in den Hallen
klangen die Echos der Rufe und des Gelächters wie Tier-
schreie. Wir orientierten uns anhand des Grundrisses in der
Hauptlobby – SIE SIND HIER stand auf einem großen grünen
Punkt, unter den jemand gekritzelt hatte: *Zu dumm für Sie.*
Während wir zur Halle der Reptilien marschierten, lief Terry
ungeduldig voraus. »Das da hab ich im Schulunterricht gesehen.« Er deutete auf ein Mammutbaum-Diorama. »Das auch«
– der Grand Cañon. Terry stand, glaube ich, kurz vor dem
Wechsel in die siebte Klasse und war bislang ein eher stiller
Junge gewesen; er sah jünger aus als die anderen Kinder.

Wir kamen an Tukanen und Krallenaffen vorbei und liefen
durch den neuen Urbanökologie-Flügel (»Beton und Kakerla-
ken«, feixte Terry) und blieben lange vor dem Brontosaurus
stehen, der ein wenig enttäuschend war: »Ich hab vergessen,
dass hier nur das Skelett steht«, meinte er. Neben uns versuchte ein müde aussehendes schwarzes Mädchen, das ein Baby
auf dem Arm und zwei Vorschulkinder bei sich hatte, vergebens eines der Kinder davon abzuhalten, das Schutzgitter zu
erklimmen. Das Baby stieß ein wütendes Heulen aus. Schnell
beförderte ich meinen Neffen an dem zusammengesetzten
Skelett vorbei in den überfülltesten Ausstellungsraum, der iro-
nischerweise dem Menschen in Afrika gewidmet war. »Das ist

die langweiligste Halle«, sagte Terry, der den Masken und Speeren nichts abgewinnen konnte. Das schnelle Gehen machte mich allmählich müde. Wir betraten einen anderen Raum – der Mensch in Asien – und gingen rasch an den chinesischen Plastiken vorbei. »Die hab ich in der Schule gesehen.« Er deutete mit dem Kopf auf eine plumpe Figur in einem Glaskasten, die in zeremonielle Gewänder gehüllt war. Etwas daran kam auch mir bekannt vor; ich blieb stehen und musterte die Plastik. Das äußere Gewand, leicht zerrissen, war aus einem leuchtend grünen Stoff gewebt; verdreht wirkende Bäume waren auf der einen Seite des Gewands zu sehen, eine Art stilisierter Fluss auf der anderen. Auf der Vorderseite sah man fünf gelbbraune Gestalten mit Lendentüchern und Kopfschmuck, die vermutlich zum ausgefransten Rand des Gewandes flohen; hinter ihnen stand eine größere, ganz schwarze Gestalt. Aus ihrem Mund hing ein Horn. Die Gestalt war grob gewebt – kaum mehr als ein Strichmännchen –, doch was ihre Haltung und Proportion anging, wies sie eine beunruhigende Ähnlichkeit mit dem Mann auf dem Schallplattencover auf.

Terry trat wieder neben mich, neugierig darauf, was ich entdeckt hatte. »*Stammeskleidung*«, las er von dem weißen Plastikschild unter dem Glaskasten ab. »*Malaiische Halbinsel, Federation of Malaysia, frühes neunzehntes Jahrhundert.*« Er verstummte.

»Mehr steht da nicht?«

»Nö. Man weiß noch nicht einmal, von welchem Stamm es ist.« Er dachte einen Moment lang nach. »Nicht dass es mich groß interessiert.«

»Nun, mich interessiert es«, sagte ich. »Ich frage mich, wer etwas darüber weiß.«

Ich würde mich wohl in der Hauptlobby im Erdgeschoss erkundigen müssen, am Informationsschalter. Terry rannte voraus, und ich folgte ihm, sogar noch langsamer als zuvor; der Gedanke, einem Geheimnis auf der Spur zu sein, gefiel ihm

415

offenbar, und wenn es noch so dürftig und wenig aufregend war.

Eine gelangweilt aussehende junge College-Studentin hörte die ersten Worte meiner Frage und holte sogleich eine Broschüre unter dem Schalter hervor, die sie mir reichte. »Sie können bis September mit niemandem sprechen«, verriet sie mir, wobei sie sich bereits wieder halb von mir abwandte. »Die haben alle Urlaub.«

Ich schielte auf die winzige Schrift auf der ersten Seite: »Asien, unser größter Kontinent, wird zu Recht die Wiege der Zivilisation genannt, aber er könnte zugleich auch der Ort sein, der sah, wie der erste Mann aufrecht ging.« Offensichtlich war die Broschüre vor den gegenwärtigen Kampagnen gegen Sexismus verfasst worden. Ich überprüfte das Datum auf der Rückseite: Winter 1958. Obwohl ich nicht erwartete, dass das Heft mir weiterhelfen würde, fand ich auf Seite vier unverhofft den Hinweis, den ich suchte:

... Das Modell gleich daneben trägt eine Festrobe aus grüner Seide. Sie stammt aus Negri Sembilan, der zerklüftetsten Provinz Malaysias. Man beachte das Zentralmotiv des einheimischen Mannes, der ein zeremonielles Horn spielt, und die elegante Krümmung dieses Instruments; man glaubt, die eingewebte Gestalt repräsentiere den »Todesboten«, der vermutlich die Dorfbewohner vor einem nahenden Unheil warnt. Die Robe, ein Geschenk eines anonymen Stifters, stammt wohl ursprünglich aus der Tcho-Tcho-Kultur und ist auf das frühe neunzehnte Jahrhundert zu datieren.

»Was ist los, Onkel? Ist dir nicht gut?« Terry packte mich an der Schulter und starrte zu mir hoch; er wirkte besorgt; mein Benehmen hatte offenbar seine schlimmsten Ängste bezüglich alter Leute bestätigt. »Was steht da drin?«

Ich gab ihm die Broschüre und wankte zu einer Bank in der

Nähe der Wand. Ich musste nachdenken. Die Tcho-Tcho, das wusste ich, hatten in einer Reihe von Geschichten von Lovecraft und dessen Schülern eine Rolle gespielt – Howard selbst hatte sie als die »absolut widerwärtigen Tcho-Tcho« bezeichnet – aber ich wusste nicht mehr viel über sie, als dass sie angeblich eine seiner imaginären Gottheiten verehrten. Ich hatte immer angenommen, ihr Name stamme aus Robert W. Chambers' Roman *The Slayer of Souls*, in dem ein asiatischer Stamm genannt wird, »die Tchortchas«, und ihr »uraltes Lied, ›Das dreißigtausendfache Unheil‹«.

Aber was auch immer ihnen zugeschrieben wurde, einer Sache war ich mir sicher gewesen: dass die Tcho-Tcho frei erfunden waren.

Offenbar hatte ich mich geirrt. Da ich die unwahrscheinliche Möglichkeit ausschloss, dass es sich bei der Broschüre um eine Art Scherz handelte, drängte sich mir die Schlussfolgerung auf, dass die bösartigen Wesen aus den Geschichten auf einer tatsächlich existierenden Rasse basierten – einer Rasse, die auf dem südostasiatischen Subkontinent lebte und deren Name mein Freund, der Missionar, fälschlicherweise mit »die Chauchas« übersetzt hatte.

Das war eine recht unangenehme Entdeckung. Ich hatte gehofft, einige von Mortimers Erinnerungen, ob authentisch oder nicht, als reines Fantasieprodukt abtun zu können; dann hätte er mir unwissentlich das Material für zwei oder drei gute Erzählungen geliefert. Doch nun hatte ich entdeckt, dass mein Freund Howard mir zuvorgekommen und ich in die unangenehme Lage geraten war, die Horrorgeschichten eines anderen Mannes auszuleben.

5.

*Der epistolarische Ausdruck ersetzt bei mir größtenteils die
Konversation.*

– LOVECRAFT, 23.12.1917

Meine zweite Begegnung mit dem schwarzen Hornbläser hatte
mich überrascht. Einen Monat später erwartete mich eine noch
größere Überraschung: Ich sah den Missionar wieder.

Zumindest sein Bild. Es prangte auf einem Zeitungsausschnitt aus dem *Miami Herald*, den meine Schwester mir
schickte; über den Text hatte sie mit einem Kugelschreiber geschrieben: *»Das habe ich gerade in der Zeitung entdeckt – wie
schrecklich!!«*

Ich erkannte sein Gesicht nicht wieder; das Foto war augen-
scheinlich schon älteren Datums, der Druck schlecht, und der
Mann auf dem Bild glatt rasiert. Aber die Worte unter dem
Bild verrieten mir, dass er der Missionar war.

GEISTLICHER SEIT STURM VERMISST

(Di.) Reverend Ambrose B. Mortimer, 56, ein Laienpastor
der Church of Christ, Knoxville, Tenn., wurde nach dem
Hurrikan vom Montag als vermisst gemeldet. Sprecher der
Glaubensgemeinschaft sagen, Mortimer sei kürzlich nach
19-jähriger Missionarstätigkeit, zuletzt in Malaysia tätig, in
den Ruhestand gegangen. Im vergangenen Juli zog er nach
Miami und wohnte seitdem in der Pompano Canal Road
311.

Hier endete der Ausschnitt abrupt – offenbar erachtete man
das Thema nicht als sonderlich bedeutend. Ob Ambrose Mortimer noch lebte, wusste ich nicht, aber nun war ich sicher,
dass er sich nach seiner Flucht von der einen Halbinsel auf

eine andere, ebenso gefährliche verirrt hatte – ein Mann, der in die Leere gedrängt wurde. Und die Leere hatte ihn verschlungen.

So dachte ich jedenfalls. Ich bin schon oft von ähnlichen Depressionen geplagt worden und hänge einer fatalistischen Philosophie an, die ich mit meinem Freund Howard geteilt hatte: eine Philosophie, die einer seiner weniger einfühlsamen Biografen als »Futilitarianismus« bezeichnete.

Doch so pessimistisch ich auch war, ich wollte die Angelegenheit nicht ruhen lassen. Mortimer konnte sich genauso gut im Sturm verirrt haben; er war vielleicht sogar einfach allein losgelaufen, irgendwohin. Aber wenn er tatsächlich von einer irren Sekte beseitigt worden war, weil er sich zu sehr in ihre Angelegenheiten gemischt hatte, dann konnte ich diesbezüglich etwas unternehmen. Noch am selben Tag schrieb ich an die Polizei von Miami.

Gentlemen, begann ich, ich habe erfahren, dass ein gewisser Reverend Ambrose Mortimer kürzlich verschwunden ist, und glaube, Ihnen mit Informationen dienen zu können, die den Untersuchungsbeamten vielleicht weiterhelfen.

Den Rest des Briefes brauche ich hier nicht zu zitieren. Es genügt zu sagen, dass ich mein Gespräch mit dem Vermissten wiedergab, und dabei besonders herausstellte, wie er um sein Leben gefürchtet hatte; konkret fürchtete er sich vor der Verfolgung und »rituellen Ermordung« durch einen malaiischen Stamm namens die Tcho-Tcho. Kurz gesagt, war der Brief eine recht komplizierte Art, »Foul!« zu rufen. Ich schickte ihn zu Händen meiner Schwester und bat sie darum, ihn an die richtige Adresse weiterzuleiten.

Das Antwortschreiben der Polizei kam überraschend schnell. Wie bei derartigem Briefwechsel üblich, war das Schreiben eher knapp als höflich formuliert. »Sehr geehrter Herr ...«, schrieb ein Detective-Sergeant A. Linahan; »in der Angelegenheit Reverend Mortimer hat man uns schon davon in Kenntnis gesetzt, dass sein Leben bedroht wurde. Die erste Durchsuchung des Pompano Canal erbrachte kein Ergebnis, aber im Rahmen unserer Routineuntersuchungen wird die Suche mit den Schleppnetzen voraussichtlich noch fortgesetzt. Vielen Dank für Ihre Mühe ...«

Unter seiner Unterschrift hatte der Sergeant einen kurzen handschriftlichen Nachtrag angefügt. Sein Ton war ein wenig persönlicher; vielleicht schüchterten Schreibmaschinen ihn ein. »Möglicherweise interessiert es Sie ja«, stand dort, »was wir kürzlich erfahren haben: Ein Mann mit malaiischem Pass hat den größten Teil des Sommers in einem Hotel in North Miami gewohnt, checkte jedoch zwei Wochen vor dem Verschwinden Ihres Freunds aus. Ich bin nicht befugt, Ihnen mehr zu sagen, aber ich kann Ihnen versichern, dass wir momentan mehrere Spuren verfolgen. Unsere Ermittlungsbeamten arbeiten in Vollzeit an dem Fall, und wir hoffen, ihn schnell abschließen zu können.«

Linahans Brief erreichte mich am 21. September. Noch bevor die Woche zu Ende ging, erhielt ich einen Brief von meiner Schwester, dem ein weiterer Zeitungsausschnitt aus dem *Herald* beilag; und da das vorliegende Kapitel, wie in einem alten viktorianischen Roman, Briefform angenommen hat, will ich es mit Auszügen aus diesen beiden Schriftstücken abschließen.

Der Zeitungsartikel trug die Überschrift ZWECKS VERNEHMUNG GESUCHT. Wie der Mortimer-Zeitungsausschnitt bestand auch dieser aus kaum mehr als einem Foto mit einer längeren Bildunterschrift:

(Do.) Die Polizei in Miami sucht einen malaysischen Bürger zwecks Vernehmung im Zusammenhang mit dem Verschwinden eines amerikanischen Geistlichen. Hotelunterlagen zufolge wohnte der Malaysier, Mr. D. A. Djaktu-tchow, in einem möblierten Zimmer im Barkleigh Hotella, 2401

Culebra Avenue, vermutlich gemeinsam mit einem nicht namentlich genannten Freund. Möglicherweise hält er sich noch immer im Großraum Miami auf, doch verliert sich seine Spur nach dem 22. August. Laut State Department lief Djaktu-tchows Visum am 31. August ab; bislang wurde noch keine Anklage erhoben.

Der Geistliche, Reverend Ambrose B. Mortimer, wird seit dem 6. September vermisst.

Das Foto über dem Artikel war offenbar neueren Datums, zweifellos ein Abzug des Fotos aus dem Visum des Gesuchten. Ich erkannte das lächelnde Mondgesicht, obgleich ich einen Moment brauchte, um es einzuordnen: der Mann aus dem Flugzeug, über dessen Essen ich gestolpert war. Ohne den Schnauzbart hatte er weniger Ähnlichkeit mit Charlie Chan.

Der beiliegende Brief informierte mich über einige Details. Meine Schwester schrieb:

Ich habe beim ›Herald‹ angerufen, aber man konnte mir nicht mehr sagen, als in dem Artikel stand. Trotzdem hat es mich eine halbe Stunde gekostet, das herauszufinden, weil die dumme Frau in der Telefonzentrale mich ständig mit der falschen Person verbunden hat. Ich glaube, du hast Recht – kein Blatt, das Farbbilder auf Seite Eins druckt, sollte sich Zeitung nennen.

Heute Nachmittag habe ich bei der Polizei angerufen, aber das war auch nicht besonders hilfreich. Ich schätze, man kann einfach nicht erwarten, am Telefon viel herauszufinden, obwohl ich noch immer darauf baue. Schließlich wurde ich mit einem Beamten namens Linahan verbunden, der mir sagte, er habe gerade den Brief beantwortet, den du ihm wohl geschickt hast. Hast du schon seine Antwort erhalten? Der Mann war sehr ausweichend. Er bemühte sich, nett zu sein, aber ich habe gemerkt, dass er das Gespräch schnell beenden wollte. Er gab mir den vollen Namen des Mannes, nach dem sie fahnden – Djaktu Abdul Djaktu-tchow, ist das nicht unglaublich? –, und er meinte, sie hätten noch mehr Material über ihn, das sie momentan nicht veröffentlichen könnten. Ich drängte und bat ihn inständig (du weißt, wie überzeugend ich sein kann!), und schließlich, als ich behauptete, ich sei eine enge Freundin von Reverend Mortimer, konnte ich ihm etwas entlocken. Er schwor, er würde leugnen, diese Information weitergegeben zu haben, falls ich sie jemand anderem als dir verriete. Offenbar muss der arme Mann todkrank gewesen sein, vielleicht hatte er sogar Tuberkulose – ich werde nächste Woche eine Tuberkulinprobe machen lassen, nur um sicherzugehen, und ich empfehle dir, ebenfalls einen solchen Test zu machen –, denn im Schlafzimmer des Reverend haben sie anscheinend etwas sehr Merkwürdiges gefunden. Sie sagen, es seien Stücke von Lungengewebe.

6.

Auch ich war in meiner Jugend ein Detektiv.

– LOVECRAFT, 17.02.1931

Gibt es heutzutage noch Amateurdetektive? Ich meine, außerhalb von Büchern? Wer hat heute schon noch die Zeit für solche Spielereien? Ich bedauerlicherweise nicht; obwohl ich seit mehr als einem Jahrzehnt im Ruhestand bin, waren meine Tage von jenen unromantischen Aktivitäten erfüllt, die Leute meines Alters beschäftigen: Briefe, Verabredungen zum Mittagessen, Besuche bei meiner Nichte und meinem Arzt; Bücher (nicht genug) und Fernsehen (zu viel) und manchmal die Seniorenvorstellung (obwohl ich nicht mehr sehr oft zu Filmvorführungen gehe, da ich den Filmhelden immer weniger abzugewinnen vermag). Außerdem verbrachte ich die Halloween-Woche am Strand von Jersey und eine weitere Woche größtenteils damit, einen recht gönnerhaften jungen Verleger dafür zu interessieren, einige meiner frühen Werke neu aufzulegen.

All das führe ich natürlich nur als eine Art von Entschuldigung dafür an, dass ich im Fall des armen Mortimer bis Mitte November keine weiteren Nachforschungen mehr anstellte. Die Wahrheit ist, ich hatte die Angelegenheit beinahe vergessen; nur in Romanen haben die Leute nie etwas Besseres zu tun.

Es war Maude, die mein Interesse für den Fall wieder weckte. Sie hatte eifrig Zeitungen gelesen, auf der Suche nach weiteren Berichten über das Verschwinden des Mannes – vergebens; ich glaube, sie hatte sogar Sergeant Linahan noch einmal angerufen, aber nichts Neues erfahren. Schließlich schrieb sie mir und teilte mir ein weiteres Informationsfragment mit, das sie aus dritter Hand hatte: einer ihrer Bridge-Partner hatte von »einem Freund bei der Polizei« erfahren, dass inzwischen nicht nur Mr. Djaktu gesucht wurde, sondern auch dessen mutmaßlicher Gefährte – »ein schwarzes Kind«, das schrieb jedenfalls meine Schwester. Obgleich diese Information durchaus falsch sein konnte oder vielleicht sogar mit einem ganz anderen Fall zusammenhing, merkte ich, dass die Sache meiner Schwester recht unheimlich war.

Vermutlich kämpfte ich mich aus diesem Grund am folgenden Nachmittag wieder die Stufen des Naturgeschichtlichen Museums hinauf – um Maude ebenso zufrieden zu stellen wie mich selbst. Dass sie einen Schwarzen erwähnte, nachdem ich von der merkwürdigen Entdeckung in Mortimers Schlafzimmer erfahren hatte, erinnerte mich daran, dass ich der auf dem malaiischen Gewand dargestellten Gestalt auf den Grund gehen wollte. Die ganze Nacht über hatte mich die Vorstellung an einen schwarzen Mann geplagt, der aus voller Lunge in ein verdrehtes Horn blies – ein Mann, der große Ähnlichkeit mit dem Bettler besaß, den ich eben erst am Roosevelt-Denkmal hatte lehnen sehen.

An jenem Nachmittag war ich nur wenigen Leuten auf den Straßen begegnet, denn es war ungewöhnlich kühl in der Stadt, in der es für gewöhnlich bis Januar mild war. Ich trug einen Schal, und mein grauer Tweedmantel flatterte mir um die Füße. Das Museum war, wie alle amerikanischen Gebäude, überheizt; während ich die demoralisierend lange Treppe zum zweiten Stock hochstieg, war mir schon bald zu warm.

Die Gänge waren ruhig und leer, abgesehen von dem verdrießlich wirkenden Museumswächter, der vor einem Alkoven saß, den Kopf wie in Trauer gesenkt, und dem Zischen der Dampfheizkörper an der Marmordecke über mir. Das Gefühl der Privilegiertheit genießend, das sich einstellt, wenn man ein Museum für sich allein hat, folgte ich langsam dem gleichen Rundgang wie bei meinem letzten Besuch, vorbei an den gewaltigen Dinosaurierskeletten (»*Diese riesigen Geschöpfe liefen einst über den Boden, auf dem Sie nun stehen*«), und durch die Halle des Urmenschen; im afrikanischen Flügel standen zwei puerto-ricanische, offenbar die Schule schwänzende Jugendliche ehrerbietig vor einem Massaikrieger in voller Kriegsmontur. In der Asien gewidmeten Abteilung hielt ich inne, um mich zu orientieren, und sah mich vergebens nach der gedrungenen Plastik in dem Gewand um. Der Glaskasten war leer. Über die Informationsplakette hatte man einen bedruckten Zettel geklebt: *Vorübergehend zwecks Restauration entnommen.*

Ohne Zweifel war das Ausstellungsstück zum ersten Mal seit vierzig Jahren aus dem Kasten genommen worden, und ich hatte mir natürlich genau diese Gelegenheit ausgesucht, um es mir anzusehen. So viel zum Glück. Ich ging zur nächstgelegenen Treppe am anderen Ende des Flügels. Hinter mir hallte ein metallisches Klirren durch den großen Raum, dann erklang die zornige Stimme des Wächters. Vielleicht hatte sich der Massaispeer als zu große Versuchung erwiesen.

In der Hauptlobby stellte man mir einen Passierschein für den Nordflügel aus, wo die Büros des Personals sich befanden. »Am besten versuchen Sie es in den Arbeitsräumen im Kellergeschoss«, meinte die Frau am Informationsschalter; statt der gelangweilten Studentin vom letzten Sommer saß nun eine freundliche alte Dame hinter dem Schalter, die mich mit gewissem Interesse beäugte. »Fragen Sie einfach den Wächter am Fuß der Treppe, hinter der Cafeteria. Ich hoffe, Sie finden, wonach Sie suchen.«

Ich hielt den rosafarbenen Ausweis für jeden, der ihn vielleicht sehen wollte, gut sichtbar in der Hand und stieg die Stufen ins Kellergeschoss hinab. Als ich vom Zwischenpodest auf die nächste nach unten führende Treppe trat, sah ich mich mit einer Art Vision konfrontiert: Eine blonde, skandinavisch aussehende Familie kam mir auf den Stufen entgegen; die vier zu mir hochblickenden Gesichter wirkten beinahe austauschbar, die Eltern und zwei kleine Mädchen mit geschürzten Lippen und den schüchtern-hoffnungsvollen Augen von Touristen; gleich hinter ihnen, wie ein Schatten und offenbar ungehört, tollte ein grinsender schwarzer Jugendlicher herum, dem Vater praktisch auf dem Fuße folgend. Bei meinem Seelenzustand wirkte der Anblick besonders beunruhigend – der Ausdruck des Jungen war zweifellos spöttisch –, und ich fragte mich, ob der Wächter vor der Cafeteria ihn bemerkt hatte. Falls dem so war, ließ der Mann sich das jedenfalls nicht anmerken; er starrte ohne Neugier auf meinen Passierschein und deutete auf eine Feuertür am Ende des Flurs.

Die Büros im Kellergeschoss waren überraschend schäbig – die Wände waren nicht mit Marmor verkleidet, sondern trugen verblichenen grünen Putz –, und der gesamte Korridor wirkte irgendwie »begraben« – zweifellos weil das einzige Tageslicht von hoch oben durch ein vergittertes Kellerfenster einfiel. Man hatte mir gesagt, ich solle nach einem der wissenschaftlichen Mitarbeiter fragen, einem Mr. Richmond; sein Büro war Teil einer Zimmerflucht, die durch Lochbrettwände unterteilt wurde. Die Tür stand auf, und er erhob sich hinter dem Schreibtisch, als ich eintrat; ich nehme an, er hielt mich angesichts meines Alters und des grauen Tweedmantels für jemand Wichtigen.

Er war ein molliger junger Mann mit sandfarbenem Bart und sah aus wie ein aus der Form geratener Surfer, doch seine Heiterkeit verschwand, als ich ihm mein Interesse für das grüne Seidengewand bekundete. »Ich nehme an, Sie sind der Mann, der sich oben über das Gewand beschwert hat, richtig?«

Ich versichte ihm, dass ich nicht dieser Mann sei.

»Tja, jemand hat sich jedenfalls beschwert«, sagte er, mich noch immer argwöhnisch beäugend; an der Wand hinter ihm tat es ihm eine indianische Kriegsmaske nach. »Das war irgend so ein verdammter Tourist, der vielleicht nur für einen Tag in der Stadt war und Ärger machen wollte. Hat damit gedroht, die malaysische Botschaft zu verständigen. Bei derartigem Ärger befürchten die da oben gleich, dass die Geschichte in der *Times* landet.«

Ich verstand seine Anspielung; vor einigen Jahren hatte das Museum eine beträchtliche Bekanntheit erlangt, weil es einige wirklich entsetzliche – und meiner Meinung nach recht sinnlose – Experimente an Katzen durchgeführt hatte. Ein Großteil der Öffentlichkeit hatte bis dahin nicht gewusst, dass es im Museumsgebäude Forschungslabors gab.

»Jedenfalls«, fuhr er fort, »ist das Gewand jetzt unten in der Werkstatt, und wir müssen das verdammte Ding wieder zusammenflicken. Es liegt vermutlich die nächsten sechs Monate da unten, bis wir Zeit dafür finden. Momentan sind wir derart unterbesetzt, dass uns gar nicht zum Lachen zu Mute ist.«

Er blickte flüchtig auf seine Uhr. »Kommen Sie, ich zeig es Ihnen. Danach muss ich nach oben.«

Ich folgte ihm einen schmalen Korridor hinunter, der zu beiden Seiten abzweigte. An einer Stelle sagte Richmond: »Rechts von Ihnen ist das berüchtigte Zoologielabor.« Ich sah nicht hin, sondern blickte weiter geradeaus. Als wir an der nächsten Tür vorbeikamen, nahm ich einen vertrauten Geruch wahr.

»Bei dem Geruch denke ich immer an Sirup«, meinte ich.

»Da liegen Sie gar nicht so falsch«, erwiderte er, ohne sich zu mir umzusehen. »Das Zeugs besteht größtenteils aus Melasse. Reine Nährlösung. Man verwendet sie zur Züchtung von Mikroorganismen.«

Ich bemühte mich, mit ihm Schritt zu halten. »Auch noch zu anderen Zwecken?«

Er zuckte die Achseln. »Das weiß ich nicht, Mister. Das ist nicht mein Fachgebiet.«

Wir gelangten zu einer Tür, die von einem schwarzen Drahtgitter versperrt war. »Hier ist eine der Werkstätten«, sagte er und steckte einen Schlüssel ins Schloss. Die Tür schwang in einen langen, unbeleuchteten Raum auf, in dem es nach Sägespänen und Leim roch. »Setzen Sie sich hier hin«, wies er mich an, während er das Licht anschaltete und mich in ein kleines Vorzimmer führte. »Ich bin gleich zurück.« Ich starrte das Objekt an, das am nächsten bei mir stand: eine große Ebenholztruhe mit eingeschnitzten Ornamenten. Die Scharniere waren entfernt worden. Richmond kehrte mit dem Gewand zurück, das er sich über den Arm gelegt hatte. »Sehen Sie?«, sagte er und ließ es vor mir baumeln. »Es ist doch wirklich in keinem besonders schlechten Zustand, oder?« Mir wurde bewusst, dass er mich noch immer für den Mann hielt, der sich beschwert hatte.

Auf dem welligen, grünen Stoff flohen die kleinen braunen Gestalten noch immer, verfolgt von einem unsichtbaren

427

Schicksal. In der Mitte stand der schwarze Mann, das schwarze Horn an den Lippen, Mann und Instrument eine durchgehende schwarze Linie.

»Sind die Tcho-Tcho ein abergläubisches Volk?«, erkundigte ich mich.

»Das *waren* sie«, erwiderte er betont. »Abergläubisch und nicht sehr freundlich. Sie sind mittlerweile ausgestorben wie die Dinosaurier. Vermutlich von den Japanern ausgelöscht oder so.«

»Das ist ziemlich merkwürdig«, meinte ich. »Ein Freund von mir behauptet, ihnen Anfang des Jahres begegnet zu sein.«

Richmond strich das Gewand glatt; die Äste des Schlangenbaums schnappten vergebens nach den braunen Gestalten. »Das könnte möglich sein«, sagte er nach einer Sprechpause. »Aber ich habe seit meiner Studienzeit nichts mehr über sie gelesen. Auf jeden Fall werden sie nicht mehr in den Lehrbüchern erwähnt. Ich habe nachgeschlagen und nichts über sie gefunden. Dieses Gewand hier ist über hundert Jahre alt.«

Ich zeigte auf die Gestalt in der Mitte. »Was können Sie mir über diesen Burschen sagen?«

»Der Todesbote«, antwortete er wie auf eine Quizfrage. »Zumindest wird er in der Literatur so bezeichnet. Soll angeblich vor einem nahenden Unheil warnen.«

Ich nickte, ohne aufzusehen; er wiederholte nur, was ich in der Broschüre gelesen hatte. »Aber ist es nicht seltsam«, fragte ich, »dass die anderen so sehr in Panik sind? Sehen Sie? Sie warten nicht einmal ab, was er ihnen zu sagen hat.«

»Würden Sie das etwa tun?« Er schnaubte ungeduldig.

»Aber wenn der Schwarze nur eine Art Bote ist, warum ist er dann so viel *größer* als die anderen?«

Richmond begann, das Kleidungsstück wieder zusammenzufalten. »Hören Sie, Mister«, sagte er, »ich gebe nicht vor, ein Experte für jeden asiatischen Stamm zu sein. Aber wichtige Persönlichkeiten werden manchmal übergroß dargestellt.

Die Maya haben das jedenfalls so gemacht. Hören Sie, ich muss das Gewand jetzt wirklich wieder zurückbringen. Ich habe gleich Mitarbeiterbesprechung.«

Während er in die Werkstatt unterwegs war, blieb ich sitzen und dachte über das nach, was ich gesehen hatte. Die kleinen braunen Gestalten, plump wie sie waren, drückten ein Entsetzen aus, das kein gewöhnlicher Bote hervorrufen könnte. Und diese große schwarze Gestalt stand triumphierend in der Mitte, das Horn wand sich aus ihrem Mund – nein, das war kein Bote, dessen war ich mir sicher. Das war kein Todesbote. Es war der Tod selbst.

Als ich wieder vor meiner Wohnungstür ankam, hörte ich drinnen das Telefon klingeln, doch noch ehe ich aufschließen konnte, verstummte es wieder. Ich setzte mich mit einer Tasse Kaffee ins Wohnzimmer – und einem Buch, das die letzten dreißig Jahre unberührt auf dem Regal gelegen hatte: *Durch den afrikanischen Busch* von dem alten Hochstapler William Seabrook. Ich hatte den Autor in den Zwanzigern getroffen; ein recht liebenswerter Mann, wenn auch recht unzuverlässig. In seinem Buch kamen Dutzende unglaubwürdiger Charaktere vor, unter anderem ein »Kannibalenhäuptling, der ins Gefängnis gesperrt und berühmt geworden war, weil er seine junge Frau verspeist hatte, ein hübsches, faules Mädchen namens Blito, und außer ihr ein Dutzend ihrer Freundinnen«. Doch nirgends erwähnte er den schwarzen Mann mit dem Horn.

Ich hatte gerade meinen Kaffee ausgetrunken, als das Telefon erneut klingelte. Meine Schwester war am Apparat.

»Ich wollte dir nur erzählen, dass noch ein anderer Mann vermisst wird«, berichtete sie mir atemlos. Ich wusste nicht zu sagen, ob sie verängstigt oder nur aufgeregt war. »Eine Abräumhilfe aus dem San Marino. Erinnerst du dich? Ich hab dich mal dahin mitgenommen.«

Das San Marino war eine preiswerte kleine Imbissstube auf dem Indian Creek, einige Blocks vom Haus meiner Schwester entfernt. Sie und ihre Freunde aßen dort mehrmals die Woche.

»Letzte Nacht ist es passiert«, fuhr sie fort. »Ich hab es eben erst beim Kartenspiel erfahren. Es heißt, er sei mit einem Eimer voll Fischköpfe nach draußen gegangen, um ihn in den Fluss zu schütten, und ist nicht wieder zurückgekommen.«

»Das ist sehr interessant, aber ...« Ich dachte einen Moment lang nach; es war höchst untypisch für sie, mich anzurufen und mir solche Dinge zu erzählen. »Aber wirklich, Maude, er ist vielleicht einfach nur fortgelaufen. Ich meine, wieso glaubst du, dass es einen Zusammenhang gibt mit –«

»Weil ich auch mit Ambrose dort gewesen bin!«, rief sie. »Drei oder vier Mal. Wir haben uns dort immer getroffen.«

Offenbar hatte Maude Reverend Mortimer wesentlich näher kennen gelernt, als ihre Briefe hatten erkennen lassen. Momentan wollte ich dieses Thema indes nicht weiter vertiefen.

»Dieser Abräumer«, fragte ich, »kanntest du ihn?«

»Natürlich. Ich kenne jeden dort. Er hieß Carlos. Ein ruhiger Junge, sehr höflich. Er hat uns bestimmt Dutzende Male bedient.«

Ich hatte meine Schwester selten so aufgeregt gehört und wusste nicht, wie ich sie beruhigen sollte. Ehe sie auflegte, rang sie mir das Versprechen ab, meinen einmonatigen Besuch vorzuverlegen, den ich ihr eigentlich zu Weihnachten hatte abstatten wollen; ich versicherte ihr, ich würde versuchen, bis zum Thanksgiving-Fest (das schon in einer Woche anstand) bei ihr zu sein, vorausgesetzt, ich fände einen Flug, der nicht überbucht sei.

»Ja, versuch das«, bat sie mich – und wäre vorliegende Geschichte aus den alten Pulps, hätte sie wohl hinzugefügt: »Wenn irgendjemand dieser Sache auf den Grund gehen kann, dann du.« In Wahrheit jedoch wussten sowohl Maude als auch ich nur zu gut, dass ich gerade meinen siebenundsiebzigsten

Geburtstag gefeiert hatte und von uns beiden der weit Ängstlichere war; daher sagte sie: »Wenn ich mich um dich kümmern kann, hilft mir das, mich abzulenken.«

7.

Ich könnte keine Woche ohne eigene Bibliothek leben.
— LOVECRAFT, 25.02.1929

Das habe ich bis vor kurzem auch gedacht. Nachdem ich mein Leben lang Bücher gesammelt hatte, hatte ich Tausende von Bänden zusammengetragen und mich nie von einem einzigen getrennt; tatsächlich war es diese platzraubende Bibliothek, die mich für beinahe ein halbes Jahrhundert an ein und dasselbe West-Side-Apartment fesselte.

Und doch sitze ich nun hier, ohne Gesellschaft, abgesehen von ein paar Handbüchern über Gartenbau und einem Regal voll antiquierter Bestseller – nichts, wofür man schwärmen könnte, nichts, was ich zur Hand nehmen will. Trotzdem habe ich hier eine Woche überlebt, einen Monat, beinahe eine Jahreszeit. Die Wahrheit ist, du wärst überrascht, Howard, man kann ohne Bibliothek leben. Was die Bücher betrifft, die ich in Manhattan gelassen habe, so hoffe ich, dass jemand sie zu schätzen weiß, wenn ich nicht mehr bin.

In jenem November aber hatte ich mich keineswegs so gut mit der Trennung von meinen Büchern abgefunden, nachdem es mir gelungen war, einen früheren Flug zu buchen, und ich feststellen musste, dass mir weniger als eine Woche in New York blieb. Ich verbrachte die restliche Zeit in der Bibliothek – in der öffentlichen auf der zweiundvierzigsten Straße, diejenige, wo die Löwen vor dem Gebäude stehen ... und kein einziges der Bücher in den Regalen mir gehört. Die beiden Lesesäle waren ein Sammelbecken für Männer meines Alters (und

431

noch älterer): Männer im Ruhestand, die ihre Tage herumbringen müssen, arme Männer, die sich nur die Knochen wärmen wollen; manche blätterten durch Zeitungen, andere dösten auf ihren Stühlen. Keiner von ihnen, da bin ich sicher, teilte mein Gefühl der Dringlichkeit. Es gab noch einiges, was ich vor meinem Abflug herauszufinden hoffte, Dinge, die ich in Miami nicht würde klären können.

Ich war kein Fremder in diesem Gebäude. Vor langer Zeit, während eines von Howards Besuchen, stellte ich hier einige genealogische Forschungen an, in der Hoffnung, beeindruckendere Vorfahren als seine zu finden, und als junger Mann hatte ich gelegentlich versucht, hier meinen Lebensunterhalt zu verdienen, wie die Protagonisten von Gissings Roman *Zeilengeld*: Ich schrieb Artikel, die ich auf Grundlange von Werken anderer zusammenstellte. Doch mittlerweile war ich außer Übung: Wie soll man Verweise auf einen obskuren südostasiatischen Stammesmythos finden, ohne alles zu lesen, was über diesen Teil der Welt veröffentlicht wurde?

Anfangs versuchte ich genau das; ich sichtete jedes Buch, das mir in die Hände fiel und in dessen Titel das Wort »Malaysia« vorkam. Ich las von Regenbogengöttern und phallischen Altären und etwas, das der »*tatai*«, genannt wurde, eine Art unerwünschter Gefährte; ich stieß auf Hochzeitsriten und den Tod der Dornen und eine gewisse Höhle, in der Millionen von Schnecken lebten. Doch nirgends fand ich die Tcho-Tcho erwähnt und auch nichts über ihre Götter.

Das allein war schon überraschend. Wir leben in einer Zeit, in der es keine Geheimnisse mehr gibt, in der mein zwölfjähriger Neffe sich sein eigenes Zauberbuch kaufen kann und in der Bücher mit Titeln wie *Die Enzyklopädie des Alten und Verbotenen Wissens* in jedem modernen Antiquariat verschleudert werden.

Obwohl meine Freunde aus den Zwanzigerjahren es nur ungern zugegeben hätten, ist die Vorstellung, auf dem Dachboden eines verlassenen Hauses auf ein vermoderndes, altes »Schwarzes Buch« zu stoßen – ein Lexikon der Zaubersprüche, Beschwörungsgesänge und des verborgenen Wissens – nichts als eine drollige Fantasievorstellung. Falls das *Necronomicon* tatsächlich existierte, wäre es vermutlich als Taschenbuch erhältlich, mit einem Vorwort von Colin Wilson.

Daher passt es nur zu gut, in welchem Dokument ich schließlich einen Hinweis auf das Gesuchte fand – in der unromantischsten aller Dokumentformen: der Kopie eines Filmdrehbuchs.

»Transkript« wäre wohl der passendere Ausdruck, denn das Drehbuch basierte auf einem Film von 1937, und der zerfiel vermutlich inzwischen irgendwo in einem vergessenen Lagerhaus. Ich entdeckte es in einer jener braunen Pappschachteln, die mit Bändern zusammengehalten und in Bibliotheken dazu verwandt werden, um Bücher mit abgenutzter Bindung zu schützen. Das Buch selbst, *Malaiische Erinnerungen* von einem gewissen Reverend Morton, erwies sich als Enttäuschung, trotz des recht vielversprechenden Namens des Autors. Das Transkript lag unter dem Buch, offenbar versehentlich in den Karton gelegt, doch obwohl es nicht vielversprechend wirkte – nur sechsundsechzig Seiten lang, schlecht abgetippt und zusammengehalten von einer einzigen rostigen Büroklammer – zahlte sich die Lektüre mehr als aus. Das Transkript hatte kein Titelblatt, und ich glaube auch nicht, dass es je eines hatte; die erste Seite titulierte den Film schlicht als *Dokumentation – Malaysia heute*, und erwähnte, dass er teilweise mit einem Zuschuss der US-Regierung finanziert worden war. Der oder die Filmemacher wurden nicht genannt.

Bald sah ich, warum die Regierung dazu bereit gewesen war, die Produktion zu unterstützen, denn es gab sehr viele Szenen, in denen Eigentümer von Gummiplantagen genau jene Art von Meinung äußerten, die Amerikaner hören wollen.

Auf die Frage eines ungenannten Interviewers: »Welche anderen Zeichen von Wohlstand sehen Sie um sich herum?«, antwortete ein Plantagenbesitzer namens Mr. Pierce entgegenkommenderweise: »Na, sehen Sie sich den Lebensstandard an – bessere Schulen für die Einheimischen und ein neues Lastauto für mich. Es ist aus Detroit, wissen Sie. Hat vielleicht sogar etwas von meinem Gummi in sich.«

INT.: Und was ist mit den Japanern? Haben sie heutzutage einen der besseren Märkte?
PIERCE: Oh, sehen Sie, sie kaufen unsere Ernte, schön, aber wir vertrau'n denen nicht, verstehen Sie? (Lächelt) Wir mögen sie nicht halb so gern wie die Yanks.

Der letzte Teil des Transkripts war wesentlich interessanter. Er enthielt eine Reihe von kurzen Szenen, die im fertigen Film vermutlich nie verwendet worden waren. Ich zitiere eine der Szenen in voller Länge:

SPIELZIMMER, KIRCHENSCHULE – SPÄTER NACHMITTAG
(HERAUSGESCHNITTEN)

INT.: Dieser malaiische Junge hat ein Bild von einem Dämon gemalt, den er Shoo Goron nennt. (An den Jungen gewandt:) Kannst du mir vielleicht etwas über dieses Instrument sagen, auf dem er bläst? Es sieht aus wie der jüdische Schofar oder wie ein Widderhorn. (Wieder an den Jungen gewandt:) Ist schon gut. Du brauchst keine Angst zu haben.
JUNGE: Er nicht hineinblasen. Saugen.
INT: Ich verstehe – er holt durch das Horn Luft, richtig?
JUNGE: Kein Horn. Ist kein Horn. (weint) Das ist er.

8.

Miami hat mich nicht sonderlich beeindruckt ...
                                    – LOVECRAFT, 19.7.1931

Während ich mit Ellen und ihrem Jungen in der Flughafen-
lounge wartete (meine Koffer waren bereits eingecheckt, und
man hatte mir schon eine Sitznummer zugewiesen), befiel
mich ein Gefühl der Unruhe, das mich seit meiner Jugend be-
drückt: das Gefühl, dass die Zeit knapp wird. Ich glaube, in jenem Moment war das Gefühl darauf zurückzuführen, dass mir
bis zum Start meines Flugzeugs nur noch eine Stunde blieb.
Eine Stunde, zu viel Zeit, um mit Terry, der gedanklich offenbar mit anderen Dingen beschäftigt war, Smalltalk zu halten;
zugleich jedoch zu kurz, um die Aufgabe zu erledigen, die
(wie mir nun plötzlich bewusst wurde) unerledigt geblieben
war.

Aber vielleicht konnte mein Neffe mir ja helfen. »Terry«,
sagte ich, »würdest du mir einen Gefallen tun?« Er blickte er-
wartungsvoll auf; ich glaube, Kinder in seinem Alter freuen
sich sehr, wenn sie sich nützlich machen können. »Erinnerst
du dich an das Gebäude, an dem wir auf dem Weg hierher vorbeigekommen sind? Die Ankunftshalle für die Passagiere der
internationalen Flüge?«

»Klar«, erwiderte er. »Gleich nebenan.«

»Stimmt, aber es ist viel weiter entfernt, als es den Anschein
hat. Glaubst du, du schaffst es, innerhalb der nächsten Stunde
dorthin zu laufen, etwas für mich zu suchen und wieder hierher zurückzukommen?«

»Klar.« Er hatte sich schon von seinem Sitz erhoben.

»Mir ist nämlich gerade eingefallen, dass dort ein Reservie-
rungsschalter der Air Malay ist. Könntest du dort für mich
eine Erkundigung einholen ...?«

»Oh nein, das wird er nicht tun«, widersprach meine Nichte

energisch. »Erstens lasse ich nicht zu, dass er den Highway wegen eines dummen Botengangs überquert« – sie ignorierte den Protest ihres Sohnes –, »und zweitens will ich nicht, dass er in dieses Spiel hineingezogen wird, das du mit Mutter spielst.«

Schlussendlich ging Ellen selbst hinüber und überließ Terry und mich unserem Smalltalk. Sie nahm einen Zettel mit, auf den ich *Shoo Goron* geschrieben hatte, einen Namen, den sie mit säuerlicher Skepsis las. Ich war mir nicht sicher, ob sie noch rechtzeitig vor meinem Abflug zurückkehren würde (ich sah Terry an, dass er immer unruhiger wurde), doch noch vor dem zweiten Passagieraufruf war sie wieder bei uns.

»Sie sagt, du hast den Namen falsch geschrieben«, verkündete Ellen.

»Wer ist sie?«

»Nur eine der Flugbegleiterinnen«, erwiderte Ellen. »Ein junges Mädchen, Anfang zwanzig. Die anderen waren keine Malaien. Zuerst hat sie den Namen nicht wiedererkannt, bis sie ihn ein paar Mal laut gelesen hat. Offenbar ist das eine Art Fisch, richtig? Wie ein Schiffshalter, nur größer. Das hat sie jedenfalls gesagt. Ihre Mutter hat ihr damit immer Angst eingejagt, wenn sie unartig war.«

Augenscheinlich hatte Ellen – oder vielmehr die andere Frau – etwas missverstanden. »So eine Art Buhmann?«, fragte ich. »Tja, ich glaube, das ist möglich. Ein Fisch, sagst du?«

Ellen nickte. »Ich glaube aber nicht, dass sie viel darüber wusste. Sie wirkte ein wenig verlegen. Als hätte ich sie etwas Unanständiges gefragt.« Aus dem Lautsprecher am anderen Ende des Raums ertönte der letzte Passagieraufruf für meinen Flug. Ellen half mir auf die Beine, ohne ihren Bericht zu unterbrechen. »Die Frau meinte, sie sei nur eine Malaiin und stamme von irgendwo an der Küste – Malacca? Ich hab's vergessen. Und sie sagte, es sei schade, dass ich nicht drei oder vier Monate früher gekommen wäre, denn ihre Sommervertretung sei halb Chocha gewesen – oder Chocho? – irgendwas in der Art.«

Die Menschenschlange wurde bereits kürzer. Ich wünschte den beiden ein gesegnetes Thanksgiving und schlurfte dem Flugzeug entgegen.

Unter mir hatten die Wolken eine sanfte Berglandschaft gebildet. Ich konnte jeden Kamm erkennen, jeden unterspülten Busch, und in den dunkleren Stellen die Augen von Tieren.

Einige der Täler wurden von zackigen schwarzen Linien getrennt, die wie Flüsse auf einer Karte aussahen. Zumindest das Wasser war echt: die Wolkendecke hatte sich geteilt und gab den Blick auf das dunkle Meer unter uns frei.

Während des Flugs hatte mich das Gefühl beschlichen, eine Gelegenheit verpasst zu haben, das Gefühl, dass mein Reiseziel mir so etwas wie eine letzte Chance bieten würde. Howard war nun schon über vierzig Jahre tot, und ich lebte noch immer in seinem Schatten; sein Werk jedenfalls überschattete das meine ganz gewiss. Und jetzt saß ich sogar in einer von seinen Geschichten gefangen. Hier, Meilen über der Erde, spürte ich große Götter, die einander bekriegten; unten war der Krieg bereits verloren.

Die Passagiere um mich herum schienen Teil eines Maskenspiels zu sein: der schmierige kleine Steward, der seltsam roch; das Kind, dass mich unablässig anstarrte; der schlafende Mann mit dem schlaffem Mund neben mir, der vorhin gekichert und für mich eine Seite aus seiner Bordzeitschrift herausgerissen hatte: die NOVEMBER-RÄTSELSEITE, auf der ein Auge zu sehen war, das den Betrachter erstaunt aus einem Haufen Punkte ansah. »Wenn Sie die Punkte verbinden, finden Sie heraus, wofür Sie am kommenden Thanksgiving am *wenigsten* dankbar sein werden!« Darunter, unauffällig platziert zwischen dem Artikel *»B'nai B'rith veranstaltet Liederfest«*

und einigen Werbeanzeigen für Strandklubs, stand ein regionalspezifischer Artikel, der mein Interesse weckte:

SIE HABEN FLOSSEN UND KÖNNEN LAUFEN

(Mit freundlicher Genehmigung des *Miami Herald*) Wenn Ihr Ehemann nach Hause kommt und schwört, soeben einen Fischschwarm durch den Garten kriechen gesehen zu haben, überprüfen Sie nicht, ob er eine Alkoholfahne hat. Er könnte die Wahrheit sagen! Laut den Zoologen der Miami University gehen die Katzenwelse diesen Herbst in Rekordzahl auf Wanderschaft, und die Bürger Südfloridas können damit rechnen, Hunderte der bartligen Viecher über das Land kriechen zu sehen, Meilen vom Wasser entfernt. Obgleich sie für gewöhnlich nicht größer sind als Ihr Miezekätzchen, können die meisten Arten überleben, ohne ...

Der Artikel endete abrupt an der Stelle, wo mein Sitznachbar die Seite aus der Zeitschrift gerissen hatte. Er regte sich im Schlaf, bewegte die Lippen. Ich wandte mich ab und legte den Kopf gegen das Fenster, durch das soeben ein Teil von Florida in Sicht kam, durchzogen von Dutzenden von Kanälen. Das Flugzeug erbebte und glitt darauf zu.

Maude erwartete mich schon am Flugsteig, neben ihr ragte ein schwarzer Träger mit einem leeren Gepäckwagen auf. Während wir an der Gepäckausgabe im Untergeschoss auf meine Koffer warteten, erzählte sie mir, wie der San-Marino-Zwischenfall ausgegangen war: Man hatte die Leiche des Jungen an einem entfernten Strand gefunden, an Land gespült; seine Lunge befand sich in seinem Mund und Hals. »Von innen nach außen gestülpt«, sagte sie. »Kannst du dir das vorstellen? Den ganzen Morgen über hat man das im Radio gesendet. Unterlegt mit einigen Kommentaren von einem grässlichen Doktor, der von Raucherhusten redete und der Art und Weise, wie man ertrinkt. Ich konnte nicht einmal kurz zuhören.« Der Träger hievte meine Koffer auf den Karren, und wir folgten ihm zum Taxistand, wobei Maude mit ihrem Gehstock gestikulierte. Hätte ich nicht gesehen, wie sehr sie gealtert war, ich hätte geglaubt, die Aufregung würde ihr gut tun.

Wir wiesen den Fahrer an, einen Umweg nach Westen zu machen, an der Pompano Canal Road entlang, wo wir an Nummer 311 anhielten, einem von neun schäbigen, grünen Häuschen, die ein kleines und sehr schmutziges Watbecken umstanden; in einem Zementtopf neben dem Pool stand eine schlaffe, halb abgestorbene Palme, die die Szenerie wie die Karikatur einer Oase wirken ließ. Das also war Ambrose Mortimers letztes Zuhause gewesen. Meine Schwester war sehr still, und ich glaubte ihr, als sie mir versicherte, zum ersten Mal hier zu sein. Jenseits der Straße glitzerte ölig das Wasser des Kanals.

Das Taxi bog nach Osten ab. Wir fuhren vorbei an einer endlosen Reihe aus Hotels, Motels, Eigentumswohnungen, Einkaufszentren so groß wie der Central Park, und Andenkengeschäften mit Reklametafeln, die größer waren als die Läden selbst. Vor den Souvenirläden standen Körbe mit Muschelschalen und sich bewegenden Spielzeugautos aus Kunststoff. Männer und Frauen unseres Alters und jünger saßen auf mit Leinenstoff bespannten Strandstühlen in den Vorgärten und beobachteten blinzelnd den Verkehr. Eine der älteren Frauen war fast so groß wie ich; Männer wie Frauen trugen korallenrote, limonengelbe und pfirsichfarbene Kleidung. Sie gingen sehr langsam, ob sie nun die Straße überquerten oder auf dem Gehweg spazierten. Die Autos bewegten sich fast genauso langsam wie sie, und es dauerte vierzig Minuten, bis wir Maudes Haus erreichten. Es hatte pastellorangefarbene Rollläden, und im oberen Stock wohnte ein im Ruhestand befindlicher Apotheker mit seiner Frau. Auch in diesem Block herrschte eine Atmosphäre der Mattigkeit, an die ich mich, wie mir (mit nur einem Anflug von Bedauern) bewusst wurde, bald gewöhnen würde. Das Leben kam zum Stillstand, und nachdem das Taxi davongebraust war, bewegte sich nichts mehr, bis auf die Geranien, die in Maudes Blumenkasten am Fenster sacht in einer Brise zitterten, welche ich nicht einmal spürte.

Es herrschte Trockenzeit. Morgen im klimatisierten Wohnzimmer meiner Schwester, Essen mit ihren Freunden in klimatisierten Imbissstuben. Ungewollte Nachmittagsschläfchen, aus denen ich mit Kopfschmerzen erwachte. Abendspaziergänge, um die Sonnenuntergänge zu beobachten und die Glühwürmchen oder die Fernsehschirme, die hinter den Rollos der Nachbarn blitzten. Nachts einige blasse Sterne am bewölkten Himmel; tagsüber winzige Eidechsen, die über den heißen Gehsteig huschten oder sich dreist auf den Gehwegplatten sonnten. Der Geruch der Ölfarben im Schrank meiner Schwester und das beharrliche Summen der Moskitos in ihrem Garten. Ihre Sonnenuhr, ein Geschenk von Ellen, mit der Botschaft, die Terry auf den Rand geschrieben hat. Abendessen im San Marino und ein kurzer, halbherziger Blick auf das dahinter liegende, unheilvolle Dock, das inzwischen zu einer Art Touristenattraktion geworden war. Ein Nachmittag in einer Nebenstelle der Bibliothek in Hialeah, wo ich die Regale mit den Reisebüchern durchsuchte; ein alter Mann, der am Tisch gegenüber von mir döst, ein Kind, das mühevoll sein Schulreferat aus einer Enzyklopädie abschreibt. Das Thanksgiving-Dinner, das halbstündige Telefongespräch mit Ellen und dem Jungen und die Aussicht, für den Rest der Woche Truthahn zu essen. Weitere Freunde, die besucht werden müssen, und noch ein Tag in der Bibliothek.

Später, von Langeweile und einem schwachen Impuls angetrieben, rief ich das Barkleigh Hotella im Norden Miamis an und buchte ein Zimmer für zwei Nächte. Ich erinnere mich nicht mehr an das Datum, für das ich mich angemeldet hatte, denn derartige Dinge hatten für mich keine Bedeutung mehr; aber ich weiß, die beiden Tage lagen in der Wochenmitte; »Wir stecken mitten in der Hauptsaison«, informierte mich die Eigentümerin. Sie meinte, das Hotel würde bis lange nach Neujahr jedes Wochenende ausgebucht sein.

Meine Schwester weigerte sich, mich zur Culebra Avenue zu begleiten. Sie konnte dem Gedanken, den ehemaligen Aufenthaltsort eines flüchtigen Malaien aufzusuchen, nichts abgewinnen und teilte auch nicht meine Pulp-Roman-Fantasie, dass ich, wenn ich selbst dort eine Weile wohnen würde, vielleicht einen Hinweis entdeckte, der der Polizei entgangen war. (»Dank dem gefeierten Autor von *Jenseits des Garbes* ...«) Ich fuhr alleine hin, mit dem Taxi, und nahm ein halbes Dutzend Bücher aus der Nebenstelle mit. Ich hatte nichts weiter vor, als sie zu lesen.

Das Barkleigh war ein zweistöckiges, rosafarbenes Ziegelhaus und wurde von einem alten Neonschild gekrönt, auf dem im Licht des frühen Nachmittags eine dicke Staubschicht zu erkennen war. Ähnliche Unterkünfte säumten den Block zu beiden Seiten, eine deprimierender als die andere. Es gab keinen Aufzug in meinem Hotel und, wie ich enttäuscht feststellte, im Erdgeschoss keine freien Zimmer mehr. Die Treppe sah anstrengend aus.

Im Büro im Erdgeschoss erkundigte ich mich so beiläufig wie möglich, welches Zimmer der berüchtigte Mr. Djaktu belegt hatte; insgeheim hoffte ich, man würde mir dieses Zimmer zuweisen, oder eines in der Nähe. Aber ich war dazu verdammt, enttäuscht zu werden. Der beschäftigte kleine Kubaner an der Rezeption war erst vor sechs Wochen angestellt worden und behauptete, nichts über die Angelegenheit zu wissen; in holprigem Englisch erklärte er mir, dass die Eigentümerin, eine Mrs. Zimmerman, gerade erst nach New Jersey gereist sei, wo sie Verwandte besuche. Vor Weihnachten würde sie nicht zurückkommen. Offenbar konnte ich meine Hoffnung auf einen Plausch mit ihr begraben.

In jenem Moment war ich versucht, meinen Hotelaufenthalt abzusagen, und ich gestehe, dass mich weniger mein Ehrgefühl davon abhielt als vielmehr die Tatsache, dass ich gern einmal zwei Tage von Maude getrennt verbringen wollte; sie wohnte nunmehr seit beinahe einem Jahrzehnt allein und hatte gewisse Marotten entwickelt, die das Zusammenleben mit ihr ein wenig schwierig gestalteten.

Ich folgte dem Kubaner nach oben, wobei ich beobachtete, wie mein Handkoffer rhythmisch gegen sein Bein schlug; er führte mich den Flur entlang zu einem Zimmer, das zur Rückseite des Hotels hinausging. Der Raum roch nach Meerluft und Haaröl; das durchgelegene Bett hatte schon vielen Gästen einen verzweifelten Urlaub beschert. Von der kleinen zementierten Terrasse hatte man einen Blick auf den Hintergarten und das dahinter liegende, leer stehende Grundstück, wobei auf letzterem so viel Unkraut und Gras wucherte, dass man kaum sagen konnte, wo das eine begann und das andere aufhörte. Eine Palmengruppe wuchs in der Mitte dieses Niemandslandes, unglaublich hoch und dünn, und ihre Spitzen wurden nur von wenigen steifen Wedeln geziert. Auf dem Boden unter den Bäumen lagen einige verrottende Kokosnüsse.

Das war der Ausblick, der sich mir bot, als ich am ersten Abend vom Essen in einem nahe gelegenen Restaurant zurückkehrte. Ich fühlte mich ungewöhnlich müde und ging bald wieder in mein Zimmer und legte mich hin. Da die Nacht kühl war, brauchte ich die Klimaanlage nicht einzuschalten; während ich auf dem großen Bett lag, hörte ich die Leute, die sich im Zimmer nebenan regten, das Zischen eines Busses, der die

Hauptstraße entlang fuhr, und das Rascheln der Palmwedel im Wind.

Den nächsten Morgen verbrachte ich unter anderem damit, einen Brief an Mrs. Zimmerman zu verfassen, der ihr nach ihrer Rückkehr übergeben werden sollte. Nach dem langen Spaziergang zu einer Imbissstube machte ich ein Nickerchen. Ebenfalls nach dem Abendessen. Der eingeschaltete Fernseher, dessen gedämpfter Ton vom Ende des Raums zu mir drang, war an jenem Abend meine einzige Gesellschaft, während ich den Bücherstapel auf meinem Nachttisch durchging – die letzte Auslese aus dem untersten Regal mit Reiseliteratur. Manche der Bücher waren seit den Dreißigerjahren nicht mehr aus dem Regal genommen worden. In keinem von ihnen fand ich etwas Interessantes, zumindest nicht bei der ersten Durchsicht, doch bevor ich das Licht löschte, fiel mir auf, dass eines, die Memoiren eines gewissen Oberst E. G. Paterson, mit einem Index versehen war. Obgleich ich vergebens nach dem Dämon Shoo Goron suchte, fand ich in einer anderen Schreibweise einen Verweis auf ihn.

Der Autor, zweifellos längst verstorben, hatte den größten Teil seines Lebens im Orient verbracht. Für Südostasien interessierte er sich eher wenig; daher fiel die betreffende Passage kurz aus:

... Trotz des Reichtums und der Vielfältigkeit ihrer Folklore haben sie nichts, was mit dem malaiischen shugoran vergleichbar wäre, einer Art Buhmann, der dazu herangezogen wird, unartigen Kindern Angst einzujagen. Der Reisende hört viele widersprüchliche Beschreibungen dieses Wesens, manche an der Grenze zur Obszönität. (Oran ist natürlich Malaiisch für ›Mensch‹, während shug, das hier in der Bedeutung ›schnüffeln‹ oder ›nach etwas trachten‹ steht, wörtlich übersetzt eigentlich ›Elefantenrüssel‹ heißt.) Ich erinnere mich noch gut an die Haut, die in Singapur über der

Bar des Traders' Club hing. Gemäß der Überlieferung re-
präsentierte sie das Kind dieses legendären Geschöpfes;
seine Flügel waren schwarz wie die Haut eines Hottentot-
ten. Kurz nach dem Krieg kam ein Regimentsarzt, der auf
der Durchreise nach Gibraltar war, in den Club und erklär-
te nach einer gründlichen Untersuchung, dass es sich um
die ausgetrocknete Haut eines recht großen Katzenfisches
handele. Er wurde nie wieder in den Club eingeladen.

Ich ließ das Licht an, bis ich bereit war einzuschlafen, und
hörte zu, wie der Wind die Palmwedel rascheln ließ und über
die Terrassenreihe heulte. Als ich das Licht schließlich aus-
schaltete, erwartete ich fast schon, eine Schattengestalt am
Fenster zu sehen; doch ich sah, wie der Dichter sagt, nichts als
die Nacht.

Am nächsten Morgen packte ich und reiste ab, mir wohl bewusst, dass mein Aufenthalt im Hotel erfolglos gewesen war.
Ich kehrte ins Haus meiner Schwester zurück und traf sie in
aufgeregter Unterhaltung mit dem Apotheker aus dem oberen
Stockwerk an; sie war in einer schrecklichen Verfassung und
sagte, sie habe den ganzen Morgen versucht, mich zu erreichen. Als sie an jenem Morgen aufgewacht war, hatte sie fest-
gestellt, dass der Blumenkasten vor ihrem Schlafzimmerfenster umgekippt und die darunter liegenden Sträucher
zertrampelt worden waren. An der Seite des Hauses waren
zwei gewaltige Kratzspuren zu sehen, in einigen Metern Abstand zueinander, die am Dach begannen und dann senkrecht
bis zum Boden verliefen.

9.

Mein Gott, wie die Jahre verfliegen. Schon wacker im mitt-
leren Alter – wo ich gestern noch jung war und beflissen
und ehrfürchtig staunte über das Geheimnis der sich entfal-
tenden Welt.

– LOVECRAFT, 20.08.1926

Es gibt nur noch wenig zu berichten. Von hier an degeneriert
die Geschichte in eine ungeprüfte Sammlung aus Einzelteilen,
die miteinander in Zusammenhang stehen oder auch nicht:
Puzzleteile für jene, die sich für einen Puzzlefan halten, ein
zufälliger Haufen aus Punkten, in dessen Mitte ein weit und
starr geöffnetes Auge prangt.

Natürlich verließ meine Schwester noch am gleichen Tag
das Haus auf Indian Creek und mietete sich in einem Hotel in
der Innenstadt Miamis ein. Später zog sie ins Binnenland, wo
sie mit einer Freundin in einem grünen verputzten Bungalow
wohnte, einige Meilen von den Everglades entfernt, der dritte
in einer Reihe von neun, gleich nach der Abfahrt vom Highway. Ich sitze im Arbeitszimmer dieses Bungalows, während
ich diese Zeilen schreibe. Nachdem die Freundin starb, lebte
meine Schwester allein hier und nahm die vierzig Meilen lange Busreise nach Miami nur zu besonderen Gelegenheiten auf
sich: für Theaterbesuche mit Freunden, ein oder zwei Ein-
kaufsbummel pro Jahr. Ansonsten fand sie alles, was sie
brauchte, hier in der Nähe.

Ich kehrte nach New York zurück, fing mir eine Erkältung
ein und verbrachte den Rest des Winters in einem Kranken-
hausbett; meine Nichte und ihr Junge kamen mich weit seltener besuchen, als mir lieb war. Natürlich ist die Fahrt von
Brooklyn ins Krankenhaus kein Zuckerschlecken.

Wenn man erst in meinem Alter ist, erholt man sich viel
langsamer; das ist eine schmerzliche Wahrheit, die wir alle er-

fahren, wenn wir lange genug leben. Howards Leben war kurz gewesen, doch am Ende begriff er es, glaube ich. Mit fünfunddreißig konnte er noch darüber spotten und es Wahnsinn schimpfen, dass sich einer seiner Freunde »nach der Jugend sehnte«, zehn Jahre später indes hatte er gelernt, den Verlust der eigenen Jugend zu betrauern. *Die Jahre machen sich bemerkbar!*, hatte er geschrieben. *Ihr jungen Leute wisst nicht, wie glücklich ihr seid!*

Das Alter ist in der Tat das größte Geheimnis. Wie sonst hätte Terry auf den Gedanken kommen können, die Sonnenuhr seiner Großmutter mit diesem süßlichen Unfug zu schmücken?

Werd mit mir gemeinsam alt,
Das Beste kommt noch, bald!

Es stimmt, auf Sonnenuhren steht üblicherweise ein derartiger Sinnspruch – aber der junge Narr hatte noch nicht einmal das Versmaß eingehalten. Mit diabolischer Ungenauigkeit hatte er tatsächlich geschrieben *Das Beste kommt noch, bald!* – eine Zeile, die mich mit den Zähnen hätte knirschen lassen, sofern ich noch welche gehabt hätte.

Ich verbrachte den größten Teil des Frühlings drinnen, kochte mir miserable, kleine Mahlzeiten und arbeitete vergebens an einem literarischen Projekt, das mich seit einer Weile beschäftigt hatte. Es war entmutigend festzustellen, wie langsam ich inzwischen schrieb und wie viel ich am Text ändern musste. Meine Schwester verstärkte meinen Verdruss nur noch, als sie mir eine recht zotige Geschichte zuschickte, die sie im *Enquirer* gefunden hatte (über das »staubsaugerähnliche Ding«, das sich durch das Bullauge eines Segelschiffs wand und dem Eigentümer, einem Schweden, »ein ganz rosafarbenes Gesicht beschert hat«), denn über dem Artikel schrieb sie: »*Siehst du? Direkt aus einer Lovecraft-Geschichte.*«

Nicht lange danach erhielt ich zu meiner Überraschung einen Brief von Mrs. Zimmerman, die sich überschwänglich dafür entschuldigte, dass sie meine schriftliche Anfrage verlegt und erst bei ihrem »Frühjahrsputz« wiedergefunden habe. (Ich kann mir nur schwerlich vorstellen, dass im Barkleigh Hotella sauber gemacht wurde, ob im Frühling oder zu irgendeiner anderen Zeit; so spät mich ihre Antwort auch erreichte, ich freute mich darüber.) *Es tut mir Leid, dass der verschwundene Geistliche ein Freund von Ihnen war*, schrieb sie. *Ich bin sicher, er war ein echter Gentleman.*

Sie fragen mich nach den ›Einzelheiten‹, aber Ihrem Brief zufolge scheinen Sie die ganze Geschichte schon zu kennen. Ich kann Ihnen wirklich nicht mehr mitteilen, als ich schon der Polizei gesagt habe, obwohl ich nicht glaube, dass sie alles an die Presse weitergeleitet hat. Unseren Unterlagen entnehmen wir, dass unser Gast Mr. Djaktu hier fast vor einem Jahr angekommen ist, Ende Juni. In der letzten Augustwoche ist er abgereist; er schuldet mir eine Wochenmiete zuzüglich der Kosten für verschiedene Schäden im Zimmer. Ich habe inzwischen wenig Hoffnung, das Geld jemals zurückzubekommen, habe aber diesbezüglich die malaysische Botschaft angeschrieben.

Davon abgesehen war er ein anständiger Gast, hat regelmäßig bezahlt und sein Zimmer kaum verlassen – nur, wenn er sich ab und an im Garten hinter dem Haus die Beine vertreten hat oder Lebensmittel einkaufen war. (Die Erfahrung zeigt, dass es unmöglich ist, die Gäste davon abzubringen, auf den Zimmern zu essen.) Das Einzige, worüber ich klagen kann, ist, dass er gegen Mitte des Sommers ein kleines farbiges Kind ohne unser Wissen bei sich hat wohnen lassen, bis schließlich eines der Zimmermädchen an seinem Zimmer vorbeikam und hörte, dass er dem Kind etwas vorsang. Sie kannte die Sprache nicht, meinte aber, es könnte Hebräisch gewesen sein. (Die arme Frau, mittlerweile ist sie leider von uns gegangen, konnte kaum lesen.) Nachdem sie das nächste Mal sein Zimmer zu-

rechtgemacht hatte, berichtete sie mir, Mr. Djaktu habe be-
hauptet, das Kind sei ›von ihm‹. Als sie flüchtig gesehen habe,
dass das Kind sie vom Badezimmer aus beobachtete, habe sie
das Zimmer verlassen. Sie sagte, das Kind sei nackt gewesen.
Ich habe damals nichts dazu gesagt, weil ich glaube, dass es
mir nicht zusteht, über die Moral meiner Gäste zu urteilen.
Jedenfalls sahen wir das Kind nie wieder, und wir sorgten da-
für, dass das Zimmer für die nächsten Gäste in hygienisch ein-
wandfreiem Zustand war. Glauben Sie mir, über unsere Ein-
richtung haben wir nur Lob bekommen. Wir halten sie für
hervorragend und hoffen, dass Sie uns in diesem Punkt zustim-
men, und des Weiteren hoffe ich, dass Sie bei Ihrem nächsten
Floridabesuch wieder unser Gast sein werden.

Bedauerlicherweise reiste ich das nächste Mal nach Florida,
um der Beerdigung meiner Schwester beizuwohnen, gegen
Ende des folgenden Winters. Im Gegensatz zu damals weiß
ich heute, dass Maude im Vorjahr die meiste Zeit bei schwacher Gesundheit war, aber ich kann mich des Gedankens nicht
erwehren, dass die so genannten Vorfälle – die sinnlosen Akte
von Vandalismus, die sich gegen allein stehende Frauen im In-
land Süd-Floridas richteten und in mehreren gemeldeten An-
griffen eines unidentifizierten Herumtreibers gipfelten – ihren
Tod beschleunigt haben.

Als ich hier mit Ellen ankam, um die Angelegenheiten meiner Schwester zu ordnen und ihre Bestattung in die Wege zu
leiten, wollte ich ursprünglich höchstens zwei Wochen bleiben
– so lange, bis ich die Überführung ihrer Habseligkeiten veranlasst hätte. Doch aus irgendeinem Grund blieb ich noch lange, nachdem Ellen abgereist war. Vielleicht lag es an dem Gedanken, den Winter in New York zu verbringen, der mit jedem
Jahr rauer wurde; ich fand einfach nicht die Kraft zurückzukehren. Und letztlich brachte ich es auch nicht über mich, dieses Haus zu verkaufen. Wenn ich hier gefangen bin, dann in
einer Falle, mit der ich mich abgefunden habe. Übrigens habe

ich Umzüge noch nie gemocht; wenn ich dieses kleinen Raums überdrüssig werde – und das werde ich –, so wüsste ich nicht, wohin ich sonst gehen sollte. Ich habe alles gesehen, was ich von der Welt sehen will. Dieser schlichte Bungalow ist nun mein Zuhause – und ich bin sicher, es wird mein letztes sein. Der Kalender an der Wand verrät mir, dass ich vor fast drei Monaten hier eingezogen bin. Irgendwo auf seinen übrig gebliebenen Seiten werden Sie mein Todesdatum finden.

In der vergangenen Woche ist es wieder zu einer Reihe von »Vorfällen« gekommen. Letzte Nacht ereignete sich der bislang dramatischste. Ich kann ihn beinahe wörtlich zitieren, denn in den Morgennachrichten wurde darüber berichtet. Kurz vor Mitternacht wollte Mrs. Florence Cavanaugh, Hausfrau, wohnhaft Alyssum Terrace 7, Cutter's Grove, die Vorhänge in ihrem Vorderzimmer zuziehen, als sie sah, dass jemand sie durch das Fenster anstarrte. Sie beschrieb die Person als »einen großen Schwarzen mit Gasmaske oder Tauchausrüstung«. Mrs. Cavanaugh, nur mit ihrem Nachthemd bekleidet, wich vom Fenster zurück und schrie nach ihrem Ehemann, der im Nebenzimmer schlief. Als er zu ihr eilte, war der Schwarze jedoch bereits geflohen.

Die örtliche Polizei hält es für wahrscheinlicher, dass der Mann eine »Tauchausrüstung« getragen hat, denn vor dem Fenster wurden Fußspuren entdeckt, die von einem schweren Mann mit Schwimmflossen stammen könnten. Gleichwohl konnte die Polizei nicht erklären, warum jemand so viele Meilen vom Wasser entfernt einen Tauchanzug tragen sollte.

Für gewöhnlich schließt der Bericht mit der Meldung, »Mr. und Mrs. Cavanaugh seien nicht für eine Stellungnahme erreichbar gewesen.«

Der Grund, warum ich mich so sehr für den Fall interessiere – jedenfalls genug, um mich an die oben genannten Details zu erinnern – ist, dass ich die Cavanaughs recht gut kenne. Sie sind meine direkten Nachbarn.

Nennen Sie mich einen selbstsüchtigen, alternden Schriftsteller, wenn Sie wollen, aber irgendwie kann ich mich des Gedankens nicht erwehren, dass dieser letzte Besuch mir gegolten hat. Im Dunkeln sehen diese kleinen grünen Bungalows alle gleich aus.

Nun, die Nacht dort draußen dauert noch ein wenig – genug Zeit, um den Irrtum zu korrigieren. Ich gehe nirgendwohin.

Tatsächlich glaube ich, dass es ein recht passendes Ende für einen Mann meines Tätigkeitsfelds ist – im Ende der Geschichte eines anderen Mannes absorbiert zu werden.

Werd mit mir gemeinsam alt,
Das Beste kommt noch, bald!

Sag mir, Howard: Wann bin ich an der Reihe, das schwarze Gesicht zu sehen, wie es sich an mein Fenster presst?

Originaltitel: *Black Man With A Horn*
Erstveröffentlichung: *New Tales of the Cthulhu
Mythos*, 1980.

Aus dem Amerikanischen von Ruggero Leò

Die Liebe uralt' Götterblut

VON ESTHER M. FRIESNER

Abs.:
Marybeth Conran, Chefredakteurin,
Columbine Press, Inc.

3. AUGUST 1990

Liebe Ms. Pickman,

vielen herzlichen Dank für den Handlungsentwurf und die Probekapitel aus Ihrem Romantic-Thriller *Feuer über der See*, die Sie bei uns eingereicht haben. Während es zweifellos die eine oder andere Einzelheit geben wird, die für die Endfassung einer gewissen redaktionellen Feineinstellung bedarf, so handelt es sich doch im Wesentlichen um genau die Art von Material, an dessen Veröffentlichung Columbine Press interessiert ist. Wir sind bereit, Ihnen einen Tantiemen-Vorschuss von $ 1200 anzubieten; die Bedingungen im Einzelnen finden Sie in den beiliegenden Verträgen erläutert. Bitte unterschreiben Sie alle drei Ausfertigungen und schicken Sie sie an mich zurück, sobald es Ihnen möglich ist.

So *entzückt* ich auch davon wäre, Ihr wunderbares Buch selbst zu redigieren, so werden mir doch meine Pflichten als Chefredakteurin hier bei Columbine Press nicht erlauben, Ihrem Werk die Zeit und Aufmerksamkeit zu widmen, die es verdient. Ich bin absolut *untröstlich*, insbesondere, da doch ich es war, die – auf Empfehlung unseres gemeinsamen Bekannten, Mr. Charles Dexter Ward hin – Ihr Manuskript »entdeckt« hat.

Noch im Laufe dieser Woche wird sich Mr. Robin Pennyworth mit Ihnen in Verbindung setzen, einer unserer Lektoren, der aufs Engste mit Ihnen zusammen daran arbeiten wird, *Feuer über der See* in Druck zu bringen. Wie ich selbst, so sieht auch Mr. Pennyworth geradezu seinen *Lebenszweck* darin, aufregende junge Talente auf dem Gebiet des Romantic-Thrillers zu entdecken. Ich kann Ihnen gar nicht sagen, mit welch einer Vorfreude er der Zusammenarbeit mit Ihnen entgegenfiebert.

Mit aller-, allerherzlichsten Grüßen, Ihre
Marybeth Conran

P. S. Noch ein Vorschlag in Bezug auf den *Nom de Plume*, unter dem Sie Ihr Manuskript eingereicht haben: Selbstverständlich haben wir hier bei Columbine Press keine Einwände gegen Pseudonyme – aus irgendeinem Grunde ziehen die meisten unserer Autorinnen es vor, einen zu benutzen –, aber sie müssen dem Genre angemessen sein. Der Nachname, den Sie gewählt haben, ist absolut perfekt – unsere Leserinnen würden Ihnen gewiss beipflichten, dass *Love* in der Tat ebenso sehr wie eine Kunst auch ein *craft*, also ein Handwerk ist. Der Gebrauch von Initialen für den oder die Vornamen jedoch mag vielleicht für Science-Fiction-Autorinnen schön und gut sein, hingegen ziehen es Leserinnen von Liebesromanen doch vor, ihre Lieblingsautorinnen bei deren vollem Namen zu kennen, und je femininer der klingt, desto besser.
Honoria Paige Lovecraft?
Heather Phyllis?
Hester Prynne?
Ich bin sicher, dass Ihnen und Mr. Pennyworth schon etwas Geeignetes einfallen wird.

Robin Pennyworth ertappte sich, wie er wieder an der Spitze seines Daumens kaute. Etwas an diesen wöchentlichen Lektorenkonferenzen mit Ms. Conran schürte seinen Hang zur Selbstzerfleischung.

Vielleicht, überlegte er, *ist es ja ein unbewusster Versuch, meine eigenen Fingerabdrücke zu beseitigen, sodass man es mir niemals nachweisen kann, wenn ich endlich irgendetwas Großes, Schweres in die Hand nehme und Marybeth damit den Schädel einschlage.* In seinem Herzen wusste er, dass seine Chancen, diese mörderischen Macho-Gedanken auszuleben, etwa so groß waren wie die, eine Budweiser-Flasche mit den Zähnen zu öffnen. Eher wurde das Samtkaninchen zum Rambo. Die Besprechungen mit Ms. Conran erweckten in ihm nur den verzweifelten Wunsch, sich zu verstecken: irgendwo! – und sei es in seinem eigenen Verdauungstrakt.

Was würde die Menschenfresserin im Lavendelkostüm diesmal für ihn in petto haben? Seine Vorstellungskraft machte sich beherzt an die Arbeit, kreischte auf und verschwand mit einem Hechtsprung hinter dem Sofa. Das Warten auf den Beginn der Besprechungen war fast so schlimm wie die Foltersitzungen selbst. Ms. Conran ging mit der Psyche ihrer Untertanen in der Redaktion gern hart zur Sache. Ihre Lieblingsmethode bestand darin, einen bestimmten Zeitpunkt für die Besprechung anzusetzen und sie dann ein Minimum von einer halben Stunde in dem abscheulichen, in der Farbe von Knorpel und Brotschimmel gehaltenen Wartebereich vor dem Konferenzraum däumchendrehend warten zu lassen.

Robin konnte Anspannung nicht gut verkraften. Er war gezwungen gewesen, seinen letzten Lektorenposten bei *Marchor Die Books* aufzugeben, weil das Lesen zu vieler Manuskripte von Kriminal- und Spannungsromanen ihm chronische Schwindelanfälle und Nasenbluten beschert hatte. Heute nun ließ Ms. Conran jeden mittlerweile nahezu eine ganze Stunde warten. Das wies ganz darauf hin, dass sie der Redaktion bei der heutigen Besprechung mehr als nur die üblichen paar strychninversetzten Appetithäppchen verabreichen würde. Ms. Conran *kannte* da noch ganz andere nette kleine Methoden.

Robin nagte schneller, während kalter Schweiß seine Stirn benetzte. Die drei Stunden, die er an diesem Morgen mit Föhn und Haarfestiger verbracht hatte, waren im Handumdrehen für die Katz, als seine sorgfältig frisierten Locken von amoklaufenden Molekülen blanker Panik infiziert wurden. Nach einem kurzen, ungleichen Kampf wurde sein Haar schlaff wie wochenalter Salat. Er wischte sich die klammen blonden Ponyfransen aus den Augen und starrte die geschlossene Tür des Konferenzzimmers an, um sie durch die schiere Macht seines Willens verschwinden zu lassen.

Obwohl er ein halbes Wochengehalt für Kassetten zum Thema ›Entdecken Sie Ihre inneren Kräfte‹ ausgegeben hatte, bewirkten die entfesselten Gewalten von Robins Geist nicht das Geringste, außer, dass sie ihm eine Baby-Migräne bescherten. Die Tür blieb, wo sie war, und öffnete sich erst, als Ms. Conrans Sekretärin verkündete, dass die Besprechung nun beginnen werde. Es entstand ein an Tauben gemahnendes Rascheln von Papier und ein alligatorenhaftes Schnappen lederner Aktenmappen rings um Robin herum, als die anderen Lektoren ihre Unterlagen einsammelten und hineinmarschierten. Sie *lächelten* tatsächlich, diese Bestien! Warum war er der Einzige unter ihnen, der sich vorkam, als werde er, mit Ketten um den Hals und die Hand- und Fußgelenke, an Bord einer römischen Galeere geführt?

Vielleicht, weil er der einzige Mann unter ihnen war.

Robins Mitarbeiterinnen drängelten und kämpften um die Plätze nahe jenem, auf dem Ms. Conran thronte, während er sich im Hintergrund hielt und sich damit begnügte, in die unbedeutendste verfügbare Position hineinzuschrumpfen. Leute, die ihn gut kannten, merkten oft an, dass es sich bei ihm um einen Mann handle, neben dem Yorkshire-Terrier emotional stabil erschienen. Damit taten sie den Terriern unrecht. Robin

Pennyworth' Nerven mochten straffer angespannt sein als Latexhosen Größe 3 an einem Rockstar, der Größe 10 brauchte, aber er verfügte auch über ein wundervolles Arsenal von Selbsterhaltungsmechanismen.

Die würde er auch nötig haben.

Die Besprechung verlief in etwa so gut, wie Robin es in seinem zweitschlimmsten Albtraum vorausgesehen hatte. Ms. Conran benutzte ihr Flipchart wie ein kampferprobter Ninja seine *Shuriken*. Eine nach der anderen wurde Robins Kolleginnen das geistlose Lächeln aus dem Gesicht geschnitten, sie erhielten rasche, kalte Schüsse ins Herz in Form von Verkaufsberichten, Kosten-Nutzen-Rechnungen, schlechten Kritiken und der geheimnisumwitterten, okkulten, mystischen, gefürchteten und die Haare bis zum Ausfallen sträubenden »Anweisung von oben«. Nicht einer (und nicht eine) unter ihnen hatte auch nur einen einzigen Titel gezeugt, der sich nicht mit unfehlbarer Sicherheit als Rohrkrepierer erwiesen hätte. *Krepieren* war nun das am häufigsten benutzte Wort in Ms. Conrans sanft aufwärts gebogenem Mund, und es nahm Bezug auf ihre jeweiligen Zukunftsaussichten in ihrer Tätigkeit als Lektoren.

Jedes Mal, wenn Ms. Conran »die Zahlen« von jemandes Buch erwähnte, krümmte sich Robin. Es war ein Reflex, in etwa so, wie transsilvanische Bauern sich bekreuzigen und ein achtsames Auge auf die Knoblauchvorräte werfen, wenn jemand den Namen des ortsansässigen Vampirs missbraucht. Die ganze Schrecken erregende Litanei von Fehlschlägen, Enttäuschungen und wohl dokumentiertem finanziellem Versagen hindurch blieb allein er unversehrt. Diese fortdauernde Immunität machte ihn eher noch kribbliger, während die Besprechung voranschritt und sich rings um ihn her die Leichen auftürmten. Nur indem er seinen bevorzugten Knabber-Finger in einem schraubstockartigen Griff zerquetschte, gelang es ihm, sich davon abzuhalten, ihn sich vor Ms. Conrans

Augen bis zum Knöchel in den Mund zu schieben. Und dann ...

»Nun, Robin, mein Lieber ...« *El momento de la verdad*, wie Hemingway gesagt hätte. Hemingway hätte es für unter seiner Würde befunden, Robin Pennyworth als Haifisch-Köder zu benutzen.

Robin reagierte mit einem Japser und einem nur schlecht verhohlenen Zusammenfahren in seinem Sessel, als Ms. Conran ihren aufmerksamen Blick herumschwenkte, um ihn nun schließlich auf ihm ruhen zu lassen. Trotz vorzüglich aufgetragenem Make-up und dreier Paare falscher Wimpern ließ Marybeth Conrans gütige, liebevolle Miene Robin stets an eine Königskobra mit Hitzepocken denken.

»Jawohl, Ms. Conran?«, erwiderte er, den Instinkt unterdrückend, Reißaus zu nehmen und den ganzen Weg heim nach Des Moines zu rennen (vorausgesetzt, dass er den Sprung aus dem nächstgelegenen Fenster überlebte). *Sie können es riechen, wenn man Angst hat*, sagte er sich, wobei er sich im Geiste an diesem Mantra festklammerte wie ein Ertrinkender.

»Robin, ich möchte diese Gelegenheit nutzen, Ihnen zu gratulieren. Wie unsere Vertriebsabteilung mir mitgeteilt hat, ist das Käufer-Interesse an *Sinnlichkeit in Samt, Sünden in Satin* und *Leidenschaft in Leinen* ganz und gar hinreißend. Die Art, wie Sie Jasmine O'Haras Bücher betreut haben, ist ein Beispiel für uns alle. *Nicht wahr*?« Sie starrte die anderen Lektoren bedeutungsvoll an.

Diese starrten ihrerseits genauso bedeutungsvoll Robin an, der fühlte, wie sich seine Venen mit gefrorenem Freon füllten. Makellos geschminkte Lippen, die Momente zuvor noch pflichtbewusst gespitzt gewesen waren, bereit, alles zu küssen, was ihnen von Ms. Conran angewiesen wurde, waren nun zu steifen kleinen Mäulern zurückgezogen und bleckten bösartig die Zähne. Lange, scharfe lackierte Fingernägel trommelten

Robins Trauermarsch auf der Tischplatte. Sein Selbstfenstersturzplan sah mit jeder Nanosekunde verlockender aus.

»Und so« – Ms. Conran stützte geziert die Fingerspitzen gegeneinander – »habe ich mich entschieden, Ihnen die Verantwortung zu übertragen für Columbine Press' neueste Entdeckung, Ms. Sarah Pickman. Ich würde Sie gern nach der Besprechung noch unter vier Augen sprechen, um unsere Pläne im Einzelnen zu erörtern«.

»Jawohl, Ms. Conran«, sagte Robin dumpf.

»Gut! Noch irgendwelche sonstigen Angelegenheiten?« Ihrer Stimme war zu entnehmen, dass dies besser nicht der Fall sein möge. »Gut! Nun lassen Sie uns alle zusehen, ob wir das bis nächste Woche nicht besser hinbekommen, hmmm?« Sie erhob sich, und die Lektorinnen stoben vor ihr davon wie Gänse in einem Tornado.

Kurz darauf, allein mit Ms. Conran in ihrem Büro, hörte Robin fasziniert zu, als seine Chefin ihn über bestimmte Aspekte des Pickman-Falles in Kenntnis setzte, die ganz ausdrücklich *nicht* zur allgemeinen Weiterverbreitung bestimmt waren.

»Keinerlei bisherige Veröffentlichungen, *nicht die geringste Erfahrung* mit dem Verlagsgeschäft. Ziemlich wenige Erfahrungen welcher Art auch immer, um die Wahrheit zu sagen. Ich bin dem Mädchen nie persönlich begegnet, aber wie Chuckie Ward mir versichert, hat sie ein Leben geführt, dass sich selbst Emily Dickinson neben ihr ausnehmen würde wie das Playmate des Jahres.«

Robin errötete. Ms. Conran war so davon in Anspruch genommen, ihm die Einzelheiten von Sarah Pickmans bizarrem Background aufzutischen, dass es ihr nicht auffiel.

»... ist aufgewachsen in irgend so einem gottverlassenen Yankee-Hinterwäldler-Dreckskaff namens Arkham, wo die Hauptbeschäftigung der Männer vermutlich darin besteht, die eigene Schwester zu heiraten, und ist niemals irgendwo hingegangen. Sie hat sogar genau da ihre Ausbildung gemacht: an der ›Miskatonic‹. Chucky schwört Stein und Bein, dass das eine echte *Universität* sei! Natürlich habe ich noch nie was davon gehört ...«

Robin konnte Ms. Conrans Geringschätzung für die Miskatonic nachvollziehen. Sie ging hundertprozentig sicher, dass jeder der bei Columbine Press Beschäftigten wusste, dass sie Vassar besucht hatte; sie hatte dort ihren Abschluss in einem allzeit beliebten interdisziplinären Hauptfach gemacht, ›Englische Literatur für den hermetisch versiegelten Verstand‹. Leicht konnte es für sie nicht sein, sich vorzustellen, dass höhere Bildung noch irgendwo jenseits des brodelnden kosmopolitischen Schmelztiegels von Poughkeepsie existierte.

»Sie ist sofort nach ihrem Abschluss wieder nach Hause gekommen, und da ist sie auch geblieben. Ist nirgendwo hingegangen, hat nichts von der Welt gesehen. Chuckie behauptet sogar, dass sie sich ganze Ewigkeiten lang in einem Raum mit geschlossenen Läden im Dachstuhl ihres Familien-Drecklochs eingeigelt hat – der gute Chuckie *kann* aber auch manchmal ein richtiger Scherzkeks sein.« Ihre Augen funkelten gierig, als sie Robin gegenüber spielerisch eine Braue hob. »Sie sehen doch sicherlich, worauf das alles für uns hinausläuft, nicht wahr, mein lieber Junge?«

Robin versuchte, die Wahrheit herunterzuwürgen, doch sie blieb ihm im Halse stecken. »N-nicht so gut wie ich gerne würde, Ms. Conran.«

Ms. Conran schob triumphierend eine unterschriebene Ausfertigung des Vertrages von *Feuer über der See* über den Tisch. Robin las ihn, und seine Augen weiteten sich von Satz zu Satz mehr. Als er fertig war, blickte er auf.

»*Zwölfhundert Dollar?*« Seine Stimme erreichte orbitale Höhen. »Als *Gesamtvorschuss?*«

»Zahlbar bei Veröffentlichung, nichts Geringeres! Und wir

bekommen sämtliche Nebenrechte!« Es hätte nicht viel ge-
fehlt, und Ms. Conran hätte geschmatzt und sich die Lippen
geleckt. »Jedes einzelne! Plus eine wasserdichte Optionsklau-
sel. Andere Verlage dürfen sich nicht mal auch nur Sarah Pickmans benutzte Kleenex-Tücher ansehen, bevor wir das getan
haben.«

»Daraus entnehme ich mal, sie hat keinen Agenten ...«

»Welch erstaunliche Schlussfolgerung, Robin! Wo nehmen
Sie nur diese geradezu hellseherischen Geistesgaben her?«
Ms. Conrans Klauen drehten einer unsichtbaren Taube den
Hals um. »Natürlich hat Ms. Pickman keinen Agenten! Welcher Agent mit mehr als einer vertrockneten Dattel im Hirn
würde schon solche Vertragsbedingungen aushandeln? *Eine*
Zahlung von zwölfhundert Dollar *bei Vertragsabschluss*, dann
eine bei Vorlage des kompletten Manuskripts und *eine bei Annahme des Buches unsererseits* – nun, das wäre zwar immer
noch erbärmlich wenig, aber es käme der Wirklichkeit zumindest nahe.«

»So wie die Bedingungen, die Jasmine O'Haras Agent gerade für ihr nächstes Buch vorgeschlagen hat, *Treuebruch in
Tüll*«, kommentierte Robin. »Nur, dass er drei Raten von je
zwölftausend haben will.« Und so, wie die Verkaufszahlen
von O'Hara-Büchern nun einmal aussahen, würde er die auch
bekommen.

Ms. Conrans Augen wurden schmal. »Jasmine O'Haras
Agent!« Der Klang ihrer Worte war reinste Galle. »Der Agent,
den die kleine Miss ›*Bumsereien in Brokat*‹ sich geangelt hat,
als sie aufgehört hat, so verdammt dankbar zu sein, dass irgendwer auch nur einen zweiten Blick auf ihren Kopulations-
und-Klamotten-Quatsch geworfen hat, und ihr klar geworden
ist, dass es bei uns um echtes Geld geht. An einem Tag ist sie
noch eine schlampige kleine K-Mart-Kassiererin aus Grand
Rapids, die mit *richtigem* Namen Ethel Bukowski heißt, und
am nächsten Tag ist sie ein Hai! Und zwar einer mit genügend

Grips, sich einen der besten Pilotfische der ganzen Branche zu engagieren!«

Marybeth Conran nahm den goldenen Mark-Cross-Bleistift aus ihrem Schreibtisch-Sortiment und brach ihn wie einen Zahnstocher in der Mitte durch. »Wenn Jasmine O'Hara nur so süß – und so dumm – geblieben wäre, wie sie war, ich kann Ihnen nicht mal annähernd sagen, was wir aus dieser Gans an goldenen Eiern hätten herausquetschen können, bevor sie zur Besinnung gekommen wäre. Autorinnen mit dem Talent und dem Vermarktungspotenzial einer Ethel ›Ferkel in Flanell‹ Bukowski sind eine seltene und begehrte Ware. Bei der haben wir unsere Chance verpasst!« Sie seufzte. »Im Verlagswesen bekommt man nicht oft eine zweite Chance, Robin.«

Der Blick, mit dem sie ihn dabei ansah, sprach Bände mitsamt Fortsetzungen und einschließlich der Buchklub-Verkaufsrechte. Plötzlich wusste Robin, dass er berufen war, und er wusste auch genau, wozu.

»Ich soll dafür sorgen, dass Sarah Pickman niemals zur Besinnung kommt«, stellte er fest.

»Bingo!«

18. August 1990

Liebe Ms. Pickman,

ich bin ja so froh, zu hören, dass unser Mr. Pennyworth auf Anhieb solchen Enthusiasmus für Ihr in Arbeit befindliches Werk geäußert hat. Ich wusste gleich, dass ich das Richtige tat, als ich Ihr fabelhaftes Buch ihm anvertraute. Ich hoffe so sehr, dass sie ihm genauso viel Vertrauen entgegenbringen wie ich.

Bitte verzeihen Sie meine frühere Mutmaßung in Hinblick auf Ihren Autorennamen. Ich hatte ja keine Ahnung, dass *Feuer über der See* nicht zur Gänze Ihre eigene Schöpfung ist, sondern auf dem Werk einer verstorbenen entfernten

Verwandten basiert, unter deren tatsächlichem Namen Sie sich das Buch einzureichen entschieden haben. Wie aufregend für Sie, dass Sie all diese wundervollen Manuskripte in einer urigen alten Truhe bei ihrer Familie auf dem Dachboden entdeckt haben! Kein Wunder, dass Sie in der Lage waren, uns so schnell den vollständigen Text von *Feuer* zukommen zu lassen.

Mr. Pennyworth teilt mir mit, dass Sie gewisse Zweifel geäußert hätten, ob es auch rechtens sei, sich das Werk Ihrer Vorfahrin anzueignen und für das Genre des Romantic-Thrillers zu adaptieren. Ihre Skrupel sind bewundernswert, wenngleich ganz und gar fehlgeleitet. Wenn Sie nicht Ms. Lovecrafts Text als Grundlage für Ihren Roman benutzt hätten, dann wäre *Feuer über der See* ebenso tragisch der Vergessenheit anheim gefallen wie seine ursprüngliche Verfasserin. Was für ein Verlust für uns alle wäre das gewesen!

Lassen Sie die Wahrheit über Ihre verstorbene Verwandte unser kleines Geheimnis bleiben. Wenn wir erst einmal den Namen Lovecraft auf dem Gebiet des Romantic-Thrillers als führend etabliert haben, dann sollte die Publicity, die aus der schlussendlichen Enthüllung der wahren Identität der Autorin resultiert, massenweise zusätzliches Leserinteresse hervorrufen. Ich weiß, dass Sie, wie ich selbst, dies am Ende sowohl als Tribut wie auch als Hommage an die zu lange ungewürdigte künstlerische Begabung der verstorbenen Ms. Lovecraft ansehen werden.

Es gibt einige Fragen in Bezug auf *Feuer*, die Mr. Pennyworth mir zur Aufmerksamkeit gebracht hat. Er hat bereits viele Worte markiert, die seinem Empfinden nach für unsere Leser einfach zu kompliziert sind. Das soll natürlich in keiner Weise implizieren, dass unsere Leserschaft etwa ungebildet sei! Die meisten von ihnen sind intelligente, erfolgreiche junge Karrierefrauen, die sich in ihren wenigen ruhigen Momenten der bei Columbine Press erscheinenden

Literatur zuwenden, um Erholung von der Hektik ihres Berufsalltags zu suchen.

Ich bin sicher, Sie verstehen, dass sie sich da nicht noch die Mühe machen wollen, Fremdworte nachzuschlagen; Also: »mit Mosaiksteinchen ausgelegt« ist besser als »tesseliert« und »froschähnlich« besser als »batrachisch«. Sehen Sie *eventuell irgendeine* Möglichkeit, sich mit unserem Mr. Pennyworth in Boston zu treffen, sodass Sie beide diese kleinen Unebenheiten gemeinsam ausbügeln könnten? Er ist schrecklich begierig, Ihre Bekanntschaft zu machen und jene Arbeitsatmosphäre aus gegenseitigem Vertrauen, Respekt, Ehrlichkeit und Integrität herzustellen, die die Grundlage jeder Beziehung zwischen Autor und Lektor ausmacht.

Herzlichst,
Marybeth Conran

P. S. Sind Sie auch ganz sicher Ms. Lovecrafts einzige lebende Verwandte? Wir wollen doch nicht, dass unsere Rechtsabteilung später von irgendwelchen Widrigkeiten unnötig in Aufregung versetzt wird, nicht wahr?

Nebenbei, wie war denn nun eigentlich Ms. Lovecrafts voller Name? Ich hoffe, es war etwas himmlisch Romantisches! Hesper Pegeen? Henrietta Patricia? Sie spannen mich ja wirklich auf die Folter!

Zum zwanzigsten Mal in ebenso vielen Minuten versuchte Robin Pennyworth, es sich auf der verbeulten Aluminiumbank bequem zu machen. Die Plastikkuppel über ihm war dazu ausersehen, jeden zu schützen, der das Pech hatte, an dieser Bushaltestelle warten zu müssen; das tat sie nicht. Sie hatte mehr Löcher als der Vertrag der bedauernswerten Ms. Pickman. Er zog den Kragen seines Regenmantels hoch und zitterte erbärmlich in dem öligen Nieselregen. Obwohl es noch mehr als eine Woche bis zum Labor Day war, kam es ihm vor, als sei er mit einem Schritt im tristen, grauen Herzen des November gelandet, kaum dass er aus dem Bus gestiegen war und seinen Fuß auf die Hauptstraße von Arkham gesetzt hatte.

Hauptstraße! Dass ich nicht lache!, dachte er, wobei ihm nicht im Mindesten zum Lachen zu Mute war. Es war Samstagnachmittag, aber nicht ein Geschäft hatte geöffnet. Nirgends konnte er Schutz vor dem Regen suchen, nirgends konnte er hingehen, und es gab keine Möglichkeit zu entkommen, bis am kommenden Montag der nächste Bus Richtung Boston in diesem unsäglichen Provinzkaff Halt machen würde.

Ausgiebig verfluchte er sich selbst, Ms. Conran und Ms. Pickman: Ms. Conran, weil sie darauf bestanden hatte, dass er sich mit Ms. Pickman traf; Ms. Pickman, weil sie genauso hartnäckig darauf beharrt hatte, unmöglich die Aufregung und die Kosten einer Fahrt nach Boston auf sich nehmen zu können; und sich selbst dafür, dass er sich galanterweise erboten hatte, Ms. Pickman stattdessen in ihren heimischen Gefilden aufzusuchen. Aus ihrer Zustimmung sprach eine solche Ekstase, dass sie fast von der Briefseite emporsprang und ihm das Gesicht ableckte. Ms. Pickman gab ihm detaillierte Anweisungen für die Fahrt, aber für den Fall, dass er öffentliche Verkehrsmittel benutzen wolle, fügte sie Bus- und Flugpläne nach Boston bei, den Bus-Fahrplan nach Arkham und das Versprechen, ihn gleich bei seiner Ankunft am Busbahnhof abzuholen. Busbahnhof! Ebenfalls ein guter Witz, wenn er nur halbwegs in der Lage gewesen wäre, darüber zu lachen. Nun, hier war er, an dem so genannten *Busbahnhof*, wo aber blieb Ms. Pickman?

Der Regen war nicht stark, aber kalt und entschlossen, seinen Willen zu brechen. Das war nicht schwer: Es gab Seegurken, die mit größerer Unbeugsamkeit auf die Welt kamen als Robin Pennyworth. Bei jedem Regentropfen, der ihm das Genick hinunterrann, spürte er, wie ihm eine Gänsehaut die

Schienbeine hinaufkroch. In dem verzweifelten Bedürfnis nach jeglicher Art von Ablenkung stand er auf und marschierte den rissigen Bürgersteig auf und ab, wobei er verdrossen in die schmierigen Schaufenster der Geschäfte hineinspähte.

Die meisten Arkhamer Geschäftsleute schienen mit Spinnweben zu handeln. Die einzige Auslage, die irgendetwas von Interesse enthielt, gehörte dem Reisebüro. Kein Wunder! Wenn Robin an einem Ort wie Arkham hätte leben müssen, wäre jede seiner Bestrebungen darauf ausgerichtet gewesen, um alles in der Welt von dort wegzukommen. Er starrte auf verstaubte Broschüren für exotische Reiseziele: Fidschi, Aruba, Club Med Leng, das Versunkene R'ly ... – *was* stand auf diesem letzten Prospekt? Obwohl er sich den Regen von der Brille wischte, konnte er es immer noch nicht genau erkennen und gab schließlich auf.

Ein Stück weiter die Straße hinauf sah er das weiße Vordach eines Filmtheaters, ein entzündetes Leuchtfeuer in der Düsternis des trüben Wetters. Nun, *das* war doch zumindest etwas! Wenn man Arkham schon nicht auf die eine Weise entkommen konnte, dann konnte man immer noch auf den Flügeln von Imagination Airlines davonfliegen. Er eilte auf die Lichter zu, nur um wieder stehen zu bleiben, als er sah, dass der Kartenschalter verlassen war und die erste Vorstellung nicht vor acht Uhr abends beginnen würde. Es gab keine Plakate, die ihm mitgeteilt hätten, welcher Film aufgeführt wurde, und als er den Kopf in den Nacken legte, um die Schriftzüge auf dem Vordach zu lesen, sah er, dass die meisten Buchstaben fehlten:

DAS NECR OMIC N!
W YNE NEWT N * DE BY BOONE * LYMPIA D KAK S
Als Best ller b li bt b jung u alt – sehe Si j tz die sensat lle
Verfilm g!

466

»Mr. Pennyworth?«

Robin fühlte, wie sein Herz versuchte, einen neuen Rekord im Stabhochsprung aufzustellen. Er fuhr so schnell herum, dass er einen Rückfall seiner alten, aus seiner Zeit bei Marchor Die Books bekannten Schwindelanfälle erlitt. Die Sicht verschwamm ihm vor Augen, aber dennoch vermochte er den Sprecher zu identifizieren: eine junge Frau am Steuer eines Wagens, der zu drei Vierteln aus Rost bestand und zu einem Viertel aus Fahrzeug.

»Oh! Habe ich Sie erschreckt? Es tut mir wirklich Leid!« Sie stieg aus dem Wagen und kam an seine Seite, mit einer fließenden Grazie, wie Robin sie nur als kleiner Junge bei seiner Sammlung tropischer Fische hatte beobachten können – bevor seine Mutter sie allesamt durchs Klo gespült hatte, weil die Algen, wie sie behauptete, seine Allergien verschlimmerten.

Plötzlich stellte sich das Universum auf die Hinterbeine und bellte wie ein Seehund. Die Welt hüpfte aus ihrer Kreisbahn und tanzte eine Kneipenpolka durch den Kosmos. Scheue und sanfte Hormone, die innerhalb der geheimen Winkel von Robin Pennyworth' Körper Ewigkeiten in sanftem Schlummer verbracht hatten, öffneten schläfrig die Augen, setzten sich Lampenschirme auf die Köpfe, schalteten MTV ein und bestellten sich telefonisch *Dim Sum* ins Haus. Die Himmel öffneten sich und verpassten einer desinteressierten Erde grinsend einen Stromstoß aus purer Liebe.

Robin keuchte. *Meine Güte ... sie ist wunderschön!* Seine Lippen waren trocken, seine Augen feucht, seine Handflächen klamm und seine Füße pitschnass. Die relative Feuchtigkeit kümmerte ihn nicht mehr. Er konnte nur noch hingerissen Antlitz und Figur von Ms. Pickman anstarren.

Niemand hätte Sarah Pickman vorwerfen können, dem konventionellen Ideal von Schönheit zu entsprechen. Selbst der betörte junge Lektor musste zugeben, dass ihre körperliche At-

467

traktivität nicht von der üblichen Machart war. Nein, Ms. Sarah Pickman war aus einer ganz anderen, einzigartigen Form gesprungen.

»Mr. Pennyworth? Sind Sie ... Sind Sie wohlauf?« Ms. Pickman legte Robin besorgt eine Hand auf den Arm. »Es tut mir Leid, dass ich so spät komme, aber ich hatte wieder eine dieser Auseinandersetzungen mit dem schrecklichen Alten, der bei uns nebenan wohnt. Ich bin gekommen, so schnell ich konnte. Möchten Sie nicht ...?« Mit einer Geste bedeutete sie ihm, er möge doch in den Wagen steigen.

Den ganzen Weg hinaus zum Haus der Pickmans saß Robin da wie jemand, der träumt und im Traum auf der Suche nach etwas ist, das er nicht kennt und doch dringlich begehrt. Umsonst wies Ms. Pickman auf die vielen lokalen Sehenswürdigkeiten hin, die sie auf ihrer Fahrt passierten. Die düsteren Türme der Miskatonic University vermochten ihrem verzückten Verehrer ebenso wenig eine Äußerung zu entlocken wie das schwarze Schaf der Woods'schen Milchfarm.

Schließlich bog der altersschwache Wagen in einer scharfen Kurve von der Hauptstraße ab und begann, eine tief gefurchte und von Schlaglöchern holprige Straße zu erklimmen. Der Regen hatte aufgehört, und ein dicker weißer Nebel hing nun vor den Fenstern. Höher und höher hinauf ging die Fahrt. Robin fragte sich, wie seine bezaubernde Fahrerin unter solchen Bedingungen überhaupt noch die Hand vor Augen sehen konnte. Eine Hand übrigens, die ein wenig ... *größer* als die Norm war, länger ebenso wie breiter, mit den allerliebsten durchscheinenden kleinen Schwimmhäutchen zwischen den Fingern.

Ms. Pickmans Augen waren gleichermaßen außergewöhnlich, derweil sie vielleicht eine *Winzigkeit* weiter hervortraten, als der gegenwärtig gängige *Look* bei Frauen vorsah. Robin schnaubte innerlich. Was für verräterische Gedanken waren das, von seiner neu gefundenen Herzallerliebsten zu erwarten, dass sie sich hohlen ästhetischen Trends unterwarf? Wenn Brooke Shields Bigfoot'sche Augenbrauen zu einem Modetrend machen konnte, warum sollte Ms. Pickman nicht dasselbe mit Augen tun können, die ... wie hieß gleich das Wort, nach dem er suchte? Und warum dachte er immerzu an Kermit den Frosch?

Es waren wundervolle Augen! Je dicker und undurchdringlicher das Miasma wurde, das den Wagen umgab, desto runder schienen sie zu werden. In der Tat schienen sie auf fremdartige Weise von innen heraus zu glühen, wenngleich Robin diese Beobachtung achselzuckend als eine schwärmerische Einbildung seines von Leidenschaft gebeutelten Herzens abtat. Er machte sich ihre Konzentration auf die Straße voll und ganz zunutze, um ihr in stillschweigender Anbetung zu huldigen.

»Da wären wir!« Ms. Pickmans freudiger und erleichterter Ausruf riss Robin unsanft aus seinem zarten Liebestraum. Sie sprang aus dem Wagen, mit derselben fließenden Grazie, die ihn beim ersten Mal so fasziniert hatte. Ungeschickt tat er sein Bestes, um ihr hinterherzuklettern.

Sein erster Blick auf den Wohnsitz der Pickmans ließ ihn wie angewurzelt stehen bleiben.

Das seltsame hohe Haus dräute über ihnen im Nebel. Robin hatte noch nie zuvor ein Mansarddach gesehen, und erst recht keines, an dessen Dachfirst eine Windsocke mit Garfield-Aufdruck hing. Die verschalten Wände waren mit unheilvollen pilzigen Gewächsen gesprenkelt, deren jede Form von einem alterslosen, träumenden Bösen von vor dem Anbeginn der Zeit kündete; ganz besonders der genau unter den Front-Fenstern befindliche phosphoreszierende Schimmelfleck in der Gestalt von Papa Schlumpf. Die Plastik-Flamingos auf dem Rasen verfolgten mit eisigen, boshaften Augen jede seiner Bewegungen, und ihre sinistren bemalten Schnäbel wisperten von den schwarzen und schrecklichen Abgründen zwischen den Sternen, wo selbst heute Elvis noch am Leben sein mochte.

Jeder gesunde Überlebensinstinkt schrie Robin zu, er solle fliehen. Aber da war Ms. Pickman, deren Umriss sich vor der offenen Tür abzeichnete; sie winkte ihm einladend zu.

»Ich kann Ihnen gar nicht sagen, wie sehr ich zu schätzen weiß, dass Sie den ganzen weiten Weg hierher gekommen sind, um mir bei meinem Buch zu helfen«, hauchte sie. »Kommen Sie nur gleich herein und ziehen Sie Ihre nassen Sachen aus!« Als sie nach drinnen verschwand, konnte er gerade noch hören, wie sie hinzufügte: »Vom Dachboden aus hat man einen phantastischen Ausblick auf die Arkham Mega-Mall; falls ich es schaffe, diese dummen alten Läden aufzukriegen.«

Er hatte keine andere Wahl, als dahin zu gehen, wohin der Ruf seines Herzens ihn führte. Mit furchtbarer Endgültigkeit schlug die Tür hinter ihm zu.

Irgendwo stammelte ein namenloses Grauen.

30. August 1990

Liebe Ms. Pickman:

Ihr Brief vom 20. war eine solch wundervolle Überraschung. Allein der Gedanke, dass unser Mr. Pennyworth maßgeblich daran beteiligt war, Sie zu überzeugen, dass Sie nach New York kommen! Wir alle hier bei Columbine Press freuen uns schon darauf, Sie bei Ihrem ersten Besuch im »Big Apple« willkommen zu heißen.

Wie Sie erwähnen, werden einige alte Familienangehörige Sie in der Eigenschaft als Anstandsdamen begleiten. Welch ein absolut reizender Touch der »Alten Welt«! Die Sorge Ihrer Angehörigen um Ihre Sicherheit ist lobenswert, wenngleich ganz unnötig. Ich bin sicher, Sie alle werden bald sehen, dass New York *nicht ganz* die Brutstätte von Sünde und

Verbrechen ist, als die manche der sensationslüsterneren Zeitungen sie gerne schildern.

Ich hoffe, dass wir während Ihres Aufenthaltes die letzten winzig kleinen Punkte, die ich an dem Manuskript von *Feuer über der See*, das Mr. Pennyworth von Ihrem ersten Treffen mitgebracht hat, noch zu beanstanden habe, beilegen können. Ich bin immer noch ganz bezaubert von den Schauplätzen des Buches. Die verschlafene kleine Hafenstadt Innsmouth ist so durch und durch ›Smalltown-America‹ und darum so ideal geeignet als Projektionsfläche für die Sehnsüchte unserer Leser. Wenn in den Straßen von Innsmouth die Flammen der Leidenschaft entbrennen können, dann besteht für Buffalo vielleicht noch Hoffnung.

Auch Ihren mysteriösen seefahrenden Helden finde ich *verehrungswürdig*. Wer hätte gedacht, dass ein Name wie Kapitän Uriah Whateley so sexy sein könnte? Und doch, er ist es! Ich sehe schon Richard Chamberlain in der Rolle regelrecht vor mir, wenn es an der Zeit für den üblichen Fernseh-Mehrteiler ist.

Mein Problem betrifft Ihre Heldin – oder sollte ich sagen, der Heldin der verstorbenen Ms. Lovecraft? (Ich betrachte *Feuer* immer noch als Ihr Buch!) Wie Sie aus den beiliegenden Richtlinien für Autoren ersehen können, ist starke gefühlsmäßige Anbindung der Leserinnen an die Heldin ein Muss. Ich kann mir einfach nicht vorstellen, dass sich ausreichend viele unserer Leserinnen mit Kapitän Whateleys exotischer Südseebraut identifizieren. Könnten Sie sie zu der Rolle der »anderen Frau« umschreiben und ihn stattdessen um eines der hiesigen Mädchen werben lassen? Vielleicht um Lavinia Gilman? Und wenn Sie schon diese kleinen Korrekturen an der polynesischen Dame vornehmen, könnten Sie bitte auch etwas an ihren *Zähnen* verändern?

Ich bin sehr überrascht, dass unser Mr. Pennyworth Ihnen

keinen diesbezüglichen Vorschlag gemacht hat. Gewöhnlich hat er ein sehr waches Auge für solche Dinge. Andererseits ist er seit seiner Rückkehr aus Arkham nicht bei bester Gesundheit.

Ich freue mich schon darauf, Sie bald persönlich zu treffen.

Herzlichst,
Ihre Marybeth

Robin Pennyworth schloss die Augen, biss die Zähne zusammen und versuchte, an Sarah zu denken. Das funktionierte auch nicht besser als der faule Zauber mit den ›Entdecken Sie Ihre inneren Kräfte‹-Kassetten. Ms. Conran saß nach wie vor an ihrem Tisch, am Ruder, und ihm im Genick.

»... all den dämlichen Ideen, die Sie jemals hatten, ...« Fort war das Lächeln, der einschmeichelnde Charme, jegliche lobende Erwähnung seiner vorangegangenen Erfolge wie der O'Hara'schen Serie um *Erotik und erlesene Stoffe*. Die polierte Schuhspitze seines italienischen Wing-Tip hatte noch nicht ganz die Schwelle ihres Büros überschritten, als Marybeth Conran ihm zu verstehen gab, dass er von *Mein lieber Junge* zu *Aus dir mach ich Hundefutter* degradiert worden war.

»... auch noch ihre gottverdammten Anstandsdamen durchfüttern muss! *Anstandsdamen!!* Kein Wunder, dass die Sexszenen in *Feuer* keinen kalten Möwenschiss wert sind.«

Robin plusterte sich auf und versuchte, Furcht erregend auszusehen. Es funktionierte nicht. Selbst im Sitzen war Ms. Conran einen Kopf größer als er. Mit aller Würde, die er aufbringen konnte, erwiderte Robin: »*Ich* finde, dass sie diese Szenen sehr gut handhabt.«

»Solange sie nicht noch was ganz anderes handhabt ...« Ms. Conran verfügte über ein hässliches, schnaubendes Lachen; ein Lachen jener Art, die in der Lage ist, eine eigenständige Existenz anzunehmen, um am Strand knackigen Jungs in den

Hintern zu kneifen und den Chippendale-Tänzern Zehndollar-Scheine vorn in die Arbeitskleidung zu stopfen.

»Ms. Conran, was wollen Sie da andeuten?« Robin fühlte, wie sein fleckiger Teint in einheitlichem Hummerrot erflammte.

Das niederträchtige Lachen kehrte zurück, in Begleitung eines vulgären Kicherns, das es in einer Hafenkneipe aufgegabelt hatte. »Oh, nichts, Robin! Nicht das Geringste; nur dass *einer* in diesem Zimmer von Arkham aus hier im Verlag angerufen hat, um sich ganz plötzlich fünf Tage frei zu nehmen. *Fünf*!«

Robin schürzte die Lippen. »Ich hatte mit Ms. Pickman eine ganze Reihe von Fragen hinsichtlich des Buches zu klären. Ich dachte, wenn ich schon einmal da bin ...«

»Oh nein, mein Lieber, das zieht bei mir nicht! Schließlich sind Sie der helle Junge, der unsere Ms. Pickman überredet hat, nach New York zu kommen. Nachdem sie diese edle Sippschaft von *Anstandsdamen* aus den tiefsten Abgründen der Hölle herbeigerufen hat!«

Robin fuhr zusammen. »Woher wissen Sie ...?«

Ms. Conran, die in einem mittleren Tobsuchtsanfall begriffen war, ignorierte ihn. »Sie können mich nicht zum Narren halten, Robin. *Ich* weiß doch, was los ist! Die einzigen Kreaturen, die noch ausgehungerter nach Leidenschaft sind als Leserinnen von Liebesromanen, das sind die Verfasserinnen von Liebesromanen. Ziemlich clever von Ihnen, Robin, die Gelegenheit beim Schopf zu packen. Weiß Gott, allzu viel davon dürften Sie davon nicht haben. Ich könnte das arme Kind beinahe bemitleiden. Wenn alles, was Chuckie Ward mir erzählt hat, wahr ist, dann hat die Kleine in solcher Zurückgezogenheit gelebt, dass es kein Wunder ist, dass sie Sie irrtümlich für einen Mann gehalten hat, als Sie in ihr Leben gestolpert sind!«

Kein Spektrograf der Welt hätte akkurat den raschen

Wechsel von Farben aufzeichnen können, der über Robin Pennyworth' Gesicht spielte. Robin ging sogar soweit, Ms. Conran auf eine andere Weise die Zähne zu zeigen als in einem kriecherischen Lächeln. »Das ... das ist eine L ... eine glatte Fehlinformation! Ms. Pickman und ich sind ineinander verliebt!«

Im gleichen Moment, in dem er es gesagt hatte, wünschte er, er hätte die Macht, sich rückwirkend die Zunge abzuschneiden und sie an die gestaltlosen Abscheulichkeiten zu verfüttern, die in dem Urschleim irgendeines bläulich leuchtenden Abgrunds hausten und gegen Pizza allergisch waren.

Mit der faulen Eleganz, wie sie ein Python in einem verschlossenen Hühnerstall an den Tag legen mag, krümmten Ms. Conrans Mundwinkel sich aufwärts. »Verliebt sind Sie also? Das ist alles, mein lieber Junge? Das ist der Grund, warum die scheue und einsiedlerische Ms. Pickman am Ende doch eingewilligt hat, nach New York zu kommen, wo doch einst schon der Gedanke an *Boston* sie vor Angst um ihr winziges bisschen Verstand gebracht hat? Um bei dem Mann ihrer Träume zu sein?« Ms. Conrans Stimme vollführte eine scharfe Kehrtwende von Süßkonfekt zu *Eine Nacht auf dem kahlen Berge*. »Der ihr ermöglicht, mit *anderen Autoren* zu sprechen? Der ihr *Agenten* vorstellt? Der, ich wage kaum daran zu denken, *diesem Heimchen in Petticoats vielleicht sogar zeigt, wie ein* richtiger *Buchvertrag aussehen sollte*?«

Robins noch immer an ihrem Platz befindliche Zunge war angesichts von Ms. Conrans Tirade zur Nutzlosigkeit verdammt. Schließlich gewann er lange genug die Kontrolle über seine stimmbildenden Organe zurück, um zu stammeln: »Ich – ich hätte nie – ich meine – heißt das, ich bin gefeuert?«

Ms. Conran, deren Zorn nunmehr verraucht war, faltete die Hände und schenkte Robin ein Lächeln, das ihm die Nervenenden blankschabte. »Kaum«, schnurrte sie. Sie kam hinter ihrem Schreibtisch hervor, und während sie sprach, tigerte sie in allmählich expandierenden Kreisen, die sie unmerklich näher an ihr Opfer heranbrachten, über den Orientteppich.

»Wirklich, Robin, wenn ich jeden feuern würde, dem ein klitzekleiner Fauxpas unterläuft, wie sollte ich dann wohl Ms. Smith erklären, warum niemand zur Weihnachtsfeier kommt?« Selbst Ms. Conrans normalerweise unerschütterliches Selbstvertrauen erbebte bis in die Grundfesten bei der Erwähnung von Ms. Clarissa Ashley Smith, ihres Zeichens Verlegerin und gestaltgewordene Gottheit von Columbine Press.

»Dann verstehen Sie ...?« Robin konnte es kaum glauben. Die Visionen von seinem Kopf unter einer Zeichentrick-Guillotine verblassten.

Zu diesem Zeitpunkt war Ms. Conran nahe genug, um ihm ihren Arm um die Schultern zu legen. »Aber natürlich! Vorausgesetzt, dass wir dieses kleine Durcheinander wieder in Ordnung bringen, das wir da angerichtet haben. Ich habe heute Morgen *Feuer über der See* noch einmal gelesen. Wenn allein wegen der Szene mit dem Tanz im Fackelschein auf dem Riff die Leserinnen nicht scharenweise in die Läden gestürmt kommen, dann will ich wieder Trilogien um *Elfen mit richtig großen Schwertern* herausgeben!«

Robin spürte, wie das Schicksal sogar noch schwererer auf seinen Schultern lastete als Ms. Conrans Hand. Eine innere Stimme gebot ihm, sich kein weiteres Wort aus dem Munde seiner diabolischen Mentorin anzuhören, sondern stattdessen seine Schultern zu straffen, die Zähne zusammenzubeißen und der Dame zu sagen, wohin sie sich ihre Trilogien stecken könne. Aller heroischen Absicht zum Trotze gehorchte er dem Gebot der Liebe, und in dieser Funktion hatte er Fortuna gebundene und zappelnde Menschenopfer dargebracht. Plötzlich war die Sicherheit des Arbeitsplatzes immanente Voraussetzung für seine Träume von einer Hochzeit im kleinen Kreis, einem rosenumrankten Eigenheim und dem Trappeln und

Schlurfen kleiner Füßchen. Er konnte es nicht zu Ende bringen.

»Was wünschen Sie von mir, Ms. Conran?«, fragte er.

Sie lächelte.

Sarah Pickman saß steif auf dem Rand des Hotelbettes und las eine Nachricht, die Robin an der Rezeption für sie hinterlassen hatte. Ihre Unterbringung war nach rein wirtschaftlichen Gesichtspunkten ausgesucht worden und hätte selbst einer Leona Helmsley Schreikrämpfe beschert. Die meisten der dekorativen Accessoires waren an den nächsten dazu geeigneten Oberflächen festgeschraubt, obwohl es schwer fiel, sich vorzustellen, warum irgendjemand sie hätte stehlen wollen. Vielleicht sah der Besitzer des Etablissements die irgendwann unvermeidliche Ankunft eines Gastes mit Geschmack voraus, der die bauchigen Lampen, den läppischen »Kunst«druck oder den wie ein mutierter Schwan mit Kartoffel geformten Aschenbecher an sich nehmen würde, um ihnen ein angemessenes Begräbnis angedeihen zu lassen. Der minimale Reiz des Zimmers wurde weiter gemindert durch die Tatsache, dass jene spezielle, für optimierte Touristen-Vergrämung zuständige New Yorker Gottheit ausgerechnet an diesem heißesten Labor-Day-Wochenende seit Menschengedenken die Klimaanlage hatte ausfallen lassen. Das Zimmer war eng, hässlich, heiß wie ein Backofen, stickig, nahezu lichtlos und obendrein noch erfüllt von einem Miasma Ekel erregender Gerüche.

»Ahhhh«, seufzte der Große Cthulhu und streckte sich in der Badewanne aus. »Genau wie zu Hause!«

»Schschsch!« Sarah legte einen Finger auf die Lippen. »Ich versuche zu lesen.«

»Lies es laut«, meldete sich eine Stimme aus dem Wandschrank. »Und zwar *richtig* laut! Diese verdammten Schoggothen machen solch einen Radau, dass ich fast mein eigenes Schnattern nicht mehr hören kann.«

»Was geht es dich an, was in Sarahs Post steht?«, versetzte der Große Cthulhu umgehend.

»Oh, *natürlich*!« Das Wesen im Wandschrank fügte ein sarkastisches Schnauben hinzu. »Niemand braucht hier irgendwas zu wissen, außer dem Großen Cthulhu. Niemanden hat es im Geringsten zu kümmern, was Sarah tut oder mit wem sie ausgeht, na klar, aber sicher doch! Wer bin ich denn schon, dass ich mich mal für die Dinge interessiere, die ihr etwas bedeuten? Ich bin ja nur der olle Nyarlathotep, mehr nicht. Wenn du 'ne Botschaft für die Großen Alten hast, dann heißt es gleich ›Ey, Nyarlathotep! Siehst cool aus, Mann! Kannste nich' mal eben diese Message rüber zu Azathoth ins Zentrum der Ewigkeit bringen, und wenn du schon da bist, guck doch mal, ob du ihn nicht dazu bringen kannst, lang genug mit dem Heulen und Fluchen aufzuhören, um mir zur Abwechslung mal 'ne klare Antwort zu geben?‹ Sicher, wenn es weder stürmt noch schneit noch Fungi vom Yuggoth regnet, dann heißt es ›was immer du willst‹. Aber in dem Augenblick, in dem ich frei habe, heißt es: ›Steck ihn in den Wandschrank zu den Schoggothen!‹ Hast du eigentlich schon mal auch nur ein paar Minuten einen Haufen Schoggothen am Hals gehabt? Hast du eine Ahnung, wie verdammt viele ›Klopf-Klopf-Wer-ist-da‹-Witze man sich bei denen anhören muss? He? Hast du?«

Ein abscheulicher Tentakel peitschte aus dem Badezimmer, ließ die Tür des Wandschranks aufschnappen und hieb kurz hinein. Ein schmerzerfülltes Aufjaulen ertönte zur Antwort, dann war es still.

Der Große Cthulhu machte ein mundfaules Geräusch zwischen *tsk-tsk-tsk* und *n'ha'ghaa*. »Merk dir, Nyarlathotep, Nörgler sind überall unbeliebt«, sagte er.

»Es macht mir nichts aus, es vorzulesen«, sagte Sarah, wobei sie bescheidenen Blickes zur Badezimmertür aufsah. »Es geht schließlich uns alle an!«

Der Große Cthulhu bedachte sie mittels einer Pranke und einer Auswahl von Tentakeln mit einer Geste von hochherrschaftlichem Großmut. »Fahr fort!«

Sarah räusperte sich und tat ebendies. »›2. September 1990 ...

Mein Liebling Sarah!

Oh mein geliebtes Mädchen, sind erst Minuten vergangen, da du und ich über den Brioches Händchen gehalten haben? Andere mögen es nur einen Brunch nennen; für mich war es der Himmel. In meinen Augen ist jeder Ort der Himmel, solange du dort bist.‹«

Aus dem Wandschrank drang ein hässliches Kichern. »Eindeutig ein Mann, der noch nie im versunkenen R'lyeh ein I-❤-Dagon-Festival besucht hat!«

»Pst!«, machte Sarah und fuhr fort: »›Unsere Augen suchten einander mit einem Hunger, den wir nicht leugnen konnten. Mein Mund dürstete danach, der Liebe verzückende Wonne von deinen köstlichen Lippen zu trinken. Mein ganzes Sein sehnte sich danach, deinen verehrungswürdigen Leib in ewiger Umarmung zu umschließen, mit ...‹«

»Bist du sicher, dass du das laut vorlesen willst?« Sämtliche Handtücher und ein Bettlaken um die Hüften geschlungen, kam der Große Cthulhu aus dem Badezimmer.

»Nein, nein, sie soll weiterlesen!«, rief Nyarlathotep aus dem Wandschrank. »Gerade wird es interessant.«

»Es wird gerade *persönlich*!« Dem sehr auf seine Würde bedachten Großen Alten stieg ein rosiges Rot in die Spitzen seiner Tentakel.

»Hah! Cthulhu ist prüü-de, Cthulhu ist prüü-de!« Nyarlathoteps spöttischer Singsang wurde von einem gemischten Chor von Schoggothen aufgegriffen, in den einige Dhole einstimmten, um Bass zu singen.

»Werdet ihr wohl damit *aufhören*!« Sarah hob mahnend den Zeigefinger in Richtung des Wandschranks. »Wenn ihr euch nicht benehmen könnt, dann nehme ich keinen von euch mit, wenn ich morgen den Ausflug nach Red Hook mache!«

Diese Drohung wirkte bei Nyarlathotep, der aufhörte, den Großen Cthulhu zu ärgern, aber fortfuhr zu jammern, dass das *ungerecht* sei, schließlich sei *er* so nett wie nur irgendwas, während *ein gewisser Jemand*, er wolle ja keine Namen nennen, den Liftboy aufgefressen und dann versucht habe, es anderen in die Schuhe zu schieben.

Sarah stellte Cthulhu zur Rede. Sie war schockiert. »Du hast den Liftboy *gefressen*?«

Der Große Alte blickte beschämt drein. »Das schien zu dem Zeitpunkt das Einfachste zu sein! Ich weiß nie, wie viel Trinkgeld ich geben soll, also ...« Unvermittelt ging er in die Offensive. »Und im Übrigen brauche ich dich nicht gar, um nach Red Hook zu kommen. *Ich* bin der geheimen Gänge des versunkenen R'lyeh kundig. *Ich* habe die kosmischen Abgründe von Eblis durchquert. *Ich* habe obskure und uralte Graffiti an die Mauern von Eryx geschmiert. *Ich* habe Obszönitäten zu fremden Monden hinaufgeheult und bin gewandelt in den verhexten Straßen von ...«

»Du hast noch nie die U-Bahn nach Brooklyn genommen!«, machte Sarah all die Prahlereien des Schrecken erregenden Uralten zunichte. »Würdet Ihr jetzt *bitte* eure Aufmerksamkeit dem zuwenden, was Robin schreibt? Es betrifft uns alle.«

Nachdem sie so die Ordnung wieder hergestellt und ihre Autorität gewahrt hatte, übersprang Sarah Pickman mehrere weitere Absätze von Robins zuhöchst rosafarbener Prosa und gelangte schließlich zu: »»... daher empfinde ich tiefstes Bedauern dabei, dass ich dich jetzt drängen muss, nach Arkham zurückzukehren, mein Liebling. Du musst wissen, wie sehr jeder Moment außer Sichtweite deiner froschlichen Rundungen wie ein Dolch ist, der mein Herz durchbohrt ...‹«

»Ich will doch sehr hoffen, dass er damit deine Augen meint«, murmelte der Große Cthulhu. »Rundungen, in der Tat.«

»... und doch werde ich dieses Opfer bringen, weil es zu deinem eigenen Besten ist. New York ist in Wahrheit eine monströse und chaotische Wüste nächtiger Monolithen, deren irrsinnige Winkel einer abnormen, krankhaften und verkehrten Geometrie entstammen, deren Ursprünge fern von dieser Welt sind. Du weißt, was ich meine; du hast *Batman* gesehen. Und darf ich, allein um der selbstsüchtigen Erfüllung meines eigenen Begehrs willen von dir verlangen, dass du mehr Zeit als unbedingt vonnöten in diesem Morast höllischen Schreckens verbrächtest? Nein; ist mir doch dein Wohlergehen um so unendlich vieles kostbarer!!

So gehe denn, meine Geliebte, doch gehe in dem Wissen, dass unsere Trennung nur von kurzer Dauer sein wird. Könnte ich weiterleben, wenn es denn nicht so wäre? Ms. Conran hat mir für die nahe Zukunft eine Gehaltserhöhung und eine Beförderung versprochen, zeitgleich mit dem Erscheinen von *Feuer über der See*. Wenn dieses freudige Ereignis eintritt, wird es mir endlich möglich sein, dir jene Frage zu stellen, die mir mehr am Herzen liegt als alles andere. Darf ich hoffen, deine Antwort wird lauten ... ›Ja, ich will‹? – Dein Robin.«

Sarah faltete den Brief und legte ihn in ihren Schoß. Ihre Augen füllten sich mit Tränen, ihre schmalen Lippen zitterten. Mit bebender Stimme fragte sie: »Nun, was haltet ihr davon?«

Aus dem Luftschacht vor dem einzigen Fenster des Zimmers kam eine Antwort: »Wenn du meine Meinung hören willst, der kleine Bastard gibt dir den guten alten Laufpass. *Adios, Baby*, und *muchas gracias*! Er macht mit dir Schluss. Beendet eure Beziehung. Braucht mehr ›persönlichen Freiraum, um sich selbst zu finden‹. Serviert dich ab. Zeigt dir die Tür. Schickt dich in die Wüste ...«

»Halt die Klappe, Hastur!«, wies ihn der Große Cthulhu an. »Für jemanden, der so verdammt stolz darauf ist, dass man ihn den ›Unaussprechlichen‹ nennt, könntest du uns allen einen Gefallen tun und dich auch mal als der ›Un-Sprechende‹ versuchen. Welche Ausgeburt des Urschleims hat dich überhaupt zum Experten für persönlichem Freiraum gemacht?«

»Machst du Witze? In dem mitternächtenen Abgrund, unter der Lichtlosigkeit der Schwarzen Sterne, *haben* wir nichts außer persönlichem Freiraum!«

Sarah, der die briefliche Zurückweisung doch arg zusetzte, gab schließlich dem Drang zu schluchzen nach. Ihr Kummer lenkte die Aufmerksamkeit der Großen Alten augenblicklich von ihren kleinlichen Zankereien ab. Der Große Cthulhu selbst schlang eine Pfote und zwei Tentakel um die bebenden Schultern des Mädchens.

»Ist ja gut, Kleines, ist ja schon gut! Verschwende keinen Gedanken mehr an dieses kleine Scheusal. Du bist zu gut für ihn. Soll ich ihn auffressen?«

Sarah schüttelte heftig den Kopf. »Versteht Ihr denn nicht? Dieser Brief ist einfach verkehrt! Er klingt überhaupt nicht nach Robin. Robin liebt mich – ich weiß, dass er das tut –, und er würde mich nicht bitten, einfach so zurück nach Arkham zu gehen. Es war doch allein seine Idee, dass wir nach New York kommen sollten. Er hat gesagt, es gebe da eine Menge Dinge im Verlagsgeschäft, die ich aus erster Hand erfahren müsse. Warum sollte er seine Meinung so radikal ändern, und dann noch so plötzlich? Irgendetwas geht da vor. Etwas hat ihn gezwungen, diesen Brief zu schreiben; irgendein Einfluss von verabscheuungswürdigem und acherontischem Bösen ...«

»He! Schaut nicht mich an!«, protestierte Nyarlathotep. »Ich war den ganzen Morgen draußen und bin mit den Hunden von Tindalos Gassi gegangen.«

»Gib mir mal den Brief«, sagte der Große Cthulhu. Er hielt das Papier gegen das Licht, atmete dessen spezifisches Aroma ein und kaute an einer Ecke des Columbine-Press-Briefpapiers, bevor er sein Urteil abgab. »Ja, Sarah, du hast Recht! Hier ist eine böse Macht am Werke, ein Grauen unnennbaren Ausmaßes, etwas Abscheuliches von so grotesker Verdorbenheit, dass es einen gesunden Verstand in irrem Taumel die albtraumhaften Korridore des Wahns hinunter zu senden vermag ...«

»Komm endlich zur Sache, du alte Laberbacke!«, meckerte Hastur aus dem Luftschacht.

«Geh doch und küss Tsathoggua, du Entsprungener aus einem Carl-Sagan-Special«, erwiderte Cthulhu. »Du bist doch bloß sauer, weil ich einen zweispaltigen Eintrag im *De Vermis Mysteriis* bekommen habe und du Abbie Alhazred die fünf Tanzmädchen und einen Obstkorb schicken musstest, damit du überhaupt mit deinem einen lausigen Satz im *Necronomicon* vertreten bist!«

»Ghoule und Dhole, welch ein Graus, die saugen mir die Seele aus, doch hör ich bloße Pöbelei, so geht mir die am A ... vorbei!«, konterte Hastur unverzüglich.

»Bitte, Großer Alter«, sagte Sarah und legte eine Hand auf Cthulhus schuppigen Unterarm. »Diese unheilige Bedrohung, die meinen Robin versklavt hat – kannst du sie bezwingen? Kannst du uns helfen?«

»Ich weiß es nicht«, gab der Uralte zu. »Ich kann es nur versuchen. Mit einer Chefredakteurin hatte ich noch nie zu tun.«

Marybeth Conran blickte mit finsterem Gesicht auf ihre Rolex. »Fast zehn Uhr! Wehe, wenn sich das nicht lohnt!«, sagte sie mit zusammengebissenen Zähnen.

Robin Pennyworth nahm den Daumen lang genug aus dem Mund, um zu entgegnen: »Tut mir Leid, Ms. Conran. Ich weiß ehrlich nicht mehr über dieses Treffen als Sie. Sarah hat mir eine Nachricht geschickt, ich solle heute Abend nach der Arbeit da bleiben und mich um neun bei Ihnen im Büro melden. Ich nehme an, sie hat Ihnen das Gleiche mitgeteilt?«

»Sie hat das Gleiche von mir *verlangt*!« Ms. Conran sprach in einem abgehackten Tonfall, der augenblicklich klarstellte, dass es hier nur *eine* Person gab, die anderen sagte, was sie tun sollten. Die Chefredakteurin von Columbine Press schob gereizt einen Stapel Fax-Ausdrucke hin und her. »Sie hat mir zu verstehen gegeben, dass sie ihren Vertrag nachzubessern wünscht.«

Robin schluckte brennende Luft. »Ms. Conran, ich schwöre, damit hatte ich nichts zu tun. Ich habe genau das getan, was Sie gesagt haben: Ich habe sie nicht in die Nähe von jemandem gelassen, der etwas vom Verlagsgeschäft versteht. Ich habe dafür gesorgt, dass sie beschäftigt war. Ich habe sie gedrängt, nach Arkham zurückzukehren. In der kurzen Zeit, seit sie in der Stadt ist, kann sie noch keinem Menschen begegnet sein, der ihr hätte sagen können, was für einen miserab ... – äh, einmaligen Vertrag sie mit uns hat. Und selbst wenn sie es wüsste, es gibt doch keine Möglichkeit, ihn neu zu verhandeln, und ...«

»Sie faseln, mein lieber Junge.« Ms. Conrans Miene war undurchdringlich. »Ein Jammer, dass Sie Ms. Pickmans Absicht, unsere Arbeits-Grundlage zu ändern, nicht für sich in Anspruch nehmen können. Sehen Sie, sie will sich mit mir treffen, um eine Klausel in den Vertrag aufzunehmen, mit der sie sicherstellt, dass keinerlei Zahlungen im Voraus an sie geleistet werden, weder vor der Veröffentlichung von *Feuer* noch zu irgendeinem anderen Zeitpunkt, was das anbelangt. Alles rein auf Tantiemenbasis!«

Robin erschauderte ob der Naivität seiner Geliebten. Columbine Press hatte in der Branche eine Reputation für die höchste Pro-Kopf-Rate an Autoren, die über den Versuch, von der Buchhaltungsabteilung eine verbindliche Honorarabrechnung zu erhalten, zu sabbernden Tobsüchtigen geworden waren. Und was die Chancen anbelangte, tatsächlich jemals sein Geld zu sehen ...? Gerüchte besagten, wenn es jemandem wirklich gelingen sollte, dem Verlag einen Scheck zu entreißen, dann würde er ihn wohl bei der Sankt-Nimmerleins-Bank des Jüngsten Tages einlösen müssen.

«Zumindest weiß ich jetzt, warum du so spät noch hier rumhängst, du alte Fledermaus», murmelte er.

«Haben Sie etwas gesagt, Robin?» In Ms. Conrans Augen glitzerte ein kaltes rotes Licht. Er beeilte sich, sie seines absoluten und gehorsamen Schweigens zu versichern. »Gut!« Mit dem Fingernagel begann sie, kleine Kerben in die Kante des Löschpapiers auf ihrem Schreibtisch zu schnitzen.

Ms. Conran hatte das Löschpapier zu Fransen verarbeitet, bevor es nach Robins Einschätzung sicher war, erneut eine Erkundigung zu wagen. »Ähmm ... hat Sarah zufällig erwähnt, warum sie diese Vertragsänderung vornehmen will?«

Die Frage wurde mit einem Achselzucken abgetan. »Irgendwelche dämlichen Gewissensbisse, weil ihre Yankee-Arbeitsethik ihr wohl verbietet, Geld anzunehmen, das sie sich noch gar nicht rechtmäßig verdient hat. Sie wissen schon, Skrupel und so! Sie kennen mich ja, Robin: Für den Seelenfrieden unserer Autoren würde ich *alles* tun!« Sie schaute wieder auf die Rolex. »Wie auch immer, wenn Ihre spatzenhirnige kleine Knuddelpuppe nicht bald hier auftaucht, dann werde ich ...«

Es klopfte an der Tür.

»Das ist merkwürdig«, sinnierte Ms. Conran. »Niemand sollte um diese Uhrzeit hier heraufkommen können, ohne dass der Wachdienst vorher zu uns durchruft. Wer ist da?«, rief sie.

»Hier ist Hu!«, kam die Antwort.

»Welcher Hu?«

»Na, Cthul Hu!« Der unverständliche Scherz sorgte für ein beträchtliches Maß an lautstarker Erheiterung auf der anderen Seite der geschlossenen Tür. Das keckernde Gelächter endete abrupt und wich dem Klang von vielen deftigen Knuffen, Puf-

484

fen, Watschen, Nasenstübern und Kopfnüssen, die den Betreffenden zugemessen wurden.

»Blöde Schoggothen!«, fauchte jemand.

»Wer *ist* da?«, bellte Ms. Conran. Die Tür öffnete sich einen Spalt breit, und in bescheidener Unterwürfigkeit wagte sich Sarah Pickman in Ihrer Majestät Räumlichkeiten.

Sofort flog Robin an ihre Seite und presste sie an sich, sein Herz pulsierend mit der wilden Hingabe der Liebe. Ihre Augen enthielten all der Leidenschaft zartes Ungestüm, als ihre Blicke sich trafen, und nur süße, wilde Verständigkeit hielt sie davon ab, einander direkt vor den Augen der sprachlosen und sichtlich angewiderten Ms. Conran in einem Ansturm feuriger Küsse zu verschlingen.

Robins Vorgesetzte räusperte eine ganze Sinfonie von Ähem-Geräuschen zusammen, bevor es ihr gelang, die Aufmerksamkeit der beiden voneinander loszusprengen. »Ich glaube, Sie wünschten mich zu sehen, Ms. Pickman?« Reiner Zuckersirup über jedem ihrer Worte verhärtete sich zu einer knisternden Glasur.

Sarah löste sich unter größtem Widerstreben von Robin und näherte sich Ihrer Hoheit mit kameradschaftlich vorgestreckter Hand. »Ich freue mich so sehr, Sie endlich kennen zu lernen, Ms. Conran«, sagte sie strahlend.

»Gleichfalls!« Ms. Conran riss eine Schublade auf und klatschte eine Ausfertigung des berüchtigten Vertrages auf die Tischplatte. »Robin kann raus zum Schreibtisch meiner Sekretärin gehen und uns schnell einen Cappuccino machen, während wir diese Vertragsänderungen vornehmen, um die Sie gebeten haben. Es ist ziemlich spät, Ms. Pickman, und ich denke, wir werden uns alle viel besser fühlen, wenn wir diese kleine Angelegenheit hinter uns haben und nach Hause gehen können. Insbesondere da Sie doch, wie ich glaube, morgen nach Arkham zurückfahren werden?«

»Oh, morgen noch nicht!« Ein Funkeln trat in Sarahs Au

gen, wodurch sie ein wenig aussahen wie paillettenbesetzte Pingpong-Bälle.

»Dann übermorgen! Zu schade! Dabei hätte ich Ihnen so gerne noch ein wenig von New York gezeigt.« Um diese Einladung noch halbherziger zu machen, hätte es schon radikaler Herzchirurgie bedurft. »Ich fürchte, da Sie uns schon so bald verlassen, muss ich wohl auf das Vergnügen verzichten, ihre Anstandsdamen kennen zu lernen.«

»Nein, das werden Sie nicht.« Sarah wandte sich anmutig der Tür zu. »Ähem. Iä. Iä! Ju-hu? Iä, alle miteinander!«

Die Tür schwang weit auf und gab den Blick frei auf eine unmögliche Allee zyklopischer Megalithen, in deren schimmernden Basalt kryptische Inschriften von entsetzlicher Bedeutung eingemeißelt standen. Gesichtslose, missgestaltete Kreaturen watschelten zwischen den Pylonen umher, während weiter in der Ferne lepröse Gestalten wild umherwirbelten und in primitiver, würdeloser Ausschweifung Kapriolen schlugen.

»Du lieber Gott!«, keuchte Ms. Conran.

»Hat einer von euch da draußen eine Cappuccino-Maschine gesehen?«, flötete Robin.

Und dann kam – halb kriechend, halb schlurfend – die höchste Ausgeburt kranken, abscheulichen Grauens diese monumentale Prachtstraße herunter, seine peitschenden Tentakel noch immer malerisch behängt mit den klammen Meeresalgen seines versunkenen Königreiches. Unerbittlich näher und näher kam er, während die höllischen Günstlinge seines Gefolges ihn springend umtanzten. Ihre blasphemische Litanei begleitete sein Voranschreiten, bis seine sinistre Masse schließlich über das Büro, den Schreibtisch und die zitternde Marybeth Conran aufragte.

»Hi!«, sagte er. »Ich bin Cthulhu. Ich habe ja versucht anzurufen, aber ich bin immer nur auf Ihrem blöden Anrufbeantworter gelandet.«

Marybeth fiel in Ohnmacht.

Abs.:
Clarissa Ashley Smith, Verlegerin,
Columbine Press, Inc.

2. November 1990

Lieber Mr. Pennyworth:

Ich möchte Ihnen persönlich dafür danken, dass Sie die Aufgaben unserer bisherigen Chefredakteurin Marybeth Conran übernommen haben, und das während einer Zeit, die für uns alle hier bei Columbine Press eine schmerzliche Schicksalsprüfung war. Abgesehen davon, dass Sie neben Ihren eigenen regulären Pflichten zusätzlich Ms. Conrans Aufgaben zu bewältigen hatten, gebührt Ihnen ein Lob für die Kühnheit, Unabhängigkeit und Innovationsfreude, mit der Sie *Feuer über der See* so schnell in Druck gegeben haben. Wie unser Vertrieb mir mitteilt, ist das Käufer-Interesse von solch beispiellosem Ausmaß und Enthusiasmus, dass Steel, Krantz, Plain oder Barker gut daran täten, ihre Lorbeeren nicht aus den Augen zu lassen. Von diesem Tage an wird ›Lovecraft‹ ein Name sein, mit dem man rechnen muss.

In Anerkennung Ihrer Beiträge zum Markterfolg von Columbine Press ist es mir ein Vergnügen, Ihnen die unlängst frei gewordene Stellung des Chefredakteurs anzubieten. Es ist mein aufrichtigster Wunsch, dass Sie Ihre neue Position nutzen, um aktiv neue Talente auf dem Gebiet des Romantic-Thrillers aufzuspüren, nach Möglichkeit solche, deren Können dem von Ms. Lovecraft selbst gleichkommt.

Der beiliegende Scheck beläuft sich auf Ihr angepasstes Gehalt plus einem kleinen Zeichen meines Wohlwollens und meiner herzlichen Glückwünsche an Sie und Ihr Fräulein Braut anlässlich Ihrer Hochzeit.

Hochachtungsvoll,
Clarissa Ashley

487

P.S. Bedauerlicherweise kann ich keine besseren Neuigkeiten über Ms. Conrans Geisteszustand an Sie weiterleiten. Ihre behandelnden Ärzte am Dunwich-Hills-Sanatorium teilen mir mit, dass sie, wenn sie nicht gerade im Dunkeln flüstert, auf Schwellen lauert.

Abs.:
Robin Pennyworth, Chefredakteur,
Columbine Press, Inc.

3. November 1990

Liebe Ms. Cromwell:

vielen Dank, dass Sie Ihren historischen Liebesroman *Die Braut des Barbaren* bei Columbine Press eingereicht haben. Wir alle sind davon begeistert und meinen, dass er eine bedeutende Bereicherung des Genres darstellt. Wir sind bereit, Ihnen einen Tantiemenvorschuss von 10.000 anzubieten; die Bedingungen im Einzelnen finden Sie in den beiliegenden Verträgen erläutert. Bitte unterschreiben Sie alle drei Ausfertigungen und schicken Sie sie uns zurück, so schnell es möglich ist.

Natürlich werden Sie einsehen, dass wir einige kleinere Änderungen an Ihrem Manuskript vornehmen müssen, um den Anforderungen des sich verändernden *Liebesroman-Marktes* gerecht zu werden. Ihre Heldin ist geradezu maßgeschneidert für unsere Leserschaft – eine starke Frau, die keine Scheu kennt, zu dem falschen Mann »Nein« zu sagen – aber ihr Name deutet auf einen russischen Handlungsort hin; zaristisch, vielleicht, oder verwenden Sie den Beinamen »Rot« in einem politischen Sinne? Desgleichen sollten Sie Ihre Sonja statt einer neunschwänzigen Katze vielleicht doch lieber ein Langschwert benutzen lassen, um in der ersten Szene ihre Tugend zu verteidigen. Dies wäre zwar eine weniger romantische, exotische und damenhafte Waffe, aber wir könnten dadurch etwaige Unterstellungen von Sexismus in Bezug auf die Bezeichnung mehrschwänzig und *Katze* vermeiden, Sie verstehen.

Ich wünschte, es wäre mir möglich, Ihr vortreffliches Buch selbst zu redigieren, aber zu meinem Leidwesen lassen meine administrativen Verpflichtungen dies nicht zu. Unser Mr. Alhazred, der nicht nur selbst Schriftsteller, sondern auch einer unserer besten Lektoren ist, wird Ihrem Werk all die Aufmerksamkeit, Sorgfalt und Mühe widmen, die es verdient. Ich versichere Ihnen, er ist geradezu verrückt nach der *Braut des Barbaren*.

> Ganz der Ihre,
> Robin Pennyworth

P. S. Wenn Sie gestatten, hätte ich noch eine zu klärende Frage in Bezug auf ein bestimmtes Detail in Ihrem Manuskript: Ich habe einen der von Ihnen benutzten Ortsnamen überall nachzuschlagen versucht, und dabei sowohl die *Britannica* als auch die geografischen Einträge im *Unabridged* zurate gezogen, doch ich stoße auf das entsprechende Wort immer nur in seiner adjektivischen Verwendung. Dabei klingt es so vertraut. Ich meine, mich zu erinnern, dass Trump dort ein Feriendomizil gebaut hat, aber korrigieren Sie mich ruhig, wenn ich mich irre.

Wo, bitte, *liegt* dieses Stygien?

Originaltitel: *Love's Eldritch Ichor*
Erstveröffentlichung: *World Fantasy Convention,* 1990
(Program Book).

Aus dem Amerikanischen von Armin Patzke

Das Letzte Harlekin-Fest

VON THOMAS LIGOTTI

1.

Mein Interesse an der Stadt Mirocaw wurde geweckt, als ich erfuhr, dass dort jährlich ein Fest stattfand, bei dem neben anderen heidnischen Figuren auch Spaßmacher eine gewisse Rolle spielten. Ein früherer Arbeitskollege, der inzwischen der anthropologischen Fakultät einer weit entfernten Universität angehört, hatte eine meiner jüngsten Abhandlungen gelesen (»Die Figur des Clowns in den amerikanischen Medien«, *Journal of Popular Culture)* und mir geschrieben, dass er von einer Stadt in einem Bundesstaat gehört oder gelesen zu haben glaubte, die alljährlich eine Art »Narrenfest« abhielt, von dem er annahm, dass es für meine derzeitigen Studien durchaus von Interesse sein könnte. In der Tat war dies sowohl bezüglich meiner akademischen Ziele in dem mir eigenen Fachgebiet als auch im Hinblick auf meine persönlichen Studien weitaus interessanter als er hätte vermuten können.

Neben meiner Unterrichtstätigkeit hatte ich mich in den letzten Jahren mit verschiedenen anthropologischen Untersuchungen befasst, deren hauptsächliches Ziel darin bestand, die Rolle der Figur des Spaßmachers in verschiedenen kulturellen Zusammenhängen herauszuarbeiten. In den letzten zwanzig Jahren hatte ich ohne Ausnahme jedes Jahr an den Karnevalsfeierlichkeiten teilgenommen, die in vielen Ortschaften der südlichen Vereinigten Staaten stattfanden. Und in jedem Jahr hatte ich neue Erkenntnisse über die geheimen Hintergründe dieser Festivitäten gewonnen. Ich hatte mich in der Vergangenheit während dieser Studien auch an den eigentlichen Feierlichkeiten beteiligt – neben meiner Tätigkeit als Anthropologe habe ich dabei selbst die Maske des Clowns getragen. Und diese Rolle hat mir mehr bedeutet als alles andere in meinem Leben. Für mich hatte der Titel eines Clowns immer etwas besonders Ehrenvolles an sich, und seltsamerweise war ich sogar ein recht geschickter Spaßmacher. Auf die damit verbundenen Fähigkeiten, die ich mir hart erarbeitet hatte, bin ich immer stolz gewesen.

Ich schrieb daher an das State Department of Recreation, um nähere Informationen einzuholen, und tat dies mit dem enthusiastischen Nachdruck, der mir bei einem solchen Anliegen zur zweiten Natur geworden war. Einige Wochen später erreichte mich ein gelbbrauner Umschlag, der mit dem Siegel einer Regierungsinstitution versehen war. Er enthielt eine Broschüre, in der sämtliche jahreszeitlichen Festivitäten aufgeführt waren, von denen die staatlichen Behörden Kenntnis hatten. Dabei fiel mir übrigens auf, dass im Spätherbst und Winter nahezu genauso viele Feierlichkeiten stattfanden wie in den wärmeren Jahreszeiten. Ein der Broschüre beiliegendes Schreiben belehrte mich dahingehend, dass den umfänglichen Unterlagen zufolge offiziell über Festivitäten, die in der Stadt Mirocaw abgehalten würden, nichts bekannt sei. Sollte ich jedoch den Wunsch hegen, in dieser oder einer vergleichbaren Angelegenheit in Verbindung mit einer akademischen Studie Nachforschungen anzustellen, würde man mir natürlich auf Wunsch jederzeit gerne Einblick in die entsprechenden Akten gewähren. Zu dem Zeitpunkt, als ich dieses Angebot erhielt, stand ich jedoch beruflich und privat derart unter Druck, dass ich notgedrungen den Umschlag nebst Inhalt in irgendeiner Schublade deponierte, wo er denn auch alsbald in Vergessenheit geriet.

Einige Monate später schob ich dann allerdings, der Laune eines Augenblicks folgend, meine beruflichen Verpflichtungen einfach beiseite und nahm aufs Geratewohl das Mirocaw-Projekt wieder in Angriff. Dies geschah, als ich eines Nachmittags im Spätsommer nach Norden unterwegs war, um in einigen Zeitschriften aus dem Präsenzbestand einer auswärtigen Universitätsbibliothek zu recherchieren. Kaum dass ich den eigentlichen Stadtbezirk verlassen hatte, bestand die Landschaft bald nur noch aus sonnenbeschienenen Feldern und Farmland, die meine Gedanken von den vorbeiziehenden Schildern am Rand des Highways ablenkten. Dennoch muss mein Unterbewusstsein sie mit wissenschaftlichem Interesse verzeichnet haben, denn der Name einer Stadt begann sich undeutlich vor meinen Augen abzuzeichnen. Sofort förderte der Gelehrte in mir aus einem entlegenen Schubfach in meinem Gedächtnis gewisse Unterlagen zutage, und ich überschlug rasch, ob die Zeit und mein Interesse wohl für eine kleine zusätzliche Recherche ausreichten. Aber bevor ich zu einem Entschluss gelangt war, kam auch schon das Ausfahrtschild in Sichtweite, und noch ehe ich mich recht versah, hatte ich den Highway verlassen, weil ich mich daran erinnerte, dass die Stadt laut den Angaben auf dem ersten Schild höchstens sieben Meilen in östlicher Richtung entfernt sein konnte.

Diese sieben Meilen waren jedoch geprägt von etlichen Wendemanövern, dem kurzfristig erzwungenen Ausweichen auf eine Umleitung und einem Ziel, das erst in Sichtweite kam, nachdem eine steile Anhöhe endgültig überwunden war. Auf der anschließenden Fahrt nach unten belehrte mich ein Hinweisschild, dass ich soeben die Stadtgrenze von Mirocaw passiert hatte. Einige verstreute Häuser in den Außenbezirken der Stadt waren die ersten Gebäude, die in mein Blickfeld gerieten. Auf ihrer Höhe wurde aus dem nummerierten Highway die Townshend Street, Mirocaws Hauptstraße.

Einmal innerhalb der Stadtgrenzen, machte die Ortschaft auf mich den Eindruck, dass sie viel größer war, als es vom Kamm des Hügels den Anschein gehabt hatte. Ich bemerkte, dass der hügelige Charakter der umgebenden Landschaft sich auch im Inneren Mirocaws fortsetzte. Die Wirkung war hier allerdings eine andere. Die Stadtteile machten nicht den Eindruck, als gehörten sie wirklich zusammen. Dies war möglicherweise auf die unregelmäßige Topografie der Stadt zurückzuführen. Hinter einigen alten Lagerhäusern im Geschäftsviertel hatte man an einem steilen Hang Häuser mit spitzen Giebeln errichtet, deren Dachfirste in beträchtlicher Höhe über die niedrigeren Gebäude emporragten. Und da das Fundament dieser Häuser den Blicken entzogen war, wurde dem Betrachter vorgegaukelt, dass sie entweder in der Luft schwebten, immerzu in Gefahr, herabzustürzen, oder dass sie schlechterdings eine für ihre Breite und Massigkeit eigentlich unmögliche Höhe besaßen. Diese Gegebenheiten waren wohl auch für die beobachtete perspektivische Verzerrung verantwortlich. Die beiden Gebäudeebenen überlagerten einander, ohne eine echte Tiefenwirkung hervorzurufen, sodass die Häuser aufgrund ihrer höheren Lage und Nähe zu den Gebäuden im Vordergrund nicht die scheinbar kleinere Größe zu haben schienen, die man von weiter hinten stehenden Objekten eigentlich erwartete. Folglich wirkte die ganze Gegend flach wie eine Fotografie. Und wirklich hätte man Mirocaw mit einem Album alter Aufnahmen vergleichen können, besonders mit solchen, bei denen die Kamera während des Fotografierens von der beabsichtigten Ausrichtung abgebracht worden war, sodass die entstandenen Bilder aus ungewöhnlichen Winkeln aufgenommen worden waren: ein Türmchen mit kegelförmigem Dach, das an einen der Eleganz halber leicht schräg getragenen spitzen Hut erinnerte, überblickte die Häuser einer nahe gelegenen Straße; eine Reklamefläche, auf der eine Gruppe grinsender Gemüsesorten zu sehen war, schien ihr Motiv in westlicher Richtung ausgießen zu wollen; Wagen, die an steilen Bordsteinen geparkt waren, wirkten in der spiegelnden Verzerrung der Fenster eines Billigkaufhauses beinahe, als ob sie zum Himmel aufsteigen wollten; die Leute, die auf den Bürgersteigen hin- und hergingen, nahmen durchweg eine lethargische Schräglage ein; und an diesem sonnigen Tag warf der Uhrenturm, den ich zunächst fälschlich für einen Kirchturm gehalten hatte, einen langen Schatten, der sich über eine unmögliche Distanz zu erstrecken schien und auf seiner Wanderung über die Dächer der Stadt die unwahrscheinlichsten Orte aufsuchte. Ich vermute allerdings, dass Mirocaws Disharmonien meiner Einbildungskraft im Nachhinein sehr viel intensiver zugesetzt haben, als es an diesem ersten Tag der Fall war, an dem ich mich hauptsächlich darauf konzentrierte, das Rathaus oder irgendein anderes Informationszentrum ausfindig zu machen.

Ich bog um eine Ecke und brachte den Wagen zum Stehen. Dann rutschte ich auf den Beifahrersitz hinüber, kurbelte das Seitenfenster herunter und wandte mich an einen Passanten: »Entschuldigen Sie bitte, Sir.« Der schäbig gekleidete alte Mann verharrte einen Augenblick, ohne sich dem Wagen zu nähern. Obwohl er meine Bitte offensichtlich vernommen hatte, gab sein abwesender Gesichtsausdruck nicht im Mindesten zu erkennen, dass er um meine Anwesenheit wusste, und einen Augenblick lang glaubte ich, es sei lediglich ein Zufall gewesen, dass er im gleichen Moment innegehalten hatte, als ich ihn angesprochen hatte. Seine Augen, deren Blick müde und recht dümmlich wirkte, waren auf etwas weit hinter mir Liegendes gerichtet. Einige Sekunden später setzte er seinen Weg fort, und ich unternahm keinen weiteren Versuch, ihn anzusprechen, obgleich mir sein Gesicht im letzten Augenblick beinahe bekannt vorkam. Schließlich kam jemand anderes vorbei, der mir den Weg zum Rathaus von Mirocaw und dem Gemeindezentrum beschreiben konnte.

Das Rathaus entpuppte sich als das Gebäude, zu dem der Uhrenturm gehörte. Drinnen postierte ich mich an einem Schalter, hinter dem ich einige Personen an Tischen arbeiten

497

oder einen weitläufigen Flur auf- und abgehen sah. An einer Wand hing ein Plakat der Staatlichen Lotterie: ein Springteufelchen, das mit beiden Händen nach grünen Banknoten grabschte. Nach kurzer Wartezeit trat eine groß gewachsene Frau mittleren Alters an den Schalter.

»Kann ich Ihnen behilflich sein?«, erkundigte sie sich in neutralem, bürokratischem Tonfall.

Ich erwiderte, dass ich von dem Fest gehört hätte – wobei ich ihr wohlweislich verschwieg, dass sie einen neugierigen Akademiker vor sich hatte –, und bat sie, mir nähere Informationen darüber mitzuteilen oder mich gegebenenfalls an jemanden zu verweisen, der mir da weiterhelfen könnte.

»Sie sprechen von dem Winterfest?«, hakte sie nach.

»Wie viele gibt es denn?«

»Nur dieses eine.«

»Dann bin ich mir ziemlich sicher, dass ich genau das meine.« Ich lächelte sie an, als hätte ich ihr soeben einen guten Witz weitererzählt.

Ohne ein Wort der Erwiderung verschwand sie in dem großen Flur. Während sie fort war, wechselte ich einige Blicke mit den Leuten auf der anderen Seite des Schalters, die hin und wieder von ihrer Arbeit aufsahen.

»Hier, bitte sehr«, sagte die Frau, als sie wieder auftauchte und mir ein Papier aushändigte, das aussah, als sei es mit einem billigen Kopierer vervielfältigt worden. *Nur hinein ins Vergnügen*, hieß es dort in großen Lettern. Weiter ging es mit: *Paraden, Straßenumzüge, Musikgruppen, Winterlotterie*, und zuletzt folgte die *Krönung der Winterkönigin*. Auf dem Blättchen waren noch weitere Veranstaltungen aufgeführt. Ich las es noch einmal sorgfältig durch. Irgendetwas an diesem beschwörenden »nur« zu Beginn der Ankündigung ließ das Ganze wie eine Wohltätigkeitsveranstaltung wirken.

»Wann findet das denn statt? Hier steht ja gar nichts davon, wann die Veranstaltung abgehalten wird.«

»Das wissen die meisten ohnehin.« Sie riss mir das Blättchen abrupt aus den Händen und kritzelte etwas an den unteren Rand. Als sie es mir zurückgab, stand dort mit blaugrüner
Tinte geschrieben »19.–21. Dez.«. Mir fiel sofort auf, wie seltsam es war, dass das Festkomitee sich für diesen Termin entschieden hatte. Natürlich ließen sich hinlänglich viele anthro-
pologische und historische Vorbilder dafür nachweisen, dass
um die Wintersonnenwende Feste gefeiert wurden, aber dieser
Termin erschien gerade für eine solche Veranstaltung ausgesprochen unpraktisch.

»Verzeihen Sie bitte, wenn ich aufdringlich wirke, aber kol-
lidiert das nicht ein wenig mit der Vorweihnachtszeit? Die
meisten haben doch vermutlich um diese Zeit schon alle Hände voll zu tun, oder nicht?«

»Das ist halt bei uns Brauch«, erwiderte die Frau und berief
sich damit wohl auf eine altehrwürdige Tradition.

»Das ist ja sehr interessant«, erwiderte ich, was genauso gut
an mich selbst wie an sie gerichtet war.

»Kann ich sonst noch was für Sie tun?«, wollte sie wissen.

»In der Tat. Können Sie mir sagen, ob bei dem Festival auch
Clowns dabei sein werden? Hier steht nämlich was von Straßenumzug.«

»Ja, selbstverständlich werden dabei ... Kostümierte teil-
nehmen. Ich selbst habe dabei noch nie aktiv mitgewirkt ... also, ja, gewissermaßen sind Clowns mit von der Partie.«

Zu diesem Zeitpunkt war mein Interesse definitiv erwacht,
aber ich war nicht sicher, ob ich es so rasch weiter verfolgen
sollte. Ich dankte der Frau für ihre Hilfe und erkundigte mich
nach der schnellsten Auffahrt zum Highway, da ich es scheute,
den verschlungenen Weg zurückzufahren, auf dem ich die
Stadt erreicht hatte. Auf dem Weg zu meinem Wagen schwirrten mir haufenweise unausgegorene Fragen im Kopf herum,
und wohl auch ebenso viele vage und widersprüchliche Antworten.

Die Wegbeschreibung, die mir die Frau gegeben hatte, führte mich durch den südlichen Teil der Stadt. Hier waren fast keine Leute auf den Straßen. Die wenigen, die ich sehen konnte, wie sie schleppenden Schrittes an den Geschäftsfronten eines Häuserblockes vorbeischlurften, hatten alle denselben einsamen Gesichtsausdruck und das gleiche selbstvergessene Gebaren wie der alte Mann, den ich vorhin um Auskunft gebeten hatte. Offensichtlich bewegte ich mich hier gerade auf einer Hauptverkehrsader, da sich nach beiden Seiten etliche Straßen erstreckten, deren notdürftig gepflegte Gärten und mühsam in Stand gehaltene Häuser von der Last des Alters und der Gleichgültigkeit niedergedrückt zu sein schienen. Als ich an einer Straßenkreuzung halten musste, ging einer der Einwohner dieses schäbigen Viertels vor meinem Wagen vorbei. Diese hagere, verdrossene und merkwürdig geschlechtslos wirkende Person drehte sich zu mir um und setzte, die kleinen Lippen straff gespannt, ein seltsam schiefes Lächeln auf, ohne dabei jemand Bestimmten anzusehen. Einige Kreuzungen weiter erreichte ich die Straße zum Highway. Ich fühlte mich im gleichen Augenblick spürbar wohler, als mich mein Weg wieder über weites, sonnengebadetes Farmland führte.

Als ich die Bibliothek erreichte, blieb mir für meine Nachforschungen genügend Zeit, und so beschloss ich, einen kleinen wissenschaftlichen Abstecher zu unternehmen, indem ich nach Material suchte, das über das Winterfest von Mirocaw Aufschluss zu geben vermochte. Die Bibliothek, die eine der ältesten in diesem Bundesstaat war, hatte in ihren Beständen auch die kompletten Jahrgänge des *Mirocaw Courier*. Ich hielt dies für eine ausgezeichnet geeignete Publikation, um mit meiner Suche zu beginnen. Leider stellte sich jedoch bald heraus, dass es keinerlei Möglichkeit gab, in dieser Zeitung gezielt nach themenbezogenen Artikeln zu recherchieren, und ich hatte keinesfalls vor, die Nadel im Heuhaufen zu suchen.

500

Daraufhin versuchte ich es mit den besser archivierten und mit einem Index versehenen Blättern der größeren Städte in Mirocaw County. Ich fand nur wenig über die Stadt selbst und so gut wie nichts über das Fest, mit Ausnahme eines allgemein gehaltenen Artikels über jährliche Festivitäten in der Umgebung, der Mirocaw fälschlich eine »große, aus Vorderasien stammende Bevölkerung« zuschrieb, die jeden Frühling eine Art ethnisch geprägtes Fest veranstaltete. Aus dem, was ich selbst beobachtet hatte, und dem, was ich später noch erfahren sollte, ging eindeutig hervor, dass die Herkunft der Einwohner von Mirocaw im mittleren Westen der Vereinigten Staaten zu suchen war. Sie stammten möglicherweise in direkter Linie von einigen abenteuerlustigen Neuengländern aus dem letzten Jahrhundert ab. Ein kurzer Artikel befasste sich mit einem Vorfall in Mirocaw, doch handelte es sich dabei lediglich um einen Nachruf auf eine alte Frau, die sich in der Weihnachtszeit aller Wahrscheinlichkeit nach das Leben genommen hatte. An diesem Tag kehrte ich also, was Mirocaw anging, mit nahezu leeren Händen nach Hause zurück.

Allerdings erreichte mich nur kurze Zeit später ein weiterer Brief meines früheren Kollegen, der mich seinerzeit als Erster auf Mirocaw und sein Fest aufmerksam gemacht hatte. Wie der Zufall so spielt, hatte er den Artikel wiedergefunden, der ihn dazu veranlasst hatte, mich auf dieses örtliche »Narrenfest« hinzuweisen. Dieser Aufsatz war lediglich ein einziges Mal in einer obskuren Festschrift mit anthropologischen Studien abgedruckt worden, die vor etwa zwanzig Jahren in Amsterdam erschienen war. Die meisten der Aufsätze waren in niederländischer Sprache verfasst, einige wenige in Deutsch, und nur ein einziger war in englischer Sprache gehalten: *Das Letzte Harlekin-Fest: Vorläufige Anmerkungen zu einem lokalen Brauch.* Es war selbstverständlich faszinierend, diesen Artikel endlich lesen zu können, aber noch faszinierender wirkte auf mich der Name seines Autors: Dr. Raymond Thoss.

2.

Bevor ich fortfahre, sollte ich etwas über Thoss und damit zwangsläufig auch über mich selbst berichten. Vor mehr als zwanzig Jahren war Thoss an meiner *Alma Mater* in Cambridge, Massachusetts, einer meiner Professoren gewesen. Lange bevor er in den Ereignissen, über die ich noch berichten werde, eine Rolle spielen sollte, war er schon eine der wichtigsten Personen in meinem Leben. Dank seiner eindrucksvollen Ausstrahlung beeinflusste er zwangsläufig jeden, der irgendwie mit ihm in Kontakt kam. Ich erinnere mich an seine Vorlesungen über Soziale Anthropologie und wie er den abgedunkelten Hörsaal in ein brillantes und tief schürfendes Theater des Wissens verwandelte. Er bewegte sich auf seltsam lebhafte Weise. Wenn er mit dem Arm ausholte, um auf einen beinahe alltäglichen Ausdruck auf der Tafel hinter sich zu verweisen, glaubte man stets, es mit einem Gebilde von fantastischen Qualitäten und geheimem Wert zu tun zu haben. Wenn er die Hand wieder in die Tasche seiner alten Jacke zurückgleiten ließ, schien es, als würde diese flüchtige Magie wieder in ihr angestammtes, abgenutztes Heim verbracht, zur weiteren Verwendung durch den über sie gebietenden Zauberer. Wir spürten, dass er uns mehr lehrte, als wir überhaupt zu lernen vermochten, und dass er über weit größeres und tiefer schürfendes Wissen gebot, als er hätte vermitteln können. Einmal hatte ich die Kühnheit besessen, eine Interpretation vorzuschlagen, die der seinen etwas zuwiderlief, wobei es um die Spaßmacher der Hopi-Indianerstämme ging. Ich deutete an, dass meine persönliche Erfahrung als Amateur-Clown und meine besondere Hingabe an dieses Fachgebiet mir möglicherweise größere Einsicht hatten zuteil werden lassen, als sie selbst ihm zu Gebote stehen mochte. Daraufhin offenbarte er fast nebensächlich und mehr als nur beiläufig, dass er selbst seinerzeit einmal einer dieser mas-

502

kierten Spaßmacher bei einem der besagten Stämme gewesen sei und mit ihnen den Tanz der *Kachinas* zelebriert habe. Diesen Umstand allerdings gab er mir so taktvoll zu verstehen, dass es ihm gelang, der Demütigung, die ich mir selbst soeben bereitet hatte, von seiner Seite nichts mehr hinzuzufügen, und dafür war ich ihm überaus dankbar.

Thoss' Aktivitäten waren dergestalt, dass sie häufig zu Gerüchten oder ausufernden Spekulationen Anlass gaben. Was Recherchen vor Ort anbetraf, konnte ihm kaum jemand das Wasser reichen, und seine Fähigkeit, scheinbar mühelos mit jedweder exotischen Kultur und Situation zu verschmelzen und sich auf diese Weise echte Einsichten zu verschaffen, wo andere Anthropologen über das bloße Aufzeichnen von Daten nicht hinausgelangt wären, war geradezu legendär. So manches Mal hatte es während seiner Karriere geheißen, er sei »endgültig zum Eingeborenen geworden«, wie es seinerzeit angeblich Frank Hamilton Cushing gelungen war. Es gab Hinweise, die nicht durchweg grundsätzlich erfunden oder hemmungslos übertrieben waren, dass er sich mit einigen höchst seltsamen Untersuchungen beschäftigte, deren Gegenstand nicht selten in Neuengland zu suchen war. Es ist belegt, dass er einmal sechs Monate als angeblich Geisteskranker in einer Anstalt irgendwo in West-Massachusetts verbracht hatte, um dort Informationen über die »Kultur« der Geistesgestörten zu sammeln. Als sein Buch *Wintersonnenwende: die Längste Nacht einer Gesellschaft* veröffentlicht wurde, war der allgemeine Eindruck, dass es in enttäuschendem Maße subjektiv und impressionistisch war und dass ihm abgesehen von ein paar bewegenden, aber seltsam dichterisch verbrämten Einsichten keinerlei Wert beizumessen sei. Diejenigen, die Thoss verteidigten, erklärten, er sei eine Art Über-Anthropologe; obwohl der große Teil des Werks sein eigenes Denken und Fühlen zum Gegenstand zu haben schien, sei er doch zu einem reichen Kern harter Fakten vorgedrungen, den er nun wohl erst noch für den objektiven wissenschaftlichen Diskurs aufbereiten würde. Als einer seiner Schüler war ich geneigt, mich letzterer Einschätzung anzuschließen. Eine ganze Reihe haltbarer wie unhaltbarer Gründe brachten mich zu dem Glauben, dass Thoss die Fähigkeit besitze, sich Zugang zu bislang unzugänglichen Schichten der menschlichen Existenz zu verschaffen. Es war daher zunächst einmal äußerst befriedigend für mich, dass diese Abhandlung mit dem Titel »Das Letzte Harlekin-Fest« noch weiter zu dem Thoss umgebenden Geheimnis beitrug, zumal auf einem Gebiet, das mein persönliches Steckenpferd war.

Vieles vom Inhalt des Artikels erschloss sich mir nicht auf Anhieb, was nicht zuletzt an den Eigenheiten des Autors und seiner häufig gezielt verschleiernden Wortwahl lag. Nach der ersten Lektüre schien mir der interessanteste Aspekt dieser kurzen Abhandlung – die »Anmerkungen« umfassten ganze zwanzig Seiten – die Grundstimmung zu sein, die der Aufsatz vermittelte. Thoss' Exzentrizitäten hatten ihre Spuren auf diesen Seiten hinterlassen, allerdings lediglich als eine Art um Freiheit ringende innere Kraft, die jedoch von der düster rhythmischen Bewegung seiner Formulierungen und von einigen schwermütigen Verweisen, deren er sich gelegentlich bediente, beherrscht – oder vielleicht sollte ich besser sagen: eingekerkert – wurde. Besonders zwei dieser Verweise waren durch ein gemeinsames Thema miteinander verbunden. Einer davon war ein Zitat aus Poes »Der Sieger Wurm«, das Thoss als recht effekthascherisch wirkendes Motto ausgewählt hatte. Das Thema dieses Mottos wurde jedoch im Text des gesamten Aufsatzes mit Ausnahme eines einzigen beiläufigen Vermerks nicht wieder aufgegriffen. Thoss behandelte zunächst den wohlbekannten Ursprung der heutigen Weihnachtsfeier, die selbstverständlich von den römischen Saturnalien herrührt. Nachdem er ferner klargestellt hatte, dass er an dem Fest in Mirocaw noch nicht teilgenommen habe und über seine Natur lediglich aus unterschiedlichen Quellen schließen könne, bemerkte er anschließend, dass diese Festivität ebenfalls etliche Gemeinsamkeiten mit den Saturnalien aufweise, die hier sogar noch weit offener zutage träten. Daran schloss er eine Beobachtung an, die mir trivial und rein linguistischer Natur zu sein schien. Sie hatte weniger mit dem Gang seiner Argumentation zu tun als vielmehr mit dem ebenso beiläufigen Poe-Zitat. Er erwähnte kurz, dass es unter den frühen syrischen Gnostikern eine Sekte gegeben hatte, die sich selbst die »Saturnianer« nannte und die neben anderen religiösen Häresien den Glauben vertrat, dass die Menschheit von Engeln geschaffen worden sei, die wiederum das Werk eines unbekannten höchsten Wesens waren. Die Engel aber besaßen nicht die Macht, ihrer Schöpfung die Gabe des aufrechten Ganges zu verleihen, und so musste der Mensch zunächst gleich einem Wurm über die Erde kriechen. Schließlich beendete der wahre Schöpfer diesen grotesken Zustand. Damals war ich der Ansicht, dass diese symbolische Entsprechung zwischen dem Ursprung der Menschheit und ihrer letztendlichen Bestimmung, denen hier in beiden Fällen eine Assoziation mit Würmern zugrunde lag, in Verbindung mit einem Fest zum Jahresende, das den winterlichen Tod der Erde zum Thema hatte, das Wesentliche von Thoss' »Einsicht« sei. Eine zwar poetische, wissenschaftlich jedoch wertlose Beobachtung.

Auch seine übrigen Bemerkungen zum Fest von Mirocaw waren rein ethischer Natur. Mit anderen Worten fußten sie lediglich auf Kenntnissen aus zweiter Hand und auf Hörensagen. Ich glaubte jedoch selbst bei diesem Stand der Dinge zu spüren, dass Thoss mehr wusste, als er hier preisgab. Und wie ich später erkannte, hatte er tatsächlich einige Informationen über gewisse Aspekte Mirocaws eingearbeitet, die darauf hindeuteten, dass er verschiedene wichtige Kenntnisse besaß, die er seinerzeit sicherheitshalber noch unter Verschluss hielt. Damit fiel mir jedoch ebenfalls eine äußerst interessante Erkennt-

nis zu. Eine Bemerkung zum »Harlekin«-Aufsatz belehrte den
Leser dahingehend, dass dies lediglich ein nicht weiter über-
arbeitetes Fragment eines weit größeren, in Entstehung befindlichen Werkes sei. Dieses Werk war allerdings bis zum
heutigen Tag nicht veröffentlicht worden. Mein damaliger
Professor hatte seit seinem Rückzug aus den akademischen
Kreisen vor nunmehr gut zwanzig Jahren überhaupt nicht
mehr publiziert. Und nun hatte ich einen Verdacht, wo er sich
möglicherweise aufhielt.

Denn der Mann, den ich auf der Straße in Mirocaw angehalten und um Auskunft gebeten hatte, dieser Mann mit dem beunruhigend lethargischen Blick hatte eine seltsame Ähnlichkeit mit einem vor der Zeit gealterten Dr. Raymond Thoss
besessen.

3.

Nun ist es an der Zeit, dass ich ein Geständnis ablege. Obwohl ich Gründe genug besaß, Mirocaw und seinen Mysterien, insbesondere was die Verbindung zu Thoss und meinen
persönlichsten akademischen Interessen betraf, enthusiastisch
entgegenzusehen – ich betrachtete die bevorstehenden Tage
mit einem Gefühl tauber Kälte und häufig sogar mit tiefer
Niedergeschlagenheit. Und doch hatte ich keinerlei Grund,
von meinem Gefühlszustand überrascht zu sein, der so gut
wie kaum von den äußerlichen Ereignissen meines Lebens
abhing, sondern vielmehr inneren Bedingungen unterworfen
war, die ihren ganz eigenen, rätselhaften Phasen und Zyklen
gehorchten. Viele Jahre lang, schon seit meiner Studienzeit,
litt ich bereits an dieser dunklen Krankheit, dieser wiederkehrenden Verzagtheit, die mich regelrecht unter sich begrub,
wann immer die Erde kahl und kalt und der Himmel schwer
von Schatten zu werden begann. Dennoch blieb ich bei mei-

nem Entschluss, wenngleich dies fast auf mechanische Art geschah, Mirocaw während des Festes aufzusuchen, da ich wohl insgeheim hoffte, dass mein Tun die Last meiner jahreszeitlich bedingten Verzweiflung ein wenig zu erleichtern vermochte. In Mirocaw würde es Gelegenheit geben, an Umzügen und Feiern teilzunehmen und wieder einmal den Clown zu spielen.

Wochen im Voraus übte ich meine Darbietung ein und brachte sogar ein neues Jonglage-Kunststück zuwege, was schon immer meine besondere Stärke in der Spaßmacherkunst gewesen war. Ich ließ meine Kostüme reinigen, kaufte neue Schminke und fühlte mich schließlich gerüstet. Ich erhielt von der Universität die Erlaubnis, einige meiner Kurse noch vor den Ferien beenden zu dürfen, nachdem ich zusätzlich zum Gegenstand meiner Untersuchung dargelegt hatte, dass es notwendig sei, einige Tage vor Beginn des Festes in der Stadt einzutreffen, um so auch Recherchen im Vorfeld durchführen und rechtzeitig Kontakte zu Informanten aufnehmen zu können. In Wirklichkeit plante ich jedoch, die gesamte formale Untersuchung erst nach dem Fest in Angriff zu nehmen und zuvor so viel wie möglich an den eigentlichen Feierlichkeiten teilzunehmen. Selbstverständlich würde ich während der Zeit der Veranstaltung ein Tagebuch führen.

Allerdings gab es eine Quelle, die ich vorher noch einmal konsultieren wollte. Ich suchte erneut die Bibliothek in jenem anderen Bundesstaat auf, um die knapp zwanzig Jahre alten Dezember-Ausgaben des *Mirocaw Courier* einer genaueren Betrachtung zu unterziehen. Ein Artikel bestätigte noch einmal einen Punkt, den Thoss im »Harlekin«-Aufsatz hervorgehoben hatte, obwohl das Geschehen sich erst nach der Niederschrift seiner Abhandlung zugetragen haben konnte.

Der Artikel im *Courier* war zwei Wochen nach dem Ende des damaligen Festes erschienen und behandelte das Verschwinden einer Frau namens Elizabeth Beadle, Ehegattin eines gewissen Samuel Beadle, der in Mirocaw ein Hotel führte. Die Bezirksbehörden vermuteten, dass es sich hierbei um einen weiteren Fall von »Feiertags-Selbstmord« handelte, wie er in Mirocaw und Umgebung jahreszeitlich bedingt unverhältnismäßig häufig aufzutreten schien. Thoss erwähnt dieses Phänomen im »Harlekin«-Aufsatz, obwohl ich vermute, dass man diese Todesfälle heutzutage eher unter der Bezeichnung »saisonal bedingte geistige Verwirrung« klassifizieren würde. Die Behörden ließen jedenfalls einen halb zugefrorenen See in der Nähe von Mirocaw untersuchen, aus dem man in den vergangenen Jahren viele solcher Selbstmordopfer geborgen hatte. In diesem Jahr fand man jedoch keine Leiche. Am Rand des Artikels fand sich ein Bild von Elizabeth Beadle. Selbst in der körnigen Mikrofilmreproduktion war die Lebendigkeit und Ausstrahlung in Mrs. Beadles Gesicht noch wahrnehmbar. Dass zur Erklärung ihres vermuteten Ablebens ohne Zögern auf die »Feiertags-Selbstmord«-Hypothese zurückgegriffen wurde, erschien befremdlich und irgendwie sogar ungerecht.

Thoss schrieb in seinem kurzen Aufsatz, dass in jedem Jahr eine Art moralische und spirituelle Veränderung stattfinde, die Mirocaw zusätzlich zur winterüblichen Metamorphose beeinflusse. Über ihren Ursprung und ihr Wesen äußerte er sich nicht näher, stellte aber in typisch mystifizierender Manier fest, dass die Auswirkungen dieser »Unter-Jahreszeit« auf die Stadt auffallend negativer Natur seien. Zusätzlich zu den Selbstmorden, die in dieser Zeit begangen wurden, war auch ein deutlicher Anstieg an Fällen »hypochondrischer« Krankheitsbilder zu verzeichnen, wie die Mediziner vor rund zwanzig Jahren Thoss gegenüber diese Fälle bezeichneten. Dieser Zustand verschlimmerte sich zusehends und erreichte während der eigentlichen Festtage seinen Höhepunkt. Thoss mutmaßte, dass aufgrund der verschlossenen Wesensart der Kleinstädter die wirkliche Situation wohl noch deutlich schlimmer sein müsse, als eine oberflächliche Untersuchung zutage fördern könne.

Die Verbindung zwischen dem Fest und dieser schleichenden, jahreszeitlich geprägten Befindlichkeit in Mirocaw war etwas, bezüglich dessen sich Thoss zu keiner festen Ansicht durchringen konnte. Er schrieb jedenfalls, dass diese beiden »klimatischen Aspekte« in der Geschichte der Stadt von jeher eine Parallelexistenz geführt hätten, wie sich den zugänglichen Dokumenten entnehmen lasse. Eine Geschichte von Mirocaw County aus dem späten 19. Jahrhundert nennt die Stadt noch mit ihrem ursprünglichen Namen New Colstead und geißelt die Einwohner wegen der Abhaltung einer »lästerlichen und unseligen Festlichkeit« anstelle der üblichen Weihnachtsbräuche. (Thoss fügt hier den Kommentar ein, dass der Verfasser dieses Geschichtswerks fälschlich zwei unterschiedliche Aspekte der Jahreszeit miteinander verbinde, deren wahres Verhältnis von grundsätzlich antagonistischer Natur sein müsse.) Der »Harlekin«-Aufsatz verfolgte das Fest nicht bis zu seiner ersten Erwähnung zurück (was damals vermutlich nicht möglich war), obwohl Thoss hervorhebt, die Neuengland Stadtgründer von Mirocaw kämen aus Neuengland. Daher stammten die Ursprünge des Festes vermutlich auch aus jener Region, was es wahrscheinlich um mehr als ein Jahrhundert älter macht; das gälte natürlich nur, wenn es nicht bereits aus der Alten Welt mit herübergebracht worden sei, wodurch seine Wurzeln noch deutlich früher liegen könnten, was sich dann nur durch weitere intensive Recherche klären ließe. Vermutlich war Thoss' Verweis auf die syrischen Gnostiker so zu deuten, dass diese Möglichkeit nicht restlos von der Hand zu weisen war.

Es schien jedoch die Verbindung des Festes mit Neuengland zu sein, die den fruchtbarsten Nährboden für Thoss' Spekulationen abgab. Er beschrieb diesen geografischen Fleck, als handele es sich um den angemessenen Ort, die Suche dort abzuschließen. Für ihn schienen die bloßen Worte »Neuengland« bar jeglicher traditioneller Konnotationen zu sein, so als handele es sich um nichts Geringeres als ein Tor zu allen möglichen Ländern, bekannten wie sagenumwobenen, und sogar zu den Zeitaltern vor der zivilisierten Geschichtsschreibung in dieser Region. Da ich selbst eine Zeit lang in Neuengland studiert habe, konnte ich diese sentimentale Übertreibung bis zu einem gewissen Grad verstehen, denn es gibt dort in der Tat Orte, die derart archaisch wirken, dass man es mit herkömmlicher Zeitrechnung nicht auszudrücken vermag, die sich vielmehr dem jeweiligen Zeitmaß zu entziehen scheinen und damit eine Art absolutes Alter besitzen, das sich logisch nicht ergründen lässt. Aber wie diese vage Anspielung mit einer Kleinstadt im Mittelwesten zusammenhängen sollte, überstieg meine Vorstellungskraft. Thoss selbst hatte die Beobachtung gemacht, dass die Einwohner von Mirocaw keine Anzeichen eines mysteriösen primitiven Bewusstseins an den Tag legten. Im Gegenteil, sie schienen nach außen hin nichts von dem Ursprung ihrer winterlichen Vergnügung zu wissen. Dass eine solche Tradition sich dennoch all die Jahre hindurch gehalten hatte und sogar die üblichen Weihnachtsfeiertage überschattete, verriet ein tieferes Wissen um die Bedeutung und den Zweck des Festes.

Ich kann nicht leugnen, dass das, was ich bis dahin über das Fest in Mirocaw zusammengetragen hatte, mich auf geradezu abgedroschene Art an schicksalhafte Bestimmung denken ließ, zumal eine so einflussreiche Persönlichkeit aus meiner Vergangenheit wie Thoss involviert zu sein schien. Zum ersten Mal in meiner akademischen Laufbahn war ich überzeugt, besser als jeder andere dafür geeignet zu sein, die verborgene Bedeutung hinter einem Haufen zusammengewürfelter Daten aufzudecken, obgleich ich diese besondere Autorität ebenfalls nur dem Zufall verdankte.

Und dennoch zweifelte ich, als ich an jenem Morgen Mitte

Dezember in dieser Bibliothek saß, einen Augenblick lang daran, ob es wirklich eine gute Idee war, nach Mirocaw zu fahren statt nach Hause zurückzukehren, wo mein wohlbekannter Übergangsritus in Form der winterlichen Depression meiner harrte. Ich hatte ursprünglich geplant, der wiederkehrenden Trübsal auszuweichen, welche die Jahreszeit für mich bereithielt, doch sie schien ebenso ein Teil der Geschichte Mirocaws zu sein, allerdings in einem weit größeren Maßstab. Gerade meine emotionale Instabilität war es jedoch, die mich in besonderer Weise für die bevorstehende Forschungsaufgabe qualifizierte, obwohl mich diese Tatsache weder stolz machte noch tröstete. Und ein Rückzieher hätte mich einer Möglichkeit beraubt, die sich vielleicht so nie wieder bieten mochte. Im Nachhinein betrachtet konnte es für die Wahl, die ich zu treffen hatte, keinen zufälligen Ausgang geben. Ich machte mich also auf den Weg in die Stadt.

4.

Kurz nach Mittag des 18. Dezember begann ich meine Fahrt nach Mirocaw. Eine verschwommene, matte und erdfarbene Landschaft erstreckte sich rings umher. Die spätherbstlichen Schneefälle waren spärlich gewesen, und nur hie und da entdeckte man auf den abgeernteten Feldern neben dem Highway einige weiße Flecken. Es gab eine Unmenge grauer Wolken. Als ich an einem Waldstück vorüberfuhr, fielen mir die schwarzen, zerfransten Klumpen der verlassenen Nester auf, die sich hartnäckig an das verschlungene Geflecht nackter Äste zu klammern schienen. Ich glaubte, einige schwarze Vögel dicht über der Straße dahinflattern zu sehen, aber es war lediglich totes Laub, das emporgewirbelt wurde, als ich daran vorbeifuhr.

Ich näherte mich Mirocaw von Süden her und fuhr genau

von der Richtung in die Stadt hinein, in der ich sie im vergangenen Sommer verlassen hatte. Dies brachte mich wieder in den Teil der Stadt, der auf der falschen Seite einer großen, unsichtbaren Barriere zu liegen schien, welche die reizvollen Bezirke der Stadt von den reizlosen zu trennen schien. So unheimlich dieser Stadtteil bereits damals in der Sommersonne auf mich gewirkt haben mochte, im bleichen Licht dieses Winternachmittags verblasste er geradezu zu einem fahlen Schatten seiner selbst. Die baufälligen Läden und verhungert wirkenden Häuserfronten erweckten den Eindruck einer Grenzregion zwischen materieller und immaterieller Welt, wobei jede die Maske der jeweils anderen mit sardonischem Grinsen zur Schau trug. Während mein Weg mich in Richtung der Hauptstraße von Mirocaw führte, sah ich ein paar hagere Fußgänger, die sich umdrehten, während ich vorbeifuhr, jedoch keineswegs, *weil* ich vorbeifuhr.

Als ich den steilen Anstieg der Townshend Street hinauffuhr, empfand ich den Anblick, der sich mir bot, als vergleichsweise angenehm. Die Straßen der Stadt waren für das Fest bereit. Die Pfähle der Straßenlampen waren mit Immergrün umwunden, dessen frische, stolze Zweige in dieser kahlen Jahreszeit besonders auffielen. An den Türen vieler Geschäfte entlang der Townshend Street sah man Stechpalmenkränze, die ebenso grün waren, aber offensichtlich aus Kunststoff bestanden. Obwohl an dem traditionellen Grünschmuck für diese Jahreszeit nichts Ungewöhnliches zu entdecken war, fiel mir doch rasch auf, dass Mirocaw sich diesem besonderen Symbol der Julzeit geradezu verschrieben zu haben schien. Es war wirklich überall zu sehen. Fenster von Geschäften und Häusern waren von grünen Lichtern umrankt, grüne Girlanden baumelten von Ladenmarkisen, und die Leuchtreklame der Red Rooster Bar waren pfauengrüne Flutlichter. Es stand zwar zu vermuten, dass die Einwohner von Mirocaw diese Dekorationen mochten, aber der allgemeine

Eindruck war der maßloser Übertreibung. Ein unheimlicher smaragdener Dunst durchdrang die Stadt und ließ die Gesichter entfernt reptilienhaft aussehen.

Damals nahm ich an, dass das allgegenwärtige Immergrün, die Stechpalmenkränze und die farbigen Lichter (wenngleich alle von ein und derselben Farbe) einfach die pflanzlichen Symbole der nordischen Julzeit waren, die sich zwangsläufig bei jedem Winterfest eines halbwegs nördlich gelegenen Landes fanden, wie sie ja auch für das Weihnachtsfest übernommen worden waren. In seinem »Harlekin«-Aufsatz behandelte Thoss auch den heidnischen Aspekt des Mirocaw-Festes, indem er es mit dem Ritual eines Fruchtbarkeitskultes verglich, sodass es möglicherweise in früher Vergangenheit auch eine Beziehung zu chthonischen Gottheiten gehabt haben mochte. Aber er hatte dabei den gleichen Fehler gemacht, den auch ich begehen sollte: er hatte etwas für das Ganze angesehen, was nur einen Teil der Bedeutung des Festes vorstellte.

Das Hotel, in dem ich ein Zimmer reserviert hatte, lag an der Townshend Street. Es war ein alter brauner Ziegelbau mit einem Bogen über der Tür und einem pathetisch anmutenden Schlussstein, der einen neoklassizistischen Eindruck erwecken sollte. Ich fand einen Parkplatz direkt vor der Hotelfront und ließ meine Koffer zunächst im Wagen.

Als ich die Hotellobby zum ersten Mal betrat, war sie menschenleer. Ich nahm an, dass das Mirocaw-Fest ausreichend Zugkraft auf Besucher ausübte, um wenigstens das einzige Hotel am Platze zu füllen, doch diese Annahme schien zu trügen. Ich betätigte die Rezeptionsglocke, stützte mich auf den Empfang und besah mir einen kleinen, traditionell geschmückten Weihnachtsbaum auf einem Tisch in der Nähe des Eingangs. Man sah glänzende Kugeln, so zerbrechlich wie Eierschalen, kleine Zuckerstangen, platte, lachende Weihnachtsmänner mit ausgebreiteten Armen, einen Stern auf der Spitze, der sich bedenklich gegen einen der oberen Zweige neigte, und farbige Lichter, die aus blumenförmigen Fassungen emporwuchsen. Aus irgendeinem Grund wirkte das Ganze auf mich eher Mitleid erregend.

»Kann ich Ihnen behilflich sein?«, erkundigte sich eine junge Frau, die aus dem an die Lobby angrenzenden Raum heraustrat.

Ich muss sie wohl ziemlich lange angestarrt haben, denn sie wandte sich ab und wirkte unangenehm berührt. Ich wusste nicht recht, was ich ihr sagen sollte oder wie ich ihr erklären sollte, woran ich sofort hatte denken müssen. Sie besaß diese Ausstrahlung einer kühlen Brillanz in Gestik und Mimik. Aber wenn sie nicht die Frau war, die vor zwanzig Jahren Selbstmord begangen haben sollte, wie der Zeitungsartikel gemutmaßt hatte, dann war sie in der Zwischenzeit jedenfalls kein bisschen gealtert.

»Sarah!«, rief eine männliche Stimme vom nicht sichtbaren Kopfende einer Treppe herab. Ein großer Mann mittleren Alters kam die Stufen herunter. »Ich dachte, du seiest in deinem Zimmer«, versetzte der Mann, in dem ich Samuel Beadle vermutete. Sarah (und nicht etwa Elizabeth) Beadle warf einen Seitenblick in meine Richtung, um anzudeuten, dass sie gerade die geschäftlichen Interessen des Hauses wahrnahm. Beadle bat mich um Verzeihung und entschuldigte sich für einen Moment, in dem die beiden zur anderen Seite des Raums hinübergingen und dort ihren Wortwechsel fortsetzten.

Ich lächelte und tat so, als sei alles in Ordnung, versuchte jedoch gleichzeitig, ihre Unterhaltung zu belauschen. Ihr Tonfall verriet, dass diese Auseinandersetzung mit einer gewissen Regelmäßigkeit stattfand: Beadle war krankhaft darum besorgt, wo seine Tochter sich aufhielt, und Sarah bekundete frustriert ihr Einverständnis, dass sie sich gewissen Einschränkungen zu beugen hatte. Die Unterhaltung endete, und Sarah stieg die Treppe hinauf, wobei sie sich einen Augenblick umdrehte und mir mit eindeutiger Miene zu verstehen gab, dass sie sich für die unprofessionelle Szene entschuldigte, die sich soeben abgespielt hatte.

»Nun, Sir, was kann ich für Sie tun?«, fragte Beadle in beharrlichem Ton.

»Also, ich habe ein Zimmer gebucht. Allerdings bin ich einen Tag zu früh dran, falls das ein Problem sein sollte.« Ich war immer noch gewillt, zu den Gunsten des Hotels anzunehmen, dass sein Geschäft heimlich blühte.

»Nicht im Geringsten, Sir«, erwiderte er und legte mir zuerst ein Anmeldeformular und danach einen messingfarbenen Schlüssel hin, an dem ein Plastikschild mit der Nummer 44 baumelte.

»Gepäck?«

»Ja, das ist noch im Wagen.«

»Ich werde Ihnen damit zur Hand gehen.«

Während Beadle meine Sachen in das Zimmer im dritten Stock schaffte, hielt ich die Gelegenheit für gekommen, das Gespräch auf das Thema des Festes, der »Feiertags-Selbstmorde« und je nach seiner Reaktion vielleicht sogar auf das Schicksal seiner Frau zu lenken. Ich benötigte einen Ansprechpartner, der seit vielen Jahren in der Stadt lebte und mir über die Einstellung der Einwohner Mirocaws zu ihrer Jahreszeit der meergrünen Lichter Auskunft geben konnte.

»Das ist genau das Richtige«, sagte ich in Bezug auf das reinliche, aber etwas düstere Zimmer. »Schöne Aussicht. Ich kann die hellen grünen Lichter Mirocaws von hier oben genau sehen. Ist die Stadt eigentlich immer so geschmückt? Zum Fest, meine ich.«

»Selbstverständlich zum Fest, Sir«, antwortete er automatisch.

»Ich könnte mir vorstellen, dass sie hier in den nächsten Ta-

gen eine ganze Menge von uns auswärtigen Besuchern ein-
quartieren müssen.«

»Schon möglich. Kann ich sonst noch was für Sie tun?«

»Ja, da wäre noch etwas. Könnten Sie mir vielleicht etwas
über das Fest erzählen?«

»Was ... wollen Sie denn wissen?«

»Na ja, wie ist das mit den Clowns und so?«

»Die einzigen Clowns hier sind diejenigen, die ... nun ja,
ausgesucht werden, könnte man wohl am ehesten sagen.«

»Ich verstehe nicht ganz.«

»Entschuldigen Sie bitte, Sir, aber ich habe viel zu erledigen. Kann ich sonst noch was für Sie tun?«

Mir fiel jedoch nichts ein, womit ich das Gespräch in die
Länge hätte ziehen können. Beadle wünschte mir noch einen
angenehmen Aufenthalt und verließ das Zimmer.

Ich packte meine Koffer aus. Zusätzlich zur Alltagskleidung
hatte ich auch einige von meinen Clownskostümen einge-
packt. Beadles Bemerkung, dass die Clowns von Mirocaw
»ausgesucht« würden, brachte mich dazu, darüber nachzudenken, welchen Zweck eigentlich diese Kostümierten bei dem
Fest erfüllten. Die Figur des Clowns hat in verschiedenen Zeiten und Kulturen so vielfältige Bedeutungen besessen. Der
vergnügte und wohlgelittene Narr, an den die meisten unweigerlich denken, ist lediglich ein Aspekt dieser proteischen Figur. Verrückte, Bucklige, Amputierte und andere abnormale
Gestalten wurden früher als von der Natur für diese Rolle vor-
gesehene Spaßmacher angesehen; sie waren dazu bestimmt,
eine komische Rolle zu spielen, die es anderen erlaubte, sie als
lächerliche Figuren zu sehen statt als schreckliche Mahner an
die zersetzenden Kräfte der Unordnung, welche in der Welt
wirken. Aber bisweilen sah sich ein freudloser Spaßmacher
gezwungen, auf genau diese Unordnung hinzuweisen wie im
Falle von König Lears morbidem und ehrlichem Hofnarren,
der denn auch prompt dafür gehängt wurde, was die sprich-

wörtliche Weisheit des Narren wohl kaum in ein gutes Licht
setzt. Clowns hatten häufig unklare und bisweilen gar widersprüchliche Rollen zu spielen. Ich betrachtete das als Warnung, nicht einfach in mein Kostüm zu springen und laut zu
rufen: »Da bin ich wieder!«

An diesem ersten Tag in Mirocaw hielt ich mich in der Nähe
des Hotels. Ich las ein wenig, ruhte mich ein paar Stunden aus
und nahm dann in einem nahe gelegenen Restaurant eine
Mahlzeit ein. Durch das Fenster neben meinem Tisch sah ich
zu, wie die Winternacht die sanfte, grüne Glut der Stadt in eine
harsche und beinahe völlig neue Farbe verwandelte, die mit
der Dunkelheit in starkem Kontrast stand. Mirocaws Straßen
erschienen mir für eine abendliche Kleinstadt ungewöhnlich
belebt zu sein. Aber es war nicht die Art von hektischer Be-
triebsamkeit, wie man sie üblicherweise zu Beginn der Weihnachtsfeiertage erlebt. Das war keine Meute entnervter, mit
grell gefärbten Geschenktüten beladener Kaufwilliger. Die Arme dieser Leute waren leer, und sie hatten die Hände tief in
die Taschen gesteckt, um sich ein wenig vor der Kälte zu
schützen, die jedoch nicht ausreichte, sie in die Einsamkeit ihrer vermutlich geheizten Häuser zu treiben. Ich sah, wie sie
Geschäft nach Geschäft betraten und verließen, ohne etwas zu
kaufen. Viele Ladenbesitzer hatten bis spät in die Nacht geöffnet, und selbst die Läden, die geschlossen waren, hatten die
Leuchtreklame in Betrieb gelassen. Ich vermutete, dass die
Gesichter, die am Fenster des Restaurants vorüberglitten, lediglich aufgrund der Kälte so steif wirkten. Sie waren schlicht
zu sorgenvollen Fratzen erstarrt, nichts weiter. Im gleichen
Fenster erblickte ich die Spiegelung meines eigenen Gesichts.
Es war nicht das Gesicht eines erfahrenen Clowns, sondern
wirkte schlaff und ausdruckslos und für einen Augenblick fast
wie das Gesicht eines Menschen, der nicht mehr lebendig ist.
Dort draußen lag die Stadt Mirocaw, deren Straßen von hektischer Ernsthaftigkeit brodelten. Die Bürger überschwemmten

die Gehsteige. Mirocaws Herz war in Grün gebadet: das vielversprechendste Feld für berufliche und persönliche Herausforderung, das mir je begegnet war – und hier saß ich nun, zu Tode gelangweilt. Ich schlich eilends zurück auf mein Hotelzimmer.

Mirocaw birgt eine andere Art von Frost in seiner Kälte, schrieb ich an diesem Abend in mein Tagebuch. *Ein weiteres Szenario von Gebäuden und Straßen, das hinter der sichtbaren Fassade der Stadt existiert gleich einer Welt von schändlichen Seitengassen.* So ähnlich schrieb ich noch etwa eine Seite voll, die ich schließlich wieder durchstrich. Dann ging ich zu Bett.

Am nächsten Morgen ließ ich meinen Wagen vor dem Hotel stehen und ging zu Fuß zum Hauptgeschäftsviertel, das nur wenige Häuserblocks entfernt lag. Mich unter die Bürger von Mirocaw zu mischen erschien mir in dieser Phase meiner wissenschaftlichen Arbeit nur zu angebracht. Aber als ich gerade geschäftig die Townshend Street hinaufging (die Bürgersteige waren mit Fußgängern regelrecht überfüllt), erhaschte ich einen Blick auf jemanden, der meine zufällige Absicht augenblicklich durchkreuzte und in eine weit spezifischere verwandelte, die es sofort umzusetzen galt. Irgendwo in der Menge etwa fünfzehn Schritt vor mir war das Objekt meiner Begierde.

»Professor Thoss!«, rief ich laut.

Er schien unmerklich den Kopf zu drehen und wie als Antwort auf meinen Ruf zurückzublicken, aber ich war mir nicht sicher. Ich quetschte mich an einigen warm eingepackten Gestalten mit grünen Schals vorbei, nur um festzustellen, dass meine Zielperson immer noch den gleichen Abstand von mir hatte, obwohl ich unschlüssig war, ob das mit Absicht geschah oder nicht. An der nächsten Kreuzung bog der in einen

dunklen Mantel gehüllte Thoss abrupt nach rechts in eine steil
abfallende Straße ab, die geradewegs in den verwahrlosten
Südteil von Mirocaw führte. Als ich die Ecke erreicht hatte,
sah ich den Bürgersteig entlang und konnte ihn von oben
deutlich erkennen. Ich sah ebenfalls, warum es ihm gelungen
war, einen solchen Vorsprung in der dichten Menge zu halten,
die mein Fortkommen beständig erschwert hatte. Aus irgendeinem Grund wichen ihm die Leute auf dem Bürgersteig unmerklich aus, sodass er leicht an ihnen vorbeikam, ohne sich
durchquetschen zu müssen. Es war nicht etwa ein theatrali-
sches Ausweichmanöver, wenn es auch in völliger Absicht
geschah. Während ich mich weiterhin durch die dichte Men-
schenmasse kämpfte, blieb ich Thoss irgendwie auf den Fer-
sen, verlor ihn bisweilen aus den Augen, fand ihn jedoch immer wieder.

Als ich die Senke der abfallenden Straße erreicht hatte, war
die Menge schon deutlich weniger dicht, und schon ein oder
zwei Blocks weiter war ich plötzlich wieder ein einsamer Spa-
ziergänger, der einer weit entfernten Gestalt folgte, von der ich
hoffte, dass es sich immer noch um Thoss handelte. Er bewegte sich jetzt recht rasch voran, auf eine Art und Weise, die
mich vermuten ließ, dass er um seinen Verfolger wusste. Dabei hatte ich jedoch mehr den Eindruck, dass er mich genauso
sehr zu führen schien wie ich ihn verfolgte. Ich rief noch ein
paar Mal seinen Namen in einer Lautstärke, dass es keinesfalls
zu überhören war, immer gesetzt den Fall, dass nicht auch die
Taubheit zu den Veränderungen gehörte, die er durchgemacht
hatte. Schließlich war er kein junger Mann mehr, nicht einmal
ein Mann mittleren Alters.

Thoss überquerte plötzlich die Straße, ging einige Schritte
weiter und betrat einen Ziegelbau ohne irgendwelche Ge-
schäftsschilder, der zwischen einer Spirituosenhandlung und
einer Art Reparaturwerkstatt lag. In seinem »Harlekin«-Auf-
satz hatte Thoss geschrieben, dass die Einwohner dieses Stadt-

teils von Mirocaw unter sich zu bleiben pflegten, sodass die Geschäfte hier zumeist ebenfalls von diesen Einwohnern geführt wurden. Es fiel mir nicht schwer, das zu glauben, nachdem ich diese Kramläden in Augenschein genommen hatte, die genauso heruntergekommen aussahen wie ihre Kundschaft. Ohne mich von dem entsetzlichen Verfall dieser Gebäude beeindrucken zu lassen, folgte ich Thoss hinter die Ziegelfassade des Hauses, das einmal eine Art Restaurant gewesen sein mochte, oder gar noch war.

Drinnen war es ungewöhnlich dunkel. Noch bevor meine Augen sich daran hatten gewöhnen können, spürte ich, dass dies hier kein florierendes, mit gemütlichen Stühlen und Tischen eingerichtetes Restaurant war wie etwa das Etablissement, in dem ich gestern zu Abend gegessen hatte, sondern vielmehr ein sehr kalt wirkender Raum mit einigen wenigen irgendwie hineingestellten Möbelstücken. Er wirkte sogar noch kälter als die winterlichen Straßen draußen.

»Professor Thoss?«, rief ich zu einem einzelnen Tisch in der Mitte des länglichen Raumes hinüber. Vier oder fünf Gestalten saßen daran, und einige weitere verschmolzen regelrecht mit dem Schatten dahinter. Auf dem Tisch lagen verstreut einige Bücher und lose Blätter. Dort saß ein alter Mann, der auf etwas in den Seiten vor ihm Stehendes deutete, aber es war nicht Thoss. Neben ihm saßen zwei Jugendliche, deren frische Gesichtszüge sie von der grimmigen Verzweiflung der Übrigen abhoben. Ich trat an den Tisch, und alle sahen zu mir auf. Niemand zeigte auch nur einen Funken Emotion, mit Ausnahme der beiden Jungen, die besorgte und schuldbeladene Blicke tauschten, als seien sie soeben bei etwas Schändlichem ertappt worden. Die beiden sprangen unvermittelt vom Tisch auf und rannten in den verschatteten Hintergrund, in dem sich kurzzeitig ein Licht zeigte, als sie durch eine Hintertür verschwanden.

»Verzeihen Sie bitte«, brachte ich zaghaft hervor. »Ich

glaubte, jemanden erkannt zu haben, der hier hineingegangen ist.«

Niemand antwortete mir. Aus einem Hinterzimmer kamen weitere Personen dazu, die zweifellos herausfinden wollten, was der Grund für die Störung war. In wenigen Augenblicken hatte sich der ganze Raum mit diesen abgerissen aussehenden Gestalten gefüllt, die alle mit leerem Blick in die dämmrige Umgebung starrten. Zu diesem Zeitpunkt hatte ich nicht etwa Angst vor ihnen; jedenfalls befürchtete ich nicht, dass sie mir körperlich schaden wollten. Ich hatte eher das Gefühl, dass es mir ein Leichtes sein würde, mir meinerseits durch ein paar Schläge eventuell nötigen Respekt zu verschaffen. Ihre rattenhaften Gesichter luden förmlich dazu ein, sie mit einer Serie gezielter Schläge zu bearbeiten. Aber es waren so viele.

Sie glitten langsam auf mich zu, als wären sie eine einzige, wurmähnliche Masse. Ihr Blick wirkte leer und unscharf, und einen Augenblick lang fragte ich mich, ob sie sich meiner Gegenwart überhaupt bewusst waren. Dennoch schien ich das Zentrum zu sein, auf das ihr lethargisches Schlurfen hinzielte. Ihre Schuhe scharrten kaum hörbar über den blanken Fußboden. Ich gab eilig eine Reihe dummer Bemerkungen von mir, während sie immer weiter auf mich eindrangen, wobei ihre schlaffen und unerwartet geruchlosen Körper gegen mich stießen. (Ich begriff jetzt, warum die Leute auf den Bürgersteigen Thoss instinktiv ausgewichen waren.) Beine, die ich nicht sehen konnte, drängten sich zwischen meine. Ich schwankte und gewann das Gleichgewicht wieder. Diese rasche Bewegung riss mich aus einer traumähnlichen Umnachtung, in die ich verfallen sein musste, ohne dass es mir bewusst gewesen war. Ich hatte die Absicht gehabt, diesen trostlosen Ort zu verlassen, lange bevor die Ereignisse einen solchen Verlauf hatten nehmen können, aber aus irgendeinem Grund war es mir unmöglich gewesen, mich stark genug zu konzentrieren, um entsprechend zu handeln. Meine Gedanken waren immer weiter fortgetrieben, während diese sklavischen Wesen sich mir näherten. In einem plötzlichen Anflug von Panik durchbrach ich ihre weichen, nachgiebigen Reihen und war draußen.

Die frische Luft gab mir meine frühere Wachsamkeit zurück, und sofort begann ich damit, in raschem Schritt den Hügel wieder emporzusteigen. Ich war nicht einmal mehr sicher, ob ich mir das alles nicht nur eingebildet hatte, was einige Momente zuvor noch wie eine gefährliche Situation gewirkt hatte, und doch gleichzeitig auch wieder nicht. Hätten ihre Bewegungen in einem gefährlichen Angriff gegipfelt, oder wollten sie mich lediglich einschüchtern? Als ich die grünglimmende Hauptstraße Mirocaws erreichte, war ich nicht in der Lage, zu sagen, was sich soeben eigentlich abgespielt hatte.

Die Bürgersteige waren immer noch von einer Unmenge Fußgänger verstopft, die nun jedoch weit lebhafter wirkten als zuvor. Ich nahm eine Art von Vitalität wahr, die sich nur auf das bevorstehende Fest zurückführen ließ. Eine Gruppe junger Männer hatte schon vorzeitig mit dem Feiern angefangen. Sie liefen lautstark lärmend und offensichtlich betrunken die Mitte der Straße entlang. Dem Gelächter und den spöttischen Bemerkungen der noch nüchternen Bürger entnahm ich, dass wie beim Mardi Gras Trunkenheit in der Öffentlichkeit zu den Traditionen dieses Winterfestes zählte. Ich sah mich nach Anzeichen dafür um, dass der Straßenumzug begonnen hatte, konnte aber nichts entdecken. Es gab weder grell gewandete Harlekine noch schneeweiße Pierrots. Ob die Vorbereitungen für die Krönung der Winterkönigin schon im Gange waren? »Die Winterkönigin«, notierte ich in meinem Tagebuch. »Eine Fruchtbarkeitsfigur, der symbolische Fähigkeiten zur Wiederbelebung und Erlangung von Wohlstand zugeschrieben werden. Wird in ähnlicher Weise gewählt wie die Königin eines Abschlussballs an den Highschools. Untersuchung bezüglich Figur eines eventuellen Begleiters in Form eines Repräsentanten der Unterwelt erforderlich.«

In den Dämmerstunden des 19. Dezember saß ich in meinem Hotelzimmer und schrieb, dachte nach und plante voraus. Ich fühlte mich nicht schlecht, wenn ich das bisherige Geschehen Revue passieren ließ. Die beginnende und sich stetig steigernde Festtagsstimmung in den Straßen unter meinem Fenster hatte mich allmählich angesteckt. In Erwartung einer langen Nacht zwang ich mich zu einem kleinen Nickerchen. Als ich erwachte, hatte Mirocaws jährliches Fest begonnen.

5.

Schreie, Tumult, Zechgelage. Schläfrig tappte ich zum Fenster und betrachtete die Stadt. Es sah so aus, als leuchteten alle Lichter Mirocaws gleichzeitig, nur nicht in jenem Stadtteil am Fuße des Hügels, der in der winterlichen Dunkelheit aufgegangen war. Der grünliche Glanz der Stadt hatte sich noch verstärkt, sich überallhin ausgebreitet wie ein großer, grüner Regenbogen, der vom Himmel herabgetropft war und phosphorn glänzend bis zum Einbruch der Nacht überdauert hatte. Die Straßen lagen im Glanz eines künstlichen Frühlings. Die Nebenstraßen von Mirocaw wimmelten vor Aktivität: an einer nahe gelegenen Kreuzung spielte lautstark eine Blaskapelle; Autos fuhren laut hupend ziellos hin und her, wobei nicht selten einige lachende Fußgänger zustiegen; ein Mann kam aus der Red Rooster Bar, riss die Arme empor und krähte. Ich nahm die einzelnen Teilnehmer genauer in Augenschein und suchte nach Clownskostümen. Zu meinem Vergnügen entdeckte ich bald einige. Das Kostüm war in Rot und Weiß gehalten, mit einer dazu passenden Kappe, während das Gesicht in noblem Alabasterton geschminkt war. Es wirkte beinahe wie die Clown-Inkarnation der bekannten Weihnachtsfigur mit dem weißen Bart und den schwarzen Stiefeln.

Dieser Figur wurde jedoch mitnichten dieselbe Zuneigung

und Hochachtung entgegengebracht, wie sie üblicherweise Sankt Nikolaus zuteil wird. Mein armer Clownkumpan stand in der Mitte eines Kreises ausgelassener Leute, die ihn immer wieder vom einen zum anderen hin- und herstießen. Der so Misshandelte schien diese Tortur zwar freiwillig über sich ergehen zu lassen, aber dieser Zeitvertreib diente ganz offensichtlich dem Zweck der Erniedrigung. »Die einzigen Clowns hier sind diejenigen, die ausgesucht werden«, fiel mir Beadles Satz wieder ein. »Ausgestoßen werden« hätte es wohl eher getroffen.

Ich zog einige warme Wintersachen an und begab mich hinunter auf die grünglänzenden Straßen. Nicht weit vom Hotel prallte eine Gestalt mit breitem blau-rotem Grinsen und einem grellen, aufgebauschten Kostüm gegen mich. Genauer gesagt war sie von einigen vor einem Drugstore herumlungernden Jugendlichen in meine Richtung gestoßen worden.

»Guck dir die Missgeburt an«, kommentierte ein stark übergewichtiger und betrunkener Mann. »Wie der auf die Schnauze fällt.«

Mein erster Impuls war Zorn, dem Angst folgte, als ich sah, dass zwei andere dem fetten Betrunkenen zur Seite standen. Sie kamen auf mich zu, und ich bereitete mich innerlich auf eine Konfrontation vor.

»Eine Schande ist das«, sagte einer von ihnen, der den Hals einer Weinflasche lose in der linken Hand hielt.

Aber das war nicht an meine Adresse gerichtet; er hatte den Clown gemeint, der auf dem Bürgersteig zu Fall gekommen war. Die drei Verfolger rissen ihn ruckartig empor und schütteten ihm dann Wein ins Gesicht. Keiner von ihnen nahm mich auch nur wahr.

»Lasst ihn los«, befahl der Dicke. »Mach dich vom Acker, Freak. Oh, du kannst ja fliegen!«

Der Clown trottete davon und verlor sich in der Menge.

»Wartet mal«, rief ich den drei Rüpeln zu, die ebenfalls

weitergehen wollten. Mir war rasch klar geworden, dass es sinnlos wäre, sie um eine Erklärung dessen zu bitten, was ich gerade mit angesehen hatte, vor allem mitten im Lärm und Tumult des Festes. Mit der größten Jovialität, die mir unter den Umständen möglich war, schlug ich den dreien vor, irgendwohin zu gehen, wo ich ihnen einen ausgeben konnte. Dagegen hatten sie nichts einzuwenden, und bald darauf hatten wir uns alle an einen Tisch in der Red Rooster Bar gequetscht.

Im Laufe mehrerer Drinks erklärte ich ihnen, dass ich von auswärts käme, was ihnen unerklärlicherweise mächtig Spaß zu machen schien. Ich gestand ihnen, dass es da einiges an diesem Fest gebe, was ich noch nicht ganz durchschaut hätte.

»Da gibt's eigentlich nix zu kapieren«, antwortete der Dicke. »Ist genau das, was es ist.«

Ich fragte ihn nach den als Clowns verkleideten Gestalten.

»Die? Das sind die Freaks. Sind halt dieses Jahr dran. Alle sind mal dran. Nächstes Jahr bin ich vielleicht an der Reihe. Oder du.« Er deutete quer über den Tisch auf einen seiner Freunde. »Und wenn wir rauskriegen, wozu du gehörst ...«

»Dafür bist du nich schlau genug«, konterte der angesprochene potenzielle Freak trotzig.

Das schien mir ein wichtiger Punkt zu sein: Diejenigen, welche die Clowns zu verkörpern hatten, waren darauf bedacht, ihre Anonymität zu wahren oder es wenigstens zu versuchen. Dadurch sank die Hemmschwelle der Einwohner von Mirocaw, einen Nachbarn oder ein Familienmitglied zu attackieren. Aus dem, was ich später beobachtete, ging hervor, dass das Ausmaß dieser Angriffe eine spielerische Abreibung nicht überstieg. Außerdem waren es lediglich einige wenige in Gruppen auftretende Raufbolde, die diesen Aspekt des Festes über Gebühr ausnutzten. Die Mehrzahl der Bürger begnügte sich damit, sich abseits zu halten.

Was meine Absicht anging, hinter den Zweck dieses Brauchs zu kommen, erwiesen sich meine drei jungen Freunde als vollkommen unbrauchbar. Für sie war das Ganze nur ein Spaß, für den es wohl auch die große Mehrheit der Einwohner von Mirocaw ansah. Und das war durchaus verständlich. Ich vermute, dass der Durchschnittsbürger sich ebenfalls reichlich schwer tun würde, wollte er erklären, wie es dazu kam, dass das wohlvertraute Weihnachtsfest heutzutage gerade in dieser besonderen Form begangen wird.

Ich verließ die Bar allein und spürte dabei deutlich die Auswirkung der Drinks, die ich dort zu mir genommen hatte. Draußen ging das spaßige Treiben derweil weiter. Laute Musik war aus mehreren Richtungen zu vernehmen. Mirocaw hatte sich in der dunklen Unermesslichkeit einer Winternacht von einer gesetzten Kleinstadt in eine umfassende Enklave der Saturnalien verwandelt. Aber der Planet Saturn steht sowohl für Melancholie als auch für Sterilität; welch ein Zusammenprall von Gegensätzen in einem einzigen Wort. Und als ich halb betrunken die Straße entlangging, erkannte ich, dass auch dieses Winterfest von einem Konflikt durchzogen war. Und diese Entdeckung war möglicherweise der verborgene Schlüssel, den Thoss in seiner Studie der Stadt bewusst zurückgehalten hatte. Merkwürdigerweise verdankte ich es gerade meiner mangelnden Vertrautheit mit der äußeren Natur des Festes, dass ich sein wahres Wesen zu erkennen vermochte.

Ich mischte mich gerade unter die Menge auf der Straße und genoss das wärmende Gefühl der mich umgebenden Verwirrung, als ich eine merkwürdig anmutende Kreatur gewahrte, die an einer weiter oben gelegenen Kreuzung herumlungerte. Es war einer der Clowns von Mirocaw. Sein Kostüm war schäbig und kaum zu beschreiben. Er wirkte wie eine Art Vagabund ohne den übertrieben humoristischen Anstrich. Das Gesicht jedoch entschädigte mehr als genug für das glanzlose Kostüm. Ich war noch nie einer derart seltsamen Auffassung von einem Clownsgesicht begegnet. Die Gestalt stand unter einer matten Straßenlampe, und als sie den Kopf in meine

Richtung drehte, erkannte ich, warum sie so vertraut wirkte. Der dünne, glatte, blasse Kopf; die großen Augen; das Oval des Gesichts, das nur zu gut an das schreiende Geschöpf mit dem schädelähnlichen Haupt aus diesem berühmten Gemälde erinnerte (jetzt fällt mir der Titel gerade nicht ein). Diese clownhafte Nachahmung war dem Original ebenbürtig in ihrer Andeutung von äußerstem Schrecken und Verzweiflung heimgesuchter Regionen: ein unmenschliches Gegenstück, das eher zu etwas unter der Erde gepasst hätte als zu etwas darauf.

Vom ersten Augenblick an, als ich die Kreatur sah, musste ich an die Bewohner des heruntergekommenen Viertels am Fuße des Hügels denken. Da war dieselbe ekelerregende Passivität und Mattigkeit der Haltung. Wenn ich zuvor nicht etwas getrunken hätte, wäre ich vielleicht nicht so mutig gewesen, das zu tun, was ich nun tat. Ich beschloss, mich an einer der althergebrachten Traditionen des Winterfestes zu beteiligen, da es mich ärgerte, diese morbide Nachahmung eines Clowns aufrecht stehen zu sehen. Als ich die Kreuzung erreichte, rempelte ich die Kreatur lachend an – »Hoppla!« –, worauf sie rücklings auf dem Bürgersteig landete. Ich lachte nochmals und suchte mit Blicken nach Zustimmung seitens der umstehenden Festbesucher. Jedoch schien kein Einziger zu würdigen oder auch nur wahrgenommen zu haben, was ich soeben getan hatte. Weder stimmten sie in mein Lachen ein, noch deuteten sie vergnügt auf das Opfer. Sie gingen einfach vorbei und beschleunigten höchstens ein wenig ihren Schritt, bis sie in ausreichender Entfernung von diesem Vorfall an der Straßenecke waren. Ich begriff sofort, dass ich gegen ein ungeschriebenes Gesetz verstoßen haben musste, obwohl ich geglaubt hatte, mich dem allgemeinen Tun so gut als möglich angepasst zu haben. Mir kam der Gedanke, dass ich möglicherweise sogar festgesetzt und verurteilt werden könnte für etwas, was unter allen anderen Umständen gewiss eine strafbare Handlung gewesen wäre. Ich drehte mich um, um dem Clown auf die Füße zu helfen und so meinen Fehler wenigstens ansatzweise wieder gutzumachen, aber die Gestalt war verschwunden. Mit ernstem Gesicht verließ ich den Ort meines unabsichtlichen Verstoßes und suchte andere Straßen auf, um die Zeugen abzuschütteln.

Ich wanderte ziellos durch die verschiedenen Seitenstraßen von Mirocaw und machte schließlich erschöpft am Tresen eines kleinen Sandwichladens halt, der von Kundschaft überquoll. Ich bestellte eine Tasse Kaffee, um meinen alkoholisierten Organismus wieder in Gang zu bringen. Während ich mir die Hände an der Tasse wärmte und mit langsamen Schlucken trank, beobachtete ich die Leute, die draußen am Fenster vorbeikamen. Es war inzwischen weit nach Mitternacht, aber der nicht abreißende Strom der Fußgänger deutete darauf hin, dass niemand die Absicht hatte, früh nach Hause zu gehen. Ein wahrer Karneval von Profilen zog am Fenster vorbei, und ich saß zufrieden da und schaute zu, bis mich eines dieser Gesichter zusammenfahren ließ. Es war der scheußliche kleine Clown, den ich vorhin angerempelt hatte. Aber obgleich mir die gespenstische Erscheinung seines Gesichts vertraut vorkam, hatte es sich doch irgendwie stark verändert. Und ich fragte mich, ob es möglich war, dass zwei solcher hässlichen Fratzen existierten.

Ich zahlte rasch meine Rechnung am Tresen und eilte hinaus, um einen zweiten Blick auf den Clown zu werfen, der aber schon außer Sichtweite war. Die dichte Menge hinderte mich zusätzlich daran, die Verfolgung aufzunehmen, und ich fragte mich, wie es dem Clown gelungen war, sich so rasch von mir fortzubewegen. Vielleicht hatte die Menge dieser Kreatur ja instinktiv Platz gemacht und so die Durchdringung der dichten Reihen ermöglicht, wie ich es unlängst bei Thoss erlebt hatte. Auf der Suche nach diesem speziellen Clown stellte ich fest, dass es inmitten der feiernden Bevölkerung Mirocaws, die auch die auf dem Fest geduldeten Clowns einschloss, nicht nur ein oder zwei, sondern eine beträchtliche Anzahl dieser blassen, geisterhaften Kreaturen gab. Und sie alle bewegten sich völlig ungehindert vorwärts. Nicht einmal die streitsüchtigsten Festbesucher taten ihnen etwas zuleide. Damit hatte ich eines der Tabus dieses Festes erkannt. Diese anderen Clowns durften nicht belästigt und sollten nach Möglichkeit sogar gemieden werden, ähnlich wie die Bewohner des heruntergekommenen Viertels am Rande der Stadt. Dennoch spürte ich instinktiv, dass diese beiden Gruppen von Clowns irgendwie miteinander zu tun hatten, auch wenn die Clowns aus dem Getto auf Mirocaws Winterfest nicht willkommen zu sein schienen. Sie waren in der Tat nicht einfach ein Teil der Gemeinde, der das Fest auf seine Art mitzufeiern versuchte. Allem Anschein nach zelebrierte diese Gruppe melancholischer Vermummter nichts Geringeres als ein eigenes, unabhängiges Fest – eine Art Fest innerhalb des Festes.

Als ich zu meinem Zimmer zurückkehrte, trug ich meine Vermutungen sogleich in das Tagebuch ein, das ich für diese Untersuchung angelegt hatte. Der folgende Text besteht aus Auszügen dieser Eintragung:

Ich habe den Eindruck, dass unter den Bürgern von Mirocaw eine Art Aberglaube vorherrscht, was die Bewohner des heruntergekommenen Viertels angeht, zumal diese jetzt mit solch entsetzlichen Fratzen in Erscheinung treten und ihr eigenes Fest zu zelebrieren scheinen. Was für einen Zusammenhang mag es zwischen diesen gleichzeitigen Feierlichkeiten geben? Ist eine älter als die andere? Wenn dem so ist, welche von beiden ist es? Im Moment bin ich jedenfalls der Ansicht – und ich kann das keineswegs schlüssig begründen –, dass das Winterfest von Mirocaw die spätere Ausprägungsform darstellt. Es hat sich vermutlich erst nach diesem Fest der schwermütigen, bleichen Clowngestalten entwickelt, um es zu überdecken oder seine Auswirkungen abzumildern. Der Gedanke an die »Feiertags-Selbstmorde« und das seltsame Klima, von dem Thoss berichtet, drängt sich auf; ich muss an Elizabeth Beadles Verschwinden vor knapp zwanzig Jahren und an meine eigene Erfahrungen mit diesem Klan von »Ausgestoßenen« denken, der dennoch innerhalb der Gemeinde lebt. Von meinen eigenen Erfahrungen bei dieser gefühlsmäßig schädlichen Angelegenheit möchte ich im Moment nicht sprechen. Bin immer noch nicht in der Lage, mit Gewissheit zu sagen, ob meine übliche Wintermelancholie der Grund dafür ist oder nicht. Was das Thema »geistige Stabilität« betrifft, muss ich unbedingt Thoss' Buch über seinen Aufenthalt in der psychiatrischen Klinik konsultieren (es war irgendwo in West-Massachusetts, da bin ich inzwischen ziemlich sicher. Muss dieses Buch und Mirocaws Neuengland-Wurzeln einer eingehenden Betrachtung unterziehen). Morgen ist Wintersonnenwende, wenn auch erst nach Mitternacht (wie sehr sich Tage und Nächte vermischen!). Das ist der Tag des Jahres, an dem die Länge der Nachtstunden die der Stunden des Tages am meisten übertrifft. Hat vielleicht eine Bedeutung, was die Selbstmorde und den Anstieg psychiatrischer Fälle angeht. Aus Thoss' Liste der dokumentierten Selbstmorde, die er in seinem Aufsatz anführt, ergibt sich der Eindruck, dass bestimmte Familiennamen besonders häufig auftauchen, was aber für jedwede Untersuchung in einer Kleinstadt gar nicht einmal so ungewöhnlich sein dürfte. Unter diesen Namen taucht Beadle ein- oder zweimal auf. Vielleicht gibt es ja auch eine erbliche Veranlagung für diese Selbstmorde, die dann gar nichts mit dem von Thoss beschworenen mystischen »Klima« zu tun hätten. Das ist zwar eine interessante Idee und scheint auch für eine Kleinstadt mit ihren diversen inneren und äußeren Aspekten gar nicht übermäßig weit hergeholt, lässt sich aber als Vorstellung so nicht belegen.

Zweifelsfrei fest steht jedoch die Tatsache, dass die Bürgerschaft von Mirocaw in zwei gänzlich verschiedene Lager geteilt ist, für die es zwei verschiedene Feste mit ähnlich aussehenden Clowns gibt – diesen Ausdruck verwende ich hierbei im weitesten Sinne. Dennoch besteht eine Verbindung, und ich bin der Ansicht, dass ich eine ungefähre Vorstellung davon habe, welche es sein könnte. Ich habe vorhin geschrieben, dass die restliche Bürgerschaft die Einwohner des heruntergekommenen Viertels und besonders ihre Clownfiguren mit Aberglauben betrachtet. Es ist mehr als das: Furcht, vielleicht sogar eine Art Hass – die besondere Form des Hasses, die von bleibender und irrationaler Erinnerung herrührt. Ich glaube zu begreifen, wovor die Einwohner von Mirocaw solche Angst haben. Ich erinnere mich an den heutigen Vorfall in dem leer stehenden Restaurant. »Leer stehend« ist in der Tat der angemessene Ausdruck, obgleich er den Tatsachen widerspricht. Die Versammlung in diesem dämmrigen Raum verkörperte weniger eine Präsenz als vielmehr eine Absenz, selbst wenn man die bedrückende Anzahl von Teilnehmern in Rechnung stellt. Diese Augen, die sich nicht auf etwas richten konnten oder wollten, die verhärmte Mattigkeit ihrer Gesichtszüge, die träge Vorwärtsbewegung ihrer Schritte. Ich war geistig ausgelaugt, als mir die Flucht gelang. Und das ließ mich verstehen, warum diese Leute und ihre Aktivitäten so gemieden werden.

Die Weisheit der frühen Einwohner von Mirocaw, welche die Tradition des Winterfestes begründeten und so der Stadt einen Vorwand zum Feiern und zum gesellschaftlichen Umgang in einer Jahreszeit gaben, wenn sich die Folgen der drückenden Isolation am deutlichsten bemerkbar machen, in diesen längsten und düstersten Tagen der Sonnenwende, steht außer Zweifel. Die weihnachtliche Fröhlichkeit allein hätte in keiner Weise dazu ausgereicht, die Bedrohung aus-

zugleichen. Und dennoch gibt es immer noch einzelne Selbstmorde von Leuten, die auf irgendeine Art – so vermute ich jedenfalls – von den belebenden Aktivitäten des Festes abgeschnitten sind.

Es ist das Wesen dieser heimtückischen Festzeit, das die äußeren Formen von Mirocaws Winterfest zu bestimmen scheint: der optimistische Grünschmuck in einer Phase grauen Schlafes; das Fruchtbarkeitsversprechen der Winterkönigin; und das für mich Interessanteste, die Clowns. Die grellen Clowns von Mirocaw, die so schlecht behandelt werden; sie stellen vermutlich Ersatzfiguren für diese dunkeläugigen Vermummten aus dem heruntergekommenen Viertel dar. Da diese Letzteren aufgrund irgendwelcher Kräfte oder Einflüsse gefürchtet werden, können sie mit Hilfe dieser Gegenstücke, die eigens für diese Aufgabe ausgewählt werden, immerhin symbolisch bekämpft und besiegt werden. Sollte ich damit richtig liegen, frage ich mich dennoch, bis zu welchem Grad die Bevölkerung der Stadt sich der Hintergründe dieser indirekten Aggression bewusst ist. Die drei jungen Leute, mit denen ich mich heute Abend unterhalten hatte, schienen nicht viel mehr darüber zu wissen, als dass es einfach ein derber Spaß sei, der eben zur Tradition des Festes gehöre. Und darüber hinaus, wie viel Wissen darum besteht auf der anderen Seite dieser beiden gegensätzlichen Feierlichkeiten? Es ist beinahe zu schrecklich, sich das vorzustellen, aber ich frage mich, ob nicht trotz ihrer scheinbaren Ziellosigkeit die Einwohner des heruntergekommenen Viertels die Einzigen sind, die wissen, worum es hier eigentlich geht. Ich kann nicht leugnen, dass sich hinter diesen unmenschlich schlaffen Gesichtszügen eine Art abscheulicher Intelligenz zu verbergen scheint.

Jetzt durchschaue ich meine frühere Verwirrung, aber als ich heute Nacht von Straße zu Straße taumelte und die ovalen Münder der Clowns wahrnahm, konnte ich nicht umhin zu vermuten, dass all das muntere Treiben in Mirocaw nur um den Preis ihres Leidens erkauft war. Ich hoffe, dass daran nicht mehr Wahres ist als an einer von Thoss' wunderlichen Intuitionen, diesen Einbildungen, die zugleich bemerkenswert sind und zum Nachdenken anregen, ohne doch gleichzeitig jemals in den Ruch des Beweisbaren zu gelangen. Ich weiß, dass ich im Moment nicht in der Lage bin, völlig klar zu denken, doch bin ich der Überzeugung, dass es möglich ist, Mirocaws vielfältige Geheimnisse zu entschlüsseln und die verborgene Seite des Festes zu erhellen. Dazu muss ich insbesondere die Bedeutung dieser anderen Feier aufdecken. Ist sie ebenfalls eine Art Fruchtbarkeitsfest? Aus dem Wenigen, das ich gesehen habe, glaube ich schließen zu können, dass es sich bei dieser anderen »feiernden« Gruppe eher um Unfruchtbarkeit dreht als um irgendetwas anderes. Wie haben sie sich nur über die Jahre am Leben erhalten können? Wie füllen sie ihre Reihen auf?

Aber dann war ich zu müde, um noch mehr solcher trunkenen Spekulationen festzuhalten. Ich fiel auf mein Bett und verlor mich alsbald in Träumen von Straßen und Gesichtern.

6.

Ich hatte selbstverständlich einen Kater, als ich spät am nächsten Morgen erwachte. Das Fest war noch immer in vollem Gange, und laut tönende Musik von draußen riss mich aus meinem Albtraum. Es war eine Parade. Eine Reihe von Festwagen rollte über die Townshend Street, wobei eine bestimmte Farbe vorherrschte. Es gab themenbezogene Wagen zu Themen wie »Gründerväter und Indianer«, »Cowboys und Indianer«, sowie die vertrauten Spaßmacher. In der Mitte thronte die Winterkönigin, die auf einem eisigen Thron saß und frostige Kälte auszustrahlen bemüht war. Sie winkte in alle Richtungen. Ich glaube, sie winkte sogar zu meinem dunklen Fenster empor.

In den ersten traumumfangenen Augenblicken nach dem Erwachen konnte ich meine freudige Erregung der vergangenen Nacht nicht recht begreifen. Aber ich merkte rasch, dass mein vormaliger Enthusiasmus ebenfalls nur eingeschlafen war und bald erneut und mit noch größerer Heftigkeit erwachte. Nie zuvor waren mein Geist und meine Sinne während dieser ansonsten so trägen Jahreszeit derart geschärft gewesen. Wäre ich zu Hause gewesen, hätte ich mir andauernd traurige alte Platten angehört und ziemlich lange aus dem Fenster gestarrt. Ich war auf abstrakte Art unglaublich dankbar dafür, dass ich an diesem bedeutungsvollen Unsinn teilhaben durfte. Und ich brannte regelrecht darauf, mich wieder in die Arbeit zu stürzen, nachdem ich in einem Café gefrühstückt hatte.

Als ich noch einmal in mein Zimmer ging, bemerkte ich, dass die Tür nicht verschlossen war. Auf dem Garderobenspiegel stand etwas geschrieben. Die Schrift war rot und fettig, als wäre sie mit Clownschminke geschrieben worden – meiner eigenen, wie mir klar wurde. Ich las das Geschriebene oder vielmehr das *Rätsel*, das dort stand, mehrere Male: *Was gräbt sein eigenes Grab, bevor es stirbt?* Ich starrte eine ganze Weile darauf, tief erschüttert darüber, wie leicht es gewesen war, in meine Ferienfestung einzudringen. Sollte das eine Warnung darstellen? Eine Drohung, dass ich vorzeitig beerdigt würde, sollte ich ein bestimmtes Vorhaben weiterverfolgen? Ich nahm mir jedenfalls vor, in Zukunft gut aufzupassen. Durch nichts würde ich mich von dem einmal eingeschlagenen und vorausgeplanten Weg abbringen lassen. Dann wischte ich den Spiegel sauber, da ich ihn nun zu etwas anderem brauchte.

Ich verbrachte den Rest des Tages damit, eine ganz besondere Verkleidung und die dazu passende Gesichtsbemalung zu entwerfen. Es war nur zu leicht, meinen Mantel dank ein oder zwei zerrissener Taschen und etlicher Flecken schäbig aussehen zu lassen. In Kombination mit einer alten blauen Jeanshose und einem Paar abgetragener Schuhe konnte ich damit ganz gut für einen Heruntergekommenen durchgehen. Das Gesicht passend zu gestalten stellte sich jedoch als deutlich schwieriger heraus, da ich hierbei allein auf mein Gedächtnis angewiesen war. Mir ein geistiges Bild dieses schreienden Pierrots aus dem Gemälde (es hieß *Der Schrei*, wie mir nun wieder einfiel) vor Augen zu führen, erleichterte mir die Sache ganz wesentlich. Bei Anbruch der Dunkelheit verließ ich das Hotel über die Hintertreppe.

Es war merkwürdig, die belebten Straßen in dieser abschreckenden Verkleidung zu durchwandern. Obwohl ich vermutet hatte, dass ich auffallen würde, grenzte die reale Erfahrung eher an das Gefühl, vollständig unsichtbar zu sein. Niemand sah mich an, wenn ich vorüberging, oder wenn sie mich passierten, oder wenn wir aneinander vorbeikamen. Ich war gleichsam ein Phantom – so etwas wie der Geist der vergangenen Feste oder derer, die noch kommen sollten.

Ich hatte keine klare Vorstellung davon, wohin mich meine Verkleidung an diesem Abend bringen würde, nur vage Erwartungen, das Vertrauen meiner Mitgespenster zu gewinnen und dadurch möglicherweise etwas über ihre Geheimnisse zu erfahren. Eine Zeit lang würde ich einfach nur in dieser gelangweilten Manier umherwandern, die ich bei ihnen beobachtet hatte, und ihnen dahin folgen, wohin sie eventuell vorangingen. Das bedeutete hauptsächlich, fast gar nichts zu tun und dabei zu schweigen. Wenn ich einem von meiner Sorte auf dem Bürgersteig begegnete, sprachen wir weder, noch tauschten wir vielsagende Blicke aus. Es gab keinerlei Anzeichen für ein Erkennen, die mir aufgefallen wären. Wir waren auf den

Straßen von Mirocaw unterwegs, um für eine gewisse Präsenz zu sorgen, das war alles. Jedenfalls kam es mir so vor. Während ich mich in meiner körperlichen Unsichtbarkeit treiben ließ, fühlte ich mich mehr und mehr wie eine leere, dahinschwebende Hülle, sah, ohne gesehen zu werden, und ging ohne Belästigung durch die Menge der grobschlächtigeren Kreaturen, die meine Welt bevölkerten. Es war eine Erfahrung, die nicht eines gewissen Reizes oder sogar Vergnügens entbehrte. Der Erkennungsruf der Clowns »Da sind wir wieder« bekam für mich, der ich mir gleichsam wie ein Novize in einem esoterischen Harlekin-Orden vorkam, eine völlig neue Bedeutung. Und schon bald bot sich mir die Gelegenheit, auf diesem Weg weitere Fortschritte zu machen.

In entgegengesetzter Richtung, die Straße hinunter, fuhr in langsamem Tempo ein kleiner Lieferwagen, der sich gemächlich seinen Weg durch die hin- und herschwankende Menge der Feiernden bahnte. Die Fracht auf der Ladefläche war höchst seltsam, denn sie bestand ausschließlich aus meinen Mitbrüdern der besagten Harlekinsekte. Am Ende des Häuserblocks hielt der Lastwagen an, und ein weiterer Clown stieg über die Hinterklappe auf die Ladefläche. Wiederum einen Block weiter sah ich noch einen aufspringen. Dann drehte der Wagen an einer Kreuzung um und kam wieder zurück in meine Richtung.

Ich stellte mich an den Rinnstein, wie ich es bei den anderen gesehen hatte. Ich war keineswegs sicher, ob der Wagen mich mitnehmen würde, da ich befürchtete, dass man meine Verkleidung durchschaute. Der Wagen bremste jedoch ab und kam vor mir beinahe zum Stehen. Die anderen saßen eng zusammengedrängt auf der Ladefläche. Die meisten von ihnen starrten einfach ins Nichts und zeigten die übliche Gleichgültigkeit, die ich bei ihnen beobachtet hatte, doch einige wenige schienen mich mit einer gewissen Erwartung anzusehen. Ich zögerte einen Augenblick, da ich mir nicht sicher war, ob ich diese Täuschung wirklich so weit treiben wollte. Im letzten Moment ließ mich ein Impuls die Heckklappe des Wagens erklettern und mich zwischen die anderen drängen.

Wir nahmen nur noch wenige andere auf, ehe der Wagen die Außenbezirke von Mirocaw ansteuerte und sie bald hinter sich ließ. Ich versuchte zunächst, die Orientierung bezüglich der Stadt nicht zu verlieren. Doch während wir auf diesen dunklen, schmalen Landstraßen Kurve um Kurve durchfuhren, war es mir unmöglich, irgendeinen Richtungssinn beizubehalten. Die Mehrheit der übrigen Personen auf der Ladefläche schien ihre Genossen überhaupt nicht wahrzunehmen. Unter der Verkleidung hervor studierte ich nacheinander ihre geisterhaften Gesichter. Einige wenige sprachen mit ihren Nachbarn in kurzen, geflüsterten Sätzen. Ich konnte nicht verstehen, was sie sagten, aber der Tonfall ihrer Stimmen war der einer unschuldigen Alltäglichkeit, als gehörten sie nicht zum Pulk der Ausgestoßenen von Mirocaw. Vielleicht, so mutmaßte ich, waren dies ja genauso neugierige, verkleidete Außenseiter, wie ich es war, oder, was mehr Wahrscheinlichkeit für sich beanspruchen durfte, irgendwelche Eingeweihte einer geheimen Gesellschaft. Vielleicht hatten sie ja auf einem dieser Treffen, wie das, in das ich gestern hineingeplatzt war, bestimmte Instruktionen erhalten. Es war auch wahrscheinlich, dass sich in dieser Gruppe die beiden Jungen befanden, die ich durch mein Erscheinen zu einer überstürzten Flucht aus dem verfallenen Restaurant genötigt hatte.

Der Wagen fuhr nun in rascherem Tempo durch eine ziemlich weiträumige Landschaft, immer in Richtung auf die hohen Hügel, welche die nun weit entfernt liegende Stadt Mirocaw wie ein Ring umgaben. Der eisige Fahrtwind peitschte uns ins Gesicht, und ich konnte nicht verhindern, dass ich vor Kälte zu zittern anfing. Dies verriet mich sicherlich als einen Neuen in dieser Gruppe, denn die beiden Körper, die gegen den meinen gepresst waren, blieben vollkommen starr und schienen sogar selbst eine Art Kälte auszustrahlen. Ich starrte nach vorn in die Dunkelheit, der wir uns immer rascher näherten.

Wir hatten inzwischen das flache Land hinter uns gelassen, und die Straße war nun von dichtem Wald gesäumt. Die Masse der Körper auf dem Wagen wurde zusammengeschoben, als wir den steilen Anstieg in Angriff nahmen. Über uns, an der Kuppe des Hügels, sah man Lichter, die irgendwo im Wald leuchteten. Als die Straße wieder weniger steil verlief, machte der Wagen eine abrupte Wendung und steuerte auf etwas zu, das wie ein großer Straßengraben aussah. Man konnte allerdings eine unbefestigte Straße erkennen, auf welcher der Wagen sich in Richtung der nun deutlich näher gekommenen Lichter bewegte.

Ihr Leuchten wurde immer greller und gleißender, je näher wir ihm kamen. Der Lichtschein flackerte über die Bäume und enthüllte scharfe Konturen, wo zuvor nur formlose Dunkelheit geherrscht hatte. Während der Wagen auf eine Lichtung fuhr und zum Stehen kam, entdeckte ich eine zerstreute Gruppe von Gestalten, von denen viele Laternen hielten, die ein blendendes, frostiges Licht aussandten. Ich erhob mich, um von der Ladefläche herunterzusteigen, wie es auch die übrigen taten. Von meiner leicht erhöhten Position aus zählte ich etwa dreißig weitere dieser leichenblassen Clowns, die ziellos umherwanderten. Einer meiner Mitpassagiere sah mich auf der Ladefläche herumstehen und riet mir in seltsam hohem Flüsterton, mich zu beeilen, wobei er zur Erklärung etwas wie »Apex der Dunkelheit« hinzufügte. Ich dachte wieder über diese Nacht der Sonnenwende nach. Technisch gesehen war es die längste Phase anhaltender Dunkelheit im Jahr, wenngleich sie sich eigentlich in der Länge nur geringfügig von anderen Winternächten unterscheiden mochte. Ihre wahre Bedeutung verdankte sie jedoch Überlegungen, die so gut wie kaum etwas mit Statistiken oder dem Kalender zu tun hatten.

Ich ging hinüber zu dem Ort, an dem sich die anderen zu einer dichteren Menge zusammenzufinden begannen, wobei subtile Gesten und Mienen die gespannte Erwartung einzelner Teilnehmer verrieten. Blicke wurden nun getauscht, die Hand des einen berührte kurz die Schulter eines anderen, und ein Paar runder Augen blickte hinüber zu der Stelle, an der zwei Gestalten ihre Laternen in etwa sechs Fuß Abstand voneinander absetzten. Der Schein dieser Laternen enthüllte eine Öffnung im Boden. Schließlich war die Aufmerksamkeit aller auf diese kreisrunde Grube gerichtet, und wie auf ein vereinbartes Signal kauerten wir uns alle darum. Die einzigen Geräusche waren das Heulen des Windes und das Knacken der Zweige und Blätter, die wir unter unseren Füßen zertraten.

Als wir dann alle um die gähnende Öffnung herumsaßen, sprang der Erste hinein und war für einen kurzen Augenblick nicht mehr zu sehen, tauchte aber dann wieder auf, um eine Laterne entgegenzunehmen, die ihm jemand von oben anreichte. Der kleine Schlund füllte sich mit Licht, und ich konnte sehen, dass er keine zwei Meter tief war. In einer der Wände öffnete sich ein Stollen. Die Gestalt, welche die Laterne trug, kauerte sich ein wenig zusammen und verschwand in diesem Durchgang.

Dann ließen wir uns alle der Reihe nach in die Dunkelheit der Grube hinab, und jeder Fünfte ergriff eine Laterne. Ich hielt mich relativ weit hinten, denn ich wollte zu dem, was da unter der Erde vor sich gehen mochte, einen möglichst großen Abstand halten. Als nur noch etwa zehn von uns sich über der Erde befanden, richtete ich es so ein, dass mir vier Gestalten vorangingen, damit ich als Fünfter eine Laterne bekam. Und genauso lief es ab, denn ich spürte kaum den Boden unter den Füßen, als mir auch schon getreu dem Ritual die Laterne angereicht wurde. Ich drehte mich um und trat rasch in den Eingang. Zu diesem Zeitpunkt hatte mich die Kälte bereits derartig durchdrungen, dass ich weder Neugier noch Angst verspürte, sondern lediglich Dankbarkeit für diesen geringfügigen Schutz.

Ich betrat einen langen, sanft abfallenden Tunnel, der gerade hoch genug war, dass ich aufrecht darin stehen konnte. Hier unten war es deutlich wärmer als draußen in der dunklen Kälte der Wälder. Einige Augenblicke später war ich soweit aufgetaut, dass sich meine Interessen wieder von der Sorge um mein körperliches Wohlbefinden auf die möglichst rasche und wohl auch dringend gebotene Sicherung meines Überlebens verlagerten. Während ich vorwärts ging, hielt ich die Laterne dicht an die Seitenwand des Tunnels. Die Wände wirkten seltsam glatt, als wären sie nicht in mühevoller Handarbeit entstanden, sondern von irgendetwas in den Boden gegraben worden, das so Hinweise auf seine Abmessungen in Größe und Gestalt des Tunnels hinterlassen hatte. Dieser fieberhafte Gedanke kam mir, als ich mir die Botschaft wieder in Erinnerung rief, die auf dem Spiegel in meinem Hotelzimmer hinterlassen worden war: *»Was gräbt sein eigenes Grab, bevor es stirbt?«* Ich musste mich beeilen, um mit den unheimlichen »Höhlenforschern« vor mir Schritt zu halten. Die weiter vorne sichtbaren Laternen hoben und senkten sich bei jedem Schritt ihrer Träger, und die ganze schwerfällige Prozession wirkte immer irrealer, je tiefer wir in den engen Stollen vordrangen. Irgendwann bemerkte ich, dass die Schlange vor mir kürzer wurde. Die Prozessionsteilnehmer betraten eine Art Höhlendom, in dem schließlich auch ich anlangte. Diese Halle war knapp zehn Meter hoch, und ihre anderen Abmessungen erinnerten an einen großen Ballsaal. Während ich nach oben ins Dunkel starrte, wurde mir unangenehm bewusst, wie tief wir eigentlich unter der Erde waren. Im Gegensatz zu den glatten Tunnelwänden wirkten die Wände dieser Höhle schroff und unregelmäßig, als hätte irgendetwas an ihnen genagt. Das Erdreich war vermutlich abtransportiert worden, und zwar entweder durch den Stollen, den wir benutzt hatten, oder durch eine der vielen anderen schwarzen Öffnungen, die ich am Rand des Saales erkennen konnte, da wohl auch sie wieder an die Oberfläche führten.

Doch die Anlage der Höhle beschäftigte mich weit weniger als die Gestalten, die sich in ihr aufhielten. Auf dem Boden des großen Saales schien sich die gesamte Bevölkerung des heruntergekommenen Viertels von Mirocaw eingefunden zu haben, um uns willkommen zu heißen, und womöglich noch weitere Personen, die alle dieselben unheimlichen Gesichter mit den weit aufgerissenen Augen und dem ovalen Mund hatten. Sie standen im Kreis um eine Art von Altar, der mit einer dunklen, lederähnlichen Hülle drapiert war. Auf diesem Altar befand sich eine weitere Hülle aus dem gleichen Material, die eine formlose Gestalt bedeckte.

Und hinter dieser Gestalt stand die einzige Person, deren Gesicht nicht von Schminke verdeckt war, und blickte auf den Altar hinab.

Er trug eine lange, schneeweiße Robe von derselben Farbe wie die des dünnen, büscheligen Haares, das seinen Schädel umrahmte. Die Arme hingen ihm leblos zu den Seiten herunter. Er machte nicht die geringste Bewegung. Der Mann, von dem ich einstmals geglaubt hatte, er würde noch große Geheimnisse lüften, stand in derselben gelehrten Haltung da, die mich vor Jahren so beeindruckt hatte, doch nun verspürte ich nur noch Furcht bei dem Gedanken, welche Offenbarungen sich wohl in den abgründigen Falten seiner Gelehrtenrobe verbergen mochten. War ich wirklich hierher gekommen, um mich mit einer so überragenden Gestalt zu messen? Der Name, unter dem ich ihn kannte, schien in keiner Weise dazu geeignet, ein Wesen seiner Statur zu bezeichnen. Ich war versucht, ihn beim Namen seiner früheren Inkarnationen zu nennen: Gott aller Weisheit, Schreiber aller heiligen Bücher, Vater aller Magier, dreimal Großer und noch so viele mehr – ich hätte ihn *Thoth* gerufen.

Er hob die hohlen Hände in Richtung der Gemeinde und begann mit der Zeremonie.

Alles ging sehr einfach vonstatten. Die ganze Gemeinde, die bis zu diesem Zeitpunkt totenstill gewesen war, brach in das entsetzlichste Geheul aus, das man sich nur vorstellen kann, einen Chor der Sorgen, der Fieberschreie und der Schande. Die Höhle ertönte schrill unter dem dissonant jaulenden Gesang. Auch meine Stimme mischte sich unter die der Versammlung in dem Versuch, sich der verkrüppelten Musik anzupassen. Doch mein Singen kam dem ihren nicht gleich, da es eine Heiserkeit besaß, die es von ihrem kakofonischen Klagegesang abhob. Um zu vermeiden, dass ich als Eindringling enttarnt wurde, ahmte ich die Worte, die sie sangen, lediglich geräuschlos mit dem Mund nach. Diese Worte waren eine Offenbarung der launischen Bösartigkeit, die ich bis dahin stets erahnt hatte, wann immer ich mich in der Nähe dieser Gestalten aufhielt. Sie sangen zu den »Ungeborenen im Paradies«, den »reinen ungelebten Leben«. Sie sangen den Grabgesang der Existenz, all ihrer Lebensformen und Jahreszeiten. Ihre Ideale waren Dunkelheit, Chaos und eine melancholische Halbexistenz, die den mannigfachen Erscheinungsformen des Todes geweiht war. Ein Meer von schmalen, blutleeren Gesichtern zitterte und schrie vor verderbter Hoffnung. Und die mit der Robe bekleidete Gestalt ihres Anführers im Zentrum des Ganzen – die im Laufe von zwanzig Jahren zum Hohepriester aufgestiegen war – war der Mann, dem ich so viele Leitlinien für mein eigenes Leben verdankte. Es wäre sinnlos, wollte ich zu beschreiben versuchen, was mir in diesem Augenblick durch den Kopf ging, und eine Verschwendung der Zeit, die ich zur Schilderung dessen benötige, was folgte.

Das Singen hörte abrupt auf, und die hoch aufragende weißhaarige Gestalt begann zu sprechen. Er hieß diejenigen willkommen, welche zur neuen Generation gehörten – zwanzig Winter seien vergangen, seit die »Reinen« ihre Reihen verstärkt hätten. Das Wort *rein* tat in dieser Umgebung dem bisschen Verstand und Fassung, das ich mir bewahrt hatte, Gewalt an, denn nichts hätte man mit weniger Recht rein nennen können als das, was nun geschah. Thoss – und ich verwende diesen sinnlosen Namen nur aus Gewohnheit – beendete seine Ansprache und trat näher an den mit dunkler Haut überzogenen Altar heran. Dann zog er mit der gewohnt grandiosen Gestik seines Vorlebens die oberste Abdeckung zur Seite. Darunter kam eine schlaffgliedrige Gestalt zum Vorschein, eine Art zusammengesackte Puppe, die auf der Altarplatte lag. Ich stand in der Versammlung sehr weit hinten und versuchte mich so nahe wie möglich beim Ausgang aufzuhalten. Daher sah ich nicht alles so genau, wie es vielleicht möglich gewesen wäre.

Thoss blickte auf die krumme, puppenähnliche Gestalt herab und sah dann die Versammlung an. Ich bildete mir sogar ein, dass er mich bewusst anschaute. Er breitete die Arme aus, und ein unaufhörlicher Strom unverständlicher Worte entrang sich seinem klagenden Mund. Die Gemeinde geriet allmählich, aber doch spürbar in Aufregung. Bis zu diesem Moment hatte ich geglaubt, dass das Böse in diesen Leuten einer Grenze unterworfen war. Denn mehr waren sie nicht. Sie waren lediglich morbide, selbstquälerisch veranlagte Seelen mit seltsamen Überzeugungen. Wenn es etwas gab, das ich in all meinen Jahren als Anthropologe gelernt hatte, dann die Tatsache, dass die Welt unendlich reich an seltsamen Ideen ist, bis hin zu einem Grad, bei dem das Konzept der Seltsamkeit für mich keinerlei Bedeutung mehr besaß. Doch das Bild, dessen Zeuge ich nun wurde, trieb mein Gewissen in eine Region, aus der es nie mehr zurückkehren wird.

Denn was sich jetzt zutrug, war die Große Verwandlung, der Kulminationspunkt jeder Harlekinade.

Es begann langsam. Die Bewegung unter den Zelebranten auf der anderen Seite des Saales nahm stetig zu. Jemand war zu Boden gefallen, und die Umstehenden wichen vor ihm zurück. Die Stimme am Altar fuhr mit ihrem Singsang fort. Ich versuchte, mir eine bessere Sicht zu verschaffen, doch standen zu viele Personen um mich herum. Durch die Masse der im Weg stehenden Leiber hindurch konnte ich lediglich flüchtige Blicke auf das erhaschen, was da vor sich ging.

Derjenige, der zu Boden gesackt war, schien seine frühere Gestalt und Proportion zu verlieren. Ich hielt das für den Trick eines Clowns. Schließlich waren sie ja Clowns, oder etwa nicht? Ich selbst war in der Lage, vier weiße Bälle während des Jonglierens in vier schwarze Bälle zu verwandeln. Und das war nicht einmal mein beeindruckendstes Kunststück, was den Clownzauber anging. Und ist nicht bei nahezu allen Zeremonien eine gewisse Fingerfertigkeit im Spiel, je nachdem auf welche Weise die Zelebranten getäuscht werden sollen? *Das ist ein verflucht guter Auftritt*, dachte ich und kicherte in mich hinein. Die Verwandlung des Harlekins, der sein Narrenkostüm abwirft. Oh Gott, Harlekin, beweg dich nicht *so*! Harlekin, wo sind deine Arme? Und deine Beine sind miteinander verschmolzen, winden sich über den Boden. Welch entsetzlicher, klaffender Nabel ist dort, wo dein Gesicht sein sollte? *Was gräbt sein eigenes Grab, bevor es stirbt?* Die allmächtige Schlange der Weisheit – der Sieger Wurm.

Jetzt geschah es allüberall in der Höhle. Einzelne Mitglieder der Versammlung starrten mit leerem Blick vor sich hin – für einen Augenblick in eingefrorener Trance gefangen – und sackten dann zu Boden, wo sich ihre Abscheu erregende Verwandlung vollzog. Dies geschah immer rascher und häufiger, je lauter und rasender Thoss sein irrsinniges Gebet (oder war es ein Fluch?) von sich schleuderte. Dann setzte ein allgemeines Sichwinden in Richtung des Altares ein, und Thoss hieß sie willkommen, wie sie sich ringelnd ihren Weg auf den Altar suchten. Ich wusste jetzt, welch schlaffe Gestalt darauf thronte.

Es war Kore und Persephone, die Cerestochter und Winter-königin: das in die Unterwelt des Todes entführte Kind. Nur dass dieses Kind keine übernatürliche Mutter besaß, es zu retten, seine Mutter war überhaupt nicht mehr am Leben. Denn das Opfer, dessen Zeuge ich wurde, war der Widerhall eines früheren, das vor zwanzig Jahren stattgefunden hatte, beim Karnevalsfest der vorangehenden Generation – *o carne vale*! Nun waren Mutter und Tochter Opfer dieses unterirdischen Sabbats geworden. Das wurde mir endgültig klar, als die Gestalt auf dem Altar in Bewegung geriet, ihren Kopf hob, von dem eine kalte Schönheit ausging, und beim Anblick der stummen Münder, die ihr näher und näher kamen, zu schreien begann.

Ich rannte aus dem Saal in den Stollen. (Es gab nichts, was ich hätte tun können, habe ich mir seitdem wieder und wieder versichert.) Einige andere, deren Verwandlung noch nicht eingesetzt hatte, verfolgten mich. Und sie hätten mich ohne Zweifel eingeholt, denn ich stürzte bereits nach wenigen Schritten. Einen Augenblick lang durchzuckte es mich, dass ich selbst im Begriff sein könnte, mich zu verwandeln, aber nicht wie die anderen darauf vorbereitet worden war. Als ich die sich nähernden Schritte meiner Verfolger hörte, war ich jedoch sicher, dass ein weit schlimmeres Schicksal auf dem Altar meiner harrte. Doch das Geräusch der Schritte verhallte, meine Verfolger zogen sich zurück. Ihr Hohepriester hatte ihnen einen Befehl zugerufen. Auch ich hatte ihn vernommen, obwohl ich wünschte, es wäre mir erspart geblieben, denn bis zu diesem Augenblick hatte ich geglaubt, dass Thoss sich nicht mehr an mich erinnerte. Diese Stimme belehrte mich eines anderen.

Ich war frei zu gehen. Mühsam kam ich wieder auf die Füße und tastete mich durch kloakenartige Schwärze zurück, da mir beim Fall die Laterne zerbrochen war.

Alles geschah sehr rasch, nachdem ich den Stollen verlas-

sen hatte und aus der Grube geklettert war. Ich rieb mir die
verlaufene Schminke aus dem Gesicht, während ich durch die
Wälder rannte, um auf die Straße zurückzukommen. Ein vor-
beikommender Wagen hielt an, aber nur, weil ich den Fahrer
ansonsten dazu genötigt hätte, mich zu überfahren.

»Vielen Dank, dass Sie anhalten.«

»Was zum Teufel suchen Sie denn hier draußen?«, fragte
der Fahrer.

Ich holte tief Luft. »Es ging um einen Scherz. Hatte mit
dem Fest zu tun. Einige Freunde waren wohl der Ansicht, das
sei komisch ... Bitte fahren Sie los.«

Er ließ mich etwa eine Meile außerhalb der Stadt aus dem
Wagen, und von dort fand ich meinen Weg problemlos. Es war
dieselbe Straße, auf der ich letzten Sommer bei meinem ersten
Besuch in Mirocaw in die Stadt hineingefahren war. Ich verharrte einige Augenblicke auf dem Gipfel des hohen Hügels
dicht außerhalb der Stadtgrenze und sah auf den betriebsamen
kleinen Flecken hinunter. Die Intensität, mit der das Fest gefeiert wurde, hatte nicht nachgelassen und würde das auch bis
zum Morgen nicht tun. Ich stieg hinunter in Richtung des mich
begrüßenden grünen Glanzes, schlüpfte unerkannt zwischen
den Feiernden hindurch und ging zurück ins Hotel. Niemand
sah mich auf mein Zimmer gehen. In diesem Haus herrschte
wahrlich eine Aura der Abwesenheit und Vergessenheit. Auch
die Rezeption war nicht besetzt.

Ich schloss die Zimmertür ab und fiel aufs Bett.

7.

Als ich am nächsten Morgen erwachte, konnte ich von meinem Fenster aus erkennen, dass die Stadt und ihre Umgebung
während der Nacht von einem völlig überraschenden Schnee-
sturm heimgesucht worden waren. Der Schnee fiel immer

noch leise auf die jetzt verlassenen Straßen von Mirocaw. Das Fest war vorüber. Alle waren nach Hause gegangen.

Und das war auch meine Absicht. Was immer ich als Reaktion auf meine Erlebnisse in der Nacht zuvor zu tun gedachte, musste warten, bis ich diese Stadt verlassen hatte. Ich bin mir immer noch nicht sicher, ob es überhaupt das Geringste ändern wird, wenn ich nunmehr dazu Stellung nehme. Jedwede Anschuldigung, die ich gegen die Bewohner des heruntergekommenen Viertels von Mirocaw vorbringen könnte, würde mit absoluter Sicherheit als unhaltbar zurückgewiesen werden. Aber vielleicht wird all das schon bald nicht mehr meine Sorge sein.

Mit gepackten Koffern in den Händen begab ich mich zur Rezeption, um den Schlüssel zurückzugeben. Der Mann hinter dem Schalter war nicht Samuel Beadle, und er musste eine Weile suchen, bevor er meine Rechnung gefunden hatte.

»Bitte sehr. War alles zu Ihrer Zufriedenheit?«

»Selbstverständlich«, erwiderte ich mit ausdrucksloser Stimme. »Ist Mr. Beadle in der Nähe?«

»Bedauere, er ist noch nicht zurück. Hat die ganze Nacht nach seiner Tochter gesucht. Alle hier mögen das Mädchen. War übrigens Winterkönigin. Ist vermutlich bloß auf irgend 'ner Party gewesen.«

Ich gab einen unterdrückten Laut von mir.

Die Koffer warf ich in den Wagen und setzte mich dann ans Steuer. An diesem Morgen wirkte nichts von dem, woran ich mich erinnern konnte, als sei es wirklich geschehen. Der Schnee fiel leise, gemächlich und beinahe hypnotisierend, und ich sah ihm durch die Windschutzscheibe dabei zu. Ich ließ den Wagen an und sah gewohnheitsmäßig in den Rückspiegel. Was ich darin erblickte, ist mir für alle Zeiten im Gedächtnis geblieben. Ich drehte mich um und sah durch die Heckscheibe, um sicherzugehen, dass es Wirklichkeit war.

In der Mitte der Straße hinter mir standen, bis zu den Knöcheln im Schnee eingesunken, Thoss und eine weitere Gestalt. Als ich sie in Augenschein nahm, erkannte ich in ihr einen der Jungen, die ich in dem Restaurant aufgescheucht hatte, nur trug er nun die korrumpierten und teilnahmslosen Züge seiner neuen Familie. Er und Thoss starrten mir nach, unternahmen jedoch keinen Versuch, meine Abfahrt zu verhindern. Thoss wusste, dass das nicht nötig war.

Ich hatte beständig das Bild dieser beiden dunklen Gestalten vor Augen, während ich heimfuhr. Aber erst jetzt wird mir die volle Tragweite meines Erlebnisses bewusst. Bisher habe ich eine Erkrankung vorgeschützt, um nicht unterrichten zu müssen. Mein altes Leben wieder aufzunehmen ist mir einfach nicht mehr möglich. Ich befinde mich jetzt unter dem Einfluss einer Jahreszeit und eines Klimas, die kälter und unfruchtbarer sind als alle Winter der Menschheitsgeschichte. Und mir diese Ereignisse wieder ins Gedächtnis zu rufen, hat nicht geholfen; ich spüre, wie ich immer tiefer in einem samtenen, weißen Abgrund versinke.

In manchen Augenblicken könnte ich mich beinahe auflösen in diesem inneren Reich entsetzlicher Reinheit und Leere. Ich erinnere mich an die Erfahrung der Unsichtbarkeit, während ich mich in Verkleidung durch die Straßen von Mirocaw treiben ließ, unbelästigt von den betrunkenen, krakeelenden Gestalten um mich herum: unberührbar. Und doch schrecke ich vor dieser grotesken Nostalgie instinktiv zurück, denn ich begreife, was geschieht, und versuche es doch zu leugnen, wenngleich Thoss es bereits ausgesprochen hat. Ich erinnere mich an den Befehl, den er den anderen gab, als ich hilflos auf dem Boden des Tunnels lag. Sie hätten mich ergreifen können, aber mein alter Lehrmeister Thoss hielt sie zurück. Seine Stimme war durch die Höhle gehallt, wie ihr Echo jetzt in den psychischen Resonanzräumen meiner Erinnerung erklingt.

»Er ist einer von uns«, sagte er. »Er war schon *immer* einer von uns.«

Diese Stimme ist es, die nun meine Träume und meine Tage und meine langen Winternächte ausfüllt. Ich habe Sie gesehen, Professor Thoss, durch den Schnee vor meinem Fenster. Bald werde ich, allein, das Letzte Fest feiern, das Ihren Worten den Tod bringen wird, nur um zu beweisen, wie gut ich ihre Wahrheit begriffen habe.

Originaltitel: *The Last Feast of Harlequin*
Erstveröffentlichung: *The Magazine of Fantasy and Science Fiction*, April 1990.

Aus dem Amerikanischen von Volker Cremers

Der Schatten auf der Schwelle

VON JAMES P. BLAYLOCK

Einige Monate, nachdem ich meine Aquarien abgebaut hatte, vernahm ich auf einmal in der Dunkelheit ein Rascheln, ein Kratzen, das sich ein wenig anhörte wie leise Schritte auf der Veranda vor meinem Haus. Das Geräusch riss mich aus einer literarischen Lethargie, die zum Teil daher rührte, dass ich mich drei Stunden lang in ein Werk Jules Vernes vertieft hatte, zum Teil aber auch aus einer oberflächlichen Bekanntschaft mit einer Flasche Single Malt Scotch. Im gelblichen Schein der Verandabeleuchtung, der durch die winzigen, verzerrenden Glasscheiben der mit einem Mittelpfosten versehenen oberen Hälfte der Eichentür fiel, sah ich nur einen Schatten. Vielleicht ein Gesicht, das halb abgewandt war. Die dunklen Umrisse verloren sich im düsteren Gewirr eines nicht beschnittenen Hibiskus.

Die Veranda selbst glich einer rechteckigen Insel aus abgeschirmtem Licht inmitten einer schwarzen See, unterbrochen lediglich von den schlaffen Schatten der Topfpflanzen und der gradlinigen Dunkelheit eines Paars verwitterter Gartenstühle, umgeben von einem Sträucherdickicht. Dahinter lag die Straße mit dem kraftlosen Schein ihrer kugelförmigen Lampen, und zu alledem war die gesamte Szenerie in fahles Mondlicht getaucht, das die Mauer aus Gestrüpp nur noch düsterer machte, und so kam es, dass die Veranda mit ihrem gelblichen Licht und dem Laubwerk wie eine in sich geschlossene Welt von dahinschwindendem Zauber wirkte.

Während ich in plötzlichem, unerklärlichem Schrecken dasaß, den mir der späte Besucher eingejagt hatte, vermochte ich
nicht mit Sicherheit zu sagen, ob die belaubten Auswüchse zu
beiden Seiten Arme oder irgendeine merkwürdige Mischung
aus Gliedmaßen und Flossen darstellten. Durch das fahle Ve-
randalicht in seinem Rücken erschien das *Ding* wie ein in eine
bernsteinfarbene Aura getauchter fischähnlicher Schatten, wie
etwas, das vor Nässe triefend aus einem spätdevonischen Meer
gekrochen war.

Im Interesse der Objektivität muss ich noch einmal betonen,
dass ich Jules Verne gelesen hatte. Es ist daher völlig nach-
vollziehbar, dass das Buch, der Schatten, die Glut im Kamin,
die fortgeschrittene Stunde und das morbide Misstrauen, nach
Anbruch der Nacht tummele sich in den Vorstädten nichts als
Ärger, sich vereinten und diesen Besorgnis erregenden Schemen entstehen ließen, der in Wahrheit nichts weiter war als ein
Hibiskuszweig, der am Fenster entlang kratzte. Doch Sie werden gewiss verstehen, dass ich nicht sonderlich angetan war
von dem Gedanken, die Tür zu öffnen.

Ich legte behutsam das Buch zur Seite, während vor meinem Bewusstsein ein Nachbild des Inneren der *Nautilus* vo-
rüberzog, die dann auf Tauchfahrt ging. Ich erinnere mich
noch, dass ich mich darüber wunderte, wie passend jene Szene
aus dem Roman in diesem Augenblick wirkte: die in Kupfer
gefassten Kristallfenster, dahinter transparente Wasserschich-
ten, die von der Sonne angestrahlt werden; die trägen Schlän-
gelbewegungen der Aale und Fische, der Neunaugen und
Yeso-Salamander, die bläulich-silbernen Wolken der Makre-
lenschwärme. Ich zog mich in den Schatten hinter der Couch
zurück, drückte mich gegen die Wand und schlich in das abge-
dunkelte Arbeitszimmer, von wo aus ich durch ein Fenster die
Veranda zum großen Teil überblicken konnte.

Meine Aquarien hatte ich – wie bereits erwähnt – einige
Monate zuvor abgebaut, ich glaube, sechs Monate war es her.

Das Wasser hatte ich aus dem Fenster in ein Blumenbeet gegossen, die Wasserpflanzen waren zu einem durchtränkten Haufen zusammengesunken, und die Fische hatten verwundert zur Kenntnis nehmen müssen, dass sie auf einmal in einem 10-Liter-Eimer gefangen waren. Die Tiere habe ich zu einem Fachgeschäft für Tropenfische ganz in der Nähe gebracht, und die leeren Aquarien mit dem Kies und den Steinen lagerte ich unter einer Bank im Schuppen gleich unter dem Avocadobaum. Alles in allem war es eine traurige Arbeit gewesen, in etwa so, als würde ich Teile meiner Kindheitserinnerungen zusammenpacken und in einer Truhe verstauen. Manchmal geht mir der Gedanke durch den Kopf, die Erinnerungen würden wieder Gestalt annehmen, wenn ich die Truhe öffnete. Manchmal stelle ich mir vor, die vergangenen Zeiten könnten sich leicht wieder herstellen lassen, indem ich einen Schlauch nehme und die Glasbecken mit klarem Wasser fülle, den Kies um die Steine herum verteile, die so aufgetürmt sind, dass sie dunkle Höhlen bilden, deren Eingänge durch die Ranken der von Strahlen reflektierten Lichts durchdrungenen Wasserpflanzen zum Teil verdeckt werden. Doch in jener Nacht brachte mich der Besucher auf der Veranda davon ab.

Drei Aquariengeschäfte sind in meiner Erinnerung tagsüber klar geordnet, doch in der Nacht verwirren sie sich und gehen ineinander über, ändern Fische und Fassaden nahezu ausgelassen ihren angestammten Platz, allesamt erfüllt vom Summen und Blubbern der Pumpen und Filter und dem feuchten, muffigen Geruch von tropenwarmem Wasser, das aus den Aquarien auf Betonboden tropft. Eines dieser Geschäfte habe ich entdeckt, als ich dreizehn war und auf dem Fahrrad durch die Gegend streifte. Es war ein mit Schindeln gedecktes Haus an einer parallel zu einem Freeway verlaufenden Straße. Die Auspuffabgase unzähliger dröhnender Lastwagen und anderer Fahrzeuge hatten die abblätternde weiße Farbe mit schwarzem Ruß besprenkelt. Drinnen standen Dutzende von 30-Liter-Becken, die allesamt schlecht beleuchtet waren und deren Füllung bereits zur Hälfte verdunstet war. Es gab nicht viel, was dieses Geschäft anziehend machte, nicht einmal für einen Dreizehnjährigen, abgesehen von einer Tür im hinteren Teil – ich vermute, es hatte sich einmal um eine Küchentür gehandelt. Sie führte zu einem Kiesweg, auf dem man zu einem Bauwerk gelangte, das einst eine Garage gewesen war.

Auch dreißig Jahre später kann ich mich noch ganz genau an den Tag erinnern, als ich ihn zum ersten Mal entdeckte – den Kiesweg, meine ich. Mein erster Fahrradausflug zu diesem Geschäft war damals ungefähr ein Jahr her. Ich schlenderte durch den Laden, schüttelte den Kopf angesichts des erbärmlichen Zustands der Aquarien, betrachtete verächtlich die Guppys, Goldfische und Tetras, die träge an ihren verstreut an der Oberfläche treibenden toten Artgenossen vorüberschwommen. Mein Vater wartete in einem Studebaker am Straßenrand vor dem Geschäft und klopfte mit seinen Fingern ungeduldig auf die Rückenlehne des Beifahrersitzes. Mir fiel ein mit Bleistift beschriebenes Schild auf, das auf einen weiteren Raum mit Fischen hinwies, der sich ›draußen‹ befinden sollte. Also ging ich nach draußen, folgte dem Kiesweg und begab mich in die dunkle hintere Hälfte der alten Garage, die nur von den weißglühenden Birnen der Aquarienlampen erhellt wurde.

Ich zog die Tür hinter mir zu, um das Sonnenlicht nicht hereinzulassen. Reihen von Aquarien säumten die drei Wände, allesamt von einem tiefen Grün-Schwarz. In jedem der Becken wuchsen im Hintergrund Wasserpest und *Echinodorus tenellus* und die leicht schwankenden zarten Zweige der Ambulien und des Pfeilkrauts. Aus unter moosbesetzten Steinen versteckten Düsen tanzte die Kohlensäure in kleinen Bläschen zur Oberfläche. Auf dem sandigen Boden eines Aquariums lag ein halbes Dutzend gesprenkelter Süßwasserrochen aus dem Amazonas, und ihre giftigen Schwänze waren kaum von dem Kies zu unterscheiden, auf dem sie ruhten. Ein kleiner

Schwarm Helmcichliden hielt sich im Schutz eines geschwungen aufgetürmten Wasserfalls aus Steinen auf, unter dem sich der lange, schlangengleiche Körper eines Flösselaals wand.

Das Aquarium kam mir erstaunlich tief vor, vermutlich eine Täuschung, hervorgerufen durch eine Spiegelung, das Licht und die geschickte Anordnung von Steinen und Wasserpflanzen. Doch einen kurzen Moment machte es den Eindruck, als sei das düstere Wasser in dem Glasbehältnis so gewaltig wie der Meeresboden oder als sei es eine Art Vorzimmer zu dem mit Treibholz und Kieselsteinen übersäten Bett eines tropischen Flusses. Zu beiden Seiten standen weitere Aquarien. Meergrundeln starrten mich aus ihren in den Sand gegrabenen Kuhlen an. Ein gewaltiger Cichlide, flach wie ein Teller, blinzelte hinter einem Gewirr aus Wasserkelch-Gräsern hervor. Krötenfische trieben zwischen dem faserigen Braun verrottender Vegetation. Ein unter einem Vorsprung aus dunklem Stein im Wasser stehendes Paar Kugelfische von der Größe von Golfbällen, mit leuchtend roten Augen und winzigen Brustflossen, die wie Schiffsschrauben eines U-Bootes wirbelten, betrachtete mich misstrauisch. Dieser Raum voller Fische, der in bernsteinfarbenem Kunstlicht existierte, tausend Meilen weit weg vom staubigen Kies im Hof vor der Tür, vom Donnern des Verkehrs auf dem keine zwanzig Meter entfernten Freeway hatte etwas ganz entschieden Fremdartiges an sich.

Ich stand da und sah mich um, ohne ein Gefühl für die Zeit, bis auf einmal die Tür aufging, der Raum von Sonnenlicht überflutet wurde und mein Vater hineinspähte. Die plötzliche Helligkeit schien die sonderbare Atmosphäre in dem Raum zu zerstören, zu versprengen. Heute erinnert mich das daran, was auf einer Waldlichtung geschehen muss, wenn die Morgensonne jenen verzauberten Reiz verdunsten lässt, der jede Nacht vom Mondlicht aus den Wurzeln und der Laubdecke und der Erde des Waldbodens hervorgelockt wird.

Eines der schwach beleuchteten Aquarien wurde kurz von

der Sonne beschienen, und in ihm kauerte hinter einem Haufen aus dunklen Steinen eine fast völlig versteckte Kreatur. Sie hatte einen riesigen Kopf und ebensolche Augen, die Augen eines Tintenfischs oder eines Spaniels, Augen mit Lidern, Augen, die träge und traurig zwischen den ungewöhnlichen, im Aquarium verstreuten Stücken hindurchblickten: ein halbes Dutzend Glasmurmeln, ein Trupp bemalter Zinnsoldaten, ein Sheriffstern aus Messing, eine kleine Blechschaufel, die aus einem zur Hälfte mit Sand gefüllten und in Azur- und Gelbtönen bemalten Eimer herausragte; er zeigte eine Szene mit Kindern, die bei Sonnenuntergang an einem Strand spielen.

Ich war alt genug, und meine Fantasie reichte aus, um die mangelnde Harmonie in diesem Aquarium zu erfassen. Ich verstand jedoch nicht genug von Fischkunde, um die mit Lidern versehenen Augen der Kreatur darin bewusst wahrzunehmen – was aber nichts daran änderte, dass sie mich später in meinen Albträumen verfolgte. Ein ganzes Jahr verging, ehe sich wieder eine Gelegenheit ergab, das Geschäft am Freeway zu besuchen. Ich erinnere mich noch genau, wie ich auf dem Fahrrad über regennasse Straßen fuhr, wie immer wieder Regenschauer fielen, während ich mich in einem gelben Regenmantel mit Kapuze über den Lenker beugte, die Hose von den Knien abwärts völlig nass, und wie ich dann mit einem Anblick belohnt wurde, der keine Belohnung war. Das Geschäft existierte nicht mehr, auf dem leeren Grundstück schoss bereits Unkraut in die Höhe, und der Beton, auf dem das Haus und die Garage gestanden hatten, war braun von Schlamm und Regenwasser.

Und jetzt um Mitternacht, dreißig Jahre später, regte sich etwas auf der Veranda vor meinem Haus. Der Wind, der von Westen kam, ließ das Laub rascheln, und ich hörte die Palmwedel am Straßenrand seufzen. Ich stand im Schatten und drückte mich gegen ein schräg stehendes Regal, während ich

an dessen Kante vorbei auf – nichts starrte. Da war wieder das
Rascheln der Büsche und der wankende Schatten. Etwas – *was*
war es? – schlich dort draußen umher. Ich war mir dessen sicher. Mir stellten sich die Nackenhaare auf. Dem Prasseln der
vom Wind gepeitschten Regentropfen folgte das tiefe traurige
Dröhnen fernen Donners. Der feuchte, von Regen auf Beton
ausgelöste Geruch nach Ozon zog durch den Raum, und mir
wurde mit einem Mal bewusst, dass der Wind ein Fenster
gleich hinter mir aufgestoßen haben musste. Ich drehte mich
um und drückte es zu. Dabei hielt ich mich unterhalb der
Fensterbank, um nicht gesehen zu werden, wobei ich, ohne es
zu wollen, daran denken musste, wie ich im Regen in den
Überresten jener Fischhandlung umherging und im Unkraut
nach etwas suchte, ohne zu wissen, was es eigentlich sein sol-
te. Das Einzige, was ich fand, waren Glasscherben und eine
kleine, ostereibunte Keramikburg für Fische.

Ich drehte den Fensergriff herum und kroch zurück zu meinem Bücherregal, um abermals in die anscheinend leere Nacht
zu spähen, in der die Hibiskuszweige mit ihren herabhängenden roséfarbenen Blüten in Wind und Regen tanzten.

Die zweite der drei Aquarienhandlungen liegt in San Francisco, in Chinatown in einer Gasse, die von der Washington
Avenue abzweigt. Zu der Zeit war ich Student gewesen. In einem Restaurant namens ›Sam Wo‹ hatte ich eine vorzügliche
Mahlzeit zu mir genommen, anschließend spazierte ich durch
die Straße, in der sich abendlicher Nebel breit gemacht hatte.
Ich war auf der Suche nach diesen komprimierten Origami-
Blumen, die aufblühen, wenn man sie ins Wasser legt. Dabei
wurde ich auf ein Schild aufmerksam, das chinesische Symbole und einen zerbrechlich aussehenden, dreifarbigen Koi zeigte. Ich schlenderte durch eine schmale Gasse, die zwischen
kantigen Gebäuden verlief. Die dunstige Luft roch nach Knob-
lauch und Nebel, gebackenen Enten und hingeworfenen Abfäl-
len. Aus einem schmalen Durchgang, vor dem wie ein Schlei-

er der Geruch von feuchtem Sand hing, war das vertraute Summen von Aquarienpumpen zu hören.

In dem weitläufigen Geschäft mit der tief heruntergezogenen Decke war es düster. Schwach beleuchtete Räume erstreckten sich so weit unter der Straße, dass sie sich in der Dunkelheit verloren. Die vereinzelten beleuchteten Aquarien wirkten wie ferne Sterne im Dunst. Flache Zuchtbecken waren unter einer Reihe abgedunkelter, zur Straße hin weisender Oberlichter in rostigen Stahlregalen zu fünft übereinander gestapelt. Bei den exotischen Goldfischen, die bemüht waren, im Wasser zu treiben und aus verquollenen Augen zu spähen, waren die Schwanzflossen so extrem überzüchtet worden, dass sie die Geschöpfe nach hinten zu ziehen schienen. Einer der Fische, daran erinnere ich mich genau, hatte die Größe und Form einer Grapefruit, eine wunderlich missgebildete Züchtung, um nichts weiter als der bloßen Neugier willen geschaffen. Es war ein völlig unlogischer Gedanke, der vielleicht dadurch ausgelöst wurde, dass ich Jahre zuvor am Freeway auf den Schuppen voller sonderbarer Fische gestoßen war – jedenfalls kam ich auf die Idee, dass sich in den weiter entfernten Räumen noch merkwürdigere Kreaturen finden könnten. Also ging ich ein wenig zögerlich weiter, bis ich mich längst unterhalb der Washington Avenue befinden musste, dabei aber immer weiter weg gelegene Räume entdeckte, von denen aus man durch runde Torbögen wiederum in andere Räumlichkeiten gelangte. Der alte Verputz dieser Bögen war von der permanent hohen Luftfeuchtigkeit so ausgebleicht und moosbewachsen, dass es so aussah, als hätte man die Öffnungen in den Stein gehauen. Gewaltige Aquarien voll von der Strömung bewegter Wasserpflanzen reihten sich aneinander, und in ihnen schwammen Geschöpfe, die noch vor wenigen Wochen in Grotten am Amazonas und am Orinoko gelebt hatten.

Dieser Ort hatte etwas an sich, das mich an die Schaufel

und den Eimer erinnerte, das Versprechen eines bevorstehenden Rätsels, vielleicht von etwas Entsetzlichem. Jedes Aquarium mit seinen schattigen Winkeln, den aufgetürmten Steinen und den zarten Pflanzen wirkte wie eine winzige, in sich geschlossene Welt. Das Gleiche galt für das Geschäft insgesamt, das endlos entfernt zu sein schien von dem Lärm in den Gassen und Straßen Chinatowns, die sich kreuz und quer durch den dunstigen Gobelin einer Welt zogen, die den ausgedehnten Hügeln von San Francisco so völlig fremd war und unter jeder Ebene neue Wunder und Gefahren zu bieten hatte. Etwas an meiner Reaktion war mit der Anziehung vergleichbar, die Professor Aronnax im Inneren der *Nautilus* mit ihrer Bibliothek aus schwarzviolettem Ebenholz und Messing und ihren zwölftausend Büchern empfand, mit den leuchtenden Decken und der Orgel sowie den Behältnissen voller Mollusken und Seesterne und schwarzer Perlen größer als Taubeneier, mit gläsernen Wänden, durch die man wie aus dem Inneren eines Aquariums Tag und Nacht die Meerestiefen betrachten konnte.

Am Rand des zweiten Raums bemerkte ich mit einem Mal einen kleinen, orientalisch aussehenden Mann, dessen Gesicht sich zum Teil im Schatten verlor. Ich hatte ihn nicht kommen hören. In einer Hand hielt er ein nasses Netz, das groß genug war, um einen Barsch aufzunehmen. Und er trug Gummistiefel, als wäre es seine Gewohnheit, in die Aquarien zu steigen, um dort Fische zu jagen. Sein plötzliches Auftauchen im schwachen, perlengleichen Schein der Aquarienlampen riss mich aus einer ungewöhnlichen Verfassung, die – da bin ich mir sicher – für den abstrusen Eindruck verantwortlich war, seine Hand und sein Arm, die das Netz hielten, seien mit Schuppen überzogen.

Ich fand den Weg zurück zur Straße. Gesagt hatte der Mann kein Wort, doch sein langsames Kopfschütteln schien mir zu bedeuten, dass ich dort nicht willkommen war. Vielleicht handelte es sich um einen reinen Zuchtbetrieb, um einen Großhandel, in dem Laufkundschaft nichts von Interesse finden konnte.

Nichts war es auch, was ich Jahre später auf der Veranda fand. Der Wind wehte den Regen unter die Dachrinne und gegen die Fenster. Die Tropfen sammelten sich zu kleinen Rinnsalen, die am Glas entlang nach unten liefen und das sich heftig hin- und herbewegende Laubwerk noch verzerrter zeigten. So wurde es unmöglich zu sagen, ob die dunklen Stellen wirklich nur Schatten oder vielleicht doch mehr waren. Ich kehrte auf die Couch zu meinem Buch zurück. Auf die niedergebrannten Reste im Kamin legte ich Zedernholzscheite nach und pustete in die Glut, bis das Holz knackte und knisterte und Feuer fing, während an der Wand gegenüber die Schatten tanzten. Es musste inzwischen zwei Uhr in der Nacht geworden sein, eine trübselige Stunde, wie mir scheint. Dennoch wollte ich noch nicht schlafen gehen und blätterte stattdessen in meinem Buch, nahm beiläufig einen Schluck aus meinem Glas, während ich mit einem halben Ohr auf das Rascheln und Kratzen in der Nacht und auf das gelegentliche ferne Donnergrollen hörte.

Aus irgendeinem Grund konnte ich mich aber nicht davon abhalten, immer wieder zur Tür zu sehen, auch wenn ich so tat, als würde ich lesen. Die Folge war, dass ich mich auf gar nichts mehr konzentrieren konnte. Irgendwann muss ich dann aber eingeschlafen sein, denn ich schreckte hoch, als auf der Veranda ein tönerner Blumentopf in tausend Stücke zersplitterte. Vermutlich war er einem heftigen Windstoß zum Opfer gefallen. Ich saß da, Jules Verne war auf dem Teppich gelandet, und in meinem Geist löste sich langsam ein halbfertiger Traum von schräg stehenden Pfählen eines Piers und düsteren, ruhigen Tümpeln in Nebel auf. Hinter der Tür lauerte ein Schatten. Ich streckte den Arm nach der kleinen Kette an der Wandlampe über mir aus und tauchte den Raum in Dunkelheit, um meine eigenen Bewegungen zu verbergen und gleichzeitig die des Dings auf der Veranda zu erhellen.

Doch in dem Moment, in dem das Licht erlosch und nur das orangefarbene Glühen des heruntergebrannten Kaminfeuers zu sehen war, zog ich wieder an dem Schalter. Der Gedanke, mich verstecken zu können, war sinnlos. Und was das Etwas anging, das da draußen auf der Schwelle lauerte, so hatte ich kein allzu großes Verlangen, mich ihm zu stellen. Also saß ich nur da und zitterte. Der Schatten regte sich nicht, so als würde er nur zusehen und zuhören und sich damit zufrieden geben, dass ich wusste: Er war dort.

In San Pedro in einer am Dock gelegenen Straße, in der sich Ramschläden, Bars und etliche Häuser mit vernagelten Fenstern befanden, hatte es ebenfalls ein Geschäft für Tropenfische gegeben. Die dem Hafen zugewandte Straßenseite war größtenteils auf Pfählen errichtet, und unter den windschiefen Holzhäusern fanden sich die kaum kenntlichen Überreste aufgegebener Piers sowie die unablässig in Bewegung befindlichen Gezeiten des grauen Pazifiks. Auf den Fenstern der Geschäfte klebte dick der Staub, den seit Jahren niemand mehr weggewischt hatte. Dahinter waren verstreut schwache Lichter zu sehen, der einzige Hinweis darauf, dass man das Gebäude noch nicht aufgegeben hatte. An der Tür hing ein Schild mit der Aufschrift TROPISCHE RARITÄTEN – FISCHE UND AMPHIBIEN, und darunter, von innen an das Glas geklebt und durch den Schmutz kaum zu entziffern, eine vergilbte Preisliste, die – wie ich noch genau weiß – kolumbianische Hornfrösche und Tigersalamander zu Preisen aufführte, die allenfalls vor zwanzig Jahren einmal Gültigkeit besessen haben konnten.

Die Tür war abgeschlossen, doch von drinnen war vor dem Hintergrund murmelnder Stimmen eindeutig das Summen von Aquarienpumpen und das Sprudeln von durch Kohlensäure durchströmtem Wasser zu hören. Wäre ich zehn Jahre jünger gewesen, dann hätte ich gegen das Glas geklopft, vielleicht sogar gerufen. Doch mein Interesse an Aquarien hatte bereits spürbar nachgelassen, und in diese Gegend gekommen war ich eigentlich nur, weil ich Fahrkarten für einen Bootsausflug nach Catalina Island kaufen wollte. Daher wandte ich mich zum Gehen und war nur von mäßiger Neugier getrieben, als mir unversehens eine Holztreppe auffiel, die steil zu den Docks hinunterführte und deren halbhohe Tür man gedankenlos hatte offen stehen lassen. Ich blieb zögernd davor stehen und folgte mit meinen Blicken dem Verlauf des krummen Geländers nach unten, als ich an dieser Seite des Gebäudes ein schlichtes Schild ohne Worte bemerkte, das Schriftzeichen und einen dreifarbigen Koi zeigte. Es war vor allem der Schock des Wiedererkennens, der mich die Stufen hinuntertrieb, während ich dümmlich grinste und mir im Geiste zurechtlegte, was ich zu demjenigen sagen würde, dem ich dort unten begegnen sollte.

Doch ich begegnete niemandem. Da war nur das dunkle Wasser, das gegen die Steine klatschte, und eine Schar roter Krabben, die rasch in den Schutz moosüberzogener Felsen flohen. Weit nach vorn überhängende Gebäude bildeten eine Art Keller unter freiem Himmel, in dem es dunkel und kühl war und nach Muscheln, Krebsen und Schlamm roch. Zuerst war die Dunkelheit undurchdringlich, doch als ich meine Augen abschirmte und in die Schatten vordrang, konnte ich ein halbes Dutzend schwach beleuchteter Kreise aus gesprenkeltem Stein ausmachen – Amphibienbecken, vermutete ich, die Ränder von Wasserpflanzen gesäumt, die sich in der leichten Strömung bewegten.

»Hallo?«, rief ich, zaghaft, wie ich annehme. Doch vom kurzen Plätschern in einem der Becken abgesehen antwortete nur Schweigen. Ich ging vorsichtig ein paar Schritte weiter. Ich hatte dort nichts zu suchen, aber meine Neugier war stärker. Ich wollte wissen, was dort in diesen kreisrunden Becken lebte.

Das erste von ihnen schien leer zu sein, wenn man von den großen Ranken einer ausladenden Wasserpest und einem treibenden Teppich aus breitblättriger Entengrütze absah. Ich kniete auf den nassen Steinen nieder und schob mit den Händen die Pflanzen zur Seite, um in die Tiefe zu spähen. Von oben drang ein wenig Tageslicht nach unten, doch diese schwache Beleuchtung genügte bei weitem nicht, um erkennen zu können, was sich in dem Becken befinden mochte. Dennoch blitzte einen kurzen Augenblick lang dort unten etwas auf, als wolle es mich anlocken oder mir etwas kundtun. Ich bemerkte, dass ich mich schuldbewusst umsah, während ich meinen Ärmel hochkrempelte. *Wer A sagt ...*, dachte ich mir und steckte meinen Arm bis zur Schulter unter Wasser.

Unter der Wasseroberfläche war eine Bewegung auszumachen, die den Eindruck erweckte, als sei das Becken deutlich tiefer als erwartet und als hätte ich irgendein dort untergetauchtes Wesen in seiner Ruhe gestört. Ich tastete zwischen Pflanzen und Kies umher, bis ich sogar mit dem Ohr fast im Wasser war. Da war es, es lag auf der Seite. Meine Finger schlossen sich in dem Moment um den Halbkreis eines Griffs, als vom anderen Ende des düsteren Raums ein behäbiges Schlurfen zu hören war.

Ich stand auf und machte mich auf Gott weiß was gefasst, während ich in meiner Hand etwas hielt, das eigentlich unmöglich hier sein durfte: einen vertrauten Blecheimer, der nun an der Seite eingebeult war. Der blaue Ozean war schief aufgemalt und überspülte die Kinder, die auch nach so vielen Jahren noch immer am Sandstrand spielten. Vor mir kauerte ein kleiner, orientalisch aussehender Mann, der mich so seltsam anstarrte, als würde er mein Gesicht wiedererkennen und sei erstaunt, mich dabei zu ertappen, wie ich anscheinend im Begriff war, einen verbeulten Spielzeugeimer zu stehlen. Ich ließ ihn zurück ins Wasser fallen, setzte zum Reden an, wandte mich dann aber ab und rannte davon. Der Mann, der zu mir gekommen war, hatte weder Gummistiefel getragen noch ein riesiges Netz in der Hand gehalten. Im düsteren Zwielicht dieser seltsamen, zum Ozean hin gelegenen Grotte schien seine Haut auf den ersten flüchtigen Blick nichts weiter als Haut zu sein. Um eines billigen Effekts willen könnte ich natürlich darauf beharren, dass er Schuppen und Kiemen und Schwimmhäute zwischen den Fingern hatte und dass sein Mund von einem Ohr zum anderen reichte. Es hätte auch durchaus so sein können. Ich ging fort, ohne mich noch einmal umzudrehen, konzentrierte mich auf die alligatorblaue Farbe der baufälligen Treppe und auf das mit Schindeln gedeckte Dach, das auf der gegenüberliegenden Straßenseite ins Blickfeld kam, als ich eine knarrende Stufe nach der anderen die Treppe erklomm. Während der Heimfahrt drückte ich wahllos die Stationstasten des Autoradios, schaltete es ein und wieder aus und wurde mir bewusst, wie zusammenhanglos und oberflächlich die Musik, die Nachrichten und das dümmliche und sonderliche Geschwätz der Moderatoren waren.

Dieser Zwischenfall nahm meiner Begeisterung für tropische Fische vollends den Wind aus den Segeln – Segel, die ohnehin bereits halb gerefft gewesen waren. Gewisse merkwürdige und bis dahin völlig harmlose Bilder begannen, mich in meinen Träumen zu verfolgen – wahllos aufeinander folgende Bilder von blassen, kantigen Gesichtern, bemalten Zinnsoldaten, die auf einem mit Unkraut überzogenen Gelände verstreut liegen, den verstohlenen Bewegungen der Fische zwischen den Wasserpflanzen in ihren Aquarien, einem hölzernen Schild, das im vom Wind gepeitschten Regen hin und her schaukelt.

Draußen vor der Tür befindet sich nichts weiter als der Schatten des Laubwerks des Abends, das sich in Wind und Regen bewegt. Der gesunde Menschenverstand würde es so sehen, würde mit überheblicher und gelangweilter Stimme sagen, dass ich mich von einer gefährlichen Kombination aus Zufall und Ereignissen in die Irre habe jagen lassen. Es hieße den Wahnsinn herbeirufen, schenkte man dieser Stimme keine Beachtung.

Doch dies ist keine Nacht, um auf Stimmen zu achten. Der Wind und der Regen peitschen das dunkle Buschwerk, die Schatten zucken und tanzen. Jenseits des fahlen Lichtscheins der Verandalampe ist rein gar nichts zu sehen. In zwei Stunden geht die Sonne auf, und mit ihr kommt eine künstlich geschaffene Missachtung für angedeutete Zusammenhänge und seltsame Strukturen hinter dem scheinbar Zufälligen. Die Veranda – auf der dann die Pfützen trocknen, unverrückbar die Gartenstühle stehen und die orange- und roséfarbenen Hibiskusblüten lächelnd den Tag begrüßen – wird dann nur ein eiliger Milchmann mit kantigem Gesicht betreten, der eine weiße Mütze trägt und in dessen verzinktem Drahtkorb klimpernd die Glasflaschen aneinander schlagen.

Originaltitel: *The Shadow on the Doorstep*
Erstveröffentlichung: *Isaac Asimov's Science Fiction Magazine*, May 1986.

Aus dem Amerikanischen von Ralph Sander

Herr des Landes

VON GENE WOLFE

Der Nebraskaner lächelte freundlich, beugte sich vor und sagte, indem er mit der rechten Hand eine weit ausholende Geste machte: »Ja wirklich, genau so was interessiert mich am meisten. Bitte erzählen Sie mir mehr davon, Mr. Thacker.«

All das diente nur dem Zweck, den alten Hop Thacker von der linken Hand des Nebraskaners abzulenken, die dieser beiläufig in die Jackentasche geschoben hatte und mit der er nun den Minirekorder einschaltete. Das Mikrofon steckte hinter dem Revers des Nebraskaners, der dünne braune Draht war nahezu unsichtbar.

Vielleicht hätte das den alten Hop sowieso nicht gekümmert; der alte Hop war kaum von der schüchternen Sorte. »Herrje!«, begann er, »das ist etliche Jahre her, wenn ich mich nicht irre. Schätze, das war zurzeit von meinem Uropa, Mr. Cooper, oder vielleicht noch früher.«

Der Nebraskaner nickte ermutigend.

»Da war'n diese drei Jungs, und die hatten ein altes Maultier, war zu nichts mehr nutze außer für Krähenfutter. Einer war Colonel Lightfoot – natürlich nannte ihn damals kein Mensch Colonel. Einer war Creech und der andere, äh ...« Der alte Mann hielt inne und betastete seinen spärlichen Bart. »Schätze, ich weiß es nicht genau. Ich hab's mal gewusst. Fällt mir wieder ein, wenn's keiner mehr hören will. Er ist der, dem's Maultier gehört hat.«

Der Nebraskaner nickte wieder. »Drei junge Männer, sagen Sie, Mr. Thacker?«

»Richtig, und Colonel Lightfoot, der hatte 'n neues Gewehr. Und der andere – er war ein Freund von meinem Uropa oder so – der hatte eins, von dem jeder sagte, es wär 's beste Schießeisen im ganzen Land. Und dieser Laban Creech, der sagte, er wäre selber kein schlechter Schütze, und er ging und holte sein eigenes. Er war der mit dem Maultier. Ich entsinne mich jetzt.

Also brachten sie das Maultier raus auf die Wiese, vielleicht fünfzig Schritt vom Pferch weg. Sie wissen, wie das geht. Creech, der schoss ihm genau ins Ohr, und das Tier legte sich hin und war tot, es war alt und krank auch, hat nicht getreten und gar nichts. Also holte Colonel Lightfoot sein Messer raus und schnitt ihm den Bauch auf, und sie gingen zurück zum Pferch, um auf die Krähen zu warten.«

»Ich verstehe«, sagte der Nebraskaner.

»Erst schoss der eine und dann der andere, und sie zählten die Treffer. Und es ging fast bis zur Dunkelheit, wissen Sie, und Colonel Lightfoot mit seinem neuen Gewehr und der andere Mann, der das gute hatte, sie standen gleich, und dieser Laban Creech war nur eins hinter ihnen. Schätze, da lagen schon an die hundert Krähen hinter ihnen in 'ner Rinne im Boden. Man kann keine Krähe schießen und einfach liegen lassen, wissen Sie, und dann denken, dass die anderen kommen. Die gucken nämlich und sehen die tote und sagen sich: ›Mann, warte erst mal ab, was aus der da unten wird. Ich hab nicht vor, *da* näher ranzugehen.‹«

Der Nebraskaner lächelte. »Kluge Vögel.«

»Ach, es gibt alle möglichen Geschichten über sie«, sagte der alte Mann. »Danke, Sarah.«

Seine Enkelin hatte zwei große Gläser mit Limonade gebracht; sie blieb im Türrahmen stehen, um sich die Hände an ihrer rot-weiß karierten Schürze abzutrocknen, und sah den

Nebraskaner mit schüchterner Befangenheit an, ehe sie sich ins Haus zurückzog.

»War damals ja kein bisschen verboten.« Der alte Mann stieß mit einem dürren, etwas schmutzigen Finger nach einem Eiswürfel. »Hatte ja noch niemand was dagegen, als ich ein junger Kerl war, bis die TVA kam. Wenn man heutzutage über die Naturschutzbehörde redet, denkt jeder, man meint diese Programme, wissen Sie.« Er schwenkte sein Glas. »Ich guck sie mir manchmal an.«

»Im Fernsehen«, ergänzte der Nebraskaner.

»So ist es. Denken Sie mal, als Bud Bloodhat seinem gerechten Lohn entgegenging, Mr. Cooper. Da war es heiß, so was haben Sie noch nicht erlebt. Die Vögel sperrten alle den Schnabel auf und wollten überhaupt nicht mehr fliegen. Ich erinnere mich, wir haben zwei Schweine verloren an dem Tag. Mein Pa, er wollte das Fleisch retten, aber es war überhaupt nicht zu gebrauchen. Er sagte, die Schweine waren schon verfault, bevor sie umfielen, und er hatte Angst, es den Hunden zu geben, so heiß war es. Die dösten alle unter der Veranda. Wollten partout nicht drunter hervorkommen.«

Der Nebraskaner war versucht, das Krähenschießen wieder zur Sprache zu bringen, doch ein Instinkt, der in Tausenden von Stunden des Zuhörens entstanden war, gab ihm ein, stattdessen lächelnd zu nicken.

»Herrje, sie wussten, sie müssen ihn schnell unter die Erde bringen, nicht? Also machten sie ihn zurecht, gründlich waschen und die besten Sachen an und dergleichen, und sie waren alle drinnen und hörten zu, aber es war schrecklich heiß da und man konnte ihn schon richtig riechen, darum hab ich mich so nach und nach verkrümelt. Auf mich gab keiner Acht, verstehen Sie? Die Frauen waren alle am Heulen und machten Theater, und die Männer dachten, allmählich isses aber Zeit, ihn zu begraben und einen zu heben.«

Der Stock des alten Mannes fiel plötzlich mit einem trockenen Klappern auf den Boden. Als er ihn aufhob, sah der Nebraskaner einen Augenblick lang Sarahs blasses Gesicht hinter der offenen Tür.

»Also hab ich mich auf die Veranda verdrückt. Ich wette, es waren leicht an die vierzig Grad, aber ich fand's angenehm nach der Luft drinnen. Das war der Moment, wo ich's auf der anderen Straßenseite hab den Hügel runterkommen sehen. Blieb so weit wie möglich im Schatten und sah selbst aus wie ein Schatten, nur dass man sehen konnte, wie es sich bewegt, und es war immer ein bisschen dunkler als der Schatten. Ich wusste, es war der Seelentrinker, und kriegte Angst, er könnte meine Ma holen. Ich fing an zu weinen, und sie kam raus und trug mich zum Brunnen, damit ich was trinke, und das war das letzte Mal, wo einer ihn gesehen hat, so viel ich weiß.«

»Warum wird er Seelentrinker genannt?«, fragte der Nebraskaner.

»Weil's das ist, was er tut, Mr. Cooper. Sie wissen wahrscheinlich, dass nicht nur Leute 'n Geist haben. Ein Mensch kann vom anderen den Geist sehen, gut, aber er kann auch den Geist von einem Hund oder einem Maultier oder so was sehen. Also, nehmen Sie den Geist von 'nem Mann, weil man darüber nicht streiten muss. Es ist seine Seele, stimmt's? Warum ist sie nicht im Himmel oder unten an dem schlimmen Ort, wie es sich gehört? Was macht sie da in dem Spukhaus oder treibt sich auf der Straße herum oder wo immer man sie gesehen hat? Ich hatte einen Hund, der mal 'n Geist gesehen hat, und der war von 'nem ander'n Hund, verstehen Sie? Ich selbst hab ihn nicht gesehen, aber er, und gemerkt hab ich's daran, wie er sich benahm. Was hatte der Geist da zu suchen?«

Der Nebraskaner schüttelte den Kopf. »Ich habe keine Ahnung, Mr. Thacker.«

»Junger Mann, ich werd's Ihnen sagen. Wenn ein Mann die Augen zumacht, oder ein Pferd oder ein Hund oder was auch immer, dann soll sein Geist ihn verlassen und zum Gericht ge-

hen. Der Herr Jesus Christus ist unser Richter, Mr. Cooper.
Nur manchmal tut der Geist 's nicht. Vielleicht hat er Angst
vor dem Urteil, oder vielleicht muss er hier unten noch dies
und jenes erledigen oder denkt jedenfalls, dass er das muss,
wie einem irgendwelches Geld zeigen, von dem er weiß. Das
kommt ziemlich oft vor, und ich könnte Ihnen da mal einiges
erzählen. Aber wenn er nichts erledigen muss und nur Angst
hat zu gehen, dann bleibt er, wo er ist – das ist die Sorte, die
am Grab spukt. Die nimmt sich der Seelentrinker, wenn er sie
kriegt, verstehen Sie. Nur wenn er ausgehungert ist, saugt er
an 'ner lebenden Person, und die muss ihn besiegen oder sterben.« Der alte Mann hielt inne, um sich die Lippen mit Limonade zu befeuchten, während er über den kleinen Familien-
friedhof und das Feld mit trockenen Maisstoppeln zu den
roten Hügeln hinüberschaute, wo er nie wieder jagen würde.
»Sie gewinnen nicht, nicht besonders oft. Schätze, der Erste
war ein Indianer. Oder etwas in der Art. Ich hab Ihnen erzählt,
wie Creech es erschossen hat?«

»Nein, Mr. Thacker.« Der Nebraskaner trank einen Schluck
von der Limonade, die erfrischend sauer war. »Das würde ich
sehr gern hören.«

Der alte Mann schaukelte schweigend, und die Zeit wurde
lang. »Mann«, sagte er schließlich, »sie hatten den ganzen Tag
geschossen. Nehme an, das sagte ich schon. Jedenfalls ziemlich lange. Und sie waren müde, Colonel Lightfoot und dieser
Cooper auch, und Creech lag nur einen Punkt hinter ihnen.
Creech war an der Reihe, und er sagte immer wieder, sie sollten nur noch für eine Runde bleiben, dann würde er gehen und
die anderen auch, ob Treffer oder nicht. Also blieben sie, aber
es waren keine Krähen mehr da, weil sie meilenweit im Umkreis jede Krähe getötet hatten. Würde sicher gleich anfangen
dunkel zu werden, und dieser Cooper, er sagte, komm, Junge,
hier trifft gleich keiner mehr was. Du hast verloren, und damit
musst du dich abfinden.

Creech, der sagte, Mann, 's war mein Maultier. Und da ungefähr kam was Größeres als 'ne Krähe, und schwarz war's, hüpfte über den Boden, wie es Krähen manchmal tun, verstehen Sie? Zu dem toten Maultier rüber. Creech also riss das Gewehr hoch. Colonel Lightfoot, der gab hinterher zu, dass er bei dieser Dunkelheit nicht mal das Visier erkennen konnte. Schätze, er zielte einfach am Lauf entlang. Das ist hier die gute alte Art, und viele schwören darauf.

Mann, er drückte ab, und es fiel zusammen. Du hast gewonnen, sagt Colonel Lightfoot, und er klopft dem Creech auf den Rücken, und jetzt lass uns gehen. Nur dieser Cooper, der wusste, dass es zu groß für 'ne Krähe gewesen war, und er geht hin, um nachzusehen. Herrje, Sir, 's war einem Mann ähnlich, aber mit krummen Beinen und schiefem Hals. Es war kein Mensch, sah aber so aus, verstehen Sie? Wer hat mich erschossen?, fragt es, und der Mund war voller Würmer. Grabwürmer, verstehen Sie?

Wer hat mich erschossen? Und Cooper, der sagte Creech, dann schrie er nach Creech und Colonel Lightfoot. Colonel Lightfoot sagte, Jungs, wir müssen das begraben. Und Creech geht zu sich nach Hause und holt einen Spaten und 'ne alte Schaufel, mehr hat er nicht. Er zittert so stark, dass sie gegeneinander klappern, verstehen Sie? Colonel Lightfoot und dieser Cooper, die sahen, dass er nicht graben konnte, darum legten sie sich mächtig ins Zeug. Ziemlich bald gucken sie sich um, und Creech ist verschwunden, und der Seelentrinker auch.«

Der alte Mann machte eine bedeutungsschwere Pause. »Das nächste Mal, wo einer dem Seelentrinker begegnet ist, da war es Creech. Also ist er derjenige, den ich gesehen habe, oder einer von seiner Familie. Schießen Sie nie auf was, wo Sie nicht todsicher sind, was es ist, junger Mann.«

Von seinen abschließenden Worten angezogen, erschien Sarah in der Tür. »Das Essen ist fertig. Ich habe einen Teller für

Sie hingestellt, Mr. Cooper. Pa hat's gesagt. Sind Sie sicher, dass Sie bleiben wollen? Ist nicht sehr fein hier.«

Der Nebraskaner stand auf. »Nun, das ist sehr freundlich von Ihnen, Miss Sarah.«

Die Enkelin half dem alten Mann aufzustehen. Auf den Stock gestützt und von ihrer Hand gehalten und geleitet, schlurfte er langsam ins Haus. Der Nebraskaner folgte ihm und schob ihm den Stuhl unter.

»Pa wäscht sich oben«, sagte Sarah. »Er hat vorhin beim Traktor das Öl gewechselt. Er wird das Tischgebet sprechen. Sie brauchen mir nicht den Stuhl hinzuschieben, Mr. Cooper, ich werde auftragen, bis er kommt. Setzen Sie sich nur.«

»Danke.« Der Nebraskaner ließ sich auf den Platz gegenüber dem alten Mann nieder.

»Wir haben Schinken und Mais, Kuchenbrötchen und Kartoffeln. Das ist kein Essen für Gäste.«

Mit vollkommener Aufrichtigkeit sagte der Nebraskaner: »Alles duftet wundervoll, Miss Thacker.«

Ihr Vater kam herein, geschrubbt bis zu den Ellbogen, aber er brachte den Geruch von Motoröl mit, der sich mit dem Duft des Essens mischte. »Haben Sie alles erfahren, was Sie wollten, Mr. Cooper?«

»Ich habe ein paar erstaunliche Geschichten gehört, Mr. Thacker«, sagte der Nebraskaner.

Sarah stellte den Schinken auf den Ehrenplatz vor ihrem Vater. »Ich finde, es ist wirklich großartig, was Sie machen, dass Sie die ganzen alten Geschichten aufschreiben, bevor sie verloren gehen.«

Ihr Vater nickte widerstrebend. »Hätte aber nicht gedacht, dass man davon leben kann.«

»Tut er auch nicht, Pa. Er unterrichtet. Er ist Lehrer.« Dem Schinken folgte eine gewaltige Platte mit Kuchenbrötchen. Sarah sank auf einen Stuhl. »Den Mais und die Kartoffeln bringe ich auch sofort. Der Mais ist noch nicht ganz gar.«

»Oh Herr, segne diese Speise und die sie essen. Mache uns dankbar für Arbeit, Familie und Freunde. Heiße den Fremden unter unserem Dach willkommen, wie auch wir es tun, oh Herr. Nun wollen wir essen.« Der jüngere Mr. Thacker stand auf und gebrauchte ein enormes Messer für den Schinken, und der Nebraskaner entsann sich endlich, den Rekorder auszuschalten.

Zwei Stunden später, als er mehr als gesättigt war, hatte der Nebraskaner eingewilligt, über Nacht zu bleiben. »Es ist wirklich nicht fein«, sagte Sarah, während sie ihn zum Gästezimmer führte, »aber es ist sauber. Ich habe schnell die Betttücher und die Steppdecke aufgezogen, während Sie mit Großvater gesprochen haben.« Die Tür knarrte. Sarah schaltete das Licht ein.

Der Nebraskaner nickte. »Sie haben vorausgesehen, dass ich die Einladung Ihres Vaters annehmen werde.«

»Nun, er hat es gehofft.« Und seinem Blick sorgfältig ausweichend, fügte sie hinzu: »Ich habe Großvater jahrelang nicht mehr so froh erlebt. Sie werden sich am Morgen noch weiter mit ihm unterhalten? Die Sachen aus Ihrem Koffer können Sie hier in diesen Schrank legen. Die obersten Schubladen habe ich ausgewischt und Ihr Bett schon aufgeschlagen. Das Bad ist neben dem Zimmer meines Vaters. Wissen Sie, ich nehme an, wir müssen Ihnen schrecklich ländlich erscheinen.«

»Ich bin auf einer Farm bei Fremont in Nebraska aufgewachsen«, erzählte der Nebraskaner. Er bekam keine Antwort. Als er sich umdrehte, warf Sarah ihm gerade einen Handkuss zu und verschwand augenblicklich.

Mit einem gleichmütigen Achselzucken legte er den Koffer auf das Bett und öffnete ihn. Außer seinen Notizbüchern hatte er sein zerlesenes Exemplar der *Symbole der Volksmär-*

chen und Schmits *Götter vor den Griechen* mitgebracht, das zu lesen er vorgehabt hatte. Bald würden sich die Thackers in dem vorderen Zimmer einfinden, um fernzusehen. Man würde ihn doch sicher für ein oder zwei Stunden entschuldigen? Wenn er später am Abend noch unerwartet dazukäme, würde sie das sogar freuen. Er hatte eine plötzliche Vorahnung, dass Sarah, blond und gertenschlank, allein auf dem durchgesessenen Sofa sitzen und es keinen freien Sessel mehr geben würde.

Es stand aber ein freier Stuhl in seinem Zimmer; alt, aber robust, aus Holz mit einem Sitz aus Rohrgeflecht. Er trug ihn ans Fenster und schlug den Schmit auf, entschlossen, so lange zu lesen, wie das Tageslicht dauerte. Dis, so wusste er, hatte in seinem Streitwagen die Seelen der verstorbenen Griechen geholt und war darum von denen, die aus Angst seinen wahren Namen nicht aussprachen, der Sammler von Vielen genannt worden; aber darüber hinaus schien Hop Thackers entstellter und beinahe bemitleidenswerter Seelentrinker nichts mit dem dunklen, majestätischen Gott gemein zu haben. Hatte es eine noch ältere Gottheit gegeben, die klar auf den Seelentrinker hindeutete? Wie die meisten Volkskundler war der Nebraskaner fest davon überzeugt, dass die Motive der volkstümlichen Überlieferung, wenn auch nicht seit Menschengedenken, so doch zumeist sehr lange bestanden. *Götter vor den Griechen* schien einen guten Index zu haben.

Tote, *deren Mumien von An-uat heimgesucht werden, 2.*

Der Nebraskaner nickte und blätterte nach vorn.

An-uat, Anuat, »Herr des Landes (Nekropolis)«, »Öffner nach Norden«. Der Schakalgott, häufig mit Anubis verwechselt, dem er seine Gestalt verlieh, blieb bis in die Zeit des Neuen Reiches hinein zweifelsfrei eine eigenständige Gott-

579

heit. Seelen, die sich geweigert hatten, Ras Barke zu bestei-
gen (und folglich vor dem Thron des wiedererstandenen Osi-
ris zu erscheinen), wurden zwischen dem Tod der alten Son-
ne und dem Aufgang der neuen von An-uat nach Tuat, dem
lichtlosen, von Dämonen heimgesuchten Tal gezogen. An-
uat und der weniger bedrohliche Anubis können in Darstel-
lungen selten auseinander gehalten werden, aber wo eine
Unterscheidung möglich, ist An-uat die muskulösere Ge-
stalt. Von van Allen wird berichtet, dass An-uat bei den neu-
zeitlichen (moslemischen oder koptischen) Magiern Ägyp-
tens unter dem Namen Ju'gu angerufen wird.

Der Nebraskaner stand auf, legte das Buch auf seinen Stuhl
und ging zum Kleiderschrank und zurück. Einen fünftausend
Jahre alten Mythos gab es, der dem Seelentrinker in seinem
Wirken ähnelte. Keineswegs stand fest, dass die Ähnlichkeit
bloßer Zufall war. Dass die volkstümliche Überlieferung der
Appalachen die geheimen Religionen des neuzeitlichen Ägyptens beeinflusst hatte, war höchst unwahrscheinlich, aber keineswegs unmöglich. Nach dem Bürgerkrieg hatte die United
States Army nicht nur Kamele, sondern auch Kameltreiber aus
Ägypten ins Land geholt, wie sich der Nebraskaner erinnerte;
und der Entfesselungskünstler Houdini hatte einmal in unheimlichen Einzelheiten seine Gefangenschaft in der Großen
Pyramide geschildert. Sein Bericht war zweifellos äußerst farbig – hatte er vielleicht wirklich im Anschluss an eine Europa-
tournee Ägypten besucht? Während des Zweiten Weltkriegs
mussten Tausende von amerikanischen Soldaten durch Ägypten gekommen sein, doch die Geschichte vom Seelentrinker
war zweifellos älter und wahrscheinlich auch älter als Houdini.
Es schien jedoch einen Unterschied in der äußeren Erscheinung zu geben; wie verschieden aber waren der Seelentrinker
und dieser Ju'gu wirklich? An-uat war als muskulöser Mann

mit einem Schakalskopf dargestellt worden. Der Seelentrinker dagegen ...

Der Nebraskaner zog den Rekorder aus der Tasche, spulte das Band zurück und steckte den Ohrhörer ein.

Er war »einem Mann ähnlich, aber mit krummen Beinen und schiefem Hals«. Er sei kein wirklicher Mensch gewesen, wenn auch die Merkmale, die ihn von der Menschheit trennten, nicht näher bezeichnet worden waren. Ein hundeähnlicher Kopf wäre möglich gewesen, sicher, und An-uat könnte sich in fünftausend Jahren ziemlich verändert haben.

Der Nebraskaner kehrte zu seinem Stuhl zurück und schlug das Buch wieder auf, doch die Sonne stand knapp über dem Horizont. Nachdem er ein oder zwei Minuten lang wahllos durch Seiten geblättert hatte, gesellte er sich zu den Thackers in das Wohnzimmer.

Noch nie war ihm die Geistlosigkeit des Fernsehens so unwirklich oder unbedeutend vorgekommen. Seine Augen folgten den Handlungen der Darsteller, aber eigentlich galt seine Aufmerksamkeit mehr Sarahs warmem und ein wenig zu reichlich aufgetragenem Parfüm und noch mehr einer Szene, die vielleicht niemals stattgefunden hatte: dem toten Maultier, das vor langer Zeit auf dem Feld gelegen, und den Meisterschützen, die sich am Waldrand verborgen hatten. Colonel Lightfoot war zweifellos eine historische Persönlichkeit, eine örtliche Berühmtheit, die der Mehrheit von Mr. Thackers Zuhörern bekannt sein dürfte. Laban Creech war möglicherweise eine ebenso wirkliche Person oder auch nicht. Dem dritten und ein wenig nebensächlichen Schützen hatte Mr. Thacker – rätselhafterweise, wie der Nebraskaner jetzt bemerkte – seinen Namen, den Nachnamen Cooper, gegeben.

Von drei Schützen war die Rede gewesen, weil in volkstümlichen Überlieferungen die Anzahl, die mehr als eins betrug, fast immer drei war; aber die Benutzung seines Namens erschien ihm merkwürdig. Sicherlich war das nichts weiter als eine Eigenheit, die dem versagenden Gedächtnis des alten Mannes zuzuschreiben war. Da »Cooper« so nahe lag, hatte der Alte den Namen unrichtig in die Geschichte eingefügt.

In kaum merklichen Abstufungen wurde dem Nebraskaner bewusst, dass die Thackers dem Bildschirm genauso wenig Aufmerksamkeit schenkten wie er selbst; sie lachten über keinen Witz, sie zeigten keinen Ärger, und wenn die Werbung noch so aufdringlich war, und sie redeten über die klägliche Sitcom weder untereinander noch mit ihm.

Die hübsche Sarah saß steif neben ihm, die Knie zusammengedrückt, die langen Beine mit den schlanken Fesseln überkreuz und die vom Geschirrspülen geröteten Hände im Schoß gefaltet. Rechts von ihm schaukelte der alte Mann, der schwache Protest seines Sessels war so regelmäßig und langsam wie das Ticken der großen Uhr in der Ecke, seine Hände ruhten auf der Krücke des Stocks, seine Miene war ein blickleeres Stirnrunzeln.

Der junge Mr. Thacker links neben Sarah war vor den Augen des Nebraskaners fast verborgen. Er stand auf und ging in die Küche, knackte währenddessen mit den Fingerknöcheln, kehrte weder mit Essen noch mit einem Getränk zurück und setzte sich, bevor er nach weniger als einer halben Minute wieder aufstand.

Sarah wagte sich vor. »Möchten Sie vielleicht ein paar Kekse oder noch etwas Limonade?«

Der Nebraskaner schüttelte den Kopf. »Danke, Miss Thacker; aber wenn ich noch etwas essen müsste, könnte ich nicht schlafen.«

Seltsamerweise presste sie die Hände zusammen. »Ich könnte Ihnen ein Stück Kuchen holen.«

»Nein danke.«

Zum Glück war die Sitcom zu Ende, und an ihrer Stelle erschien ein vielfarbiger Sonnenuntergang auf den Ebenen Afrikas. Dort segelte die Barke von Ra, dachte der Nebraskaner, kam in hellem Glanz aus der finsteren Schlucht genannt Tuat hervor, um der Menschheit das Licht zu bringen. Für einen Moment stellte er sich ein viel kleineres und nicht so strahlendes Schiff vor, mit schwarzem Rumpf und besetzt mit den widerspenstigen Toten, das von einem schakalköpfigen Mann gesteuert wurde: ein winziger Fleck vor der brennenden Scheibe der afrikanischen Sonne. Wie hatte sich von Däniken doch gleich ausgedrückt? Schiffe – nein, Streitwagen der Götter. Raumschiffe gleichwohl – und auch das war volkstümliche Überlieferung oder wurde zumindest rasch dazu; der Nebraskaner war dem Motiv schon zweimal begegnet.

Ein Tier, ein Zebra lag allein in der Ebene. Die Kamera fuhr heran, dann erschien der Kopf einer großen Hyäne mit aastriefendem Maul. Der alte Mann wandte sich ab, und diese plötzliche Bewegung zog die Aufmerksamkeit des Nebraskaners auf sich.

Angst. Natürlich, das war es. Er verfluchte sich selbst, weil er nicht eher erkannt hatte, von welcher Empfindung das Wohnzimmer beherrscht war. Sarah hatte Angst, und auch der alte Mann – entsetzliche Angst. Sogar ihr Vater erschien ängstlich und unruhig, lehnte sich auf dem Stuhl zurück, beugte sich nach vorn, verschob die Füße, wischte die Handflächen an der verschossenen Khakihose ab.

Der Nebraskaner stand auf und reckte sich. »Sie müssen mich entschuldigen. Es war ein langer Tag.«

Als von den Männern niemand antwortete, sagte Sarah: »Ich werde auch gleich zu Bett gehen, Mr. Cooper. Möchten Sie noch ein Bad nehmen?«

Er zögerte und versuchte, die gewünschte Antwort zu erraten. »Wenn es nicht zu viele Umstände macht. Das wäre sehr schön.«

Sarah stand eifrig auf. »Ich hole Ihnen ein paar Handtücher und Sachen.«

Er ging in sein Zimmer, zog sich aus und streifte Pyjama

und Bademantel über. Sarah wartete vor der Badezimmertür mit einem Stück Seife und mindestens einem halben Dutzend Handtüchern auf ihn. Während der Nebraskaner die Handtücher entgegennahm, fragte er leise: »Können Sie mir sagen, was los ist? Vielleicht kann ich helfen.«

»Wir könnten in die Stadt ziehen, Mr. Cooper.« Zögernd berührte sie seinen Arm. »Ich bin doch hübsch, finden Sie nicht? Sie bräuchten mich nicht zu heiraten oder so, nur am Morgen mit mir fortgehen.«

»Doch, doch«, sagte der Nebraskaner, »Sie sind sehr hübsch; aber ich kann das Ihrer Familie nicht antun.«

»Ziehen Sie sich wieder an.« Ihre Stimme war kaum noch zu hören, die Augen waren auf den Treppenabsatz gerichtet. »Sie sagen, Ihre alten Beschwerden hätten wieder angefangen, Sie müssten zum Arzt gehen. Ich schlüpfe durch die Hintertür und ums Haus. Warten Sie an der großen Ulme auf mich.«

»Das geht wirklich nicht, Miss Thacker«, sagte der Nebraskaner.

In der Badewanne sagte er sich, dass er dumm gewesen war. Wie hatte ihn das Mädchen im letzten Schuljahr noch genannt? Einen hoffnungslosen Romantiker. Er hätte heute Nacht eine attraktive junge Frau haben können (dabei war es Monate her, dass er mit einer Frau geschlafen hatte) und hätte sie gerettet vor – ja wovor eigentlich? Vor einem prügelnden Vater? Sie hatte keine blauen Flecke auf den nackten Armen, und er hatte keine fehlenden Zähne bemerkt. Diese zierliche Nase war ganz sicher noch nie gebrochen gewesen.

Er hätte die Nacht mit einer sehr hübschen jungen Frau verbringen können – für die er sich hinterher verantwortlich gefühlt hätte, für den Rest seines Lebens. Er stellte sich die Quellenangabe im *Journal of American Folklore* vor: »Zusammengetragen von Dr. Samuel Cooper, U. Neb., bei Hopkin Thacker, 73, dessen Enkelin von Dr. Cooper verführt und sitzen gelassen wurde.«

Mit einem empörten Schnauben stand er auf, riss an der Kette mit dem weißen Gummistopfen, der das Badewasser gehalten hatte, und schnappte sich eines von Sarahs Handtüchern, worauf ein Zettel auf den gelben Badevorleger flatterte. Er hob ihn auf, seine Finger nässten das linierte Notizpapier.

Verraten Sie ihm nichts davon, was Großvater erzählt hat. Eine gestochene weibliche Handschrift.

Sarah hatte seine Zurückweisung zweifellos vorausgesehen; vorausgesehen und ihre Vorkehrungen getroffen. Mit *ihm* war vermutlich ihr Vater gemeint, außer es war noch ein Mann im Haus oder wurde erwartet – höchstwahrscheinlich aber ihr Vater.

Der Nebraskaner zerriss den Zettel und spülte die Fetzen die Toilette hinunter, trocknete sich mit zwei Handtüchern ab, putzte sich die Zähne und streifte sich Pyjama und Bademantel wieder über, dann trat er rasch auf den Flur und stand horchend da.

Im vorderen Zimmer lief noch der Fernseher, aber nicht sehr laut. Andere Stimmen oder Schritte oder Schläge waren nicht zu hören. Wovor hatten die Thackers Angst? Vor dem Seelentrinker? Vor Ägyptens zerfallenden Gottheiten?

Der Nebraskaner kehrte in sein Zimmer zurück und drückte hinter sich die Tür fest ins Schloss. Was immer es war, es ging ihn ganz sicher nichts an. Am Morgen würde er frühstücken, sich von dem alten Mann noch die eine oder andere Geschichte anhören und die ganze Familie dann aus seinem Gedächtnis streichen.

Als er das Licht ausknipste, bewegte sich etwas. Und für einen kurzen Moment hatte er auf dem Fensterrollo den eigenen Schatten gesehen, zusammen mit einem anderen Schatten, von einem Mann, der größer war als er, mit breiten Schultern und Hörnern oder aufgestellten Ohren.

Was auf den ersten Blick lächerlich war. Über der Mitte des

Zimmers war der altmodische Messingleuchter aufgehängt; der Lichtschalter war an der Tür, so weit wie möglich vom Fenster weg. Auf keine vernünftige Weise hatte sein Schatten – oder der eines anderen – auf dem Rollo erscheinen können. Dazu hätten er selbst und wen auch immer er glaubte gesehen zu haben in der anderen Hälfte des Zimmers zwischen der Lampe und dem Fenster stehen müssen.

Ihm schien es, als hätte jemand das Bett verrückt. Er wartete, bis er sich an die Dunkelheit gewöhnt hatte. Was für Möbel standen in dem Gästezimmer? Das Bett, der Stuhl, auf dem er gelesen hatte – der neben dem Fenster stehen sollte, wie er ihn verlassen hatte –, ein Schrank mit einem fleckigen Spiegel und (er strengte sein Gedächtnis an) ein Nachttisch vielleicht. Der sollte am Kopfende des Bettes stehen, sofern es ihn überhaupt gab.

Im Zimmer war ein Flüstern zu hören. Das war der Wind von draußen; die Fenster waren weit geöffnet, und dicht beim Haus standen stattliche Ahornbäume. Die Fenster waren jetzt sichtbar, als blasse Rechtecke in der Dunkelheit. So vorsichtig wie möglich ging er hinüber und zog das Rollo hoch. Das Mondlicht fiel ins Zimmer; dort stand sein Bett, hier der Stuhl vor dem linken Fenster. Kein Windstoß bewegte die dicht belaubten Äste.

Er zog den Bademantel aus und hängte ihn an den Bettpfosten, zog das obere Laken und die Steppdecke ans Fußende und legte sich hin. Er hatte etwas gehört – oder nicht. Etwas gesehen – oder nicht. Er dachte sehnsüchtig an seine Wohnung in Lincoln, an sein Sabbatjahr in Griechenland, das jetzt fast ein Jahr her war. An den sonnigen Golf von Saros ...

Rund und hellgelb schwebte der Mond über dem stillen Wasser. Jenseits des Mondes lag die Stadt der Toten, Gasse um Gasse stumme Grufte, ein formenreiches Labyrinth aus Tod und Stein. In weiter Ferne jaulte ein Schakal. Für ganze Zeitalter regte sich nichts; gemalte Porträts mit durchsichtigen Augen schienen die leeren, umgefallenen Schädel zu verspotten, die hinter den zerbröckelnden Türen lagen.

Auf einem der verzweigten Totenwege erschien ein zweiter Schakal. Den Kopf in die Höhe gereckt, die Ohren gespitzt, betrachtete er die Verlassenheit und lauschte auf die Stille, ehe er die Zähne zum wiederholten Mal in das zerfleischte Etwas schlug, das er so weit geschleift hatte. Das augenlose und verdorrte Etwas mit den Bitumenflecken und den herabhängenden, vermoderten Stofffetzen erkannte der Nebraskaner als seine eigene Leiche.

Und sofort war er dort, lag hilflos auf der nächtlich verhüllten Straße. Einen Augenblick lang leuchteten die Augen des Schakals über ihm; der Rachen schloss sich, sein Schlüsselbein zerbrach ...

Der Schakal und die mondbeschienene Stadt verschwanden. Kerzengerade und zitternd saß der Nebraskaner im Bett und wusste nicht, wohin. Der Schweiß lief ihm in die Augen.

Er hatte etwas gehört.

Um das Bild vom Schakal und der verfluchten Stadt ohne Sonne zu vertreiben, stand er auf und tastete nach dem Lichtschalter. Das Zimmer war – oder wenigstens erschien es so –, wie er es in Erinnerung hatte, abgesehen von dem feuchten Abdruck seines schlanken Körpers auf dem Laken. Sein Koffer stand neben dem Schrank; sein Rasierzeug lag obenauf; *Götter vor den Griechen* wartete auf ihn auf dem Rohrgeflecht des alten Stuhles.

»Du musst zu mir kommen.«
Er fuhr herum. Im Zimmer war niemand außer ihm, niemand (soweit er sehen konnte) in den Ästen des Ahorns oder auf dem Boden darunter. Doch die Worte waren deutlich gewesen, der Sprecher – so war es ihm erschienen – dicht an seinem Ohr. Er kam sich schrecklich albern vor, doch er schaute unter das Bett. Dort war niemand, und im Schrank auch nicht.

Der Türknauf ließ sich nicht drehen. Er war eingeschlossen.

Das war vielleicht das Geräusch gewesen, das ihn geweckt hatte, das harte Schnappen des Riegels. Er bückte sich, um durch das altmodische Schlüsselloch zu spähen. Der dunkle Flur war leer, soweit er sehen konnte. Er richtete sich auf; ein harter Gegenstand drückte ihn unter der rechten Fußsohle, und er bückte sich danach.

Es war der Schlüssel. Er hob ihn auf. Jemand hatte seine Tür abgeschlossen, den Schlüssel darunter durchgeschoben und (möglicherweise) durch das Schlüsselloch gesprochen.

Oder vielleicht war es auch nur noch ein Bruchstück aus seinem Traum gewesen; die Stimme des Schakals ganz sicher.

Er drehte leise den Schlüssel im Schloss. Draußen auf dem Flur meinte er Sarahs Parfüm zu riechen, doch war er sich nicht ganz sicher. Wenn es Sarah gewesen war, hatte sie ihn eingeschlossen und den Schlüssel dagelassen, damit er sich am Morgen selbst herauslassen könnte. Wen hatte sie ausgeschlossen?

Er kehrte in sein Zimmer zurück, schloss die Tür und stand, während er sie anstarrte, mit dem Schlüssel in der Hand da. Es kam ihm unwahrscheinlich vor, dass das primitive, veraltete Schloss einem Eindringling lange Widerstand geleistet hätte, und natürlich würde es ihn behindern, sobald er dem Ruf folgen ...

Wessen Ruf?

Und warum sollte er?

Wieder voller Angst, noch immer voller Angst, suchte er nach einer zweiten Lampe. Es gab keine: keine Leselampe über dem Bett, nicht auf dem Nachttisch, keine Stehlampe, keinen Leuchter an irgendeiner Wand. Er drehte den Schlüssel im Schloss, legte ihn nach kurzem Nachdenken in die oberste Schrankschublade und nahm sein Buch wieder auf.

Abaddon. Der Engel der Vernichtung, gesandt von Gott, um den Nil und alle seine Gewässer in Blut zu verwandeln und jeder ägyptischen Familie den erstgeborenen Knaben zu tö-

ten. Die Kinder Israels wandten Abaddons Hand ab, indem sie ihre Türpfosten mit dem Blut des Passahlamms bestrichen. Das ist häufig als Ankündigung des Opfers Christi angesehen worden.

Am-mit, Ammit, »Verschlinger der Toten«. Diese ägyptische Göttin bewachte den Thron von Osiris in der Unterwelt und nährte sich von den Seelen derer, die Osiris verdammte. Sie hatte den Kopf eines Krokodils und die Vorderbeine eines Löwen. Die übrige Gestalt war die eines Flusspferds, Bild 1. Der große Am-mit-Tempel bei Henen-su (Herakleopolis) wurde von Octavian zerstört, der auch die Priester pfählen ließ.

An-uat, Anuat, »Herr des Landes (Nekropolis)«, »Öffner nach Norden«. Der Schakalgott, häufig mit Anubis verwechselt ...

Der Nebraskaner legte das Buch zur Seite; das Deckenlicht eignete sich nicht besonders zum Lesen. Er schaltete es aus und legte sich hin.

In die Dunkelheit starrend, dachte er über An-uats eigenartigen Beinamen nach. *Öffner nach Norden.* Verschlinger der Toten und Herr des Landes waren ausreichend verständlich. Herr des Landes erschien zumindest verständlich, da Schmit erklärte, es bezöge sich auf Nekropolis. (Was sicherlich der Ursprung seines Traumes war.) Warum aber hatte Schmit nicht auch den Öffner nach Norden erklärt? Vermutlich, weil er den Namen ebenfalls nicht verstanden hatte. Nun, ein Öffner war jemand, der vorausging, der als Erster in eine bestimmte Richtung lief. Er (oder sie) machte es anderen leichter zu folgen, indem er den Weg markierte und dergleichen. Der Nil floss nach Norden, darum wurde An-uat vielleicht als der Gott angesehen, der vor den Ägyptern herzog, wenn sie ihren Strom verließen und auf das Mittelmeer segelten. Er selbst hatte sich An-uat früher in einem Boot vorgestellt, denn es sollte auch

589

einen Nil im Himmel geben. (War das die Milchstraße?) Denn er hatte gewusst, dass die Ägypter an eine göttliche Entsprechung des Nils geglaubt hatten, über den Ras Sonnenschiff reiste. Und natürlich war die Milchstraße – im buchstäblichen Sinne – der verzweigte Sternenteich, dem die Sonne zustrebt ...

Der Schakal ließ von der Leiche ab, würgte und erbrach, spie Aas aus, das von Würmern wimmelte. Der Nebraskaner hob einen Stein auf, der von einem der Grabmale abgebröckelt war, und schleuderte ihn und traf den Schakal hinter dem Ohr.

Der Schakal hob sich auf die Hinterläufe, und aus dem Tiergesicht blickten auf einmal die Augen eines Menschen. »Das ist für dich«, sagte er und zeigte auf die wimmelnde Masse. »Nimm es zu dir und komm.«

Der Nebraskaner kniete sich hin und zog einen Wurm aus dem stinkenden Erbrochenen. Er war blass, geringelt und rotfleckig, und er weckte in ihm ein Verlangen, wie er es noch nie gespürt hatte. Im Mund brachte er Friede, Gesundheit, Liebe und den Hunger nach etwas, das er nicht benennen konnte.

Die Stimme des alten Hop Thacker schwebte aus unendlicher Ferne heran: »Schießen Sie nie auf was, wo Sie nicht todsicher sind, was es ist, junger Mann.«

Noch einen Wurm und noch einen, und jeder so gut wie der vorige.

»Wir werden dich lehren«, sagten die Würmer, indem sie aus seinem Munde sprachen. »Sind wir nicht von den Sternen gekommen? Dein Verlangen nach ihnen ist erwacht, Mann der Erde.«

Hop Thackers Stimme: »Grabwürmer, verstehen Sie?«

»Komm zu mir.«

Der Nebraskaner nahm den Schlüssel aus der Schublade. Er brauchte lediglich die nächste Gruft zu öffnen. Der Schakal zeigte auf das Schloss.

»Wenn er ausgehungert ist, saugt er an 'ner lebenden Person, und die muss ihn besiegen oder sterben.«

Der Schlüssel kratzte über die Tür, suchte nach dem Schlüsselloch.

»Komm zu mir, Mann der Erde. Komm schnell.«

Sarahs Stimme hatte sich mit der des alten Mannes vereint, ihre Worte mischten sich und gerieten durcheinander. Sie schrie, und die aufgemalten Figuren verschwanden von den Türen der Gräber.

Der Schlüssel drehte sich. Thacker trat aus der Gruft. Hinter ihm schrie sein Vater: »Joe, Junge! Joe!« Und schlug mit dem Gehstock nach ihm. Blut lief aus Thackers aufgeplatzter Kopfhaut, aber er drehte sich nicht um.

»Kämpfen Sie, junger Mann! Sie müssen ihn besiegen!«

Jemand schaltete das Licht ein. Der Nebraskaner wich bis zum Bett zurück.

»Pa, nein!« Sarah hielt das riesige Fleischermesser in der Hand. Sie hob es in die Höhe, über den Kopf ihres Vaters, und stach nach unten. Er packte sie beim Handgelenk und offenbarte beim Umdrehen eine lange schräge Schnittwunde im Rücken. Das Messer fiel zu Boden, und Sarah auch.

Der Nebraskaner packte Thackers Arm. »Was soll das!«

»Das ist Liebe«, sagte Thacker zu ihm. »So heißt das bei euch, Mann der Erde. Das ist Liebe.« Zwischen den geöffneten Lippen zeigte sich keine Zunge; Würmer wanden sich stattdessen dort, und zwischen den Würmern blinkten Sterne.

Mit aller Kraft schlug der Nebraskaner eine Faust zwischen diese Lippen. Thackers Kopf flog unter dem Aufprall zurück; dem Nebraskaner schoss ein Schmerz den Arm hinauf. Er schlug noch einmal zu, mit der linken Faust diesmal, und sein Handgelenk wurde abgefangen wie zuvor Sarahs. Er versuchte, zurückzuweichen, sich loszuwinden. Das hohe, altmodische Bett stoppte ihn in den Kniekehlen.

Thacker beugte sich über ihn, seine aufgeplatzten Lippen

teilten sich und bluteten, seine Augen füllten sich mit einer Qual, die der Nebraskaner noch nie gesehen hatte. Der Schakal sprach: »*Öffne dich mir.*«

»Ja«, sagte der Nebraskaner zu ihm. »Ja, das tue ich.« Er hatte nie gewusst, dass er eine Seele besaß, doch er spürte, wie sie in seine Kehle jagte.

Thackers Augen verdrehten sich nach oben. Sein Mund öffnete sich weit, enthüllte einen Moment lang das schleimumhüllte Tentakelwesen in seinem Innern. Halb fallend, halb rollend brach er auf dem Bett zusammen.

Für eine Sekunde, die viel länger zu dauern schien, stand Thackers Vater mit zitternden Händen über ihm. Ein Schritt zurück, und der alte Mr. Thacker stürzte ebenfalls – stürzte heftig und unglücklich, und sein Kopf schlug mit einem eindeutigen Knacken auf den Boden.

»Großpapa!« Sarah kniete sich neben ihn.

Der Nebraskaner stand auf. Der abgenutzte, braune Griff des Fleischermessers ragte aus Thackers Rücken. Ein wenig Blut, weniger als der Nebraskaner erwartet hätte, tropfte an dem glatten alten Holz hinunter und bildete einen roten Fleck auf dem Bettlaken.

»Helfen Sie mir mit ihm, Mr. Cooper. Er muss sich ins Bett legen.«

Der Nebraskaner nickte und hob den einzigen noch lebenden Mr. Thacker auf die Füße. »Wie fühlen Sie sich?«

»Wacklig«, gestand der alte Mann. »Wirklich wacklig.«

Der Nebraskaner legte sich seinen rechten Arm um den Hals und hob ihn vom Boden hoch. »Ich kann ihn tragen«, sagte er. »Sie müssen mir zeigen, wo sein Bett ist.«

»Meistenteils war Joe wie immer.« Der alte Mann flüsterte nur, so schwach und von so weit her wie in der Traumstadt der Toten. »Das müssen Sie verstehen. Fast die ganze Zeit über, und wenn – wenn er es tat, waren sie schon tot, verstehen Sie? Tot oder fast tot. Hat ihnen nicht viel getan.«

Der Nebraskaner nickte.

Sarah in ihrem abgetragenen Nachthemd, das von ihrer Mutter stammen mochte, war schon auf dem Flur, taumelig und von Schluchzern geschüttelt.

»Dann kamen Sie. Und Joe, er brachte uns dazu. Sagte, ich sollte immerfort reden und sie sollte Sie zum Essen bitten.«

»Sie haben mir die Geschichte als Warnung erzählt«, sagte der Nebraskaner.

Der alte Mann nickte schwach, als sie in sein Schlafzimmer kamen. »Ich dachte, ich wär raffiniert, nur dass es nicht Cooper oder Creech waren.«

»Ich verstehe«, sagte der Nebraskaner. Er legte den alten Mann aufs Bett und deckte ihn mit einer Decke zu.

»Ich hab ihn umgebracht, stimmt's? Ich habe meinen Joe umgebracht.«

»Das hast du nicht, Großpapa.« Sarah hatte sich ein Herrentaschentuch genommen, zweifellos aus der Kommode ihres Großvaters, und sie schnäuzte sich die Nase.

»Aber das ist es, was sie sagen werden.«

Der Nebraskaner drehte sich abrupt um. »Wir müssen dieses Wesen finden und töten. Das hätte ich sofort tun sollen.« Ehe er den Satz zu Ende gesprochen hatte, eilte er zurück in das Gästezimmer.

Er rollte Thacker herum, soweit der Messergriff das zuließ, und hob die Beine aufs Bett. Thackers Unterkiefer hing schlaff herab; Zunge und Gaumen waren dünn mit einem klaren klebrigen Schleim überzogen, der schwach nach Ammoniak roch; ansonsten war sein Mund völlig normal.

»Es ist ein Geist«, sagte Sarah von der Tür her. »Er wird jetzt in Großpapa fahren, weil der ihn getötet hat. Das hat er immer gesagt.«

Der Nebraskaner richtete sich auf und drehte sich zu ihr um. »Das ist ein lebendes Wesen, so etwas wie ein Tintenfisch, und es kam von ...« Er fegte den Gedanken mit der Hand beiseite.

»Es ist eigentlich nicht wichtig. Es landete in Nordafrika, oder wenigstens glaube ich das, und wenn ich Recht habe, wurde es von einem Schakal gefressen. Sie fressen einfach alles, wie ich gelesen habe. Es überlebte in dem Schakal wie ein Darmparasit. Vor langer Zeit übertrug es sich irgendwie auf einen Menschen.«

Sarah blickte auf ihren Vater, sie hörte nicht mehr zu. »Er hat jetzt Ruhe, Mr. Cooper. Er hat den Seelentrinker eines Tages im Wald erschossen. Das hat Großpapa erzählt, und seitdem hat er keine Ruhe gehabt, aber jetzt hat er seinen Frieden. Ich war erst acht oder so, und lange Zeit hatte Großpapa Angst, es würde mich auch kriegen, aber das tat's nicht.« Mit beiden Daumen drückte sie dem Toten die Augen zu.

»Entweder ist es weggekrochen ...«, sagte der Nebraskaner.

Plötzlich fiel Sarah neben ihrem toten Vater auf die Knie und küsste ihn.

Als der Nebraskaner zuletzt rückwärts aus dem Zimmer ging, waren der tote Mann und die lebende Frau noch immer in diesem Kuss verbunden, ihr Gesicht war ekstatisch, ihre Finger in sein Haar geschlungen. Noch zwei ganze Tage später, nachdem der Nebraskaner den Mississippi überquert hatte, sah er im Schatten längs der Straße diesen Kuss.

Originaltitel: *Lord of the Land*
Erstveröffentlichung: *Lovecraft's Legacy*, 1990.

Aus dem Amerikanischen von Angela Koonen

Pine Dunes und seine Gesichter

VON RAMSEY CAMPBELL

1.

Als Michaels Eltern anfingen, sich zu streiten, ging er nach draußen. Doch ihre Stimmen durchdrangen mühelos die dünnen Wände des Wohnwagens. »Wir brauchen noch nicht aufzuhören!«, rief seine Mutter flehend.

»Aber wir lassen es jetzt sein!«, entgegnete sein Vater. »Mit dem Herumvagabundieren ist endlich Schluss!«

Doch warum sollte seine Mutter hier fortgehen wollen? Michael ließ den Blick über die ›Caravanserai‹ von Pine Dunes schweifen. Um ihn herum erstreckte sich ein Metalldorf aus Wohnwagen, kalt und hell an diesem Novembernachmittag. Jenseits der Dünen hörte er das Meer rauschen. Auf den übrigen drei Seiten stand Wald; in der Ferne war an den Ästen noch nebelhaft das letzte goldene Herbstlaub zu erkennen. Michael sog die Ruhe ein, die dieser Ort verströmte. Schon jetzt fühlte er sich heimisch.

Seine Mutter blieb hartnäckig. »Du bist doch noch jung!«, erklärte sie seinem Vater.

Die macht wohl Witze!, dachte Michael. Vielleicht versuchte sie ja nur, dem Alten zu schmeicheln. »Es gibt so viele Orte, wo wir noch nicht gewesen sind!«, setzte sie wehmütig hinzu.

»Die brauchen wir auch nicht kennen zu lernen! Wir müssen hier bleiben!«

Es frustrierte Michael, dass dieser Streit, den er durch die Metallwand gedämpft belauschte, so langsam voranging; er wollte die Versicherung hören, dass sie nicht wieder fortgingen. Er stürzte zurück in den Wohnwagen. »Ich möchte hier bleiben! Warum müssen wir dauernd weiterziehen?«

»Komm nicht so hier reingestürzt, und red nicht so mit deiner Mutter!«, brüllte der Vater ihn an.

Michael wusste sofort, er hätte draußen bleiben sollen. Der Streit machte den ohnehin schon kleinen Wohnwagen noch kleiner; dadurch wirkte sein Vater umso übermächtiger. Mit seiner immensen Leibesfülle saß er schnaufend auf dem Sofa, in das er durch sein Gewicht erkennbar einsank; seine zierliche, fast zerbrechlich wirkende Frau kauerte auf dem bisschen Platz, der auf dem Sofa übrig blieb, als sei sie zusammengedrückt worden, um überhaupt dort hinzupassen. Als Michael die beiden ansah, hatte er das Gefühl zu ersticken. »Ich geh wieder«, sagte er.

»Geh nicht!«, bat seine Mutter besorgt, doch er verstand nicht warum. »Wir streiten uns nicht mehr! Bleib doch hier und mach irgendetwas! Lern was!«

»Lass ihn doch! Je schneller er die Leute hier kennen lernt, umso besser.«

Es missfiel Michael, dass er, wenn er jetzt hinausging, seinem Vater gehorchte.

»Ich mach nur 'nen kleinen Spaziergang«, versicherte er, um sie zu beruhigen; er wusste nur zu gut, wie man sich fühlte, wenn man diesem Mann unterlag.

Noch in der Tür blickte er zurück. Seine Mutter hatte schon den Mund geöffnet, aber sein Vater fuhr ihr dazwischen: »Wir bleiben! Ich hab mich entschieden!« *Und dabei bleibt es*, dachte Michael mürrisch. Bleiben war alles, was sein Vater konnte: sitzen bleiben, liegen bleiben – dafür war er fett genug. Gehässig kichernd verließ Michael den Caravan. Die Art und Weise, wie sein Vater während des letzten Jahres zugelegt hatte und wie er jetzt darauf bestand, auf diesem Stellplatz zu bleiben, erinnerte Michael an die Ankunft eines Elefanten auf dem Elefantenfriedhof.

Es hatte sich abgekühlt. Michael zog sich die Kapuze seines Anoraks über den Kopf. Vorhänge wurden zugezogen, von hinten beleuchtet. Die Bäume hoben sich auf eine verworrene Art präzise von einem Himmel ab, der aussah wie durchscheinende, papierdünne Jade. Michael machte sich daran, die Dünen zu erklimmen, die zum Meer hin aufstiegen, doch dort oben wirkte der Himmel schwarz; der Ozean, so dunkel wie Morast, toste unruhig gegen den ungeschützten Strand und streckte seine Wellenfinger nach ihm aus. Michael wandte sich dem Wald zu. Hinter ihm rieselte Sand durch Grasbüschel.

Der Wald wiegte sich im Wind. Laub schwamm in der Luft, Blätter an den Spitzen eines eng gewobenen Netzes aus Zweigen und Ästen. Michael folgte einem Pfad, der von der Zufahrt des Stellplatzes wegführte. Die Bäume, eben noch mannigfaltig, machten Tausenden von Kiefern Platz. Kiefernzapfen lagen auf dem Boden wie Eier aus Flechtwerk in Nadelnestern. Die Fläche aus Nadeln glühte unter dem frühen Abendlicht in tiefem Orange, orangefarbene Teppiche ausgebreitet vor Reihen und Reihen schlanker Kiefern, dahinschwindend im Dämmerlicht.

Michael folgte dem Pfad weiter. Bäume mit kräftigeren Stämmen, die ihre verfilzten Kronen nach oben reckten, lösten die Kiefern ab. Über dem Astgewirr wurde das Blau des Himmels immer dunkler; eine blasse Mondsichel glitt von Ast zu Ast. Büsche drängten sich um die Leiber der Bäume; je tiefer Michael zwischen sie vorstieß, desto höher und dichter wuchsen sie. Der Pfad hätte ihn in einem Bogen zur Straße zurückgeführt.

Unter Michaels Schuhen wurde der Untergrund weicher und schien seine Füße in die Dunkelheit saugen zu wollen. Die hohen Büsche hatten ihr Dach über ihm geschlossen; er konnte kaum noch etwas erkennen. Er kämpfte sich weiter durch das Dickicht und versuchte, denselben Bogen wie der Pfad zu schlagen. Blätter kitzelten und raschelten an seinem Ohr wie trockene Lippen; sie rasselten mit trockenen, toten Zungen. Ganz plötzlich senkte sich das Dach des Laubtunnels in einem spitzen Winkel zu Boden. Um vorwärts zu kommen, hätte Michael kriechen müssen.

Unter einigen Schwierigkeiten gelang es ihm, sich umzuwenden. Zu beiden Seiten verfingen sich die Ärmel seines Anoraks in Dornen; die Dunkelheit, die Michael umfing, war gerahmt von zwei Reihen dunkler Zweige, die ihn gefangen hielten. Es war, als sei hier, in diesem Gewölbe aus Astgewirr, bereits Mitternacht; die Dunkelheit war undurchdringlich, krallte sich fest. Hoch oben, über Michaels Kopf, vermochten ineinander verwobene Stücke des Nachthimmels kaum den Tunnel zu erhellen.

Irgendwie schaffte Michael es, sich herauszuwinden, und er hastete zurück. Doch kaum hatte er ein paar Schritte hinter sich gebracht, als er den Weg von wuchtiger, dornenspitzer Finsternis versperrt fand. Er wich dem Unterholz nach links aus, dann versuchte er es rechts; gereizt mühte er sich, sein pochendes Herz zu beruhigen. Doch er fand keinen Weg. Er hatte sich in der Dunkelheit verlaufen. Rings um ihn, in den düsteren Schatten, raschelte und knackte es.

Michael verwünschte sich selbst. Was hatte ihn nur dazu verleitet, sich in dieses Dickicht zu wagen? Warum um Himmels willen hatte er sich bloß entschlossen, so spät am Tag noch auf Entdeckungsreise zu gehen? Wie konnte der Wald so endlos sein? Er tastete nach Durchlässen im Dorngestrüpp; manchmal fand er welche, meistens jedoch verwehrten die Stacheln ihm ein Durchkommen. Die Dunkelheit war ein Labyrinth voller Sackgassen.

Schließlich musste er kriechend zur Mündung des Tunnels zurückkehren. Unsichtbar wallte Feuchtigkeit vom Boden auf, quoll zwischen seinen Fingern hervor.

Die Büsche neigten sich tiefer herab, als er sich vorwärts schob, und stachen mit Dornen nach ihm. Seine Haut schien ihm keinen Schutz mehr bieten zu können; ihm war heiß, aber sein Herz schien auszusetzen, immer wieder, überschwemmte ihn mit der Kälte der Nacht.

Irgendwo dort war etwas noch Unangenehmeres. Während er vorwärts kroch, schien die Dunkelheit, die sich über ihn beugte, wenigstens teilweise neben ihm herzukriechen. Es war, als bewege sich neben ihm jemand, vielleicht auch auf allen vieren, außerhalb des Tunnels. Wenn er zögerte, tat es auch das Dunkle neben ihm. Es würde das Tunnelende erreichen, wenn er auch dort anlangte.

Nichts als Einbildung, unterstützt von den dicht an dicht stehenden Baumstämmen, die über den Büschen aufragten. Neben dem Knacken von Holz und dem Rascheln von sich im Wind wiegendem Laub war jenseits des Tunnels nichts zu hören – ganz gewiss kein Schleichender nebendran. Michael kroch weiter. Die schmatzend huschenden Geräusche begleiteten sein eigenes Vorwärtskommen. Doch er kroch jetzt langsamer, und die Dunkelheit tat es ihm nach. Wurde der Tunnel aus Dornen da vor ihm nicht enger? Er würde ihn für immer einschließen! Plötzlich in Panik, krabbelte er rasch rückwärts.

Die Dornen behinderten seinen Rückzug kaum. Er musste Zweige heruntergebrochen haben. Keuchend tauchte er aus dem Tunnel auf, froh zu entdecken, dass es ein wenig heller wurde. Ringsum war das Unterholz so dicht wie eh und je. Er bahnte sich einen Weg dorthin zurück, wo er glaubte, dass der ursprüngliche Pfad verlaufe. Als er das Hindernis erreicht hatte, schlug er sich einen Weg durch die Büsche frei, mühevoll und mit zusammengebissenen Zähnen, denn die Panik zerrte an ihm. Michael war fest entschlossen, sich ihr nicht zu ergeben. Seine Hände waren voller Schrammen; er hörte Stoff reißen. Gut, so viel durften die Dornen von ihm zurückbehalten!

Schließlich hatte er sich an die Stelle vorgekämpft, wo die Büsche etwas zurückwichen; seine Panik wich mit einem tiefen Seufzer von ihm. Er bewegte sich so schnell vorwärts, wie es ihm sicher schien, in die Richtung, in der er die Straße vermutete. Über ihm ließ sich das schwarze Netz aus Ästen und Zweigen ablenken und ging auf Sternenfang. Einmal, inmitten des gewaltigen Dreschens der Bäume, glaubte er zu hören, wie sich ein schwerer Körper durch das Unterholz ganz in seiner Nähe schob. Viel Glück diesem Was-auch-immer-es-war. Weiter vorne, in der Dunkelheit draußen, hingen kleine erleuchtete Fenster. Er hatte den Wohnwagenpark gefunden, aber nur, indem er sich verirrte.

Er war zu Hause. Er stürzte auf das Licht zu und lächelte. Zwischen den Gassen aus Metall hingen tropfnasse Hemden und T-Shirts kopfüber an der Leine und flatterten hoffnungslos im Wind. Der Wohnwagen seiner Eltern war dunkel. Im Wohnbereich lag auf dem Sofa, als habe jemand seine Lektüre dort liegen lassen, ein Zettel: SIND WEG, KOMMEN SPÄT ZURÜCK. Seine Mutter hatte hinzugefügt: GEH NICHT SO SPÄT SCHLAFEN!

Er hatte sich darauf gefreut, nicht mehr allein zu sein. Jetzt schien der Wohnwagen erst recht zu hell erleuchtet, irgendwie verkehrt: eine möblierte Blechdose. Er machte sich einen Kaffee, blätterte mal hier, mal da in seinen zerfledderten Taschenbüchern, öffnete ein Taschenschachspiel, schloss es wieder. Er kramte in seiner Schachtel mit Erinnerungsstücken: Muscheln; vom Wasser glatt polierte Steine; eine Minibibel; eine Schneekugel mit einer vage gehaltenen, großen Figur, vielleicht ein Schneemann, der neben einem Haus stand; eine dieser Taschenlampen, auf die man Halloween-Fratzen aufsteckt, und die nicht mehr funktionierte; ein matter Metallring mit einem Wulst, dessen Farben langsam ineinander verliefen, changierten. Die Pappschachtel war randvoll mit Erinnerungen: das Tal des Severn, die Waliser Berge, der lang gezogene, knallbunte Strand von Blackpool; woher er den Ring hatte, wusste er nicht mehr. Doch heute Nacht waren seine Erinnerungen so verschwommen und ließen ihn kalt.

Er schlenderte hinüber in den Wohnbereich seiner Eltern. Ihm kam dieser Raum immer vor wie ein Second-Hand-Laden für Kleidung und Toilettenartikel. Er entdeckte den großen Metallkasten, der seinem Vater gehörte, aber – wie immer – war er verschlossen. Na schön, Michael hatte die alten Notizen seines Vater sowieso nicht lesen wollen. Er suchte nach Kondomen, aber erwartungsgemäß fand er keine. Wenn er sich nicht völlig irrte, hatten seine Eltern gar keine Verwendung für so was. Arme Schweine! Er hatte sich nie vorstellen können, wie sie ihn wohl gezeugt hatten, so wenig, wie sie zueinander passten.

Schließlich verließ er den Wohnwagen. Das unablässige Schaukeln des Caravans und das dumpfe Pfeifen des Windes darin, hatten ihm langsam zugesetzt. Er hastete die Straße zwischen den Kiefern entlang; der Wind zauste in ihren Nadeln. Auf der Hauptstraße fuhren Busse nach Liverpool. Doch dort war er schon mehrmals gewesen. Er nahm einen Bus in die Gegenrichtung.

Der Bus war so gut wie leer. Nur ein paar Fahrgäste wurden in ihrem beleuchteten Kokon unsanft auf der holprigen Straße hin und her gerüttelt. Draußen zog die Dunkelheit vorbei. Manchmal erkannte Michael düstere Hecken. Der Lichtkegel der Scheinwerfer riss Nachtfalter aus der Finsternis, einmal sogar ein Eichhörnchen. Weiter vorne glühte der Himmel, als würde dort, nur dort die Dämmerung einsetzen. Lichter hoben sich vor den dunklen Silhouetten der Häuser ab; Straßen, beleuchtete Straßen gaben sich dem Blick preis.

Der Bus hielt auf einem Platz, ganz in der Nähe der Hauptstraßenkreuzung. Die Fahrgäste stiegen aus und eilten davon, kuschelten sich in ihre Mantelkragen. Ganz plötzlich war die Straße verwaist, der Bus war fort, als sei er nie da gewesen. Eingerollte Markisen knatterten im Wind, wenn dieser an ihnen rüttelte. Vielleicht hätte Michael doch in die Stadt fahren sollen. Er war hier gestrandet für – Michael las den Fahrplan: Himmel, zwei Stunden bis zum nächsten, dem letzten Bus.

Er wanderte die grauen Steinmauern der Häuser entlang. Straßenlaternen warfen silbernes Licht; das Licht traf Schaufenster, hinter deren Eisblumenverzierung er schwach und geisterhaft Waren ausmachen konnte. Vorhänge strahlten Wärme aus, Kamine rauchten. Seine Absätze bearbeiteten mechanisch die Pflastersteine. Straßen, Straßen, nichts als leere Straßen. Nach einer Weile parkten immerhin glänzende Autos an den Rändern. Genau vor Michael, auf der Wand eines Gebäudes, leuchtete eine bunte Neonreklame. *FOUR IN THE MORNING*. Ein Club.

Er zögerte, dann ging er die Treppe hinunter. Vielleicht passte er nicht in das Ambiente brandneuer Sportwagen, aber alles war besser als in den eisig kalten Straßen herumzuwandern. Am Ende der Steintreppe gab es eine Kasse neben einer Tür, die in farbig beleuchtetes Halbdunkel führte. Ein Mann mit einer gebrochenen Nase und in einem Abendanzug saß hinter der Kasse. »Sind Sie Mitglied, Sir?«, fragte er mit einem Akzent, der genauso überzeugend war wie sein Anzug.

Drinnen war es schlimmer, als Michael befürchtet hatte. Auf der Tanzfläche drehten sich lethargisch Paare, glitzernd und in wechselnden Farben wirkten sie wie Spielzeugtänzer. Die Gäste standen in Grüppchen herum, schrien sich über die Musik hinweg in breitem Akzent der Leute vom Land an, wiegten sich im Takt und lachten. Manche starrten zu Michael hinüber, während sie lachten. Er hörte, worüber sie sprachen: Motorboote, die Scheißblagen, die dritte Abtreibung von irgendjemandem. Er hatte nichts dagegen, neue Leute kennen zu lernen – er hatte lernen müssen, nichts dagegen zu haben; aber er konnte direkt sagen, dass diese Leute, nun da sie ihn angestarrt hatten, es bevorzugen würden, ihn zu ignorieren.

Sein drei Pfund teurer Mitgliedsbeitrag schloss ein Freigetränk ein. *Das ist ja auch wohl das Mindeste*, dachte er bei sich. Er bestellte ein Bier, was ihm einen leicht verächtlichen Blick des Barkeepers einbrachte. Als er den Krug zu einem der niedrigen ungedeckten Tische brachte, wurde er sich seiner Stiefel bewusst, die Dreckspuren auf den Dielenbrettern hinterließen. Es war alles soweit in Ordnung mit ihnen, er hatte sie sich abgetreten. Er nippte nur an dem Bier, wollte, dass es lang reichte, und starrte in das trübe Lichtspiel in seinem Glas.

Als sich jemand zu ihm an den Tisch setzte, sah er sie nicht an. Schließlich tat er es doch, weil sie ihn angaffte. Was war denn mit der, war er hier das Ereignis? Wie häufig unter vielen Menschen fühlte er sich anders, fremd; aber niemals hatte er sich mehr als Außenseiter gefühlt als hier. Er verschränkte seine langen Arme zum Schutz und zog auch seine schlaksigen Beine näher zum Stuhl.

Doch sie lächelte. Ihre Augen, die ihn anstarrten, waren weit geöffnet, unschuldig, wenn auch irgendwie seltsam. »Ich habe dich hier noch nie gesehen«, sagte sie. »Wie heißt du?«

»Michael.« Das hatte geklungen, als habe er würgen müssen. Er räusperte sich. »Michael. Und du?«

»June.« Sie machte ein Gesicht, als schmecke ihr Name wie bittere Arznei.

»Ist doch in Ordnung, der Name.« Dieser Hinweis, dass sie nicht zufrieden war mit sich selbst, hatte ihm Mut gemacht.

»Du bist doch nicht etwa gerade hierher gezogen, oder? Bestimmt bist du nur zu Besuch, nicht wahr?«

Es war etwas Seltsames an ihr: Irgendetwas mit ihren Augen stimmte nicht, die Art, wie sie nach Fragen zu suchen schien. »Meine Eltern haben einen Wohnwagen«, erklärte er. »Wir stehen auf der Pine Dune Caravanserai. Wir haben erst letzte Woche dort festgemacht.«

»Jaah.« Sie stieß das Wort aus wie einen Seufzer. »Wie ein Schiff. Das muss fantastisch sein. Ich wünschte, ich könnte das auch. Ständig was Neues ansehen. Wenn du dir hier was Neues ansehen willst, musst du dir einen Trip einschmeißen. Ich bin gerade drauf.«

Er zog die Augenbrauen leicht nach oben; sein leises Lächeln zitterte.

»Das ist es, was ich meine«, lächelte sie ihm zu. »Die Leute hier wären echt geschockt! Sie sind so provinziell. Du nicht.«

Tatsächlich war er sich nicht sicher gewesen, wie er reagieren sollte. Ihre Pupillen weiteten sich und zogen sich wieder zusammen, in schneller Folge, unabhängig voneinander. Aber ihr schmales Gesicht war hübsch, ihr Körper war schlank, ihre Brüste groß und fest.

»Ich hab vorhin den Mond tanzen sehen«, fuhr sie fort. »Ich komme gerade runter. Ich dachte, es würde mir gefallen, Leute zu treffen. Du hättest nicht gedacht, dass ich auf einem Trip bin, nicht wahr? Ich kann es kontrollieren, wenn ich das will.«

Sie sprach nicht wirklich mit ihm, dachte er sich; sie wollte lediglich ein Publikum, während sie auf ihrem Trip war. Er hatte schon so einiges über LSD gehört. »Hast du keine Angst, auf einen Trip zu geraten, wenn du es gar nicht willst?«

»Du meinst Flashbacks. So was habe ich nicht. Ich würd das auch gar nicht mögen.« Sie sah seiner Skepsis in die Augen. »Es gibt keinen Grund, Angst vor Drogen zu haben«, verkündete sie. »Alle möglichen Leute werfen sich Trips ein. Hexen haben das gemacht, immer. Schau, das kannst du hier drin nachlesen.«

Sie fummelte ein Buch aus ihrer Handtasche; sie hatte offensichtlich Schwierigkeiten mit der Feinmotorik ihrer Finger. *Hexenkunst in England.* »Du kannst es behalten«, sagte sie. »Hast du einen Job?«

Er brauchte einen Moment, um zu begreifen, dass sie das Thema gewechselt hatte. »Nein«, antwortete er. »Ist noch nicht lang her, dass ich aus der Schule raus bin. Ich brauchte etwas mehr Schule, wegen all der Umzüge. Ich bin zwanzig. Ich denke, ich kriege bald einen Job. Ich glaube, wir bleiben hier.«

»Das hier klingt nach einem guten Job«, fand sie und zeigte auf einen Aushang hinter der Bar: BARKEEPER ZUM ANLER-NEN GESUCHT. »Ich glaube, die wollen den Typen da loswer-den. Die Leute mögen ihn nicht. Ich bin sicher, eine Menge Leute kämen hierher, wenn jemand, der so freundlich ist wie du, hier arbeiten würde.«

Waren das die Drogen, die sie so reden ließen? Zwei Mäd-chen verabschiedeten sich von einem der Grüppchen und ka-men zu ihnen an den Tisch. »Wir gehen jetzt, June. Bis bald dann.«

»In Ordnung. He, das hier ist Michael.«

»Nett, dich kennen zu lernen, Michael!«

»Hoffentlich sehen wir uns bald mal wieder.«

Vielleicht würden sie das. Die Leute hier schienen doch gar nicht so übel zu sein, alles in allem. Er trank sein Bier aus und holte sich ein neues. Der Preis ließ ihn zusammenzucken, und er schielte zu dem Aushang wegen des Jobs hinüber. June wollte keinen Drink: »Das holt dich runter.« Sie sprachen über seine Reisen, darüber, womit sie nicht zufrieden war, und ih-ren Geldmangel, weswegen sie keinen Umzug bezahlen konn-te. Als er gehen musste, sagte sie: »Ich bin froh, dass ich dich getroffen habe. Ich mag dich.« Und rief ihm hinterher: »Wenn du den Job bekommst, komme ich bestimmt hierher!«

2.

Dunkelheit machte ihn blind. Sie lag schwer auf ihm, bewegte sich. Es war tatsächlich mehr als Dunkelheit: Es war Fleisch. Unter ihm, um ihn herum, über ihm, schläfrige Körper, die blindlings herumkrochen. Sie waren gigantisch – wie er selbst. Unablässig drehten sie sich und rutschten hin und her; er konnte hören, wie Körper gegen Körper rieb, und schmatzen-de Geräusche wie von Morast.

Auch er drehte sich im Bett hin und her. Es war mehr als bloße Unruhe. Sein ganzer Körper fühlte sich so an, alles war unstet. Er war nicht in der Lage, seine eigenen Körperformen zu bestimmen – wann immer er glaubte, jetzt wisse er es, veränderte sich sein Körper wieder. Und sein Kopf; sein Kopf fühlte sich an, als sei er zu voll – überfüllt mit fremdartigem Zeugs, das wie Brocken mahlend aufeinander prallte. Erinnerungen an Traumbilder zogen ihm verschwommen durch den Kopf. Steinkreise. Von Waben durchzogene Berge; schimmernde Gesichter wie Trauben aus Seifenblasen in einem Höhleneingang. Gewaltige Augen, die träumten, unter Steinen und im Meer. Ein Labyrinth aus Dornen. Sein eigenes Gesicht. Aber warum war sein Gesicht nicht mehr als eine Erinnerung?

Er wachte auf. Die Morgendämmerung erstickte ihn wie grau waberndes Gas; er lag da, schnappte nach Luft. Alles war in Ordnung. Es war gar nicht sein eigenes Gesicht gewesen, an das er sich in dem Traum zu erinnern geglaubt hatte. Sein Körper war nicht ins Unermessliche gewachsen, seine Knochen waren wie immer: formten lange, schlaksige Beine und Arme. Trotzdem, diese riesige Gestalt war da. Sie tauchte über ihm auf, dort am Fenster, das breite Gesicht starrte auf ihn herab.

Er erwachte und tastete eine Weile in der Dunkelheit nach dem Lichtschalter. Er drehte sich so, dass er, die Beine immer noch in die Bettdecke gewickelt, auf der Bettkante zu sitzen kam, um nicht wieder einzuschlafen. Der Wohnwagen um ihn herum war fade, hell erleuchtet und leer. Das Bett seiner Eltern – er konnte es durch den Türspalt sehen – war glatt gestrichen und verlassen.

Er war sich ganz sicher, diesen Traum schon einmal gehabt zu haben – die Gestalt am Fenster. Irgendwie verband er es mit einer Windmühle, eine Kindheitserinnerung, die er nicht einzuordnen wusste. Hatte er dort seine Großeltern besucht? Der Traum verschwamm im Licht mehr und mehr. Er warf einen kurzen Blick auf seine Uhr: zwei Uhr in der Früh. Er wollte nicht noch einmal einschlafen, solange der Traum nicht fort war.

Er trat nach draußen vor den Wohnwagen. Wind erhob sich; ein lautes Flüstern ging durch den Wald, bis die Wohnwagen zu schaukeln begannen und leise in ihren Verankerungen quietschten. Hinter all dem hörte man entfernt das Rauschen des Meeres, gewaltig, unablässig. Wolkenfetzen huschten über den zunehmenden Mond; Lichtfinger versuchten sie zu fangen, doch sie glitten davon. Michaels Eltern hatten das Auto genommen. Wohin waren sie gefahren? Völlig widersinnig hatte er das Gefühl, es genau zu wissen, wenn er sich nur erinnern könnte. Warum waren sie nachts so viel unterwegs?

Ein Laut unterbrach ihn in seinen Gedanken. Der Wind trug ihn zu ihm hinüber, nur um ihn mit sich fortzureißen. Er schien aus großer Entfernung zu kommen, deshalb musste das Geräusch laut gewesen sein. Hatte er Worte gehört? War da jemand ernstlich erkrankt und rief um Hilfe? Das Mondlicht flatterte zwischen einer Prozession dunkler Wolken hin und her. Ganz bestimmt ein Betrunkener, der zusammenhangloses Zeug schrie. Michael blickte hinüber zu dem einen Ende des Waldes und wunderte sich über seine Eltern. Wind und Licht spielten mit dem Laub der Bäume. Dann zuckte Michael die Achseln. Inzwischen müsste er die nächtlichen Gepflogenheiten seiner Eltern doch kennen.

Er schlug die Tür hinter sich zu. Der Traum nagte noch immer an ihm. Irgendetwas war seltsam gewesen an dem Gesicht am Fenster, von der Größe ganz abgesehen. Irgendetwas hatte ihn unangenehm an eine Seifenblase erinnert. War das beim ersten Mal gewesen, als er diesen Traum gehabt hatte? Aber schon musste er über sich selbst lachen: Was dachte er auch über Träume nach, über seine Eltern – er konnte doch besser an June denken!

Sie war fast jeden Abend im Club gewesen, seit er vor etwa einem Monat den Job dort bekommen hatte. Er hatte eine Woche hin und her überlegt, schließlich war er wieder hingefahren und hatte wegen des Aushangs nachgefragt. Mit finsterem Blick hatte der Barkeeper den Geschäftsführer gerufen – um Michael rauswerfen zu lassen? Aber June hatte den Leuten im Club erzählt, ihre Eltern kennten Michael gut. »Nun gut, wir geben dir sechs Wochen und schauen, wie du dich anstellst!« Der Barkeeper hatte Michael angelernt, immer leicht patzig und schnell mit Kritik bei der Hand. Doch die Gäste bevorzugten bald, von Michael bedient zu werden. Sie akzeptierten ihn, und er fand heraus, dass er freundlich sein konnte. Er hatte sich niemals weniger als Außenseiter gefühlt.

Solange wie der Geschäftsführer nicht bei Junes Eltern nachfragte. June hatte Michael ein paar Mal in deren Cottage eingeladen. Ihre Eltern waren höflich gewesen, kühl, fasziniert und verächtlich. Er hatte versucht, seine langen Beine so unter dem Stuhl zusammenzufalten, dass der Schlag seiner Hosen seine Stiefel verdeckte – und hatte sich die ganze Zeit auf eine ihm selbst nicht ganz verständliche Weise über diese Leute erhaben gefühlt. »Sie sind auch nicht mein Geschmack«, erklärte ihm June, als sie gemeinsam in den Club unterwegs waren. »Wann lädst du mich in deinen Wohnwagen ein?«

Michael wusste es einfach nicht. Er hatte seinen Eltern noch nichts von June erzählt; die Reaktion darauf, dass er sich einen Job gesucht hatte, war nicht ganz die gewesen, die er sich erhofft hatte. Seine Mutter hatte ihn traurig angesehen, und er war sich sicher, dass sie ihre Gefühle zum größten Teil vor ihm verbarg, so wie die Enge des Wohnwagens sie alle gelehrt hatte. »Warum versuchst du's nicht drüben in der Stadt?«, hatte sie gefragt. »Da gibt's doch bessere Jobs.«

»Aber ich fühle mich hier zu Hause.«

»Das ist gut so«, hatte sein Vater entschieden. »Wirklich gut so.« Auch sein Vater hatte ihn angesehen, merkwürdig allerdings, mit einer Art besorgter Freude. Michael hatte sich von diesem Blick unter Druck gesetzt und einverleibt gefühlt.

Selbstverständlich war daran nichts falsch; sein Vater war eben besorgt gewesen, als er vom ersten Job seines Sohnes, von dessen erstem Schritt in ein eigenes Leben erfahren hatte. Das war alles.

»Kann ich das Auto haben, um in den Club zu fahren?«

Sofort war sein Vater wieder ganz Vater: Die Auster hatte sich wieder geschlossen.

»Noch nicht. Du kriegst die Schlüssel schon früh genug.«

Eine Diskussion schien keine Aussicht auf Erfolg zu haben. Doch obwohl seine Eltern das Auto spät abends selten brauchten, erhielt Michael die Schlüssel nie. Wohin *fuhren* sie bloß so spät nachts? ›Wenn du älter bist‹ hatte noch nie viel erklärt. Doch waren ihre nächtlichen Ausflüge nicht häufiger geworden, seit sie hier auf der Pine Dune Caravanserai festgemacht hatten? Und warum war seine Mutter so *ängstlich* darauf bedacht, ihn zum Weggehen zu bewegen?

Das alles spielte keine Rolle. Manchmal war er froh darüber, dass sie ausgingen; dadurch bekam er Gelegenheit, allein zu sein, der Wohnwagen wirkte dann weniger beengt, Michael konnte freier atmen. Er konnte sich, befreit von der alles andere niederdrückenden Präsenz seines Vaters, endlich entspannen. Und wären sie nicht an jenem Abend ausgegangen, er hätte June nie kennen gelernt.

Weil sie ständig mit dem Wohnwagen umhergezogen waren, hatte er enge Freundschaften nie gekannt. Er hatte sich mit ihrem jetzigen Stellplatz enger verbunden gefühlt als mit irgendeinem Menschen – bis er June kennen lernte. Sie war das erste Mädchen, das ihn erregte. Ihr schlanker, schmaler Körper, ihre leuchtenden, flinken Augen, ihre die Hand füllenden Brüste – er spürte, wie sein Körper reagierte, wenn er bloß an sie dachte.

Jahrelang hatte er befürchtet, er sei impotent. Einmal, in einer Dorfschule, hatte ihm ein Mitschüler einen erotischen Roman mitgebracht. Michael hatte von Lustseufzern gelesen, vom Quietschen der Betten. Allmählich begriff er, was ihm Sorgen bereitete. Die Wände im Wohnwagen waren dünn; er hatte seinen Vater immer schnarchen und schnaufen hören, wie einen riesigen Fisch, der an der Küste eines Traumes gestrandet war. Aber er hatte seine Eltern nie kopulieren hören.

Ihre Libido musste sich rasch verflüchtigt haben, gleich nachdem er geboren worden war – gleich, so dachte er, nachdem das Ziel erreicht war, das Sex gemeinhin haben durfte. Würde sein eigenes Sexualleben sich genauso kläglich gestalten? Würde er überhaupt je Sex haben können? Ja, keuchte er, während er über June lag, gleich in der ersten Nacht, in der seine Eltern wieder ausgegangen waren. »Ich glaube, es wäre gut, mal Liebe zu machen, wenn man auf Droge ist«, meinte sie, als sie einander in den Armen lagen. »So wird man richtig eins, verschmilzt miteinander.« Aber er dachte nur daran, dass er Angst davor hatte, LSD einzuwerfen, auch wenn das, was sie sagte, etwas tief in ihm anrührte.

Er wünschte sich, sie wäre jetzt bei ihm. Der Wohnwagen schaukelte im Wind hin und her; die Tür zum Zimmer seiner Eltern schwang quietschend mit, gleich nachgeahmt von der Badezimmertür, die häufig einfach aufsprang. Er schlug beide Türen gereizt zu. Der Traum von dem seifenblasenartigen Gesicht am Fenster – wenn es das war, was ihn daran irritiert hatte – trieb immer weiter fort. Bald würde er eingeschlafen sein. Er griff nach *Hexenkunst in England*. Es sah langweilig genug aus, um ihn bald einschlafen zu lassen. Und es gehörte June.

Auf dem Umschlag tanzten nackte Hexen. Auf vielen anderen Seiten im Buch auch. Ihr Tanz war obszön; ihr Tanz war lüstern. Ihre Gesänge waren obszön. Und so ging es weiter. Sie benutzten giftige Rauschmittel wie etwa Belladonna. Kein Zweifel, was an diesem Buch June interessiert hatte. Müßig blätterte er weiter; sein Blick überflog ungeduldig die Seiten.

Plötzlich blieben seine Augen hängen, bei einem Namen:

Severnford. Jetzt begann ihn die Sache *doch* zu interessieren. *Wir können uns vorstellen*, stand dort suggestiv zu lesen, *wie die Hexen zu der Insel mitten im Fluss hinüberruderten und dort im Mondlicht vor dem blassen Stein unaussprechliche Handlungen vollführten.* Aber Michael konnte sich gar nichts vorstellen; er hatte auch nicht vor, es zu versuchen. Es heiße, auch heute noch besuchten Hexen die Insel, so las Michael noch, bevor er das Interesse verlor und weiterblätterte. Aber nur ein paar Seiten weiter blieb er wieder hängen.

Er starrte auf diesen neuen Namen. Dann schlug er widerstrebend das Stichwortverzeichnis auf. Und plötzlich sprangen ihm Worte aus den Reihen ins Auge, die seine volle Aufmerksamkeit erregten. Seine Augen saugten die Worte in sein Gehirn, als ob er, Michael, schon lange Jahre darauf gewartet hätte, sie aufzunehmen. Exham. Whitminster. The Old Horns. Holihaven. Dilham. Severnford. Überall dort hatte sein Vater den Wohnwagen Halt machen lassen, und seine Eltern waren über Nacht fort gewesen.

Michael starrte immer noch und wie betäubt auf die Liste mit Namen, als die Tür des Wohnwagens aufschnappte. Sein Vater sah ihn scharf an, erst dann ging er weiter ins Schlafzimmer. »Komm schon!«, forderte er seine Frau auf und ließ sich schwer aufs Bett fallen, das beansprucht quietschte. Michael meinte in seiner momentanen Verwirrtheit, der Körper seines Vater habe sich ausgedehnt, als dieser sich hinsetzte wie Marmelade, die auf den Teller tropft. Seine Mutter hockte sich gehorsam neben ihren Mann; sie vermied ängstlich Michaels Blick. Sie sah blass und abgezehrt aus – sie hatte Angst; das war Michael sofort klar. »Geh zu Bett!«, befahl sein Vater ihm und hob einen Fuß, um die Tür zuzustoßen. Bis zur Morgendämmerung lag Michael in der quietschenden, schwankenden Dunkelheit und dachte nach.

3.

»Sie müssen ja schon überall gewesen sein«, meinte June gerade bewundernd.

»Wir haben ein bisschen was gesehen«, bestätigte Michaels Mutter. Ihr Blick wanderte unruhig mal hierhin, mal dorthin. Sie wirkte erregt und reizbar – vielleicht weil sie an etwas erinnert worden war, das sie verzweifelt zu vergessen wünschte. Schließlich, als habe sie darum gerungen und endlich den Mut dazu gefunden, setzte sie hinzu: »Vielleicht lernen wir noch ein bisschen mehr kennen.«

»Oh nein, das werden wir nicht«, widersprach ihr Ehemann. Er saß zusammengesackt auf dem Sofa, als sei sein Körper eine Last, die er dort habe ablegen müssen. Jetzt, wo sie zu viert im Wohnwagen saßen, schien er noch mehr Platz für sich zu beanspruchen; seine überwältigende Präsenz fraß all den freien Raum zwischen ihnen auf.

Michael versuchte, sich nicht überwältigen zu lassen. Er blickte zu seinem Vater hinüber. »Wonach hast du die Orte ausgesucht, an denen wir für eine Weile gelebt haben?«, verlangte er zu wissen.

»Ich hatte meine Gründe.«

»Was für Gründe?«

»Ich erklär's dir irgendwann. Nicht jetzt, Sohn. Du willst doch keine Diskussionen hier im Beisein deiner Freundin, oder?«

In das unangenehme Schweigen hinein sagte June: »Ich beneide Sie dafür, dass Sie überall hingehen können, wohin Sie wollen.«

»Sie würden das auch gerne tun, nicht wahr?«, freute sich Michaels Mutter.

»Oh ja, es würde mir sehr gefallen, die Welt kennen zu lernen!«

Seine Mutter drehte sich vom Herd weg. »Das sollten Sie

auch tun. Sie sind im richtigen Alter dafür. Und Michael würde es auch nicht schaden.«

Für einen Augenblick wirkten ihre Augen lebhafter. Michael war froh darüber: Er hatte darauf spekuliert, dass Junes
Fernweh bei seiner Mutter Anklang fände – das war ein Grund
dafür gewesen, dass er Junes ständigen Bitten, seine Eltern
kennen lernen zu dürfen, doch nachgegeben hatte. Dann ergriff sein Vater wieder das Wort, und der Blick seiner Mutter
wurde wieder teilnahmslos.

»Am besten, man bleibt, wo man geboren ist«, versuchte
sein Vater June zu überzeugen. »Sie werden keinen besseren
Ort finden als den hier. Ich weiß, wovon ich rede.«

»Sie sollten mal versuchen, da zu leben, wo ich es tue. Im
Handumdrehen ist man ganz tot im Kopf.«

»Mike fühlt sich hier zu Hause. Stimmt doch, oder nicht,
mein Junge? Sag ihr's doch!«

»Ich bin gern hier«, folgte Michael der Aufforderung. Die
Worte blieben ihm beinah im Hals stecken. »Ich meine, hier
hab ich dich kennen gelernt«, räusperte er sich und sah zu June
hinüber.

Seine Mutter hackte Gemüse klein; zack, zack, zack –
schroffes Geräusch, das sich zwischen den Metallwänden des
Wohnwagens fing.

»Kann ich irgendwas helfen?«, fragte June.

»Nein danke. Ist alles in Ordnung so«, erwiderte seine Mutter gleichgültig. Sie hatte June offensichtlich doch noch nicht
akzeptiert.

»Wenn Sie so wild darauf sind, die Welt zu sehen«, erkundigte sich Michaels Vater, »was hält Sie dann hier?«

»Ich kann es mir nicht leisten, jedenfalls jetzt noch nicht.
Ich arbeite in einer Boutique. Ich spare jetzt das Geld, das
ich sonst für Kleidung ausgegeben hätte. Und ich kann nicht
Auto fahren. Ich kann also nur weg mit jemandem, der es
kann.«

»Viel Glück bei der Suche! Aber ich bin mir sicher, dass Mickey nicht mit Ihnen mitgehen wird!«

He, fragt mich doch einfach selber!, wollte Michael schon ausrufen, schluckte es aber runter (er war unsicher: Hatte sie überhaupt in Erwägung gezogen, ihn zu fragen?). June fuhr fort: »Wenn ich auf Reisen gehe, werde ich von überall, wo ich hinkomme, etwas mitnehmen.«

»Ich hab auch immer Erinnerungsstücke von überall mitgenommen«, sagte Michael eifrig. »Ein paar hab ich aufgehoben.« Er brachte ihr die Pappschachtel und zeigte seine Souvenirs. »Du kannst sie haben, wenn du möchtest!«, setzte er aus einem Impuls heraus hinzu. Wenn sie darauf einginge, konnte er sich ihrer schon sicherer sein. »Das Lämpchen braucht nur 'ne neue Batterie.«

Doch sie schob die Halloweenmasken zur Seite und fischte den Ring heraus. »Der gefällt mir«, erklärte sie und hielt den Ring so, dass seine Farben ineinander liefen, eine sich mit der nächsten vermischte und sie sich wieder trennten. Sie flüsterte: »Es ist wie auf einem Trip!«

»Dann behalt ihn! Ich schenke ihn dir!«

Sein Vater beäugte den Ring, dann verzog er das Gesicht zu einem Grinsen. »Ja! Gib ihn ihr! Das ist so gut wie eine Verlobung, mit dem Ring da!«

Michael streifte June den Ring über den Finger, bevor sie es sich anders überlegen konnte. Sie hatte bereits etwas verwirrt ausgesehen. »Das ist süß«, hauchte sie. »Haben wir noch Zeit, damit Mike mich vor dem Abendessen auf einen Spaziergang mitnehmen kann?«

»Ihr habt etwa eine Stunde Zeit, wenn ihr das möchtet«, versicherte Michaels Mutter, und dann ängstlich: »Geht runter zum Strand! Im Wald könntet ihr euch verlaufen, bei all dem Nebel!«

Der Nebel schien unentschieden: mal lichtete er sich, mal zog er sich dichter zusammen. Im Wohnwagen plärrte das Radio Weihnachtslieder. Eine sich scharf vom Himmel absetzende, bronzefarbene Sonne hing dicht über dem Meer. Das Meer und der Nebel waren miteinander verschmolzen und wollten sich gemeinsam auf den Strand vorschieben. June nahm Michael bei der Hand, als sie die Dünen hochstiegen; unter ihren Füssen gab unter jedem Schritt der Sand nach. »Ich wollte einfach nur raus, damit wir reden können«, machte sie ihm klar.

Ihm ging es genauso. Er wollte ihr erzählen, was er entdeckt hatte. Das war sein Hauptgrund dafür gewesen, sie einzuladen: Er brauchte ihre Unterstützung, wenn er seine Eltern damit konfrontierte. Er würde sich, versuchte er die Konfrontation allein, zu sehr durcheinander bringen lassen – er hätte schon früher Unterstützung gebraucht, als er hatte seinen Vater befragen wollen. Aber was sollte er June erzählen? ›Ich habe herausgefunden, dass meine Eltern Hexer sind? Weißt du, das Buch, das du mir geliehen hast ...‹

»Nein, wenn ich ehrlich bin, wollte ich gar nicht reden«, unterbrach sie seine Gedanken. »Es waren nur einfach zu viele schlechte Schwingungen da drin. Ich bin gleich wieder in Ordnung, dann können wir wieder reingehen. Aber sie sind schon ein bisschen seltsam, deine Eltern, findest du nicht auch? Ich hatte mir deinen Vater nicht so schwergewichtig vorgestellt.«

»Früher sah er mehr aus wie ich. Er ist erst in den letzten Monaten immer fetter geworden.« Nach einer Pause vertraute er ihr an, was ihm am meisten Angst machte. »Ich hoffe wirklich, ich werd nicht mal so wie er.«

»Dann wirst du jede Menge Sport machen müssen. Lass uns bis zu dieser Anhöhe dahinten laufen!«

Genau: weiter vorne, das Graue, das sich dem Meer entgegenstreckte, war Land, nicht Nebel. Sie stapften darauf zu. Sand spritzte unter Michaels Stiefeln nach allen Seiten; June kam ins Rutschen und griff nach seiner Hand. Michael brannte darauf, ihr von seiner Entdeckung zu erzählen, aber jeder Satz, den er sich zu sagen vornahm, klang noch absurder als der vorangegangene: Seine Stimme, tief in seinem Herzen, brach sich in hohlen Echos. Er würde es ihr erzählen – aber nicht heute. Er entspannte sich und fühlte sich enorm erleichtert. Ihm gefiel, wie klein ihre Hand sich in seiner anfühlte. »Ich mag Nebel«, gestand June ihm gerade, »er hält immer Überraschungen bereit.«

Die bronzefarbene Sonnenscheibe glitt an ihnen vorüber, während sie unterging. Das Meer bewegte sich ruhelos, auf und ab, vom Nebel gedämpft. Zu ihrer Linken, oben über den Dünen, standen Bäume, eine graue Masse stacheligen Nebels. Sie waren fast da angelangt, wohin sie hatten gehen wollen: eine Anhöhe, die sich losriss aus dem Grau, sich dunkel davon abhob, scharfe Konturen bekam. Es kam Michael und June so vor, als sei es sicher genug, den Pfad hochzusteigen.

Als sie jedoch oben waren, erwies sich der Ausblick, wie sie meinten, als der Anstrengung nicht wert. Ein langweilig gelbgrauer Fleck aus Strand und Dünen, ein Stück Meer, nur verschwommen erkennbar, bestreut mit Glitzerwerk aus trübem Messing – dies alles und sie selbst in einem sanften, unbeständigen Rahmen aus Nebel. Sonst gab es nichts zu sehen, außer einem Baum, der neben den weiter entfernten Dünen in den Himmel wuchs. War das überhaupt ein Baum? Seine Äste schienen zu gerade, sein Stamm zu dick. Plötzlich besorgt, suchte sich Michael einen Weg bis an den Rand der Anhöhe, soweit er sich vorwagte. Der Nebel wich ein wenig zurück. Es war kein Baum. Es war eine Windmühle.

Eine Windmühle am Meer! »Meine Großeltern haben dort gewohnt«, platzte er heraus.

»Ach, tatsächlich?«

»Du verstehst das nicht! Sie wohnten ganz in der Nähe. Es ist dieselbe, ich bin ganz sicher!«

Er wusste nicht genau, ob sie seine Verwirrung spüren konnte. Erinnerungen überschwemmten ihn, als käme die Flut: Er lag auf dem Sofa im klapprigen Wohnwagen seiner

Großeltern, der riesige Kopf erschien am Fenster, kaum zu erkennen in der Dämmerung. Es musste damals auch ein Traum gewesen sein.

Michael folgte June den Pfad hinab. Kalter Nebel kroch neben ihnen, hüllte die Anhöhe ein. Michael ließ seine Gedanken treiben, sie waren wie ein Strudel. Was hatte diese Entdeckung zu bedeuten? Er konnte sich an seine Großeltern überhaupt nicht erinnern, nicht einmal wie sie ausgesehen hatten. Es waren die Eltern seines Vaters – warum sprach er nie von seinen Eltern? Warum hatte sein Vater nicht erwähnt, dass seine Eltern hier gewohnt hatten? Die Sonne glitt am Horizont dem Meer entgegen, angewachsen zu einem blutrot glühenden Ball. Ob seine Großeltern auch Hexer gewesen waren?

»Haben eigentlich Mikes Großeltern hier gewohnt?«, fragte June.

Seine Mutter starrte June an. Der Löffel und die Kasserolle, die sie in der Hand hielt, klapperten wie Zähne, wenn man nervös ist. Michael war sich sicher, dass sie gleich schreien und alles von sich werfen würde – die Kochutensilien und ihre Selbstbeherrschung, die Maske, hinter der sie sich versteckte, um ihn zu schützen: wie lange schon? Seine ganze Kindheit über? Aber sie stammelte nur: »Woher wissen Sie das?«

»Mike hat es mir erzählt. Wegen der Windmühle hat er sich daran erinnert.«

»Ist das Abendessen fertig?«, unterbrach Michael die beiden Frauen. Er wollte alles genau durchdacht haben, bevor er daranging, seinen Vater zu befragen. Doch June öffnete schon den Mund, um fortzufahren. Der Wohnwagen war übervoll, erdrückend. *Sei bloß still!*, befahl er ihr lautlos. *Mach, dass du rauskommst!* »Sind sie also hier geboren worden?«, stellte June ihre nächste Frage.

»Nein, ich glaube nicht.« Seine Mutter hatte sich wieder umgedreht und wusch Gemüse. June hielt ihr das Geschirrtuch hin. »Warum sind sie denn dann hierher gekommen?«, fragte sie weiter.

Seine Mutter runzelte die Stirn, drehte sich wieder um. Immer noch stirnrunzelnd suchte sie nach einer Antwort. »Um sich zur Ruhe zu setzen«, sagte sie mit einem plötzlichen Lächeln.

Sein Vater nickte, lächelte in sich hinein und drückte sein Doppelkinn nach vorn. »Na, hier hat man wirklich vor der gesamten Menschheit Ruhe!«, ließ June sie säuerlich wissen, und sein Vater schnaufte wie ein angestochener Ballon.

Während sie zu viert das Abendessen einnahmen, wuchs die Befangenheit zwischen ihnen. Michael und June bestritten den Löwenanteil der Unterhaltung. Wenn überhaupt, antworteten seine Eltern immer nur kurz angebunden, waren dafür aber ganz Augen. Seine Mutter beobachtete June mit Unbehagen; Michael las Ablehnung in ihren Augen oder vielleicht auch Mitleid. Er selbst gestand sich ein, gereizt und aufgebracht zu sein. Die Unruhe seiner Mutter ließ seine Haut kribbeln. Die Nacht rückte näher an das Fenster heran, ein schwarzes Gesicht.

Sein Vater lehnte sich zurück, sodass sein Gewicht den Stuhl erzittern ließ, der laut knarrte. Er klopfte sich den bebenden Bauch. »Einlagern für den Winter«, zwinkerte er June zu.

Er legte June und Michael die Arme um die Schultern. »Ihr zwei versteht euch ganz gut, oder was?«

Seine Frau reagierte nur mit: »Ich gehe jetzt zu Bett. Ich bin wirklich müde. Vielleicht sehen wir Sie ja mal wieder«, was wie pflichtschuldige Höflichkeit klang.

»Das hoffe ich doch«, erwiderte June.

»Ach, da bin ich mir ganz sicher!«, verkündete sein Vater überschwänglich.

Michael brachte June zur Bushaltestelle. »Wir sehen uns dann im Club«, hörte er sie beim Küssen sagen. Mattgelbe Lichtkegel wiesen dem Bus den Weg, bis er schließlich von der Dunkelheit verschluckt wurde. Als Michael sich auf den Rückweg machte, sammelten sich zwischen den Bäumen Wirbel für Wirbel Nebelfelder. Irgendetwas ganz in der Nähe schob sich durch die Dunkelheit, es klang, als bewege sich etwas durch Morast.

Michael blieb stehen. Was war das gewesen? Die Bäume im Nebel knarrten mit ihren Zweigen, als seien sie abgestorben; aus den Zweigen heraus griffen dünne Nebelfinger nach ihm. Er hörte die Bewegung im Dunkel. Eine Erinnerung, nur ganz vage, meldete sich. Er schüttelte sich, als wäre es möglich, sich in der kalten Nacht, die sich an ihn klammerte, von diesem Schatten einer Erinnerung zu befreien. Wieder diese Bewegung, Feuchtigkeit in ruheloser Bewegung. Michael spürte, wie der Wald in seiner ganzen Tiefe sich in seinen Verstand drängte, undeutliche Fetzen aus Grau, die nach ihm tasteten. Mit großen Schritten steuerte Michael auf die Lichter des Wohnwagenparks zu, die er noch nicht einmal sehen konnte. Wieder hörte er dieses Geräusch, Feuchtigkeit, Wasser, das sich bewegt. Nur das Meer, versicherte er sich selbst. Nur das Meer.

4.

Vor ihm lag offenes Gelände; die Wolken teilten sich, und der Mond kam hervor. Die formlose Masse dort vor ihm glitzerte im Mondlicht. Ein schwankender Kopf wandte ihm das wimmelnde Gesicht zu.

Der Traum führte ihn nach Liverpool, in die Hauptstelle der Stadtbibliothek, obwohl die Lichtung und der Kopf verschwunden waren, bevor er sie hatte richtig betrachten und einordnen können – falls ihm daran überhaupt gelegen gewesen war. Ein Regenguss und die hellen Lichter der Bibliothek wuschen den Traum fort. Michael hastete die breiten grünen

Treppenstufen hinauf, die in die Abteilung für Religion und Philosophie führten.

Er nahm Bücher aus den Regalen. *Hexerei in Lancashire. Spuk im Nordwesten. Gespenstisches Lancashire.* Die Buchumschläge wirkten beruhigend banal; es schien völlig absurd, dass seine Eltern in derartige Dinge verwickelt sein könnten. Und doch konnte er nicht recht darüber lachen. Denn wenn sie waren, was er vermutete, was könnte er dann tun? Er knallte die Bücher ärgerlich auf die Tischplatte, das Geräusch hallte in der Stille des Raumes wider.

Aber Michael begann sich wieder sicher zu fühlen, kaum dass er sich in die Lektüre vertieft hatte. Pine Dunes stand nicht im Index von *Spuk im Nordwesten*. Seine Konzentration ließ nach; seine Gedanken schweiften ab, fasziniert von Belanglosigkeiten. Das Gespenst des gehängten Mannes in der Bibliothek von Everton. Der Poltergeist im *Palace Hotel* in Birkdale. Witzige Gespenstergeschichten im Dialekt von Lancashire, was Jungchen? Regen und Wind peitschten gegen die Fenster, das Licht der Leuchtstoffröhren spiegelte sich auf den Bibliothekstischen. Hinter einer Trennwand aus Glas saßen Leute, in Bücher vertieft. Angestellte der Bibliothek stiegen mit Stapeln von altem Papier Treppen hinauf und hinunter. Michael hatte sich beruhigt und wandte sich der *Hexerei in Lancashire* zu. Pine Dunes. Da war es. Auf drei verschiedenen Seiten erwähnt.

Nachdem er die Seiten aufgeschlagen hatte, sagte ihm ihr Inhalt wenig. Über Jahrhunderte hinweg hätten sich, so heiße es, Hexen und Hexer im Wald von Pine Dunes versammelt. War das eine Überraschung? Wäre es nicht völlig normal, wenn sie ihr Geheimnis wahren wollten? Abgesehen davon waren das ja nur Gerüchte. Kaum jemand hätte sich wohl damit abgemüht, sich durch das Unterholz zu kämpfen. Er schlug *Gespenstisches Lancashire* auf und erwartete nichts Erhellendes. Doch das Inhaltsverzeichnis zeigte ihm, dass Pine Dunes auf mehreren Seiten abgehandelt wurde.

Der Verfasser hatte sich eine Quelle erschlossen, die die anderen Bücher ignoriert hatten: das fahrende Volk. Er warnte davor, dass dessen Aussagen nicht zuverlässig seien, aber faszinierend. Nur wenige vom fahrenden Volk benutzten die Straße von Pine Dunes nach Einbruch der Dunkelheit; selbst bei Tage hielten sie ihre Kinder von den Wäldern fern. Abergläubische Leute seien das, machte der Verfasser nur zu deutlich. Das Buch war dreißig Jahre alt, musste sich Michael ins Gedächtnis zurückrufen. Und das fahrende Volk gab keinerlei Gründe für seine Ängstlichkeit an – außer ein paar vagen Geschichten über etwas riesiges Böses, das man flüchtig gesehen habe, wie es sich hinter den Bäumen, weit in der Ferne, bewegte. Mit Sicherheit mussten die Bäume aus der Distanz wie eine massive Wand erscheinen; wie hatte jemand irgendetwas hinter diesem Wall sich bewegen sehen können?

Einer vom fahrenden Volk, ein Greis, der nicht mehr zusammenhängend zu reden vermocht habe, habe eine Geschichte erzählt. Vor langer Zeit sei er – oder jemand anders, das hatte der Verfasser nicht mehr herausfinden können – in ziemlich angetrunkenem Zustand zum Lagerplatz des fahrenden Volkes zurückgegangen. Der Verfasser hatte ihm die Geschichte nicht abgekauft, habe sie aber, so schrieb er, aufgenommen, da sie ungewöhnlich und sehr intensiv sei. Betrunken sei der Mann von der Straße abgekommen und habe sich im Wald verirrt. Blind vor Panik, habe er sich bis zu einer Lichtung vorgekämpft. Aber dort hätten nicht, wie er geglaubt habe, die Wohnwagen des fahrenden Volkes gestanden. Er habe auf dem glitschigen Untergrund den Halt verloren und sei in eine Grube gerutscht.

Sei es eine Grube gewesen oder der Eingang zu einem Tunnel? Als er zerschlagen, aber ansonsten unverletzt herumgekrochen sei, um nach festem Halt auf dem durchweichten Boden zu suchen, habe er eine Öffnung gefunden, die tiefer in die Dunkelheit geführt habe. Die Dunkelheit habe plötzlich begonnen, sich langsam, aber in gewaltigen Ausmaßen auf ihn zuzubewegen, mit einem Geräusch, als woge etwas Riesiges unter dem Morast – die Dunkelheit habe sich geräuschvoll geteilt, sich aufgelöst in verschiedene schwerfällige Gestalten, die schwach geglitzert hätten, während sie begannen, ihn zu umzingeln. Entsetzen habe ihn gepackt und zu einem Sprung genötigt, der ihn bis fast an den Rand der Grube hinauftrug. Seine Hände hätten an einem Felsen Halt gefunden; er habe sich dann den Rest der Strecke aus der Grube herausgezogen. Blindlings sei er losgerannt. Am Morgen habe er sich, gespickt mit Dornen, auf einem Bett aus Gestrüpp wiedergefunden.

Aber was bewies das alles? Michael war mit sich selbst uneins, während er im Bus nach Pine Dunes zurückfuhr. Der Mann war betrunken gewesen. Nun gut, es gab noch andere Geschichten über Pine Dunes, aber keine wirklich bösen. Warum also sollten seine Eltern nicht nachts ausgehen? Vielleicht waren sie Geisterjäger, Hexenjäger. Vielleicht waren sie damit beschäftigt, ein Buch über ihre Beobachtungen zu schreiben. Wie sollten solche Bücher sonst entstehen? Seine Gedanken rutschten in Verzweiflung ab, als er sich an die nur schlecht verhohlene Angst auf dem Gesicht seiner Mutter erinnerte.

Seine Eltern schliefen. Sein Vater lag auf dem Bett wie ein gestrandeter Wal und schnarchte, dass sein Fett bebte. Hinter seiner Wampe war seine Frau kaum zu sehen. Michael war froh, dass sie schliefen; er hätte nicht gewusst, was er hätte sagen sollen. Er schob das Fahrrad nach draußen, das er sich von seinem ersten Lohn gekauft hatte.

Er radelte zum *»Four in the Morning«*. Seine Knie stakten rechts und links von ihm empor, hoch und runter gingen sie, auf, ab, auf, ab. Hecken glitten langsam an ihm vorüber. Ihre Farben schwanden mehr und mehr im Zwielicht. Das Surren des Dynamos fing sich in ihrem Laub. Während er sich den Hügel hoch kämpfte, musste er sich stehend in die Pedale stemmen. Die ländliche Gegend unter ihm lag im Halbdunkel, das Meer schimmerte träge. Als er sich in die Kurve legte, während er den Hügel hinunterraste, wusste er plötzlich, wie er die Last loswerden konnte – wie er wenigstens damit anfing. Heute Nacht würde er June alles erzählen.

Doch sie kam nicht in den Club. Menschentrauben drängten sich hinein; gedankenlos tauchten die Lichter sie in eine einzige Farbe. Die Musikanlage dröhnte und hämmerte dumpf Disco-Rhythmen; Wirbel aus Tabakrauch leuchteten rot, hellrot, dunkelrot, rotviolett. Michael hastete herum; bediente hier, bediente dort. Verschwommene, schweißnasse Gesichter ohne Farbe drängten sich heran, um ihn zu erreichen, riefen: »Mike! Mike!« Gesichter hoben sich zwanghaft aus dem Gedränge heraus: Junes Gesicht, June, die nicht da war; das Gesicht seiner Mutter, seine Mutter, deren Augen versuchten, der Angst aus dem Weg zu gehen. Michael spürte, wie er erstickte. Seine Frustration sammelte sich tief in ihm; er fühlte sich aufgebläht, vollgestopft. Er starrte in den grellrosa Rauch, während Stimmen nach ihm riefen. »Ich muss nach Hause«, sagte er dem Mann hinter der Bar.

»Hast wohl genug, was?«

»Meinen Eltern geht es nicht so gut. Ich mach mir Sorgen.«

»Komisch, dass du das nicht gleich gesagt hast, als du rein gekommen bist. Na gut, ich hab's schließlich vorher auch allein geschafft.« Er wandte sich ab, ignorierte Michael. »Heut' müsst ihr mit mir auskommen!«, brüllte er in die Menge.

Die letzte beleuchtete Straße verschwand hinter Michael. Es war Vollmond, doch die Scheibe wurde immer wieder von Wolkenfetzen verdeckt. Ihr Licht schien kraftlos und ängstlich, doch es begleitete Michael Meile um Meile. Wenn er es seinem Vater auf den Kopf zusagte, wie würde seine Mutter reagieren? Bräche sie zusammen? Falls sie die Hexerei eingestehen könnte und zu dem Schluss gelangte, dass es an der Zeit sei, Michael reinen Wein einzuschenken, dann würde es einfacher sein – aber eben nur dann. Der Mond mühte sich mit dicken Wolkenbänken ab und wurde besiegt und eingehüllt.

Michael radelte, so schnell er konnte, die Straße nach Pine Dunes entlang. Mach, dass du nach Hause kommst. Trödele nicht herum, indem du noch einmal darüber nachdenkst. Kies knirschte unter den Reifen seines Fahrrades; das gelbe Licht der Fahrradlampe schwankte, zerrte an Bäumen in der Dunkelheit. In der Tiefe des Waldes knarrte Holz, weit entfernt stehende Baumstämme wurden auseinander geschoben, damit ein riesiges wimmelndes Gesicht durch sie hindurchsehen konnte. Michael war übermüdet – natürlich gab es da hinten zwischen den Baumstämmen in der Ferne nichts als Dunkelheit. Er raste auf den Stellplatz zu; wahllos tauchten unbeleuchtete Wohnwagen aus der Dunkelheit auf und verschwanden wieder. Sein Wohnwagen war auch unbeleuchtet.

Vielleicht waren seine Eltern nicht da. Er bemerkte wütend, dass er erleichtert war. Sie würden sehr wohl da sein und schlafen. Er würde seinen Vater wecken; der würde sich im Halbschlaf schon verraten. Er würde seinen Vater wachrütteln wie ein Kriminalbeamter beim Verhör. Aber das Bett seiner Eltern war leer.

Michael schlug gegen die Wand, die ein metallisch klangloses Geräusch von sich gab. Sein Vater hatte ihn wieder ausgetrickst. Mit wilden Blicken suchte er den Raum ab. Der riesige Anzug seines Vater bewegte sich leicht, während er leer am Schrank hing, wie abgestreifte Haut; die Kleider seiner Mutter versteckten sich in den Schubladen. Der Metallkasten mit den Büchern seines Vaters thronte oben auf dem Kleiderschrank. Gereizt blinzelte Michael zu ihm hinauf, dann erstarrte er. Der Kasten war nicht verschlossen.

Er holte ihn vom Schrank und sank auf das Bett seiner Eltern. Hier zu sitzen gab ihm ein schlechtes Gefühl. Also trug er den Kasten in den Wohnraum hinüber. Sollte sein Vater doch hereinkommen und ihn dabei überraschen, wie er in diesen Büchern las! Michael hoffte inständig, genau das würde passieren. Dann zerrte er am Deckel, der nicht nachgeben wollte, bis er dann doch mit einem metallischen Laut aufsprang.

Er erinnerte sich an dieses Geräusch. Er hatte es schon einmal gehört, da war er sehr klein gewesen. Er erinnerte sich an die Stimme seiner Mutter, die flehte: »Lass ihn wenigstens eine normale Kindheit haben!« Nach einem kurzen Augenblick war der Kasten wieder geschlossen worden. »Also gut. Er wird es herausfinden, wenn die Zeit kommt«, hatte er seinen Vater sagen hören.

Die Box enthielt keine gebundenen, gedruckten Bücher, sondern eine Anzahl von handschriftlichen Notizbüchern, von verschiedenen Leuten niedergeschrieben. Die Tinte des ältesten Notizbuches, dem bereits der Rücken fehlte, war braun wie alte Blutflecken. Manche der Notizen in diesem ältesten Buch waren in der Handschrift seiner Mutter. auf einige Seiten waren grob hingeworfene Kartenskizzen: die Old Horns, Exham, Whitminster, allerdings keine von Pine Dunes. Das erkannte er wohl; nur vom Text konnte er nicht ein Wort verstehen.

Das meiste war Englisch, es hätte aber genauso gut auch eine andere Sprache sein können. Das meiste waren Zitate, aus Büchern abgeschrieben; manchmal war die Quelle genannt: *Necro, Offenbarung Glaakis, Garimiaz, Vermis, Theobald –* was immer das sein mochte. Das Ganze erinnerte Michael an Pamphlete, wie sie wunderliche Sekten verteilten – wie diese Leute, die all ihr Hab und Gut diesem Mann in Amerika gegeben hatten, oder die, die Michael einmal in ein heruntergekommenes Hotel gelockt hatten, um ein Persönlichkeitsprofil von ihm zu erstellen, wobei sie behauptet hatten, dass das Spaß machen würde. Michael las verwirrt weiter.

Nach einer Weile gab er auf. Selbst die Eintragungen, die von seiner Mutter stammten, ergaben keinen Sinn. Manche der Worte konnte er nicht einmal aussprechen. Ktuchulhu? Kusulhu? Und was an dem, was immer es auch war, verdiente die Bezeichnung *Groß*?

Michael zuckte die Achseln und kicherte kurz auf. Er fühlte sich bei weitem nicht mehr so beunruhigt. Wenn das alles war, in das seine Eltern verstrickt waren, klang es eher albern und harmlos. Schon dass sie es für so lange Zeit erfolgreich hatten vor ihm verheimlichen können, schien Bestätigung genug. Sie waren so überaus normal, dass sie mit nichts Bösem zu tun haben konnten. Zudem gehörten auch Geschäftsleute Geheimgesellschaften an und benutzten untereinander einen Jargon, den außer ihnen niemand verstand. Vielleicht war sein Vater in Verbindung mit einem der Jobs, die er auf der Wanderschaft angenommen hatte, Mitglied einer solchen Gesellschaft geworden!

Eine Sache allerdings machte Michael wirklich Sorgen: die Angst seiner Mutter. Er begriff nicht, wie die nebulösen Aufzeichnungen in diesen Notizbüchern ihr Angst einjagen konnten. Michael unternahm einen letzten Versuch: Er überließ es den Büchern, sich aufzublättern – dort, wo sie am häufigsten aufgeschlagen wurden.

Was für eine Zeitverschwendung! Er strengte seinen Kopf an, aber was da auf den Seiten stand, verwirrte ihn immer mehr. Er brach in Gelächter aus. Was um Himmels willen sollte denn ›die Frucht des Jahrtausends‹ sein? Und was der ›Pflegling der Großen Alten‹ sein? Die ›althergebrachte Wiedergeburt‹? Was sollte das heißen: ›Jede Seiner Wiedergeburten kommt der Fleischwerdung näher‹? Oder: ›Wenn sich die Seele allen Dimensionen öffnet, wird die Fleischwerdung erfolgen. Nach der Fleischwerdung werden alle Seelen eins werden.‹ Ah, das erklärte doch einfach alles! Michael musste erneut wild in sich hinein kichern. Aber da stand noch mehr: ›die Aufnahme‹, ›die Verbindung über die Vermählung hinaus‹, ›die Verschmelzung und Einverleibung‹ ...

Ärgerlich schleuderte Michael das Buch in den Kasten zurück. Seine Augen brannten, er konnte sie kaum noch offen halten, hatte er doch so viel Zeit damit verschwendet, diesen Schwachsinn zu entziffern. Der Wohnwagen schaukelte, als etwas Machtvolles an ihm zerrte: der Wind. Das älteste der Notizbücher, das schon keinen Rücken mehr hatte, begann auseinander zu fallen. Als er die Seiten wieder auf Stoß bringen wollte, glitt ein Umschlag heraus, der zwischen den Seiten gesteckt hatte.

Der Umschlag war adressiert in der breiten Handschrift seines Vaters, das letzte Wort hatte nur gequetscht in die Zeile gepasst. FÜR MICHAEL: ERST ÖFFNEN, WENN ICH VON DIESER WELT GEGANGEN BIN. Michael drehte den Umschlag um und wollte ihn schon aufreißen. Doch seine Hände zitterten. In den Augen seines Vaters dürfte er für heute schon genug dummes Zeug angestellt haben. Er steckte den Umschlag ungeöffnet in seine Tasche und fühlte sich hinterhältig und beschämt. Er stellte den Kasten zurück auf den Schrank, dann bereitete er sich darauf vor, sich schlafen zu legen. In der Dunkelheit versuchte er Beine und Arme auf der durchhängenden Couch unterzubringen. Der Wohnwagen schaukelte sanft und klang dabei wie eine eingerostete Wiege.

Er schlief ein. Er war sich nicht sicher, ob er wirklich schlief, als er die leise Stimme seiner Mutter hörte. Doch er musste wach sein, denn er konnte ihren Atem auf seinem Gesicht spüren. »Bleib nicht hier!« Die Stimme zitterte. »Deine Freundin hat schon den richtigen Einfall. Geh weg mit ihr, wenn es das ist, was ihr wollt. Geht weg von hier!«

Die Stimme seines Vaters erreichte sie aus der Dunkelheit. »Lass es gut sein jetzt! Er schläft! Komm jetzt auch ins Bett!«

Stille und Dunkelheit deckten ihn für den Rest der Nacht zu. Aber in dieser Nacht, oder aber in Michaels Traum, gab es Geräusche: Heimlich fuhr ein Auto vom Stellplatz; schwere Schritte wollten den Wohnwagen nicht erschüttern; behutsam schloss jemand die Tür zum Schlafraum seiner Eltern. Schlaf schien wichtiger zu sein als all das.

Die Stimme seines Vaters weckte ihn; er hörte ihn aus dem Schlafzimmer schreien: »Wach auf! Das Auto ist weg! Gestohlen!«

Gleißendes Tageslicht drang durch Michaels noch geschlossene Augenlider. Er wusste sofort, was geschehen war. Sein Vater hatte den Wagen versteckt, damit niemand damit wegfahren konnte. Michael lag betäubt da und wartete darauf, dass seine Mutter in Panik aufschrie. Ihr Schweigen hielt die Zeit an. Er presste die Augenlider fest zusammen, damit er nichts als rot sah.

»Oh«, sagte seine Mutter mit träger Stimme. »Oje.«

Da war mehr in ihrer Stimme als Resignation: Sie klang lethargisch, gleichgültig. Plötzlich erinnerte sich Michael, was er in Junes Buch gelesen hatte. Hexen und Hexer benutzten Drogen. Es fiel ihm wie Schuppen von den Augen, und er war sich völlig sicher: Sein Vater hatte seine Mutter unter Drogen gesetzt.

5.

Die Polizei brauchte nicht lange, um das Auto zu finden. Verlassen und ausgebrannt stand es in der Nähe der Windmühle. »Vielleicht Jugendliche«, meinte einer der Polizisten. »Wir melden uns bestimmt wieder bei Ihnen.« Michaels Vater schüttelte traurig den Kopf, und die Polizisten gingen.

»Ich muss die Autoschlüssel draußen verloren haben, als wir aus waren.« Michael fand, sein Vater gab sich kaum Mühe, überzeugend zu klingen. Warum konnte er es ihm nicht sagen, es ihm vor den Kopf knallen? Weil er, Michael, sich nicht sicher war; es wäre möglich, dass er die Geräusche der letzten Nacht nur geträumt hatte – wütend über seine eigene Feigheit blickte er zu seiner Mutter hinüber. Wenn er sich nur ihrer Unterstützung sicher sein könnte! Sie lief planlos herum, entschlossen, den Wohnwagen zu putzen, so, als ob sie krank sei, aber Besuch erwarte.

Noch würgte Michael wütend an Worten, da verrauchte seine Wut auch schon. »Geht es dir gut?«, wollte er von ihr wissen, doch brachte er nur ein gestammeltes »Meinst du nicht, es wäre besser, du würdest zum Arzt gehen?« hervor.

Weder sein Vater noch seine Mutter reagierten darauf. Seine Unsicherheit wuchs, gab seiner Frustration Nahrung. Er fühlte sich lethargisch, unfähig, irgendetwas zu tun, niedergedrückt von der Präsenz seines Vaters. Bestimmt würde June heute in den Club kommen. Er musste einfach mit jemandem reden, musste eine andere Meinung über die Dinge hören; vielleicht konnte sie ihn davon überzeugen, dass er sich alles nur eingebildet hatte.

Er wusch und rasierte sich. Er war froh, sich zurückziehen zu können, und wenn es auch nur ins enge Badezimmer war; seine Eltern und er hatten einander den ganzen Tag lang umschlichen wie Diebe – der Wohnwagen machte Michael unruhig und ließ ihn an eine Blechdose denken, in der irgendetwas wimmelte. Während er sich rasierte, sprang die Badezimmertür auf, wie sie es oft tat; sein Vater tauchte hinter ihm im Spiegel auf und starrte ihn an.

Der Spiegel beschlug wieder. Hinter dem Dampf, der den Spiegel hatte beschlagen lassen, schien Michael, als winde sich das Gesicht seines Vaters wie eine Plastikmaske im Feuer. Michael wollte gerade den Spiegel abwischen, aber da war sein Vater mit all seinen Gefühlen schon über ihm. Ehe Michael sich umdrehen konnte, drückte sein Vater ihn heftig an sich; dessen ganzer Körper bebte, als breche er gleich auseinander. Michael hielt sich stocksteif; er wollte nicht einverleibt werden. Was machst du denn da? Geh doch weg! In diesem Moment wandte sich sein Vater unbeholfen ab und stapfte schwerfällig hinaus. Der Wohnwagen rumpelte, schwankte.

Michael seufzte vernehmlich. Himmel, war er froh, dass es

vorüber war! Er beeilte sich mit dem Rasieren und machte, dass er rauskam. Seine Eltern sahen nicht einmal hoch; sein Vater tat, als lese er ein Buch, und pfiff tonlos vor sich hin; seine Mutter drehte sich zerstreut um, als er an ihr vorbeiging. Er fuhr mit dem Rad in den Club.

»Die Eltern in Ordnung?«, fragte der Mann hinter der Bar ohne echtes Interesse.

»Ich weiß nicht recht.«

»Gut, dass du gekommen bist.« Vielleicht war das ironisch gemeint. »Da gibt's ein paar Dinge für dich zu spülen.«

Michael konnte immer noch die enge Umarmung seines Vaters spüren. Er versuchte die Erinnerung geradezu körperlich abzuschütteln. Er mochte den herzlichen Empfang mit Körperkontakt, der ihn in der Bar erwartete und wie die Leute »Mike!« riefen – auch wenn June nicht unter ihnen war. Er mochte es, von ganz normalen Leuten erwartet zu werden. Er badete förmlich in der Menge, während er bediente; die Menschenmenge wuchs, der Rauch wurde dichter. Er konnte es spüren, immer noch, den aufgeblähten Leib, der sich heiß gegen seinen Rücken presste. *Das macht er nie wieder mit mir!*, dachte er wütend. *Der wird nie mehr ...* ein Bierkrug rutschte ihm aus der Hand, unter dem Zapfhahn. »Oh, Gott!«, stieß er hervor.

»Was is'n jetzt wieder los?«, wollte der Barkeeper wissen.

Michael hatte, als sein Vater ihn umarmt hatte, an nichts anderes als an Flucht gedacht. Jetzt erst begriff er, wie endgültig diese Geste seines Vaters gewesen war. »Meine Eltern«, stammelte er, »ihnen geht's schlechter!«

»Haben dir gerade eben 'ne Nachricht geschickt, was? Und ab geht's nach Hause, nicht wahr? Besser, du sprichst mit dem Geschäftsführer oder ich mach's – pass doch verdammt noch mal auf, du lässt ja das Bier auslaufen!«

Michael schloss den Zapfhahn mit einem Ruck und kämpfte sich durch die Menge. Die Leute verzogen mitleidig das Gesicht oder blickten ihn erstaunt an. Das war egal, der Job spielte keine Rolle. Er musste zurück, so schnell wie möglich, um zu verhindern, was auch immer jetzt passieren sollte. Jemand rannte an der Tür in ihn hinein und hielt sich an ihm fest, als er denjenigen zur Seite stoßen wollte. »Was soll denn das?«, brüllte er. »Geh mir aus dem Weg!« Es war June.

»Es tut mir wirklich Leid, dass ich gestern Abend nicht hergekommen bin«, begann sie. »Meine Eltern haben mich zum Abendessen in ein Restaurant geschleift.«

»Na gut. Schon in Ordnung. Macht nichts!«

»Du bist sauer. Aber mir tut es echt Leid! Ich hab dich wirklich sehen wollen – du gehst doch nicht gerade, oder doch?«

»Doch, ich muss! Weißt du, meinen Eltern geht es nicht gut!«

»Dann komm ich mit! Wir können auf dem Weg zu ihnen reden. Ich helf dir, dich um sie zu kümmern!« Sie hielt ihn an der Schulter fest, als er die Treppe hoch wollte. »Bitte, Mike! Ich fühl mich mies, wenn du mich jetzt einfach so hier stehen lässt! Wenn wir uns beeilen, kriegen wir den letzten Bus noch. Der fährt in fünf Minuten! Das geht schneller als mit deinem Rad.«

Himmel! Sie war schlimmer als sein Vater! »Hör zu«, knurrte er wütend und hatte es endlich hoch bis zur Straße geschafft. »Krank, also, krank sind sie eigentlich nicht«, sprudelte es aus ihm heraus, während er versuchte, von ihr loszukommen. »Ich hab herausgefunden, was sie nachts treiben! Sie sind Hexer.«

»Oh nein!« Sie klang ebenso schockiert wie entzückt.

»Meine Mutter hat vor irgendetwas Angst. Mein Vater setzt sie unter Drogen.« Jetzt, wo er es aussprechen konnte, ließ die Dringlichkeit, die er verspürt hatte, ein wenig nach. Er wollte alles loswerden, was er wusste. »Heute Nacht passiert irgendetwas!«, erklärte er.

»Willst du hin, es verhindern? Lass mich mitkommen! Ich kenn mich doch aus! Ich hab dir doch das Buch gegeben!« Als er sie zweifelnd ansah, sagte sie: »Sie müssen doch damit aufhören, wenn sie mich sehen!«

Vielleicht könnte sie nach seiner Mutter sehen, während er sich seinem Vater entgegenstellte. Sie rannten zum Bus, der minutenlang unbeleuchtet auf dem Platz stand, in der Hoffnung, es kämen noch Fahrgäste, die aber nie erschienen. Michaels Frustration hielt ihn nun wieder fester im Griff. Er erzählte June, was er entdeckt hatte. »Jaaah«, sagte sie immer wieder, aufgeregt und fasziniert. Auf einmal begann sie haltlos zu kichern. »Wäre es nicht ulkig, wenn wir deinen Vater nackt tanzen sehen könnten?« Er starrte sie unverwandt an, bis sie »'tschuldigung!« sagte. Ihre Pupillen weiteten sich und zogen sich leicht wieder zusammen, aufs Geratewohl.

Als sie die Zufahrt zum Pine-Dunes-Stellplatz entlanghasteten, rückten die Bäume näher heran, sie knarrten und nickten ihnen zu. Was, wenn seine Eltern den Wohnwagen noch nicht verlassen hatten? Was wollte er überhaupt sagen? Seine Unsicherheit lähmte ihm wieder die Zunge, und wenn er seinen Eltern mit June gegenübertrat, war es vielleicht noch schlimmer. Er holte tief und erleichtert Luft, als er sah, dass die Fenster des Wohnwagens dunkel waren, aber er ging hinein, um nachzuschauen. »Ich weiß, wohin sie gegangen sind«, erklärte er June kurz angebunden.

Mondlicht und geschlossene Wolkenfelder überzogen den Himmel mit mattweißer Milch; dunkler rauchgrauer Atem trieb über das helle Schimmern. Michael hörte das Meer, unablässig und ruhelos. Kahle, schwarze Silhouetten drängten sich am Rand der Straße zusammen, da und dort verschlungen hoben sie sich gegen den Himmel ab. Michael zerrte June eilig auf den Pfad zu.

Warum nur sollten seine Eltern diesen Weg genommen haben? Irgendetwas sagte ihm aber, dass dem so war – möglicherweise das Labyrinth, an das er sich erinnerte, der Tunnel im Unterholz: Das war ein geheimer Ort. Der Pfad schlängelte sich tiefer hinein in den Wald; schwach schimmerte er im milchigen Mondlicht. Rasch jedoch verschluckten die Bäume, was es an Helligkeit gab. »Ist das nicht einfach phantastisch?«, fragte June, die sich mühte, mit Michael Schritt zu halten.

Immer weniger Kiefern säumten den Weg; andere Bäume übernahmen ihren Platz, verschmolzen gänzlich über Junes und Michaels Köpfen. Die schwache Ahnung mattweißen Himmels, durchwirkt vom Dunkel der Wolken, verschwand. Im Wald war alles nachtschwarz oder mondlichtbleich und wirkte kalt, obwohl die Nacht entgegen der Jahreszeit mild war. Schattennetze lagen über dem Pfad, wickelten sich um Michaels Füße; harte Halme hohen Grases griffen nach ihm. Das Dickicht wurde vor ihm dichter, türmte sich auf und erstickte die Lücken zwischen den Bäumen. Das bisschen, was vom Himmel noch zu sehen gewesen war, wurde weniger und kleiner. »Was ist denn das?«, hörte er June voller Unruhe hinter sich fragen.

Einen Augenblick lang dachte Michael, er höre Schritte, Füße, die schmatzend über den morastigen Boden gingen: So hörte es sich an – als schlucke der Morast langsam und laut. Aber nein, das war es nicht. Hustete da jemand? Es klang nicht wie das Husten eines Menschen. Eigentlich klang es mehr, als strenge sich etwas an, Laut zu geben, nur einen einzigen Laut. Und Michael sah sich unerklärlicherweise gezwungen, herauszufinden, was das war.

Die Sträucher und Büsche im Dickicht bewegten sich, als rüttle etwas an ihnen, knarrten. Das morastige Geräusch verschwand, irgendwo vor ihnen. Es hatte jetzt gewiss keinen Sinn, June seine wenig klaren Vermutungen mitzuteilen. »Es wird ein Tier sein«, behauptete er deshalb, »ein Tier, das vielleicht in einer Schlinge steckt.«

Schon erreichten June und er das Ende des Tunnels. Er ließ

sich auf die Knie fallen und begann zu kriechen. Zweige streiften an seinen Ohren entlang, ein kratzend-knackender, trockener Chor. Er fand es dieses Mal weniger verstörend, hier in dem Tunnel, weniger bedrückend. Der Tunnel erschien ihm breiter, als habe sich jemand, der kräftiger gewesen war, bereits seinen Weg durch den Tunnel gebahnt. Aber hinter im hörte er June schwer atmen, ihre Stimme zitterte in der Dunkelheit. »Etwas verfolgt uns außerhalb des Tunnels«, meinte sie nervös; ihr war offensichtlich mulmig.

Michael kroch den Tunnel schneller noch entlang bis an dessen Ende, dann stand er auf. »Hier ist nichts. Das muss ein Tier gewesen sein.«

Ihm war merkwürdig zu Mute: Er fühlte sich ruhig und sicher, wie jemand, der besonders gerissen war, und irgendwie erregt. Seine Augen hatten sich der Dunkelheit angepasst. Die Bäume waren hier kräftiger und standen noch enger beisammen; sie erdrückten das Dickicht zwischen ihnen. Hoch oben, über Junes und Michaels Köpfen, fingen Äste letzte blasse Himmelsfetzen; unter ihrer beider Füße war der Untergrund schmatzender Morast; und Michael hörte ein anderes Geräusch vor ihnen: ähnlich, aber nicht das gleiche.

June tauchte keuchend neben ihm hoch. »Ich dachte, mein Trip wär vorbei! Wo gehen wir denn hin?«, stieß sie schnaufend hervor. »Ich kann nichts sehen.«

»Da lang.« Michael näherte sich einer niedrigen Öffnung im verschlungenen Unterholz. Wie er es auf eine ihm selbst unerklärliche Weise erwartet hatte, änderte der Gang mehrfach die Richtung, schloss sich dort fast undurchdringlich, während er sich da weitete. Vielleicht hatte er bemerkt, dass vor ihm schon jemand das Dickicht gelichtet hatte.

»Geh nicht so schnell«, bat June aus der Dunkelheit hinter ihm heraus, sie weinte fast. »Wart doch auf mich!«

Ihre Langsamkeit ärgerte ihn. Die undefinierbare Erregung, die von ihm Besitz ergriffen hatte, sprang jetzt auf seine Haut über: Sie kribbelte vor Nervosität wie die Oberfläche einer Seifenblase, die mit etwas in Berührung gekommen war. Gerade jetzt, in diesem Augenblick, fühlte er sich seltsam mächtig, bereit für alles. Wartet nur, bis er seinem Vater gegenüberstand! Michael stand ungeduldig da und stampfte auf den morastigen Boden, während June versuchte, zu ihm aufzuschließen. Sie griff nach seinem Arm. »Da ist es wieder!«, keuchte sie.

»Was denn?« Das Geräusch? Das waren doch nur seine Stiefel, die im Morast steckten. Halt, er hörte noch etwas, aus dem Gewirr aus Dunkelheit vor ihnen, in dem es knarrte und knackte. Der morastige Untergrund gurgelte, war gar ein ganzer, breiter Fluss aus Morast, der unaufhörlich unter der Erdoberfläche gluckerte. Nein, jetzt wurde es lauter, gewalttätiger, als wolle der Morast ausspeien, was ihm querlag. Das Geräusch wiederholte sich immer wieder, langsam konnte man es besser und besser hören: ein einzelnes Wort. Sofort wusste er, welches. Irgendwo vor ihnen in dem dichten dunklen Irrgarten mühte sich eine dumpfe, modrig-schlammige Stimme seinen Namen zu rufen.

June hatte den Laut ebenfalls erkannt und zerrte an seinem Arm. »Lass uns zurückgehen!«, flehte sie. »Das gefällt mir nicht. Bitte!«

»Himmel noch eins!«, spottete er. »Ich dachte, du willst mir helfen!« Der modrig-schlammige Ruf wurde undeutlicher, nicht mehr als ein Nuscheln, und verklang. Zweige bebten in der bedrückenden Dunkelheit, rieben sich dumpf quietschend aneinander. Plötzlich, weit vor ihm, hörte Michael die Stimme seines Vaters, dann, nach langem Schweigen, auch die seiner Mutter. Beider Stimmen klangen seltsam angestrengt und gedämpft. Als spielten sie Verstecken, hatte jeder seinen Namen nur einmal gerufen.

»Na, bitte, da hör doch«, meinte er lahm June gegenüber. »Ich habe wirklich keine Zeit, dich jetzt zurückzubringen!«

Seine Erregung stieg. Seine Haut, nervös kribbelnd, fühlte sich leicht an wie ein Traum. »Willst du nicht nach meiner Mutter sehen?«, platzte er dann heraus.

Er drängte weiter, vorwärts; erst nach einer Weile hörte er, dass June ihm zögerlich folgte. Ein Windstoß jagte in den Wald, verirrte sich, rüttelte am Gesträuch. Dornen kämpften sich nach oben, zerkratzten die Luft; der Boden unter Michaels Füßen würgte schluckend – es klang in Michaels überanstrengten Ohren fast wie Worte. Zweimal schienen sich die Wände aus Unterholz vor den Eindringlingen verschließen zu wollen; doch hatte jemand mit Gewalt Schneisen in das Dickicht geschlagen. Weiter vorne verbreiterte sich der Gang. Michael würde bald eine Lichtung erreichen.

Er rannte los. Das Dickicht klatschte Beifall wie aufgeregte Knochen. Wolken jagten über den dicht und rauchig-grau verhangenen Himmel und bekämpften das Mondlicht. Der stimmgewaltige Boden war schlüpfrig; Michael stolperte und stürzte fast im Rennen: Beinahe wäre er mit dem Fuß an etwas Dunklem hängen geblieben, das auf dem Boden lag. Es waren die Kleidungsstücke seiner Eltern. Eilig warf er einen Blick über die Schulter zurück und bemerkte, dass manche von ihnen in wilder Hast vom Körper gerissen und zerfetzt erschienen. Er hörte June ausrutschen und in das Gebüsch stürzen. »Nein, nicht!«, schrie sie. Doch er war schon auf der Lichtung.

Bäume umsäumten sie. Efeu rankte um die dicken Stämme und versuchte die Kronen zu erreichen; Unterholz schloss die engen Lücken zwischen den Bäumen. Zwischen Efeu, Unterholz, Ästen und Zweigen in den Kronen schwelte dunkler Himmel.

Langsam gewöhnten sich Michaels Augen an das dürftige Licht. Konturen ließen sich in der Lichtung ausmachen, dunkler als der Dunst. Nackte hölzerne Gliedmaßen stachen in die Lichtung, knarrten und knackten, nur Silhouetten vor düsterem Hintergrund. Michael konnte jetzt erkennen, dass die Lichtung vielleicht zehn Meter im Durchmesser besaß und annähernd kreisrund war. Düsternis bewegte sich auf ihr, ein verpesteter See. Auf der gegenüberliegenden Seite stand eine massige Gestalt zwischen Michael und den Bäumen.

Michael kniff die Augen so weit zusammen, bis es wehtat. Trotzdem blieb es unmöglich für ihn, die Gestalt zu erkennen. War dieses Etwas riesig, oder narrte ihn die Dunkelheit? Auf der anderen Seite der Lichtung spuckte hustend der Morast und gurgelte mit schwerer Zunge. Oder irgendetwas tat das. Düsternis sammelte sich um die schwach schimmernde Gestalt. Plötzlich, Michael sah es, bewegte sie sich schwerfällig und war lebendig.

June war ein Stück hinter Michael gewesen. Nun hastete sie ein paar schnelle Schritte nach vorn, nur um am Rand der Lichtung auszurutschen. Um nicht zu stürzen, packte sie seinen Arm. Dann wanderte ihr Blick an ihm vorbei und wurde starr. Sie zitterte. »Was ist das?«, schrie sie.

»Klappe!«, fuhr er sie rüde an.

Abgesehen von der Unterbrechung durch June fühlte er sich ruhiger als je zuvor. Er wusste, dass er die Quelle seiner Träume erblickte. Die Träume kehrten in seine Gedankenwelt zurück – friedfertig warteten sie darauf, verstanden zu werden. Einen Lidschlag lang fragte Michael sich, ob Junes LSD-Trips genauso seien. Irgendetwas war seinem Fühlen und Denken hinzugefügt worden und schien sich überwältigend schnell und tief auszubreiten. Erinnerungen trieben plötzlich frei in seinem Selbst, als ob sie zuvor tief in seinem Innern verschlüsselt gewesen wären: eine steinerne Gebärmutter, nein, viele davon, und unterseeische Tiefen; Schweben in einem Medium, das nicht Teil dieses Universums war; irgendwo, verbunden mit einen Steinkreis auf einem Hügel, hingezogen werden in den Kreis, näher, hinunter zu Gesichtern voller Entsetzen, die durch das Nachtdunkel hinaufstarren; eine schwangere Frau, die sich windet und krümmt, festgehalten in der Mitte des Kreises, die schreit, als er näher schwebt und sie erreicht. Er fühlte sich vollgesogen mit Erinnerungen ganzer Jahrhunderte. Ererbte Erinnerungen – oder geteilte; aber wessen Erinnerungen?

Er wartete. Bald würde sich alles klären. Die massige, riesige Gestalt bewegte sich schimmernd. Sie erhob die schwankende Stimme, unkontrolliert laut, mühte sich, durch den Morast Worte zu formen. Die Bäume knackten träge, das eng zusammengedrängte Dickicht krümmte sich, die Wolken flohen unablässig über den Himmel. Mit einem Mal, ganz instinktiv, ohne sich das erklären zu können, wusste Michael, wie er und June von jenseits der Lichtung aussehen mussten. Er nahm sie beim Arm, obwohl sie sich kurz dagegen wehrte, und dann standen sie da und warteten: Braut und Bräutigam der Dunkelheit.

Nachdem der Morast in der Düsternis eine Weile lang von Krämpfen geschüttelt worden war, spie er Worte aus. Die Stimme schien nicht fähig, mehr als eine Silbe zu artikulieren. Dann schon verschwammen gurgelnd die Silben. Manchmal war es die Stimme seines Vater, dann wieder die seiner Mutter – aufgeregt, zitternd –, die zu helfen versuchten. Und doch war das sehr beunruhigend, denn es klang, als versuche die Stimme aus dem Morast Michaels Eltern, wenn auch gedämpft, nachzuahmen. Michael versuchte ruhig zu bleiben, vertraute fest darauf, dass auch dies bald seine Erklärung fände.

Die Großen Alten seien noch immer am Leben, gurgelte die Stimme stockend und laut. Ihre Träume könnten noch immer nach anderen greifen. Als das Menschengeschlecht noch jung gewesen sei und nahe bei den Alten die Welt durchstreift habe, hätten deren Träume in den gebärenden Leib zu greifen verstanden und das ungeborene Leben darin nach ihrem Ebenbild zu formen gewusst. Etwas wie die Stimme seiner Mutter sagte das Letzte, schwankend zittrig, voller Angst. June wand sich in seinem Griff, also packte er fester zu.

Obwohl die Worte vieldeutig waren und Geheimnisse in sich trugen, verstand Michael, ohne überlegen zu müssen, was ihm hier offenbart wurde. Seine neuen Erinnerungen waren bereit, ihm alles zu erklären. Wenn er jetzt die Notizbücher noch einmal läse, würde er begreifen, was dort stand. Er hörte zu, er sah zu, er war fasziniert. Voller Ehrfurcht bestaunte er das Ausmaß der massigen sprechenden Gestalt. Und was war da so seltsam an deren Kopf? Etwas bewegte sich dort, so schnell wie Farbenwirbel auf einer Seifenblase. In der Dunkelheit schien das Gesicht sich krampfartig zu verformen, vielleicht darum bemüht, Worte hervorzubringen.

Die Alten könnten warten; die Stimme oder die Stimmen erklärten es ihm. Die Sterne wären bald in der richtigen Konstellation. Die Menschen, die vor ihrer Geburt von den Alten berührt worden seien, seien nicht gleich von ihrem Ebenbild, sondern würden es Stück für Stück über all die Jahrhunderte. Anstatt zu sterben, nähmen sie das Aussehen an, das die Alten in die Gebärmutter der Ahnin gelegt hätten. Jede Generation käme dem idealen Ebenbild näher.

Die Gestalt glänzte, als sei sie gehäutet worden. In der Düsternis wirkte sie blassrot und merkwürdig unstet. Beunruhigt konnte Michael den Blick nicht von ihrem Kopf abwenden. Rasch vorbeiziehende Wolken warfen Dunkelheit über die Lichtung und rissen sie wieder hinweg. Das Gesicht war so gewaltig und schien sich noch auszudehnen. Ähnelte es nicht dem Gesicht seines Vaters? Doch die Augen schwammen auseinander; was Michael noch eben hatte an Gesichtszügen auszumachen geglaubt, glitt unkontrolliert über das ganze Gesicht. Es war nichts als Schattenspiel. Die Wolkendecke riss nahe vor dem milchigweißen Mond auf. June versuchte sich loszureißen. »Halt still!«, fuhr er sie an und verstärkte seinen Griff.

Sie wären den Alten zu Diensten, rief die Stimme schwerfällig und stockend. Nur dafür seien sie erschaffen worden: bereit zu sein, wenn die Zeit gekommen sei. Sie teilten die Erinnerungen der Alten, und bei der Verwandlung würden ihre Körper zu dem, was die Alten seien. Sie verbanden sich mit ganz normalen Menschen auf die herkömmliche Art der Menschen, und später dann verbanden sie sich auf die Art und Weise, wie es die Alten verfügt hatten. Diese Art und Weise sei ...

June schrie. Der Riss in der Wolkendecke hatte den Mond enthüllt. Junes Schrei schien heftig genug zu sein, um ihr die Kehle aufzureißen. Michael drehte sich wütend zu ihr um, um sie zum Schweigen zu bringen Doch sie hatte sich seinem Griff entwunden, war frei und floh, die Augen weit aufgerissen, den Pfad entlang. Der Schatten einer Wolke huschte auf die Lichtung zu. Schon fast hinter June her, um sie sich zu greifen, wandte Michael sich doch noch einmal um, weil er wissen wollte, was das Mondlicht auf der Lichtung enthüllt hatte.

Der Schatten erreichte die Lichtung, als Michael sich umdrehte. Nur einen kurzen Augenblick lang sah er den riesigen Kopf, sonderbar geschwollen, ein grotesker Ballon, der, obwohl er vom Mond in bleiches Licht getaucht war, Michael an etwas erinnerte, das einfach aus dem Körper herausgestülpt worden war. Die schimmernde wulstige Stirn war kahl bis auf ein paar Strähnen, die sich unruhig über die Stirn tasteten – sicherlich Haarsträhnen, doch sie sahen eher aus wie Fasern aschfahlen Muskelfleisches.

Auf dem Kopf inmitten des Fleisches – es wirkte noch kleiner als sonst – sah Michael das Gesicht seiner Mutter. Es war erschreckend blass und verängstigt. Die Strähnen zuckten über ihr Gesicht, schneller und schneller. Der Mund seiner Mutter bildete stumm Worte, gurgelte.

Bevor Michael den Rest der Gestalt näher betrachten konnte, eine kaum erkennbare, gigantische, hingekauerte Masse, legten sich Schatten über die Lichtung. In dem Moment, in dem es geschah, meinte er zu sehen, wie das Gesicht seiner Mutter in den Kopf gesogen wurde wie in einen Strudel aus Fleisch. Würden ihre Gesichtszüge wieder an die Oberfläche driften, neu angeordnet? Legten sich da andere, gröbere Gesichtszüge über die ihren? So dunkel wie es war, nichts schien Michael sicher.

June schrie auf. Sie war gestolpert; er hörte, wie sie stürzte und mit dem Kopf irgendwo aufschlug; dann war Stille. Die Gestalt wälzte sich bebend auf ihn zu. Einen Augenblick glaubte er, war sich sicher, sie wolle ihn verschlingen. Doch die Gestalt war jetzt an einer fast völlig im Unterholz verborgenen Grube angelangt. Langsam wie Gelee, glitt sie in die Erde zurück. Das Unterholz schnellte raschelnd zurück über die Grube.

Michael stand einfach da und starrte auf June hinab. Sie war noch immer bewusstlos. Er wusste schon, was er ihr erzählen würde. Dass sie einen schlechten LSD-Trip gehabt hätte, deshalb hätte sie das alles gesehen. LSD erinnerte ihn an etwas. Langsam stahl sich ein Lächeln auf sein Gesicht.

Er ging hinüber zu der Grube und blickte hinunter. Schwach und schwerfällig war das Geräusch wie Morast, der sich bewegt, und es zog sich tiefer in die Erde zurück. Er wusste, er würde seine Eltern lange, lange Zeit nicht wiedersehen. Er fasste in seine Tasche, wo der Umschlag wartete. Er enthielt Erklärungen seines Vaters, die sein Verschwinden und das Verschwinden seiner Frau betrafen und die er, Michael, den Leuten, June würde vorlegen können.

Mondlicht und Schatten hasteten unruhig über die Grube. Als er in den dunklen Schlund starrte, fühlte Michael Ehrfurcht, aber auch ruhige Gelassenheit. Jetzt musste er einfach nur die Zeit abwarten, bis er hierher würde zurückkommen können, um sich in das Innere der Erde fallen zu lassen und mit den anderen zusammen zu sein. Er konnte sich jetzt ganz genau daran erinnern; er hatte es schon immer gewusst, tief in sich, dass hier sein Zuhause war. Eines Tages würden er und June hierher zurückkehren. Er blickte hinab auf ihren bewusstlosen Körper und lächelte. Vielleicht hatte sie ja doch Recht: Sie sollten gemeinsam auf einen LSD-Trip gehen, wenn die Zeit gekommen war. Es würde ihnen helfen, sich eins zu fühlen.

Originaltitel: *The Faces at Pine Dunes*
Erstveröffentlichung: *New Tales of the Cthulhu Mythos*, 1980.

Aus dem Amerikanischen von Ulf und Beke Ritgen

Auf der Marmorplatte

VON HARLAN ELLISON

Die Stelle schien Blitzschläge anzuziehen. In jeder Jahreszeit, von August bis November, besonders heftig aber im
September, suchten die gezackten, tödlichen Blitze den Obst-
garten von George Gibree heim.

Gibree, ein Obstbauer mit einer pilzbefallenen Apfelplantage von gerade einmal vier Morgen, deren stetig nachlassende
Ernte ihn ein Jahr später dazu bringen sollte, sich mit einem
Messer, das er normalerweise dazu nutzte, Kaninchen das Fell
abzuziehen, die Kehle durchzuschneiden und auf dem Heubo-
den seiner Scheune in Chepachet in der Nähe von Providence
zu verbluten, eben jener George Gibree hatte Ende September
im Nordostteil seines Grundstücks das entsetzliche Wesen entdeckt. In der Jahreszeit der tödlichen Blitze.

Die geradezu widernatürlich entstellten Apfelbäume –
schwarz vernarbt, als seien sie von Feuerbrand befallen – hatten Angriff um Angriff überstanden; jedes Jahr waren sie ein
wenig mehr zersplittert, jedes Jahr waren sie ein wenig mehr
verdorrt, jedes Jahr waren sie ein wenig mehr gestorben. Die
McIntoshs, die sie hervorbrachten, waren runzlig und hässlich
unförmig wie Contergan-geschädigte Säuglinge. Nacht für
Nacht wurden die Blitze erneut angezogen und schlugen mit
gewaltigem Krachen ein, bis eines Nachts, als sei er des kosmischen Spiels überdrüssig, ein gewaltiger, gezackter Blitz,
knisternd vor Energie, die Grabstätte des Wesens freilegte.

Als George Gibree dann am nächsten Morgen aufbrach, um

auf seiner Obstplantage die Schäden zu begutachten – wie immer hielt er die Tränen zurück, bis er weit genug von Emma und dem Haus entfernt war –, schaute er in einen tiefen Krater hinab und sah es dort ausgestreckt auf dem Rücken liegen. Das einzelne grüne Auge mit den beiden Pupillen glomm fürchterlich im Licht der Morgensonne, sein linker Unterarm – am Ellbogen angewinkelt – schien mit weit auseinander gespreizten Fingern nach der Morgenluft zu greifen. Es war, als sei dieses Wesen vom Toben des Himmels getroffen worden, während es versucht hatte, sich selbst auszugraben.

Einen Augenblick lang, während George Gibree in die Grube hinunterstarrte, war ihm, als würden die Ganglien seines Gehirns sich voneinander losreißen. Unkontrolliert zuckte es in George Gibrees Gesicht ... und unter größter Anstrengung riss er seinen Blick von diesem unglaublichen Titan los, der dort, unter ihm, ausgestreckt lag und die zehn Meter lange Grube ausfüllte.

Auf der Apfelplantage war das Summen der Insekten zu hören, der Gesang einiger Vögel und das leise Wimmern von George Gibree.

Kinder, die zum Spielen auf die Plantage kamen, obschon sie das eigentlich nicht durften, sahen es auch; es machte schnell in der Stadt die Runde, gelangte vom Korrespondenten zu einer freiberuflichen Mitarbeiterin, die gelegentlich ›Geschichten aus dem Leben‹ für das *Journal* von Providence verfasste. Diese fuhr zur Gibree-Farm hinaus, und als sie herausfand, dass es unmöglich war, mit George Gibree zu sprechen, der nur in einem hohen Lehnsessel saß und aus dem Fenster starrte, ohne ein Wort zu sagen oder sich auch nur anmerken zu lassen, dass er ihre Anwesenheit wahrnahm, gelang es ihr, Emma Gibree zu beschwatzen, sie doch allein die Apfelplantage durchstreifen zu lassen.

Der Artikel, der dann veröffentlicht wurde, war nur kurz, doch es war Anfang Oktober, und in der Welt herrschte Ruhe. Daher wurde der Artikel mit Interesse aufgenommen.

Als eine Gruppe von Doktoranden der Anthropologie in Begleitung ihres Professors eintraf, hatten Raubtiere und neugierige Besucher schon einige Teile aus dem gewaltigen Ding herausgerissen. Ein Mitglied des Anthropologenteams wurde nach Kingston zurückgeschickt, zur University of Rhode Island, um Kontakt mit der Rechtsabteilung der Universität aufzunehmen und sie darauf vorzubereiten, dass es letztendlich erforderlich sein könnte, den erschreckenden, wundersamen Fund aufzukaufen. Offensichtlich handele es sich bei dem Fundstück nicht um eine betrügerische Fälschung: Es sei nicht vergleichbar mit P. T. Barnums Riesen von Cardiff*: Ein Wesen wie dieses habe man auf Erden nie zuvor gesehen.

Als die Nacht hereinbrach, sah sich der Professor genötigt, sogar die vernunftbegabteren seiner Studenten dazu zu zwingen, den bedeutenden Fund zu bewachen. Coleman-Laternen, Daunenjacken und ein kleiner Heizofen wurden herbeigeschafft. Doch am Morgen waren alle drei Studenten auf und davon.

Drei Tage später, gerade einmal sechs Stunden, bevor die Anwälte der Universität Emma Gibree ihr Angebot unterbreiten konnten, konnte sich ein Veranstalter von Rockkonzerten für dreitausend Dollar alle Rechte an dem toten Riesen, einschließlich der Besitzrechte, sichern. Seit ihr Ehemann an der Kante dieses Grabes gestanden und auf dieses einäugige We-

---

* Bei dem ›Riesen von Cardiff‹ handelt es sich um das gefälschte Fossil eines prähistorischen Riesen, das 1869 ›gefunden‹ und gegen Entgelt zur Schau gestellt wurde, obwohl die Echtheit des Stückes von Wissenschaftlern sehr bald bezweifelt wurde. Der namhafte Zirkusbesitzer P. T. Barnum wollte daran mitverdienen und den Riesen im Rahmen einer dreimonatigen Tour ausstellen, doch als die Besitzer des ›Originals‹ dieses nicht herauszugeben bereit waren, fertigte er ein Duplikat an, das er als das Original ausgab – also die Fälschung einer Fälschung. (Anm. d. Übers.)

sen hinuntergeschaut hatte, war Emma Gibree außerstande gewesen, George zum Sprechen zu bewegen. Sie war in Panik; sie sah sich bereits einer Zukunft voller Ärzte und Krankenhäuser gegenüber.

Frank Kneller, der für den Auftritt jeder einzelnen aller namhaften Rockbands des letzten Jahrzehnts in Providence verantwortlich gewesen war, mietete einen Ausstellungssaal im Bürgerzentrum der Stadt an – zu einem lächerlich geringen Preis, denn es war doch erst die zweite Oktoberwoche ... und in der Welt herrschte Ruhe. Dann gab er seiner Presseabteilung den Auftrag, diesen Riesen zu einer nationalen Sehenswürdigkeit hochzustilisieren. Die Aufgabe wies sich als mehr denn lösbar.

Aufnahmen des Ungetüms, mit einer Kleinbildkamera geschossen, wurden in den Abendnachrichten der drei größten Fernsehstationen ausgestrahlt. Frank Kneller erhielt ein weiteres Mal Gelegenheit, seine Begabung für dramatische Auftritte unter Beweis zu stellen.

Das fast zehn Meter große, menschenähnliche Ding, die Haut blassrot, das Auge starr – es blickte voller Bosheit direkt in die Kameralinse –, lag auf einer riesigen Marmorplatte, die Kneller einem ansässigen Beerdigungsunternehmer hatte abschwatzen können, während es in liebevoll arrangierten Nahaufnahmen abgelichtet wurde.

Pilbeam reiste aus Yale an; Johanson vom Clevelander Museum für Naturgeschichte war hergekommen, die beiden Leakeys ebenfalls, und Taylor vom Riverside hatte sich zusammen mit Hans Suess von der University of California in La Jolla auf den Weg gemacht. Sie alle bestätigten die Authentizität des Wesen, aber nicht einer wusste zu sagen, woher es stammen könnte. Wie auch immer, es sei irdischen Ursprungs: circa zehn Meter groß, ein Zyklop, mit einer Haut so hart wie das Horn eines Nashorns ... aber menschlich. Und alle gaben eine weitere Sache zu Protokoll.

Die Brust war, genau dort, wo normalerweise das Herz sitzt, entsetzlich entstellt. Als hätten Legionäre ihre Lanzen wieder und wieder ins Fleisch gestoßen, während diese Abscheulichkeit am Kreuz hing. Schreckliche Striemen, narbige Haut, noch immer schlimm anzusehen, blutrot gegen das sanfte Blassrot der unverletzten Haut.

Unverletzt, wenn man die Haut des Titans unverletzt nennen wollte, aus der Schaulustige mit den bloßen Fingernägeln und mit Taschenmessern Souvenirs herausgekratzt hatten.

Schließlich ließ Kneller die Spezialisten wieder abmarschieren, die immer noch verwundert die Köpfe schüttelten, allesamt verrückt danach, die Kreatur in ihre Laboratorien zu bekommen, um sie selbst studieren zu können. Knellers glasklare, unerschütterliche Eigentümerrechte verhinderten das. Und erst, nachdem der Letzte von ihnen abgereist und das Bild des Zyklopen auf der Marmorplatte in allen Illustrierten und allen Zeitungen erschienen war, es sogar schon Poster von ihm gab, da erst eröffnete Frank Kneller seine Ausstellung im Bürgerzentrum.

Dort stand der Zyklop, in Sichtweite zum Rhode Island State House, auf dessen Kuppel die mehr als dreieinhalb Meter hohe, mit Blattgold überzogene Statue des *Independent Man* stand.

Die Schaulustigen kamen zu Tausenden, standen Schlange, bezahlten ihre drei Dollar Eintritt pro Kopf, um an dem toten Koloss vorbeizudefilieren, den lebensgroße, zehn Meter hohe Poster an den Fassaden des Bürgerzentrums als *Das Neunte Weltwunder*! priesen (das Neunte, weil – so erklärte Frank Kneller, aus einem Geistesblitz heraus und mit einem für Werbe- und Veranstaltungsfachleute ungewöhnlichen Sinn für Geschichte – King Kong das Achte gewesen sei); eine großartige Hommage, die von den Anhängern des Horrorkinos nicht unbeachtet blieb. Die Geste brachte Kneller Sympathien ein, die ihm die Kenner des Genres anders niemals geschenkt hätten.

Man war sich darüber einig, es sei passend, dass der Titan ausgerechnet hier aus der Erde geholt worden war, hier in Providence, Rhode Island: weil RI jener Yankee-Staat war, der für Neuengland so wenig charakteristisch sei; weil es der Staat war, den Roger Williams für die gegründet hatte, »die wegen ihres Gewissens verfolgt« würden, und der seither für Gedanken- und Religionsfreiheit stand; weil hier das Sonderbare und das Bizarre verschmolz mit dem Alltäglichen; weil Poe hier gelebt hatte – und Lovecraft; weil beide bizarre Visionen, entsetzliche Traumbilder, – nicht ohne Folgen für die Entwicklung der Literatur – niedergeschrieben hatten; weil die Stadt unter dem Einfluss des modernen Hexensabbats stand, gemeinhin Mafia genannt; weil alles vorher Genannte und unzählige Berichte von eigenartigen Geschehnissen, Beobachtungen, Zusammenkünften, Überzeugungen glauben machen konnten, das *Journal*, das in Providence erschien, führe die Schriften des Charles Fort weiter – ein Lieferant für sich atmosphärisch frei entfaltende Absonderlichkeiten.

Die Schlangen vor dem Bürgerzentrum schienen nie kürzer zu werden. Busladungsweise kam die Menge und lieh sich Kassettenrekorder mit Hintergrundinformationen, die ein Mann auf Band gesprochen hatte, der in einer sich um Okkultes drehenden Fernsehserie die Hauptrolle spielte. Ganze Schulklassen wurden wie schnatternde Herden Federviehs an dem starren grünen Auge vorbeigetrieben; Teenager, deren Sinne mit Horrorfilmen betäubt worden waren, kamen in Horden zu fünf bis zehn; frisch Verliebte, die alles miteinander teilen wollten, kamen und staunten; ältere Bürger, denen das Leben allen Wunderglauben ausgesaugt hatte, lächelten und zeigten mit den Fingern und schnalzten mit der Zunge; Skeptiker und Zyniker und Enthüllungsprofis standen vor Unglauben erstarrt da und gingen bestürzt wieder.

Frank Kneller musste erkennen, dass er sich in einem bisher nie gekannten Maße engagierte, ein Engagement, das er nicht einmal bei den künstlerisch wertvollsten Gruppen, die er unter Vertrag hatte, an den Tag legte. Er ging jeden Abend völlig erschöpft, aber in einem kaum gekannten Hochgefühl zu Bett. Und er erwachte jeden Morgen mit der Überzeugung, seine Zeit sinnvoll genutzt zu haben. Als er seinem ältesten Freund, seinem Buchhalter und Zimmernachbarn im College, von diesem Gefühl erzählte, wurde er mit der Bezeichnung *wertvoll* belohnt. Er dachte über das Wort nach und kam zu dem Schluss, zustimmen zu dürfen.

Die Abscheulichkeit auszustellen war von enormer *Bedeutung*.

Er wünschte sich mit der ganzen Kraft seines Herzens, den Grund zu erfahren. Alles, was immer und immer wieder wie ein Echo durch seine Gedanken hallte, war die Frage: *warum*?

»Ich verstehe, Sie legen sich also in der Rotunde sogar schlafen, in der der Riese ausgestellt ist?« Der Gastgeber in der Late-Night-Fernsehtalkshow beugte sich in seinem Stuhl vor. Die Asche an der Spitze seiner Zigarette war so weit angewachsen, dass sie kurz davor stand, auf die Hose mit den akkuraten Bügelfalten zu fallen.

Kneller nickte. »Ja, das ist wahr.«

»Warum?«

»*Warum* ist genau die Frage, die ich mir selbst gestellt habe, seit ich den großen Mann hierher gebracht habe und ihn den Leuten zeige ...«

»Nun gut, lassen Sie uns ganz ehrlich sein«, unterbrach ihn der Talkmaster. »Sie zeigen den Leuten den Riesen nicht einfach ... Sie lassen sie für dieses Privileg bezahlen! Sie stellen einen sensationellen Fund aus, mehr nicht. Ein humanitärer Akt ist das wohl kaum.«

Kneller spitzte die Lippen und stimmte zu. »Das ist richtig, völlig richtig! Aber ich sage Ihnen, hätte ich das nötige Kleingeld, würde ich keinen Eintritt nehmen. Ich habe es natürlich nicht, also muss ich Eintritt verlangen, um meine Kosten für die Miete des Bürgerzentrums zu decken. So viel, mehr nicht!«

Der Talkmaster warf ihm ein vielsagendes Lächeln zu. »Nun kommen Sie schon ...«

»Nein, wirklich, ich schwör's bei Gott«, widersprach Frank ihm rasch. »Es ist elf Monate her, und ich kann Ihnen nicht einmal sagen, wie viel Hunderte, Tausende von Menschen den großen Mann bisher gesehen haben; vielleicht eine Million oder mehr; ich weiß es nicht. Und jeder, der kommt, fühlt sich, wenn er geht, ein klein wenig besser, wichtiger ...«

»Eine spirituelle Erfahrung?« Der Talkmaster lächelte nicht.

Frank zuckte die Achseln. »Nein, was ich meine ist, die Menschen fühlen sich *wertvoll* in der Gegenwart des großen Mannes.«

»Sie nennen den Riesen die ganze Zeit den ›großen Mann‹. Eigenartige Bezeichnung. Warum nennen Sie ihn so?«

»Mir erscheint es richtig, das ist alles.«

»Aber Sie haben mir immer noch nicht erklärt, warum Sie in diesem Raum schlafen, in dem er tagaus, tagein ausgestellt wird.«

Frank Kneller blickte dem Talkmaster, der tagaus, tagein in New York City wohnte und deshalb wahrscheinlich keine Ahnung davon hatte, was Seelenfrieden bedeutete, direkt in die Augen und antwortete: »Ich mag das Gefühl. Ich fühle mich aller der Sorgen wert, die es gekostet hat, mich in die Welt zu setzen. Und ich möchte nicht allzu lange ohne dieses Gefühl sein. Darum habe ich das Bett dorthin stellen lassen. In Ihren Augen mag das exzentrisch erscheinen, aber ...«

Doch wenn Frank Kneller sich nicht genötigt gefühlt hätte, den bewegungslosen Korpus auf der Marmorplatte zum Mittelpunkt seines Lebens zu machen, dann wäre Frank Kneller nicht dabei gewesen, als der Vernichter kam.

Mondlicht durchflutete die Rotunde, fiel durch die riesigen Dachfenster im zentralen Ausstellungsbereich.

Kneller lag auf dem Rücken, die Hände unter dem Kopf, und wusste, dass der Schlaf wie üblich auf sich warten lassen würde. Er fühlte sich, in der Gegenwart des großen Mannes, im Reinen mit sich selbst.

Der Riese lag auf der Marmorplatte, die an der gegenüberliegenden Wand lehnte, fast zehn Meter groß, das Gesicht im Schutze der Dunkelheit. Kneller brauchte kein Licht. Er wusste, dass das eine große Auge weit offen stand, die Zwillingspupillen blickten starr geradeaus. Sie waren Gefährten geworden, der Mann und der Riese. Und wie gewöhnlich sah Frank etwas, was die Tausende, die tagsüber an dem Koloss vorbeidefiliert waren, nicht entdeckt hatten. In der Dunkelheit hoch oben, dort nahe der Decke des Ausstellungsraums, glühten schwach die Narben, die über die Brust des Riesen liefen, wie bernsteinfarbenes Plankton oder die winzigen Geschöpfe, die sich an Kalkstein in den tiefsten Höhlen im Erdinnern klammern. Wenn es Nacht wurde, überfiel Frank eine unerträgliche Traurigkeit. Wo auch immer und wann auch immer dieses erstaunliche Wesen gelebt hatte ... auf welche Art und Weise er durch die Tage und Nächte gereist war, die sein Leben gewesen waren ... er hatte so Schreckliches ertragen müssen, wie jemand, der nur ein Mensch war, es sich überhaupt nicht vorstellen konnte. Was hatte diese schrecklichen Verletzungen seines Körpers verursacht, und wie hatte er sich von ihnen wieder, wenn auch nicht vollständig, erholen können? Kneller wusste darauf keine Antworten.

Doch er war sich ganz sicher, er wusste, dass der Schmerz grenzenlos gewesen war und entsetzlich.

Kneller lag also dort auf dem Rücken, war mit sich und seinen Gedanken beschäftigt, welches Leben der Riese wohl gelebt habe und wie es ihm auf Erden ergangen sei, wie jede Nacht.

Die Fragen, die er sich stellte, waren zu gewichtig, zu komplex – die Fragen präzise zu stellen, gar Antworten zu finden, lag außerhalb von Frank Knellers Möglichkeiten. Der Riese brachte die Gesetze der Natur und der Logik ins Wanken.

Da fiel der Schatten des Vernichters durch das Oberlicht in die Rotunde, und das Brausen eines Sturms erhob sich rund um das Bürgerzentrum. Frank Kneller fühlte tiefes Entsetzen, unerträglich war es. Etwas senkte sich vom Himmel herab, und er wusste, dass es wegen des großen Mannes auf der Marmorplatte kam.

Der Wirbelsturm draußen schrillte so laut, dass er die Grenze des Hörbaren überschritt; Kneller vibrierten die Zähne bis in die Wurzeln. Die Finsternis schien durch das Oberlicht einzufallen, und in einem letzten ohrenbetäubenden Flügelschlag vor dem Nachthimmel ließ der Vernichter das bruchsichere Glas des Dachfensters zersplittern.

Rasiermesserscharfe Glassplitter trafen das Bett, den Boden, die Wände; einer dieser Stalaktiten aus Glas bohrte sich in das Kissen, wo eben noch Franks Kopf gelegen hatte, durchschlug die Matratze und verfehlte ihn nur um ein paar Zoll, wie er da in der Dunkelheit zusammengekauert lag.

Etwas Riesengroßes bewegte sich am Fußende des Bettes.

Glas lag wie ein funkelnder Teppich verstreut über dem Boden der Rotunde. Mondlicht fiel immer noch durch das Oberlicht ein und tauchte den Ausstellungsraum in kaltes Licht.

Frank Kneller hob ein wenig den Kopf und erblickte eine Albtraumgestalt.

Was das Oberlicht machtvoll hatte bersten lassen, war ein Vogel. Ein Vogel, so riesig, dass es Kneller unmöglich schien, ihn zur selben Art zu zählen wie das Rotkehlchen, das er vor seinem Schlafzimmerfenster gefunden hatte, als er ein kleiner Junge gewesen war ... das Rotkehlchen, das gegen die Fensterscheibe geflogen war, als das Sonnenlicht sie in einen Spiegel verwandelt hatte ... das Rotkehlchen, das auf der Scheibe aufgeschlagen und zu Boden gefallen war, dort, wo er es aufhob, als er aus dem Haus gekommen war. Das Blut des Vogels war wässrig gewesen, und Frank konnte spüren, wie das Herz des kleinen Vogels in seiner Handfläche schlug. Das Rotkehlchen war schutzlos gewesen und schwach und starb vor Furcht; Frank, der Junge, hatte das genau spüren können. Und Frank war ins Haus gelaufen, zu seiner Mutter, hatte geweint, gebettelt, sie möge das kleine Geschöpf wieder zum Fliegen bringen. Seine Mutter hatte mit der Augentropfen-Pipette, mit der sie immer Lebertran in Franks Milch geträufelt hatte, als er noch kleiner war, versucht, dem Rotkehlchen etwas Zuckerwasser einzuflößen.

Doch es war gestorben.

So winzig, war es vor Angst gestorben.

Das dort, in der Rotunde, war von derselben Art wie das Rotkehlchen, aber es war weder winzig noch furchtsam.

Wie kein anderer Vogel, den Frank Kneller je gesehen hatte, wie kein anderer Vogel, der je *erblickt* worden war, wie kein anderer Vogel, der je existiert hatte. Sindbad könnte Vögel wie diesen gekannt haben, vielleicht, aber niemals hatten andere menschliche Augen einen solchen Vernichter gesehen. Er war gigantisch. Frank Kneller vermochte nicht seine Ausmaße zu schätzen: In jedem Fall war er so groß wie der große Mann, und als er dieses grauenhafte, müde Krächzen ausstieß, seinen Brustkorb zum Schrei aufblähte und seine Flügel zu einem hohen Baldachin aus Federn ausbreitete, streiften die Spitzen der Federn die Wände der Rotunde auf jeder Seite. Zwischen den Wänden lagen dreiundzwanzig Meter.

Der Totenvogel stieß einen infernalischen Schrei aus und grub seine gebogenen Klauen in das versteinerte Fleisch des großen Mannes, seinen Schnabel brutal in dessen Brust, genau dort, wo diese von Narben, die sanft im Dunkeln geglüht hatten, durchzogen war.

Der Totenvogel riss an dem Fleisch, das hart war wie das Horn eines Nashorns.

Er zog den Kopf zurück, den Schnabel in einen Fleischbro-

cken geschlagen, zerrte an dem hornharten Fleisch. Da –
Kneller konnte es genau sehen – verlor das Fleisch seine Starr-
heit, wurde weich, und Blut rann aus dem Schnabel des Aas-
vogels. Und der große Mann stöhnte.

Das Auge schloss und öffnete sich.

Der Vogel schlug seinen Schnabel wieder ins Fleisch, ver-
teilte Fleischreste über den Boden der Rotunde.

Frank fühlte, wie sein Hirn explodierte. Er konnte den Anblick nicht ertragen.

Doch der Totenvogel tat sein Werk, riss das Stück von der
Brust des großen Mannes in Fetzen, dort, wo das Herz saß,
verborgen unter narbiger Haut. Frank Kneller rappelte sich
hoch, heraus aus der Dunkelheit, und stand da, hilflos. Die
Kreatur war gewaltig. *Er* dagegen war das Rotkehlchen: Mitleid erregend und winzig.

Dann entdeckte Frank Kneller den Feuerlöscher in seiner
Aufhängung an der Wand. Er zerrte das Kissen vom Bett und
stürzte hinüber zu dem Glaskasten, in dem der Feuerlöscher
hing; mit der einen Hand, die er durch das Kissen schützte,
schlug er die Scheibe ein, mit beiden Händen riss er den
Feuerlöscher aus seiner Verankerung und rannte auf den
schwarzen Vogel zu. Dabei zog er so heftig an dem Siche-
rungsdraht für das Ventil des Feuerlöschers, dass dieser sich
ohne weiteren Widerstand löste. Er richtete den Feuerlöscher
auf den Totenvogel, genau in dem Moment, in dem dieser den
Kopf zurückwarf, um sich seiner Last an Aas zu entledigen:
Das giftige Halon 1301 ergoss sich in einem weißen Strahl
über den Kopf des Vogels. Die Chemikalie, mit welcher der
Mensch das Feuer zu bezwingen vermag, floss über den Totenvogel, geriet ihm in die Augen, drang ihm in den Schnabel,
in die Kehle. Der Totenvogel stieß einen letzten grellen Schrei
aus, riss seine Klauen los und schwang sich auf, zurück in die
Dunkelheit. Er schlug krampfend mit den Flügeln, streifte dabei Frank Kneller quer über das Gesicht: Das schleuderte

Frank fast zehn Meter weit in eine Ecke. Dort prallte er gegen die Wand, und alles um ihn wurde grau.

Als er wieder dazu in der Lage war, versuchte er wenigstens auf die Knie zu kommen. Doch er fühlte einen scheußlichen Schmerz in seiner Seite und wusste sofort, dass er sich mehrere Rippen gebrochen hatte. Denken aber konnte er nur an den großen Mann.

Er kroch über den Flur der Rotunde bis an den Fuß der Marmortafel, dann erst sah er auf: Dort, im Schatten ...

Der große Mann, in all seinem Schmerz, sah zu ihm herab.

Ein Stöhnen entschlüpfte seinen mächtigen Lippen.

Was kann ich denn nur tun?, dachte Kneller voll Verzweiflung.

Und die Worte formten sich in seinem Kopf. *Nichts. Er wird wiederkommen.*

Kneller blickte auf. Wo die Narben sanft geglüht hatten, war die Brust nun aufgerissen, und das Herz des großen Mannes lag offen da, pulsierte blutend, obwohl ein Teil von ihm herausgerissen worden war.

Jetzt weiß ich, wer du bist, flüsterte Kneller in Gedanken, *jetzt kenne ich deinen Namen.*

Der große Mann lächelte ein seltsames, scheues Lächeln. Das eine grüne Auge sah ihn geradezu liebevoll an. *Ja*, antwortete er, *ja, jetzt weißt du, wer ich bin.*

Deine Tränen vermischten sich mit der Erde, um uns zu erschaffen.

Ja.

Du hast uns das Feuer gebracht.

Ja, und Klugheit.

Und du musst seitdem dafür leiden.

Ja.

»Ich muss es wissen«, verlangte Frank Kneller, »ich muss einfach wissen, ob *du* warst, was *wir* waren, bevor wir wurden, was wir jetzt sind!«

Das Tosen des Windes erhob sich erneut. Der Vernichter wurde, schon auf dem Heimweg, ein Teil der Nacht. Doch die Chemikalien der Menschheit konnten ihn nicht davon abhalten, seine Aufgabe zu erfüllen, nicht lange.

Er wird wiederkommen, hörte Kneller den großen Mann in seinen Gedanken sprechen. *Und ich werde nicht wiederkommen.*

»Sag es mir! Warst du, was wir waren ...?«

Ein Schatten fiel über die Rotunde, und Dunkelheit senkte sich über sie, während der große Mann, in diesem letzten Augenblick antwortete: *Nein, ich bin, was aus euch geworden wäre ...*

Und der Aasvogel, den die Götter gesandt hatten, schlug seinen Schnabel ein letztes Mal in das Fleisch des großen Mannes, während dieser seine letzten Worte sprach ...

Als Frank Kneller das Bewusstsein wiedererlangte, Stunden später, dort auf dem Boden, wo ihn die stechenden Schmerzen in seinen gebrochenen Rippen niedergeworfen hatten, hörte er diese letzten Worte in seinem Kopf widerhallen. Und hörte und hörte sie, endlos, den Rest seines Lebens.

Nein, ich bin, was ihr geworden wäret ... *wäret ihr würdig gewesen.*

Und das Schweigen war tiefer in dieser Nacht über dem Erdball, von Pol zu Pol, tiefer als es jemals zuvor im Leben der Kreaturen gewesen war, die sich selbst Menschen nennen.

Aber nicht so tief, wie es bald noch werden sollte.

Originaltitel: *On the Slab*
Erstveröffentlichung: 1981.

Aus dem Amerikanischen von Ulf und Beke Ritgen

24 Ansichten des Fujiyama, von Hokusai
VON ROGER ZELAZNY

1. Der Fujiyama bei Owari

Kit lebt, obschon er nicht weit von hier begraben liegt; und ich bin tot, und doch betrachte ich über dem Berg in der Ferne sich mit dem letzten Licht des Tages rosa färbende Wolkenstreifen, im Vordergrund als passenden Kontrast einen Baum. Der alte Fassmann ist Staub; sein Sarg allerdings auch. Kit hat gesagt, dass er mich liebt, und ich, dass ich ihn liebe. Wir haben beide die Wahrheit gesagt. Aber Liebe kann vieles bedeuten. Sie kann ein Mittel der Aggression oder Leidenszweck sein.

Ich heiße Mari. Ich weiß nicht, ob mein Leben zu den Erscheinungen passen wird, denen zu begegnen ich umherziehen werde. Oder mein Tod. Nicht dass Ordentlichkeit mir ähnlich sähe. Also irgendwo anfangen. Beide Bögen des Kreises sollten, wie der Reifen des entschwundenen Fasses, zur selben Stelle führen. Ich bin gekommen, um zu töten. Ich trage den verborgenen Tod, um ihn gegen das heimliche Leben zu werfen. Beide sind unerträglich. Ich habe beide gegeneinander abgewogen. Wenn ich eine Außenstehende wäre, ich wüsste nicht, welches ich wählen würde. Aber ich bin hier, ich, Mari, und folge den magischen Fußspuren. Jeder Moment ist vollkommen, obwohl jeder seine eigene Vergangenheit erfordert. Ich verstehe die Gründe nicht, nur die Folgen. Und ich bin Realitätsumkehr-Spiele längst leid geworden. Die Dinge müssen klarer werden mit jeder Etappe meiner Reise, und wie das zarte Spiel des Lichts über meinem magischen Berg müssen sie sich wandeln. Ich muss in jedem Augenblick ein wenig sterben und ein wenig leben.

Ich beginne hier, weil wir in der Nähe gewohnt haben. Ich habe den Ort schon früher besucht. Er hat sich natürlich verändert. Ich erinnere mich an seine Hand auf meinem Arm, sein manchmal lächelndes Gesicht, seine Bücherstapel, das kalte, flache Auge seines Computerterminals, an seine Hände in Meditationshaltung, an sein Lächeln, das dabei anders war. Fern und nah. Seine Hände auf mir. Die Macht seiner Programme, Code zu knacken und ihn zu schreiben. Seine Hände. Tödlich. Wer hätte gedacht, dass er sie aufgeben würde, diese rasch zuschlagenden Waffen, diese feinen Instrumente, diese Schinder von Leibern? Oder mich? Wege ... Hände ...

Ich bin zurückgekommen. Das ist alles. Ich weiß nicht, ob es genügt.

Der alte Fassmacher innerhalb des Ringes seiner Arbeit ... Halb voll, halb leer, halb tätig, halb untätig ... Soll ich den berühmten Holzschnitt für ein Yin und Yang halten? Soll ich tun, als stünde es für Kit und mich? Soll ich es als die große Null ansehen? Oder als Unendlichkeit? Oder ist das alles zu offensichtlich? Bleibt eine der Beobachtungen am besten ungenannt? Ich bin nicht immer scharfsinnig. Lassen wir es bleiben. Der Fujiyama steht im Innern. Und ist es nicht der Fujiyama, den man besteigen muss, um vor Gott oder den Göttern für sein Leben Rechenschaft abzulegen?

Ich habe nicht vor, ihn zu besteigen und mich vor Gott oder irgendetwas anderem zu rechtfertigen. Nur das Zweifelhafte und das Unbestimmte erfordern Rechtfertigung. Ich tue, was ich tun muss. Wenn die Gottheiten Fragen haben, können sie vom Fujiyama herunterkommen und mich fragen. Ansonsten bleibt das der engste Umgang zwischen uns. Was unseren Horizont übersteigt, sollte nur von fern verehrt werden.

In der Tat. Von allen Leuten sollte gerade ich das wissen. Ich, die ich die Transzendenz gekostet habe. Ich weiß auch,

dass der Tod der einzige Gott ist, der kommt, wenn man ihn
ruft.

Traditionsgemäß kleidet sich der *henro* – der Pilger – in
Weiß. Ich nicht. Weiß steht mir nicht, und meine Pilgerschaft
ist etwas Privates und soll geheim bleiben, solange es geht.
Ich trage heute eine rote Bluse und eine leichte Khakijacke
und Hosen, robuste Wanderschuhe; meine Haare habe ich zusammengebunden; ein Rucksack enthält meine Habseligkeiten. Ich trage allerdings auch einen Stock, teilweise als Stütze, die ich bei Gelegenheit für mich verlange; teilweise auch
als Waffe, sollte sich die Notwendigkeit ergeben. In beiderlei
Gebrauch bin ich geschickt. Ein Stock, heißt es, soll auch
den Glauben des Pilgers symbolisieren. Über den Glauben
bin ich hinaus. Ich werde mich mit dem Hoffen zufrieden geben.

In meiner Jackentasche habe ich ein kleines Buch, das vierundzwanzig von Hokusais sechsundvierzig Holzschnitten des
Fujiyama enthält. Es war ein Geschenk, vor langer Zeit. Die
Tradition verbietet, dass ein Pilger allein reist, sowohl zum
praktischen Zweck der Sicherheit wie auch zur Gesellschaft.
So ist der Geist des Hokusai mein Weggefährte, denn er
wohnt, wenn er irgendwo wohnt, ganz sicher an den Stätten,
die ich besuche. Es gibt keinen anderen Gefährten, den ich mir
im Augenblick wünschen würde, und was wäre ein japani-
sches Drama ohne einen Geist?

Indem ich diese Szene betrachtet, meine Gedanken gedacht,
meine Gefühle gefühlt habe, habe ich den Anfang gemacht.
Ich habe ein wenig gelebt, bin ein wenig gestorben. Nicht den
ganzen Weg werde ich zu Fuß gehen. Aber einen großen Teil.
Es gibt gewisse Dinge, die ich auf meiner Reise des Grußes
und des Abschieds meiden muss. Einfachheit nehme ich für
den Schutz der Dunkelheit, und vielleicht wird das Wandern
für mich gut sein.

Ich muss auf meine Gesundheit achten.

2. Der Fujiyama von einem Teehaus in Yoshida

Ich sehe mir den Holzschnitt genau an: ein sanftes Blau im Dämmerhimmel, der Fujiyama zur Linken, von zwei Frauen durch das Fenster des Teehauses betrachtet; weitere gebeugte, schläfrige Gestalten wie Puppen auf einem Regalbrett ...

So ist es hier nicht mehr. Sie sind entschwunden wie der Fassmacher – die Leute, das Teehaus, die Dämmerung. Nur der Berg und der Holzschnitt bleiben von dem Augenblick. Aber das ist genug.

Ich sitze im Speiseraum der Herberge, in der ich die Nacht verbracht habe, das Frühstück beendet, eine Kanne Tee vor mir. Es sind noch andere Tischgäste anwesend, aber keiner in meiner Nähe. Ich habe diesen Tisch wegen der Fensteraussicht gewählt, die der des Holzschnittes nahe kommt. Hokusai, mein stiller Gefährte, mag darüber lächeln. Das Wetter ist milde genug, dass ich in der vergangenen Nacht im Freien hätte kampieren können, doch auf dieser Reise zwischen Leben und Tod, auf die ich mich eingelassen habe, ist es mir todernst mit meiner Pilgerschaft zu entschwundenen Szenen. Teils gilt es zu suchen und teils zu warten. Es ist jederzeit gut möglich, dass sie plötzlich beendet wird. Ich hoffe, das geschieht nicht, aber das Leben hat meinen Hoffnungen nur selten entsprochen – oder schließlich der Logik, dem Begehren, der Leere oder einem meiner Pläne, an denen ich es gemessen habe.

Das alles ist nicht die richtige Haltung und Beschäftigung an einem jungen Tag. Ich will meinen Tee trinken und den Berg betrachten. Der Himmel ändert sich beim Zusehen ...

Veränderungen ... Ich muss beim Verlassen der Herberge vorsichtig sein. Es gibt Bereiche zu meiden, Vorkehrungen zu treffen. Ich habe alle meine Bewegungen vorausgeplant – vom Absetzen der Tasse, Aufstehen, Umdrehen, Wiedererlangen meiner Ausrüstung, Hinausgehen –, bis ich wieder draußen in der Landschaft bin. Ich muss trotzdem noch weitere Pläne fassen, denn die Welt ist eine an jeder Stelle dichte Zahlenfolge. Indem ich hierher kam, bin ich ein kleines Risiko eingegangen.

Nach der gestrigen Wanderung bin ich nicht so müde, wie ich gedacht habe, und das nehme ich als gutes Zeichen. Ich habe versucht, trotz allem in anständiger Verfassung zu bleiben. Eine Schriftrolle, die einen Tiger darstellt, hängt an der Wand zu meiner Rechten, und auch das nehme ich als ein gutes Omen. Ich wurde im Jahr des Tigers geboren, und die Kraft und ruhigen Bewegungen der großen gestreiften Katze sind, was ich am meisten brauche. Ich trinke dir zu, Shir Khan, Katze, die du allein gehst. Wir müssen hart sein zur rechten Zeit, sanft im richtigen Augenblick. Der richtige Zeitpunkt ...

Zu Anfang hatten wir eine fast telepathische Verbindung, Kit und ich. Sie zog uns zueinander, wurde stärker in den Jahren unseres Zusammenseins. Einfühlung, Nähe, Meditation ... Liebe? Dann kann Liebe eine Waffe sein. Wirf ihre Münze hoch, und nach oben zeigt die Yang-Seite.

Entflamme lichterloh, Shir Khan, im Dschungel des Herzens. Diesmal sind wir der Jäger. Die Wahl des rechten Zeitpunkts ist alles – und *suki*, die Gelegenheit ...

Ich beobachte die Veränderungen des Himmels, bis eine einheitliche Helligkeit erreicht ist, stetig anhält. Ich trinke meinen Tee aus. Ich stehe auf und hole meine Ausrüstung, setze meinen Rucksack auf, nehme meinen Stock. Ich gehe auf den kleinen Flur zu, der zu einem Seitenausgang führt.

»Madam! Madam!«

Es ist einer der Angestellten, ein kleiner Mann mit einem erschrockenen Gesichtsausdruck.

»Ja?«

Er deutet mit dem Kopf auf meinen Rucksack.

»Sie verlassen uns?«

»Ja.«

»Sie sind nicht an der Rezeption gewesen.«

»Ich habe das Geld für mein Zimmer in einem Umschlag auf der Anrichte hinterlassen. Darauf steht ›Kasse‹. Gestern Abend wurde mir der entsprechende Betrag genannt.«

»Sie müssen an die Rezeption.«

»Ich bin bei der Anreise nicht an die Rezeption gegangen, und ich werde bei der Abreise nicht an die Rezeption gehen. Wenn Sie es wünschen, werde ich Sie zu meinem Zimmer begleiten und Ihnen zeigen, wo ich die Bezahlung hinterlassen habe.«

»Es tut mir Leid, aber es muss mit dem Kassierer geschehen.«

»Auch mir tut es Leid, aber ich habe das Geld hinterlassen, und ich werde nicht an die Rezeption gehen.«

»Das ist vorschriftswidrig. Ich werde den Manager rufen müssen.«

Ich seufze.

»Nein«, sage ich. »Das möchte ich nicht. Ich werde in die Halle gehen und die Abreise handhaben, wie ich die Anreise gehandhabt habe.«

Ich gehe zurück. Ich wende mich nach links zur Halle.

»Ihr Geld«, sagt er. »Wenn Sie es im Zimmer hinterlassen haben, müssen Sie es holen und herbringen.«

Ich schüttle den Kopf.

»Ich habe auch den Schlüssel dort gelassen.«

Ich betrete die Halle. Ich gehe zu dem Sessel in der Ecke, dem, der vom Arbeitsbereich am weitesten entfernt ist. Ich setze mich.

Der kleine Mann ist mir gefolgt.

»Würden Sie denen an der Rezeption sagen, dass ich abzureisen wünsche?«, frage ich ihn.

»Ihre Zimmernummer...?«

»Siebzehn.«

Er verbeugt sich leicht und geht zum Empfangspult. Er

spricht mit einer Frau, die mehrere Male zu mir herübersieht. Ich kann ihre Worte nicht hören. Schließlich bekommt er von ihr einen Schlüssel und geht. Die Frau lächelt mich an.

»Er wird den Schlüssel und das Geld aus Ihrem Zimmer bringen«, sagte sie. »Hat Ihnen der Aufenthalt gefallen?«

»Ja«, antworte ich. »Da nun für alles gesorgt ist, werde ich gehen.«

Ich mache Anstalten, aufzustehen.

»Warten Sie bitte, bis die Unterlagen erledigt sind und ich Ihnen den Beleg gegeben habe«, sagt sie.

»Ich möchte den Beleg nicht.«

»Ich bin gehalten, ihn auszuhändigen.«

Ich setze mich wieder. Ich halte den Stock zwischen den Knien. Ich fasse ihn mit beiden Händen. Wenn ich jetzt versuche zu gehen, wird sie wahrscheinlich den Manager rufen. Ich möchte nicht noch mehr Aufmerksamkeit auf mich ziehen. Ich warte. Ich kontrolliere meine Atmung. Ich leere meinen Geist.

Nach einer Weile kehrt der Mann zurück. Er gibt ihr den Schlüssel und den Umschlag. Sie schiebt Papiere hin und her. Sie spannt ein Formular in eine Maschine ein. Es folgt ein kurzes Stottern von Tasten. Sie entnimmt das Formular und sieht es sich an. Sie zählt das Geld in meinem Umschlag.

»Sie haben die genaue Summe, Mrs. Smith. Hier ist Ihr Beleg.«

Sie löst das oberste Blatt von der Rechnung.

Da entsteht ein absonderliches Gefühl in der Luft, als ob hier vor nicht einer Sekunde ein Blitz niedergegangen wäre. Ich erhebe mich rasch.

»Sagen Sie«, spreche ich sie an, »ist das hier ein Privatunternehmen, oder gehören Sie zu einer Kette?«

Ich gehe inzwischen weiter, denn ich kenne die Antwort, bevor sie sie ausspricht. Das Gefühl hat sich intensiviert, an einem Ort gesammelt.

»Wir sind eine Kette«, sagt sie und wirkt ein wenig verlegen.

»Mit zentraler Buchführung?«

»Ja.«

Hinter der speziellen Stelle, wo die Sinne zusammenlaufen, um die Wirklichkeit zu beschreiben, sehe ich einen fledermausartigen Epigonen neben ihr Gestalt annehmen. Sie spürt seine Gegenwart schon, begreift jedoch nicht. Meine Methode ist *mo chih ch'u,* wie die Chinesen sagen – sofortiges Handeln ohne Zögern und Nachdenken –, als ich das Pult erreiche, meinen Stock im richtigen Winkel darauf ablege, mich vorbeuge, wie um den Beleg zu nehmen, und den Stock anstoße, sodass er über die Platte gleitet und fällt, wobei seine kleine Metallspitze an dem Gehäuse des Computerterminals zu liegen kommt. Unverzüglich gehen die Deckenlichter aus. Der Epigone bricht zusammen und zerfällt.

»Ein Stromausfall«, bemerke ich, nehme meinen Stock auf und drehe mich um. »Guten Tag.«

Ich höre sie nach einem Laufburschen rufen, damit der Sicherungskasten überprüft wird.

Ich verlasse die Halle und suche eine Toilette auf, wo ich eine Pille nehme, nur für den Fall. Dann kehre ich auf den kleinen Flur zurück, durchquere ihn und verlasse das Gebäude. Ich hatte angenommen, dass es früher oder später passieren würde, daher war ich nicht unvorbereitet. Das mikrominiaturisierte Schaltsystem in meinem Stock war für diese Situation ausreichend, und obwohl mir lieber gewesen wäre, es hätte sich später ereignet, ist es vielleicht günstig für mich, dass es gerade jetzt geschehen ist. Durch diese Veranschaulichung der Gefahr fühle ich mich lebendiger, forscher. Dieses Gefühl, dieses Wissen werden mir von Nutzen sein.

Und er hat mich nicht zu fassen bekommen. Damit ist nichts erreicht. Die grundlegende Situation ist unverändert. Ich bin froh, zu einem so geringen Preis Nutzen gezogen zu haben.

Dennoch wünsche ich mir, fort und in der Landschaft zu sein, wo ich stark bin und das andere schwach.

Ich gehe in den jungen Tag hinaus, ein Stück meines Lebens am Berg des Frühstücksaugenblicks.

3. Der Fujiyama von Hodogaya aus

Entlang des Tokaido finde ich eine Stelle mit verkrümmten Kiefern und mache Halt, um zwischen ihnen hindurch den Fujiyama zu betrachten. Die Reisenden, die während der ersten Stunde meiner Nachtwache vorbeikommen, sehen nicht wie die Reisenden Hokusais aus, doch das ist gleichgültig. Das Pferd, die Sänfte, die blauen Kleider, die großen Hüte – in die Vergangenheit entschwunden, reisen sie nun für alle Zeit in dem Holzschnitt. Kaufmann oder Adliger, Dieb oder Diener – ich entschließe mich, sie als Pilger von der einen oder anderen Art anzusehen, und wenn ihre einzige Pilgerfahrt auch die Reise ins Leben ist, durchs Leben hindurch und wieder hinaus. Meine Krankhaftigkeit, beeile ich mich hinzuzufügen, ist insofern verzeihlich, als ich zusätzliche Medikamente gebraucht habe. Ich bin jetzt jedoch stabil und weiß nicht, ob Medikamente oder Meditation für meine erhöhte Wahrnehmung der Feinheiten des Lichts verantwortlich sind. Der Fujiyama scheint sich beinahe zu bewegen, während ich ihn anblicke.

Pilger ... Ich fühle mich an die Wanderungen des Matsuo Basho erinnert, der gesagt hat, dass wir alle in jedem Augenblick unseres Lebens Reisende sind. Ich entsinne mich auch seiner Betrachtungen über die Lagunen von Matsushima und Kisagata – erstere im Besitz einer heiteren Schönheit, letztere der Schönheit einer traurigen Miene. Ich sinne über Aussehen und Ausdruck des Fujiyama nach und stehe vor einem Rätsel. Leid? Buße? Freude? Ekstase? Sie verschmelzen und wechseln. Mir fehlt das Genie Bash's, um sie alle in einer einzigen

Eigenschaft einzufangen. Und sogar er ... Ich weiß es nicht. Gleiches spricht zu Gleichem, doch Sprache muss eine Kluft überwinden. Faszination schließt immer einen gewissen Mangel an Begreifen ein. In diesem Augenblick genügt es zu sehen.

Pilger ... Ich denke auch an Chaucer, während ich den Holzschnitt betrachte. Seine Reisenden hatten eine schöne Zeit. Sie erzählten einander schmutzige Geschichten und Romanzen und Mären, die mit einer Moral verbunden waren. Sie aßen, und sie tranken, und sie nahmen sich gegenseitig auf den Arm. Canterbury war ihr Fujiyama. Sie hatten unterwegs viel Spaß. Das Buch endet, bevor sie ankommen. Wie passend.

Ich bin kein humorloses Weibsstück. Mag sein, dass der Fujiyama mich in Wirklichkeit auslacht. Wenn, dann würde ich sehr gern mitlachen. Ich finde wirklich kein Vergnügen an Stimmungen wie dieser, und ein wenig Meditation interruptus wäre mir willkommen, wenn sich nur der rechte Gegenstand anbieten würde. Des Lebens ernstere Geheimnisse können nicht die ganze Zeit über mit Höchstgeschwindigkeit wirken. Wenn sie eine Pause machen können, dann will ich auch eine. Morgen vielleicht ...

Verdammt! Meine Anwesenheit muss zumindest vermutet worden sein, sonst wäre der Epigone nicht erschienen. Dabei bin ich sehr vorsichtig gewesen. Ein Verdacht ist keine Gewissheit, und ich bin mir sicher, dass ich ausreichend schnell gehandelt habe, um eine Bestätigung zu verhindern. Mein gegenwärtiger Aufenthaltsort kann weder erreicht werden noch bekannt sein. Ich habe mich in Hokusais Kunst zurückgezogen.

Ich hätte den Rest meiner Tage an Oregons stiller Küste verbringen können. Die Gegend war durchaus befriedigend. Aber ich glaube, es war Rilke, der gesagt hat, das Leben sei ein Spiel, das wir spielen müssen, ehe wir die Regeln gelernt haben. Lernen wir sie je? Gibt es wirklich Regeln?

Vielleicht lese ich zu viele Dichter.

Aber etwas, das mir wie eine Regel erscheint, verlangt, dass ich diese Anstrengung unternehme. Gerechtigkeit, Pflicht, Vergeltung, Schutz – muss ich jedes einzeln abwägen und ihm einen Prozentsatz dessen, was mich bewegt, zuweisen? Ich bin hier, weil ich hier bin, weil ich Regeln folge – worin sie auch bestehen mögen. Mein Verständnis beschränkt sich auf Reihenfolgen.

Seines nicht. Er konnte immer den intuitiven Sprung machen. Kit war ein Gelehrter, ein Wissenschaftler, ein Dichter. Welcher Reichtum. Ich stehe in jeder Hinsicht unter ihm.

Kokuzo, Schutzgeist derer, die im Jahr des Tigers geboren sind, durchbreche diese Stimmung. Ich will sie nicht. Das bin nicht ich. Lass es eine Irritation alter Wunden sein, sogar eine neu einsetzende Demyelinisation. Aber lass nicht zu, dass ich das bin. Und mache bald ein Ende. Ich bin krank im Herzen, und meine Gründe sind gut. Gib mir die Kraft, mich von ihnen zu befreien, Fänger im Bambus, Herr derer, die Streifen tragen. Nimm fort die Düsterkeit, richte mich auf, durchdringe mich mit Kraft. Bringe mich ins Gleichgewicht.

Ich sehe dem Spiel des Lichtes zu. Von irgendwoher höre ich den Gesang von Kindern. Nach einer Zeit der Milde setzt Regen ein. Ich ziehe meinen Poncho an und fahre fort zu wachen. Ich bin sehr müde, aber ich will den Fujiyama aus dem Nebel, der aufgestiegen ist, hervorkommen sehen. Ich trinke Wasser und ein wenig Brandy. Nur die nackten Umrisse bleiben. Der Fujiyama ist zu einem Geisterberg in einem taoistischen Gemälde geworden. Ich warte, bis der Himmel dunkel zu werden beginnt. Ich weiß, dass der Berg an diesem Tag nicht wieder zu mir kommen wird, und ich muss einen trockenen Platz zum Schlafen finden. Dies müssen meine Lehren aus Hodogaya sein: Richte dich auf die Gegenwart. Versuche keine Wunschbilder zu glätten. Sei so vernünftig, dich ins Trockne zu legen.

Ich laufe stolpernd durch einen kleinen Wald. Ein Schuppen, eine Scheune, eine Garage ... Alles ist mir recht, was zwischen mir und dem Himmel steht.

Nach einer Weile finde ich einen solchen Platz. Kein Gott spricht zu meinen Träumen.

4. Der Fujiyama vom Tamagawa aus

Ich vergleiche den Holzschnitt mit der Wirklichkeit. Nicht schlecht diesmal. Das Pferd und der Mann fehlen an der Küste, aber ein kleines Boot ist draußen auf dem Wasser. Nicht dieselbe Art Boot natürlich, und ich kann auch nicht sagen, ob es Feuerholz trägt, doch es wird genügen. Ich wäre überrascht, eine genaue Übereinstimmung zu finden. Das Boot bewegt sich von mir fort. Das Rosa der Dämmerung spiegelt sich auf dem entfernteren Wasser und den Schneestreifen auf der dunklen Bergschulter. Der Bootsmann in dem Holzschnitt stakt aufs Wasser hinaus. Charon? Nein, ich bin heute heiterer als in Hodogaya. Zu klein für das Narrenschiff, zu langsam für den Fliegenden Holländer. *»La navicella.«* Ja. *»La navicella del mio ingegno«* – »die kleine Bark meines Verstandes«, auf der Dante die Segel hisste zu jenem zweiten Reich, dem Läuterungsberg. Der Fujiyama also ... mag sein. Die Hölle unten, der Himmel oben, der Fujiyama dazwischen – Zwischenstation, kurzer Aufenthalt, Endstation. Eine anständige Metapher für einen Pilger, der eine Reinigung gebrauchen könnte. Angemessen. Denn sie enthält das Feuer und die Erde wie auch die Luft, wenn ich über das Wasser blicke. Übergang, Wandel. Ich scheide.

Die Heiterkeit ist zerbrochen, und meine Träumerei endete, als ein helles Flugzeug, gelb in der Farbe, von links her über das Wasser kreist. Augenblicke später erreicht mich das insektenhafte Brummen seines einzigen Motors. Es verliert rasch an Höhe, gleitet tief über das Wasser, dann dreht es und fliegt in seine Richtung zurück, indem es über der Küstenlinie herein-schwenkt. Als es sich dem Punkt nähert, wo es mir am nächsten kommt, entdecke ich einen Lichtblitz in der Kanzel. Ein Objektiv? Wenn ja, dann ist es jetzt zu spät, um mich vor seinem suchenden Auge zu verbergen. Meine Hand taucht in meine Brusttasche und zieht einen kleinen grauen Zylinder heraus. Ich schnippe mit den Daumennägeln die Kappen ab, während ich ihn hochhebe, um durch das Okular zu sehen. Einen Augenblick, um das Ziel zu erfassen, einen weiteren, um scharf zu stellen ...

Der Pilot ist ein Mann, und als sich das Flugzeug in die Kurve legt, erwische ich nur sein mir unbekanntes Profil. War das ein goldener Ohrring am linken Ohrläppchen?

Das Flugzeug ist fort, in die Richtung, aus der es gekommen ist. Und es kehrt nicht zurück.

Ich bin erschüttert. Jemand ist vorbeigeflogen zu dem alleinigen Zweck, einen Blick auf mich zu werfen. Wie hat er mich gefunden? Und was hat er gewollt? Wenn er bedeutet, was ich am meisten fürchte, dann ist das eine vollkommen andere Angriffsmethode, als ich vorausgesehen habe.

Ich balle eine Faust und fluche leise. Unvorbereitet. Soll das mein ganzes Leben durchziehen? Immer zur rechten Zeit auf das Falsche vorbereitet zu sein? Stets das außer Acht lassend, was am wichtigsten ist?

Wie Kendra?

Sie steht unter meinem Schutz, sie ist einer der Gründe, weshalb ich hier bin. Wenn mir dieses Vorhaben gelingt, habe ich wenigstens einen Teil meiner Verpflichtungen ihr gegenüber erfüllt. Selbst wenn sie es nie erfährt, selbst wenn sie es nie versteht ...

Ich dränge alle Gedanken an meine Tochter zurück. Wenn er sogar vermutet ...

Die Gegenwart. Zurück in die Gegenwart. Verschwende keine Kraft an die Vergangenheit. Ich stehe an der vierten Station meiner Pilgerschaft, und jemand taxiert mich. An der zweiten Station hat ein Epigone versucht, Gestalt anzunehmen. Ich habe bei meiner Rückkehr nach Japan extrem aufgepasst. Ich bin mit falschen Papieren hier, habe einen anderen Namen angenommen. Die Jahre haben meine Erscheinung ein wenig verändert, und ich habe so weit mitgeholfen, dass ich mir Haare und Teint dunkel gefärbt, mich über meine Kleidervorlieben hinweggesetzt, mein Sprachmuster, meinen Gang, meine Essgewohnheiten geändert habe – dabei sind all diese Dinge für mich leichter als für die meisten anderen, da ich in der Vergangenheit Übung gehabt habe. Die Vergangenheit ... Schon wieder, verflucht! Kann sie sogar in dieser Sache gegen mich gearbeitet haben? Verdammte Vergangenheit! Ein Epigone und ein möglicher menschlicher Beobachter so dicht beieinander. Ja, ich bin für gewöhnlich paranoid und bin es viele Jahre lang gewesen, aus gutem Grund. Ich kann jedoch nicht dulden, dass die Kenntnis dieser Tatsache jetzt mein Urteilsvermögen beeinflusst. Ich muss klar denken.

Ich sehe drei Möglichkeiten. Die erste ist, dass der Vorbeiflug nichts bedeutet, dass er auch gekommen wäre, hätte ein anderer hier gestanden – oder keiner. Eine Spritztour, oder er hat nach etwas ganz anderem gesucht.

So könnte es sein, doch mein Überlebensinstinkt will mir nicht gestatten, das zu glauben. Ich muss annehmen, dass das nicht der Fall ist. Folglich sucht jemand nach mir. Das steht entweder in Verbindung mit dem Erscheinen des Epigonen oder nicht. Wenn nicht, dann ist soeben ein großer Sack Lebendköder vor meinen Füßen geöffnet worden, und ich habe keine Ahnung, wie ich den verschlungenen, sich windenden Inhalt trennen soll. Da ergeben sich so viele Möglichkeiten aus meinem früheren Beruf, wenngleich ich das alles für längst abgeschlossen gehalten habe. Das hätte ich vielleicht nicht tun sollen. Dort nach Gründen zu suchen erscheint mir als ein unmögliches Unternehmen.

Die dritte Möglichkeit ist die Erschreckendste: dass zwischen dem Epigonen und dem Vorbeiflug eine Verbindung besteht. Wenn die Dinge einen Stand erreicht haben, wo Epigonen und menschliche Agenten eingesetzt werden können, dann bin ich wohl zum Scheitern verurteilt. Aber umso mehr folgt daraus, dass das Spiel eine andere, schreckliche Dimension angenommen hat, einen Aspekt, den ich nie erwogen habe. Es wird bedeuten, dass jeder auf der Erde in viel größerer Gefahr schwebt, als ich angenommen habe, dass ich der Einzige bin, der das weiß, und dass mein persönliches Duell zu einem Kampf von globalen Ausmaßen erhöht wurde. Ich kann nicht das Risiko eingehen und meine Schlussfolgerung auf meine Paranoia schieben. Ich muss das Schlimmste voraussetzen.

Meine Augen fließen über. Ich weiß zu sterben. Ich habe einmal mit Anmut und in Freiheit zu verlieren gewusst. Diesen Luxus kann ich mir aber nicht mehr leisten. Wenn ich irgendeine geheime Neigung zum Nachgeben in mir trage, dann verbanne ich sie jetzt. Meine Waffe ist schwach, doch ich muss sie schwingen. Wenn die Götter vom Fujiyama heruntersteigen und mir sagen: »Tochter, es ist unser Wille, dass du davon absiehst«, so muss ich doch darin bis ans Ende fortfahren, und wenn ich dafür ewig in den Höllen von *Yü Li Ch'ao Chuan* leide. Niemals zuvor habe ich die Macht des Schicksals erkannt.

Ich sinke langsam auf die Knie. Denn es ist ein Gott, den ich bezwingen muss.

Die Tränen kommen mir nicht mehr um meiner selbst willen.

5. Der Fujiyama von Fukagawa in Edo aus

Tokyo. Ginza und das Durcheinander. Der Verkehr und die Luftverschmutzung. Der Lärm, die Farben und Gesichter, Gesichter, Gesichter. Früher einmal gefielen mir solche Szenen, aber ich habe mich den Städten zu lange fern gehalten. Und dann in diese Stadt zurückzukehren ist überwältigend, fast lähmend.

Auch ist das nicht das alte Edo des Holzschnitts, und ich riskiere noch etwas anderes, indem ich hierher komme, obgleich die Vorsicht jeden meiner Schritte bestimmt.

Es ist schwierig, eine Brücke ausfindig zu machen, der ich mich im richtigen Winkel nähern kann, um unter ihr hindurch die Ansicht des Fujiyama im Holzschnitt zu simulieren. Das Wasser hat die falsche Farbe, und ich rümpfe die Nase bei dem Geruch; diese Brücke ist nicht jene Brücke; hier sind keine friedlichen Fischerleute; und verschwunden ist alles Grün. Hokusai atmet scharf aus und starrt wie ich auf den Fujisan unterhalb des metallenen Brückenbogens. Seine Brücke war ein anmutiger Regenbogen aus Holz, ein Produkt vergangener Tage.

Doch da ist etwas an dem Gewölbeschub und dem Ideal einer jeden Brücke. Hart Crane konnte in Brücken dieser Art Poesie finden. *O harp and altar, of the fury fused ...*

Und Nietzsches Brücke, die menschliche Natur, die sich zum Übermenschlichen hinüberstreckt ...

Nein. Diese gefällt mir nicht. Besser, ich hätte nie mit dem, was transzendiert, zu tun bekommen. Soll dies meine *pons asinorum* sein.

Mit nur einer leichten Bewegung des Kopfes berichtige ich die Perspektive. Jetzt erscheint es, als trüge der Fujiyama die Brücke und ohne seine Anwesenheit würde sie zerbrechen wie Bifrost, während sie die Dämonen der Vergangenheit davon abhält, unser gegenwärtiges Asgard anzugreifen – oder vielleicht die Dämonen der Zukunft, unser altes Asgard zu stürmen.

Wieder verrücke ich den Kopf. Der Fujiyama sinkt. Die Brücke bleibt heil. Schemen und Substanz.

Die Fehlzündung eines Lasters bewirkt, dass ich zusammenfahre. Ich bin gerade erst angekommen, und ich spüre, ich bin schon zu lange hier. Der Fujiyama wirkt zu fern und ich zu exponiert. Ich muss mich zurückziehen.

Liegt eine Lehre darin oder nur ein Abschied?

Eine Lehre, denn das Innere des Konflikts steht mir vor Augen: Ich will nicht über Nietzsches Brücke gezerrt werden.

Komm, Hokusai, *ukiyo-e-Geist* christlicher Vergangenheit, zeige mir eine andere Szene.

6. Der Fujiyama von Kajikazawa aus

Umnebelter, rätselhafter Fujiyama über Wasser. Luft, die sauber in meine Nase kommt. Da ist sogar ein Fischer, beinahe, wo er sein sollte, seine Haltung weniger dramatisch als im Original, seine Kleidung moderner, darüber die unendlichen Fourier-Reihen der Wellen, die auf das Ufer vorrücken.

Auf meinem Weg hierher habe ich eine kleine Kapelle besichtigt, die von einer Steinmauer umgeben war. Sie war Kwannon geweiht, der Göttin des Erbarmens und der Gnade, Trösterin in Zeiten von Gefahr und Leid. Ich bin hineingegangen. Als ich noch ein Mädchen war, habe ich sie verehrt, bis ich erfuhr, dass sie eigentlich ein Mann ist. Dann fühlte ich mich betrogen, fast verraten. In China war sie Kwan Yin und ebenso barmherzig, aber dorthin gelangte sie von Indien, wo sie ein Bodhisattva namens Avalokitesvara gewesen war, ein Mann – »der Herr, der mit Erbarmen herabsieht«. In Tibet ist er Chen-re-zi – »Er von den Barmherzigen Augen« – der sich regelmäßig im Dalai Lama inkarniert. Ich traute dieser ganzen kunstvollen Beinarbeit von seiner/ihrer Seite nicht, und auf Grund meiner oberflächlichen Kenntnisse in Geschichte und Anthropologie verlor Kwannon etwas von ihrem Zauber. Doch ich bin hineingegangen. In Zeiten des Kummers suchen wir die innerliche Landschaft der Kindheit wieder auf. Ich blieb eine Zeit lang, und das Kind in mir tanzte für einen Augenblick, dann verstummte es.

Ich beobachte den Fischer über den Wellen, den kleineren Ausgaben von Hokusais großer, die für mich immer den Tod symbolisiert hat. Die kleinen Tode rollen ringsum, der Mann holt einen silbernen Fang ein. Mir fällt ein Märchen aus Tausendundeiner Nacht ein, und eines indianischen Ursprungs. Ich könnte auch christliche Symbolik darin sehen, oder einen Jung'schen Archetypus. Aber ich erinnere mich, dass Ernest Hemingway zu Bernhard Berenson gesagt hat, dass das Geheimnis seines größten Buches darin bestehe, dass es keine Symbolik enthält. Das Meer war das Meer, der alte Mann ein alter Mann, der Junge ein Junge, der Marlin ein Marlin und die Haie wie alle Haie. Die Leute selbst geben diesen Dingen Macht, kratzen an der Oberfläche, suchen stets nach mehr. Für mich ist das zumindest verständlich. Ich verbrachte meine frühesten Jahre in Japan, meine spätere Kindheit in den Vereinigten Staaten. Einerseits gefällt es mir, die Dinge durch Anspielungen zu erkennen und sie mit Rätselhaftem verbunden zu sehen. Doch die Amerikanerin in mir traut keiner Sache und sucht hinter der vordergründigen immer nach der wahren Geschichte.

Im Großen und Ganzen würde ich sagen, es ist besser, nicht zu trauen, obwohl der Interpretation ab einem bestimmten Punkt Grenzen gesetzt werden müssen, bevor das Vertauschen von Gründen, wozu ich neige, meinen Verstand überschwemmt. So bin ich, und ich will diese Charaktereigenschaft nicht aufgeben, da sie mir in der Vergangenheit gut gedient hat. Das widerlegt Hemingways Standpunkt nicht mehr, als seiner den meinen widerlegt, denn niemand hat ein Monopol auf Weisheit. In meiner gegenwärtigen Lage jedoch glaube ich, dass der Meine ein höheres Überlebenspotenzial hat, denn ich habe es nicht nur mit *Dingen* zu tun, sondern mit etwas, das eher den altehrwürdigen Mächten und Fürsten ähnelt. Ich wünschte, es wäre nicht so und ein Epigone wäre nichts weiter als ein Werkzeug ähnlich dem Kugelblitz, den Tesla studiert hat. Aber da steckt noch etwas dahinter, so sicher wie das gelbe Flugzeug seinen Piloten hatte.

Der Fischer sieht mich und winkt. Es ist ein eigenartiges Gefühl, dieser plötzliche Umgang mit einem philosophischen Ansatzpunkt. Ich winke zurück mit einem Gefühl der Freude.

Ich bin überrascht, wie bereitwillig ich diese Empfindung akzeptiere. Ich meine, das hat mit meinem allgemeinen Gesundheitszustand zu tun. Die viele frische Luft und das Wandern scheinen mich gekräftigt zu haben. Meine Sinne sind geschärft, mein Appetit ist größer geworden. Ich habe ein wenig Gewicht verloren und Muskeln gewonnen. Ich habe seit mehreren Tagen keine medikamentöse Behandlung gebraucht.

Ich frage mich ...?

Ist das ausschließlich gut? Stimmt, ich muss mir meine Kraft erhalten. Ich muss auf viele Dinge gefasst sein. Aber zu viel Kraft ... Könnte das im Hinblick auf meinen gesamten Plan genau das Gegenteil bewirken? Ein Gegengewicht, vielleicht sollte ich ein Gegengewicht suchen ...

Ich lache, zum ersten Mal seit ich weiß nicht wann. Es ist lächerlich, so bei Leben und Tod, Krankheit und Gesundheit zu verweilen wie eine Thomas-Mann-Figur, wenn ich nicht einmal ein Viertel meiner Reise hinter mir habe. Ich werde unterwegs meine ganze Kraft brauchen – und möglicherweise mehr. Früher oder später wird mir die Rechnung präsentiert werden. Wenn der rechte Zeitpunkt vorbei ist, muss ich selbst die *suki* schaffen. In der Zwischenzeit beschließe ich zu genießen, was ich habe.

Wenn ich zuschlage, wird es mit dem letzten Ausatmen geschehen. Das weiß ich. Das ist für Kampfsportler vieler Glaubensrichtungen ein vertrautes Phänomen. Ich erinnere mich an die Geschichte, die Eugen Herrigel erzählt hat, vom Lernen mit dem Kyudo-Meister, vom Spannen des Bogens und Warten, Warten bis etwas das Loslassen des Bogens anzeigt. Zwei Jahre lang tat er das, ehe sein *sensei* ihm einen Pfeil gab. Ich erinnere mich nicht, wie lange es gedauert hat, bis er die Handlung mit dem Pfeil wiederholt hat. Dann fing alles an, zusammenzukommen, der zeitlose Moment der Richtigkeit trat ein, und der Pfeil musste fliegen, musste zum Ziel fliegen. Es dauerte eine lange Zeit, bis er begriff, dass dieser Moment immer am Ende eines Atemzugs eintrat.

In der Kunst wie im Leben. Es scheint, dass viele wichtige Dinge, vom Tod bis zum Orgasmus, im Moment der Leere eintreten, an dem Punkt, wo der Atem innehält. Vielleicht sind sie alle nur ein Widerschein des Todes. Das ist eine tief schürfende Erkenntnis für jemanden wie mich, denn meine Kraft muss letzten Endes aus meiner Schwäche geschöpft werden. Es ist die Beherrschung, die Fähigkeit, jenen besonderen Moment zu finden, was mir am meisten Sorge macht. Aber wie beim Laufen, Sprechen oder Gebären vertraue ich darauf, dass etwas in meinem Innern weiß, wie es geht. Es ist nun zu spät für den Versuch, ihm eine Brücke zu meinem Bewusstsein zu bauen. Ich habe meine kleinen Pläne ausgedacht. Ich habe sie in meinem Hinterkopf platziert. Ich sollte sie sein lassen und mich anderen Dingen zuwenden.

In der Zwischenzeit trinke ich diesen Augenblick mit tiefen Zügen salziger Luft, sage mir, dass das Meer das Meer ist, der Fischer ein Fischer und der Fujiyama nur ein Berg. Und dann, langsam, atme ich aus ...

7. Der Fujiyama vom Fuße aus

Feuer in deinem Innern, Spuren des Winters darüber wie Strähnen von altem Haar. Heute Abend ist der Holzschnitt ein bisschen unheilvoller als die Wirklichkeit. Da leuchtet nicht dieser furchtbare rote Farbton gegen eine Horde wilder Wolken. Dennoch bleibe ich nicht ungerührt. Es ist schwierig, nicht bebend vor den alten Mächten des Feuerkreises zu stehen und nicht durch Erdzeitalter in Zeiten von Schöpfung und Vernichtung zurückzugleiten, wo neue Landmassen gebildet wurden. Die großen Ergüsse, das Aufleuchten und Blenden wie von Bomben, der Tanz der Blitze wie eine Krone ...

Ich meditiere über Feuer und Veränderung.

In der vergangenen Nacht schlief ich auf dem Gelände eines kleinen Shingon-Tempels zwischen Sträuchern, die zu Drachen, Pagoden, Schiffen und Schirmen geschnitten waren. Es waren eine Anzahl Pilger der eher konventionellen Art im Tempel anwesend, und der Priester brachte für uns ein Feueropfer – ein *goma* – dar. Das Feuer des Fujiyama erinnert mich daran, wie das Opferfeuer mich an den Fujiyama erinnerte.

Ein Priester, ein junger Mann, saß beim Altar mit dem Feuerbecken. Er stimmte das Gebet an und machte das Feuer, und ich sah, von dem Ritual völlig fasziniert, zu, wie er das Feuer mit hundert und acht Holzstäben nährte. Diese, so wurde mir gesagt, repräsentierten die hundert und acht trügerischen Hoffnungen der Seele. Obzwar ich nicht die ganze Liste kenne, hielt ich es für möglich, dass ich mit ein paar weiteren aufwarten könnte. Gleichviel. Er sang, klingelte, schlug gegen Gongs und Trommeln. Ich ließ den Blick über die anderen *henro* wandern. Auf allen Gesichtern sah ich völlige Vertiefung. Außer auf einem.

Vollkommen leise hatte sich uns noch jemand angeschlossen, und er stand ein Stück rechts von mir an einer dunklen Stelle. Er war ganz schwarz gekleidet, und ein hochgeschlagener Kragen verbarg die untere Hälfte seines Gesichts. Er starrte mich an. Als sich unsere Augen trafen, schaute er weg und richtete seinen Blick auf das Feuer. Nach einigen Augenblicken tat ich das Gleiche.

Der Priester setzte Weihrauch, Laub, Öle hinzu. Das Feuer knisterte und fauchte, die Flammen hüpften, die Schatten tanzten. Ich fing an zu zittern. An dem Mann war etwas Vertrautes. Ich konnte ihn nicht einordnen, aber ich wollte ihn mir näher ansehen.

Während der nächsten zehn Minuten rückte ich langsam nach rechts, wie um einen besseren Blickwinkel auf die Zeremonie zu bekommen. Dann drehte ich mich plötzlich um und sah den Mann wieder an.

Ich ertappte ihn dabei, wie er mich musterte, und wieder sah er schnell weg. Doch das tanzende Licht fiel ihm diesmal voll ins Gesicht, und wie er den Kopf hastig zurückzog, entging er dem Schutz des Kragens.

Aufgrund dieses kurzen Hinsehens war ich sicher, dass das der Mann war, der vorige Woche das kleine gelbe Flugzeug gesteuert hatte. Er trug zwar keinen goldenen Ohrring, aber da war ein kleiner Schatten, eine Vertiefung im linken Ohrläppchen.

Aber es ging darüber hinaus. Seit ich sein ganzes Gesicht gesehen hatte, war ich sicher, ihm schon einmal, vor Jahren, irgendwo begegnet zu sein. Ich habe ein ungewöhnlich gutes Gedächtnis für Gesichter, aber aus irgendeinem Grund konnte ich seines nicht in den früheren Zusammenhang einordnen. Er machte mir dennoch Angst, und ich spürte, dass es gute Gründe dafür gab.

Die Zeremonie setzte sich fort, bis der letzte Holzstab in das Feuer gelegt war, und der Priester vollendete sie, als es niederbrannte und erstarb. Dann drehte er sich um, ein Schattenriss im Licht, und sagte, es sei soweit, dass jeder, den eine Krankheit plage, sich mit dem heilenden Rauch einreiben könne, wenn er es wünsche.

Zwei Pilger gingen nach vorn. Langsam schloss sich ein dritter an. Ich schaute noch einmal nach rechts. Der Mann war gegangen, so leise, wie er gekommen war. Ich sah überallhin. Er war nirgendwo zu entdecken. Ich spürte eine Berührung an der Schulter.

Ich drehte mich um und stand vor dem Priester, der mich soeben leicht mit dem rituellen dreizackigen Blechinstrument angestoßen hatte.

»Kommen Sie«, sagte er, »nehmen Sie den Rauch. Sie brauchen Heilung links in Arm und Schulter, in der linken Hüfte und im Fuß.«

»Woher wissen Sie das?«, fragte ich ihn.

»Es war mir bestimmt, das heute Abend zu sehen. Kommen Sie.«

Er zeigte auf einen Platz zur Linken des Altars, und von seinem Einblick verwirrt ging ich hinüber, denn die Stellen, die er genannt hatte, waren im Laufe des Tages immer fühlloser geworden. Ich hatte es unterlassen, meine Medizin zu nehmen, in der Hoffnung, der Anfall würde von selbst vergehen.

Er massierte mich, rieb den Rauch in die bezeichneten Stellen, dann wies er mich an, selbst damit fortzufahren. Ich tat es und rieb mir zum Schluss etwas auf den Kopf, wie es üblich ist.

Später suchte ich das Tempelgelände ab, aber mein fremder Beobachter war nirgends zu finden. Ich entdeckte ein Versteck zwischen den Füßen eines Drachen und warf dort meinen Schlafsack ab. Mein Schlaf wurde nicht gestört.

Ich erwachte vor der Morgendämmerung, um festzustellen, dass in alle zuvor tauben Stellen das volle Gefühl zurückgekehrt war. Ich war froh, dass der Anfall ohne medikamentöse Behandlung aufgehört hatte.

Für den Rest des Tages, während ich hierher, zum Fuß des Fujiyama wanderte, fühlte ich mich überraschend gut. Sogar jetzt bin ich voll ungewohnter Kraft und Energie, und das erschreckt mich. Was, wenn der Rauch des Feuerrituals irgendwie eine Heilung bewirkt hat? Ich fürchte die Auswirkungen, die es auf meine Pläne haben könnte, auf meine Entschlossenheit. Ich bin nicht sicher, ob ich damit umzugehen wüsste.

Somit, Fujiyama, Herr des verborgenen Feuers, bin ich gekommen, gesund und voller Angst. Ich werde heute Abend hier schlafen. Am Morgen werde ich weiterziehen. Aus dieser Nähe überwältigt mich deine Gegenwart. Ich werde mich auf eine andere, entferntere Aussicht zurückziehen. Sollte ich dich jemals besteigen, werde ich dann einhundert und acht Stäbe in deinen heiligen Ofen werfen, frage ich mich. Ich glaube, nein. Es gibt ein paar Illusionen, die ich nicht zu zerstören wünsche.

8. Der Fujiyama von Tagonoura aus

Ich bin mit einem Boot herausgekommen, um auf den Strand zurückzublicken, auf die Hänge und den Fujiyama. Ich befinde mich noch immer im begeisterten Zustand der Remission. Ich habe mich damit abgefunden, fürs Erste. In der Zwischenzeit ist der Tag strahlend, der Seewind kühl. Das Boot wird von den kleinen Toden geschaukelt, während der Fischer und seine Söhne, die ich dafür bezahlt habe, dass sie mich hinausbringen, es nach meinen Wünschen steuern, um mir den Anblick zu verschaffen, der dem Holzschnitt am nächsten kommt. So vieles an der Architektur des Landes empfiehlt meinem Auge den Bug der Schiffe. Ein Zusammentreffen kultureller Entwicklung, wo die Botschaft das Mittel ist? Das Meer als das Leben? Da wir von unterhalb der Wellen unsere Nahrung holen, sind wir immer auf See? Oder, wenn das Meer der Tod ist, mag es sich in jedem Augenblick erheben, um unser Land zunichte zu machen und unser Leben zu fordern? Darum tragen wir dieses *Memento Mori* sogar in den Dächern über unseren Köpfen und in den Mauern, die sie stützen? Oder ist das ein Zeichen unserer Macht über Leben und Tod?

Oder nichts von alledem. Es mag scheinen, dass ich einen starken Todeswunsch hege. Das ist irrig. Meine Wünsche sind genau entgegengesetzt. Es kann tatsächlich sein, dass ich Hokusais Holzschnitte als eine Art Rorschachtest zur Selbstentdeckung gebrauche, aber es ist mehr Todesfaszination als Todeswunsch, was meinen Verstand durchdringt. Ich glaube, das ist verständlich bei jemandem, der an einer unheilbaren Krankheit leidet und dem nur eine sehr kurze Frist bleibt.

Genug davon. Ich habe nur meine Waffe ziehen wollen, um die Schärfe der Schneide zu prüfen. Ich finde, dass meine Waffe noch in Ordnung ist, und stecke sie wieder in die Scheide.

Blau-grauer Fujiyama, mit Schnee bestreut, langer Blickwinkel der Ruhe zu meiner Linken ... Ich scheine nie zweimal auf denselben Berg zu schauen. Du änderst dich ebenso wie ich, doch du bleibst, der du bist. Was heißt, dass für mich noch Hoffnung besteht.

Ich senke den Blick dahin, wo wir diese Eigenschaft mit der See teilen, dem weiten lebendigen Datennetz. Gleich und ungleich, hast du diese See besiegt, als ich ...

Vögel. Lass mich ihnen eine Weile zuhören und zusehen, den Luftreitern, wie sie eintauchen und fressen.

Ich sehe zu, wie die Männer mit den Netzen arbeiten. Es ist entspannend, ihre flinken Bewegungen zu beobachten. Nach einiger Zeit döse ich ein.

Schlafend träume ich, und träumend sehe ich den Gott Kokuzo. Es kann kein anderer sein, denn als er seine Klinge zieht, die wie die Sonne aufleuchtet, und damit auf mich zeigt, spricht er seinen Namen. Er wiederholt ihn wieder und wieder, während ich vor ihm zittere, aber etwas ist falsch. Ich weiß, dass er mir etwas anderes als seine Identität mitteilt. Ich greife danach, kann die Bedeutung aber nicht fassen. Dann bewegt er die Klingenspitze und zeigt auf etwas hinter mir. Ich wende den Kopf. Ich erblicke den Mann in Schwarz – den Piloten, den Beobachter beim *goma*. Er mustert mich wie an jenem Abend. Was sucht er in meinem Gesicht?

Ich werde geweckt von einem gewaltigen Schaukeln des Bootes, da wir auf eine rauere See schlagen. Ich bekomme das Dollbord zu fassen, neben dem ich sitze. Ein rascher Blick in die Umgebung zeigt mir, dass wir in keiner Gefahr sind, und ich wende die Augen dem Fujiyama zu. Lacht er über mich? Oder lacht Hokusai, der auf den Oberschenkeln kauert und mit einem langen, knotigen Finger auf dem nassen Boden unanständige Bilder zeichnet?

Wenn ein Rätsel nicht zu lösen ist, muss es aufgeschoben werden. Später, dann. Ich werde mich der Botschaft zuwenden, wenn sich mein Verstand auf einen neuen Standpunkt begeben hat.

Bald wird eine neue Ladung Fische an Bord geholt, um das Beißende dieser Seereise zu verstärken. Wie sie sich auch winden, sie entkommen dem Netz doch nicht. Ich denke an Kendra und frage mich, wie sie sich hält. Ich hoffe, dass ihr Zorn auf mich nachgelassen hat. Und dass sie ihrer Gefangenschaft nicht entkommen ist. Ich ließ sie in der Obhut von Bekannten in einer einfachen, abgeschiedenen Kommune im Südwesten. Mir gefällt es dort nicht, noch schätze ich die Leute sonderlich. Aber sie sind mir mehrere große Gefälligkeiten schuldig – mit Absicht gewährt in Erwartung dieser Zeiten –, und sie werden Kendra bei sich behalten, bis bestimmte Dinge eingetreten sind. Ich sehe ihre feinen Gesichtszüge, die rehbraunen Augen, das seidige Haar. Ein munteres, anmutiges Mädchen, an einigen Luxus gewöhnt, das lange Bäder und häufiges Duschen, flotte Kleidung liebt. In diesem Moment ist sie wahrscheinlich mit Schlamm bespritzt oder voller Staub vom Füttern der Schweine, vom Unkrautrupfen, Gemüseanpflanzen oder Ernten oder irgendeiner anderen grundlegenden Arbeit. Vielleicht wird es ihrem Charakter gut tun. Sie sollte mehr aus dieser Erfahrung gewinnen als nur die Bewahrung vor einem möglichen schrecklichen Schicksal.

Die Zeit vergeht. Ich nehme mein Mittagessen zu mir.

Später grüble ich über den Fujiyama, Kokuzo und meine Ängste nach. Sind Träume nur das Theater für die Ängste und Wünsche eines in Trance versetzten Verstandes? Oder spiegeln sie manchmal wirklich unerwogene Aspekte der Wirklichkeit wider, vielleicht um zu warnen? Widerspiegeln ... Es heißt, dass der vollkommene Verstand widerspiegelt. Der *shintai* im Schrein des Heiligtums ist der Gegenstand, der wirklich dem Gott geweiht ist, ein kleiner Spiegel – nicht die Bilder. Die See spiegelt den Himmel wider, in der Fülle seiner Wolken oder blauen Leere. Wie Hamlet kann man viele Deutungen des Sonderbaren zu Stande bringen, aber nur eine sollte eine klare Kontur haben. Ich halte den Traum noch einmal in meinem Gedächtnis fest, fern aller Zweifel. Etwas bewegt sich ...

Nein. Fast hätte ich es gehabt. Aber ich habe zu früh danach gegriffen. Mein Spiegel ist zersprungen.

Als ich küstenwärts schaue, tritt die Schwierigkeit der Synchronizität ein. Dort befindet sich eine neue Gruppe von Leuten. Ich ziehe mein kleines Fernrohr heraus und taxiere sie, wobei ich schon weiß, was ich sehen werde.

Wieder trägt er Schwarz. Er spricht mit zwei Männern am Strand. Einer zeigt auf das Wasser hinaus, auf uns. Die Entfernung ist zu groß, um Gesichter klar auszumachen, aber ich weiß, dass es derselbe Mann ist. Doch nun ist es nicht Angst, was ich erlebe. Ein langsamer Zorn fängt in meinem *hara* an zu brennen. Ich würde gern ans Ufer zurückkehren und ihm gegenübertreten. Er ist nur einer. Ich will mich jetzt mit ihm auseinander setzen. Ich kann nicht noch mehr vom Unbekannten vertragen als das, wofür ich bereits Vorkehrungen getroffen habe. Ich muss ihm gehörig entgegentreten, ihn zurückweisen oder eine Erklärung fordern.

Ich rufe dem Schiffer zu, mich sofort ans Ufer zu bringen. Er murrt. Das Fischen ist einträglich, der Tag noch jung. Ich biete ihm mehr Geld an. Widerstrebend willigt er ein. Er ruft seinen Söhnen Befehle zu, das Boot zu wenden und wieder reinzufahren.

Ich stehe im Bug. Soll er einen guten Ausblick haben. Ich sende meinen Zorn voraus. Das Schwert ist ein ebenso heiliger Gegenstand wie der Spiegel.

Während der Fujiyama vor mir wächst, sieht der Mann in unsere Richtung, händigt den anderen etwas aus, dann wendet er sich ab und schlendert davon. Nein! Es gibt kein Mittel, um unser Fortkommen zu beschleunigen, und bei dieser Geschwindigkeit wird er fort sein, ehe ich das Land erreiche. Ich fluche. Ich will sofortige Genugtuung, keine Ausdehnung des Rätselhaften.

Und die Männer, mit denen er gesprochen hat ... Ihre Hände fahren in die Hosentaschen, sie lachen, dann gehen sie in die andere Richtung. Treibnetzfischer. Hat er sie für Informationen bezahlt, für welche auch immer? So könnte es scheinen. Und laufen sie jetzt zu irgendeiner Schänke und vertrinken den Preis meines Seelenfriedens? Ich rufe hinter ihnen her, aber der Wind peitscht meine Worte weg. Auch diese Männer werden fort sein, bis ich ankomme.

Und es ist wahr. Als ich endlich auf dem Strand stehe, ist das einzige bekannte Gesicht das des Berges, und es schimmert wie ein Karfunkel in den sich neigenden Strahlen der Sonne.

9. Der Fujiyama von Naborito aus

Ich liebe diesen Holzschnitt: die Torii eines Schintoheiligtums erscheinen über dem Meer bei Ebbe, und Leute graben inmitten der versunkenen Ruinen Muscheln aus. Der Fujiyama ist natürlich durch ein *torii* zu sehen. Wäre es eine christliche Kirche unter dem Wasser, würden mir Wortspiele mit »Clam of God«* durch den Sinn gehen. Die geografischen Gegebenheiten ersparen das aber.

Und die Wirklichkeit ist vollkommen anders. Ich kann die

---

* Unübersetzbares Wortspiel mit »Lamb of God«, Lamm Gottes; Muschel heißt auf englisch »clam«. (Anm. d. Übers.)

Stelle nicht finden. Ich befinde mich in dem Gebiet, und der Fujiyama ist an die richtige Stelle gebracht, aber die *torii* müssen seit langem verschwunden sein, und ich habe keine Möglichkeit herauszufinden, ob es hier draußen einen versunkenen Tempel gibt.

Ich sitze an einem Hang, sehe über das Wasser, und plötzlich bin ich nicht nur müde, sondern erschöpft. In den vergangenen Tagen bin ich weit und schnell gewandert, und es scheint, dass meine Anstrengungen mich alle eingeholt haben. Ich werde hier sitzen und das Meer und den Himmel betrachten. Wenigstens ist mein Schatten, der Mann in Schwarz, seit dem Strand von Tagonoura nirgendwo zu sehen gewesen. Am Fuß des Hügels jagt eine junge Katze einen Falter, springt in die Luft, weiße Pfoten blitzen auf. Der Falter gewinnt an Höhe und entkommt bei einem Windstoß. Die Katze sitzt einige Augenblicke lang da, große Augen schauen ihm nach.

Ich gehe zu einem Hang, den ich schon vorher gesehen habe, wo ich vielleicht windgeschützt liegen kann. Dort lege ich meinen Rucksack ab und rolle meinen Schlafsack aus, den Poncho darunter. Nachdem ich die Schuhe ausgezogen habe, lege ich mich rasch hinein. Anscheinend habe ich eine leichte Erkältung bekommen, und meine Glieder sind sehr schwer. Ich wäre bereit gewesen, heute für einen Übernachtungsplatz zu bezahlen, aber ich bin zu müde, um eine Herberge zu suchen.

Ich liege hier und sehe zu, wie die Lichter am dunkel werdenden Himmel aufscheinen. Wie gewöhnlich im Falle extremer Müdigkeit schlafe ich nicht so mühelos ein. Ist das rechtschaffene Müdigkeit oder das Symptom für etwas anderes? Ich möchte aber keine Medikamente aus bloßer Vorsicht nehmen, darum versuche ich, eine Zeit lang an nichts zu denken. Das funktioniert nicht. Mich überwältigt das Verlangen nach einer Tasse heißem Tee. Aus Mangel schlucke ich ein

Schnapsglas voll Brandy, der mich für eine Weile von innen wärmt.

Doch der Schlaf entzieht sich mir, und ich beschließe, mir selbst eine Geschichte zu erzählen, wie ich es getan habe, als ich sehr klein war und wollte, dass sich die Welt in einen Traum verwandelt.

Also ... Zu einer Zeit während der Unruhen, die dem Tod des Kaisers Sutoku folgten, kamen eine Anzahl Wandermönche verschiedener Glaubensrichtungen dieses Weges. Sie hatten sich auf der Straße getroffen und reisten, um Erholung von den Kriegen, den Erdbeben und Wirbelwinden zu suchen, die das Land in Unordnung brachten. Sie hofften, eine religiöse Gemeinschaft zu finden und das meditative Leben in Ruhe und Frieden fortzusetzen. Sie gelangten zu einem scheinbar verlassenen Schintoheiligtum an der Küste, und dort nächtigten sie im Freien, während sie gern gewusst hätten, welche Plage oder Missgeschick seine Dienerschaft hinweggerafft hatte. Alles war in gutem Zustand, und Anzeichen von Gewalt waren nicht zu erkennen. Sie erörterten sodann die Möglichkeit, das Heiligtum zu ihrem Zufluchtsort zu machen und selbst seine Dienerschaft zu werden. Die Vorstellung begeisterte sie, und sie verbrachten einen großen Teil der Nacht mit Gesprächen über diesen Plan. Am Morgen jedoch kam ein alter Priester aus dem Heiligtum heraus, wie um seine Tagespflichten zu beginnen. Die Mönche fragten ihn nach der Geschichte des Ortes, und er erzählte ihnen, dass es einst andere gegeben habe, die ihm bei seinen Pflichten halfen, dass sie ihm aber vor langer Zeit bei einem nächtlichen Sturm von der See fortgenommen worden seien, während sie ihre eigentümlichen Gebete auf dem Strand verrichteten. Und nein, das sei eigentlich kein Schintoheiligtum, wenngleich es dem Äußeren nach so erscheine. Tatsächlich war dies der Tempel einer weit älteren Religion, von der er sagen könne, dass er der letzte Anhänger sei. Er heiße sie aber willkommen, sich zu ihm zu gesellen und etwas darüber zu hören, wenn sie wollten. Die Mönche besprachen das schnell untereinander und beschlossen, da dies ein freundlich wirkender Ort war, dass sie ebenso gut bleiben und hören könnten, welche Lehre der alte Mann beherrschte. So wurden sie an dem fremden Heiligtum ansässig. Anfangs beunruhigte der Ort einige von ihnen beträchtlich, denn nachts glaubten sie die Rufe melodischer Stimmen aus den Wellen und dem Seewind zu hören. Und gelegentlich schien es, als hörte man den alten Priester darauf antworten. Eines Nachts folgte einer von ihnen den Klängen und sah den alten Mann mit erhobenen Armen am Strand stehen. Der Mönch verbarg sich in einer Felsspalte und schlief dort später ein. Als er erwachte, stand der Vollmond hoch am Himmel, und der alte Mann war fort. Der Mönch ging hinunter zu der Stelle, wo dieser gestanden hatte, und sah dort viele Spuren im Sand, allesamt Abdrücke von Schwimmfüßen. Erschüttert kehrte der Mönch um und trug sein Erlebnis den Gefährten vor. Danach verbrachten sie Wochen mit dem Versuch, einen Blick auf die Füße des Alten zu erhaschen, die aber immer eingewickelt und umbunden waren. Es gelang ihnen nicht, aber nach einiger Zeit kam es ihnen immer unwichtiger vor. Seine Lehren beeinflussten sie langsam, aber stetig. Sie begannen, ihm bei den Ritualen für die Alten zu helfen, und sie erfuhren den Namen dieses Vorgebirges und seines Heiligtums. Es war der letzte Rest einer großen versunkenen Insel, die, so versicherte er ihnen, zu bestimmten wunderbaren Anlässen aufstieg und eine verlorene Stadt sehen ließ, in der die Diener seines Meisters wohnten. Ihr Name sei R'lyeh, und sie würden glücklich sein, eines Tages dorthin zu gehen. Inzwischen schien das eine gute Idee zu sein, denn sie hatten eine gewisse Verdickung und Ausweitung der Haut zwischen ihren Fingern und Zehen bemerkt, während die Finger und Zehen selbst kräftiger und länger geworden waren. Mittlerweile nahmen sie auch an allen Riten teil, die zunehmend scheußlicher wurden. Schließlich, nach einem besonders blutigen Ritual, wurde das Versprechen des Priesters rückwärts erfüllt. Anstatt dass die Insel sich hob, sank das Vorgebirge mitsamt dem Heiligtum und den Mönchen hinab. So sind ihre Gräuel nun zumeist unter Wasser anzutreffen. Aber ungefähr einmal in jedem Jahrhundert steigt die Insel tatsächlich für eine Nacht aus dem Wasser, und Scharen von ihnen kommen an Land, um neue Opfer zu suchen. Und natürlich ist diese Nacht heute ...

Im Laufe dieser Erzählung, die auf einer meiner liebsten Einschlafgeschichten beruht, ist endlich ein köstliches Gefühl von Schläfrigkeit über mich gekommen. Meine Augen sind geschlossen. Ich treibe auf einem Floß mit Baumwollfüllung ... Ich ...

Ein Geräusch! Über mir! Zum Wasser hin. Etwas bewegt sich in meine Richtung. Langsam, dann schnell.

Wie Feuer schießt mir die Aufregung durch die Glieder. Ich strecke vorsichtig die Hand aus, leise, und bekomme meinen Stock zu fassen.

Warten. Warum jetzt, wo ich geschwächt bin? Muss die Gefahr immer im schlechtesten Moment kommen?

Es gibt einen dumpfen Schlag, als es neben mir den Boden trifft, und ich lasse den Atem heraus, den ich angehalten habe.

Es ist die Katze, kaum mehr als ein Kätzchen, die ich vorhin beobachtet habe. Schnurrend nähert sie sich. Ich streichle sie. Sie reibt sich an mir. Nach einer Weile nehme ich sie in den Schlafsack. Sie rollt sich an meiner Seite zusammen, schnurrend und warm. Es tut gut, jemanden zu haben, der dir vertraut und deine Nähe sucht. Ich nenne die Katze R'lyeh. Nur für eine Nacht.

10. Der Fujiyama von Ejiri aus

Hierher bin ich mit dem Bus gefahren. Ich war zu müde, um zu wandern. Ich habe meine Medizin genommen, wie ich es vermutlich die ganze Zeit über hätte tun sollen. Es könnte jedoch mehrere Tage dauern, bis sie mir Erleichterung schafft, und das erschreckt mich. Ich kann mir einen solchen Zustand wirklich nicht leisten. Ich bin nicht sicher, was ich tun werde, außer dass ich weiter muss.

Der Holzschnitt ist irreführend, denn ein Teil seiner Kraft liegt in den Auswirkungen eines starken Windes. Der Himmel ist grau, der Fujiyama verschwommen im Hintergrund, die Leute auf der Straße und die beiden Bäume leiden alle unter den Windstößen. Die Bäume biegen sich, die Leute drücken die Kleider an sich, ein Hut fliegt hoch in der Luft, und einem armen Schreiber oder Autor ist das Manuskript himmelwärts entrissen worden, wo es übers Land fliegt (was mich an eine alte Karikatur erinnert – Herausgeber zum Autor: »Während der St. Patrick's Day Parade ist mit Ihrem Manuskript was Komisches passiert.«). Die Szene, der ich gegenüberstehe, ist, was den Stand des Wetters angeht, weniger lebhaft. Der Himmel ist tatsächlich bedeckt, aber es geht kein Wind. Der Fujiyama ist dunkler, klarer gezeichnet als auf dem Holzschnitt, es sind keine sich abmühenden Fußgänger zu sehen. Es gibt viel mehr Bäume. Ich stehe in der Nähe eines kleinen Hains. In der Ferne befinden sich einige Gebäude, die in dem Bild nicht vorhanden sind.

Ich stütze mich schwer auf meinen Stock. Lebe ein wenig, sterbe ein wenig. Ich bin an meiner zehnten Station angekommen, und noch immer weiß ich nicht, ob der Fujiyama mir Kraft gibt oder sie mir entzieht. Vielleicht beides.

Ich gehe in den Wald, dabei fallen mir ein paar Regentropfen ins Gesicht. Es sind keine Schilder aufgestellt, und niemand scheint in der Nähe zu sein. Ich verlasse die Straße und komme schließlich an einen kleinen freien Platz mit ein paar Felsblöcken. Das wird als Schlafplatz genügen. Ich will nichts weiter, als mich einen Tag lang ausruhen.

Ich habe bald ein kleines Feuer angezündet, meine winzige Teekanne balanciert auf Steinen darüber. Ein fernes Donnerrollen fügt meinem Verdruss einen weiteren hinzu, aber bislang ist der Regen ausgeblieben. Der Boden ist jedoch feucht. Ich breite meinen Poncho aus und setze mich darauf, während ich warte. Ich schärfe ein Messer und stecke es weg. Ich esse einige Milchbrötchen und studiere eine Karte. Vermutlich sollte ich Befriedigung verspüren, weil sich die Dinge ein wenig so entwickeln, wie ich beabsichtigt hatte. Ich wünschte, ich könnte es, aber ich tue es nicht.

Ein unbestimmtes Insekt, das irgendwo hinter mir gesummt hat, hört mit dem Summen auf. Einen Moment darauf höre ich einen Zweig knacken. Meine Hand schnellt zum Stock.

»Nicht«, sagt eine Stimme in meinem Rücken.

Ich wende den Kopf. Er steht acht oder zehn Fuß von mir entfernt, der Mann in Schwarz, den Ohrring an seinem Platz, die rechte Hand in der Jackentasche. Und es sieht aus, als wäre es mehr als nur die Hand, die darin auf mich zeigt.

Ich ziehe die Hand vom Stock zurück, und er kommt näher. Mit dem Fuß schickt er meinen Stock quer über die Lichtung außerhalb meiner Reichweite. Dann nimmt er die Hand aus der Tasche und lässt darin stecken, was immer sie enthält. Langsam geht er im Kreis um das Feuer auf die andere Seite, derweil er mich ansieht.

Er setzt sich auf einen Felsblock, die Hände ruhen auf den Knien.

»Mari?«, fragt er dann.

Ich reagiere nicht auf meinen Namen, sondern starre zurück. Der Schein von Kokuzos Schwert blitzt in meinen Gedanken auf, zeigt auf ihn, und ich höre den Gott seinen Namen sagen, nur nicht ganz.

»Kotuzov!«, sage ich darauf.

Der Mann in Schwarz lächelt und zeigt, dass die Zähne, die ich ihm vor langer Zeit eingeschlagen habe, nun sauber überkront sind.

»Ich war mir deinetwegen zuerst auch nicht sicher«, sagt er.

Die plastische Chirurgie hat mindestens zehn Jahre von seinem Gesicht beseitigt, zusammen mit einer Menge Falten und mehreren Narben. Er ist auch um die Augen und Wangen verändert. Und seine Nase ist kleiner. Das ist eine beträchtliche Verbesserung, seit wir uns zuletzt begegnet sind.

»Dein Wasser kocht«, sagt er dann. »Wirst du mir eine Tasse Tee anbieten?«

»Selbstverständlich«, erwidere ich und greife nach meinem Rucksack, wo ich eine zusätzliche Tasse habe.

»Langsam.«

»Sicherlich.«

Ich mache die Tasse ausfindig, ich spüle sie beide ein wenig mit heißem Wasser aus, ich bereite den Tee.

»Nein, reiche sie mir nicht an«, sagt er und nimmt die Tasse von der Stelle, wo ich sie vollgegossen habe.

Ich unterdrücke ein Verlangen zu lächeln.

»Hast du vielleicht einen Würfel Zucker?«, fragt er.

»Tut mir Leid.«

Er seufzt und greift in seine andere Tasche, aus der er eine kleine Flasche zieht.

»Wodka? In Tee?«

»Sei nicht albern. Mein Geschmack hat sich geändert. Das ist Wild Turkey, zum Süßen wunderbar. Möchtest du welchen?«

»Lass mich daran riechen.«

Das Aroma hat eine gewisse Süße.

»Also gut«, sage ich und süße unseren Tee damit.

Wir kosten. Nicht schlecht.

»Wie lange ist es her?«, fragt er.

»Vierzehn Jahre – fast fünfzehn«, sage ich. »War in den Achtzigern.«

»Ja.«

Er reibt sich das Kinn. »Ich hatte gehört, du hättest dich zur Ruhe gesetzt.«

»Du hast richtig gehört. Es war etwa ein Jahr nach unserer letzten – Begegnung.«

»Türkei – richtig. Du hast einen Mann aus deiner Chiffrierabteilung geheiratet.«

Ich nicke.

»Drei oder vier Jahre später warst du Witwe. Die Tochter wurde nach dem Tod deines Mannes geboren. Bist in die Staaten zurückgekehrt. Aufs Land gezogen. Mehr weiß ich nicht.«

»Mehr gibt es nicht zu wissen.«

Er trinkt einen Schluck Tee.

»Warum bist du hierher zurückgekommen?«

»Aus persönlichen Gründen. Zum Teil sentimental.«

»Unter falscher Identität?«

»Ja. Es betrifft die Familie meines Mannes. Sie sollen nicht wissen, dass ich hier bin.«

»Interessant. Du meinst, sie beobachten die Einreisenden so genau wie wir?«

»Ich wusste nicht, dass ihr hier die Einreisenden beobachtet.«

»Im Augenblick tun wir's.«

»Du hast mich verloren. Ich weiß nicht, was vor sich geht.«

Es gibt ein neues Donnerrollen. Ein paar Tropfen mehr klatschen um uns nieder.

»Ich würde gern glauben, dass du dich wirklich zur Ruhe gesetzt hast«, sagt er. »Ich komme selbst langsam an den Punkt, weißt du.«

»Ich habe keinen Grund, das Geschäft wieder aufzunehmen. Ich habe eine anständige Summe geerbt, genug, um für mich und meine Tochter zu sorgen.«

Er nickt.

»Wenn ich so einen Anreiz hätte, wäre ich nicht draußen unterwegs«, sagt er. »Ich würde lieber zu Hause sitzen und lesen, Schach spielen, regelmäßig essen und trinken. Aber du musst zugeben, dass es ein ganz schöner Zufall ist, wenn du hier bist, während über die Zukunft verschiedener Nationen entschieden wird.«

Ich schüttle den Kopf.

»Ich habe mit vielen Dingen nichts mehr tun.«

»Die Öl-Konferenz von Osaka. Sie beginnt Mittwoch in zwei Wochen. Du hast vielleicht vor, während dieser Zeit Osaka zu besuchen?«

»Ich werde nicht nach Osaka reisen.«

»Dann ein Kurier. Jemand von dort wird dich treffen, ein einfacher Tourist, an einem Punkt deiner Reise, zur Beförderung von –«

»Mein Gott! Siehst du überall nur Verschwörungen, Boris? Ich kümmere mich bloß um ein paar persönliche Probleme und suche einige Orte auf, die mir etwas bedeuten. Die Konferenz gehört nicht dazu.«

»Also gut.« Er trinkt seinen Tee aus und stellt die Tasse beiseite. »Du weißt, wir wissen, dass du hier bist. Ein Wort zu den japanischen Behörden, dass du unter falschem Namen reist, und sie werfen dich raus. Das wäre am einfachsten. Niemand verletzt, aber ein Agent beseitigt. Es wäre nur eine Schande, deine Spritztour zu verderben, wenn du wirklich bloß eine Touristin bist ...«

Mir geht ein niederträchtiger Gedanke durch den Kopf, als ich begreife, wohin das führen soll, und ich weiß, dass mein Einfall viel gemeiner ist als seiner. Ich habe es von einer seltsamen alten Frau gelernt, mit der ich früher arbeitete und die nicht wie eine alte Frau aussah.

Ich trinke meinen Tee aus und hebe die Augen. Er lächelt.

»Ich werde uns noch ein wenig Tee kochen«, sage ich.

Ich sorge dafür, dass mein oberster Blusenknopf aufgeht, während ich mich halb von ihm abwende. Dann beuge ich mich mit seiner Tasse vor und atme tief ein.

»Du würdest in Erwägung ziehen, mich nicht bei den Behörden zu melden?«

»Eventuell«, sagt er. »Ich glaube, dass deine Geschichte wahrscheinlich stimmt. Und selbst wenn nicht, würdest du nicht das Risiko eingehen und etwas befördern, jetzt da ich über dich Bescheid weiß.«

»Ich will diese Reise wirklich zu Ende bringen«, sage ich und blinzle ein paar Mal zusätzlich. »Ich würde alles tun, um jetzt nicht zurückgeschickt zu werden.«

Er ergreift meine Hand.

»Ich bin froh, dass du das gesagt hast, Maryushka«, erwidert er. »Ich bin einsam, und du siehst noch immer prächtig aus.«

»Das findest du?«

»Das fand ich immer, sogar an dem Tag, als du mir die Zähne eingehauen hast.«

»Es tut mir Leid deswegen. Das war rein geschäftlich, du weißt.«

Seine Hand schiebt sich zur Schulter hinauf.

»Natürlich. Als sie wieder in Ordnung gebracht waren, sahen sie sowieso besser aus als vorher.«

Er rückt neben mich.

»Ich habe oft davon geträumt, das zu tun«, erzählt er mir, als er die übrigen Knöpfe meiner Bluse aufknöpft und meinen Gürtel aufschnallt.

Er reibt sanft meinen Bauch. Es ist kein unangenehmes Gefühl. Es ist lange her.

Bald sind wir völlig ausgezogen. Er lässt sich Zeit, und als er soweit ist, nehme ich ihn gern zwischen meine Beine. Also gut, Boris. Ich spendiere den Ritt, du nimmst den Sturz in Kauf. Fast könnte ich mir deswegen ein wenig schuldig vorkommen. Du bist sanfter, als ich gedacht hätte. Ich beginne mit der richtigen Atmung, tief und langsam. Ich konzentriere mich auf mein *hara* und seines, das nur einen Fingerbreit entfernt ist. Ich fühle unsere Kräfte strömen, traumartig und warm. Bald lenke ich ihren Fluss. Er spürt es nur als Genuss, vielleicht mehr als Erschöpfung. Als er fertig ist jedoch ...

»Du sagst, du hast Probleme?«, fragt er in jenem koitalen männlichen Edelmut, der für gewöhnlich ein paar Minuten später vergessen ist. »Wenn es etwas ist, wobei ich dir helfen kann, ich habe ein paar Tage frei, ab und zu. Ich mag dich, Maryushka.«

»Das ist etwas, das ich allein tun muss. Trotzdem danke.«

Ich setze den Vorgang fort.

Später, als ich mich anziehe, liegt er da und sieht zu mir herauf.

»Ich muss alt geworden sein, Maryushka«, überlegt er. »Du hast mich erschöpft. Ich fühle mich, als könnte ich eine Woche lang schlafen.«

»Da klingt ganz richtig«, sage ich. »Eine Woche und es sollte dir wieder prächtig gehen.«

»Ich verstehe nicht ...«

»Ich bin sicher, du hast zu hart gearbeitet. Diese Konferenz ...«

Er nickt.

»Wahrscheinlich hast du Recht. Du hast doch wirklich nichts damit zu tun ...?«

»Ich habe wirklich nichts damit zu tun.«

»Gut.«

Ich säubere die Kanne und meine Tassen. Ich verstaue sie im Rucksack.

»Würdest du so nett sein und rutschen, Boris, mein Lieber? Ich werde den Poncho sehr bald brauchen, glaube ich.«

»Natürlich.«

Er erhebt sich langsam und reicht ihn mir. Er beginnt sich anzuziehen. Sein Atem geht schwer.

»Wohin gehst du als Nächstes?«

»Mishima-goe«, sage ich, »wegen der anderen Aussicht auf den Berg.«

Er schüttelt den Kopf. Er ist mit dem Anziehen fertig und setzt sich auf den Boden, mit dem Rücken an einen Baumstamm gelehnt. Er findet seine Flasche und nimmt einen Schluck. Dann hält er sie mir hin.

»Möchtest du?«

»Danke, nein. Ich muss los.«

Ich finde meinen Stock wieder. Als ich wieder zu ihm hinsehe, lächelt er schwach, wehmütig.

»Du nimmst einen Mann sehr mit, Maryushka.«

»War nötig«, sage ich.

Ich ziehe los. Ich bin sicher, ich werde heute zwanzig Meilen weit wandern. Der Regen setzt ein, ehe ich aus dem Hain heraus bin; Blätter rascheln wie die Flügel von Fledermäusen.

11. Der Fujiyama von Mishima-goe aus

Sonnenlicht. Saubere Luft. Der Holzschnitt zeigt eine große Sicheltanne, der Fujiyama erhebt sich dahinter, mit Rauch gekrönt. Heute ist da kein Rauch, aber ich habe eine große Sicheltanne ausfindig gemacht und mich so hingestellt, dass er die linke Schulter vom Kegel des Fujiyama schneidet. Es sind ein paar Wolken da, aber sie sind nicht so popcornig wie Hokusais Rauch (darüber zuckt er die Achseln), und sie müssen genügen.

Mein geraubtes *ki* hält mich noch immer aufrecht, aber die medikamentöse Behandlung wirkt jetzt außerdem. Mein Körper wird die geborgte Kraft bald wie ein transplantiertes Organ abstoßen. Bis dahin sollten die Drogen für mich ausreichen.

In der Zwischenzeit liegen die Szene und der Holzschnitt nah beieinander. Es ist ein schöner Frühlingstag. Vögel singen, Schmetterlinge besticken die Luft mit Zickzackmustern; ich kann beinahe die Pflanzen unter der Erde wachsen hören. Die Welt duftet frisch und neu. Ich werde nicht mehr verfolgt. Grüße das Leben neu.

Ich betrachte den riesigen alten Baum und lausche auf seinen Widerhall entlang der Zeiten: Yggdrasil, der Goldene Zweig, der Julbaum, der Baum der Erkenntnis des Guten und des Bösen, der Feigenbaum, unter dem Prinz Gautama seine Seele fand und verlor ...

Ich streiche mit der Hand über seine raue Borke.

Von dieser Stelle aus wird mir plötzlich ein neuer Blick über das Tal unten gewährt. Die Felder sehen aus wie geharkter Sand, die Hügel wie Steine, Fujiyama ein Felsblock. Es ist ein Garten, ein perfekt angelegter ...

Später bemerke ich, dass die Sonne gewandert ist. Ich habe Stunden dort gestanden. Meine kleine Erleuchtung unter einem großen Baum. Da er älter als meine Welt ist, weiß ich nicht, was ich zum Ausgleich für ihn tun kann.

Mich unwillkürlich bückend, hebe ich einen seiner kleinen Zapfen auf. Ein winziges Ding für einen solchen Riesen. Er ist kaum so groß wie mein kleiner Fingernagel. Fein gekerbt, wie von Elfen erdacht.

Ich stecke ihn in die Tasche. Irgendwo unterwegs werde ich ihn einpflanzen.

Dann ziehe ich mich zurück, denn ich höre den Klang sich nähernder Glocken, und ich bin noch nicht soweit, die Menschheit meine Stimmung zerstören zu lassen. Aber es gab ein kleines Gasthaus an der Straße, das nicht so aussieht, als gehörte es zu einer Kette. Ich werde dort baden und essen und heute Nacht in einem Bett schlafen.

Morgen werde ich stark sein.

12. Der Fujiyama vom Kawaguchisee aus

Spiegelungen.

Dieser Holzschnitt gehört zu meinen Lieblingsstücken der Reihe: der Fujiyama von der anderen Seite des Sees aus gesehen, in dem er sich spiegelt. Auf beiden Seiten grüne Hügel, ein kleines Dorf am entfernten Ufer, ein einzelnes Boot auf dem Wasser. Die faszinierendste Besonderheit dieses Bildes ist, dass der gespiegelte Fujiyama nicht so ist wie das Original; die Lage ist falsch, das Gefälle ist falsch, er ist schneebedeckt und der obere Fujiyama ist es nicht.

Ich sitze in dem Boot, das ich gemietet habe, und schaue zurück. Der Himmel ist leicht dunstig, was gut ist. Kein blendendes Licht, das die Spiegelung vereitelt. Die Stadt ist nicht mehr so malerisch wie auf dem Holzschnitt, da sie gewachsen ist. Aber um Details dieser Art kümmere ich mich nicht. Der Fujiyama ist in meiner Betrachtung getreuer gespiegelt, aber für mich ist die Verdoppelung dennoch eine faszinierende Erscheinung.

Noch etwas ist interessant ... In dem Holzschnitt wird das Dorf nicht gespiegelt, auch gibt es keine Spiegelung des Bootes im Wasser. Nur die des Fujiyama. Von der Menschheit ist nichts zu sehen.

Ich sehe die reflektierten Gebäude in Ufernähe. Und mein Geist wird von anderen Bildern bewegt als solchen, die Hokusai gekannt hat. Natürlich fällt mir das versunkene R'lyeh ein, aber der Ort und der Tag sind zu idyllisch. Es verschwindet fast sofort wieder aus meinem Kopf, um von dem versunkenen Ys ersetzt zu werden, dessen Glocken unter dem See noch immer die Stunden schlagen. Und aus Selma Lagerlöfs *Nils Holgersson* das Märchen von dem schiffbrüchigen Seemann, der sich in einer untergegangenen Stadt am Meeresgrund wiederfindet. Sie wurde versenkt, um ihre habgierigen, hochmütigen Bewohner zu strafen, aber sie gehen noch immer ihrer Gewohnheit nach, einander zu betrügen, obwohl sie alle tot sind. Sie tragen kostbare, altmodische Kleider und betreiben ihre Geschäfte, wie sie es einst in dem fremden Land über Wasser getan haben. Der Seemann wird zu ihnen hingezogen, aber er weiß, dass er nicht entdeckt werden darf, oder er wird einer der ihren werden und niemals zur Erde zurückkehren und die Sonne nicht wiedersehen. Wahrscheinlich denke ich an diese alte Kindergeschichte, weil ich jetzt verstehe, wie sich der Seemann gefühlt haben muss. Auch meine Entdeckung könnte mit einer Verwandlung enden, die ich nicht wünsche.

Und natürlich ist da, als ich mich vorbeuge und mein Gesicht im Wasser sehe, unter der Spiegeloberfläche die Welt von Lewis Carroll. Ein Ama-Tauchermädchen sein und hinabsteigen ... hinabkreisen und für ein paar Augenblicke die Einwohner eines Landes der Paradoxie und großen Zaubers zu erleben ...

Spieglein, Spieglein, warum unterstützt die wirkliche Welt so selten unsere schöngeistigen Schwärmereien?

Halb vollendet. Ich gelange an die Mitte meiner Pilgerreise, um mir selbst in einem See gegenüberzutreten. Es ist ein guter Zeitpunkt und Ort, um auf meine eigene Haltung zu blicken, um über all die Dinge nachzudenken, die mich hergebracht haben, um zu bedenken, was der Rest der Reise bereithalten mag. Doch Bilder lügen manchmal. Die Frau, die mich ansieht, wirkt gefasst, stark und schöner, als ich von ihr geglaubt habe. Du gefällst mir, Kawaguchi, See mit einer menschlichen Persönlichkeit. Ich schmeichle dir mit gebildeten Komplimenten, und du erwiderst meine Gunst.

Boris getroffen zu haben hat mein Gemüt von einer lastenden Angst befreit. Es haben sich keine menschlichen Agenten als Nemesis erhoben, um meine Reise zu stören. Also sind meine Chancen doch nicht so schrecklich gering, wie sie sein könnten.

Fujiyama und Bild. Berg und Seele. Würde etwas Böses

hier kein Spiegelbild werfen – ein dunkler Berg, wo im Lauf der Geschichte furchtbare Taten verübt wurden? Damit werde ich erinnert, dass Kit keinen Schatten mehr wirft, kein Spiegelbild hat.

Ist er denn wahrhaftig böse? Nach meiner Überzeugung ist er das. Besonders wenn er die Dinge tut, die ich vermute.

Er hat gesagt, dass er mich liebt, und ich habe ihn geliebt, früher einmal. Was wird er zu mir sagen, wenn wir uns wieder treffen? Denn treffen müssen wir uns.

Es wird nicht wichtig sein. Soll er sagen, was er will, ich werde versuchen, ihn zu töten. Er glaubt, dass er unbesiegbar ist, unzerstörbar. Ich nicht, wenngleich ich meine, dass ich als Einziger auf der Erde fähig bin, ihn zu vernichten. Es hat lange gedauert, bis ich die Mittel herausfand, noch länger, bis die Entscheidung, es zu versuchen, für mich gefällt wurde. Ich muss es ebenso für Kendra wie für mich selbst tun. Der Rest der Weltbevölkerung kommt an dritter Stelle.

Ich lasse die Finger ins Wasser hängen. Leise beginne ich ein altes Lied zu singen, ein Liebeslied. Ich verlasse diesen Ort nur ungern. Wird die zweite Hälfte meiner Reise ein Spiegelbild der ersten sein? Oder werde ich mich hinter dem Spiegel bewegen und in das fremde Reich eintreten, wo er sich niedergelassen hat?

Gestern Nachmittag habe ich den Samen der Sicheltanne in einem einsamen Tal eingepflanzt. Ein solcher Baum wird dort eines Tages elegant aussehen, wird Völker und Armeen, Verrückte und Weise überleben.

Ich frage mich, wo R'lyeh ist. Sie ist am Morgen nach dem Frühstück weggelaufen, vielleicht um einen Schmetterling zu jagen. Nicht dass ich sie hätte mitnehmen können.

Ich hoffe, dass es Kendra gut geht. Ich habe ihr einen langen Brief geschrieben und darin vieles erklärt. Ich habe ihn in der Obhut eines befreundeten Anwalts gelassen, der ihn ihr eines Tages in nicht allzu ferner Zukunft schicken wird.

Die Holzschnitte Hokusais ... Sie könnten die Sicheltanne überdauern. Meiner wird man sich nicht wegen irgendwelcher Werke erinnern.

Zwischen den Welten treibend, ersinne ich unsere Begegnung zum tausendsten Mal. Er wird einen alten Trick wiederholen müssen, um zu kriegen, was er will. Und ich einen noch älteren, um dafür zu sorgen, dass er es nicht bekommt. Wir sind beide aus der Übung.

Es ist lange her, dass ich die *Anatomie der Melancholie* gelesen habe. Sie gehört nicht zu den Dingen, die ich in den letzten Jahren gebraucht habe, um mich zu zerstreuen. Aber mir fallen ein oder zwei Zeilen ein, da ich Fische vorbeispringen sehe: »Polycrates Samius, der seinen Ring ins Meer warf, weil er stets an der Unzufriedenheit anderer teilnahm, und ihn kurz danach auf wunderbare Weise durch einen von ihm geangelten Fisch zurückerhielt, war nicht frei von melancholischen Stimmungen. Kein Mann kann sich selbst heilen ...« Kit hat sein Leben weggeworfen und es gewonnen. Ich habe meins behalten und verloren. Kehren Ringe je wirklich zu den richtigen Leuten zurück? Und wie steht's mit einer Frau, die sich selbst heilt? Die Heilung, die ich suche, ist eine ganz besondere.

Hokusai, du hast mir viele Dinge gezeigt. Kannst du mir eine Antwort weisen?

Langsam hebt der alte Mann den Arm und zeigt auf seinen Berg. Dann senkt er den Arm und deutet auf des Berges Abbild.

Ich schüttle den Kopf. Das ist eine Antwort, die keine ist. Er schüttelt seinerseits den Kopf und zeigt noch einmal.

Die Wolken ballen sich hoch über dem Fujiyama zusammen, aber das ist keine Antwort. Ich beobachte sie eine lange Zeit, kann aber keine interessanten Bilder darin entdecken.

Dann senke ich den Blick. Unter mir, auf dem Kopf stehend, nehmen sie eine andere Form an. Es ist, als stellten sie den Zusammenstoß zweier Heere dar. Ich beobachte gebannt, wie sie ineinander wallen, wobei die Kräfte rechts von mir die anderen nach und nach überrollen und untertauchen. Doch während sie das tun, werden sie geschwächt.

Kampf? Ist das die Botschaft? Und beide Seiten verlieren etwas, das sie nicht verlieren wollen? Sage mir etwas, das ich nicht schon weiß, alter Mann.

Er fährt fort, dorthin zu sehen. Ich folge seinem Blick, aufwärts. Jetzt sehe ich einen Drachen, der sich in den Kegel des Fujiyama stürzt.

Noch einmal schaue ich nach unten. Armeen sind keine mehr da, nur ein Blutbad; und hier wird aus dem Schwanz des Drachen der Arm eines sterbenden Kriegers, der ein Schwert hält.

Ich schließe die Augen und greife danach. Ein Schwert aus Dunst gegen einen Mann aus Feuer.

13. Der Fujiyama von Koishikawa in Edo aus

Schnee, auf den Dächern der Häuser, auf den immergrünen Sträuchern, auf dem Fujiyama – der, wie es scheint, an manchen Stellen gerade zu schmelzen anfängt. In einem Fenster lauter Frauen – Geishas, würde ich sagen –, sie blicken zu ihm hinaus, eine zeigt auf drei schwarze Vögel oben am blassen Himmel. Mein Ausblick auf den Fujiyama, der dem Holzschnitt am nächsten kommt, ist leider ohne Schnee, ohne Geishas und sonnig.

Einzelheiten ...

Beide sind interessant, und Überlagerung ist eine der Hauptkräfte des Ästhetischen. Ich komme nicht umhin, an Komako, die Geisha der heißen Quelle in *Schneeland* zu denken, Yasunari Kawabatas Roman über Einsamkeit und verschwendete, verblassende Schönheit, den ich immer als die große Anti-Liebesgeschichte Japans empfunden habe. Dieser Holzschnitt bringt mir die ganze Geschichte wieder ins Gedächtnis. Die Versagung von Liebe. Kit war kein Shimamura, denn er wollte mich, aber nur nach seinen hoch spezialisierten Kategorien, Kategorien, die für mich immer inakzeptabel sein müssen. Selbstsucht oder Selbstlosigkeit? Es ist nicht wichtig ...

Und die Vögel, auf die die Geisha zeigt ...? *Dreizehn Arten, eine Amsel zu betrachten?* Nahe dran. Wir könnten uns nie über Werte einigen.

The Twa Corbies? Und dazu Ted Hughes' streitlustige Krähe? Vielleicht, aber ich will keine Strohhalme ziehen – eine Illusion pro Anspielung, und wo ist der Schnee von gestern?

Ich stütze mich auf meinen Stock und mustere meinen Berg. Ich möchte es zu möglichst vielen Stationen schaffen, bevor ich die Konfrontation führe. Ist das nicht fair? Vierundzwanzig Arten, den Fujiyama zu betrachten. Mir kommt in den Sinn, dass es nützlich sein könnte, eines im Leben herauszugreifen und von vielen Standpunkten aus zu betrachten, als Brennpunkt meines Daseins, und vielleicht als Buße für verpasste Alternativen.

Kit, ich komme, wie du es von mir verlangt hast, aber auf meiner eigenen Reiseroute und aus meinen eigenen Gründen. Ich wünschte, ich bräuchte es nicht zu tun, aber du hast mir in dieser Sache eine echte Wahl vorenthalten. Darum ist mein Tun in Wahrheit nicht mein eigenes, sondern deins. So bin ich zu deiner Hand geworden, die sich gegen dich wendet, eine Art kosmischen Aikido verkörpernd.

Nach dem Dunkelwerden gehe ich durch die Stadt, nehme nur dunkle Straßen, wo die Geschäfte geschlossen sind. Auf diese Weise bin ich sicher. Wenn ich in eine Stadt muss, finde ich immer einen geschützten Platz für den Tag und mache meinen Gang durch die Straßen bei Nacht.

Ich sehe ein kleines Restaurant an der Ecke einer solchen,

und dort esse ich zu Abend. Es geht lebhaft zu, aber das Essen ist gut. Ich nehme auch meine Medizin und ein wenig Sake.

Hinterher leiste ich mir lieber den Luxus zu Fuß zu gehen, als ein Taxi zu nehmen. Ich habe weit zu laufen, aber die Nacht ist klar und voller Sterne, und die Luft ist angenehm.

Ich laufe fast zehn Minuten, horche auf die Geräusche des Verkehrs, die Musik von fernen Radios oder Kassettenrekordern, höre einen Schrei aus einer anderen Straße, während der Wind hoch über mir hinwegweht und seinen rauen Pelz an den Häuserwänden reibt.

Dann spüre ich eine plötzliche Ionisierung in der Luft.

Über mir nichts. Ich drehe mich um, bringe meinen Stock in Abwehrhaltung.

Ein Epigone mit sechsfüßigem Hundeleib und einem Kopf wie eine riesige, feurige Blume tritt aus einem Eingang und schleicht an der Hauswand entlang in meine Richtung.

Ich gehe ihm mit meinem Stock entgegen, fintiere, sobald er nahe genug ist. Dann schlage ich zu, leider mit der falschen Spitze. Meine Haare richten sich schon auf, als ich mich aus seiner Reichweite drehe, ich stoße, weiche zurück, drehe mich, dann schlage ich wieder zu. Diesmal dringt die Metallspitze in den Blumenkopf.

Ich hatte vor dem Angriff die Batterie eingeschaltet. Die Ladung schafft ein Ungleichgewicht. Der Epigone zieht sich mit aufgeblähtem Kopf zurück. Ich folge ihm und schlage wieder zu, diesmal in der Körpermitte. Er schwillt noch größer an, dann bricht er in einem Funkenregen zusammen. Doch ich wende mich bereits ab und schlage wieder zu, weil ich bemerkt habe, wie sich ein weiterer nähert, während ich mit dem ersten befasst gewesen bin.

Dieser rückt in Kängurusätzen gegen mich vor. Ich streife ihn mit dem Stock, aber dabei trifft mich sein langer bauschiger Schwanz. Unwillkürlich pralle ich durch den erlittenen

Schock zurück, reflexhaft drehe ich den Stock vor mir, während ich zurückweiche. Er wendet und bäumt sich auf. Es ist ein Vierfüßer, und seine erhobenen Vorderglieder sprühen Feuer. Sein vieläugiges Gesicht lodert mich an, und es anzusehen schmerzt.

Er lässt sich auf die Keulen sinken, dann steigt er wieder.

Ich rolle mich unter ihm weg und greife an, verfehle ihn aber, und er dreht sich zum neuerlichen Angriff, sogar als ich weiter zustoße. Er springt, und ich drehe mich, nach oben schlagend, zur Seite. Es scheint, dass ich getroffen habe, aber ich kann mir nicht sicher sein.

Er landet dicht neben mir, die Vorderbeine erhoben. Diesmal jedoch springt er nicht. Er fällt einfach nach vorn, die Hinterbeine machen derweil eine schnelle scharrende Bewegung, wobei die anderen ihre Länge zu ändern scheinen, um ihm größere Geschmeidigkeit zu verleihen.

Als er auf mich zukommt, erwische ich ihn mit dem richtigen Ende des Stocks in der Leibesmitte. Er stürzt sich auf mich, nein, er fällt, lodert auf und beginnt sich aufzulösen. Seine Berührung macht mich einen Augenblick lang steif, und seine Ladung fließt mir durch Schulter und Brust. Ich sehe zu, wie er mit einem letzten grellen Blitz zerfällt.

Ich drehe mich rasch wieder um, doch es taucht kein dritter aus dem Eingang auf. Auch nicht aus der Luft. Ein Wagen kommt die Straße entlang, langsam jedoch. Das hat nichts zu bedeuten. Die Leistungsfähigkeit des Terminals muss für den Augenblick erschöpft sein, aber ich bin verblüfft, wenn ich überlege, wie lange er gebraucht haben muss, um die beiden hervorzubringen, die ich gerade getötet habe. Es ist am besten, wenn ich jetzt schnell von hier weg bin.

Als ich aber meinen Weg fortsetze, ruft mich jemand von dem Wagen aus, der jetzt neben mir hält.

»Hören Sie, einen Augenblick bitte.«

Es ist ein Polizeifahrzeug, und der junge Mann, der mich

anspricht, trägt eine Uniform und macht ein sehr seltsames Gesicht.

»Ja, bitte?«, antworte ich.

»Ich habe Sie gerade gesehen«, sagt er. »Was haben Sie gemacht?«

Ich lache.

»Der Abend ist so schön«, sage ich dann, »und die Straße war so verlassen. Ich dachte, ich könnte mit meinem *bo* eine *kata* machen.«

»Ich habe zuerst geglaubt, dass Sie angegriffen werden, dass ich etwas gesehen hätte ...«

»Ich bin allein, wie Sie sehen«, sage ich.

Er öffnet die Tür und steigt aus. Er schaltet eine Taschenlampe ein und leuchtet über den Bürgersteig und in den Hauseingang.

»Haben Sie Feuerwerkskörper gezündet?«

»Nein.«

»Ich habe Funken und Blitze gesehen.«

»Sie müssen sich irren.«

Er schnuppert. Er untersucht den Bürgersteig sehr genau, sogar den Rinnstein.

»Seltsam«, sagt er. »Haben Sie weit zu laufen?«

»Nicht allzu weit.«

»Dann guten Abend.«

Er steigt in den Wagen. Kurz darauf fährt er die Straße hinauf.

Ich gehe rasch weiter. Ich möchte aus der Umgebung fort sein, bevor eine neue Ladung aufgebaut werden kann. Ich möchte auch deswegen aus der Umgebung fort, weil ich mich hier einfach unbehaglich fühle.

Ich bin ratlos, mit welcher Leichtigkeit man mich geortet hat. Was habe ich falsch gemacht?

»Meine Holzschnitte«, scheint Hokusai zu sagen, nachdem ich meinen Bestimmungsort erreicht und zu viel Brandy getrunken habe. »Denk nach, Tochter, oder sie werden dich schnappen.«

Ich versuche es, aber der Fujiyama zermalmt mir den Schädel, quetscht die Gedanken heraus. Epigonen tanzen auf seinen Hängen. Ich gleite in einen unsteten Schlummer.

Im Morgenlicht werde ich vielleicht sehen ...

14. Der Fujiyama von Meguro in Edo aus

Wieder ist der Holzschnitt nicht meine Wirklichkeit. Er zeigt Bauern in einem ländlichen Dorf, Terrassenhänge, einen einsamen Baum, der an dem Hügel zur Rechten herausragt, einen Fujiyama mit Schneekappe, teils verdeckt vom Fuß der Anhöhe.

Ich konnte nichts Annäherndes ausfindig machen, jedoch habe ich von der Bank in dem kleinen Park, die ich besetzt habe, eine teilweise blockierte Sicht auf den Fujiyama – in ähnlicher Weise durch einen Hang. Es wird genügen.

Teilweise blockiert, wie mein Denken. Da ist etwas, das ich erkennen sollte, aber es bleibt mir verborgen. Ich habe die Epigonen in dem Moment gespürt, wo sie erschienen, wie Faust die Teufel, die ausgeschickt waren, um seine Seele einzufordern. Aber ich habe keinen Pakt mit dem Teufel geschlossen ... nur mit Kit, und das nannte sich Ehe. Ich konnte wirklich nicht ahnen, wie sehr sich das ähneln würde.

Nun ... Was mich am meisten verwirrt, ist die Frage, wie mein Aufenthaltsort trotz meiner Vorsichtsmaßnahmen bestimmt wurde. Die Begegnung muss zu meinen Bedingungen stattfinden, nicht zu fremden. Der Grund dafür übersteigt das Persönliche, wenngleich ich eine Beteiligung des Letzteren nicht abstreiten will.

In *Hagakure* rät Yamamoto Tsunetomo, dass die Art des Samurai die Art des Todes sei – dass man leben muss, als ob der

Körper bereits tot wäre, um volle Freiheit zu gewinnen. Für mich ist es nicht so schwer, diese Haltung anzunehmen. Das mit der Freiheit ist jedoch komplizierter; wenn man nicht die ganze Eigenart des Feindes kennt, ist das Handeln wenigstens teilweise von Unsicherheit bestimmt.

Mein verdeckter Fujiyama ist in seiner Gesamtheit da, ich weiß es trotz des Fehlens optischer Daten. Auf dieselbe Weise sollte ich fähig sein, die Linien zu verlängern, die ich bis jetzt von der Macht, die mich hier schikaniert, gesehen habe. Wenden wir uns wieder dem Tod zu. Es scheint da etwas zu geben, obwohl es gleichzeitig so aussieht, als gäbe es nur so viel, wie man darüber sagen kann und wie ich bereits gesagt habe.

Tod ... Komme sanft ... Wir spielten früher ein Gesellschaftsspiel, bei dem man absonderliche Todesursachen in einen imaginären Totenschein einzutragen hatte: gefressen vom Ungeheuer von Loch Ness, von Godzilla zertreten, von einem Ninja vergiftet, entrückt.

Kit starrte mich damals mit zusammengezogenen Brauen an, als ich das Letzte vorbrachte.

»Was meinst du mit ›entrückt‹?«, fragte er.

»Gut, bei Fachwörtern bist du mir über«, sagte ich, »aber ich glaube doch, der Sinn wäre derselbe. ›Henoch wurde entrückt, damit er den Tod nicht sehen sollte‹ – Hebräerbrief 11, Vers 5.«

»Ich verstehe nicht.«

»Es bedeutet, direkt in den Himmel befördert zu werden, ohne sich hier auf der Erde mit dem herkömmlichen Ende aufzuhalten. Einige Moslems glauben, dass der Mahdi entrückt wurde.«

»Ein interessantes Konzept«, sagte er. »Ich werde darüber nachzudenken haben.«

Offenbar hat er das getan.

Ich bin immer der Meinung gewesen, dass Kurosawa aus

Don Quixote etwas richtig Gutes gemacht hätte. Sagen wir, da ist dieser alte Herr, der in heutiger Zeit lebt, ein Gelehrter, ein Mann, der von den Anfängen der Samurai und dem Ehrenkodex des Bushido fasziniert ist. Sagen wir, dass er sich so stark mit diesen Idealen identifiziert, dass er eines Tages den Verstand verliert und zu glauben anfängt, er sei ein Samurai aus alter Zeit. Er zieht eine schlecht sitzende Rüstung aus seiner Sammlung an, nimmt sein *katana*, zieht aus, um die Welt zu verändern. Letzten Endes wird er dadurch vernichtet, aber trotzdem hält er an dem Kodex fest. Diese Art von Hingabe unterscheidet ihn von anderen und adelt ihn trotz seiner Lächerlichkeit. Ich habe nie gefunden, dass *Don Quixote* eine bloße Parodie auf das Rittertum ist, besonders nicht, nachdem ich erfahren habe, dass Cervantes unter Don Juan de Austria an der Seeschlacht von Lepanto teilgenommen hat. Man könnte nämlich anführen, dass Juan de Austria der letzte Europäer war, der sich vom Kodex des Rittertums leiten ließ. Aufgewachsen mit mittelalterlichen Versromanen, führte er sein Leben nach diesen Grundsätzen. Welche Rolle spielte es da, dass die Ritter selbst nicht danach lebten? Er war davon überzeugt, und er handelte danach. Bei jedem anderen wäre das einfach komisch gewesen, nur dass Zeit und Umstände ihm die Gelegenheit gaben, bei mehreren großen Anlässen so zu handeln, und er siegte. Cervantes kann von seinem alten Feldherrn nur beeindruckt gewesen sein, und wer weiß, wie das seine späteren literarischen Bemühungen beeinflusst hat? Ortega y Gasset nennt Quixote einen gotischen Christus. Dostojewskij dachte genauso darüber, und bei seinem Versuch, mit Fürst Myschin eine Christusgestalt zu zeichnen, meinte auch er, dass in modernen Zeiten der Wahnsinn eine notwendige Voraussetzung für diesen Zustand sei.

All das ist Vorbemerkung zur Darlegung meiner Überzeugung, dass Kit zumindest teilweise wahnsinnig war. Aber er war kein gotischer Christus. Ein elektronischer Buddha käme dem schon näher.

»Hat das Datennetz eine Buddha-Natur?«, fragte er mich eines Tages.

»Sicher«, sagte ich. »Ist das nicht bei allem so?« Dann sah ich seinen Blick und fügte hinzu: »Wie zum Teufel soll ich das wissen?«

Darauf stöhnte er und lehnte sich in seine Resonanzcouch, senkte den Induktionshelm und setzte seine computerverstärkte Analyse einer Luzifer-Geheimschrift mit einem 128-Bit-Schlüssel fort. Theoretisch hätte es tausend Jahre gebraucht, sie mit ›roher Gewalt‹ zu dechiffrieren, doch die Lösung wurde innerhalb von zwei Wochen benötigt. Sein Nervensystem verband sich mit dem Datennetz, er war fähig zu halten, was er versprochen hatte.

Ich achtete eine Zeit lang nicht auf seinen Atemrhythmus. Erst später fiel mir auf, dass er, nachdem er mit seiner Arbeit fertig war, über zunehmend längere Zeitabschnitte meditierte und dabei mit dem System verbunden blieb.

Ich schimpfte mit ihm, weil er zu faul sei, um das Ding auszuschalten.

Er lächelte.

»Der Fluss«, sagte er. »Man stagniert nicht an einem Punkt. Man geht mit dem Fluss.«

»Du könntest den Schalter drücken, bevor du mit dem Fluss gehst, und unsere Stromrechnung senken.«

Er schüttelte den Kopf, noch immer lächelnd.

»Aber es ist dieser besondere Fluss, mit dem ich mich bewege. Ich komme immer weiter hinein. Du solltest das auch mal ausprobieren. Es gab Momente, wo ich das Gefühl hatte, ich könnte mich selbst entrücken.«

»Meinst du das psychisch oder theologisch?«

»Beides«, antwortete er.

Und eines Nachts ging er tatsächlich mit dem Fluss. Ich

fand ihn am anderen Morgen – schlafend, wie ich glaubte – auf seiner Resonanzcouch, den Helm noch auf dem Kopf. Diesmal hatte er wenigstens unser Terminal abgeschaltet. Ich ließ ihn schlafen. Ich wusste nicht, wie spät er vielleicht noch gearbeitet hatte. Am Abend wurde ich jedoch unruhig, und ich versuchte, ihn wachzurütteln. Es ging nicht. Er war in ein Koma gefallen.

Später im Krankenhaus hatte er ein flaches EEG. Er atmete extrem oberflächlich, sein Blutdruck war sehr niedrig, der Puls schwach. Während der nächsten zwei Tage sank er weiter ab. Die Ärzte gewährten ihm jeden Versuch, der sich denken lässt, konnten aber keine Ursache für seinen Zustand feststellen. Weil er einmal ein Schriftstück unterschrieben hatte, worin er verlangte, dass keine heldenhaften Maßnahmen ergriffen werden, um sein Leben zu verlängern, sollte ihm etwas Unwiderrufliches zustoßen, wurde er nicht an Atemgeräte und Pumpen und Schläuche angeschlossen, nachdem sein Herz zum vierten Mal aufgehört hatte zu schlagen. Die Autopsie war unbefriedigend. Auf dem Totenschein stand lediglich: »Herzstillstand. Eventueller Hirnschlag.« Letzteres war reine Spekulation. Ein Anzeichen dafür war nicht gefunden worden. Seine Organe wurden nicht an die Notleidenden verteilt, wie er verlangt hatte, aus Furcht vor einem neuen, noch unbekannten Virus, das dabei übertragen werden könnte.

Kit war, wie Marley, zunächst einmal tot.

15. Der Fujiyama von Tsukudajima in Edo aus

Blauer Himmel, einige niedrige Wolken, der Fujiyama über dem klaren Wasser auf der anderen Seite der Bucht, ein paar Boote und zwischen uns ein kleines Eiland. Wieder finde ich, wenn ich über die Veränderungen der Zeit hinweggehe, beträchtliche Übereinstimmung mit der Wirklichkeit. Wieder sitze ich in einem kleinen Boot. Hier jedoch habe ich nicht den Wunsch, unter die Wellen zu tauchen, um nach versunkener Pracht zu suchen oder mit meinem Körper die Bakterienzahl zu ermitteln.

Meine Reise hierher war ohne Umweg und ohne Zwischenfall. Gedankenvoll bin ich gekommen. Gedankenvoll bleibe ich. Meine Vitalität ist noch hoch, meine Gesundheit nicht schlechter geworden. Auch meine Sorgen sind noch dieselben, was bedeutet, dass meine Hauptfrage unbeantwortet ist.

Wenigstens fühle ich mich hier draußen auf dem Wasser sicher. Sicher ist ein relativer Begriff. Sicherer also, als ich mich an Land fühle und wenn ich an Stellen eines möglichen Hinterhalts vorbeikomme. Seit dem Tag meiner Rückkehr vom Krankenhaus habe ich mich nicht mehr wirklich sicher gefühlt ...

Ich war müde, als ich im Anschluss an mehrere schlaflose Nächte nach Hause kam. Ich ging sofort ins Bett. Ich sah nicht einmal auf die Uhr, darum habe ich keine Ahnung, wie lange ich dann schlief.

Ich wurde bei Dunkelheit geweckt, weil scheinbar das Telefon klingelte. Verschlafen griff ich nach dem Apparat, stellte dann fest, dass dieser nicht klingelte. Hatte ich geträumt? Ich setzte mich im Bett auf. Ich rieb mir die Augen. Ich reckte mich. Langsam besetzte die jüngste Vergangenheit meine Gedanken, und ich wusste, dass ich vorerst nicht würde einschlafen können. Eine Tasse Tee, so beschloss ich, würde mir jetzt gut tun. Ich stand auf, um in die Küche zu gehen und Wasser heiß zu machen.

Als ich durch das Arbeitszimmer ging, sah ich, dass einer von den Monitoren eingeschaltet war. Ich konnte mich nicht entsinnen, dass er an gewesen war, aber ich ging hin, um ihn abzuschalten.

Ich sah dann am Schalter, dass er nicht an war. Verwirrt schaute ich wieder auf den Bildschirm, und zum ersten Mal bemerkte ich, dass da etwas stand:

MARI.
ALLES IST GUT.
ICH BIN ENTRÜCKT.
BENUTZE DIE COUCH UND DEN HELM.
KIT

Ich merkte, dass ich mir die Fingernägel in die Wangen grub, und mir war es eng in der Brust vom Atemanhalten. Wer hatte das getan? Wie? War das vielleicht eine letzte Nachricht von Kit, hinterlassen im Delirium, kurz bevor er *einging*?

Ich knipste den Ein-Aus-Schalter ein paar Mal hin und her und ließ ihn dann in der Aus-Position.

Der Monitor wurde blasser, aber das Licht blieb an. Kurz darauf erschien ein neuer Text auf dem Bildschirm:

DU HAST MICH GELESEN. GUT.
ALLES IN ORDNUNG. ICH LEBE.
ICH BIN IN DAS DATENNETZ EINGEGANGEN.
SETZ DICH AUF DIE COUCH UND NIMM DEN HELM.
ICH WERDE DIR ALLES ERKLÄREN.

Ich rannte aus dem Zimmer. Im Bad übergab ich mich mehrere Male. Dann setzte ich mich auf die Toilette, ich zitterte. Wer trieb ein so entsetzliches Spiel mit mir? Ich trank etliche Glas Wasser und wartete, bis das Zittern nachließ.

Als das geschehen war, ging ich direkt in die Küche, brühte Tee auf und trank ihn. Mein Denken schwenkte langsam auf die Bahnen kritischer Einschätzung. Ich erwog Möglichkeiten. Am wahrscheinlichsten erschien dabei, dass Kit mir eine Nachricht hinterlassen hatte und ich die Induktionsschnittstelle benutzen müsste, um sie zu erhalten. Ich wollte die Nachricht haben, worin sie auch bestehen mochte, wusste aber nicht, ob im Augenblick meine emotionale Kraft ausreichte, um sie zu empfangen.

Ich muss fast eine Stunde lang da gesessen haben. Ich blickte einmal aus dem Fenster und sah, dass der Himmel hell wurde. Ich setzte die Tasse ab. Ich kehrte ins Arbeitszimmer zurück.

Der Bildschirm war noch erleuchtet. Die Nachricht hatte sich jedoch geändert:

HAB KEINE ANGST.
SETZ DICH AUF DIE COUCH UND NIMM DEN HELM.
DANN WIRST DU VERSTEHEN.

Ich ging zur Couch. Ich setzte mich darauf und legte sie flach. Ich senkte den Helm. Zuerst war da nur ein Rauschbild.

Dann spürte ich seine Anwesenheit, eine Größe, die im Hinblick auf eine Welt, wo es herkömmlicherweise nur den Datenfluss gibt, schwer zu beschreiben ist. Ich wartete. Ich versuchte, dafür aufnahmefähig zu sein, was er mir irgendwie konserviert hinterlassen hatte.

»Ich bin keine Aufzeichnung, Mari«, schien er darauf zu mir zu sagen. »Ich bin wirklich hier.«

Ich widerstand dem Impuls zu flüchten. Um diese Gemütsruhe hatte ich hart gerungen, und ich gedachte sie mir zu bewahren.

»Ich hab's rüber geschafft«, schien er zu sagen. »Ich bin in das Netz eingedrungen. Ich habe mich an vielen Stellen ausgebreitet. Das ist die reine Kundalini. Ich bin nichts als Fluss. Es ist wunderbar. Ich werde für immer hier sein. Das ist das Nirwana.«

»Das bist wirklich du«, sagte ich.

»Ja. Ich habe mich selbst entrückt. Ich will dir zeigen, was es bedeutet.«

»Na schön.«

»Ich habe mich jetzt hier zusammengezogen. Mach geistig die Beine breit und lass mich rein.«

Ich gab nach, und er strömte in mich. Dann wurde ich fortgetragen und verstand.

16. Der Fujiyama von Umezawa aus

Der Fujiyama hinter Lavafeldern und Nebelstreifen, ziehenden Wolken; Vögel im Fluge und Vögel auf dem Boden. Dieses eine immerhin ist getreu. Ich stütze mich auf meinen Stock und betrachte die friedlichen Bereiche jenseits des Chaos. Es ist dieselbe Lektion wie bei einem Musikstück: ich bin in einer Weise gestärkt, die ich nicht beschreiben kann.

Und auf dem Weg hierher habe ich blühende Kirschbäume gesehen und Felder, die violett vom Klee waren, Äcker gelb vom Raps, der wegen des Öls angebaut wird, ein paar Winterkamelien, die noch ihr Rot und Rosa anpriesen, die grünen Triebe der Reisbeete, hier und da einen Tulpenbaum, weiß gesprenkelt, blaue Berge in der Ferne, neblige Flusstäler. Ich bin durch Dörfer gekommen, wo jetzt buntes Metallblech die Strohdächer bedeckt – blaues und gelbes, grünes, schwarzes, rotes – und an Höfen vorbei, die mit dem feinen schieferblauen Stein der Landschaftsgärten ausgelegt waren; gelegentlich eine kauende, leise muhende Kuh; narbenhafte Reihen plastikbedeckter Maulbeersträucher, wo die Seidenraupen gezüchtet werden. Mein Herz hüpfte beim Anblick dieser Dinge – die Ziegel, die kleinen Brücken, die Farbe ... als würde man in eine Geschichte von Lafcadio Hearn versetzt, als kehrte man heim.

Mein Verstand zog noch einmal den Weg entlang, dem ich gefolgt war, zu den Kreuzungspunkten mit meinem elektronischen Verderben. Hokusais Warnung in jener Nacht, als ich zu viel trank – dass mir seine Holzschnitte zur Falle werden könnten –, konnte durchaus richtig gewesen sein. Kit war meiner Reise einige Male vorausgeeilt. Wie war ihm das möglich?

Dann begriff ich. Das Buch mit den Holzschnitten Hokusais, eine kleine Ausgabe mit Leineneinband der Charles E. Tuttle Company, war ein Geschenk von Kit gewesen.

Es ist möglich, dass er mich etwa zu dieser Zeit in Japan erwartet hat, wegen Osaka. Nachdem seine Epigonen mich ein paar Mal aufgespürt hatten, vermutlich durch eine ausgedehnte Beobachtung von Terminals, könnte er doch meine Wanderungen mit der Reihenfolge der Holzschnitte in Verbindung gebracht haben, zumal er meine große Vorliebe dafür kannte, und dann einfach den nächsten Ort gefolgert und dort gewartet haben? Ich habe das starke Gefühl, dass die Antwort zustimmend ausfällt.

Mit Kit in das Datennetz einzutreten ist eine überwältigende Erfahrung gewesen. Ich bestreite nicht, dass sich mein Bewusstsein ausbreitete und floss. Es war aber auch eine Tatsache absonderlicher Vorstellung, dass ich an mehreren Orte gleichzeitig war, auf Strömen trieb, die ich zuerst nicht verstand, dass mich Wissen und Transzendenz und eine Art von Herrlichkeit umgaben und zugleich in mir waren. Ich wurde mit augenblicklicher Geschwindigkeit getragen, und das hatte einen Beigeschmack von Ewigkeit. Der Zugang zu einer Vielheit von Terminals und enormen Speichermodulen war wie ein Anteil Allwissenheit. Die Möglichkeit der Manipulation, was immer ich in diesem Reich ändern würde, und ihre Konsequenzen für jenen Ort, wo ich fern meinen Körper spürte, erschien wie eine Spielart von Allmacht. Und das Gefühl ... Ich kostete die Süße: Kit bei mir und in mir. Es war Selbstaufgabe und neue Menschwerdung, es war Freiheit von weltlichem Begehren, Befreiung ...

»Bleibe für immer bei mir«, schien Kit zu sagen.

»Nein«, schien ich zu antworten, wie in einem Traum, und

merkte, wie ich mich noch weiter veränderte. »Ich kann mich nicht so bereitwillig aufgeben.«

»Auch nicht dafür? Für unsere Einigkeit und den Fluss verbindender Energie?«

»Und diesen wunderbaren Mangel an Verantwortlichkeit?«

»Verantwortlichkeit? Für was? Dies ist reine Existenz. Es gibt keine Vergangenheit.«

»Dann verschwindet das Gewissen.«

»Wozu brauchst du das? Zukunft gibt es auch nicht.«

»Dann verliert das Handeln alle Bedeutung.«

»Stimmt. Handeln ist eine Illusion. Konsequenzen sind Illusion.«

»Und die Paradoxie triumphiert über die Vernunft.«

»Es gibt nichts Paradoxes. Alles befindet sich im Einklang.«

»Und es gibt keinen Sinn mehr.«

»Sein ist der einzige Sinn.«

»Bist du sicher?«

»Spüre es!«

»Das tue ich. Aber das reicht mir nicht. Schicke mich zurück, ehe ich mich in etwas verwandelt habe, das ich nicht sein möchte.«

»Was könntest du mehr wünschen als das?«

»Meine Vorstellung wird ebenfalls verschwinden. Das merke ich.«

»Und was ist Vorstellung?«

»Eine Sache, die aus Gefühl und Verstand entsteht.«

»Kommt dir das hier nicht richtig vor?«

»Doch, durchaus. Aber ich will nicht, dass Gefühl allein besteht. Wenn ich Gefühl mit Verstand verbinde, dann erkenne ich manchmal, dass es bloß eine Entschuldigung für den Mangel ist, mit Komplexität zurechtzukommen.«

»Hier wirst du mit jeder Komplexität fertig. Sieh die Daten! Zeigt der Verstand dir nicht, dass dieser Zustand viel überlegener ist als der, den du eben noch gehabt hast?«

»Ich kann auch dem alleinigen Verstand nicht trauen. Verstand ohne Gefühl hat die Menschheit dahin gebracht, Ungeheuerlichkeiten zu begehen. Versuche nicht, meine Vorstellung auf diese Weise aufzuspalten.«

»Du behältst deinen Verstand und deine Gefühle!«

»Aber sie kommen unverbunden – mit diesem Sturm des Entzückens, mit jenem Datenschwall. Ich brauche sie miteinander verbunden, sonst geht meine Vorstellung verloren.«

»Dann lass sie verloren gehen. Sie hat ihren Zweck erfüllt. Gib sie auf. Was kannst du dir vorstellen, das du hier nicht schon hast?«

»Das kann ich noch nicht wissen, und das ist ihre Macht. Wenn es einen Willen mit einem Funken Göttlichkeit gibt, weiß ich das nur durch meine Vorstellung. Alles andere kann ich dir geben, aber darauf will ich nicht verzichten.«

»Und das ist alles? Der Hauch einer Möglichkeit?«

»Nein. Aber das allein ist zu viel, um es zu verneinen.«

»Und meine Liebe für dich?«

»Du liebst nicht mehr wie ein Mensch. Lass mich umkehren.«

»Natürlich. Du willst darüber nachdenken. Du wirst zurückkehren.«

»Zurück! Sofort!«

Ich stieß mir den Helm vom Kopf und sprang auf. Ich ging ins Badezimmer, dann ins Bett. Ich schlief lange, wie narkotisiert.

Hätte ich anders über Entwicklungsfähigkeiten, die Zukunft, die Vorstellungskraft gedacht, wäre ich nicht schwanger gewesen – was ich vermutete, ihm gegenüber aber noch nicht erwähnt hatte und was er zu erfahren versäumte, da seine Aufmerksamkeit auf unseren Wortwechsel gerichtet war? Ich möchte glauben, dass die Antwort dieselbe gewesen wäre, aber das werde ich nie wissen. Mein Zustand wurde am nächsten Tag von einem Arzt bestätigt. Ich machte den Arztbesuch, den ich aufgeschoben hatte, weil ich für mein Leben damals Gewissheit brauchte – Gewissheit gleich wo. Der Bildschirm im Arbeitszimmer blieb drei Tage lang leer.

Ich las und meditierte. Dann ging eines Abends wieder das Licht an:

BIST DU BEREIT?

Ich aktivierte die Tastatur. Ich schrieb nur ein Wort:

NEIN.

Ich steckte die Induktionscouch und den Helm aus. Ich zog auch den Stecker der Einheit.

Das Telefon klingelte.

»Hallo?«, sagte ich.

»Warum nicht?«, fragte er mich.

Ich schrie auf und hängte ein. Er war in das Telefonnetz eingedrungen, hatte sich eine Stimme angeeignet.

Es klingelte wieder. Ich nahm wieder ab.

»Du wirst nie wieder Ruhe haben, bis du zu mir kommst«, sagte er.

»Doch, wenn du mich in Ruhe lässt«, erwiderte ich.

»Ich kann nicht. Du bist mir kostbar. Ich will dich bei mir haben. Ich liebe dich.«

Ich legte auf. Es klingelte erneut. Ich riss das Kabel aus der Wand.

Ich hatte gewusst, dass ich schnell würde verschwinden müssen. Ich war überwältigt und niedergeschlagen durch all die Erinnerungen an unser gemeinsames Leben. Ich packte eilig und verließ die Wohnung. Ich nahm ein Hotelzimmer. Sobald ich es bezogen hatte, klingelte das Telefon und es war wieder Kit. Meine Anmeldung war in einen Computer eingegeben worden und ...

Ich ließ mein Telefon an der Zentrale ausschalten. Ich hängte ein Nicht-Stören-Schild nach draußen. Am Morgen wurde ein Telegramm unter der Tür durchgeschoben. Von Kit. Er wollte mit mir reden.

Ich beschloss, weit fortzugehen. Das Land zu verlassen, in die Staaten zurückzukehren.

Es war leicht für ihn, mich zu verfolgen. Wir hinterlassen fast überall elektronische Spuren. Über Kabel, Satellit, optische Sender konnte er sein, wo er wollte. Wie ein abgewiesener Freier belästigte er mich mit Anrufen, unterbrach Fernsehsendungen, um Botschaften auf den Schirm zu blenden, schaltete sich in meine Telefonate mit Freunden, Anwälten, Immobilienmaklern, Geschäften ein. Grausigerweise schickte er mir mehrere Male Blumen. Mein elektronischer Bodhisattva, mein himmlischer Schurke, wollte mir keine Ruhe lassen. Es ist schrecklich, mit einem hartnäckigen Datennetz verheiratet zu sein.

Darum zog ich aufs Land. Ich wollte nichts im Hause haben, womit er mich erreichen konnte. Ich probierte Wege, um das System zu meiden, um an Kits vielen Sinnen vorbeizuschlüpfen.

Bei den wenigen Malen, wo ich achtlos war, griff er sofort nach mir. Aber er hatte einen neuen Trick gelernt, und ich kam zu der Überzeugung, dass er ihn zu dem Zweck entwickelt hatte, mich gewaltsam in seine Welt ziehen zu können. Er konnte an einem Terminal eine Spannung aufbauen, zu einer Art Kugelblitz mit Tiergestalt formen und dieses kurzlebige Artefakt über eine geringe Entfernung ausschicken, um seinen Willen zu erfüllen. Ich lernte jedoch dessen Schwachstelle kennen, als mich so ein Ding in der Wohnung eines Freundes holen kommen wollte. Es versetzte mir einen elektrischen Schlag und versuchte mich in die Nähe des Terminals zu treiben, wahrscheinlich zum Zwecke der Entrückung. Ich schlug nach dem Epigonen – wie Kit ihn später in einem entschuldigenden Telegramm bezeichnete – mit dem nächstbesten Gegenstand, einer brennenden Tischlampe, die in sein Kraftfeld eindrang und sofort einen Schaltkreis durchbrennen ließ. Der Epigone war vernichtet, wodurch ich entdeckte, dass eine leichte elektrische Störung die Dinger instabil machte.

Ich blieb auf dem Land und zog meine Tochter auf. Ich las und trainierte Kampfsport und ging im Wald spazieren und stieg auf Berge und segelte und zeltete, lauter ländliche Beschäftigungen und sehr befriedigend nach einem Leben voller Intrigen, Konflikten, Anschlägen und Gegenanschlägen und schließlich dieser kleinen, zeitweiligen Insel der Sicherheit mit Kit. Ich war mit meiner Wahl glücklich.

Der Fujiyama über den Lavabetten ... Frühling ... Jetzt bin ich zurückgekehrt. Das war nicht meine Wahl.

17. Der Fujiyama vom Suwasee aus

Und so kam ich an den Suwasee, wo der Fujiyama klein in der abendlichen Ferne ruht. Er ist kein Kawaguchisee mit machtvollen Reflexionen, aber er ist heiter, was sich mit meiner Stimmung zu einer Art Versöhnung verbindet. Ich habe nun die Lebenskraft des Frühlings in mich aufgenommen, und sie hat sich in meinem Wesen ausgebreitet. Wer wollte diese Welt stören und unerwünschte Gestalten über sie bringen? Verschließe deine Lippen.

War es nicht in einer stillen Provinz, da Botchan zu seiner Reife fand? Ich habe eine Theorie über Bücher wie das von Natsume Soseki. Mir hat einmal jemand gesagt, dass dies das eine Buch sei, das mit Sicherheit jeder gebildete Japaner gelesen hat. Also las ich es. In den Staaten wurde mir gesagt, *Huckleberry Finn* sei das Buch, das mit Sicherheit jeder gebildete Yankee gelesen hat. Also las ich es. In Kanada waren es die *Sunshine Sketches of a Little Town* von Stephen Leacock. In Frankreich war es *Der große Meaulnes*. Alle Länder haben solche Bücher. Und alle sind sie idyllisch und sind sich einig in ihrer Nähe zum Ländlichen und den Kräften einer Natur, die kurz vor einer beträchtlichen Verstädterung und Mechanisierung steht. Diese Dinge erscheinen am Horizont und kommen näher, aber sie dienen nur dazu, dem Geschmack einfacherer Werte das Gewürz der Bitterkeit beizugeben. Es sind jugendliche Bücher von einheimischem Gemüt und Charakter, und sie handeln vom Vergehen der Unschuld. Viele davon habe ich Kendra zu lesen gegeben.

Ich habe Boris belogen. Natürlich weiß ich über die Konferenz von Osaka Bescheid. Ich bin sogar von einem meiner früheren Dienstherren angesprochen worden, etwas Ähnliches zu tun, wie Boris es vermutet hat. Ich habe abgelehnt. Meine Pläne standen fest. Es hätte zu einem Konflikt geführt.

Hokusai, Geist und Lehrer, du verstehst dich besser als Kit auf Zufall und Zweck. Du weißt, dass menschliche Ordnung unsere Transaktionen mit dem Universum beeinflussen muss und dass das nicht nur notwendig, sondern gut ist und dass das Licht dennoch durchkommt.

Auf dieser Anhöhe über dem Seeufer ziehe ich meine verborgene Klinge heraus und schleife sie noch einmal. Die Sonne wendet sich ab von meinem Stück Welt, aber auch die Dunkelheit ist hier meine Freundin.

18. Der Fujiyama vom offenen Meer bei Kanagawa

Hier also das Bild des Todes. Die große Woge, die sich aufwärts rollt und überkippt im Begriff, die zerbrechlichen Schiffe zu verschlingen. Der Holzschnitt Hokusais, den jeder kennt.

Ich bin keine Surferin. Ich suche nicht die perfekte Welle. Ich will einfach hier am Ufer bleiben und das Wasser betrachten. Das ist Mahnung genug. Meine Pilgerschaft geht dem Ende entgegen, wenngleich das Ziel noch nicht in Sicht ist.

Nun ... ich sehe den Fujiyama. Nenne ihn das Ziel. Wie der Fassreifen des ersten Holzschnitts schließt sich der Kreis um ihn.

Auf dem Weg hierher habe ich an einer kleinen Lichtung Halt gemacht und in dem Bach gebadet, der dort floss. Dort habe ich auch mit dem umherliegenden Holz einen niedrigen Altar gebaut. Während ich meine Hände nach jedem Schritt des Brauches säuberte, legte ich Weihrauch davor, der aus Kampferholz und weißem Sandelholz gemacht war; ich legte auch einen Strauß frischer Veilchen nieder, stellte eine Schale Gemüse und eine Schale Wasser aus dem Bach hin. Dann zündete ich eine Lampe an, die ich gekauft und mit Rapsöl gefüllt hatte. Auf den Altar stellte ich mein Abbild des Gottes Kokuzo, das ich von zu Hause mitgenommen hatte, mit dem Gesicht nach Westen, wo ich stand. Ich wusch mich wieder, dann streckte ich die rechte Hand aus, den Mittelfinger gekrümmt, sodass er den Daumen berührte, während ich das Mantra sprach, um Kokuzo anzurufen. Ich trank von dem Wasser. Ich weihte mich mit ein paar Tropfen und fuhr mit der Wiederholung des Mantras fort. Danach vollzog ich dreimal die Geste Kokuzos, führte die Hand an den Scheitelpunkt, an die rechte Schulter, die linke Schulter, das Herz und die Kehle. Ich entfernte das weiße Tuch, in das Kokuzos Abbild eingewickelt war. Nachdem ich die Umgebung mit den gehörigen Wiederholungen versiegelt hatte, meditierte ich in derselben Haltung wie Kokuzo in seiner Darstellung und rief ihn an. Nach einer Weile lief das Mantra von selbst, immer und immer wieder.

Endlich kam es zu einer Vision, und ich redete, erzählte alles, was passiert war, alles, was ich zu tun vorhatte, und bat um Kraft und Führung. Plötzlich sah ich sein Schwert herabkommen wie einen langsamen Blitz und den Ast eines Baumes abschneiden, der zu bluten anfing. Und dann regnete es, in der

Vision und auf mich, und ich wusste, das war alles, was in dieser Sache zu haben war.

Ich sammelte alles ein, räumte auf, zog den Poncho über und machte mich auf den Weg.

Es regnete stark, meine Stiefel wurden matschig, und die Temperatur fiel. Ich stapfte eine lange Zeit voran, und die Kälte kroch mir in die Knochen. Zehen und Finger wurden mir taub.

Ich hielt immerzu nach einem Obdach Ausschau, entdeckte aber nichts, wo ich vor dem Sturm hätte Zuflucht nehmen können. Später ging der Regenguss in einen Nieselregen und schließlich in einen dunstigen Niederschlag über, aber dann entdeckte ich in der Ferne etwas, das ein Tempel sein mochte. Ich lief darauf zu, auf heißen Tee und ein Feuer hoffend, und dachte daran, die Socken zu wechseln und meine Stiefel zu putzen.

Am Tor hielt mich ein Priester an. Ich schilderte ihm meine Lage, und er wirkte unangenehm berührt.

»Es ist unser Brauch, jedem Unterschlupf zu gewähren«, sagte er. »Aber es gibt da eine Schwierigkeit.«

»Ich wäre froh, etwas Bargeld zu stiften«, sagte ich, »falls schon zu viele hier entlang gekommen sind und Ihre Vorräte erschöpft haben. Ich möchte mich wirklich nur aufwärmen.«

»Oh nein, es ist keine Frage der Vorräte«, erzählte er mir, »und was das betrifft, so sind sehr wenige in jüngster Zeit hier gewesen. Die Schwierigkeit ist anderer Art, und es bringt mich in Verlegenheit, wenn ich sie erklären soll. Es würde den Eindruck erwecken, als wären wir altmodisch und abergläubisch, wo dies doch ein sehr moderner Tempel ist. Aber in jüngster Zeit – äh – spukt es hier.«

»So?«

»Ja. Aus der Bibliothek und dem Aktenraum neben den Räumen des Oberpriesters kommen bestialische Erscheinungen. Sie gehen im Tempel um, wandern durch unsere Zimmer, über das Gelände, dann kehren sie in die Bibliothek zurück oder verschwinden anderswo.«

Er musterte mein Gesicht, als suchte er nach Hohn, Überzeugung, Zweifel – irgendetwas. Ich nickte lediglich.

»Es ist höchst unangenehm«, fügte er hinzu. »Ein paar Mal ist ein einfacher Exorzismus unternommen worden, aber ohne Erfolg.«

»Wie lange geht das schon so?«, fragte ich.

»Seit etwa drei Tagen«, antwortete er.

»Ist jemandem etwas passiert?«

»Nein. Sie wirken sehr einschüchternd, aber es ist niemand verletzt worden. Sie sind auch störend, wenn man schlafen möchte – oder meditieren –, denn sie verursachen ein prickelndes Gefühl, und manchmal stellen sich die Haare auf.«

»Interessant«, sagte ich. »Sind es viele?«

»Das ist verschieden. Gewöhnlich nur einer. Zuweilen zwei. Gelegentlich drei.«

»Gibt es in Ihrer Bibliothek zufällig ein Computerterminal?«

»Ja«, antwortete er. »Wie ich schon sagte, wir sind modern. Wir bewahren so unsere Unterlagen auf, und wir können uns damit Ausdrucke von heiligen Texten beschaffen, die wir nicht hier haben – und andere Dinge.«

»Wenn Sie das Terminal für einen Tag ausschalten, werden die Erscheinungen wahrscheinlich verschwinden«, sagte ich zu ihm, »und ich glaube nicht, dass sie noch einmal wiederkommen werden.«

»Ich werde mit dem Vorsteher sprechen müssen, ehe ich etwas Derartiges tue. Sie wissen etwas über diese Erscheinungen?«

»Ja, und in der Zwischenzeit würde ich mich gern aufwärmen, wenn ich darf.«

»Ganz recht. Kommen Sie hier entlang.«

Ich trat mir die Stiefel ab und zog sie aus, bevor ich hineinging und ihm folgte. Er führte mich nach hinten in ein schönes Zimmer, das auf den Tempelgarten hinausblickte.

»Ich werde gehen und dafür sorgen, dass für Sie eine Mahlzeit bereitet wird, und eine Kohlenpfanne, damit Sie sich wärmen können«, sagte er und entschuldigte sich.

Mir selbst überlassen, bewunderte ich den goldenen Karpfen, der nur ein paar Schritte entfernt in einem Teich schwamm, wo hin und wieder Regentropfen die Oberfläche störten, und die kleine Steinbrücke, die darüber führte, die Steinpagode, die Pfade, die sich zwischen Steinen und Sträuchern durchschlängelten. Ich wollte über diese Brücke gehen – wie wenig sie jenem Metallbogen glich, der so zielstrebig, kalt und dunkel war! – und mich dort für ein oder zwei Menschenalter verirren. Stattdessen setzte ich mich hin und schluckte dankbar den Tee, der ein paar Augenblicke später gebracht wurde, und ich wärmte mir die Füße und trocknete meine Socken in der Hitze der Kohlenpfanne, die eine kleine Weile danach kam.

Später, ich hatte mein Essen halb verspeist und genoss die Unterhaltung mit dem jungen Priester, der mir Gesellschaft leisten sollte, bis der oberste Priester zu mir kommen und mich persönlich willkommen heißen konnte, da sah ich meinen ersten Epigonen dieses Tages.

Er erinnerte an einen sehr kleinen Elefanten mit drei Rüsseln, der aufrecht über einen gewundenen Gartenweg lief und mit seinen schlangenartigen Anhängseln links und rechts durch die Luft fegte. Noch hatte er mich nicht entdeckt.

Ich machte den Priester auf ihn aufmerksam, der vom Fenster abgewandt saß.

»Du meine Güte!«, sagte er und fingerte an seinen Gebetsperlen.

Während er dorthin schaute, brachte ich meinen Stock neben mich in eine sofort erreichbare Position.

Solange sich der Epigone näherte, beeilte ich mich meinen

Reis und das Gemüse aufzuessen. Ich fürchtete, meine Schüssel könnte in die kommende Auseinandersetzung hineingeraten.

Der Priester blickte sich um, als er die Bewegung des Stocks auf dem Steinboden hörte.

»Den werden Sie nicht brauchen«, sagte er. »Wie ich schon erklärt habe, sind diese Dämonen nicht angriffslustig.«

Ich schüttelte den Kopf, während ich einen weiteren Bissen hinunterschluckte.

»Dieser wird angreifen, sobald er mich sieht«, sagte ich. »Sehen Sie, ich bin es, die er sucht.«

»Du meine Güte!«, wiederholte er.

Ich stand auf, als der Epigone die Rüssel in meine Richtung streckte und daraufhin auf die Brücke zulief.

»Dieser ist ungewöhnlich stabil«, bemerkte ich. »Seit drei Tagen, ja?«

»Ja.«

Ich bewegte mich um das Tablett herum und machte einen Schritt vor. Plötzlich war er über die Brücke hinweg und stürzte auf mich zu. Ich empfing ihn mit einem geraden Stoß, dem er auswich. Ich drehte den Stock zweimal und stieß beim Drehen wieder zu. Mein Hieb saß, und ich wurde von zwei Rüsseln gleichzeitig getroffen – an der Brust und an der Wange. Der Epigone verlosch wie ein brennender Wasserstoffballon, und ich stand derweil da, rieb mir das Gesicht und blickte um mich.

Ein zweiter glitt aus dem Tempel in unseren Raum. Ich machte einen plötzlichen Ausfall und traf beim ersten Schlag.

»Ich glaube, ich sollte jetzt vielleicht gehen«, bemerkte ich. »Danke für Ihre Gastlichkeit. Übermitteln Sie dem Oberpriester mein Bedauern, dass ich nicht mit ihm sprechen konnte. Ich habe mich aufgewärmt und gegessen, und ich habe erfahren, was ich über Ihre Dämonen wissen wollte. Kümmern Sie sich nicht mehr um das Terminal. Sie werden ihre Besuche wahrscheinlich in Kürze einstellen und nicht mehr wiederkommen.«

»Sind Sie sicher?«

»Ich kenne sie.«

»Ich habe nicht gewusst, dass diese Terminals spuken. Der Verkäufer hat uns nichts davon gesagt.«

»Ihrer sollte jetzt wieder in Ordnung sein.«

Er brachte mich ans Tor.

»Danke für den Exorzismus«, sagte er.

»Danke für die Mahlzeit. Auf Wiedersehen.«

Ich wanderte einige Stunden lang, ehe ich in einer flachen Höhle einen Schlafplatz fand, wo ich meinen Poncho als Regenschirm benutzte.

Und heute bin ich hierher gekommen, um nach der Woge des Todes Ausschau zu halten. Aber noch ist keine da. Keine wirklich große. Meine ist dennoch da draußen, irgendwo.

19. Der Fujiyama von Shichirigahama aus

Der Fujiyama an Kiefern vorbei, durch Schatten, während Wolken neben ihm aufsteigen ... Es geht weiter auf das Ende zu. Das Wetter ist heute gut gewesen, meine Gesundheit stabil.

Gestern bin ich auf der Straße zwei Mönchen begegnet und eine Zeit lang mit ihnen gegangen. Ich war sicher, sie unterwegs schon einmal irgendwo gesehen zu haben, darum grüßte ich sie und fragte, ob ich vielleicht Recht hätte. Sie antworteten, dass sie selbst Pilger seien, unterwegs zu einem fernen Heiligtum, und sie gaben zu, dass ich ihnen ebenfalls vertraut vorkäme. Wir aßen gemeinsam am Straßenrand. Unsere Unterhaltung beschränkte sich auf Gemeinplätze, jedoch fragten sie mich, ob ich von dem Spuktempel in Kanagawa gehört habe. Wie schnell sich doch solche Nachrichten verbreiten. Ich sagte ja, und wir sprachen über die Befremdlichkeit der Sache.

Nach einer Weile wurde ich ärgerlich. Jede Wegkehre, die ich nahm, schien auch Teil ihrer Route zu sein. Während ich ein bisschen Unterhaltung begrüßt hatte, wünschte ich doch keine längere Begleitung, und es schien, dass ihre Wahl des Weges der meinen allzu sehr glich. Als wir endlich an eine Gabelung kamen, fragte ich sie, welche Richtung sie nehmen würden. Sie zögerten, dann sagten sie, sie würden nach rechts gehen. Ich nahm den linken Weg. Ein wenig später holten sie mich ein. Sie hätten es sich anders überlegt, behaupteten sie.

In der nächsten Stadt bot ich einem Autofahrer eine reichliche Geldsumme an, damit er mich in das nächste Dorf brächte. Er nahm an, und wir fuhren los und ließen die Mönche stehen.

Ich stieg aus, ehe wir das Dorf erreichten, bezahlte ihn und sah zu, wie er wegfuhr. Dann schlug ich einen Fußweg ein, den ich gesehen hatte und der in die von mir gewünschte Richtung ging. An einer Stelle verließ ich ihn und durchquerte den Wald, bis ich auf einen anderen Weg stieß.

Ich schlug weit ab vom Weg mein Lager auf, und am folgenden Morgen gab ich mir Mühe, alle Spuren meiner Anwesenheit zu tilgen. Die Mönche tauchten nicht noch einmal auf. Sie mochten ganz harmlos gewesen sein und ihre Absichten verschieden, aber ich muss mich an meine sorgsam kultivierte Paranoia halten.

Was mich dazu bringt, diesen entfernten Mann zu erwähnen – einen Abendländer, seiner Kleidung nach zu urteilen ... Er treibt sich schon eine Weile herum, macht hin und wieder ein Foto. Natürlich werde ich ihn in Kürze zurücklassen, falls er mich verfolgt – aber selbst wenn nicht.

Es ist schrecklich, über einen zu langen Zeitraum so misstrauisch sein zu müssen. Demnächst werde ich noch Schulkinder verdächtigen.

Ich betrachte den Fujiyama, während die Schatten lang werden. Ich werde damit fortfahren, bis sich die ersten Sterne zeigen. Dann werde ich mich fortstehlen.

Und so sehe ich den Himmel dunkel werden. Der Fotograf packt schließlich seine Ausrüstung ein und geht.

Ich bleibe wachsam, aber wenn ich den ersten Stern sehe, geselle ich mich zu den Schatten und verschwinde wie der Tag.

20. Der Fujiyama vom Inume-Pass

Durch Nebel hindurch und darüber. Es hat vor kurzem geregnet. Und da ist der Fujiyama, Sturmwolken über der Stirn. In vieler Hinsicht bin ich erstaunt, so weit gekommen zu sein. Bei diesem Anblick jedoch war alles der Mühe wert.

Ich sitze auf einem bemoosten Felsen und nehme das veränderliche Aussehen des Fujiyama in mein Gedächtnis auf, während ein rascher Regen seine Miene verschleiert, aufhört, wieder einsetzt.

Der Wind weht hier kräftig. Die Nebelbank hebt ihre geisterhaften Glieder und lässt sie wieder sinken. Unter dem eintönigen Mantra des Windes liegt eine betäubte Stille.

Ich mache es mir bequem, esse, trinke, betrachte, während ich noch einmal meinen entscheidenden Plan durchdenke. Die Dinge gehen ihrem Ende entgegen. Bald wird der Kreis geschlossen sein.

Ich hatte daran gedacht, hier meine Medizin wegzuwerfen, als einen Akt der Tapferkeit, als Zeichen totaler Verpflichtung. Jetzt sehe ich das als eine alberne romantische Geste an. Ich werde meine ganze Kraft und jede Hilfe brauchen, wenn ich eine Chance auf Erfolg haben soll. Anstatt die Medizin aufzugeben, nehme ich hier welche.

Die Windböen fühlen sich gut an. Sie kommen wie Wogen, aber sie sind erfrischend.

Ein paar Reisende gehen unterhalb vorbei. Ich rücke aus ihrem Blickfeld. Harmlos wie Geister ziehen sie vorbei, ihre

Worte werden vom Wind fortgetragen, kommen nicht einmal bis zu mir. Ich habe ein wenig Lust zu singen, aber ich bezähme mich.

In Träumereien über die Anfangsgründe versunken, sitze ich lange Zeit da. Es war gut, diese Reise in die Vergangenheit zu unternehmen, noch einmal am Rand zu leben ...

Da unten. Eine bekannte Gestalt kommt in Sicht, schleppt ihre Ausrüstung. Ich kann von hier aus keine Gesichtszüge erkennen, brauche ich aber auch nicht. Als der Mann anhält und beginnt, seine Sachen abzusetzen, weiß ich, dass es der Fotograf von Shichirigahama ist, darauf aus, noch eine Aussicht auf den Fujiyama einzufangen, die beständiger ist, als ich sie mir wünsche.

Ich beobachte ihn eine Zeit lang, aber er sieht nicht einmal in meine Richtung. Dieses eine Mal will ich als Zufall gelten lassen. Einstweilen natürlich. Wenn ich ihn noch einmal sehe, muss ich ihn vielleicht töten. Ich werde zu nah am Ziel sein, um auch nur die Möglichkeit einer Störung zu dulden.

Ich sollte jetzt besser aufbrechen, denn ich möchte lieber vor ihm her als hinter ihm her wandern.

Fujiyama hoch da droben, das war ein guter Rastplatz. Wir werden uns bald wiedersehen.

Komm, Hokusai, lass uns hier verschwinden.

21. Der Fujiyama vom Totomigebirge aus

Verschwunden die alten Säger, die einen Balken in Bretter spalten, sie formen. Nur der Fujiyama mit Schnee und Wolken bleibt. Die Männer in dem Holzschnitt verrichten ihre Arbeit auf die alte Art, wie der Fassmacher von Owari. Abgesehen von den Fischern, die lediglich ihren Bedarf aus der Natur decken, sind das die einzigen zwei Holzschnitte in meinem Buch, wo Menschen dabei abgebildet werden, wie sie in ihrer

Welt etwas gestalten. Ihre Arbeit ist zu traditionell, als dass ich darin das Bild vom Dynamo und der Jungfrau sehen könnte. Sie könnten auch tausend Jahre vor Hokusais Zeit diese Arbeit verrichtet haben.

Dennoch ist es eine Darstellung vom Menschen als Gestalter der Welt, und darum führt sie mich über den Weg der Jahre in diese Zeit, bis zu diesem Tag hoch entwickelter Werkzeuge und umfangreicher Veränderungen. Ich sehe in ihr die Metapher dessen, was später geschaffen wurde, der Metallhülle und der pulsierenden Ströme, die die Welt einst tragen würde. Und Kit ist auch da, göttergleich, auf elektronischen Wellen reitend.

Beunruhigend. Doch von einer alten Spannkraft zeugend, als sei auch das nur der flüchtige Eindruck eines Blinzelns der Menschheitsentwicklung in der Zeit, und ob ich gewinne oder verliere, der unbearbeitete Stoff bleibt und wird letzten Endes über jedes Hindernis triumphieren. Ich würde das wirklich gern glauben, aber ich muss die Gewissheit den Politikern und den Predigern überlassen. Mein Weg ist angelegt und ausgestattet mit meiner Vision dessen, was getan werden muss.

Ich habe den Fotografen nicht wieder gesehen, aber die Mönche habe ich gestern entdeckt, wie sie am Hang eines entfernten Hügels lagerten. Ich habe sie mir mit dem Fernglas genau angesehen, und es waren dieselben, mit denen ich kürzlich eine Strecke gegangen bin. Sie haben mich nicht bemerkt, und ich bin über einen Umweg an ihnen vorbeigekommen. Unsere Wege haben sich seitdem nicht gekreuzt.

Fujiyama, ich habe jetzt einundzwanzig deiner Ansichten in mich aufgenommen. Lebe ein wenig, sterbe ein wenig. Sage den Göttern, wenn du dran denkst, dass eine Welt im Sterben liegt.

Ich wandere weiter, schlage früh in einem Feld bei einem Kloster mein Lager auf. Nach meiner jüngsten Erfahrung mit einem modernen Heiligtum möchte ich es nicht betreten. Ich kampiere an einer verborgenen Stelle in der Nähe, zwischen Felsen und Kiefernschößlingen. Der Schlaf kommt rasch, dauert bis zu irgendeiner Stunde.

Plötzlich bin ich wach und zittere, es ist dunkel und still. Ich kann mich an kein Geräusch von draußen und keinen beunruhigenden Traum in mir erinnern. Trotzdem traue ich mich nicht einmal, mich zu bewegen. Ich atme vorsichtig und warte.

Schwebend wie eine Lotusblüte auf dem Teich ist es neben mich gekommen, ragt über mir, trägt Sterne wie eine Krone, leuchtet durch sein eigenes sanftes, überirdisches Licht. Es ist ein Abbild eines Bodhisattva mit feinen Gesichtszügen, Kwannon nicht unähnlich, in ein Gewebe aus Mondstrahlen gehüllt.

»Mari.«

Seine Stimme ist weich und schmeichelnd.

»Ja?«, antworte ich.

»Du bist zurückgekommen, um Japan zu durchwandern. Du kommst zu mir, nicht wahr?«

Die Illusion ist zerbrochen. Es ist Kit. Er hat diese sorgfältig geschaffene Epigonengestalt angenommen, um mich aufzusuchen. Es muss in dem Kloster ein Terminal geben. Wird er versuchen, mich zu zwingen?

»Ja, ich war unterwegs zu dir«, schaffe ich zu sagen.

»Du kannst jetzt mit mir kommen, wenn du willst.«

Er streckt eine wunderschön gestaltete Hand aus, wie zur Segnung.

»Ich habe ein paar geringe Angelegenheiten zu regeln, ehe wir uns wieder vereinigen.«

»Was könnte wichtiger sein? Ich habe die Untersuchungsberichte gelesen. Ich kenne den Zustand deines Körpers. Es wäre tragisch, wenn du auf der Straße sterben müsstest, so kurz vor deiner Erhöhung. Komm jetzt.«

»Du hast so lange gewartet, und Zeit bedeutet dir wenig.«

»Um dich mache ich mir Sorgen.«

»Ich versichere dir, ich werde jede Vorsichtsmaßnahme ergreifen. Aber zunächst ist da etwas, das mich beschäftigt.«

»Erzähl es mir.«

»Voriges Jahr gab es in Saudi Arabien eine Revolution. Es schien für die Saudis vielversprechend zu sein, aber damit war auch Japans Ölversorgung gefährdet. Plötzlich begann die neue Regierung in der Presse sehr schlecht auszusehen, und eine neue konterrevolutionäre Gruppe wirkte stärker und gutwilliger, als sie tatsächlich war. Großmächte griffen erfolgreich zugunsten der Konterrevolutionäre ein. Jetzt sind sie an der Macht und scheinen noch schlimmer zu sein als die alte Regierung, die die Revolutionäre gestürzt hatten. Es wäre möglich, wenn auch den meisten unbegreiflich, dass auf irgendeine Weise die Computerschirme auf der ganzen Welt plötzlich etwas Irreführendes angezeigt haben. Und jetzt wird die Konferenz von Osaka abgehalten, um mit dem jüngsten Regime neue Ölabkommen zu erarbeiten. Es sieht so aus, als würde Japan dabei ein sehr gutes Ergebnis erzielen. Du hast mir einmal gesagt, dass du über solche weltlichen Angelegenheiten erhaben bist, aber ich weiß nicht recht. Du bist Japaner, du hast dein Land geliebt. Könntest du dich da eingemischt haben?«

»Und wenn schon? Die Angelegenheit ist so unwichtig angesichts der ewigen Werte. Wenn in mir eine Spur von Anteilnahme an solchen Dingen verblieben ist, dann ist es nicht unehrenhaft, dass ich mein Land und mein Volk fördere.«

»Und wenn du es hierbei getan hast, könnte es dann nicht sein, dass du eines Tages wieder einschreitest, bei einer anderen Sache, wo Gewohnheit oder Gefühlsregung es dir nahe legen?«

»Na und?«, erwidert er. »Ich habe nur einen Finger ausgestreckt und ein bisschen den Staub der Illusion aufgewirbelt. Das macht mich höchstens nur noch freier.«

»Ich verstehe«, sage ich.

»Das bezweifle ich, aber du wirst es verstehen, wenn du dich mit mir vereinigt hast. Warum es nicht gleich tun?«

»Bald«, sage ich. »Lass mich meine Angelegenheiten erledigen.«

»Ich gebe dir noch ein paar Tage mehr Zeit«, sagt er, »und dann musst du für immer bei mir bleiben.«

Ich beuge den Kopf.

»Ich werde dich bald wiedersehen«, sage ich zu ihm.

»Gute Nacht, mein Liebling.«

»Gute Nacht.«

Er treibt fort, seine Füße berühren den Boden nicht, und er gleitet durch die Mauer des Klosters.

Ich greife nach meiner Medizin und dem Brandy. Eine doppelte Dosis von beidem ...

22. Der Fujiyama vom Sumida in Edo aus

Und so komme ich an die Stelle des Übergangs. Der Holzschnitt zeigt einen Fährmann, der eine Anzahl Leute über den Fluss in die Stadt und den Abend hinein bringt. Der Fujiyama liegt dunkel und melancholisch in weitester Ferne. Hier denke ich allerdings an Charon, doch der Gedanke ist nicht so willkommen, wie er vormals gewesen sein mag. Ich selbst nehme aber die Brücke.

Da Kit mir eine kleine Gunst versprochen hat, laufe ich unbehelligt durch die grellen Straßen, rieche die Gerüche und höre den Lärm und sehe den Leuten zu, die ihrer Wege gehen. Ich frage mich, was Hokusai zu seiner Zeit getan hätte. Er schweigt dazu.

Ich trinke ein wenig, ich lächle hin und wieder, ich gönne mir sogar ein gutes Essen. Ich bin es müde, alles noch einmal zu durchleben. Ich suche keinen Trost in der Philosophie oder Literatur. Lass mich nur heute Nacht durch die Stadt laufen, meinen Schatten über Gesichter und Schaufenster, Bars und Theater, Tempel und Bürogebäude gleiten sehen. Was sich mir heute Nacht nähert, ist mir willkommen. Ich esse Sushi, ich spiele, ich tanze. Es gibt jetzt für mich kein Gestern, es gibt kein Morgen. Als mir ein Mann eine Hand auf die Schulter legt und lächelt, schiebe ich sie auf meine Brust und lache. Er genügt für eine Stunde Gymnastik und Gelächter in einem kleinen Zimmer, das er für uns besorgt. Einige Male entlocke ich ihm einen Aufschrei, bevor ich ihn verlasse, obwohl er mich eindringlich bittet zu bleiben. Es gibt noch zu viel zu sehen und zu tun, Liebling. Einen Gruß und ein Lebewohl.

Spazieren ... Durch Parks, Gassen, Gärten, Plätze. Überfahrt ... Kleine Brücken und größere, Straßen und Gehwege. Bellen, Hund. Schreien, Kind. Weinen, Frau. Ich komme und gehe mitten unter euch. Ich fühle euch mit nüchterner Leidenschaft. Ich nehme euch alle in mich auf, damit ich die Welt hier festhalte, für eine Nacht.

Ich spaziere durch einen leichten Regen und die anschließende Kühle. Meine Kleider sind feucht, dann wieder trocken. Ich besuche einen Tempel. Ich bezahle einen Taxifahrer, damit er mich in der Stadt umherfährt. Ich nehme eine späte Mahlzeit zu mir. Ich gehe in eine weitere Bar. Ich komme auf einen verlassenen Spielplatz, wo ich schaukle und die Sterne betrachte.

Und ich stehe vor einem Springbrunnen, der sein Wasser in den hell werdenden Himmel spreizt, bis die Sterne verschwunden sind und nur ihr verlorener Glanz auf mich niederfällt.

Dann Frühstück und langer Schlaf, noch ein Frühstück und längerer ...

Und du, mein Vater, dort auf der melancholischen Höhe? Ich muss dich bald verlassen, Hokusai.

23. Der Fujiyama von Edo aus

Wieder spazieren an einem bewölkten Abend. Wie lange ist es her, dass ich mit Kit gesprochen habe? Sicher zu lange. Jeden Augenblick kann ein Epigone auf mich zugelaufen kommen.

Ich habe meine Suche auf drei Tempel eingeengt – natürlich keiner davon der auf dem Holzschnitt. Nur der oberste Teil ist von einem unmöglichen Standpunkt aus zu sehen, hinter dem Dachfirst der Fujiyama, dazwischen Rauch, Wolken, Nebel – aber ich habe das Gefühl, einer der drei im Abendblau wird genügen.

An allen bin ich viele Male vorbeigezogen, wie ein kreisender Vogel. Ich bin nicht gewillt, mehr zu tun, denn ich ahne, dass die richtige Wahl bald für mich getroffen wird. Irgendwann habe ich gemerkt, dass ich bei meinen Runden verfolgt worden bin, diesmal wirklich. Es scheint, dass meine schlimmste Sorge nicht unbegründet gewesen ist; Kit setzt nicht nur Epigonen, sondern auch menschliche Agenten ein. Wie er sie aussucht und für sich verpflichtet, braucht mich nicht zu kümmern. Wer sonst würde mich bis hierher verfolgen, um zu sehen, ob ich mein Versprechen halte, und mich nötigenfalls zu zwingen?

Ich gehe langsamer. Aber wer immer hinter mir ist, tut das Gleiche. Noch nicht also. Sehr gut.

Es kommt Nebel auf. Der Hall meiner Schritte wird gedämpft. Ebenso jene hinter mir. Leider.

Ich gehe auf den anderen Tempel zu. Wieder verlangsame ich den Schritt, sobald ich in die Nähe komme, alle meine Sinne sind gespannt, auf der Hut.

Nichts. Niemand. Das ist gut so. Zeit ist kein Problem. Ich gehe weiter.

Nach einer langen Weile nähere ich mich dem Gelände des dritten Tempels. Dieser muss es sein, doch ich erwarte, dass mein Verfolger einen Zug macht und mir damit das Zeichen gibt. Natürlich muss ich dann mit dieser Person fertig werden, bevor ich selbst meinen Zug mache. Ich hoffe, es wird nicht zu schwierig werden, denn von diesem kleinen Kampf hängt alles ab.

Ich werde wieder langsamer, aber nichts zeigt sich, außer der Feuchtigkeit des Nebels in meinem Gesicht und den Fingerknöcheln meiner Hand, die den Stock umschließt. Ich bleibe stehen. Ich suche in der Tasche nach der Schachtel Zigaretten, die ich in meiner geselligen Laune vor einigen Tagen gekauft habe. Ich habe bezweifelt, dass sie mein Leben verkürzen.

Als ich eine Zigarette an die Lippen führe, höre ich die Worte: »Möchten Sie Feuer, Madam?«

Ich nicke und drehe mich um.

Es ist einer der beiden Mönche, der mir ein Feuerzeug entgegenstreckt und die Flamme hervorschnellen lässt. Ich bemerke zum ersten Mal die starke Schwiele entlang seiner Handkante. Solange wir zusammen gewandert sind, hat er sie sorgsam vor Blicken verborgen. Der andere Mönch erscheint hinter ihm an seiner linken Seite.

»Danke.«

Ich inhaliere und puste den Rauch dem Nebel entgegen.

»Sie sind einen weiten Weg gekommen«, bemerkt der Mann.

»Ja.«

»Und Ihre Pilgerschaft ist an ihr Ende gelangt.«

»Oh. Hier?«

Er lächelt und nickt. Er deutet mit dem Kopf zum Tempel.

»Das ist unser Tempel«, sagt er, »wo wir den neuen Bodhisattva verehren. Er erwartet Sie drinnen.«

»Er kann weiter warten, bis ich meine Zigarette aufgeraucht habe«, sage ich.

»Natürlich.«

Mit einem gleichgültigen Seitenblick nehme ich den Mann in Augenschein. Er ist wahrscheinlich ein sehr guter *Karateka*. Ich bin sehr geschickt mit dem *bo*. Wäre er der Einzige, würde ich auf mich setzen. Aber sie sind zu zweit, und der andere ist vermutlich genauso gut? Kokuzo, wo ist dein Schwert? Plötzlich habe ich Angst.

Ich wende mich ab, lasse die Zigarette fallen, drehe mich in die Angriffsstellung. Er ist natürlich bereit. Das macht nichts. Ich lande meinen ersten Schlag.

Inzwischen aber hat mich der andere Mann umkreist, und ich muss mich eher verteidigend um und um drehen. Wenn das zu lange so geht, werden sie mich zermürben.

Ich treffe eine Schulter und höre ein Stöhnen. Etwas immerhin ...

Nach und nach bin ich gezwungen, mich zur Tempelmauer hin zurückzuziehen. Wenn ich ihr zu nahe komme, wird das meine Bewegungen stören. Ich versuche, nicht zu weichen, einen entscheidenden Schlag zu landen ...

Plötzlich bricht rechts von mir der Mann zusammen, eine dunkle Gestalt auf seinem Rücken. Keine Zeit zu rätseln. Ich richte meine Aufmerksamkeit auf den ersten Mönch, und kurz darauf treffe ich ihn ein weiteres Mal, dann noch einmal.

Mein Retter kommt jedoch nicht so gut zurecht. Der zweite Mönch hat ihn abgeschüttelt und fängt an, ihn mit knochenbrecherischen Schlägen zu traktieren. Mein Verbündeter versteht jedoch etwas vom unbewaffneten Kampf, denn er nimmt eine defensive Haltung ein und fängt viele Schläge ab, trifft sogar selbst mehrmals. Dennoch ist er eindeutig unterlegen.

Schließlich hole ich mit einem Bein aus und bringe einen weiteren Schultertreffer an. Ich versuche drei Schläge gegen meinen Gegner, als dieser am Boden liegt, doch er weicht jedem rollend aus und kommt wieder hoch. Ich höre einen schrillen Schrei von rechts, aber ich kann meinen Feind nicht aus den Augen lassen.

Er greift erneut an, und diesmal treffe ich ihn mit einem plötzlichen Gegenschlag und zertrümmere ihm beim Nachstoßen die Schläfe. Ich fahre herum, aber nicht mehr rechtzeitig, denn mein Verbündeter liegt am Boden und der zweite Mönch fällt über mich her.

Entweder habe ich Glück, oder er ist verwundet. Ich treffe den Mann rasch und fasse mit einer schnellen Folge von Schlägen nach, die ihn fällen und vernichten, endgültig.

Ich stürze zu dem dritten hin und knie mich keuchend neben ihn. Seinen goldenen Ohrring habe ich gesehen, als ich mit dem zweiten Mönch zugange gewesen bin.

»Boris.« Ich nehme seine Hand. »Warum bist du hier?«

»Ich habe doch gesagt – ich könnte ein paar Tage frei nehmen – und dir helfen«, sagt er. Aus seinem Mundwinkel rinnt Blut. »Hab dich gefunden. Habe Fotos gemacht ... Und siehst du ... du hast mich gebraucht.«

»Es tut mir Leid«, sage ich. »Und ich bin dir dankbar. Du bist besser, als ich dachte.«

Er drückt meine Hand. »Ich habe dir gesagt, ich mag dich – Maryushka. Zu schade ... dass wir nicht – mehr Zeit ...«

Ich beuge mich zu ihm runter und küsse ihn, bekomme sein Blut an die Lippen. Seine Hand erschlafft. Ich habe noch nie gut Menschen beurteilen können, immer erst hinterher.

Und so stehe ich auf. Ich lasse ihn auf dem nassen Steinboden liegen. Es gibt nichts, was ich für ihn tun kann. Ich gehe in den Tempel.

In der Nähe des Eingangs ist es dunkel, aber weiter hinten stehen viele Votivkerzen. Es ist niemand zu sehen. Ich habe es nicht anders erwartet. Es sollten mich nur die zwei Mönche in die Nähe des Terminals treiben. Ich gehe auf die Lichter zu. Er muss irgendwo dort hinten sein.

Während ich suche, höre ich den Regen auf dem Dach.

Hinter den Lichtern gibt es auf beiden Seiten einen kleinen Raum.

Da ist er, in dem zweiten. Und sowie ich die Schwelle übertrete, spüre ich die vertraute Ionisierung, die mir sagt, dass Kit hier irgendetwas tut.

Ich lehne meinen Stock gegen die Wand und trete näher. Ich lege eine Hand auf das summende Terminal.

»Kit«, sage ich, »ich bin gekommen.«

Kein Epigone steigt vor mir auf, aber ich spüre seine Gegenwart, und er scheint mit mir zu sprechen, wie damals in jener Nacht, als ich mich in der Couch zurückgelehnt und den Helm aufgesetzt habe.

»Ich wusste, dass du heute kommst.«

»Ich auch«, entgegne ich.

»Deine Angelegenheiten sind erledigt?«

»Die meisten.«

»Und du bist jetzt bereit, mit mir vereinigt zu werden?«

»Ja.«

Wieder empfinde ich diese Regung, die beinahe sexuell ist, als er in mich fließt. Noch einen Augenblick und er trägt mich fort in sein Königreich.

Tatemae ist, was man dem anderen zeigt. *Honne* ist die wahre Absicht. Wie Musashi im Buch des Wassers lehrt, versuche ich, nicht einmal in diesem Moment mein *honne* zu enthüllen. Ich strecke einfach meine freie Hand aus und kippe meinen Stock um, sodass er mit der Metallspitze und eingeschalteten Batterien gegen das Terminal fällt.

»Mari! Was hast du getan?«, fragt Kit jetzt in mir, als das Summen aussetzt.

»Ich habe dir den Rückzug abgeschnitten, Kit.«

»Warum?«

Die Klinge ist bereits in meiner Hand.

»Anders kann es mit uns nicht gehen. Ich gebe dir diesen *jigai*, mein Gatte.«

»Nein!«

Ich fühle, wie er die Kontrolle über meinen Arm an sich reißt, und atme aus. Aber es ist zu spät. Er bewegt sich schon. Die Klinge dringt in meinen Hals, gut platziert.

»Du Dummkopf!«, schreit er. »Du weißt nicht, was du getan hast! Ich kann nicht zurück!«

»Ich weiß.«

Als ich gegen das Terminal sinke, ist mir, als höre ich ein Tosen, hinter mir, es wächst an. Es ist die große Woge, die mich endlich holen kommt. Ich bedaure allein, dass ich es nicht bis zur letzten Station geschafft habe, es sei denn natürlich, sie ist es, was Hokusai mir zu zeigen versucht, dort neben dem winzigen Fenster, jenseits von Nebel und Regen und Nacht.

24. Der Fujiyama bei einem Sommergewitter

Originaltitel: *24 Views of Mt. Fuji, By Hokusai*
Erstveröffentlichung: *Isaac Asimov's Science Fiction Magazine*, July 1985.

Aus dem Amerikanischen von Angela Koonen

Copyrightvermerk

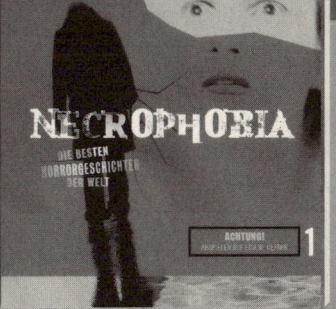

Kalt ist der Winter, kalt und schwarz:
Denn die Pest geht um in Oxford

1349, Oxfordshire: Die gesamte Bevölkerung des kleinen Dorfes Nether Ditchford wird von der Pest ausgerottet. Der Ort verschwindet von den Landkarten.

Oxford, heute: Der junge Student Daniel Warren und die Journalistin Therry Moon geraten in ein Netz dunkler Intrigen, als sie eine Firma überprüfen, die Millionen in ein Bauprojekt gesteckt hat. Seltsame Todesfälle ereignen sich und werden vertuscht – auch von den Behörden. Und dann wird ein Mann mit ungewöhnlichen Symptomen ins Hospital eingeliefert. Er war an Ausgrabungen in der Nähe von Oxford beteiligt, Ausgrabungen, die auf die Ruinen eines Dorfes gestoßen sind: Nether Ditchford ...

ISBN 3-404-14972-6